白夜

贾平凹 ◎ 著

北京联合出版公司

图书在版编目（CIP）数据

白夜 / 贾平凹著. -- 北京：北京联合出版公司，2020.12
ISBN 978-7-5596-4511-1

Ⅰ. ①白… Ⅱ. ①贾… Ⅲ. ①长篇小说 – 中国 – 当代 Ⅳ. ①I247.5

中国版本图书馆CIP数据核字(2020)第160746号

白夜

作　　者：贾平凹
出 品 人：赵红仕
责任编辑：夏应鹏
装帧设计：人马艺术设计·储平

北京联合出版公司出版
（北京市西城区德外大街83号楼9层　100088）
北京时代华语国际传媒股份有限公司发行
北京盛通印刷股份有限公司印刷　新华书店经销
字数300千字　690毫米×980毫米　1/16　22印张
2020年12月第1版　2020年12月第1次印刷
ISBN 978-7-5596-4511-1
定价：49.80元

版权所有，侵权必究
未经许可，不得以任何方式复制或抄袭本书部分或全部内容
本书若有质量问题，请与本公司图书销售中心联系调换。电话：010-63783806

宽哥认识夜郎的那一个秋天，再生人来到了西京。

再生人的胸前挂着钥匙，黄灿灿的一把铜的钥匙——挂钥匙的只有迷家的孩子——端直地往竹笆街七号，去开戚老太太的门上锁。锁是暗锁，左一拧右一拧启不开，再生人就呐喊了，阿惠，阿惠。戚老太太的乳名叫阿惠，街坊邻居都不知道的。戚老太太从里边把门打开，当下就怵住，正编织的竹门帘子将一头线绳往架子钩上挂，没挂住，稀里哗啦掉下来。我是□□，你上一世的男人呀，阿惠！一日夫妻百日恩的，一直想来见见的，就来了，这钥匙怎么就开不开锁了？！再生人怀里还抱着一架古琴的，是弹《阳关三叠》那类琴，"叮咚"地拨了一下，就嘿嘿地笑，说这条街没大变化嘛。过去家家以竹编过活，现在还是，他那时编门帘、编筛箩、编扇子、编床席，十二层的小蒸笼不点灯搭火也能摸黑编的。再生人看见了柜下放着的一个蛐蛐罐儿，热爱的样子，一口气将罐儿口上的蜘蛛网吹开了，开始说许多当年做夫做妇的隐私。譬如戚老太太怎样是粮庄吴掌柜三姨太的丫鬟，脸黄蜡蜡的，却一头好头发，八月十八的清早他去买粮，她是蹲在马路边的石条上，呱啦呱啦用竹刷子刷便桶，刷完了，揭底一倒，浮着泡沫的脏水随石板街石往下流，水头子正好湿了他的鞋。他穿的是白底起跟皂面靴的，跺着脚，才要骂，阿惠仰头先吐舌头，又忙赔了他一个笑。这笑软软和和的，这就是缘分，从此他就爱上了她。譬如，腊月二十三，夜里没月亮的，两个人在城墙下幽会，靠的是龙爪槐树，树哗哗地抖，抖一地的碎片叶子。心急也没顾着近旁的草里还有人坐着，悄没声地扔了半块砖头过来，砖头砸着他的肩，他不疼的，是阿惠的脸上有了黏糊糊的东西，闻了闻叫起来，才知道他流血了。再生人还说，阿惠呀，你真的忘了吗？你背上那个肉瘊子，是我二月二在城隍庙里求的彩花线，回来勒住了脱落的。后院那堵矮墙还在不在？你每次梳头梳下的头发绕成一团塞在墙缝,我的一颗槽牙也塞在墙缝。——戚老太太不等他说完,就哭出了声。□□!□□!真的是你,你挨刀子的又活人了?!哭了一场,做了饭吃,还要收他在家住。

这本是一段传奇,小小的竹笆街立刻传开,新闻又很快蔓延全城。宽哥在酒店里和夜郎吃酒,吃热了,将这事说出来。夜郎冷笑了一下,歪起头听店堂里的琵琶声。雇用的琵琶女弹得并不好听,夜郎就来了作曲的兴趣。作曲应该是坐在钢琴边上的,狮子般的长发披半个脑袋,俯了,仰了,一张口唱眼睛就要闭上。然而这里是一堆碎纸片上写了1234567,掬起来撒在桌上,要以顺序记录着为曲谱……宽哥提了提警服的领口,摇着头,看不惯那一张刮刀长脸上的冷笑。这冷笑透着一股傲僻,傲僻之人执一不化,刚愎自用,哪里能合了世道人心?宽哥低了头去吸吮洒在桌面上的酒,吸吮得吱吱响,也莫名其妙了自己怎么就亲热他,认作朋友?莫非自己生来就有扶植他的义务吗?再吸吮了一口,鼻子里长长出气,吹飞了那一堆纸。不怕他蛮脸做怒,偏要治他,偏要证明自己没有诬言谎语,拉了夜郎往竹笆街七号去见戚老太太。两人到了竹笆街,七号门首上却吊着一柄白纸伞——戚老太太已经过世了。

夜郎至此也感叹了一声,顿时酒劲攻心,干呕一阵,吐出一堆污秽来。这当儿,街南头的丁字路上一片喧哗,黑压压一堆人拥在那里,有锐声惊叫:"这是要自焚了?!"便见人群忽地一退,又忽地一进,如六月的麦浪,半空里果然"嘭嘭"地腾一个火蘑菇,有筛筐般大的,围观者啊地散开,散开了又不逃去,彼此叫嚷。宽哥说:"出事了!"碎步跑去。待夜郎赶近,宽哥已喝开人群,冲进一家饸饹店,提了一桶泔水泼。没想水也如油一般,轰起一个更大的焰团,且焰团粉红,极其透亮,外边包一层蓝光,有人在里边端坐着,看上去如一个琥珀。都在叫:"快救人,快救人!"却再没人敢前去。夜郎忙问谁自焚了,还未看清自焚人的形状,宽哥就骂骂咧咧地让他快去拨火警电话。一条街上,偏偏都是小本买卖人家,没个电话,夜郎疾步到了另一条街去拨,又在街口立等了四十分钟,引消防车过来,自焚人已焦缩为一截黑灰。消防警察没有再浪费灭火的喷料,数百人目睹了烈焰自熄,水泥马路上只留下一个黑色的人形。

自焚的就是再生人。原来戚老太太善心念旧，留下再生人在家吃饭，那一顿饭是新上市的槐花拌了面粉做就的焖饭，戚老太太又用竹竿在后院的香椿树上夹下一些嫩香椿芽儿来做小菜。槐花是蜂吃的东西，拌了面蒸出来如银团玉块，这样的饭菜以前西京城里人家常吃，而今已属罕物。戚老太太那日做得特别多，又等着孩子们都回了家来，饭桌上也能叫一声爹的。但是，孩子们却不，当下把碗摔了。孩子们都比再生人大的，小的也大出十一岁，他们虽然觉得蹊跷，却学习过唯物论，不迷信，更是觉得在街面上都是吆三喝五的角儿，太难看人，不肯认爹，并且推出门去，扬言要到公安局报案的。戚老太太臊得老脸没处搁，流着泪到后院去，于香椿树上上了吊。戚老太太一死，再生人抱了琴在街上逢人就诉苦，诉一阵，操一阵琴，声泪俱下，挨过三天，死过了的人又再一回自焚死了。再生人的骨骸在马路上，用扫帚扫不起，又是宽哥拿添煤的铲子去铲，铲了许久铲不净，粘胶得像涂了层沥青。但宽哥收获的却是在骨骸里捡着了那枚钥匙。

宽哥并不喜欢这枚钥匙，遗憾那古琴的毁灭，也遗憾那时太是紧张，没能逮听住再生人自焚时弹的琴曲，只记得那尾音，标出节奏，恰恰是诗词的格律：

平平仄仄平平仄

仄仄平平仄仄平

偏巧那天夜郎是骑了自行车的，去给消防警察打电话，回来被人偷了铃盖，一腔怨恨，在存车处瞧瞧四下无人，也索性拧下旁边自行车的铃盖装在自己车上。这阵听了宽哥说话，问平平仄仄的是什么意思，宽哥也说不出来。夜郎就拿了那枚钥匙去开许多的锁，开不开，于是想，在西京城里，人都是有两件必有的东西，一个是自行车铃，一个是钥匙。铃就是自己的声音，丢了铃就是丢了声；铃盖是常常被人偷的，我的丢了，我就拧下你的铃盖，你没有铃盖了，你又拧下他的铃盖，城里见天有人嚷道丢失铃盖，其实全城只是丢失了一个铃盖吧？而钥匙，却是只打开一把锁的，打开了，就是自己的家，不属于自己的，怎么又能打开呢？打开了也只能是小偷。——这枚钥匙，肯定有这枚钥匙的一把锁的,再生人却寻不着了。夜郎玩弄着钥匙,咕哝了一会儿,没有丢弃,拴在自己的一个链环上了。链环上拴着的还有一枚镀了银的小耳勺,每当在人稠广众间,掏出耳勺来挖耳屎,便把钥匙亮出来,要长长短短地说一段再生人的故事。

再生人死后,竹笆街筑起了一座宾馆,因为正好在自焚的地方,又要取名吉利,就叫作"平仄堡"——一段残酷的悲剧衍变成了美丽的音乐境界。西京城里的高级宾馆很多,城西南方位里"平仄堡"还是第一座,建筑师别出心裁,将楼盖成仲尼琴形,远看起起伏伏,入进去却拐弯抹角,而沿正门的两侧一字儿排列了五对大青石狮子。常见的狮子是一种憨,卷毛头,蛤蟆的嘴,玩一个绣球要做女儿择婿状,这狮子却前腿直立,两目对天,看着就觉得那眼睛要红了。这工程是一家装潢公司承接了,由陕北的绥德雇请工匠打凿的;夜郎就打杂在这公司,具体负责去押运和回来安建,先后就在宾馆包住了一间小屋。

那时节,社会上的会议繁多,平仄堡的生意非常的兴隆,见天呼啦啦一群人在餐厅吃包席,夜郎则不动声色也去坐了吃喝。一个会议结束了,一个会议又开,夜郎竟吃了二十余天白饭。餐厅服务员就奇怪了,问一个人:"那是个什么领导吗?"那人说:"怎么着?"服务员说:"开什么会他都参加的?!"夜郎听了,当下起身要走,那人却说:"当然啰,你瞧他那披挂!"夜郎的披挂并不好,但夜郎长面修身,仍得意自己的可久可大之相,就口吐了烟圈,放满一世界烟雾,然后去牙签瓶里抽一支牙签,随手又拿了那一盒精致火柴在兜里捏了,走出餐厅,孤单而高傲地仰着干净的头。刚一进电梯,那人就跑进来,当怀戳了一拳说道:"你算是狗屁领导?!倒会钻这等空子!可你不说谢我,说走就走了?——你知道我是谁?"夜郎忙拱手抱拳,说:"我是你的戏迷!"那人说:"你甭诓我,南丁山是南丁山的最大戏迷!"于是,夜郎和南丁山从此认识。南丁山是秦腔名丑,往日的光景里长衫水袖地演了丑旦,两片红胭脂夹住个琼瑶鼻,兰花指扭过来,扭过去……然而现在的天上,红太阳已不再是毛泽东,星星只有了三种,一种是影星,一种是球星,一种是歌星;大小的歌星,是西京本土的或外地来西京的,都在体育馆里演出,唱秦腔的已无人看戏，南丁山只好做个小穴头，逢着宾馆有会，办个清唱的节目——为着挣个小钱，也为着过瘾。两人是带膻的羊，着了气味就认了同类，一来二往熟忒起来，南丁山就替夜郎抱打不平，说夜郎的相貌气质完全是将军的材料，如今却沦落成一个马崽。夜郎也就去捏捏他那只有稀稀几根黄须的嘴唇，笑他长一个虚胖胖的妇人脸是不是个同性恋者？南丁山就说他小时让道士算过命的，原本要做大官的，可祖坟选的不是真穴，这辈子只有在戏台上演官人或官人娘子了。

南丁山还有着一个本事，能撇两笔兰草，结识了一帮书家画家，与市府的秘书长祝一鹤也拉扯上了关系。一日里北京有要人到了西京，祝一鹤又让南丁山召集书画家在平仄堡作赠礼书画，南丁山也画了一株兰，众人叫好，说该题上"一花一世界，一叶一菩提"，南丁山却写着"居在深山人不识，西京市上贱如草"。祝一鹤笑道："你是名演员，市宝一样地待你，还哭什么屈？！"南丁山有意荐夜郎，便说："我算什么角色，我为我这兄弟鸣不平的！"当下介绍了夜郎，如此这般地说了一堆能耐。也活该夜郎出头，祝一鹤询问了许多事，夜郎不卑不亢，对应自如，祝一鹤即刻爱惜起来，送了名片，又给了电话号码，欢迎去他家做客。事后，夜郎果然去祝家数次，送去了特意从绥德买来的一对小石狮子，乐得祝一鹤也说："政府里那么多人，抬头不见低头见，可就是合不来。怎么回事嘛，一见你倒喜欢上了！"如此往来，祝一鹤把夜郎介绍到市图书馆，作为招聘人员使用，图书馆长宫长兴也当面拍了腔子，说招聘按惯例要使用一年，这全是为了遮人耳目，半年之后就保证作为正式职工接收，便安排夜郎做他的助理：收文件，写材料，负责外事接待。夜郎没想浪迹数年，有此落脚，自然视祝一鹤为知遇之人；祝一鹤年过半百，孑身一人过活，少不得常去照应，跑些小脚路。在平仄堡安建完石狮，又联系了在宾馆发廊打工的颜铭，每日去祝家做钟点保姆，连南丁山也不无嫉妒地戏谑他和颜铭是祝家的金童玉女。

平仄堡门口的石狮安装了两月，见天有人来瞧稀奇景。居住在竹笆街丁字路口的居民却生了怪事，先是几乎各家有人夜梦狮子咬人，再是接二连三地有人死去，都是患了心肌梗死，便传出是宾馆门口的狮子对着这些人家，风水太硬的缘故。于是就在门首悬挂镜子，又是夜里用红线绳缚住石狮。但人还是在死，居民便联合了去宾馆闹事，宾馆只好搬移了石狮，又被迫请秦腔剧院来演鬼戏。演过一场《白神》，南丁山饰的那个无常。演毕了，遂生出念头：秦腔里有演《目连救母》戏文的传统，那是集阴间和阳间、现实和历史、演员和观众、台上和台下混合一体的演出，已经几十年不演了。如今不该说的都敢说了，不该穿的都敢穿了，不该干的都敢干了，且人一发财，是不怕狼不怕虎的，人却只怕了人。人怕人，人也怕鬼，若演起目连戏系列必是有市场的。再者，演员可以当一回他们的表演艺术家了，又能赚钱，十倍百倍地强过走穴来清唱的。就停薪留职，组织戏班，一方面着人四方收觅戏本，整理改编，一方面讨问好角。光问好角还不够，跑过龙套的、管过行头的、管过水锅的都问。风风火火地要成气候，夜郎即推荐宽哥来班上吹埙，宽哥不肯，自己倒过去滥竽充数。

夜郎在图书馆领了一份工资，在戏班领一份工资，人就显得神气，仰头从街上走过，手总放在兜里，捏一根火柴。又与颜铭日渐亲近，没了规矩，遂一日说出："你肯不肯嫁我？"颜铭也涎了脸，反问了："你肯不肯娶我？"虽是戏谑，自此颜铭却更多收拾，节衣缩食地购置化妆用品，一早一晚，将一粒维生素E服了，再挤破一粒涂擦在脸颊。一日又去见她，颜铭切了黄瓜片儿在脸上敷，夜郎进去悄悄地说："你没去楼下那电线杆上看招领启事吗？"颜铭侧着贴了黄瓜的脸，不敢动，问："什么启事？"夜郎说："有人拾了一张脸皮，你不去领吗？"颜铭举手就打，打过了，却说："女人活的就是一张脸嘛！"夜郎就生出恶作剧来，说："你有一张好脸，我却不敢娶你的。"颜铭问："这是啥意思？"夜郎说："我不能害你。"暗自在裤裆里将尘根后夹起来，竟大了胆拉颜铭的手去那里摸。颜铭顿时脸耳炭红，半推半就去摸了，果然一片平坦，再问怎么回事，夜郎说他自小就是残疾，颜铭当下背削肩塞，如雨中鸡，默坐在客厅勾头落泪。夜郎只觉得好笑，偏不说破，日后却不敢了无度胡闹。看那颜铭，虽未恼怒疏远，也未有过分亲昵，但觉得这般也好，待将来有了正式工作，出人头地，再言好事，日子就一日一日平静而整齐地过去。

不想,西京城领导层里闹起矛盾——领导层有矛盾是所有地方所有单位的普遍规律——西京城的书记和市长却僵得难以调和,上溯省里,乃至北京,下涉各局部门,派系分明,告状迭起,已不能坐一条板凳上论政了。人事几经周折,市长就调离西京。市长一走,树倒猢狲散,祝一鹤便被撤职,分配去边远郊县任职。祝一鹤原是师范专科学校的讲师,弃教从政,今知失了依靠,遭受贬斥,政途渺茫,就辞职欲回旧校,要求评个教授职称。但因数年不执教鞭,又是墙倒众人推,职称数次评定不上,便突发了脑出血,五日昏迷不醒。祝一鹤没有亲戚,夜郎和颜铭去守了五天五夜,只说人已无救,夜郎一怒之下,写了一联贴于病房门框,成心要给在位的人示威的。

对联是:

学问能强国黄泉君眼可闭
职称堪杀士红尘吾意难平

人还未死,却有悼联,新任市长就不满了,着人撕去了,联语却不胫而走,一时哗然。新市长以安慰为名,令职称评委会重新评定,教授的名衔是通过了,祝一鹤果真第七日清醒过来,但从此失聪亡音,他背床板,床板背他,纯粹将肚腹做了好吃好喝的坟墓,一个人身的厕所。

祝一鹤一瘫,夜郎即被图书馆解雇,宫长兴懒得再见夜郎,只派通讯员捎口信给颜铭,让颜铭转告夜郎不要再去上班了事。夜郎得知消息,"啊呜"一声,慌得颜铭千声万语地安慰,夜郎半日不语,将一颗牙咯咯吱吱地咬碎,连痰带血地吐出来,就去了戏班再不在外露面。六月初六日,戏班组建完成,即于是日准备了香烛,三牲福礼、果品……同拜菩萨,宣布行当角色。那小花脸先拜,大花脸再拜,后是老生、小生、青衣、老旦、小旦,立下盟誓,务要亲同手足,同舟共济,苦学苦练,将戏排好。最后分享三牲福礼,同吃面条。夜郎却是不吃肉的,南丁山说道:"你不吃肉?从小就不吃肉?瞧你这形状,是该吃生肉的家伙,可你偏就不吃肉?!"夜郎说:"我吃面条就好,绵长不绝嘛。"一窝丝地在嘴里不咬了下咽。南丁山说:"有人活的,也就有鬼活的，你跟着哥哥，只要有戏演，就少不了你夜郎吃的饭！"夜郎口里应着，到底年轻脸嫩，再也敷衍不下去了，原是堆上来的一层笑，这时候就僵扯着，使一张长脸越发地长吊。

一日，南丁山的师父，那个鸡皮鹤首的丑老脚，替了鼓板师，拿出总纲，让各行当分抄单角脚本，限定了在三日内抄完，自个儿又去着人做行头、纸扎，市政府却通知他去平仄堡吃宴席。丑老脚纳闷：我这下九流的人物，哪里受得了市政府吃请？将一身衣裤熨得平整，又着了一双黑平绒休闲软鞋，去了才得知是台湾来了一位巨商在西京投资，市政府设宴款待，特召了一些各界名家来作陪的。等得那台商到了餐厅，他不看则已，看了脸面顿时变色，故意做出个喷嚏来，唾沫鼻涕喷了一桌，退出来就回家了。原来三十多年前他还是个毛头小伙，同此人一道保家卫国去朝鲜作战，一次战斗中被俘，在战俘营里他们预谋着逃跑，此人中途告密，逃跑计划只得提前，结果仅仅逃出三人。但千辛万苦地逃回来，竟被审查得没完没了，只好窝在剧院里演个丑角，学打鼓板，而此人则去了台湾，现在却是座上宾的设宴招待了。丑老脚一口气咽不下，人就病倒了，一病竟又不能起，戏班人都很焦急，推迟了排演鬼戏，吆喝着去给丑老脚冲喜。

小小的四合庭院，围了两张方桌吹打唱吟，挨过三个时辰，后边屋里喊："人不行了！"鼓乐停止，人都往后跑去。夜郎那日学着敲板，竹棍儿总敲不准那一点空猪皮，被众人谑笑了，以敲碗替代铃铛；当下也跑去看了。丑老脚腹胀如鼓，吐了半盆鲜血。南丁山急催夜郎去通知师叔。师叔也是丑角，正在对面街上坐饭馆，师兄师弟二人一生爱吃羊肉泡馍，每日一顿去饭馆，把掰好的馍蛋送锅上煮了，又买新馍来掰，煮馍端来，新馍掰完，吃毕带回，赶明日再来送上馍蛋又掰新的馍。夜郎说了情况，师叔已等不及煮馍做好，当下用纱布包了新掰的馍蛋过来，一条腿跪于床下，拱了拳，高声说："哥吔，真的吃不动啦？！"师父要摇头，已摇不动，头从枕头这边翻到枕头那边。师叔再说："喝不动啦？！"师父的头从枕头那边又翻过枕头这边。师叔又说："也□不动啦？！"师父头不翻了，挣挣巴巴伸了手，也在下巴下拱个拳。

那么难看地一笑，眼球就翻上去死了。一时人哭，师叔把那包馍蛋放在师父的脖下，招呼人分头发丧，办理后事，戏班不再吟唱《小宴》，一声儿的唢呐吹打开了《逼霸》。

到了晚上，灵堂设起，两把纸伞挂在院门脑上，十二丈的白缦黑纱在院空拉扯了三道，戏班全体人员都戴孝磕头，上香，奠酒，哽哽咽咽地在当院烧化纸钱——要开鬼路了。夜郎没有见过这阵势，也不懂开鬼路的曲牌，只屈了腿用柳树棍翻动烧纸，南丁山诸人各持了锣鼓，一面敲打，一面绕了灵堂转，一面就唱了起来：

锵哩哐，锵哩哐，哐，哐。人活在世上算什么？
说一声死了就死了，亲戚朋友都不知道。
锵哩哐，锵哩哐，哐，哐。亲戚朋友知道了，亡人已过奈何桥。
奈何桥三寸来宽万丈的高，中间抹着花油胶。
大风吹来摇摇摆，小风吹来摆摆摇。
有福的亡人桥上过，无福的亡人打下桥。
锵哩哐，锵哩哐，哐，哐。亡人过了奈何桥，阴间阳间路两条。
锵哩哐，锵哩哐，哐，哐。日子过得这么的好，你为什么死得这样早？！

夜郎"扑哧"笑了一下，怕人发觉，忙低头将柳棍在纸灰上一戳，没想火"嘭"地腾上来，红红的纸灰落了一身一头，烧没烧着，却把眼窝迷了。这当儿，院门口有人一透一透，一粒小石子就打着了坐在条凳上的康炳，康炳回头看看，两人打一阵手语，康炳就过来小声对夜郎说："人找哩。"夜郎说："谁个？"康炳说："这么晚了还能是谁？"夜郎抬头看了，颜铭半个脸在门缝处，正冲他笑。低头说道："可不敢胡说，人家是正经主儿。"出来拉颜铭走到门外灯影处。原来颜铭租居的房子就在对面街上，白日里请了气功师为祝一鹤治病，天黑了招待人家在前边素菜店里吃饭，听得戏班在这里开鬼路，气功师提出要见见夜郎，颜铭就来了。夜郎问："效果怎么样？"颜铭说："气功师发功，总问祝老有感觉没，祝老口不能说，只摇头，我看也是不行的。"夜郎说:"敢情是个混混客?大医院都治不了,气功有什么用?你总不听我的!"颜铭说:"气功是老传统的,他说包给他了,病多重的人他都治好了的。"夜郎说:"西医推,中医吹,老传统的那些门道,秉性里没有不吹大话!"——啪!在脸上打了一下,手往光亮处展展,上边一个稀烂的蚊子,用指头弹了。颜铭就说:"不管怎样,人家没有功劳也有苦劳,你还是去打个照面的好。"夜郎不去。颜铭说:"你硬是不去,那也罢了……还有个事不知该不该对你说——你要生气,我就不说了。"夜郎说:"已经是死猪了还怕烫水?"颜铭说:"宫长兴着人送来十元钱,说是你未领的午餐补助费……这不是要恶心人吗?你不会生气吧?"夜郎说:"我肚子疼。"颜铭立即紧张了,说:"都怪我多了嘴!哪儿疼的?你嘘嘘气,夜郎,嘘嘘气或许就好了。"慌手慌脚地竟来给他揉。夜郎也不推辞,甚至还挺了挺肚子,那只手就匀着在肚上揉,三揉两不揉的,就碰着了一根硬东西,吓了一跳,说:"你有的?!"夜郎笑着,小声说:"我也只有它啦!"颜铭举了拳头就在夜郎的胸上捶,说:"你坏蛋!你骗子!你真会骗我!"用手去打了一下,低低骂句"流氓",却说:"你不生气我好高兴的……你倒有这兴劲儿?"夜郎说:"你不是要让我高兴吗?"颜铭说:"你要高兴,你是要高兴的!"夜郎一下子将她搂起来,唇咬开了唇,两人都静下来,鼻孔和鼻孔出着粗气。"嘭"的一声,院墙里腾起一团火来,一定是谁用柳棍戳翻一下焚烧的纸,灿烂的礼花般的灰屑从墙里飞飘过来,颜铭急把身子躲在夜郎腋下,但灰屑落下来再无光亮,颜铭睁着惊恐的眼,浑身打了一个哆嗦。开路歌唱完了,一段一段的孝歌在鼓乐中又唱,夜郎说:"别怕,没什么可怕的。"的确没什么可怕的,颜铭说:"你去吧,你快去吧……你要真需要我,戏班的事完了,你到我那儿去……我得到饭店呀。"说毕,一边理着头发,一边就匆匆走了。

夜郎仰头看了一会儿夜,回到院中,孝歌还在唱着,他们已经不是在为亡人而悲哀放声,幽而深地吟唱似乎心身坠入了艺术的境界,一边绕着圈子整齐地踏了节奏,脸面生动,唱得有板有眼,委婉幽美。敲碗的差事康炳在那里替了,歪头给他一个很奇怪的笑,夜郎心虚,掉过眼去,将那颜铭给他的十元钱卷了烟卷，到屋里灵桌上的蜡烛上对火。丑老脚静静地仰睡在桌后灵床上，遮在头上的一张麻纸不知怎么揭开了半边，露着似笑的青脸，半合半张的嘴里含着一枚铜钱。亡人就在眼前，死却离夜郎那么遥远，想着刚才的细节，瞬间里却觉得迷失了，迷失了时间，也迷失了所在。夜郎，夜郎。康炳把青瓷碗和竹棍儿往他怀里塞，他接住了，机械地也加入了唱孝歌的队列，而叼着的十元钱烟卷呛得他流下了泪。

没完没了的孝歌从盘古一路唱下来，数尽了明君圣主的功德和奸雄盗首的罪孽，丑老脚的家属做好了一大锅的羊腥汤面片，才唱到了弯弓射大雕的成吉思汗。满院里人蹲着立着都在吃饭，夜郎趁机出来，过了马路，匆匆往颜铭住处走来。发廊的两个妹子合租了一间小屋，恰恰是那一位今日回了娘家，颜铭新换了一袭玉色团花软旗袍，却在一个电炉上面煎鱼哩。夜郎站在那一挂竹帘前，痴痴地看了一会儿美而妙的身形，默不作声地包起了那一张废报纸上剖宰的鱼翅鱼鳞，去撂到垃圾堆，又到街口的小店里买了一瓶酒来。

坐在了床沿上，一边吃酒，一边喁鱼，两人都有些神情醺醺。颜铭用筷子夹了鱼眼珠，能补脑明目的，白而圆的一颗，要夜郎吃，夜郎没有用碟子接，凑过嘴来，吃下了鱼目，人目却波水汪汪。倏忽，一只手将颜铭的腰一拨，腰却如安了轴儿一般，上半身子就侧过来。一时手脚都乱了，颜铭还要说："别，别……"一个舌头能说的，有两个舌头在一起了，唔哇得什么也说不清，筷子还在手里拿着，后来就压在了身下边，有一根便折断了。夜郎咬着舌根，迫不及待地解旗袍纽门，老式的纽门解不开，一枚已扯坏。颜铭站起来自己脱，脖脸通红，便说："不许看，不许看嘛！"夜郎低了头，但立即仄眼瞧见了那么颀长的身子，他从未见过这般好的身架儿，立即有了见着林中如鹿的小兽的感觉，牙齿就又咬了舌根，汪出满口的水来，颜铭却"咯噔"扯了电灯开关绳儿。

黑暗里，夜郎已经钻进了被单，颜铭还在屋角处用水洗涤，消消停停好大一会儿，才一靠近床，夜郎就拉了过去。夜郎竭尽其能，已不顾了一切，颜铭却"嘘"了一声，两人都静下来，并没有听到什么响动，扑棱的一声是屋后窗外的银杏树上，栖着了一只雀。夜郎说："我不管的，地震了我也不管！"就又手脚忙乱开来，嘴里还要再说什么，颜铭忙把枕巾拉下来垫在身下，一只手就捂了夜郎的口。夜郎去把那捂口的手指噙住了，欢乐异常。他意识里他也是一只小雀了，小雀欢乐的是有了新筑的巢，小雀钻进巢去，又探出巢来，钻进去，探出来，进去，出来，进出进出。床就如酒席上击鼓传花喝酒一般地响，鼓点越来越快，越来越快，突然地停住了，床声安静了。那小雀是钻进了巢里再不出来，是小雀屙在了巢里了吗？颜铭先是怎么也放不开，心里紧张，不停地挣扎着身子，拿手在下边探着，她叫喊着疼痛。在夜郎停下来要开灯看时，她却又搂紧了夜郎，开始了昏昏迷迷的哼唧。直等到夜郎滚在一旁大声地喘气，那结实的身体一下子软得如了蛋柿。她轻轻地替他拉盖了被单，说："你好好睡吧。"自己起来将身下的枕巾取出来，窸窸窣窣地放到床下去，重新睡下。却怎么也睡不着了，只想到世事的奇妙：两个人的世界说大是那么样的大，说小，又是这么的小，小到了如一枚杏？

　　五更时分，夜郎被颜铭捂住了口鼻而憋醒过来，才知道了自己的鼾声太大。在这样的时候，这样的地方，一个人竟能如此坦然，使颜铭又爱又恨。她告诉他，她失眠啦，从不熟悉守候的人却呆呆地守候了一个男人，这守候怕要从此开始，而家的概念也就是一个人在守候着一个人吗？夜郎迷迷瞪瞪地只是笑着，伸了四肢在床上打挺，把骨骨节节中的乏困逼出来，他不愿意去想丑老脚家的丧事如何，瞧着桌面上那一条骨翅完整的鱼说："我就是那条鱼了！"颜铭说："那我哩，那我哩？"羞嗔着用枕巾捂了他的口，坐到镜前涂搽脸油，抹粉底，匀胭脂，描眉修口——女人把脸当作了画布，什么颜料都用上去了。妆好了，回过头来，问："好看不？"夜郎说："城里开了化妆品店，街上就流行丑女人了！"

　　颜铭说："我是不敢素面朝天的。女人嘛，是要哄的，别人都说我长得像外国人，你却没说过一句好听的话。"夜郎说："哪用得着别人哄，化妆还不是女人自己哄自己？说你像外国人，谁说的？"颜铭说："蓝梦时装表演团的老板说的。我原本想到时候再告诉你，让你吃一惊的，可我哪里又能守住秘密！你听不？"夜郎说："莫非你要当模特了？！"颜铭说："你知道啦？阿蝉告诉你啦？阿蝉嘴长，叮咛不让说的偏就说了！"夜郎说："什么阿蝉?"颜铭说:"那老板到发廊吹头,他就看上我啦,问我去不去蓝梦?我当然想去的!他就让我先到模特训练班去学习,我已经去学了一个礼拜了!"夜郎真的高兴了,说:"我思谋着你是当模特的坯子,真的就要当模特?!你走走,让我瞧瞧!"颜铭果真走了几下台步,喜得夜郎从床上下来又要搂抱,颜铭按他在床上,说:"你乖乖睡好,不要起得早了让外人撞着,九点十点了起来谁也不注意的。我得去训练班了,祝老那里有阿蝉,是我从劳务市场雇的,你得空去看看吧。"嫣然一笑,走出去了,却又返回来,悄声说:"床下那块毛巾,你不要动的,我回来了洗。"才重重地拉闭了门。

夜郎歪头又睡下去,又是一觉,醒来满窗阳光。穿衣起来,一夜间长成了一个丈夫。他在墙上的日历牌上寻查着这个日子,就想起颜铭不让他动的那块毛巾。毛巾是那时垫在床上的,从床下的盆里拉出来,红红的染了一片。夜郎并没有把毛巾放回盆里,却用报纸包了要带走,这是一个男人的得意之作,更是一个纯真处女的证明,他将要在他那个借居的大杂院里当院晾出,宣布在这个城市里,他什么也没有了,但他拥有了爱情;一切都肮脏了,而他的女人是干净的!夜郎包裹毛巾的时候,甚至低了头去闻了一下,偏就在这瞬间,发现了血迹并不像是血!心中疑惑,忙在屋里寻找,便于靠墙处的床腿后发现了残留有红颜料水的鱼尿泡,脑子里立即想起颜铭睡前偏不开灯,且消消停停才上床来的细节,知道是颜铭在欺骗了他,以鱼尿泡灌红水塞在身上充处女的。——大失所望,极度悲哀,夜郎把毛巾和鱼尿泡丢在床上,灰沓沓离开了小屋。

夜郎重新走回丑老脚的家,院外停放着一辆系着黑纱的车,院子里跪满了人,在为将去火化的丑老脚焚纸、奠酒,做最后一次的告别。夜郎膝盖一软也跪下去,身旁的南丁山才说了一句"你到哪儿去了?"他就哇地哭起来,一时控制不住,鼻涕眼泪全都下来了。丑老脚的老伴过来拉他,说:"孩子,别太伤心,他已经是死了的人了,哭也哭不活的,你伤了身子倒让大娘不安哩!"夜郎却还是哭声不止。众人将尸体抬上了车,戏班人送着去火葬场,夜郎也要去,老太太硬让人把他拉住,怕他再去火葬场伤心过度,一边叮咛着家人烧些姜汤给他喝下好生休息，一边抹了眼泪感叹老头子不亏背了一世人皮，众心是秤，九泉下灵魂也能安妥了。

灵车一走，夜郎并没有去喝姜汤，揣了戏班的埙，独自上街在一家酒馆坐喝，让酒使黄昏黯淡下来，才往街的那头去了。这是一条南北街，走到尽头便是南城墙。夜郎上去混混沌沌吹了一阵，不圆不瘪的月亮就浮过城门楼的滚道檐，正好是女墙的影子印下来，一个凹字套着一个凹字。风贴着垛豁在刮，干枯在地铺砖缝里的草茎，窸窸窣窣地颤。埙声真是招得鬼来了吗？远处的车辆从城河石桥上返往不息；车灯的白光倏地打到城垛上来，又倏地收聚而去，凹字的女墙影和女墙里的他忽大忽小地跳跃，一直跳跃到城墙下马道过去的一片四合院的房顶上。这时候，有孩子就惊哭起来，声声俱厉，接着"咿呀"一响，一所屋顶如漏斗的小院里跃出一块长方形的光亮，人影闪动，而且骂道："喂！城墙上的，睡不着了，到城河沿的柳树上上吊去！成夜在那里吹你娘的□□！——咚！"

"咚"是那人放了一枪，这是装着霰弹的鸟枪，放枪人一定是那一类闲徒，星期天背了枪去城外的树林子里打麻雀的——吃了麻雀的肉壮阳，火气比夜郎还要爆的。夜郎下意识里第一个动作是用手护住了下体，同时紧闭了眼睛，当第二下枪声在等待中却没有打响后，他摸了摸身下的部位，安然无恙，抬头看见了不远处的门楼上的宿鸟一哄而散，知道眼睛还好，一时怒起，就扑起来在地上摸砖，一块块砖都铺在那里掏不起，便将一只鞋脱下来掷过去，锐声吼叫："你娘的□，有本事的往这儿打吧，老子正烦着哩！"

夜郎已经做好了准备，只要那人再敢开枪，或许跑上来和他交手，他今日就鱼死网破在城墙上了。但是，那人并没有开枪和跑上来，甚至一声也没吭，人影也躲在暗处没个动静。夜郎一时粗野不堪，日娘捣老子地骂，把一肚子的恨气怨气全变了词儿骂了出来。那边还是寂静无声，自己便感到了胜利者的孤独，气也消下来，觉得自己无聊了。末了，一步步从漫道上走下来，没了鞋的一只脚垫得生疼，自己嘲笑了自己，兀自在马路上寻找掷打下来的那只鞋。鞋没有寻到。窄窄的马道上，一半月光，一半城墙的阴影，夜郎就踩了黑白交接线上走，似乎感觉到光的边缘如是玻璃，割得身子疼；回头看看,一时没人走过,掏出一股尿来边走边摇着撒,心里说:我给西京题题词吧。——尿撒出来是一串歪歪扭扭的"要在西京!就要在西京!"。

尿完了,马道也到了尽头,前面就是南门里,三角地带的小小的公园。如果是两千年前,城墙头上插满了猎猎的旗子,站着盔甲铁矛的兵士,日近暮色,粼粼水波的城河那边有人大声吆喝,开门的人发束高梳,穿了印有白色"城卒"的短服,慢慢地摇动了盘着吊桥铁索的辘轳,两辆或三辆并排的车马开进来,铜铃喤喤,马蹄声脆,是何等气派!

今日呢,白天里自行车和汽车在街上争抢路面,人行道上到处是卖服装、家具、珠宝、水果和各种各样小吃的摊位。戴着脏兮兮口罩的清洁工,挥着扫帚,有一下没一下地扫,直扫得尘土飞扬。时常有人骑了车子,车子一左一右跑动着形如虎豹的狼狗。哪里又像是现代都市呢?十足是个县城,简直更是个大的农贸市场嘛!公园里灯火通明,那个算卦的又出现了,剥净了的上身,一呼一吸,筋骨条条凸着,却始终不愿摘下椭圆的墨镜,咕咕哝哝着说:"两元钱一个签还贵吗?不贵的,青菜都一元一斤了。"或许是咕咕哝哝已经时间许久,四周的人已麻木不仁,或许他也觉无聊之极,歪了头观看不远处的小吃摊上,三个女孩子和三个男孩子在那条白色木凳上翘来翘去,麻辣烫的红油染了嘴,也染了下巴。卦先生抿了一下上嘴唇。这情形那一堆围着打扑克的人并不注意,他们默不出声地出牌,全神贯注,只有"哄"的一声,是输赢分晓了,年纪大点的,赢家就从脚上脱下臭烘烘的破鞋放在输家的头上,输家皱了眉,用手扇着鼻子,老实地接受惩罚。年轻者则乜眼瞅着背了手在公园门口与一个女人说话的警察,极快地计算竹签儿,等全部结束后去别处兑换现金。左边的围观了秦腔清唱的一群,其中有人指了卦先生嗤笑,卦先生将头扭过去,那人发窘,却喊一个"阿毛",似乎是看到了就在卦摊后的某个熟人。卦先生回头,身后只有弯脖子树,再看那人时,已挤进人窝里去,知道受骗,嘴里咕咕咕一阵子响,一股清水从门牙豁口射了出来。包拯的脸黑与不黑看不清楚,唱"王朝马汉——!",两声应道:"在!"包拯又唱"去陈州赈灾去哇——!",立即听众散开,原是有两个光头端了草帽见人讨钱。卦先生眼盯了水泥台上立着的三个妇女,始终还坚守着看热闹:

身子背着，脚被路灯照见一个是米粽般的三角青面深帮小鞋，一个是塑料平底黑绒鞋，一个是白色高跟牛皮鞋——卦先生一定想到这是一家三代人吧，或者也想到了一段历史，微笑着走过来。走过来的卦先生步履雀跃，夜郎就隔着公园栏杆的水泥方格鄙夷了这是贫贱人的步法，算得了别人却不为自己算算。卦先生走过了那棵塔一样的雪松，停在一丛冬青边，身子走出了方格，头还在格里往后看，唰唰唰地便响起了小便的声。

夜郎骂了一句，终于起身往回去了。

这是城西区的保吉巷，巷窄而长，透着霉气。一个趿着拖鞋的人从那头踱进，人还老远，吧嗒声就响过来。有家开了门，端盆出来，"哗"地泼水，月光下一片碎亮，且浓浓的腥味，是剖了鱼，明日老的或少的要过生日了。夜郎才要认清是谁个，一个长发的脑袋扭动着看看，退回去，门"砰"地又关上了。一只猫就扑上了那段矮墙，凄苦叫春。七号院的门虚掩着，泡钉铜环上贴着门神，其实门并没有关子，走进去，各家都安睡了。夜郎踏着院门边的斜梯上到二楼，捅开了租借的那间房子，横着就扑倒在床上。现在，夜郎实在不愿再回想一整天来的是是非非，只说会沉沉地睡去，睡去如死，却依然听到了巷道里的猫叫。朦胧的光亮里，四壁皆空，那面挡风挡雨挡光的以床单代用的窗帘，老鼠又在上边撒了新尿，一角的挂钩也掉了，软沓沓地垂着。床那边的墙根，堆放着锅、盆、碗、米袋子、凉鞋、书籍和一堆脏衣脏袜，床的这边是两把座椅，乡下人用柳木烤弯制作的那一种，中间放一个装啤酒的木箱，上边一个电炉，两只粗杯，算是厨房和茶案了。"哦，荒园。"夜郎突然笑起来，那时候，一居住到这屋子里，远大的志向已离他而去，他只是在这里拥抱金钱和女人。可是，金钱和女人并没有安妥他的灵魂，甚至压根儿就不曾有钱，颜铭曾经坐过了那矮椅的，身子后仰的时候险些裂开了椅子的一条腿的。但颜铭也欺骗了我，这世上，所有的人怎么都在算计我？

夜郎想到这里，一时万念复空，感觉到了头发、眉毛、胡须、身上的汗茸都变成了荒草，"叭叭"地拔着节往上长，而且那四肢也开始竹鞭一样伸延，一直到了尽梢就分开五个叉，又如须根。荒芜了，一切都荒芜了，《聊斋》里的荒园是让鬼狐出没的，今夜里是鬼狐要来吗？夜郎静静地看着那窗的三角处，盼望着突然有一张很俏的脸出现，他向她笑，她也含笑，向她眨眼，她也回眸，一招手，悄没声息地就进来了！

但是，今夜无鬼无狐，月下的影子也不愿到荒芜园里来，他能听到的，是一阵敲门声。

窗外是新砌的一座楼，主人李贵是某家银行的信贷员。夜郎是在祝一鹤家认识了这李贵的，一个嘴如鸟喙的穷酸鬼，缠着祝一鹤给他调换单位。可许多单位见了他的人就不喜欢了他而告吹了。夜郎也是如此，不知怎么看不得他那张嘴！自国家银根紧缩后，银行单位却是吃香了，小小的一个信贷员，开始穿着笔挺的西服在街上晃荡。见着夜郎了虽然还笑，但绝无当日的乞相。要请夜郎去鼓楼下新开设的麦当劳饭店吃西餐，而且骑上了一辆摩托，后座上拥坐了新娶的小妻。小妻长身窄腰，又穿了短裙，咧着嘴吃冰糖葫芦，只怕弄没了口红。夜郎不知道他靠什么竟买了这块地皮盖了三层小楼，却不止一次地看见了那些国营工厂的小车停在巷口，有人提大包小袋走进他的新楼里。现在，他正在寻人闹事，声音粗鲁地训斥楼旁那间平房的人家，说是叫春的猫干扰了他。"你怎么管不了你家的猫？我家的咪咪是纯种波斯，怎能让一个野种坏了它的血统？！"平房的主人支支吾吾地回着话，接着有女人喊小儿起来尿尿，小儿一定是睡迷糊了，女人在骂："这儿是厕所吗？这儿是厕所吗？"李贵就说："你这是要骂我？！"女人说："我骂儿哩！叫他起来尿，他立在床沿上就出水了。尿吧尿吧，咱是掏大粪世家，也不怕不卫生！"再接着有打猫的声音，有老人咳嗽，长长地咳不出，几乎没了气，令人提心吊胆，以为从此人要过去了，却又一个咳，重重地吐了一口。——笃笃笃，这又是谁在敲门的？

夜郎终于听得明白，敲动的正是自己的门。夜郎患上了一种病，常常觉得有人敲门，先是门开了，门外却并无人，询问院子里的人，他们都不曾来过，也未见过有什么人来，就明白是患了病的。以后凡是听见敲门声，并不立即起来开，但时常将真正的敲门声也当作了幻觉，惹得四邻的穷朋友在门外说："噢，你忙啊！"以为他蓄了什么女人在里边。他是怀疑过这间屋子的风水的，南丁山也说重租一所房子去住，他却又舍不得这间屋。只有在这间屋里他的想象才被激活,感到特有的自慰,宽哥就曾说过他这是类于吸毒。夜郎静静地听了一会儿,门还在轻轻地敲,就疑惑不定了,问:"谁?"

夜郎再问:"谁?"回答道:"我。"夜郎问:"我?!"一时呆住,隔会儿把门打开,门口站着一个英俊的男人,夜郎立即惊疑他是从中国戏曲舞台上走下来的小生。夜郎拿眼睛盯着他的胸脯——已经是多少年了,西京城的人都在崇拜真正的男人,以为真正的男子汉必是五大三粗,胸口长着毛的——但他穿着西服,瘦却得体,系着条紫红小花的真丝领带。他完全是不该穿这样的西服的,西服是油厚脸、大肚皮人穿的,他穿什么好呢?"我叫吴清朴。"吴清朴说着,虽然在笑,掩遮不住的一份天生的忧郁和羞怯,"这么晚了来打扰你,实在过意不去。"月光下双手搓着,左手上戴着一枚戒指。

夜郎让吴清朴进了门来,门没有再关,月光就势进来跃出白的三角,吴清朴就站在白三角里,他的意思是要在暗处的夜郎看得清在明处的他,又一次介绍他是吴清朴,还双手递过了名片。名片上写着他是考古所研究员,是文物考古三队的队长。又害怕夜郎不能相信他,从口袋掏出身份证来。夜郎哧地笑了,见面送上名片又以身份证来证明,这在夜郎所有的与人会见里是没有的事,就说:"你坐吧。"吴清朴坐下。那把矮椅立即吱吱响,吴清朴又站起来,说他本不该这么晚来的,可他已经买好了去关中西府的车票,他们在那里发掘出了秦华清宫的遗址,要在那里待很久的时间的。夜郎换了一把椅子给他,拉了灯,开始在身上摸,没有摸出香烟来,提了被子抖,被窝里还有半盒,抽一支让他,他说我没那个坏毛病,找了个女朋友,女朋友竟也抽烟,他是看不惯女的抽烟,就自己先做表率戒了,所以才是说抽烟是坏毛病的。夜郎只是笑,从水壶里倒水沏茶,茶未沏开,又在电炉子上熬开。吴清朴说:"你真好,竟肯信得我。现今社会治安不好,上个月□□宾馆杀了人,是日本游客在街上碰上个倒换外币的,领到宾馆去就被掐死了……你没有装防盗门?连个'猫眼'也没安的?"夜郎说:"贼要是穷而为贼的话,我是比贼还穷的人。我更不怕谁来打我,我手痒得还想打人呢!"吴清朴笑笑,说:"这也是。有钱的人怕贼,没钱的人怕鬼。茶好酽哟,得加些水,要不晚上失眠了。"夜郎说:"你们知识分子细省!上礼拜二我在屋里吹埙,楼下那秃子就害病了,眼睛不睁,口吐白沫,说是怪我的埙声阴气重,招了鬼了!我说我去看看,掐人中掐不醒,筷子撬牙撬不开,我说,没出息,就是有鬼怕它怎的,活着都不怕,还怕着死?!秃子却睁开眼缓醒过来了。"吴清朴说:"鬼怕是听了你的话也羞了。"说完了,却问道:"你说这世上真的有鬼?"夜郎说:"你知识多,你说呢?"吴清朴说:"按科学来说,我是不信的,但现在到处说着再生人的事,说得有鼻子有眼的……听说你经见过那个再生人,还有着再生人的一把钥匙?"夜郎说:"你是要搞研究的?"吴清朴说:"如果真有一把钥匙,我倒想看看是什么样儿,现代的还是过去的?听说你在祝一鹤家住,我去了,还是那个颜铭姑娘说你是住这儿。"夜郎说:"再生人我没亲眼看过,可真有钥匙。"就解了褂子,从腰上取下那系着的钥匙。吴清朴凑近灯前看了许久,又拿牙咬了咬,放在耳上听,说:"这就怪了,真是一把旧式钥匙。是再生人用这把钥匙去开戚老太太家的锁吗?"夜郎说:"具体情况我倒说不清,是宽哥给我的。"吴清朴说:"宽哥?"夜郎说:"我的一个朋友,姓汪叫宽的,你想见他了我可以给你们约约。"吴清朴说好的好的,又翻来覆去地把钥匙看了一时,还是交还了夜郎。两人就坐下无语,坐了许久。夜郎重新把钥匙挂在腰上的钥匙串里,给吴清朴的茶杯里续水时,不经意地张了一下嘴,用手揉揉鼻子。吴清朴赶紧说:"实在对不起,耽搁你瞌睡了。"夜郎说:"哪里。"吴清朴说:"你该笑话,就为这事来寻你。"夜郎说:"我在图书馆干过,和知识分子打交道多了,你们这类人做事认真的。"吴清朴说:"你不见怪,我就高兴;但你是要瞌睡了,我得回去了。"就站起来。夜郎留他不住,要送着到院门口去,他谢绝了,并且顺手拉闭了门,已经快要走下楼梯了,却拿手直敲自己脑门,返来取了一张名片让转交给汪宽,然后说:"那我就走了。"才一步一回头地下楼走了。

转给宽哥的名片一直放了七天。

七天里,一直在落雨,原本不大的城区,从郊外的土路上开进城来的卡车、轿车、三轮车,轮胎带进了大量泥浆;整个夏天兴起的房地产业的开发,各地的四合院平房一大片一大片地拆除了,拆除了又没有足够的资金很快建设,到处是土坑和沙堆,在雨季里稀软扑沓。小巷胡同里已经泥泞不堪,下水道不畅通,随处可见漂着垃圾的积水潭。每一个行人的裤管上都溅着黑点,乱蜂一般地去挤公共汽车,未挤上去的叫喊:"再挤一下嘛!嫌挤?坐在你家炕上就不挤了!"挤了上去的却骂:"拱什么呀?!没长个长嘴拱着急得去回高老庄哪?!"拥挤的上班族们在交通堵塞的半个小时里或一个小时里,站满了人行道和店铺檐下的台阶上,一边将泥脚在石阶上、人行道树上、路灯杆上蹭来蹭去,一边用最污秽的粗话骂天骂地,骂只图赚钱的房地产商,骂市长,也骂自己没本事。戏班却乐于这淫雨没完没了地下下去。南丁山料理完了师父的后事,借用了剧院闲置着的排演厅,先请了把式教练几个主要角儿。夜郎闲着无事,拿了埙坐在后边木楼栏杆上吹。这泥捏的葫芦疙瘩发出的是一种土声,绵长幽远,直吹得嘴唇发木了,呜呜地只像鬼叫,就斜了眼看下边场子里的打叉。那两个把式干瘪如柴,身脚轻便,一个手提了三把明晃晃的钢叉反复讲授身姿手势,叉走的线路,胳膊的力度,就让另一个做"观音坐莲",两腿半蹲,双手合掌,叉打过其头顶栽到楼板上,再做"二仙传道",身一跌倒,叉又打过头顶,在两腰边各栽一把,以做"三阳开泰",三把叉一把打过头顶,两把叉打栽在左右臂的两侧。夜郎看得心惊肉颤,不愿再见识那"四杆彩旗""五梅花""步步高""钉活门神""阴阳锁喉",下了楼栏杆,往前面门过道处乘凉吃茶。茶是那个丑角师叔的,偌大的茶缸在火炉上熬得咕咕嘟嘟响,便一边指教着女演员穿了三寸金莲的尖角高靴在门槛沿上蹦跳去作身手。夜郎喝了人家的茶,说:"师叔——"丑老脚说:"我没教过你,我不是你师叔!"夜郎笑着说:"你是南哥的师叔,也就是我的师叔!"丑老脚说:"当面叫师叔,背后撂砖头,南丁山是个白眼狼!"女演员停了蹦跳,说:"狼是白眼?我还没见过狼哩,师父几时领我去公园看狼去!"丑老脚说:"看狼去?小时候,炎天晌午有狼就坐在麦田埂上嚎,嚎得像妇人哭,诱吃过好多人,以至于夏夜在场畔睡凉席,孩子们全被大人们围着……几十年我也没见过了,还怪……"夜郎说:"瞧师叔说的,还怪想狼的?!"丑老脚说:"可不,有狼的时候,人有危机,人也不寂寞,突然间发觉没有了狼,人倒活得不重要了似的。"夜郎说:"狼不吃人了,车却吃人哩！今日十字路口又轧死了一个女的。"丑老脚说："这你说得对！现在人爱穿皮衣皮鞋，小丽，你换下的那双鞋是什么皮的？"女演员说："羊皮。"丑老脚说："可怜小丽你是羊托生上世的。世上这么多人是牛羊猪鸡上世的，自然会有狼也上世，你不见那些公配的自购的汽车都附了狼的魂吗？"女演员说："那我生活在城里原来是与狼共舞啊！"夜郎就笑着说："那小丽就不必去公园看狼了！"女演员说："那为什么？"丑老脚说："这傻女子！你没夜郎懂得城市，你见过城里的猫嘛，不逮老鼠的猫还算是猫吗？！白眼狼来啦！"丑老脚突然低了头，吹茶缸上的一层雾气。夜郎抬头看了，见是南丁山一晃一晃敞着怀过来了。女演员便盯着南丁山的眼睛看，说："班主果然是三白眼！"南丁山说："嚼我什么舌头了？"夜郎说："说你三白眼好看哩！"惹得丑老脚也笑了，才喝到口里的茶也喷出来。南丁山就说："夜郎，师叔忙着哩，你只管在这里嗑闲牙！你在图书馆写过材料的，没事了你帮着整理脚本去吧。"夜郎说："写材料是一把剪刀一瓶糨糊照抄报上社论和文件的，哪里就会了编戏？！"但还是拍着屁股上的尘土去戏班的办公室了。

编剧的是雇请的一个老学究，一副水晶老镜，一嘴花白胡子捻绸褂子的前胸和衣襟满是烟火烧成的小洞。夜郎去了，提水，买烟，洗换那擦汗的毛巾，老学究也不理会他，一边整理誊写脚本，一边吭吭哧哧念唱。夜郎便取过整理出的看了，是第一页，上面写道："搬目连五本"。夜郎说："目连戏就是目连戏，怎么还有个搬字？"老学究说："你不懂！"夜郎说："这是为啥？"老学究说："搬目连与演出其他剧目的不同之处在于，搬目连所搬来的绝不仅仅是若干本戏，与之一同被搬来的，还有镇台的灵官、提鬼的五猖、做法事的和尚道士，以及分管阴事阳事的掌教师，就是驱鬼辟邪，保佑平安的作用。还不懂吗？举个例子，你去商店买了一尊菩萨，为什么不叫买，叫请？懂了吧？"夜郎还是不懂。又问："听班主说，目连戏是四十八本的，这怎么才五本？"老学究哼了一声，说句"戏是戏班的儿，愿意怎么演就怎么演"！不再言语了。夜郎就不敢多说，拿过第一本《灵官镇台》来看：

人物（以出场先后为序）

太白金星／王善／二化身／掌教师／寒林／管事／大爷／二爷／三爷／掌标子／五猖／一报马／二报马／三报马／于丸声／云牌、金童玉女。迎神仪仗队若干人。

［打"粉火"跳云牌（堆"天下太平"），接太白金星上场］

夜郎看得眼花，又取了第二本来看，上边写道：

《刘氏出嫁》
人物
付崇／付妻／刘氏／傅相／刘母／刘贾／姨娘／二候相／掌教师／厨师／媒婆／舅爷／打报场，化缘和尚。轿夫、家院、丫头各四。伴娘。迎亲客人若干人。送亲客人若干人。

［"打游台"］

夜郎禁不住又问出口："这么多神神鬼鬼的角儿，'打游台'是什么意思？"老学究不写了，将硬腿水晶老镜往桌上一丢，叹了一口气。夜郎知道是讨厌了，顺门就走，从窗外往里一瞧，老人家从怀里掏了一小瓶白酒来喝，两片嘴唇咂得吧吧响，便小跑着去街上买了一碟酱狗肉，一碟香菜青椒萝卜芥末三鲜丝，无声地放在桌上了，兀自又去看那脚本。老学究各样吃了几口，说："你是问'打游台'吗？所谓'打游台'，即是在正式演出前，观众及戏班内的人，手执黄表纸三角小旗，踩着曲牌节奏，在'阴台'上绕台行走。'阴台'就是在舞台前临时搭起的台子。在'阴台'上绕台行走，是戏先演给鬼看，后演给人看，可保证戏演出无事故。一九四六年有戏班在关中东府华州搬目连，没有打游台，结果戏演到一半台子起火，烧死了五个人。这'阴台'，凡人上台一走能消灾免难，逢凶化吉的。"夜郎觉得稀奇，又问起"打报场"是什么角色，"掌教师"的身份是什么，"五猖"有无具体名目，如何纸扎吊笼，如何挽诀、喷咒水、贴禁符？老学究就笑了，说："你得慢慢来嘛！这整理出的前二本你拿去复印十份吧。"夜郎去街上复印了，又买了一瓶白酒、一包鸡脚、一包鸭掌、一包豆腐干，交给老人家，自己往别处闲逛去了。

夜郎骑了车子先去了祝一鹤家。祝一鹤比先前更是痴傻，却也白白胖胖。自从被撤了秘书长职务后，他就蓄了胡子。夜郎嫌那胡子黄而发卷，并不好看，祝一鹤就是不肯，现在越发芜杂，满嘴连同下巴毛烘烘罩着如茅草。夜郎进去，祝一鹤才吃毕饭，向他注目，说不出话来，嘴是否动着，胡子挡着也看不清，上边沾着米粒。夜郎就诉说保姆阿蝉怎么不把胡子擦干净？阿蝉便用湿毛巾在祝一鹤半个脸上捂捂，然后拿两个挂衣的小竹夹，将胡子分两边夹了两撮，点一支烟让叼了，靠在床头上吸。夜郎陪着祝一鹤坐了一会儿，祝一鹤的烟还在嘴上叼着，人却头歪了靠床瞌睡了。他取下烟头，瞧阿蝉在厨房里叮叮咣咣洗涤锅碗，有些话想对她讲，又不知怎么讲，心里酸酸的。斜对面的房门开着，原本是保姆一张床的，现在却多了一张，夜郎心下疑惑，走过去看了，却认得那床上的被褥是颜铭的，她的那一件玉色团花软缎旗袍也挂在床边衣架上。阿蝉从厨房过来，手在围裙上擦，说："我怎么称呼你的？"夜郎说："就叫黑哥。"阿蝉说："铭姐老说你。却不见你来的……你姓夜，怎么叫个黑字音？"夜郎说："一叫夜字，音成了'爷'了，谁肯叫的？夜也是黑，所以都叫黑字音。"阿蝉就仰着蝇面发笑，一嘴的牙龈都露出来，说："今日早上醒来，铭姐说你今日要来的，我问是打来电话了吗？她说是她刚才做了个梦，我说那才不来了的，前半夜的梦是正的，后半夜的梦是反的，人家在戏班里，吹吹打打，又快活又发财，怕是把这边都忘了的！没想你倒还真来了呢！"夜郎说："戏班才组建，虽是打杂，也够忙的。"阿蝉说："忙嘛，戏班里有漂亮演员，有说不完的话嘛！"夜郎说："我这嘴脸，立脚都立不稳，心里还能长什么花草？颜铭也睡过来啦？"阿蝉说："这你还不知道吗？她去时装表演啦，先前租借的房子她说风水不好，睡着直害心口病，我就让她住过来，反正祝老家地方宽，我也有个说话的人——要不一年不出去，我也不会说话了！"夜郎说："这也好。"坐在颜铭的床上。床靠了西南墙角，墙上用图钉钉着白底蓝花麻纱床围，床单是纯白棉布，枕头也是白枕头。阿蝉说："铭姐干净，她一来倒显得我窝囊了。"夜郎欲说是够窝囊了，祝一鹤身上衣服也该换洗了，话到口边，又觉得还是见了颜铭，让颜铭说给她为好，却一时有了过去的长长短短回忆，侧了头去，不让阿蝉瞧见他的伤感。但这一侧头，却发现了那枕头边的床围处，有着密密麻麻的一片小字，字是用圆珠笔写的，极不正规，却都是"不死""不去死""活下去""一定要活下去"的话。夜郎心里"咯噔"一下，就觉得浑身的肉都在惊跳。他明白这是什么意思，明白这是为了什么而写出的字：在那多少个不眠的夜晚，灯光熄灭了，黑色的眼光却在黑暗里闪亮，这洁白的枕上是辗转磨断了多少头发，流下了多少眼泪？或许她想到了绳子，想到了电灯的插销，那楼台，大街上呼啸而来的汽车……但她终于在黑暗中从被窝里伸出手来，握了笔在床围上提醒自己，鼓励自己，解救自己！更使夜郎吃惊的是，他只说痛苦是他一个人的，原来颜铭受到的打击竟也如此悲而且哀！这个时候，夜郎才觉知自己做得太过分了，不管如何，那一夜里，即使是一次意外吧，两人都毕竟是真实，以后的发展姑且不论，朋友仍是朋友，称哥呼妹的也仍是哥妹吧。夜郎一时额如鸡卵，印带悬针，不愿让阿蝉看出破绽，低头站了起来往客厅去，说："祝老睡着了，我得走了。"阿蝉跟出来，疑惑地说："你说走就要走了？你还没喝口水哩嘛！"夜郎已经出门下楼去了。

街上雨暂住了，立即就有卖冰棍的女孩儿的嗓音，行人都将头从雨披里伸出来，争先恐后拥塞在十字街口，许多人便掉身往小巷里绕道。小巷恰属于被拆之区，虽未拆除，每隔五步，墙上就用黑墨画有大的圆圈，里边写着"拆"字。差不多的人家已经移居，门窗洞开，能看得清屋里墙上贴着年画和揭去了孩子的奖状、玻璃相框的白的痕迹。有几家拒不搬迁的，所谓的钉子户，门上贴着派出所限令搬迁日期的告示，户主趁机向行人诉苦，咒骂房地产商是某某长的小舅子，官商一体，将旧房折价太低，是借改造旧区发横财。一条狗就卧在一所空屋门口，一动不动，好事者掷砖头也撵不走——许多人都感动了狗的忠诚。夜郎推着车子，凡是见着还干净的墙，抬举了脚去蹬，一蹬一个肮脏脚印，要不是街上人太多，他差不多都要解了裤带去那干净的地方撒一泡尿屙一堆屎的。这种见洁白就想污染的心态，夜郎也觉得怎么会这样？便骑上自行车急驶，泥水哗哗飞溅了近旁的人，讨得一阵唾骂。不想就与迎面来的一辆自行车相撞了，双方同时倒在地上。夜郎是认得那人的，宝和酒楼的苗经理，请祝一鹤和他去吃过生猛海鲜席，临走了还送了蛇胆酒的——忙着赔笑，要说个不是。那人爬起来瞧车子已经变形，遂大发了雷霆，训斥坐不了小车总得会骑车子吧？骑这么个烂车子还要耍威风，是越南战场回来的功臣，是给别人日下了孙子，是活烦了急得去火葬场呀？夜郎强忍着没有说话，卸下前轮在地上用脚踩正，重新安装能骑驶了，竟一把揪住了那人领口，一枚扣子也就蹦了，蹦在旁边的电灯杆上，再蹦回到水泥路台上，跳了跳，滚在脚下。吼道："姓苗的，你骂吧！我听着你骂哩！"那人立即笑起来，装出很惊奇的样子，说这不是夜郎吗？怎么是夜郎呀？瞧我这眼睛，自家人认不得自家人了！夜郎说："你认得图书馆的夜郎，认不得我这个夜郎！"

又是礼拜天，神休息日。雨没有再下，院中的那蓬紫薇还湿着，花开了一层，叶子也肥肥厚厚亮起来。戏班要做许多纸扎，小丽认识一家纸扎店的老头，老头是世传的手艺，以前城隍庙会、八仙庵庙会所抬动的金山、银船、楼阁、人物、麒麟、白鹤、莲花座，十之六七都是他家扎制，如今庙会不兴，只卖花圈，又兼营了出售寿衣为生。小丽领夜郎去的时候，老头正在吃饭，小女儿在后院的场子里立于一个石碌碡上骨骨碌碌滚动着碾芦苇。夜郎把南丁山所开的纸扎的项目单一宗一宗讲述着给老头，老头也不看他，兀自在饭碗里放了盐、放了醋、放了辣面、放了味精，又放了一勺白糖和一盅白酒搅和起来，呼呼噜噜地吃。夜郎吃了一惊，也不敢多问，说："师傅，这是戏班要用的，你可扎过？"老头说："不就是囚寒林的吊笼嘛，'火爆葵花'里的旋转葵花、纸吊嘛，总不会还让扎个纸的铁围城吧？！"夜郎说："师傅是知道目连戏的？"老头说："看过，没演过。"夜郎落个红脸，搭讪着去和那女儿说话："你爹这吃的什么饭，酸辣咸甜一锅煮？"女儿说："我爹脾气不好，你可别往心上去。他一辈子都是这个吃法，身体倒好，七十七的人了，满口牙没掉一颗的！"正说着门里进来一个小伙，老头劈头问道:"卖啦?"小伙说:"没有。"老头说:"不是说得好好的,怎么就不卖啦?"小伙说:"不是我不卖,是人家不买……他撸了我,我也得撸了他!我得去寻王魁了,上个月见王魁,王魁就让我给他揽生意……"老头说:"这年头啥人都成经理了!"小伙说:"王魁说了,如果谁需要,割某某的耳朵,卸某某的腿,他绝对干得漂亮的。"老头骂道:"你入黑道呀?!"夜郎莫名其妙,悄声问那女儿怎么回事?女儿说,前日有人到他家,看中了一把太师椅子,要买的,说好了第二天来一手交钱一手取货的,可那天晚上他却动手把断了一条腿的太师椅子重安了一条腿,还刷了一层油漆,人家来了却不买了。原来那椅子是明代的红木家具,人家是文物古董商。那女儿说罢就也骂了:"你还去找人家什么呀?丢人死了!我要是人家,你就是不要钱给我,我用那生炉子呀!"小丽忙给夜郎使眼色,两人退出来。小丽说:"你看清那小伙吗?"夜郎说:"孬种小白脸。"小丽说:"他是这家未婚的女婿。你知道这人是谁?"夜郎说:"谁?"小丽说:"就是不认再生人的,戚老太太的小儿子。"夜郎叫道:"你怎么不早说?!"要返回去再看。小丽一把拉住,说:"你也是个神经病!那有什么看的?"夜郎才作罢了。

往后,夜郎每日去纸扎店去看看扎制的情况,等宽哥,宽哥还是未来,应人事小,误人事大,心想自己没能够联系到宽哥,怕那吴清朴已经去关中西府了,就多少有了内疚。这个中午从纸扎店提回了吊笼,便懒得出去逛,吆喝着在屋里要打麻将。

菜贩小李刚刚卖完菜回来,因为久雨方晴,贩菜的并不多,小李卖得好价,情绪十分地好。夜郎去叫他的时候,他正拿了一瓶啤酒用牙启盖,藏躲不及,说:"老兄你这是什么牙口,这样有福?我每次喝酒都心里说别让你知道,可每次你都来了!"牙咬启不开,努力得脸都变形了。夜郎不屑地夺过瓶子,拿一根筷子头压在虎口去撬,只一下,盖儿就蹦了,提起瓶子偏第一口先喝了,筷子敲着小李的头颅说:"你小子啬皮是啬皮,可你前世欠着我的酒,你不让我喝也由不得你!"小李的头颅极小,脖子却粗,又喜欢常年剃个光头,剃刀刮得青光光的,如果没有那一双招风大耳,真像是伸出来的龟头。见夜郎先喝了一口,忙喊:"甭急,甭急。"手从脖子领口往里伸,掏出一个塑料纸包儿,解开了里边有一块臭豆腐一根牙签。便拿牙签插了一点臭豆腐在嘴里,很响地吮吮,喝一口酒,说:"老兄,你就口菜才香哩!我倒不是成心啬的,常想着几时买他一箱啤酒回来,把我灌醉,也把你灌醉,让我享享喝醉了是什么样个福!可去买啤酒的时候由不得想到家里,老娘和我是分了家,老人家粮还凑合着不缺,钱却紧得要命,三个月才吃一斤盐的,我就舍不得买了。"夜郎说:"小李还是孝子,那今日就舍得了?"

小李的三角眼翻着白,撩起脏兮兮的红方格衫子一边擦油汗脸,一边得意了,说他今日是赚了钱了,贩了一三轮车的黄豆芽去□□□大学,学校伙食科长和他捏码子,豆芽菜一般是一元钱一斤,科长付给一元一角五分,一斤多出一角五分,贩了二百斤是多出了三十元,科长要回扣,让买二十五元一条的"金凤"烟,买就买吧,为了以后长期合作,他也将余下的五元钱买酒来喝了。夜郎便再没喝他的酒,看着他喝毕了,重新包好还有一半的臭豆腐块,又放好了可以卖钱的空酒瓶,才说出约他打麻将。小李当然十分高兴,主动地将他的那张方桌搬过来,还把一口茶垢极厚的大瓷缸泡满了砖茶端着。两人铺展了台布,垒好了牌,小李就狼一样地吼叫楼下的五顺,待到五顺接了话头,又鬼兮兮地说:"老兄,你今日不得赢哩。"夜郎说:"等着瞧吧,你今日菜钱是多少,我今日就收取多少,打你个裸体来!"小李说:"情场上得意,牌场上失意,你和颜铭又那个上了!"他拿两个指头往一块碰。夜郎说:"扯球淡!"小李说:"你把你那床也支稳点嘛。五顺——你他娘的是什么官员吗?成天三番五次地请你!夜郎你成夜折腾,我也得成夜睡不成,我这是给你当警卫员哩吗?"夜郎说:"我睡不着觉也不准翻身了?!"小李说:"那算我想邪了。"楼梯口就响起扑沓扑沓的跋鞋声,五顺头在那里一冒,小李就说:"瞧你那个蔫劲,昨晚又到火车站吃野食了?"五顺说:"我有那份贼心还没那个贼胆,有那贼胆也没个贼力气!你没见我这几天拉肚子吗?把他的,咱个子不长外什么都长了,一包黄连素先头是二三角钱的,现在怎么着,三元五!收一天破烂等于一包药,谁还知道是真药假药?"小李说:"我也不借你,哭甚穷?你偷一个下水道井盖就是多少钱?!"五顺倒变了脸:"谁偷井盖了?"小李说:"我也不去派出所报你的案!你去请房主来,叫你赢几把,你也好有些钱去吃药!"五顺说:"我哪一次不是给你们送的?夜哥怕是又来领工资了!"五顺下楼请房主,小李又在说颜铭的腿长,他从来没有见过那么长腿的女人,说不定是鹤变的。再要挤眉弄眼说什么,五顺已上来回复:房主不在,女主人在屋里应了马上就上来的。

　　三个人坐下来等,先丢点子定了东西南北方位,又宣布了几条规定,各人都把钱数点了,女主人还没有上来。世上最想念的人,差不多就是麻将桌上的三缺一了,平日里,他们夫妇一分一厘计较房钱、电钱、水钱,该他们找钱了,五分以下就舍,该房客掏钱了,多一分却要上进,凭家传的这一块地皮盖了房外租,就永远不劳而获,肥得流油似的,可现在突然觉得这个女人是那样可爱和重要,猜想她是在屋里与人又做什么黑道儿生意了吗?小李和五顺是已经怀疑她家在贩毒的,莫非又是什么人来取货款,或是发生了危险要堵她的口,会不会被人用绳索捆了,拿血刀子捅了?还是来了情人,关了门在那里忙的?直等得这几个人心急如焚,楼下那间正房,双扉门"吱儿""砰"的两声,五顺伸头往下看,女人头发上挂着长柄木梳,却慢慢腾腾往楼梯后边的厕所里去,然后从厕所又返回屋去,骂骂咧咧五顺拉肚子把粪喷到厕所墙上,才上得楼来。五顺说:"甭骂了,甭骂了,今日这么漂亮的人说粗话影响形象哩!"女人说:"你又笑我胖吗?给你说哩,我年轻时仍是走到哪里亮到哪里的!"五顺说:"今日真的漂亮,腰身不胖,奶子越发胖了。"女人哼了一声,竟从胸前奶罩里抓出一把钱来说:"五顺,老娘今日就拿这些陪你!"四人码牌开张。正到了三家听牌,按倒了十七页,开始摸着要自扣,院门的铁环拍响,似乎有人进来,一直在院里杀鸡烫毛的秃子在喊:"夜郎,夜郎!"夜郎低声说:"都不吱声。"小李说:"怕是谁要找你的。"夜郎说:"谁来也不让位,换人如换刀,只能在旁边'下鱼'。"不一会儿,秃子走上来,悄声说:"夜郎,有人找你的。"夜郎说:"就你嘴长!就说我不在!"秃子说:"我也这么说的,可人家好像有急事,你去看看,我替你摸几圈。"五顺说:"你好好杀你的病鸡去,晚上别误了卖烧鸡。"话未落,楼梯上却走上来康炳,骂道:"夜郎,我还以为颜铭在这里你不出门,原来'搬砖'哩!班主到处寻你,你倒躲着不见?!"夜郎站起来还在摸牌,没有摸中，让秃子替了位，拉康炳到过道里。

夜郎问："有甚事等不到天晴路干？"康炳说："唱鬼戏要敬神贴符的，组班以来咱没行这规矩，这不，老师父就死了！班主让咱俩求些符去的。"夜郎说："在哪儿求？"康炳说："他说给陆天膺老先生去了电话，陆老先生会领咱到一个地方的。"夜郎说："那改日去吧。"康炳说："陆老先生今日在家等着。"夜郎骂了一声"你个白虎星！"，过去对秃子说："秃子，你狗日的是啥命，我打江山你坐皇帝！我出去了，你今日赢了钱，晚上提一只烧鸡上来。"就叮咛打完牌后把门锁上的话，两人下了楼去，还听得楼上秃子在说听得这么早没有和！女人笑道："起得早不一定拾上粪，我和了！"五顺在骂："只说人起得早，没想狗比人还早就吃了粪了！"

康炳领着夜郎过了东西大街，往北穿三条巷子，到了个叫教场门的农贸市场。这里专是交易土特产的，古时做教场的偌大的场面里，四周盖设了十六个折角呈圆形的三层楼货栈，古香古色的，是仿明的建筑。场中又是井字样的临时摊位，全部出售陕北沙漠来的甘草、枸杞、红枣、毛毡、乌色洋芋、老南瓜、发菜、粉丝；陕南山地的木耳、山萸、板栗、核桃、木炭、龙须草编、地板条；关中东府西府的烤烟、瓷器、花椒、火纸、花生、辣面。乱七八糟，应有尽有，都挂的是某县或某镇的名。康炳历来用烟斗，而烟丝只有这地方有售，就在二层楼的一家烟店里讨价还价。烟店柜台上一溜摆着十多个瓷缸，分盛着各类质量、形状、香型的烟叶和烟丝，一一捏了点在烟斗里尝，皆不中意。掌柜领他到后边暗室，于一口盛满水的瓦缸边地上端出一个瓷盆来，半盆烟丝软软的，发焦黑色，掌柜笑着用三指捏了些，揉成一丸，按压在康炳的烟斗锅里，划了火柴让他吸，夜郎即闻到一股奇香，叫道："这么香的？"掌柜说："这是取下的第三至六片叶子做的料，蒸了晾了，又切丝在这湿屋阴一星期返潮，再拌上上等白酒、小磨香油、茉莉花粉、糖、盐、椒面。怎么样？"康炳点头称好，倒责怪这样的货怎不在外边摆？掌柜说："世上抽烟的人一层，又有几个真正抽烟的主儿？我一瞧你这烟斗，满口的黑牙，眼神儿，才肯把你领进来。"康炳欢天喜地，买下一包，掌柜用塑料纸包了，叮咛回去装在瓷罐里阴晾着，康炳说"这个自然"，下得楼来。两人出了市场,回头正看那一面纯木的高脊飞檐仿古牌楼门,一辆摩托猛地从一条窄巷冲着他们急拐弯儿,夜郎"啊"地叫了一声,泥水倒溅了一身。康炳说:"撞着你了?"夜郎说:"撞没撞着,倒想起一宗事了!"原来这条巷中段正是宽哥的住家处,夜郎忽然想起给吴清朴联系的事,就劝说康炳替他跑几步路,去叫了宽哥出来见他。康炳说:"你们是哥儿弟兄,你怎么不去?"夜郎说:"我怕我那嫂子的!"在耳边叽叽咕咕说了许多,康炳就笑道:"咋能这样当男人?我那老婆也是母老虎,可我却是武松!"一晃一晃地去了。

汪宽家是中段四号楼西单元的一层中门,木板门没有关,防盗门却内锁了。因为防盗门上的栏格上钉有纱网,屋里发暗,传出极响的鼾声。康炳叫了两下"宽哥",没有反应,脸贴纱网往里看了,当厅的地上铺有竹席,一个穿着宽裙的女人睡在那里。康炳吓了一跳,心想还有女人打鼾声,而且这么巨大!就退出几步,又咳嗽又跺脚,喊宽哥。屋里的鼾声住了,问:"谁个?"康炳说:"我嘛!"防盗门开了,一个发如火焦的毛头伸出来看了,立即缩回去,却在说:"进来呀!"康炳进去,女人已在用梳子梳头,左边的半个脸上还印着竹席的人字纹,然后将一个壶的冷茶在杯里倒了些汁,再添上新开水,端过来说宽哥不在,找他甚事?康炳就介绍说自己是宽哥的朋友,来说一件事的。宽嫂就说:"有紧事你去他单位找他,人家是共产党的人,只在我这儿寄托着给吃给住,我们也是两头不见面的。他夜半一点两点进门,我已经睡了;天明我上早班,人家还睡着。就是偶尔中午回来吃饭,和我也是没话,只是脊背痒了要换药才用得上我!"康炳说:"宽哥有病?"宽嫂说:"这你不知道?他患了牛皮癣,先是在腿上,现在脊背上也全是,人又黑,真是黑蟒托生的。我说你疯什么,想当官哩还是想发财的,一天到黑跑得不停点,也不说好好住院去治病,整日帮了这个帮那个,落下什么了?昨日我去商店,好衣服五颜六色的,咱喜欢来喜欢去,看看又放下,咱没钱嘛,只好去布匹批发市场买了一截布回来做。他回来一见柜上放着布,倒说:是谁送咱的?我就气上来一顿好骂:你倒想得好,谁送来的?鬼送来的!没想想什么时候人送过一条线?!他这人脑子越来越渗了水,二两猪脑子!前边那个巷里有个吸大烟土的,吸让他吸去,与咱屁事?可他为人家戒烟买药呀，请中医呀，联系去乡下缓冲呀，最后是进了戒烟所，人家父母都不去看，他倒去。我和他吵，他说拯救人哩。我说你是毛主席？他说我是警察。哼哼，是警察！我说原来你还知道你只是个警察呀？！"康炳说："宽哥是优秀警察，那日我路过他们所，宣传栏上有他的照片哩。"宽嫂说："那顶吃顶喝？他每年拿回来几张奖状，还要贴在墙上，我说你少在墙上贴，那地方我还挂挂历的！"宽嫂把地上的水壶提了往厨房走，一边走一边把几件扔在沙发上的脏衣服揉一团抛向水龙头下的木盆里，同时脚一钩，把一个残破的搪瓷盆"嗞嗞啦啦"钩到柜子下。说："瞧这屋子，乱得还能插进脚吗？他只是个糟蹋，我跟在后边拾掇都拾掇不清！"又嘟哝别人家的房子都装修了，他们家的墙三年也没刷过，这家具是逐渐添置的，式样不同，色调也不一样，是难看吧，连夜郎来也说该统统换了。提起了夜郎，就说夜郎是个浪荡鬼，百心不生，他竟然和夜郎好得狗皮袜子没了反正。康炳听得脑壳满满的，几次想告辞，宽嫂越讲气越大，说："我迟早要死在他手里！"康炳说："那他不敢打你的？"宽嫂说："他要打我也倒好了！他是死不作声地来气我，只有让我骂他的份，从结婚到现在，他是天生的在骂声中成长的坯子！"宽嫂说着，气得胸脯一抖一抖的，康炳赶紧看了一下表，说："哎呀，我怎么忘了，□□约我给他打个电话的！"起身就告别。宽嫂说："我这阵瞌睡才清醒了，你这么急的，不等他啦？"康炳生怕她送出来又说个没完没了，一出楼道就说"改日我再来的"，小跑着先去了。

　　巷口里夜郎等得发急，买吃了一碗卤汁凉粉，见康炳一人过来，就问："宽哥不在？"康炳点头。夜郎就说："人不在还耽搁这么长时间？我以为你牺牲了！"康炳说："我哪里走得脱？他老婆说话没个逗号，真可怜宽哥有这样的老婆！"夜郎嘿嘿地笑了，就发感慨：人上世来如在旅途，最要紧的是伴侣，可是查查周围，哪个是尽善尽美？上帝就会日弄人，一个哭的就给搭一个笑的来看热闹，人都给上帝做游戏，做着游戏痛苦，不做着也是痛苦，真正的爱情少则三年，多则十年就消灭了，剩下的只是整齐而乏味的日子！康炳突然神经兮兮地说："听说你以前也离过婚？"夜郎怔了一下，狠狠地说："听谁说的？"康炳倒没了勇气，看夜郎的脸色。夜郎没有出声，默默走一段路了，说出一句："人要会胜利，也要会失败。"康炳莫名其妙。

　　走进玄武巷，靠右一条拐来拐去的胡同，第三个四合院就是陆天膺家。陆天膺一头银发，半胸美髯，已经坐在厅里喝茶等客。夜郎早知道画虎出名的陆天膺，祝一鹤房里也曾挂着一幅他的下山虎的，今日见了，果然威严，心先怯了半截，招呼入座后只是老实不动，听康炳与老者寒暄。不一会儿，锦屏后闪出一个女人，三十出头光景，也不知是陆翁的年少娇妻还是保姆，木漆盘上端着两杯龙井清茶。夜郎接了茶，不敢往脸上去看，只瞧了那一双脚没有穿袜子，瘦瘦溜溜蹬着一双平跟船形皮鞋，露着三个脚趾根儿。便听陆天膺问道："这位年轻人贵姓？"康炳说："黑郎。"陆天膺说："不是黑字，是夜字吧。"康炳说："陆老好学问，正是。"陆天膺说："也有读作墨字音的。这姓少见，说不定祖上也是个弄字弄画的。"夜郎只是笑着，陆天膺也笑了一下，不再理会，与康炳又问起戏班的事。康炳拿出新买的烟丝让老者抽，那小妇人就从后屋取了一竿三尺长的烟管来，康炳夸说了一番这么长的，将烟丝搦了一丸按在那黄铜烟锅里，陆天膺便将嘴上的长胡分两边一挂，原来耳朵上早套有细铁丝钩，如挂蚊帐帘子，又划了火柴插在烟丸上，把烟管一头塞进口去"吧吧"地吸。夜郎正瞧得出奇，却见一只小得可爱的猴子忽地跳上陆天膺肩上，不觉"啊"了一声。陆天膺说："你没见过这猴子吧？这叫墨猴，专养了磨墨的。"那墨猴贼溜溜闪着眼，理了理胡子，又落在陆天膺手腕上，陆天膺咳嗽了一下，墨猴就张了口，接住了一点浓痰吃了。夜郎心想：真是个老古董，近八十高寿的人了，活得有滋有味的。便不觉惋惜了祝一鹤是在政途上白白地糟蹋了一生。康炳待陆天膺吃过两锅烟，问起符的事，陆天膺说："江浙来了一帮古建筑队，翻修市中心的钟楼的，这几天老是请刘逸山去现场挽诀念咒的，我昨就对他说了，再忙也要帮这个忙的，恐怕夜里已画好了符，喝罢茶咱去取就是。"话音未落，院子里踉踉跄跄进来一个人，喊："爹，爹，人找哩！"陆天膺变脸训道："又去烂喝了？！"那人道："没，没……你来闻闻。"却"啊"地呕出一堆污秽，身子歪倒在台阶下的石子路上，一株君子兰连盆压碎了。夜郎和康炳忙去搀扶，小妇人忙出来跑过去拉动，那人却甩手不理，小妇人落个没趣，抽搐着后肩低首又进了屋去。陆天膺吼了一声"还不给我滚后去！"就又恢复了平静，卸了耳边的铁钩，理顺胡须，四平八稳去了院门口，立于半开的门边与人说话，回来手里拿一沓黄表纸条，对康炳说道："刘先生托人把符送来了。你查查，二十四幅。"康炳看了，果然二十四幅，上边用朱砂写就的似字似画的图案，当下给陆天膺鞠躬致谢。陆天膺合睑微笑，步入锦屏后去。夜郎和康炳以为老者去取什么东西，小妇人却出来说："先生到休息时间了，不能久陪，望谅望谅。"

两人出来，面面相觑，康炳说："老头能这样，全是让儿子坏了情绪。那是个痴傻货，只有七成。人真是不可聪明透顶，一人占尽了家脉，后辈就不中了！"夜郎说："那女的是老头的什么人？"康炳说："听说老头丧了妻后娶了个年轻的，不知是不是她？瞧那傻儿子待她的脾气，八成倒是了……老头有的是钱，钱有了什么样的女人都有。"夜郎说："只剩下我这没钱的，甲男配丁女了。"康炳说："你还弹嫌颜铭呀?！"夜郎不接话茬儿，说："今日算是开了眼界，只遗憾未能亲眼见到那个刘逸山，不知那又是何等人物！"旁边就有人轻声叫"夜先生"。夜郎扭头看了，却是吴清朴，惊叫道："呀，碰上你了！你也住在这胡口里？"吴清朴说："在前边那条巷里。刚才我去刘先生那儿，刘先生让捎一些符给陆老前辈的，我瞭见你在院里，就专在这里等你。真是山不转水转，那一夜寻得多辛苦，今日却这般容易碰上！"夜郎说："原来是你捎过来的符？你认识刘先生？"吴清朴说："认识的，去开了个处方。"将一张纸拿出来，夜郎看了，上边写着："用烂羊肉四两，细切，加人参末一钱，白茯苓末一钱，大枣二个，黄芪五分，连同粳米三合以及精盐二至三分一起煮粥。"夜郎说："这是什么处方？"吴清朴说："我让刘先生号脉，他说不用吃药的，是药三分毒的，就让我食疗，说这羊肉粥能治身体羸弱。"夜郎说："刘先生还是个医生？"吴清朴说："他原本就是医生，测字算卦念咒画符那是暗中来的。"夜郎"噢"了一声，羞于自己孤陋寡闻，又问："几时从西府考古回来的？"吴清朴说："我还没去哩。"苦笑了笑，有些不好意思，低首答道："上次我没给你说，我找了个朋友，就在平仄堡宾馆做吧台工作,她硬要我停薪留职搞生意,我哪儿是做生意的料,可她心热,非要依她不行。拿不定个主意了,她让我求刘先生算算的。"夜郎说:"你也信这个?算得怎样?"吴清朴说:"他让我拈一个字来测测,我一时不知说什么字好,忽然看见他家门上有铜打的铆钉,就写个'铆'字,没想写到一半,笔没水了,先生眉也皱起来,拿去细看,正有米蛾儿飞在纸上,他就笑了说:'若问生意,字里有金旁最好,这生意是能发了财的。你这字体如鹭立,有孤单之嫌,而笔画轻快,诸事还算通泰。写字的时候,墨水不能断的,墨断有田土散之象,当时我皱眉,要决定劝你不停薪留职为好,却后来飞来虫子,这又是吉兆,心想你这人毕竟为贵,福可抵灾,正可压邪,生意仍是可做的。只是要防一点,铆字一半为柳,柳又不全,柳不全者为败柳,残花败柳为妓,莫有钱栽在妓女身上。'"说完脸先红了,嘿嘿地笑。夜郎说:"你要办旅店还是歌舞厅?"吴清朴说:"办饮食店的。"夜郎也笑了,说:"那这先生是先有个妓女……"却不说了,驻脚凝听起什么。吴清朴问:"你说什么?"夜郎说:"我说他是拉你充嫖客呀!你听到了吗,哪儿有音乐?"三人侧耳来听,又似乎没有声息,举目四顾,周围都是楼房,谁家的姑娘在阳台上大声锐叫:"八点半呀,不见不散呀——拜拜!"一家就传出哭骂声,有玻璃杯摔碎的响动,一只红色的高跟鞋从窗口飞出来,有麻将声音,有喝酒划拳声音……康炳说:"哪里有音乐?是前边一家歌舞厅的卡拉 OK 吧。"遂就唱"爱你一万年……温柔同眠……"夜郎"嘘"地一下,叫道:"你听!"果然有幽怨苍凉之音飘来,极远又若极近,如云也亦如水,足风标,多态度,立即使人高古孤独。吴清朴说:"这是姜白石的《霓裳中序》。"夜郎说:"姜白石?"夜郎是读过书的,书上讲,南宋的姜白石是个词曲家,极善推敲文字,斟酌声律,有过十七首保存下来,可都是工尺谱,竟然有人能弹唱,而且就在这个城里!夜郎惊奇起来,问吴清朴:"你怎么识得是《霓裳中序》?"吴清朴说:"我表姐喜欢弹唱,多听了几次。"夜郎不知怎么心怦地一跳,一股酥酥之气从腿部蹿向头顶,于发旋处飘忽而去——要说什么,又没有说出口,侧身靠在路旁的一株梧桐树上,一段词曲就又清清楚楚逮在耳里:

亭皋正望极，乱落江莲归未得，多病却无气力。
况纨扇渐疏，罗衣初索。
流光过隙，叹杏梁、双燕如客。
人何在？一帘淡月，仿佛照颜色。
幽寂！乱蛩吟壁，动庾信、清愁似织。
沉思年少浪迹，笛里关山，柳下坊陌。
坠红无信息，漫暗水、涓涓溜碧。
漂零久，而今何意？醉卧酒垆侧。

夜郎听不得这词这曲，回首往事，腹内俱翻，脸上也不是个颜色上来。康炳说："你算什么文人雅士，也要神经？时候也不早啦，拉闲话改日约朋友上家去。"吴清朴说："着急什么，今日凉爽，又没下雨，上去喝口茶去，表姐家就在那楼里。"夜郎说："宽哥在就好了，他识得谱的。"就说了吴清朴托他找宽哥的事一直还未约到，刚才也是去了一趟宽哥家，人仍是逮不住影的。吴清朴说："这倒怪我无缘，咱们去歇歇嘛。"康炳已不耐烦，使眼色给夜郎，夜郎就说："这样吧，康炳你把符拿去，我去认个门儿隔会儿便来。"康炳不满，却故意说："行嘛，你的颜铭要找你了，我让她等着就是。"夜郎把符交给康炳，暗里拧了一把，小声骂道："小人之心！"掉头同吴清朴进了一条胡同。

胡同口是市民俗博物馆，门口也是蹲了两尊石狮，近去看了，虽雕刻不比平仄堡的石狮高大，却生动活泼。左边一头公狮，身上四头小狮；右边一头母狮，身上五头小狮。母狮斜前百步处有一尊拴马桩，一人半高，顶端雕有罗汉。罗汉半蹲一腿，双手抓着脸，脸是笑着，却从中分开，如是剥开了皮，而里边又是一脸，则横眉竖眼。吴清朴介绍说这是石工当年雕刻时不慎将罗汉脸雕坏了，急中生智，又在脸里雕了另一个脸的。夜郎似乎不信，疑心这是故意为之，人原本就有两面性，倒惊叹这石匠的大胆和深刻。绕过馆前场子，又沿一段红墙碧瓦走过，往右一拐是一圈高楼，楼正贴了博物馆东墙，吴清朴表姐的家就在一层的顶西头。推门进去，弹唱早已停了，两个女人在屋里说话,旁边半身直立地坐着一条黑狗。临窗的矮桌上放着一部音响,音响前横有一琴,琴下的石鼓坐凳上坐着一个女人,三十一二年纪,齐眉的短发,白胖皮面,套一件纯白圆领西式裙衣,下着白色紧臀短裙,笑眯眯地说:"来客人啦?"厅北墙下一件三人坐的长皮沙发,一女人侧身躺在上边,也是三十出头光景,却是一身黑色连衣长裙,也是黑色软底真皮拖鞋,一只挂在脚尖,一只脱放地上,光脚斜斜地支在沙发沿上,长长的头发拢在脑后,有些泛黄,如一条狐尾,见夜郎他们进来,瘦骨薄肉的脸上也明丽着笑。夜郎猛地进去,不知哪位是这房子和琴的主人,一时手足无措。吴清朴就介绍道:"这是我表姐!"沙发上的女人已经起身,一只鞋一时穿不及,就光脚缠绞在另一条腿上和夜郎握手。白胖女人就说:"虞白今日还礼貌,站起来招呼人了!"虞白一只脚就跳着去寻另一只鞋,说:"那当然,今日来的什么人嘛?!"胖女人说:"什么贵客?我认识你多少年了,迟早来你都拥在沙发里。"虞白说:"白马进堂。"胖女人不解,虞白指了自己的脸,两手做个拉长的动作,说:"笨猪!"胖女人恍然大悟,哈哈而笑,说:"可惜脸黑了些,要不真应是白马王子!"夜郎这才听出她们是在取笑自己的脸长,顿时窘起来。吴清朴说:"别嘻嘻哈哈惯了,见谁都这样。"胖女人说:"我们不是研究员嘛,饮食男女的能说什么天下大事?!"虞白说:"对,孔圣人说'饮食男女,人之大欲存焉'!"胖女人更笑个没死没活。吴清朴也笑了,说:"这位是丁琳,表姐的朋友。"丁琳说:"不是你的朋友啦?"吴清朴说:"我不敢高攀哩。你们知道这是谁吗?那天夜里我去拜访的夜郎先生。"虞白"噢"了一声,让夜郎在沙发上坐了,冲一杯清茶过来说:"今日是摆围棋了嘛!"夜郎和吴清朴都没醒悟,未再说话,丁琳说:"你别说你那幽默,幽默没反应,话比水还淡哩!一个名字里有黑,一个名字里有白,你说这话的潜意识是什么?"虞白脸倒红了,夜郎也拘谨,一时在沙发上端端正正坐着不动。虞白就给狗招手,狗仍一本正经直着身子,两只前爪软软地垂在胸前,说:"丑丑,丑丑,你是狗子听佛吗?"把狗倒抱过来在怀了,说:"天下还有这么个姓!那天夜里清朴去拜访了你,第二天就来给我说了,他说你在屋里问'谁',他在屋外说'我',你倒在屋里也迷糊了,说'我?'——

我听了笑了半天。"夜郎也笑了，这一笑，身心都放松了，说："那一刻里，我一定是脑子进水了，清朴在门外回答我时，我觉得怪了，'我'是在屋里的，怎么却在屋外？"虞白说："卡夫卡的小说就写过这种事，一直在追问'我是谁？'。许多批评家说卡夫卡的提问是多么哲学，其实，卡夫卡是有病了，他患的病恐怕和你一样，迷糊了！那些批评家———一旦成为批评家，他们就像所有的领导一样，无所不能，无所不通，农业会上讲农业，工业会上讲工业，科技、税务、建筑、文学、刮宫流产、微机上打字，他们都是内行，要做指示，你还得老老实实地听着，拿笔做记录——他们根本不细读人家的小说，或许要把极复杂的事情搞得极简单，或许要把极简单的事情搞得极复杂，或许仅仅是为了评定职称和获得稿费而又要满足发表欲的文章而已。当然，丁琳不是这样！"丁琳骂道："虞白，你叹息你无福无寿，你言辞尖刻哪能有福有寿？我不是批评家，我只是写些小玩意儿的评价文章，用不着你损我！"虞白便不反驳，却一头只问夜郎："听说你有一枚再生人的钥匙，能瞧瞧吗？"夜郎说："当然行的，只是我说不清它的来龙去脉，约宽哥又没约到。"卸了钥匙让虞白看，两个女人就宝贝一样地争起来。吴清朴说："你喝茶。"夜郎端了茶杯，瞧起房子并不大的，一厅两室，家具简朴，布置素净，惟北墙一张长而窄的木案上供奉一尊偌大的石雕佛头，双耳塔顶的赭石透镂香炉里有香烟袅袅如丝。琴桌后边的窗子极大，灰白的帘布沉沉垂地，靠窗有一门，装有细眉竹，竹竿斜撑了，可以看出是通向后院，院颇小，幽然安静，正与民俗博物馆的主厅相接，有砖封的门洞，而厅东檐的错综复杂的一角砖木直伸院中。一株白皮松斜着冲向高空，到了门框上角还不见枝叶。似乎还有假山矮树，夜郎不能歪了身去窥探，吴清朴已把开水又续在他的茶杯里。

虞白和丁琳叽叽喳喳看过了钥匙，虞白便从脖子上掏出系挂着的真丝绳儿，将钥匙就拴上了。丁琳说："你好要脸，谁的东西也要占领？！"虞白说："你哪里稀罕这？你有玛瑙戴哩！"丁琳说："我哪儿有玛瑙？"手扯着领口，露着脖子。虞白说："你让夜郎和清朴瞧瞧，那几块红红的东西不是玛瑙是什么？"夜郎看了，是三处皮肤充血泛红。吴清朴却说："咂！咂！这是要把脖子咬断了嘛！"丁琳突然害羞，忙把领口提起，说："清朴你怎么知道？

你怕咬断过邹云的脖子吧?"夜郎笑了一气,说:"人家都是披金挂银的,你们倒争着戴一个钥匙?"虞白说:"金银的属性俗哩,人佩戴得多了就显得脏。"吴清朴说:"白姐你是酸葡萄!"虞白说:"现在是谁也不敢得罪的,犯着邹云了,清朴就不愿意!五行上说土生金的,土有清浊二气,清气生出竹来做笛做箫,浊气生出金银,金银只能配做钱币。"丁琳说:"这话说得好,昨日晚上电视看了没有?市个体户协会举办晚会,有一个女老板唱歌,人是方脸,五短的身材,走路像是鸭子划水,身上衣服并不好,可左手右手十个指头竟戴了六枚金戒指,全是最笨重的那一种,看着真恶心,她怕是时装店的高档时装全不合适穿,只有披金挂银来显富了!现在是有钱的没有好身材,有好身材的没有钱!"虞白说:"现在流行金银首饰也流行丑人嘛!"大家一哄而笑。虞白说:"夜郎,我戴这钥匙好看不?"夜郎说:"好看。"虞白说:"这么说你是舍得了?"夜郎说:"可以吧。"虞白说:"还是舍不得的。"夜郎就说:"舍得。这是我日夜保存在身上好长时间了。"虞白说:"你是保存好长的时间,我可是等待了三十一年!这钥匙一定也是在等待着我,要么怎么就有了再生人?又怎么你突然就来到我家?这就是缘分!世上的东西,所得所失都是有缘分的。"夜郎说:"这么说,我是永远没有个钥匙了。"虞白说:"凭我一见这钥匙就爱,就又能从你那里获得,也凭你这句话,我也就知道你的身世经历了。你冬天戴帽子是不是在帽子里垫纸,把帽顶撮得很高?"夜郎说:"你冬天见过我?"虞白说:"你一定还是单身汉!"丁琳说:"巫劲又来了!用这一套拿了别人的东西,还要让别人觉得东西应该给你!"虞白说:"那你问问他是不是事实嘛?"夜郎笑笑点头,说:"钥匙活该给你。遗憾是宽哥没来,要不他会讲出许多故事哩。"虞白就说:"你那个宽哥会音乐?"吴清朴说:"夜先生也会的,他就在戏班里吹埙。"丁琳乐了,嚷道:"这真没看出,来一段吧!"夜郎忙推辞,说:"我跟宽哥还没学好的,虞白琴弹得那么好,刚才不是听到乐声我还来不了的。"虞白说:"你听到的或许是音响上放的,我只是跟着用琴溜溜,唱还是丁琳唱的。"吴清朴说:"琳姐再唱唱我们听!"丁琳说:"不唱。"吴清朴说:"又拿架子啦?"丁琳说:"乘兴而唱,兴尽而止。夜郎,我要问你,听说是再生人自焚时也用琴弹过曲子?"夜郎说:"宽哥在场的,他那时不会记谱,只听出节奏是平平仄仄平平仄,仄仄平平仄仄平,也弄不清是什么意思。"吴清朴说:"平仄堡就是以此起的名,所有知道平仄堡的人都在问怎么叫平仄堡?鬼知道。"虞白玩弄着狗,举了前爪在自己肩上,说道:"好笨!"吴清朴说:"你知道?"虞白说:"你问丁琳!"丁琳说:"我知道什么?"虞白说:"你是引无数英雄竞折腰,你咋不知道?!"丁琳"呀"了一声,伸掌打过来,虞白一闪,打在狗脸上。吴清朴和夜郎莫名其妙,越发要问,丁琳说:"我去年结婚,许多人送了对联,有'鸳鸯同卧,龙凤翻腾',有'风静闻荷香,云渡看松直',虞白送来的就是'洞房花烛夜,风雨平仄人',只有她贼怪脑子想得出这词!"说毕,四人哗地都笑了。

　　吴清朴去街上买了一瓶白酒,四包干果,回来见三人还在操琴说话。夜郎是将琴抚来抚去爱不释手的,虞白越发了得意,翻过琴腹让看上边的刻字。字是老宋体,以拙为美,夜郎读了,是:"此门下杨小山遗琴曾携游燕苏闽广西江鄂诸知音器重余孙大门其冢坦于归助嫁抚物动今昔之思爱笔以记乾隆六十年除夕前二日也。"惊得叫道:"这是一块灵木嘛!"嚷着要了纸铺在字上,拿铅笔在上面来回涂抹,清清白白地拓出一张字帖出来,说回去要让宽哥瞧个稀罕。遂问:"你是音乐世家?"虞白说:"这倒不敢。我爹年轻时做什么他都不肯,就迷上学琴,师傅是青羊寺的常古和尚,常古师圆寂前,将这琴送了他。琴是不是常古师的家传不得知。我爹得了这琴,至死没有离过身,我记得他每天清早起来都要弹一弹的,为此娘和他没少吵嘴。音乐使人穷,这话我亲身体验过——那时我们在外县乡下,家里什么也没有了,爹死了是买了一个旧柜,锯了柜腿盛殓的,娘要把琴也放到柜里去,我舅说留一个作念给孩子吧,这琴才留下来的。"吴清朴说:"高高兴兴的又提那些旧事。"虞白说:"不说了,吃酒去!"屋里的光线已暗下来,丁琳把厨房的小矮桌搬到后院,四个人相对坐于白皮松下。酒是一人一盅,不敬不让,自酌自饮,干果也不用筷子,随手去捏。夜郎自然不敢挽了袖子划拳吆喝,一时沉默了许久。夜郎抬头看虞白,虞白已喝下三盅,看见他在看她了,微微一笑,说:"喝嘛。"夜郎就喝了,说:"刚才在屋子里,我就觉得这院子里有假山，果然这么好的假山！住楼房还有个后院，后院里又这么多景致，真是难得！"虞白说："是好吧？你瞧瞧这院里是些什么景致？"夜郎扭头四下看了，南面的墙很高，墙端有明瓦暗砖雕饰，上盘滚道溜脊，卧有琉璃凤，墙壁正中，嵌一块方方正正砖雕，凸透着一条欲出云雾的龙，刻工叹为观止。回头东面，也正是房的后门，却正好矮墙与楼接在一起，原是在墙头斜伸过来一面门楼的后檐，想象那里应该是另一院落入口，上有横额，书着"半园"二字。地是用各色小石子铺就，有许多图案。假山不大，千疮百孔，旁有一高一低数米长的石柱如枯木。假山过去，或者就在假山的下面，有一泓水，绿幽幽的，竟通过那堵墙而不知了来去。再是奇木异草。夜郎说："这假山是太湖石，水上短桥是蓝田玉雕的，石磴是砚石材料，地上石子铺的图案……我看出来了，是拐杖、笏板、笛子、葫芦、花篮、长剑……这是暗八仙。园子叫半园，名字起得好。"虞白说："虽是半园，却是四季景色，这假山下一蓬迎春花为春，池里有浮莲为夏，那株海棠是秋，白皮松却是冬了——你没看出来！"夜郎说："瞧这样子，半园应是民俗馆的，怎么竟肯做民宅？"虞白说："说出来你也吓一跳的。这民俗馆原本也是虞家的，我二老爷手里是西府的首富，以农为本，以商兴家，商号遍及陕西、甘肃、四川、江苏，曾是马走外省不吃人家草，人行西京不歇人家店。这里最早是商号'天成合'，二老爷晚年捐了个省参议，才改成住宅常住西京的。但二老爷家人丁不旺，传到儿子手里没了儿子，过继了堂兄的儿子，这就是我的父亲。父亲生性不愿做官理财，只喜音乐，家道就稀里哗啦败下来。解放后这所住宅被收没，成了阶级斗争教育馆，'文革'中又全家赶到乡下，父母死后，我招工在外县，再是调入城里，形势开始变了，要求落实政策，这住宅又变成民俗馆，我自然不能提说宅院归虞家继承——你提也是白搭，世上的钱物从来就是多了就又还之社会的——但我总得有个住处，我去找信访局，也是亏了丁琳帮忙，分得这所楼的一所房子。这所房子怎能比得馆里的一所仓室？上边便念及父亲虽是过继，但毕竟还是虞家的后代，就封了半园通往馆里的后门，将楼房这边打通，那水池还通在馆院里的……"夜郎虽未听得详尽，大致都知道了，不觉说道："难怪你有这等气质，原是大户的人家，要不改朝换代，你是千金小姐,见你倒难了!"丁琳说:"除非你是土匪!"就拿眼睛乜虞白,虞白脸唰地一红,二人窃笑不已。夜郎说:"笑什么?"拿手弹爬在衣襟上的一只七星瓢虫。虞白说:"这虫子上身吉利哩。别听她的,喝酒吧!"自己先又喝了一盅。

天空暗淡,瓶里的酒也喝剩下二指高低,半园里有了花脚蚊子,嗡嗡嘤嘤在头上盘旋。虞白两腮微红,细目半睁,便说:"夜郎,我要醉了,你且回去;如果不讨厌,改日你们戏班演出,来请了我们去。"自个儿起身,果然头重脚轻,进内屋去了。夜郎便也起身,吴清朴却要留下,说喝完剩酒再走,给夜郎一盅,丁琳一盅,把干果也吃净了,方才分手。回到屋里,虞白已横卧在沙发上沉沉睡去,黑狗就卧在脚下。夜郎笑了笑,才要让丁琳把手巾涮湿敷在她额上,房门被敲响,夜郎就势在开门见客时告辞。来者正是一个女人,极其明艳,丁琳先叫道:"今日宾馆办晚会啦?"女的说:"没的呀!"丁琳说:"那脸上的油彩怎这么厚的?!"女的一时很窘,从吴清朴腋下钻进屋里去了。

虞白昏昏沉沉,听着卧室里有人说话,听声知道是邹云来了,想睁眼问候,又懒得睁不开,翻个身去,听得邹云在说:"今日请客,明知我要来的,也不留点残汤儿给我,到底不是一家人,皮儿外的!"丁琳说:"你要是皮儿外,我更是八竿子打不着了!是不是在嫌弃我了?我可给你说,小鸡肠儿,我吃的是白姐的酒,倒没沾你老公的一点腥的!"邹云说:"打嘴!谁是谁的老公了?"丁琳说:"提前叫个老公又有何妨?没行礼却行实,你骗得过我去?"吴清朴说:"琳姐,可不敢乱说!"邹云叫了一声,说:"你看,你看,看出什么了?"丁琳说:"你瞧你那眉毛,中线都散开了,你当我是外行?!"一阵谑笑,邹云说:"白姐今日请的是什么酒,是你给她寻着那个了?那个男人只打个照面,五官还行,可一看倒像个街上的闲人!"丁琳说:"你不是说男不坏女不爱吗?"邹云说:"男人看怎么个坏法,瞧他那皱皱巴巴的裤子就知道是——出力的不挣钱!"吴清朴说:"你们宾馆的人眼也看馋了,只认得名牌衣服。人家是我请来的客,是鬼戏班的,哪里又是给白姐物色的,小心白姐听着了拧嘴!"邹云就唤"白姐,白姐",说:"她还醉着。她怎么就能醉了?鬼戏班我知道,那个南丁山请了华州的一个老把式教演员打叉,把个女演员屁股就扎伤了,老把式就住在我们宾馆,叫了扮无常鬼的那个演员骂了狗血淋头!做什么不好,却去演鬼戏?这酒不是为那男人请的,又是有什么好事了?是你算了好卦了?"吴清朴说:"……刘先生说生意还是能做的。"邹云说:"这下你该拿定主意了吧?别舍不得你那研究员呀,考古呀,都什么时候了,脑子还不听!我就看不上你们知识分子,优柔寡断!"吴清朴说:"你说得容易,你哥哥店开得好好的,我插进去,名不正言不顺的,就是你入着股,分开干真有联手着好?"邹云说:"我不是给你说了,有箍了盆子桶的箍不了人吗?已经闹得乌眼鸡了,咱又为啥不干?琳姐你说?"丁琳说:"我也优柔寡断。"邹云笑道:"没想一句话又伤着你了,瞧这知识分子的心眼!"吴清朴说:"那说好,和你哥哥谈判我是不参加的,房子呀,营业证呀,雇人呀,各种交涉我都不管,我只撑个门面,出力……"邹云叫道:"这就好了!老婆再能干,还得靠老公做主心骨!——噢啊!"吴清朴说:"这,这……"丁琳说:"哎,慢着慢着,让我先走开了你们再忙。""吱呀",门拉合了,丁琳的钉着铁钉的皮鞋声响到内屋来。

丁琳见虞白眼睁了,低声说:"你醒过来了?"虞白说:"清朴是决意要停薪留职了?"丁琳说:"他太爱邹云了。"虞白嘴角皱了一下,算是笑了。吴清朴自和邹云恋爱后,邹云就是这里的常客,每日从平仄堡下班,便来吃顿饭或说说话儿。她人长得漂亮,脸多含笑,视人注情,只是声不好,又立坐不安的活泼,使得虞白这楼上四邻都认得她,更是在东什街上有着声名。东什街有几间门面房,原是邹家开个土产门市部,生意并不好的,自市政府指定东什街为小吃街后,这里寸土如金,邹云就和大哥二哥合伙办了个饺子饭店,几年间发了财。后虽邹云去了平仄堡吧台工作,仍入了一股参加分红,因为邹云从宾馆还能拉来大批的吃客。但是,正应了可以同苦不能共甘那句话,自邹家财大气粗后,兄妹三人却生出矛盾。先是管账的大哥账项不清,眼见得大嫂手上有了金戒指,金戒又换成钻戒,且大嫂的娘家装饰了房子,又安了电话,邹云和二嫂气就不顺,苦于没有证据,不好明说,只叫嚷怎么一月利润不如了一月？再是二哥见大哥如此，采购原料时买低价报高价，动不动就从收款的抽屉里拿了钱去打麻将，跑歌舞厅，还包了旅馆房间泡妞儿。这些邹云并不清楚，洗碗的小工保祥告诉了她，她就出主意：如果二哥再让他去那旅馆送夜宵，就去告诉二嫂。果然二嫂一夜里赶到旅馆，和那女的大打出手。二哥知道了是保祥露的消息，回来差点没把保祥揍死。大哥看不惯了就吵起来，吵到最后红了眼，乌七八糟的丑事全兜了出来，一个就说合不成了分开来！一个说分了就分了，谁也离得开谁！一份囫囵囵家业分成三份，一个饭店也开了三个门。邹云要吴清朴停薪留职来顶她所得的一份，给虞白说了听取意见，虞白不置可否，只应道"这你和清朴商量"。现在见他们已合手定了主意，只是担心吴清朴的经营能力。说："丁琳，你也权衡权衡，不要让猫拉车，把车拉到床下去。"丁琳说："清朴呆是呆些，可专心干起什么了，却有钻头。"虞白说："那就让他折腾去，不折腾邹云心也不甘的。"起身去拉了灯，灯光下胸前的钥匙亮亮地发光，就把它塞进脖下的裙领里。丁琳说："你真的要把它戴在脖上？"虞白说："我喜欢哩。"丁琳说："小孩才戴这些，你是怕寻不着家了，还是怕丢了自己？"虞白说："都怕。人活在世上好像什么都能干，其实一个人能扭动的也只是锁孔那么大个空间。"丁琳说："你又想作诗了？"虞白说："刚才在睡梦里我倒真的有了两句诗：拿一把钥匙，打开每一个房间。"丁琳说："是好诗，题目可以叫'单相思'。单相思就是这样，真是好诗，你扩展扩展，我托人送报上发表了。"虞白说："我没有发表欲！现在报上的诗，将一句有诗意的话扩展成一首，还美其名曰'一首诗有一句精语就可以不朽'！那还算诗吗？诗是每句都要明白如话，整体却有模糊性的含意。我这两句算什么？况且我哪里就是要单相思？！"丁琳说："我可没说你对那个夜郎有单相思！"虞白笑道："那我不成了老牛要吃嫩草吗？"

声音一大，卧室里的邹云就问白姐你醒来了？吴清朴没有过来，先去厨房看煤炉上的水开了没有，说句"窗台上的虞美人又孕骨朵了"，趁机洗了脸，梳了头。邹云拿了一件时装走过来，叫嚷着说是托人从深圳买的，要给白姐推荐。这是一件三件式的套裙，蓝底白花的裙子，薄亮轻柔的T恤袖裙衣，又有一件蓝黑色麻纱的马甲，没领无扣，质量高档，款式极好。丁琳就让吴清朴在厨房里不要出来，吴清朴说他干脆上街买些什么吃的来，就走了。虞白就脱了身上的裙子，邹云一边帮她穿新的，一边说："白姐你知道你最好看的是什么地方？"虞白说："哪里？"邹云说："就这屁股以上。我已经看过多少次了，你要坐在那里，简直像一把提琴！"虞白说："世上男人眼睛都瞎了，没有一个来弹这琴的！"丁琳说："真不要脸！"手拧了某一处，疼得虞白踮了脚在地上跳。就一边穿一边对着黑狗说："丑丑，你说是不是？女人就是一架琴嘛，逢着好男人了弹出的是音乐，遇到孬男人了只弹一片噪音。"黑狗丑丑竟头一点一点的，三个人都吃了一惊。丁琳说："这狗好通人性！"虞白说："我总疑心丑丑前世是个美人，你们瞧瞧那眼睛上一圈黑线儿，我敢说现在哪个女人还都画不出那么好的眼线哩！"穿着了，自己先到镜子前照，连声叫："不行不行，片片扇扇的太多，不适应我！"邹云说："讲究的就是这样，这是意大利的名牌，你个子高，穿上呼呼啦啦，又飘逸又潇洒。我有你这身架，早当模特去了！"虞白说："我才不当模特哩，虞家的女子穿了好衣服让别人去欣赏？！我也不想要那么多钱！衣服好是好，我太瘦了，撑不起来。"邹云看了看，也觉得是，仍说："不急的！"将自己的一双深灰色有带的高跟皮凉鞋脱了给虞白穿，把口袋里的一副金色椭圆墨镜戴在虞白脸上，左右找什么，又去卧室取了一条有浅蓝、赭红、白的条格儿头巾包住虞白的头发，说："现在瞧瞧，走到街上回头率不高才怪哩！"虞白说："倒像是个傍大款的了！丁琳，你和邹云是一个型的，你试试。"当下脱了，去换另一件。另一件是灰白的长裙，纯麻质地，后背有一道小布条带儿交叉成的装饰，虞白在镜前扭着看了，欣赏腰部的装饰，屁股微微撅着，细腰凸现，交叉的小布条带儿乍贴不贴的好看。丁琳也将那件穿上了，让虞白看，虞白说："好，你这活泼性格该这么打扮，越发仓库润泽，印堂黄明，耳额也增白了！"丁琳说："我也觉得好，邹云到底在宾馆，见得多了，会买衣服。你穿这件也好。"虞白说："这颜色说白不白的，自来旧，我喜欢，只是后背露得太多。"邹云说："人家前边露到什么地方了，还有人穿的！后背上又没长东西！"虞白说："我比不得你们年轻，干骨头脊梁，露什么的?!"自己把头发取了皮筋,披散下长发来照着看,还是摇头,就脱下来了。丁琳却舍不得脱了,说:"知识女性穿这还可以的,真的,白姐!——这件多少钱?"邹云说:"一千三。"丁琳说:"你给我说笑话?"邹云说:"我哪是说谎,你看看发票吧。"在口袋里掏了,果然上边是一千三,丁琳形容忽变。邹云说:"买一件吧,做老公的谁个不希望自己的老婆穿得漂亮?"丁琳说:"他那穷教书匠,一件裙子一千三把他不吓昏才怪的!"虞白说:"教书匠吓住了,总还有吓不住的人吧?"丁琳忙给虞白使眼儿,不让再多说,自己却低声道:"我又不是傍大款……我从不花他钱的,他给我钱我还嫌掉我的价儿……"邹云还在说:"穿得好了,一日他多爱你几次,总比省下钱来,却见了不刺激、没反应,日子一长夫妻不像个夫妻了强吧?琳姐,婚后最危险期是二至三年,男人的新鲜劲儿就没有了,咱做女人的就得不断地改变自己,常变常新。"丁琳说:"男人要是那样,干脆和衣架子过活去!——你要觉得我穿着好,那我就不脱了,今日回去亮亮他的眼,就说是三百元买的。"邹云说:"我让人去深圳就这个样子、尺寸再捎一件来。"丁琳说:"你倒舍不得了!这件就先让你美吧。"也便脱下来。

　　三个女人为了衣服兴趣蛮高,就又说到街上现在流行什么款式,北大街的唐都商场又开了服装自选厅,靠南千米距离的地方,又有了一家贵夫人服装店,而且南湖路服装街上的门面越来越多了,全是由广州、深圳、上海进货——广州、深圳的货现在比过上海了,虽然假冒名牌的多,但款式绝对的新潮!虞白就翻箱倒柜,取了几截布料出来,让两位参谋做了什么好?比比画画了半天,邹云说他们宾馆小唐的婆婆在电影制片厂里当服装师,手艺高得很哩,拿这一截丝绸去做件晚礼服吧。虞白说:"我喜欢自己裁了自己做……白日都懒得怕出门,还做什么晚礼服的?"丁琳说:"那我有几册新款式裁剪书的,改日给你捎过来。"虞白说:"邹云,你最近去福乐商场了没有?见着什么好的内衣?"邹云说:"白姐和人不一样,外边衣服平平常常,内衣却总是要高档的!——贵夫人店里新进了一批裤头,款式、色调绝对的好,明日我就给你捎回来。裤头买得那么好,给谁看的?"说毕了,便觉得不那个了,忙看虞白和丁琳的脸。两人似乎并没在意,丁琳说:"女人嘛，就那一块私处，当然要穿好些！我在洗澡间见过许多女的，外边的衣服花里胡哨的，可一脱胸罩皱皱巴巴，裤头破破烂烂，反倒让人看淡了。知识女性，最讲究的是内艳外素！"邹云说："琳姐动不动就是知识女性，我都没份儿和你们说话了！"丁琳说："你别多心，我这是说惯了嘴——你怎么不算知识女性？就是不算，嫁了知识分子也是知识分子老婆嘛！"邹云低声说："不瞒你说，我穿的裤头就是清朴的。"丁琳骂道："我说你那清朴老公，你还嫌是胡说！"邹云就捂了丁琳的嘴，两人不说了，拿一件黑底白小圆块的布料搭在虞白的肩上，比画着说做件裙衣怎么着？虞白也眯了眼在镜子里看了看，却哧地笑了，说："这就是女人！咱们平日还笑别的女的俗气，咱也免不了俗，再过一两年了，你们怕又该津津乐道孩子了！"丁琳说："女人再往前走，总是走不出衣服和孩子的。说穿了，女人也可怜，活着都是为了别人，一是看孩子，二是穿了衣服给男人看。"邹云说："这我倒不同意，穿了衣服给男人看，男人喜欢还不是围了你转？"丁琳："男人围着转了，他没有不想要了你身子和心的。"邹云说："他要了你，你也要了他吗？也说不上桶掉在井里还是井落在桶里了，白姐，你说是不？"虞白说："这我没经验。"邹云就和丁琳笑着骂"瞎屄"！邹云说："琳姐，咱也得给她个拉郎配，让她经验经验！"虞白说："那我只恋爱不结婚，看谁还能来？"丁琳说："你这半生总是眼头子高，月亮老是追求圆满哩，月亮总是一次次陨落和残缺。可话说回来，你总是失恋，却又总是被人爱上。"虞白说："谁爱上我啦？我也不想让人爱上，孔圣人说女为悦己者容，我悦我自己，所以这房子里镜子多。至于生孩子，我觉得防老已成了扯淡事，传继脉火那也是自我欺骗，你想想，有几个人知道他爷爷的父母叫什么名字？只是三代，后边就不知前边了，做前边的人还讲究有自己的后边人顶什么用？生孩子唯一的好处是生个孩子来玩罢了。"一句话说得二人没了话。

丁琳说："刚才是说衣服来着，现在却扯到养孩子，这其中是怎么转折过渡的，竟一点生硬也没察觉，这简直是和写文章的道理一样嘛！"虞白说："得了，得了，别批评家的意识那么强！——天这么晚了，清朴不知给咱买什么山珍海味去了不回来？"邹云说："我去看看。"换上了那一件套裙，又对镜涂了唇膏,出去了。丁琳瘪着嘴给虞白看,虞白说:"丁琳,从明日起咱们做美容按摩去。"丁琳说:"哟,虞白也要美容了?要美容,干脆去做手术割个双眼皮,把法令上那个痣也取了。"虞白说:"那倒不必,脸上有脸上的风水的。邹云是洗一次头吹一次发的,一星期去按摩一次,已经半年多了。人家年纪轻的都这样,咱再不收拾,老得出不了门了!"丁琳说:"你不是说你就敢素面朝天吗?!"虞白说:"不知怎么,我现在倒没自信了。"人一时蔫下来,伸了瘦长的指头在镜面上作画,画一个人头,——不愿凝视,便涂掉眼睛。丁琳却死眼儿看着她,更是一言不发。虞白在镜子里瞧见了,哧地笑了一下,掩饰道:"看见眼角的皱纹能捕了鱼啦?"丁琳说:"世上如果没有女人,男人是不会去修厕所的;世上如果没有男人,女人就想不起去美容了——你老实说,这会儿心里想着什么了?"虞白说:"想着什么?"不看丁琳,也不看镜子,站起来就往后门去,一边关门一边觉得心跳,立于灯影里脸发着烧。

夜郎回去后,个把礼拜都忙在戏班,南丁山集中了各色演员,和二师叔按场导戏,夜郎除了吹埙和杂务外,也充当各种小配角儿。先是让做打杂师,不说一句台词的,也不在鼻梁上涂白,穿对襟过膝白褂、黑布大裆灯笼裤、地瓜帽、起跟鞋,人显得矮了半截,搬动台上道具。鬼戏的道具都是实物,换场不拉幕的,扮着掌教师的南丁山只是喊:"打杂师!"夜郎和另一个矮子就应诺而上。掌教师说:"抬下桌子,拿上壶来!"夜郎和矮子就抬下桌子,拿上壶来。除了做打杂师,还要扮小鬼,鬼头儿是三块瓦的脸谱只留下在右眼角各有一条黑色,在近额角儿处又画上小小的白蝴蝶花纹,正额当中和鼻尖处用粉红画圆点;小鬼是一脸黑,满头红发,手拿了铁索走横步,一步锣鼓一响,当当一串前跑,单足斜立静场亮相。夜郎的独立总不稳,立稳了双手抬起如扑,而将额角突出的两撮赤发摇动不起,挨过二师叔的一教杆。最难受的是让他演云童,一行八人,左四右四,每人手持画有云朵的纸板,人在板后做矮子功。八人中七人是女演员所扮,皆功法精到,夜郎便发了狠,一有空就练。二师叔用教杆在屁股上一捅,夜郎腿酸疼支持不住,骨碌碌翻了个跟头。二师叔笑道:"真委屈了夜郎!歇下吧,歇下吧。"夜郎坐在那里也不起来,说:"做人难,做鬼更难!"南丁山说:"你倒能干个啥吗?!凭你这能耐,只能做个官去省心!"把一包香烟丢过来。夜郎说:"不是我'夜郎自大'哩,那可是真的,我在图书馆的时候,官长兴做报告,报告是我写的,下边的人执行得认认真真的!"说毕了,脸也不笑,拿做得老老的,吸了烟看老把式教恶鬼打叉。

正在排练的是《刘氏回煞》一折:

刘氏:(白)回煞之期,来到家门,门神阻挡,如何进去?
小鬼:站在身后。(向门神)门神请了。
门神:请了。哪里来的?
小鬼:刘氏青提回煞之期,请你二位让她进去。
神甲:生从大门入,死从大门出,人既已死,不得从大门而入了。
小鬼:我奉阎王命。
门神:我奉玉帝差。
小鬼(对刘):他既不肯,我就揭去阳瓦三匹,呼动孽风,做个乘风而起,从空而下。随我来!

[小鬼举叉将刘氏打进。刘氏身罩阴衫被钉在柱上,着紧身衣入内。小鬼下。]

小鬼打叉是连打三次的,第一次刘氏不欲进,小鬼扬手,三把明晃晃的钢叉"哗"地打出,刘氏就势一低头,叉从头上三指高的空中打下,"哐"地扎在舞台的木板上。小鬼拔了叉,刘氏在地上打滚,滚三下了,第四下刚翻过身,三把叉又"哗"地打去,"哐"地扎在滚过的地方。小鬼再拔叉,刘氏已惊恐万分伏于台柱下,要将阴衫扬起企图覆体之瞬间,叉再打出;恰钉住阴衫,刘氏褪衫入门。这一连串的动作,夜郎正看得心颤肉跳,那小鬼突然"嗷"的一声,扬手将一把叉朝台下打去,夜郎和台下看排戏的人锐声惊叫,打下来的却是一把纸做的叉。夜郎虚惊了一场,悄悄说给南丁山:"才学了几天功夫,叉打得这般好!"南丁山说:"这是一天两天能学到的?你看看那扮小鬼的像不像老把式?"夜郎看了,有些像,都是梆子头,鹰嘴鼻。南丁山说:"那是父子。咱先头的演员,怎么也掌握不了时间和速度,先是老把式用滚筐教他,打得还可以,让真人扮刘氏了,他就怯了,伤了演员屁股。多亏只伤了点皮,不碍事的,气得老把式大骂,那演员越发怯场,再不打叉;不打叉演什么鬼戏?老把式就把儿子叫了来,现在是万无一失了。"老把式排过了打叉,仍对整个动作不流畅而发了火,要女演员放了胆子去做,一边做一边注意表情。女演员面有难色,老把式说:"再来!伤着你了,我父子两张皮换你一张皮!"于是又来了一遍。接下来是刘氏整容后环顾旧时厅堂,无限凄楚,两泪潸然。抬眼望,发现了昔日凤冠、霞帔,有些高兴。寻找脸盆,洗脸,梳发,一双金莲小脚跳来跳去,极尽的扭捏和妖。然后对镜去化妆,两片胭脂夹住个长长的粉鼻,去戴凤冠,凤冠正了,去着霞帔,霞帔也正了——凤冠和霞帔是幕后有人用竹竿挑走的。刘氏惊愕,怅然,由于连日来水米不进,为饥饿催迫,开始觅食,就发现了桌上的供物,仅有素食,气恼,怒发上冲,抓起供桌上燃着的蜡烛,一边啃一边端碗喝酒——暗地里把蜡吐到碗里去——直到把两支点燃的蜡烛啃完。酒碗放桌上时发现了自己的灵牌,瞠目注视,不胜惊骇,转瞬间用吹灰的办法变为黑脸,念道:"故显妣刘氏青提之灵位。"突然一声呐喊:"刘氏,你就死了!"腾地双足跳上供桌,足上是穿了三寸金莲的套靴,一脚撑住一脚高举,头发也一下子直立起来。接着,身子连转一周,如鹞子空中翻身,衣袂飞动,霍霍有声,忽直立,僵死不动,全场音响顿停,灯光俱灭,只用一柱射光照得刘氏阴衫青白,大哭:"来嘛,来嘛,庭堂依旧,你就成了无依无托的游魂了!"戏排一段落,老把式和演员们都坐于台侧的椅上歇息了,夜郎还坐在那里仰面待着。南丁山说:"夜郎。"夜郎还是不动。南丁山手在夜郎的面前晃了晃,以为他没知觉了,夜郎打了一下手,南丁山说:"还活着?刘氏的游魂附了你体了?!"夜郎才站起来,闭了眼仍出现白衣白裤白巾的凄苦鬼相,说:"头痛得厉害,我得回去吃些去痛粉了。"说罢就走。

出了剧院大门,往左三百米处是个菜市场,小李蹬着半车韭薹正黑水汗流过来。夜郎往旁边柳树后一闪,瓮声瓮气道:"卖菜的!韭薹多少钱一斤?"小李光着上身,一把破蒲扇别在裤带上,正抓了肩头上的湿毛巾擦汗,顺口说:"一元二。"夜郎说:"你要吃人呀?"小李说:"我不吃人,你要吃菜!"抬头见是夜郎,骂了:"大热天的,你日弄我说什么话?怎么浪到这里,敢情在里边排戏?"夜郎说:"嗯。"小李说:"满街都是鬼了,还排鬼戏!"夜郎说:"瞧这神气,今日是霉了?"小李说:"早上送了豆芽去学校,得知这几日韭薹价好,心又沉了,又贩了半车,却怎么也卖不动,还叫人把秤锤收了。"夜郎说:"收得好,你那假秤锤哄得了十个人哄不了十一个人,人家没揍了你吧?"小李说:"做小买卖的,谁个不在秤上做鬼?那买菜的是个大高个儿,我问在哪儿上班,他说□□鞋厂。我说,啊,是大老板!他说什么大老板!集体的厂子,区乡镇企业!我说你们乡镇企业搞不搞不正之风?他说啦,没不正之风就没乡镇企业!正因为说过这番话,他买了三斤韭薹,又反身来说少了四两,要查秤。我知道遇上坏人了,提了一小捆菜塞给他,说:老兄,这和你的企业一样嘛!那大高个儿先气哄哄的,这下倒笑了,说,你却不能亏到我头上!顺手便把秤锤拿走了。我追着去要,他竟也悄声说:兄弟,你真要嚷啊?!我还嚷什么?老子裤带上还备有一个的!可我哪里还能再在这里卖?"夜郎听得好笑,小李就问:"剧院里有没有水龙头?"夜郎说:"进门靠左的厕所边有一个,我看着菜,你进去洗洗。"小李说:"菜也热得要洗了。"

两人推车进了院,小李就用一截水皮管接了龙头在菜上浇水,又把苫着的草帘子浇个精湿,才自个儿爬上去喝了一气。这时便见一个警察进了院,东张西望。小李低声说:"警察来了!"夜郎说:"怕甚的,咱这阵犯了罪?"把车推过来,警察却是宽哥。宽哥一身警服,早汗湿了前胸后背,低而浓的发际下留着拔火罐的痕迹,一见夜郎,倒威严了,说道:"夜郎,国家主席每晚电视上还见一次哩,可你就是难寻着!"夜郎说:"是你寻不着我,还是我寻不着你?我让人去过你家,嫂子没有说?"宽哥说:"好多天她不理我了。"夜郎说:"过不成了就离婚,宽哥又不是找不下个黄花闺女,就是找不下,一个人打光棍也比整日吵闹着安逸!"宽哥说:"胡说!老婆又不是帽子，天冷了戴上天热了丢掉！她在更年期的，过一半年会好的。小李，把菜弄得这么湿怎么行啊？"小李说："水菜嘛，不淋些水就能点着火了！"宽哥说："买卖可得公道哇。"夜郎说："你们警察，把治安抓好就得了，卖菜的能坏了啥事？"给小李使眼色，小李飞快去了。夜郎递过一支烟给了宽哥，说："找不着你，你就把一壶酒冷喝了！前几日我认识了一户人家，家里有一把琴的，样子和你见到再生人焚的那把差不多，都是仲尼琴，上边还有一行文字，记着琴的历史，起码是清朝的货了！"宽哥说："有那么久的？前日我去文物市场，买了几个汉朝瓦当，回来才发觉全是假的，现在复制假文物的人多哩！文字怎么说的？"夜郎说："原话记不得，我拓了个纸片儿，在家里，去看看。"宽哥说："你先等会儿，我去问个事儿。"就走过街对面和摆冷饮摊的老太太说话，老太太直摇头，又去问屋檐下一对下棋的人，人家也是摇头，宽哥垂头丧气过来。夜郎问："什么事？"宽哥气咻咻地没言语，拉夜郎走到这条巷和北大街交叉的路口，那里有一个路灯杆，杆下竖着木板牌子，上写了"便民免费打气处"，正站了几个人。宽哥问："没人送来吧？"那几个人摊摊手，似乎还笑嘻嘻的。宽哥就又进了旁边商店。夜郎问怎么回事，那几个人说了，原是宽哥要做好事，自己买了两个打气管放在这里，专供过路骑自行车的人充气，头一天，气管安然无恙，今日中午却突然没有了。夜郎听了，也是没有生气，咧嘴笑了。宽哥从商店出来，又买了一把新气管，还买了一条链子，说："你笑什么？这事你竟还笑得出来？"夜郎说："只要你是雷锋，大家就盼你永远是雷锋嘛！"宽哥用链子一头拴了气管，一头锁在路灯杆上，说："正因为都是你这种思想，才有不自觉的人哩！我再买一个，他偷了让他心里琢磨去，说不定明日就又送了回来。"夜郎说："那咱就等着黄瓜菜凉吧。"宽哥也调子低下来，说："咋就成这样了？自己不做好事也就罢了，别人做好事还这么损着？"夜郎说："你没看天气都成什么样了？"宽哥说："与天气屁事！"夜郎说："冬天越来越不冷，夏天也不比往年热，冬不冷夏不热，五谷都不结，人发生变化哩。"宽哥说："怎么变化？"夜郎说："现在患癌的人多吧？癌是什么，听医生讲是人的细胞增生，我想，人一定是在发生进化呀！人要适应这天气，身子就得相应变化，这细胞首先在变，这才有癌，患癌的人是第一批进化的人。原先人从猴子变成了人，尾巴是慢慢没有了，说不定将来人的额上又长出一只眼来，鼻子不在脸中间，长在头顶上。"宽哥说："哪儿来的邪思胡想？到了鬼戏班也成活鬼了！夜郎，说正经的，那户人家有琴，会弹不？"夜郎说："当然会弹。你知道人家怎么解释'平平仄仄平平仄，仄仄平平仄仄平'来着？"附了耳说了，宽哥说："能这么解释？再生人死时怪悲壮的，也会是这么个想法？"夜郎说："你把什么简单的东西都处理成了复杂的东西，为啥不成哩？性是那样，人生还不是那样，把复杂的东西处理成简单的东西，也恐怕只有活了两世的再生人能这样做的。"宽哥说："你现在倒能得不行，脑子里尽是怪念头！"夜郎说："你不是说我是活鬼吗？今日你有空没，我领你去看看那琴去，人家还要问再生人钥匙的来龙去脉的。"宽哥说："晚上去。"夜郎说："人家是女的，三更半夜警察去抓赌呀还是查嫖呀？人家不说，四邻怎么说？"宽哥说："女的？你怎么认识的？瞧你这精神头儿，敢情真是瞎了心！"夜郎说："我夜郎也不是没见过女人！就算是猴急了，夜郎看上街上的女人不下百人千人，你看上了又怎么着，人家就跟你来了？"宽哥说："嚷那么高声干啥？去看琴的事以后有日子，我这几日找你就是为颜铭的事，你嫂子和我闹，也是颜铭给她说了你们的矛盾，她就嘟嘟囔囔问我交的你这是什么朋友？你知道不？颜铭已经开始上台了，那女子真是不错，干什么都有着较真劲儿，不出多久，我估计她会成为'蓝梦'的台柱子哩！这几日是在平仄堡歌舞厅表演，我认识那儿的经理，你在那儿也熟，咱去开个房间，你们好好谈谈，我也去洗洗澡。"夜郎没想到宽哥说出这件事来，不觉心里沉起来，说："颜铭给你全说了？"宽哥说："她只给我哭诉你们闹别扭了，别的事还是她给你嫂子说的，你嫂子又说给了我。男人嘛，得有个责任，一日夫妻百日恩的，你和人家睡了，说分手就分手了？！"夜郎一时无言回对，倒被宽哥硬拉扯着去了平仄堡。

　　熟人的到来，宾馆的经理开了一间房间，宽哥立马就去了洗漱间，喊叫夜郎进去。推了门，宽哥已脱得精光，使夜郎吃惊的是宽哥的牛皮癣越发严重了，整个脊梁和两肋间都起了甲片。宽哥说："实在痒得不行，快帮我上上药。"夜郎从他的口袋取了一短截筷子和一瓶药膏,先在地上铺了几张卫生纸,用筷子的棱角在背上刮,一片一片银屑如雪花一样落下来。宽哥很羞耻了,说:"夜郎,你说我怎么就得了这种病?"夜郎说:"干坏事的人活该得怪病,宽哥却得的什么?或许是宽哥你为了革命累得脱皮哩!"气得宽哥说:"我脱皮,你应该脱胎换骨!噢,往上,往左,对,就那儿,多刮几下。"夜郎使劲刮了,刮下了白甲,肉就赤红赤红的。夜郎说:"我突然想起个事了!古人讲杞人忧天,你说天应不应忧?"宽哥说:"天有啥忧的?"夜郎说:"人身上落白甲是人病了,天上落雪片,雪片就是天在落白甲,那个杞人一定是看见了天上落雪而想到天在患牛皮癣而忧了!"宽哥说:"你这脑子总有一天要犯毛病的!"跳进水池,淋浴起来。

　　洗好了,夜郎给宽哥涂了药膏,两人回坐到客厅吃茶说话。夜郎就说了他去陆天膺家托要符,如何见到吴清朴,又如何去了虞白的家,还说了刘逸山的医术和卦术,他想请刘先生去为祝一鹤治治病,也建议宽哥去治牛皮癣。宽哥只是摇头,说现在到处都是治牛皮癣的个体诊所,但没有能根治的良方,愈是不能治的病,在治这类病的方面就愈多名医。这当儿,服务员进来招呼,说是经理在饭厅等着二位去用餐。宽哥说:"还真的在这儿吃饭?"夜郎说:"吃去,吃了白吃,不吃白不吃。"去餐厅吃罢饭,天就黑下来,宾馆里外灯光辉煌,经理邀去歌舞厅,说颜铭他们一会儿表演,有什么话去那儿也好说。宽哥不,还是让经理去看颜铭来了没有,让她先到房间来说说话。

　　经理去了,两人乘电梯到四楼。刚出电梯,一个女服务员拿眼睛看夜郎,夜郎也迎目注视了,脚下便迟疑了。宽哥捅了一下,悄声说:"你这毛病倒多!"夜郎说:"觉得面熟。"宽哥说:"漂亮女人都分不来的,此人肉过于骨,一副媚态,你知道是什么人?少黏糊!"两人低了头快步就走。服务员却在后边撵来,皮鞋声碎碎的,说:"先生,先生,你是不是在戏班?"夜郎驻足了,回头说:"你是……"那人说:"果然是,我的眼睛还是毒!你不记得啦?那天咱们见过面的。"夜郎忽然记起,说:"是我和吴清朴在一起……?我觉得面熟,又怕认错了人引起误会。"那人说:"我是吴清朴的未婚妻,叫邹云,就在这儿吧台上。"夜郎高兴地说:"宽哥,你要寻吴清朴和虞白,容易得很嘛,邹小姐就在这儿!这是宽哥,他会乐器哩。"二人握了手。邹云说:"警察也懂音乐?!"宽哥说:"警察只会捉人!"三人都笑了。邹云说:"要见白姐,我指挥不动她,要找清朴我随叫随到。现在叫他来吗?"宽哥说:"这方便吗?"邹云说:"有啥不方便的,宽哥是警察,以后要求你的事还多哩。我吓吓他,给他打个传呼,就以派出所的名义让他立即到宾馆来!你们是几号房?"夜郎说:"四〇二。"邹云就去拐弯处的服务台叮咛服务员:送些饮料和水果到四〇二。自个儿才乘电梯下去。

回到房间,夜郎问:"这女的漂亮吧?"宽哥说:"我看不如颜铭。"夜郎说:"你别意气用事,漂亮是实际存在的,颜铭好是好,可没人家的城市味。"宽哥说:"夜郎,我告诉你,今日和颜铭只能谈好,不能谈崩,你要是连颜铭都不满意,我看你就彻底地没救了!"夜郎说:"你别给我扮警察脸,我又不是你的罪犯。"宽哥说:"那说不准。过一年半载,你破罐子破摔下去,什么坏事也要干了,到时候我也就认不得你了!"一阵敲门声,经理进来,说颜铭他们是来了。但很快就要表演,正在化妆,她说表演一完就立即来的。经理便取了象棋与宽哥对弈。

连下了四盘,颜铭来了,久日不见,夜郎几乎认不出她来,人已经不再披发,光溜溜的脑门上头发往后梳去,软软地盘个小髻,耳前肤色嫩白,鬓毛稀疏,显出了一颗以前并未注意到的黑痣。妆还未卸,长眉粉鼻,红唇皓齿,上身穿一件黑色绵绸无领短袖紧身小衣,下身是发白的牛仔短裤,更突出了两条长腿如椽一样挺直结实,几乎是全身的五分之三,光腿光脚蹬了一双细高跟深帮皮鞋。站在那里微笑,房间里也明亮了许多。经理说:"人还是要经见世面,颜铭在发廊的时候,只是个俊女子罢了,瞧现在,容光焕发,光彩照人,这站相就不一样了!我真后悔没留下她在公关部里。"颜铭赶紧坐下来,将双腿绞了放在沙发下,说:"经理是笑我还是模特的站势吧?我也讨厌了我自己,稍不注意就站了台步,真担心以后走到哪里人都能认出是当模特的。其实我是个啥嘛?!"宽哥说:"我不满意的就是你这自卑!我早给你说了,不要无端地长吁短叹,不要老觉得自己不行!颜铭哪一点比人差?拿出满城的女子来,有几个又能比过你了?!"颜铭说:"别人不夸自己夸。"

低首倒不好意思。宽哥说:"头抬起来!仰头的女人低头的汉,那才是厉害人的!"颜铭仰了头,笑了说:"笨狗扎个狼头势,这样行了吧?"宽哥就也笑了,说:"颜铭老实,见了我们也不说些热乎话,也不问我们吃了没喝了没,还得我当大哥的给你倒水?"颜铭赶紧要去倒水,说:"都是兄妹,我热乎过火了也显得假来。吃饭还用得着我吗?老板在这里嘛。"宽哥说:"有个好工作也不容易,好好干,将来给咱当个名模!站台步有啥?站有站相,坐有坐相,演芭蕾舞的出来一看就是演芭蕾舞的,当模特就要走到哪儿都看出是做模特的。夜郎,你说是不?"夜郎一直未说话,便说:"那当然,警察当惯了,看谁都是坏人的。"颜铭就笑,说:"你不耐夏,似乎瘦了。"夜郎说:"是吗?"摸摸下巴,毛烘烘的,又说:"怕是没刮胡子——年纪大了,一日不刮胡子就面目全非了!"颜铭说:"猫一生下来就有胡子的——谁说老过?你给我充大还罢了,当着宽哥面说这话脸红不红?"宽哥说:"人家进了个鬼戏班,就眼高心高,哪里还有我?他是瘦了,多久没见颜铭了,也是操心,几次说颜铭去模特队习惯不习惯,要来看看,可我哪里有时间?今日硬被他拉了来。"颜铭说:"他怕没这份心吧?你瞧他那裤子,脏得像抹布了,自己管不了自己,还会操心人呀?!"宽哥说:"也是的,女人需要照顾,男人比女人更需要照顾。夜郎,把衣服脱了,让颜铭洗把水。——光膀子怕啥?自己的妹子嘛。"颜铭也说:"热天好干,误不了你走时穿的。"拿了裤子就进洗漱间里去了。

经理收拾了棋盘要走,在过道的门口蹲着一个人,打问四〇二房间里是不是住有派出所的人?经理以为是报案的,就担心是宾馆失了盗或是歌舞厅里有流氓滋事,盘问了一阵,知道是外边的人,就说派出所的人住在宾馆干啥?先撑着走了。人一走,忽想着汪宽也是派出所的警察,就进来问有没有相约的人?夜郎说:"有的。"出来看了,过道的那头还疑疑惑惑地站着吴清朴。就喊:"吴先生!"吴清朴喜欢地问:"你怎么也在这儿?"夜郎说:"派出所也叫我来的。"吴清朴脸就变了:"出了什么事?派出所也让我来的。听说火车站那儿发现了被害的尸体,可与咱有什么干系?咱没有犯什么事嘛!"夜郎瞧他的紧张样,就不忍作弄,耳语了一番,吴清朴才笑起来,身上已经是汗水淋淋的了。领进房间做了介绍，颜铭也把衣服洗好晾好在风扇前，宽哥就说："夜郎，我给经理说好的，房间给咱开了，晚上不回去也可以在这休息，你们说说话，记住了没？！我和吴先生去大厅聊呀，末了我再来。"砰地把门拉关上了。

门一关上，夜郎倒笑了，看颜铭，颜铭也笑，就过去又试拉了一下门，没有拉开，把门链就拴上，回坐在床沿上，还说："宽哥这人……"颜铭也说："宽哥这人……"对视了一会儿，眼睛都垂下来，久久地却不说话了。颜铭就从对面的床沿上又站起来，去把风扇上的湿衣服挪了个地方，又放好，眼睛不看，却在说："夏天不穿袜子就不穿袜子，可指甲也该剪剪吧？"夜郎把嵌着黑长指甲的脚收到了灯影里。颜铭也没有再说下去，却问："你来找我有事要说吗？"夜郎说："也没甚大事，久日不见了，来看看。"颜铭说："多谢你，你看吧。"夜郎说："你真漂亮。"颜铭说："来看漂亮，去歌舞厅里看嘛。"夜郎说："你不让我来的？"颜铭说："时装表演，百人千人看，还能不让你看？"夜郎便噎住，一时百无聊赖，自己给自己寻话："到戏班里真他娘的穷忙。"颜铭说："也是的，你有空能去祝老家，阿蝉说我快回来了，你就忙得赶紧走了。"夜郎又没了话，想起那次见到床围上的字，心里泛上不舒服，就扬了头说："颜铭，你是把咱的事全说给宽嫂啦？那是个忽拉海人，她要一知道，满世界就都知道了。"颜铭说："我是说了。"夜郎便来了气，说："你知道不知道这又伤害了我？"颜铭说："你要这么说话，真为此伤害了你，咱们就拉平了。"夜郎说："什么？我伤害你了？"颜铭眼泪唰地流了下来，说："夜哥，人说话要讲良心的，我是感谢你把我介绍到祝老那里去做活，但我一个女儿身接待了你，你也总不能这么无情寡义！不知你怎么看，在那一夜之前，也包括那一夜，我是真心要同你结婚的，我永远不能说我是虚伪的，假情假意的。那天我回去，床上的东西摊了一堆，你故意来羞我，又一走了之，再不闪面。今日再见到你，果然平平淡淡，好像什么事都没发生过！——我真服了你竟能做得好像什么事都没发生过！"夜郎说："我不能让人都欺骗我！"颜铭说："哪个是在欺骗你了？！也正是我知道你以为我在骗你，我才去给宽嫂说的，宽嫂嘴长，我原本准备不说与她，可我在这个城里还有什么人肯听我的委屈？我说着说着就不能控制，说过了又后悔。我是一直要把话给你明说的，你却不闪面嘛。今早宽哥来说他一定要寻着你，要不是宽哥，你怕也不会来的，来了也不会待这么久。我之所以同意他领你来，我就是要给你说清楚，说清楚了，你就是杀我剐我，笑我贱我，还是不肯信……我心里也就清静了。"颜铭说着，鼻梁上、嘴唇上已是泪和细汗，进洗漱间取了毛巾擦了，扔给夜郎，夜郎更是满头满脸的汗。颜铭说："小时候我爱体育，在学校里打篮球、踢足球，运动量大，后来看了一本书，说运动量大的女孩处女膜常会破裂的，我知道男人是讲究处女膜的，又听说过许多结婚的男人第二天偏要把弄脏的床单挂在院中晒，让人知道自己的媳妇是处女。正因为这样，我看你神色恍惚，情绪低落，才同意把我就给你，让你忘记烦恼，也正是担心我万一没了处女膜，给你无故地增加心理负担，才想到去买鱼，半夜杀鱼给你吃，拿了那鱼尿泡……我真蠢，我弄巧成拙，我给谁说清去？！"

夜郎吃惊地看着颜铭，颜铭气咻咻地叙述了一切，最后已是泪流满面，用毛巾擦了泪又擤鼻涕，眼泪鼻涕却不住地流，而且开始打嗝。夜郎无法相信她的话的真实，也无法不相信她的话的真实，但夜郎感到心疼。如果颜铭说的是真话，他夜郎就太伤害了她；如果她还在欺骗他，夜郎也不是不设身处地地为颜铭的自尊着想。他夜郎是爱着颜铭的，直到现在心里仍是爱着，正因为爱着她，所以才因蒙受她的欺骗而极度地痛苦。他虽然是一个豪气的男人，但他内心深处是脆弱的，需要关心和安慰，即使是她说的这一切仍在哄他，他也会为这哄话来欺骗自己，树立男人的尊严和自信。更何况，一个女人，一个失身过自己的女人，能这样地对自己说话，他夜郎即使铁石的心肠也不能再硬了。

夜郎站起来，颜铭也站起来，灯将他们的影子涂映在两面空旷的墙上，如是对坐了的神像，默然两忘。楼下大厅北角的歌舞厅里声乐飞扬，在宾馆门外的街上，卖烧鸡的小贩高一声低一声地吆喝，奇怪的是一声猫叫，似乎就在楼外墙根或那片草地上，十分清晰而阴冷，两人打了个哆嗦。鸟的求爱是以自己的歌音取悦，兽的求爱是以毛发取悦，猫却是一种哀怨和哭诉。——

夜郎无声地向颜铭挪移脚步,眼瞧着她紧贴在墙上,胸脯一起一伏,那"呃儿呃儿"的声越发响得紧。突然,电灯熄灭了,电扇也停止了。电灯电扇的熄灭、停止是夜郎走过时脚碰着了插线板,屋子里刹那间一片漆黑,只拉了一半帘布的大块玻璃窗透了月光,月亮看不见,多半已在了楼顶,屋子里朦朦胧胧。"你要干什么?"颜铭看着站在了她面前的夜郎,身子没有动,样子凄惨,犹如十字架上的受难者。她竭力在控制着打嗝儿,可嗝儿还是打出来,打一下身子就颤一下。夜郎说:"掐掐中指,掐中指会好的。"颜铭在那里左手掐着右手,很为自己的不雅行为而有了几分害羞。夜郎终于抓住了她的手,手绵软而冰冷,说:"我帮你掐掐。"颜铭惊悸了一下,眼睫毛扑撒下来,脚步移动了,又贴靠在墙上。这一挪动,身子正在了那一片白光的边沿,头发和上衣与黑暗的墙一个颜色,而脸显得那么白。——今夜的月亮也是这个色调吧?夜郎小心地说:"颜铭,能原谅我吗?"眼前的月亮却摇曳了,慢慢地往下坠,往下坠,最后,她的手开始有了分量,开始滑出,整个身子软滑下去倒卧在墙根。房间里全然黑暗了,夜郎听见了有低低的声音在地上说:"你不认为我还在欺骗你吗?"声弱得如虫在鸣。

  夜郎说:"那天早上,我是悲怆地哭了,颜铭!说心里话,我并不在乎你是不是处女,现代的都市里,女孩子凡有过恋爱的经历,没有几个是未体验过性的,更何况我也是结过婚……我伤心和痛恨的是你用鱼尿泡欺骗我,把我当无知的男人来欺骗!我已经被骗得够多了,别人骗我我还想得开,你骗我我就接受不了!"颜铭听着,说:"我是处女!真的我是处女,这你要信的,要信!"夜郎说:"我信的。其实何必那么计较处女不处女呢?即使以前与别人怎样,那是我们之前的事,你只要以后能对我忠贞。"颜铭却又一次哭了。夜郎说:"怎么又哭了?"颜铭越发哭得厉害,竟"呜呜"出声:"我为什么要欺骗你?我为什么要欺骗你?"夜郎见她伤心,反过来倒安慰她道:"在这个世上欺骗的事也太多了,真的也成假,假的也作了真,甚至自己也需要欺骗自己,我还不是常常这样?"颜铭不哭了,从墙根往起站,站了一下没站稳,夜郎就势抱住了。——一抱什么话都有了,什么话也都没有了,越抱越小,抱了很长时间。

如果这时候突然发生地震,整个的平仄堡将陷落地层深处,这一抱将是上千年……但是,当电灯重新插好了接线板,夜郎便赤了身子去洗淋浴。颜铭还没有起来,头发蓬乱地趴在那里,在宾馆的留言簿上写着什么,说:"我这是送羊到虎口了!"夜郎用大浴巾揉着湿淋淋的头发,轻轻地笑,心想:是的,干柴遇见烈火,势必要燃烧的;重新地相好,是颜铭主动来到这房间的,他夜郎之所以再次接受了她,除了上边的种种原因,最重要的是一种消释,如同去为别人办件事情,事情完全可以按规定办的,也肯定能办成,但你必须接受他的礼品,接受了礼品对方才可相信你会真心去办的。再是,夜郎是无法抗拒颜铭的美丽的,颜铭除了有西欧人的脸庞外,体形更是绝妙,该瘦的地方都瘦,该胖的地方胖而结实,她躺在那里,台桌上的灯光从灯罩里照过来,夜郎想到了为平仄堡运石狮去过的陕口的沙漠,沙漠上风吹过形成的起伏优美的沙梁。那也是一个月光很好的夜晚,沙梁下有稀稀的毛拉子草,草窝里有一个精巧的鸟巢。

　　夜郎俯过头去,要看她写的什么,颜铭却用手捂住了。要感谢这个宾馆吗?不知怎么,夜郎想起了再生人自焚时的琴声,也想起了虞白对平平仄仄平平仄的解释,就觉得这宾馆与自己有着奇特的缘分。他坐下来吸烟,一直等颜铭写好了,又撕下来折成小方块要装进自己的口袋时,他也没有提出要看。颜铭却说:"你看不看?"夜郎接过纸块展开,上面竟是记录了刚才一幕的经过。使夜郎吃惊的是女人的感觉是那么丰富和细腻,又那么热情和冲动!其中也夹杂了担忧和多疑。夜郎是有着长长的接触女人的历史的,事情干了也就干了,但颜铭这样的女人,却把这样的事看得如此庄严和神圣,她是在竭尽了全部的生命去品尝、去享受的。文字的最后一句是这样写的:"我们做过了该做的事,我们没有辜负这下半夜的月光,平仄堡的愉快的时光将长留我的记忆中。"夜郎抬起了头,颜铭水汪汪的眼睛正看着他,脸色红如火炭,说:"我文墨浅,心里翻腾得什么都有,就是寻不到词。"夜郎说:"谢谢你!"却划火柴把纸烧了。颜铭叫道:"你把它烧了?"夜郎说:"这样的事是不能写的,写了总会被人看到。虽然人人都干过这事,但不能说破,不能写出,不说不写就是完人、贤人、圣人,说了写了就是庸俗、下流,是可恶的流氓。"颜铭说:"这就是你们男人!"起身穿衣梳头,收拾脸面,问夜郎:"和刚才是不是一模一样?"夜郎说:"不一样。"颜铭问:"发畔不齐?"夜郎说:"你身上有了我。"颜铭骂道:"坏蛋!这髻儿顺溜吧?"夜郎说:"晚上了,还梳那髻儿干啥?"颜铭说:"宽哥还在大厅里,他要见我变了发型,该怎么想?"夜郎这才记起了还有那一个大哥。

大厅里却没有了宽哥,总台的服务员告诉说是有一个警察的,早就走了。夜郎怔了怔,便会心笑了,返回来,这一夜两人再没有走。

天未明,颜铭就赶紧离开了平仄堡,夜郎睡到九点,起来冲了澡,低头便寻找什么。夜郎寻找的是那枚钥匙。那枚钥匙以前戴在身上习惯了,洗完澡每每就先要戴上的,现在寻了一气,突然记起已送了人,倒笑自己的荒唐。穿了衣服回躺在床上吸烟,就想到了送给了钥匙的那个虞白。夜郎与女人的交往里,虞白可能是特别的一个,这是一个豪门的后代,又是一个有知识的女性,夜郎的意识里有着自卑,那日从一听到乐声就自惭形秽,无论如何,像夜郎这样的人是无法接近这女人的,但夜郎却神使鬼差般走进了她的家里,并吃了酒,说了那么多话。昨天夜里,他把虞白的事说给了颜铭,颜铭就说:"人家高贵嘛!"不无一种醋意。但说过了,却又说:"多接触接触这样的人好哩。人家一回两回待顿咱,三回四回就不知怎样,只怕是心里瞧不起你我这班人呢。"夜郎那时是"哼哼"地笑了两下,现在想起来,仍是笑了。夜郎虽然不是流氓,夜郎有豪气,夜郎怕谁的?越是这样不为他夜郎能接近的女人,夜郎才更有兴趣去接近!更何况,夜郎又想,虞白对他并没有什么反感,那言语、眼神,以及每一个小小的举动,夜郎看不出她的丝毫厌烦——夜郎反倒喜欢了那一种自在适意的作风:请人吃酒,自个先醉了睡去。于是,那一句头次见面就说夜郎是马面的话反倒令夜郎难以忘怀,从床上起来,走到镜子前端详自己的脸,确实是一张过长的脸,眉毛浓重,有着大眼,但太靠上了,笔而长的鼻子占据了脸面的三分之一,使嘴和眼遥遥相望。这样的一张脸,为何在西京城里谁也没说破过是"马面"呢?

夜郎回坐在床上整理床单,床单上有三根长长的头发。他把它们捡起来,绕作一团放在了烟灰缸，还拿烟头去烧成几节，就不免又指责自己：自己还坐在留有颜铭体温的床上却想着另一个女人，是不是有点儿那个了？他努力地张了张双臂，嘘着气，要把五脏六腑的乏劲全嘘出来，也把脑子里的乱七八糟的念头也嘘出来，但在出门的时候，又以是一匹马而自足了。

夜郎自有了马的意识，偶尔一次翻日历发现自己的生辰属相也是马，就越发觉得自己一定是马托生的。那么，自己以前是怎样的一匹马呢？是草原上的野马，还是每晚可以看到的，郊区农民用胶轮板车往城里建筑工地上驮运砖块和水泥楼板的老马呢？一次在排演场黑水汗流地继续做持云朵牌的矮子功，心里就觉得窝火：马是奔腾长啸的，怎么能委屈着身子做矮子功呢？一气就坐在了一旁，惹得老把式又开口臭骂，直到南丁山说夜郎实在不行也就不顶这个角色了，才算作罢。夜郎也就问南丁山："人到底是什么变的？"南丁山说："女娲用泥捏的。"夜郎就在褂子里的胸膛上搓来搓去，搓出一撮垢甲："怪不得怎么洗都有泥。"南丁山说："要不是泥捏的，就是猴子变的——这可是书上写着！"夜郎说："唔，我说动物园里猴子越来越少了！"南丁山气愤地说："你说是啥变的？"夜郎说："世上有什么东西，就有什么东西变人。你瞧瞧老把式父子，像不像鱼，鲇鱼？他们原籍是南方，在海边的都是水里的鱼鳖海怪变的。康炳像不像狼？在山区生活的人都是飞禽走兽、石头草木变的。"南丁山说："那你是啥变的？"夜郎说："马。"南丁山说："那你别给我尥蹶子！"一指头弹在夜郎的额颅上："吹埙把你吹出邪劲来了！今日是马，马有龙马一说，赶明日怕又该是龙了？！你没事去看看这条马吧！"南丁山扔给他的是一本书。

书是《搜神记》，南丁山常装在口袋，在里边寻关于鬼的故事要改编戏。夜郎在目录上就翻到了一篇叫《蚕马》的文章，拿到了排演厅后的山墙根去看。天气闷热，不远处的垃圾堆里，西瓜皮和烂西红柿散发着酸烘烘的臭气，夜郎还是一气儿读下去。《蚕马》写的是有一户人家，父女二人，家境贫寒，却养着一匹强健的白马。后来发生战乱，父女在逃难时走散，女儿带着马到了一地，不知父亲生死下落，常在家独自啼哭。一日，一边饲马一边说："马呀马呀,你如果能寻着我父回来,我就嫁了你。"马突然一声长嘶,脱缰而去。三天后,马果然在几百里外找着了女儿的父亲驮了回来。父女团聚,十分惊喜,重返家园生活。但是,女儿却再不提起嫁马的事,马终日眼里含泪,半年后便死了。马一死,父女将马剥皮,钉在墙上晾干,不料,女儿路过钉有马皮的墙下,马皮突然掉下,忽地将女儿裹住。等父亲闻声赶来,那裹了马皮的女儿却变成了一只蚕,蚕头酷似人首,蚕身又似马体,人称之为蚕马。夜郎看了,心里说不出是什么滋味,抬头看天,天上正飘过一朵黑云,四周的人喜欢地叫:"这下好了,要落雨凉快了!"但黑云停驻了半日,一阵风吹来,却又飘远不见了。

快快地,夜郎去了祝一鹤家。

祝一鹤英武的时候,夜郎一有空就往祝家来,西京城里没有丁点亲戚,心里的话只有给祝一鹤说,给颜铭说。祝一鹤并不过多地听他的诉苦和委屈,总是拉他喝酒,用谑语戏弄他,而颜铭则要做一顿卤面的。夜郎已经习惯了这条道路,双脚下意识地走到了巷口,才不禁长啸起来,感叹昨日像那东流水,离我远去不复回了。他拐进菜市,买了些菜,给老头提去。

颜铭恰好也在,正给祝一鹤擦澡,见了夜郎喜欢地说:"快来帮个手,去换盆水。"祝一鹤似乎病又重了一些,口里不停地往出流涎水,阿蝉要剃了那胡子,他又不让,就把一个小瓷缸儿拴了系儿从头上挂下来吊在下巴下。夜郎心里更是难受,不明白他为什么要遭这样大的罪!擦洗了身子,祝一鹤就靠在床头上不动了,阿蝉也去厨房收拾饭菜,夜郎和颜铭坐到了卧室来说话。夜郎说:"颜铭,今日这一身好看!"颜铭其实穿得很随便,上午洗澡,临时换上了阿蝉的一条咖啡平面布的短裤,上衣是一件白汗衫,汗衫塞在短裤里,勒一条宽皮带。颜铭说:"我穿什么都好看!"夜郎说:"是的,脸上如果再没有那些红疙瘩,就更好看!"颜铭忙一捂脸,说:"讨厌!讨厌!"随即偏仰了面,说:"有红疙瘩也好看!就是好看!"夜郎说:"嚯,颜铭也自信了!"颜铭用防过敏霜在脸上涂了,说:"当模特把我也当大胆了,表演上要求一出台眼睛要扫视观众,转身往回走时,眼光要从观众席上往回收,开始我很怯的,眼睛不知往哪儿看,指导说:要自信,要觉得这阵儿自己是最漂亮的！果然这么想着，什么也不怕了！尤其在台上，台下是一阵阵的掌声、叫好声，有人就给献鲜花的，上来要合影的，我就来了感觉——"夜郎说："感觉披了被子要上天呀！"颜铭瞪了一眼，说："我感觉我活成人了！"夜郎说："我突然也有了感觉！"颜铭说："什么？"夜郎说："——我想吻你！"颜铭气得才要骂句什么，夜郎却上来抱住了她，同时用脚把门轻轻地钩合了。颜铭接受了那一双手，一双手却得寸进尺，且把颜铭抱起来往床上去。颜铭挣扎了一会儿，力气不支，干脆就一动不动了，说："你真是胆大，阿蝉一会儿要进来了！"夜郎咽着唾沫，也不回答，只急得手脚忙乱。厨房里阿蝉在剁饺子馅儿，刀和案板哐哐价响。颜铭说："祝老在墙那边躺着，咱都是客人，就在人家家里干这事呀？！"一句话将夜郎手停住，身子慢慢软下来，坐到床沿上了。颜铭扣好了衣服，一边理头发，一边说："听我话，噢，几时我过你那边去。"夜郎说："一说祝老的病，我这心里就难受了……他现在下巴上挂个缸子，样子实在不忍心看。"颜铭说："多少医生来看过了，他们都是没办法，是不是再请个气功师来……"夜郎没有言传，闷了一会儿，突然问："祝老的生辰年月是几时？"颜铭说："不知道，这可以从他的身份证上查。你是说他的生日快到了吗？"夜郎说："我想起那个刘先生了，他这病中西医不行，气功也不行，恐怕得想想别的门道。"颜铭说："乡下人常用捉鬼弄神的那一套也真的治了些怪病的。"夜郎说："你在乡下也待过？"颜铭顿了一下，说："听说的呗。"就去找祝一鹤的身份证，阳历是1932年5月27日，又去日历牌上查出阴历为四月二十三日。夜郎就用笔写在胳膊弯上。这当儿，阿蝉在厨房喊着来包饺子呀，两人便去了厨房，不再言语。

饺子馅剁得很多，满满地装了一大盘子。颜铭拿勺子挖了些用舌头舔着尝盐的轻重，便说："阿蝉，你放虾皮了？"阿蝉说："嗯。"颜铭说："我不是给你说过嘛，祝老是不吃虾的。"阿蝉："我放得不多，多少放一点有味的，再说你们都在。"夜郎说："我们吃不吃是闲事，伺候祝老，就以祝老的口味为准。他现在说不成话，咱不能亏了他。"阿蝉就沉了脸，说："夜哥这么说，我亏了祝老了？"夜郎说："我没有说你亏了祝老，意思是他已成了这个样子,咱尽量做好些,他喜欢吃什么就做什么。天也热,多擦身子,梳好头,那涎水缸子要勤换着洗着,不说来个人看了好看些,咱心里也安然。"阿蝉说:"我哪天不是换洗几次缸子?涎水味儿真难闻,我吃饭一想起来心里都呕的——夜哥没有伺候过人,不知道伺候人的难哩!"颜铭说:"辛苦我知道,夜哥这么说也是说气话的,都不说了,阿蝉,你取些肉和韭菜来,咱给祝老重弄馅儿来。"阿蝉从冰箱取了肉和韭菜,才要去洗,有人敲门,阿蝉去开门,和来人在厅里说话。颜铭看了夜郎一眼,夜郎便去洗肉,听得厅里在说:"阿蝉,饺子熟了没有?那边吃浆水面的——挣那么多钱,却是穷肚子,就爱吃个浆水面,我可是吃得不想吃了!专空了肚子……?""嘘"的一声,是阿蝉在说:"有人哩。"来者说:"那还算人,活着和死了一样!"阿蝉说:"不是,不是的。"接着脚步声去了卧室,门吱地掩了,两人嘻嘻咯咯地在里边做什么。夜郎低声说:"她叫了谁来吃饺子?"颜铭说:"前边楼的,叫小翠,是她介绍了小同乡在那家也当保姆,常过来的。"夜郎说:"我说今日馅儿这么多,她还会招了人来吃饭,怎么这般做保姆?"颜铭说:"你少说两句,晚上了我和她说。"夜郎洗好了肉,又洗了韭菜,切了一半,阿蝉还没有过来,就过去要叫阿蝉,但卧室的门却插了,叫道:"阿蝉,阿蝉,调料在哪儿?"门开了,床沿上坐着一个女子,瓜子脸,丹凤眼,烫着头发,一边倒地梳过来,拥在右耳一大堆,上边别着一个有着花的红塑料卡子,满脸通红,忸怩不安。阿蝉赶忙往厨房去。那女子就站起来要走,到客厅了,叫道:"阿蝉,我走呀!"阿蝉说:"在这吃些吧,今日饺子多的,铭姐也回来啦,你不陪陪?"颜铭只好说:"急什么,饭快要熟了,吃点吧。"那女子就说:"铭姐留我,那我就不走了,铭姐今日好漂亮哟!"阿蝉说:"铭姐什么都占得齐,个儿高,脸又好看,咱们要有人家一个方面的好处,咱现在也不当个保姆,天南海北哪儿都敢去了!"饺子煮熟后,夜郎吃了一碗就告辞而别。

原本去找南丁山,托南丁山找陆天腈再联系刘逸山来治病的,夜郎却到清水巷虞白家来。那日是吴清朴把符从刘先生家带到陆天腈家的,吴清朴肯定与刘逸山熟悉,但吴清朴还会不会在虞白家,夜郎心里没底,只觉得应该到这里来。从西大街骑了车子并不快地驶过,靠右的店铺门窗玻璃上,自己就看到了自己:一副长长的马脸,蓬着乱发。夜郎心里突然慌起来,脚下迟疑着,车子一扭一扭像醉似的要倒。他一边暗自骂自己没出息,一边把车子停在一家理发店门口,进去要理一下发。理发店里,靠里边的是美容按摩床位,躺着一老一少两个女人,美容师一边在她们脸上涂什么油膏,一边有秩序地反复揉搓按敲,夜郎坐在那里让剪着发,一边听四个女人说话。三个女人一台戏的,那小女子只是咪咪笑。一个说:"我们店开张了两年,还没有母女俩一块来按摩的。"一个说:"是吗?噢,轻点,那儿放轻点。"一个说:"鼻子发炎了吗?"一个说:"你没发现鼻子是硬的吗?我垫了鼻梁了。"一个说:"垫得真好,倒看不出来!前日有个人来吹头,鼻子却是歪的,现在到处开美容手术院,技术不过关,图了挣钱竟害人,哪里有二十多年前的手术质量?"小女子又是咪咪地笑。一个说:"二十年前哪里有美容这词儿?!这是年初才做的。"一个说:"年初呀?你是演员吗?"一个说:"我哪儿能当了演员?是机关的文书。"一个说:"那我真佩服你了,这么大年纪还做美容手术?"小女子说:"我左额上原有个暗红色肉瘤的,我妈领我去做了三次手术,现在看不出痕迹吧?我做的效果好,我妈才把买空调的钱省下来,去给她垫鼻子了,我妈五十四岁的人了,是显得年轻吧?"一个说:"是年轻。"一个说:"原本我这把年纪了还做得什么,可我想,就为了这个塌鼻子,我是一辈子没了自信心,走不到人前去的,那份罪你们漂亮女孩是体会不到的。"一个说:"怎没体会?我之所以开这个店,就是长得不好,到深圳、海南去闯荡,心想凭自己的能干总能混个名堂的,可一去,三个月就回来了。那里的女人,都是有姿色做资本的,哪里有咱的世事?一气之下去上海做了手术,将一脸麻子打磨平了,才发誓开这个美容项目,咱虽没动手术的手艺,按摩按摩也好嘛。"一个说:"我那死老汉倒不同意,说人都老了,还美什么容,又不是我嫌弃你!这死老汉,我活着就不是只为一个死老汉活着嘛,虽然老了,可遇上这年代,我怎不也漂亮一回?能漂亮一天是一天,这一天里心情好,活着就有精神嘛!"夜郎睁开眼,从面前的玻璃镜里看过去,那年纪大的女人躺在那里在笑着,笑得一身肥肉呼呼地颤,他倒被这女人感动了。等理完发，看着母女俩按摩毕了高高兴兴出门去了，夜郎说："这女人好。"理发员笑了，说："那你怎么不去手术？我给你刮脸，别人是一刀就下来，你得两刀子才到嘴角。"夜郎也笑了："我这是牛头马面呀！"

出得理发店，对面的路灯杆下却围了一大堆人——中国人有围观扎堆儿的秉性，一个人在街上走着，偶尔往天上一看，立即就会有无数的人也仰首看天。那一回，夜郎路过钟楼，江浙一带来的匠人正修饰钟楼的八角飞檐，小个子的老绘工爬在脚手架上，把笔蘸上颜料了，在嘴上备一备，再一下一下描那山水人物，嘴就五颜六色的像小孩的屁股。夜郎低了头看楼下竖着一面石碑，碑上记载了这座城市原是一条河从中分开的，河后来却干涸了，河面上修成了这条大街，而为了纪念这段历史，城的围墙修建成了一个船形，这钟楼就筑成塔的模样，来象征船的桅杆了。夜郎读完碑文，才知道西京城原是一只搁浅的船，几分嘲笑，几分叹息，有许多的感慨，极想和人聊聊，行人却侧目而视，没有一个肯接他的话茬儿。他便有些生气了，故意蹴下身去，往一个暗水道口去瞅，果然过路的人都往暗水道口里瞅，他就冷冷笑着回去了。有两个小时吧，卖烧鸡的秃子回来说，街上杀了人了，惊得他问杀的是谁，谁人所杀，怎么杀的，杀在哪儿？秃子说，他是秃子，不好意思挤到跟前，可钟楼那儿拥了许多人，听说是有人被杀了，从下水道里捞出了两条人腿，两条人腿又是一顺顺的——这就是两条人命了！他忙跑去看，人却是集聚在那暗水道口，才知道是他恶作剧的结果，自己捉弄了别人也捉弄了自己，害气回来臭骂了秃子一顿。而现实的是路灯杆下又围了一大堆人，夜郎心想这又是谁在恶作剧了，或是那里有人在摆棋吧，扭头要走，但听得有呜呜的哭声，同时有人在安慰，有人在咒骂，有人在笑着说："没脑子！乡下人到底差成色！"夜郎便推车过去，果然人群中有三个乡下男人哭得眼泪汪汪，一边哭一边头往地上碰，额头上都碰出血来。夜郎蹴过去问："怎么回事？"三个男人争着说："这不是要人命吗？这不是要人命吗？！俺们把他当好人，给他烟吸，请他饭吃，他要喝酒，俺们还买了酒，他就敢一走没了，没个影儿了！？"拿头又在地上碰。夜郎明白乡下人一定在城里是受了什么欺负了，却见不得那鼻涕眼泪的行状，吼道："哭啥的，大男人在这儿哭着好看？来回话都说不来，连吃带喝的！"三个男人竟被镇住，一时住了哭，却突然三双手抓住他，说："你是好人，你要救我们！"周围一片哄笑。夜郎一扯那个年纪稍大的，拉到一边，递过一支烟了，说："你先吸烟，别惹得那些闲汉再过来——你说吧。"

原来，这是三个洛州来的农民，山区的日子苦焦，听说西京城的□□路药材市场上茯苓抢手，便东借西凑万把元收购了几麻袋运来。一进城里，两眼抹黑，蚂蚁凑堆似的人，没一个能认识，宿了一家小客栈里，每日去药材市场上寻找买主。一连转悠了三天，逢着的都是些小宗主儿，三人思谋：咱不是长年做这买卖，一次来得寻大宗买主，否则零敲碎打，光在城里吃住花销太大，就赚不了多少利的。第三天的傍晚，碰着一个买主，西服领带的，手提着移动电话，是有钱的派头，接上码子了，果然人家口大气粗，一次包买。三人喜欢得念了佛了，当下就论价钱。他们说别人的货是一斤四角五分，可整个药材市场上，却谁也没他们的货好，四角五是不卖的。开口价扳得很硬，甚至还编排说有人来买一半，给价四角六分五，他们要四角七，交易才没成的。他们说："既然你是整袋儿走，也瞧着你这人是干脆人，你开个价吧！"便把头上的帽子摘下来，手伸在帽底要与人家捏码儿。那人说，他并不是专做药材生意的，小买卖一桩，只求个货好，一分半分的倒不在乎，也见球不得捏码儿，明说个价吧。就拿了移动电话高一声低一声说话，似乎是对方汇报一笔款到了，就指示收到款给办理公文的科长十万元手续费吧。他们听得面面相觑，交换了眼色，就放了胆说出个四角七，只等人家能降到四角五分五就烧高香了。可那人一关电话，说："四角七就四角七！今日天晚，我又没带那么多钱，明日一早把货拿来就在这儿等我！"

这一夜，三人好不高兴，筹划着这宗买卖可以纯赚三千二百元了，一人分一千还剩二百，刨除客店钱还有七十元，索性晚上也到卡拉OK厅里去看看世面。便一人花去十元买了门票，进去没有唱歌，也没跳舞，给眼过了一下生日，只喝了一杯茶水，结果六十元就没有了。豁出去了，余下十元买了一条烟，在客栈里吸了一夜，也谈了一夜舞厅里的妖女人。最后意识到说女人不吉利，才不说了睡觉。头才挨着枕头，天就亮了，又起来把几麻袋药材背到那路口,那人果然来了,是坐着一辆小白色面包车的。三人把药材搬上车了,那人交给他们的是一张支票,说可以到东大街人民银行里取现款。他们心也鬼,两个人陪着人家去饭馆吃饭,一个人还偷偷到附近一家储蓄所让柜台里的人看看这支票真不真。储蓄所人多,一个人接过去看了一下说真的,就回来又买了酒给人家喝。吃罢饭,那人要走了,还说:"把支票拿好,小心丢了!"他们把支票就放在鞋壳里去东大街,并商量了取了现款,一人走在中间,两人一前一后护着,以防坏人打窃。结果去了银行,银行说支票是作了废的,他们就急了,忙去那人所说的公司,可哪里有尚武街甲字178号?!三人抱头哭了一场,骂那骗子,骂西京城,骂自己昨晚上说女人!骂毕了,就去派出所报案,派出所的警察让写了材料,说:"好了,回去吧。"他们说:"这一写就完了?"警察说:"这不完又怎么着?骗子又不在派出所,我们总得去查访呀!"又是一日三次去派出所查问抓到骗子了没有?没有。三个人就三天里在城中东跑西窜,希望能碰上那个狗日的。也真巧,竟在德安巷口的酒馆里碰见了!狗日的坐在店里喝蛇胆烧酒,下酒的菜也是油炸的蝎子。他们隔玻璃窗瞧见了,一下子扑进去就按倒了。那人个头不大,力气是没他们大的,按在地上拧蹭都没拧蹭的,就扭到派出所来。那天已是晚上十点,派出所只有一个姓黄的警察值班,当时审问了,骗子也承认下来,姓黄的就把他用铐子铐在房里。骗子却说他没有钱,让给他的小姨打个电话,他小姨在一个宾馆工作,让她带了钱来赎他。后来那个小姨就来了,画蓝眼圈,染的黄头发,一身的香水气,熏得他们直恶心。骗子铐在里间,姓黄的和女的在外间,姓黄的原让他们夜里不要走,就守在门口看护骗子,但姓黄的和女的谈的时间长了,把外边的门也关了。关就关了吧,人家在里边做什么,他们不敢看的,只要能把钱追回来,人家干什么事咱管毬他了?再后来,那女的就出来走了,姓黄的出来送女的,说他肚子饥了,让他们去买些热包子来吃。事情就出在了这里——一个人出去买包子,到底买多少,钱要三人分摊的,总担心去一个人买了,将来以少报多,三个人心奸了,就一齐去买。但是,等把包子买了回来,骗子却没有了!姓黄的说他去上厕所,回来便没见了人,铐子是用一颗钉子撬开的,还拿了撬开的铐子给他们看。他们知道姓黄的做手脚了，拉住他说不行，姓黄的就凶起来，说他们打闹派出所，掏出电棒击他们。他们哭着出来，也不敢再住客栈，从昨日夜到现在只是在街上诉哭，讨起零钱好回去呀。

夜郎听他们啰啰唆唆说了半天，一把把鼻涕捏下来甩在地上。脏手在路灯杆上摸摸，又在腿面上擦，逢着几个人过来了，就拉了哭腔诉苦，说："大叔，大叔，行行好，给个几角钱好做盘缠啊……"夜郎啪的一声扇了一巴掌，那年轻的叫道："你打我？你为什么打我？！"夜郎骂道："孬种！在这儿哭闹让谁同情你？为什么不再去派出所？派出所也不只是那姓黄的一个人开的！就是派出所不管，怎么不去找分局，找公安局？！"那人说："到哪儿去找？去找谁呀？日他娘，这西京是啥毬城嘛，我再不来啦！"夜郎说："你就是再不来，也得回去后再不来，你现在怎么回去？"那人说："我怎么回呀，回去了那一万元的债我拿啥去还？实在不行，我就去撞车啊，让车轧死我，我挣个尸体钱。"夜郎说："像你这号人，死了赔命价是一千元也多了。"那人听了，就号着哭起来。夜郎摇着头要走，又不忍心走，瞧街上有没有警察，没有，就骂了宽哥，该用上你了你不在，干那些少盐没醋的事顶个屁用？！就说："你们在这儿等着，我去找个人来。"

那人说："你可再不敢骗了我们，我们跟了你一块去。"夜郎说："我真想再扇你个耳光，这阵倒这么多心眼！我骑车子，你们三个人怎么走？"那人说："我雇个三轮车，咱一块坐上，车子也坐上。钱我掏嘛！"四人赶到挂有"免费打气"牌子的地方，宽哥果然在那里。宽哥似乎更高兴，一见面就拉夜郎在一边，悄悄地要借钱哩。

夜郎看着宽哥脸上有一道伤痕，说："和嫂子又打架了？"宽哥说："男不跟女斗，鸡不跟狗斗——我让着她的。"夜郎瞧他说得认真，也不敢笑了，说："好，男子汉大丈夫！得多少钱？"宽哥说："五十。"钱给了，夜郎说："和嫂子一吵嘴你就没钱了，你得给你攒些私房钱哩，出门在外，一分钱难倒个英雄汉哩！"宽哥说："我没空和你油腔滑嘴！"就跑过马路，瘦高高的个子一晃一晃地躲闪着车辆，一只鞋就脱了，蹴下去系带儿，一时系不及，一条腿就跶着到了马路的那边。栅栏上趴着一个女人，二十四五，腆着个大肚子，接了钱，不停地给宽哥点头。过会儿，他过来了，扬扬得意，嘴里哼着小调儿，对夜郎说："你瞧着那女子了吗？"夜郎说："长得好！"宽哥说："你个色狼！这女子是从宁夏跑过来的，手里拿了张字条，来问我：有这个字条，车站能不能让坐车？我看了那条子，是宁夏收容站出的证明，上面写着：虽系骗婚，但身怀有孕，放其回原籍。我说快把这条子收了装好，还不嫌丢人吗？今年多大啦？她说二十二了。哪里人？安康西乡的。她是没钱，说嫁给人家的钱寄回给她爹了，如果我能借给她钱，她一到家就把钱邮还回来。可我身上偏偏没钱，不借她吧，她以为我这个警察不借她——警察都不肯借，谁还会借？借她吧，到哪儿找钱去？你来得正是时候，是雷锋哩！"夜郎说："我是个瓜夂！"宽哥说："怎么啦？"夜郎说："那样个女子，能去骗婚，还能给你还了钱？"宽哥说："你别把世上看得太肮脏了，那女子就是个骗子，那肚里的孩子总不会也是个坏种吧？！钱我会还你。"夜郎气得说："你真真把年代活错了，活到古时候你是个贤人，活到六十年代，也是个雷锋，活到现在嘛……"宽哥说："我只当好一个警察。"夜郎说："好，好，好警察！那我现在就寻你吧。"便把三个农民上当受骗的事说了一遍。宽哥气得就在身上抓起痒来，手在背上够不着，从地上捡了个树棍儿从后领伸进去挠，说："人呢？"夜郎回头看时，三个农民却去商店买烟，急急跑过来，拿烟给宽哥散，宽哥说不抽，农民说抽吧抽吧，把一支烟架在了宽哥的耳朵上。宽哥问："是哪个派出所？"农民说："□□路派出所。"宽哥说："你们可要说真话，派出所一般是执法行事的，你们要说谎污蔑了他们，那我是不依了你们，若真是那回事，我倒容不得一颗老鼠屎坏了一锅的汤！姓黄的能认得吗？"农民说："烧成灰也认得他，麻秆子腿，狼掏的脸！"宽哥说："狼掏的脸？"农民说："脸是个凹形，一看见那种脸，我们就来气儿了！"宽哥说："那跟我去分局吧。"去挡了一辆出租车。农民却不上，说要步行。夜郎吼道："不让你们掏钱，不坐白不坐！"推进车里，看着走开了。

忙活了大半天，夜郎才到了清水巷，吴清朴在，虞白却出去了。

夜郎心下有些怏怏，但人却放松了，寒暄了数句，就直截了当地说明了来意，吴清朴当然愿意帮忙，当下就相跟了去找刘逸山。

吴清朴与陆天脯并不熟，但与刘逸山是世交，走到巷口，他买了一瓶"五粮液"带着，夜郎这才想起自己空手，也要去买些礼品，吴清朴制止了。赶到刘家门口，门前马路边的花坛水泥台沿上，陆天脯和刘逸山正坐在那里聊天哩。吴清朴说："瞧见没，那个戴墨镜的就是我刘叔。他脾气古怪，见不得在人多的地方说他会阴阳的，你在这儿蹲着，我给你招手的时候你再过来。"夜郎就蹲下来，装作无事，偷眼儿看刘逸山腿长身高，脑袋却很小，胡子和眉毛都白了，却一头黑发；一把扇子扑扑地在腿上扇打；鞋却是脱了的，盘坐在台沿上，台沿下的一双板儿鞋弓都朝外，形如X；身边放着一根藤杖，陆天脯却裸着怀，手捧了宜兴壶，一边呷，一边拿脚去踢那藤杖，藤杖的一头就撞得一株月季花一摇一摇地动。吴清朴走过去，向两位老者弯腰问候，那刘逸山头并未向着夜郎的方向，却说："你带了人来，却怎的不让见我？"吴清朴说："刘叔怎么就知道了？！"陆天脯说："你能瞒得你刘叔？你刘叔是贯通了的人，贯通了的人是什么？就是老得成精的狐狸嘛！他出门戴墨镜，不戴眼镜眼睛也要眯着，外人还以为他傲慢，其实他是不愿意睁眼看人，看人就是虾，肠肠肚肚的全透明着！"刘逸山说："我要真是你所说的老狐狸，你也是老虎，我狐假虎威了！"陆天脯呵呵大笑。吴清朴已招手让夜郎过去，夜郎给刘逸山鞠躬了，也给陆天脯鞠躬，陆天脯说："这小伙在南丁山的戏班？"夜郎说："陆老好记性！上次我没跟你老多说，我虽认识你老迟，但你老的名声却早知道。我跟祝一鹤先生熟，我在他家看见过你老的画。"陆天脯说："噢，祝一鹤，听说他病了？"夜郎说："中风不语一年多了，我就是为他的病来求刘老先生的。"陆天脯说："逸山，这你得给治治，是祝一鹤病了。"刘逸山说："哪个祝一鹤？"夜郎说："原来是市府的秘书长。"刘逸山说："我不认识他。"

这当儿，有三个人从马路那边走过来，一人殷勤地说："刘先生您好！"刘逸山说："不好。"那人噎住，又说："吃过饭了？"刘逸山说："没吃。"那人一时尴尬，陆天脯就说："中国人见面总是问吃了没吃，穷肚子把人也坑苦了！"刘逸山舌头一顶，伸出的舌尖上有一片人参，又收回舌底含住了，说:"我吃了,你也吃了,那一个人却是三天没吃了!过去是有牙没锅盔,现在是有锅盔没了牙!"那人忙说:"刘先生真神,你瞧出他病了?"刘逸山说:"没病你能给我问候?明日去我诊所吧,现在没笔没纸的。"夜郎说:"我这儿有。"从怀里掏出递上。刘逸山说:"你倒会落好!"竟站了起来,将纸贴于墙上写方子,写好了,说:"先吃三服,吃完了来换方子——现在萎缩性胃炎咋这多的?!"那三人谢天谢地去了。

吴清朴赶忙说:"刘叔,别人不救,祝先生你得救的!当年多英武的人,现在快成植物人了,夜郎今日特来找你,这瓶水酒不算什么礼,也是夜郎一个心吧。"就势把酒放到刘逸山身边。夜郎也说:"实在不成敬意,也不知陆老先生在这里……"陆天膺笑着说:"我没有看见,我没有看见。"刘逸山说:"拿来了就喝吧,现在酒也就属于我了,咱们去喝了去!"陆天膺说:"我只说逸山高古是不会收人礼的,说出政府官员也不愿治病的,没想也是凡人嘛!"刘逸山笑了说:"那好,天膺比我清高,这酒你就不喝了,看着我们喝吧。"故意招呼清朴、夜郎进门去,不理陆天膺。陆天膺却也跟了来,说:"我怎么忍心只让你一个人犯受贿的错误呀?!"

四人进门入堂,堂上赫然一副对联:宝镜高悬,物来自照。心里森然,自不敢乱说乱动。在桌边坐了,刘逸山就从厨房拿了一盘东西,说:"正好有稀罕下酒菜,炭豆,吃过没有?"夜郎正不知炭豆为何物,端来看了,才是一盘炒焦了的花生米。四人一边吃喝,刘逸山便说:"受不受礼,给不给当官的看病,那是另一回事。就说当官的吧,现在人一提当官,心里就嘀咕是丑恶的事,听说谁在仕途上混跶,就背地里瞧不起,这都是当不上官的人的不平衡心理。当官不是说有能力有本事的就能当官,但当官又有什么不好呢?当官可以是贪官,也可以是清官,反对当官就说明你清高了?前些年兴工农兵,谁出来都说:咱是老粗!说老粗好像就光荣。现在腐败的官多了,一些人出口就爱说:咱是直杠子,巴结不了领导!这用得着嘛?!喝,这酒里也不见有什么不好的气味嘛!"别人喝一口,他倒喝两口,不一时脸色就赤红了。夜郎见刘逸山能喝,提了瓶子双手要敬,刘逸山摆了摆手,夜郎只好放下说道:"刘老身体真好,虽然胡子眉毛白了,头发还这么黑!"刘逸山说："我有不白之冤嘛！"夜郎见刘逸山如此开朗风趣，也放松了许多，渐渐随形适意，也多喝了几口，刘逸山就问："几两酒量？"夜郎说："最多喝过八两。"刘逸山说："好，以后常到我这里来，咱做个酒肉朋友，现在能喝八两白酒的人越来越少了。天膺年轻时能喝，现在吓得不敢喝了。"吴清朴说："陆老身体不好？"刘逸山说："身体不好？一顿吃过我三天的！他是喝醉了酒就想画虎，年轻时被人骗了不少的画，如今画值钱了，怕喝醉了又把钱给了别人。"陆天膺说："好狗贼，三年不打自招，你那里有我那么多画，原来却是骗我喝了酒得的？"笑一回，说："他是个酒鬼，一日不喝几次，腿都立不起筒子哩。"刘逸山说："我这是吸毒哩。"吓得吴清朴一跳，说："刘叔吸鸦片？！"刘逸山说："你只知道个鸦片！人无嗜好不能交的，但这所有的嗜好其实都是毒品，我爱酒是吸毒，你赌博是一种吸毒，贪色也是一种吸毒。夜郎，你那个祝一鹤好好地当他的秘书长，怎么就病成那样？"夜郎说："还不是秘书长当的！"把得病的原因粗粗谈了一遍。刘逸山说："瞧瞧，当官当到这个份上，不也是吸毒吗？"吴清朴说："刘叔，祝先生的病能不能治好？"刘逸山说："请医生看过没？"夜郎说："中医西医都看过了，气功师也发过功，都是效果不好，似乎越来越不行，人已经全痴傻了，又流起涎水。"刘逸山"嗯""嗯"了一阵，说："如果一种病长时期得在身上，说治治不好，说死死不了，那就要想想这一定是有原因的了。"说着问夜郎："懂了吧？"夜郎说："不懂。"刘逸山说："不懂我也不给你解释了。喝酒，你把这剩下的酒都喝了，明日一早，我去看看，好了，算他的命大，不好了是我本事不强。你知道他的生辰年月吗？我晚上得准备准备的。"夜郎伸胳膊腕说了生辰年月，提瓶把酒喝干了。

　　翌日天明，夜郎雇了一辆出租车到刘家门口，刘逸山正坐在院中一块石头上养气，见他进门，便拉了到屋里，桌上已放了一沓朱砂画就的符，和一把龙泉宝剑、一个秤锤，让夜郎把剑和秤锤在一个长口袋装了，说："你也看看。"引进卧室，刘逸山点了烛，打开了墙上一个小小的暗橱。暗橱里是一尊泥塑神像，夜郎认不得是何种神仙，而神像下放着六七枚印章。刘逸山取出两枚，按了朱砂印，一一盖了在符上，说："这是用正月十日天雷击轰的枣木刻制的，盖上了符才起灵的。"夜郎顿时庄严，诺诺点头，看着他又把两枚印用黄表纸包了揣在怀里，一径走出院子，脑子还恍恍惚惚的。上了车，刘逸山说："你今日来得倒早。家里有蜡烛吗？"夜郎说："有蜡烛的。我怕堵车，避开上班时间，没想街上还是堵得厉害。"刘逸山说："不妨的，我今日不让再堵的。"刘逸山就坐到了司机旁边，一手拿了那装符的纸包，一边掐出个青剑诀来，出租车从巷子开出去，果然一直畅通。夜郎说："真神！"司机说："到十字路口就不行了！"车往十字路口去，远远看见前边堵住了，车前五百米处又有一辆大卡车，司机故意加大油门要靠近卡车，可卡车却一拐弯钻进旁边的一条小巷去，那十字路口的堵着的车却开通了。如此驶过几条街，不但没有被堵，且每到十字口绿灯就亮，直到了祝一鹤的居楼下。惊得司机说："老先生你是不是人？"刘逸山说："你去买个烧鸡来看我会不会吃？"司机说："哎呀，老先生，你能不能给我个什么东西，让我开车不堵就好了，这堵车坑我一天少挣百十元哩。"刘逸山说："钱是有定数的，我让你多赚了，别人就要少赚了。"说说笑笑，两人下了车。

　　夜郎问："刘老，你说的定数是说钱固定有数的？"刘逸山说："可以这么理解，世上什么逃得了数字？祝先生是几号楼几单元？"夜郎说："七号楼二单元四层七号。"刘逸说："七二四七就是祝先生的数，别人怎么不住在这儿偏他住在这儿？一说到七二四七你是不是就想到祝先生？"夜郎说："你这是不是'周易'？"刘逸山说："不是'周易'，也是'周易'。"夜郎说："'周易'到底是怎么回事？你给我说说。"刘逸山说："《周易》是把最复杂的事变成最简单的一本书，要给你解释，就把最简单的又说得最复杂了。你背得过八卦？乾三连，坤六断，震仰盂，艮覆碗……你听不懂？！金木水火土总知道吧，金克木，木克土，土克水，水克火，火克金……"夜郎说："噢，那就像喝酒打老虎杠子，老虎吃鸡，鸡吃虫，虫吃杠子，杠子打老虎嘛！"刘逸山气得半晌不言语，说："你说的不是'周易'，是周一！"

　　到了祝一鹤家，敲了半天门，阿蝉把门开了，她那个同乡也在，两人正在玩跳棋。见了夜郎，忙把跳棋收了，就去换祝一鹤下巴上的涎水缸。夜郎没个好颜色，冷冷地说："请了先生给祝老治病的，你烧好开水泡上茶了，都出去到门外,谁来也不让进!"就领刘逸山在客厅坐了。一会儿,阿蝉泡了茶来,出门去了,夜郎说:"你也看见了,祝先生就成了那个样!"刘逸山扭头往那间屋里看了看,没有言语,只是喝茶,喝了一杯又一杯。后来,让夜郎取蜡烛,又取了小碗盛了米,就在桌上摆神位,点烛,燃香,拿了香火去祝一鹤头顶上绕了绕。祝一鹤睁着眼,嘴里支支吾吾说什么,说不清,刘逸山一挥手说:"你当官的不信这,你睡着好。"祝一鹤果然就睡着了。刘逸山把香插回米碗里,拜了几拜,便默坐一边,半晌口里念念有词,然后双手掐成一个咒诀,夜郎看清是反了掌把十个指头套成一个莲花状,突然双臂交成一个阿拉伯数字的八字,竟将最小的圈儿往头套去。这简直令夜郎不可思议,那么小的圈儿怎能套过头,且老头子硬指硬胳膊的!刘逸山的脸色都变了,越是套不进去,口里念声越大,最后套过脖颈,僵住了半天,说:"好了,摆台了!"脸面严肃森然,一手掐了阳剑手印,一手持了龙泉剑,从门口往桌案方向,起右腿,行七步,怒目炯炯,杀气腾腾,立脚于桌案前,念道:"吾奉上方诸天神,十万菩萨开法门,奉佛奉祖奉大道,又奉古天真牌位,玉皇敕令男共女,金牌挂号躲阎君,七十二面金牌到,我是龙华会上人,天护星斗地护神,三灾八难离泽门!吾奉太上老君,急急如律令。"念毕,猛一跺脚,随口吼出一个"嗨!"再收剑侍立,面带微笑,将一张金牌符在神位前焚化。如此,再退回原处,又持剑七步上台,念七遍咒,焚七张符。夜郎早已大气不出,如木如石呆立,直到刘逸山说:"你把秤锤、红纸和笔墨拿进来。"夜郎一一拿了,刘逸山又让他退出往卧室去吧。夜郎一进卧室,房门便被拉闭,夜郎便又听得一阵窸窸窣窣响,但见祝一鹤仍沉沉不醒,面有微笑模样。过了好久,刘逸山让夜郎出来,说已用千斤秤锤压镇住灾病了,把一个红纸包交给他,要求放在最僻静的地方。夜郎按按纸包,知道里边有秤锤,还有什么,一概不知,藏于卧室的床头柜里。刘逸山已经是满头大汗,又用红纸包了一张特大的符,过来装在祝一鹤的贴心衣袋,将其余四张,大门后贴一张,床头墙上贴一张,厅里贴一张,厨房门口贴一张,方坐回客厅,长长地嘘气。夜郎赶紧重泡上茶,让先生歇息,刘逸山却让端了开水来,将一灵符点着化灰,和在碗里,要让祝一鹤喝下。夜郎说:"他睡着了怎么喝?"

刘逸山说:"已经醒来了。"夜郎端了符水过去,祝一鹤真的睁了眼睛在看天花板,便扶着让喝下。一切完毕,开了大门放阿蝉进来,阿蝉已经蹲靠着门板瞌睡了,门一开,骨碌滚进来,羞得满脸通红。刘逸山就将一沓七张的灵符交阿蝉放好,嘱咐此后七天,每天子夜焚符化水给病人喝,焚符前需面东,右手掐莲花手印,念服灵符咒语。阿蝉听了一遍,说她记不住,刘逸山就写在纸上。阿蝉看了,认得是"谨请龙庭古佛僧,三阳老主法持增,诸佛下界来拥护,众位菩萨保安宁,天也增寿地也增,五方五佛救众生。"却不信,说:"念这词儿,祝老病就好了?他这怕是中了吃死鬼的邪,躺着不动,饭量倒大哩!"夜郎窝了她一眼,说:"你快去收拾饭菜吧。"阿蝉去了厨房,刘逸山一边整理他的法器,说了一句:"这保姆不该托生个女的。"

祝一鹤服过了三次符水,人还是痴傻着,但明显地胖起来,也白了许多,阿蝉用手指在他的额上按下一个坑儿,坑儿立即就恢复,认作不是浮肿,就觉得奇怪。在服第四次符水时,把咒语放在床边一边看着念,一边擦火柴点符,火烧到手边了未及时理会,待烧到手,急一扔,残火纸竟落在祝一鹤的胡子上,"刺啦"就烧焦了一撮。吓得阿蝉抓了枕巾去捂,总算没有烧掉全部的胡须,就慌乱从地上捡了那符灰条搅在水碗里,给祝一鹤喝下。祝一鹤睡着后,那焦了一撮的胡须怎么看也难看,阿蝉害怕颜铭和夜郎知道后责怪,要赶她走,就机灵了,去街上请来个理发师,将祝一鹤头发理了,把胡须剃了个精光。剃了胡须的祝一鹤,吃饭喝汤干净了许多,更显得白胖,服过第七张符,脸上嫩红如妇女,皱纹也没有了,一张嘴却缩小,上下唇纹似乎比先前多,常常窝陷下去,犹如婴儿的屁眼,倒慈祥得如睡佛了。这变化喜得颜铭在平仄堡表演时装时说给了宾馆经理,经理又到处张扬,邹云就过来告诉了吴清朴和虞白,两人都觉得稀罕。

一日,丁琳他们的公关协会要组织一次企业和文化的联谊活动,刊物上需要一篇关于民俗博物馆的文章,就想到最合适的撰稿人该是虞白,在电话里给虞白说了,虞白只是不肯应承,丁琳便去肯德基店买了两包炸鸡,搭乘了出租车过来。

门虚掩着，敲了几下没人应声，推了进去，虞白照旧在沙发上卧着，人已经瞌睡了，一条胳膊垂吊在沙发下，一条胳膊搭在心口，还拿着一本书。丁琳悄悄走近，才要抽出来要看那内容，虞白醒了，说："取回来了？"丁琳随口应着"嗯"，却莫名其妙，看虞白时，眼并未睁，就明白把她当作另外一个人了，索性要戏弄，从提包里取出炸鸡，撕了一片，放在虞白嘴边。虞白急地睁了眼，恍惚间瞧见一个人坐在身边，冷丁就翻起来，极快地跳坐在沙发扶手上。待看清是丁琳，骂道："你把我吓死了！你个贼东西！"丁琳笑道："真是神经质，就是个要来强暴你的人，也不至于吓成这样吧？还说害病哩，身手捷快得很嘛！"虞白重新卧在沙发上，额上已是一层细汗了，说："正是有病，心才惊的，你怎么进来的？"丁琳说："你门虚掩着我怎么进不来？"虞白说："这清朴混账，走时连门也不带上，我还以为他把药丸带回来了。"虞白患神经衰弱七八年了，她把病没办法，病把她也没办法，时好时坏，就这么僵持着。前一个星期日，两人相约着去美容按摩，虞白情绪很高，她还说："你今夏气色好。"没想才过了五天，虞白眼眶都发黑了。丁琳说："老毛病又犯了？"虞白说："就是，连着四个晚上失眠。你说是睡着了，老鼠从电线绳上往上爬都听得着；你说醒着，却是做梦，一个梦连一个梦，竟然内容还能继续——你以为我在哄你哩！民俗馆有什么写头，记录个房子建筑，我倒提不起劲的，让谁谁都可以完成的，偏寻上我！"丁琳说："哎呀，本来要同情你的，活该不让人同情！自己有一点点才气，倒看不上写份材料，想象力好些，可怎么不去写个长篇小说来？"虞白也觉失口，哧地笑了。从沙发上坐起来，一边翻丁琳的提包，撕了一块鸡肉嚼着，一边吮了有油的指头，说："我倒推荐个人，绝对给你完成得圆圆满满的。"丁琳问："谁个？"虞白说："夜郎。他原是个写过材料的，又从未去过民俗馆，看了又是新鲜，写起来有兴奋感，再是……"却不说了，眼睛一眨一眨看丁琳。丁琳才要问，吴清朴回来了，提了一包药丸，领着黑狗丑丑，与丁琳招呼了，丑丑却径直往后院里去。虞白叫道："丑丑，丑丑你没礼貌，阿姨来了，也不行个礼的！"丁琳怒嗔了："我是狗阿姨，你该是狗娘了！"丑丑便从后门跑进来，嘴里叼着一双塑料凉拖鞋，放在沙发下了，就面向丁琳坐直，两只前爪合起来一举又一举的。虞白说:"丑丑给阿姨作揖了!去吧,去吧!"让狗去了,笑着说:"我将来要有孩子,就生个像丑丑一样的,丑是丑,男孩子丑着了好!"丁琳说:"好不要脸,不说寻个丈夫的话,倒谋着要孩子!"吴清朴把药丸放在桌上,一丸一丸放到一个盘里,也笑了,说:"真是怪事,白姐这次犯病,什么都觉得丑着好,说这桌子腿儿太细,应该做一件憨憨笨笨的,把屋里那些细瓷瓶儿都收起来,倒买了几个黑陶回来……连我也瞧着不顺眼,嫌梳头啦,刮脸啦……"虞白顿时脖脸泛红,说:"你尽是胡说!——丸药弄好了?"吴清朴把药方单儿拿给虞白说:"丸药是弄好了,十七味都全的,只是药枕里配的药,仁庆堂里没有肉苁蓉、川芎、乌头。"虞白说:"这不行的,缺一样效果就差了。"丁琳说:"又是自个配的,真个久病成医了。"拿过药方看了,见上面写着:

飞廉、薏苡仁、款冬花、当归、白芷、辛夷、木兰、蜀椒、柏实、防风、人参、桔梗、白薇、荆实、蘪芜、白蘅、杜蘅、官桂、川芎、肉苁蓉、蔓木各五钱。乌头、附子、藜芦、皂角、蕳草、矾石、半夏、细辛各五钱。

丁琳认得各味药的名字,却不识各自的形状,更不懂其性能作用,只佩服虞白是狐狸精,没有她不会的,就说:"仁庆堂没有了,南大街西边关明路中巷有家天和堂,那儿药较全的。"吴清朴说:"路我能跑的,只是仁庆堂的抓药的看了方子,说毒性药这么多样干啥?我说做药枕的,他直摇头。我心里倒犯嘀咕,才回来了。"虞白说:"这你不管,你姐要是毒死了,丁琳在这儿做证;与你无干系的。你就再去天和堂跑一趟,那儿正好是黄阳区工商局所在地,也可再找找人家,多说好话,看还有没有可能批下来。"丁琳问:"还是那个营业证?"吴清朴点点头,要出门又去了,却说:"白姐,你要再不找个姐夫来,把我就累了!"虞白骂道:"这话是邹云的意思吧?你是她的对象,还不是她的正式老公,她就要独霸呀?你是我的表弟,我偏让她吃些醋水不可。"吴清朴赶紧说:"这可不是邹云的意思,你不要说给人家呀!"虞白说:"给邹云屁大个事你都跑前跑后的,到我这儿就累了你了?!丁琳,你瞧瞧,这将来是不是个惧内的坯子?!"吴清朴着急出去了。虞白就笑着收拾药丸,药丸蜜掺得多,外层湿黏黏的,大小如桐子,当下吃下了七丸。让丁琳吃,丁琳不吃,虞白说:"这是补肾茯苓丸。心悸、噩梦、涩目失眠,都是肾虚冷所致,我翻了许多药书配的,或许能顶用,你吃了也无妨。"丁琳说:"治肾的,你亏了肾了?"虞白说:"你知其一,不知其二,你还要作践我?我知道你的意思,你一定以为房事多了人才肾亏的,虞白又没个男人亏的什么肾?!你要这么欺负我,赶明日我就真要给你那个小白脸去信勾引呀!"丁琳说:"我放心得很哩,你看不上小白脸,你要个丑的!"戗得虞白又是个红脸。

丁琳偏不饶她,故意正经脸色了说:"你刚才推荐了个夜郎吗?你推荐夜郎,又说了个'再是……'还再是什么?我不懂的!"虞白说:"我说过夜郎?——我说过夜郎的话,我已忘了,你还这么记着?!"丁琳说:"你这精鬼!自己偷了牛让我拔桩!"虞白说:"那天夜郎来,我看你俩挺能说得来的,你要给他吩咐任务,他才不知怎么个轻狂劲儿给你干哩!他一来劲儿,枯燥的材料都会写得一片灿烂,哪里还用得上我病恹恹的人,写出来也是有气无力。"丁琳再次提起夜郎,有心要证实一件事的,听虞白这么说,便开悟了,却想这鬼东西又耍套子,要我为她垫底,又还要把我先抬举起来!入夏以来,虽未犯了旧病,身子骨仍是虚弱,但见了夜郎,酒也喝醉了,又提出去美容呀,精神得很哩,这几日却又一落千丈,病得这样,多半是一时把精神提了起来,过度兴奋了又陷入另一个痛苦境界中去了!再说,我托她写民俗馆,这对她易如反掌,她偏要拿派作势,骗得我来,来了借题提到夜郎……丁琳心里这么琢磨,一方面为老朋友难得这般的情景而高兴,一方面又为她的花招而发笑,便故意要逗她,说道:"初次见人家,多说几句话算了什么?我心里没冷病,吃西瓜就不在乎了!"虞白说:"我就服了你这一点!"丁琳说:"你还能服我?"虞白说:"你是把真事做得和假事一样的。"丁琳说:"这才胡说八道!那你是把假事做得像真的一样了?"虞白说:"可不是这样!这几日邹云来说,夜郎请了刘逸山去给祝一鹤整治,祝老头服过灵符水变得又白又胖,面带桃花,睡着了还笑着,像个弥勒佛似的。我就想约你到那儿瞧瞧去,却又害怕在那里见着夜郎!你说多没出息,要是你,早去了十回八回的——或许你早已经去见过夜郎了。"丁琳就笑。虞白说:"你笑啥?"丁琳说:"是把假事做得像真的一样的,那咱何不就把真事做得就是个真事?!今日就去!"虞白才知被丁琳套住了,羞口羞眼,慌张无措,随即起来卡丁琳的脖子。丁琳说:"你别卡死我,说破了就说破了,也省得再吃药!——你的毛病就是弯弯绕,聪明常被聪明误。"虞白却不答话。

待了许久,虞白喊丁琳去卧室床柜下取一瓶洗剂药水,丁琳取了送去。后来,两个女人说了许多女人身体上的话,重新回坐到客厅里了,虞白说:"现在倒离不得这洗剂了。丁琳,或许我上一世是个坏女人的,这一辈里才害得这样。"丁琳说:"既然上一世里是坏女人,这一辈里就能重新做人!"虞白看了丁琳一眼,就对着镜子照,一照半天,说:"老了!"丁琳说:"老了还一天十二次地照镜子?镜子是有镜鬼的,你好好照着,摄了你的魂去!"虞白说:"鬼也不要我的。"又说:"你刚才说什么来着——'说破了就说破了',破了什么?"丁琳说:"虚伪!今日咱去看那个弥勒佛去!"虞白说:"去就去!你来的时候,我做了一个梦,梦见我去一个地方,是一个房子的,房子里一个大炕,像西府农村的那种大炕,炕角放着一沓沓叠上去的被子,铺着人字纹的草席,左手有一个土台子,蒙了床围子,上边是两个大木头箱子。我是从门口往里走,房里光线很暗,借着开门的光,先看见的是炕下的鞋,一双是大号的牛皮鞋,一双是细高跟的皮鞋,我意识到不对了,赶忙要退出来。退到门口心却不甘,想炕上睡着谁吗?回头一看,炕上坐着夜郎。我又要走,夜郎看了看我,却下了炕从我身边走出门去了。我也要走出去,但发觉我脚上没了鞋,刚才还穿着鞋怎么就没有了?我到处找,找不着。你说怪不,前日夜里一直睡不着,天明时睡着了还做了个梦,也是咱们说好去找夜郎的,可就是寻不着我的鞋,最后就醒来了。瞧这是怎么啦,与人家不生不熟的,却给人家做的什么梦?"丁琳说:"爱上人家了嘛!"虞白说:"这叫爱上?"哈哈大笑。又说:"我早已不是二十来岁的小姑娘了,轻易就爱上一个人?那日夜郎来,有一点就使我看不上眼的。"丁琳说:"是那张马面?"虞白说:"他右脚尖的袜子磨破一个洞儿,露出来的指甲那么长的。"丁琳说:"我说你是神经质你倒不爱听,指甲没剪就影响整个人啦?爱上不爱上夜郎,那得有缘分,就是不往别的发展,交个朋友也是。"虞白说:"男人是容易产生错觉的,发展发展,真要假事做成真的了。"丁琳说:"那不是天大的好事?!"虞白说:"我这人没有男人会要的,孤独惯了……谁敢来?"丁琳说:"你也说孤独?这我就想起王涛说的话了!"虞白说:"王涛是谁?"丁琳却笑而不语,双目流彩,又忍不住了,附耳说了什么,虞白叫道:"又一个英雄折腰了!狗贼,我告小白脸去!"丁琳说:"又不是干什么见不得人的事,他没情趣,还不允我找个说话的朋友啦?"虞白说:"王涛说什么了?"丁琳说:"王涛是见过夜郎的,说了一句:盖世的丑陋,旷世的孤独。"虞白说:"这倒说得好,夜郎这人我感觉就是这样,有人领好了会不是平地卧的人,领得不好就可能是个祸害。"丁琳说:"嘀,你们都孤独嘛!"虞白说:"孤独有什么好?我们羡慕你白白胖胖、随随和和,小鸟才依人哩!"丁琳说:"哟,自夸也不是这么个夸法吧?我是麻雀,叽叽喳喳,你们孤独,是狼才孤独,是鹰才孤独呀!"虞白说:"猪也孤独哩!"

　　两个人正嬉闹成一团,门被敲着响,以为是吴清朴,开了门,却是嘴噘得多长的邹云,手里捏了一包药。丁琳说:"什么事成了这样?多漂亮的人也要成猪八戒了!"邹云把药交给虞白,脚一蹬,就把一双高跟鞋蹬飞了,说:"工商局那个苟烌子,姓这个姓就让人不顺气!他吃了我那狼虎二哥的黑食了,故意不给我办营业证,我和清朴嘴都能磨破,你瞧人家怎么了?待理不理,脚架在办公桌上剪指甲!什么东西!"丁琳说:"是你渠没渗透吧?"邹云说:"我提的茅台酒!我爹还没喝过哩!还要怎么渗渠?我上了他的床去,就为一个营业证?!"虞白说:"难听不难听呀?清朴呢?"邹云说:"我们倒气得吵了一架,他到饭馆里去吃羊肉泡馍了——他怎么是越气越能吃?!"虞白没吱声,也没听她再说下去,喊着"丑丑,丑丑,把药枕拿来!"。黑狗在后院里"喔"了一声,如仆人应诺,竟真的叼了一个木枕回来。虞白抽开枕盖,将带回的药末分盛了几小包往里装。一时都尴尬,邹云住了口,丁琳也不知说什么,凑近来看。这枕是红色的柏木心做成的,一尺二寸长,四寸高,枕盖上钻着粟米大的小孔三行,每行四十孔。丁琳无聊搭讪:"手工这么精巧的,买的?"虞白说:"托民俗馆修缮工特制的。"丁琳又说:"配的什么药,味儿好大呀!"虞白说:"二十四味。"丁琳说:"二十四味?"虞白说:"二十四种药与四时二十四节气对应,另加有毒性的药物八味,以应八风,估计对失眠有作用。"丁琳说:"只怕药枕这么硬,越发垫得睡不着的。邹云,也不要急的,咱可以多想些办法,好事多磨嘛。"邹云已去厨房水池上洗脸,说:"白姐这么能的,连药都自己配,可清朴咋恁没本事的?要是别个男人,甭说十个八个营业证,要个原子弹也拣着光溜溜的拿回家来了!"虞白说:"哼,原子弹要是棉麻做的,你早穿了衣服了!"邹云水刚淋到脸上,哧地笑了,说:"我臭美,白姐不也去美容按摩了吗?"三人笑了一气,冲淡了刚才的不快,丁琳就埋怨吴清朴怎么还不回来,等不及了,她要和白姐去看祝一鹤呀!

  虞白却说她不去啦。丁琳说:"你提出要去的,我是陪你,你倒不去了?"虞白说:"我咋觉得不妥?"丁琳说:"豌豆心又来了!"虞白用嘴努努厨房,低声说:"我这心怎么虚虚的,怕见着他。"丁琳说:"心虚了好,心虚了更该去见的。"虞白想了想,还是摇摇头,说:"你去吧,你去让他写民俗馆,也好拿录音机让他吹吹埙,录回来我听。"丁琳说:"想吃杏又怕酸了牙,活该二十世纪只留下最后一个老处女!"邹云洗完脸,突然跑出来叫道:"我想出一件事了!"虞白说:"慢点,小心牙掉了!"邹云说:"你们要到祝一鹤那儿去,定能见上那个夜郎的,他在社会上跑得多,保不准认识工商局的人!"虞白说:"谁说我们去祝一鹤那儿的?"邹云说:"琳姐不是才说了?"虞白说:"听她说的,这么晚了,与人家不熟,两个女人去人家家里?!要找夜郎帮忙,清朴与夜郎认识,让清朴自己去。"

  吴清朴去保吉巷七号院找夜郎,夜郎的门上着锁。问隔壁卖菜的小李,小李盘问了他半天,才说你找颜铭去,说完还怪怪地一笑。吴清朴问颜铭是夜郎的什么人,小李说:"你让我犯错误呀?!"吴清朴明白了几分,就按小李提供的地址寻了去,还特意为那个颜铭买了一瓶香水。在门口敲了一会儿,门不开,想着里边两人忙着哩,到楼下又待了一会儿再上来,又是咳嗽又是跺脚,为的是给屋里人招呼。开门的是阿蝉。吴清朴说:"你就是颜铭?"

阿蝉问:"有什么事?"吴清朴说:"我来找夜郎,夜郎认得我的。实在打扰了,这份小礼物请你收下吧。"阿蝉当下和气了,让客进屋,还沏了茶水。从另一个卧室就出来一个娇小的女子,嘴里嗑着瓜子,看见了小礼物,便拿过来拆开,见是一个小瓶,不知是什么。阿蝉问:"是啥玩意儿?"女子说:"一堆英文字母。"又进了卧室。吴清朴纳了闷,也不好问,听见一阵咳嗽声,扭头看了,另一卧室门开着,床上躺着个肥胖胖的老头,嘴一窝一窝地蠕动,忽然醒悟这该是祝一鹤的家,自己那一晚是来过的,颜铭似乎是那次见过的保姆,印象虽然模糊了,但绝不是这两个。才要说话,门里又进来一个高个女人,深目耸鼻,高颧阔嘴,宽肩蜂腰长腿,发在脑后梳成小髻,上穿弹力紧身汗衫,下着喇叭形薄牛仔长裤,一双半高跟的宽头白凉鞋。吴清朴倒被镇住了,心想:还有比邹云讲究穿的人!但立即看出没有邹云的富贵相:脖子上没系项链,手腕上没有手镯,戒指有,不是钻戒,小背包也不是真皮的。那女人提了一包人参蜂王浆饮品,进来怔了一下,说:"来客人了?"阿蝉说:"铭姐,有人找夜哥的。"那卧室的女子闻声就出来往门外走,颜铭说:"什么味,小翠用外国香水啦?"那女子也不答话,出门一溜风下楼去。颜铭便低声对阿蝉说:"我已经说过,不要让她来,她怎么又来了?你是成心要闹出丑闻吗?"阿蝉说:"是她自个来的。铭姐,铭姐!"示意有客人在,不要多说了。颜铭唔唔应着,便对吴清朴说:"找夜哥吗?你是夜哥的朋友?"吴清朴真正明白自己弄错了,一是不该把香水送错了人,二是颜铭一口一个"夜哥",压根儿也不是夜郎的那个——站起来做了介绍,掏了名片和身份证,说明为什么要找夜郎。眼前的颜铭已不是了昔日保姆的模样,颜铭也忘记了她是见过吴清朴的,但颜铭却知道吴清朴这名字,也就说你的女朋友是不是平仄堡的邹云呀,便夸说了邹云的美丽,然后说夜郎几日都未来过,五天前见他时,是说他们戏班由公关协会联系着要去南郊的太白机电厂演出了。吴清朴有些遗憾,就留下条子,写明了托办的事,让颜铭待夜郎一回来就及时交付他。临走时红着脸问颜铭的裤子在哪儿买的?颜铭就又夸邹云的福分,说这裤子是托人从广州买的。

三日后,夜郎回来,机电厂付给了戏班一笔丰厚的演出费外,因从深圳运回了一批荔枝,又分给了每个演员一个纸袋。在西京是难于吃到这稀罕物的,夜郎就提回来,一颗一颗剥了喂给祝一鹤。颜铭把吴清朴的留条当即交给了夜郎,夜郎沉吟了半晌,问这几日还有什么事情?颜铭便抓了两颗荔枝给阿蝉,让她到厨房里吃去,就掩了门说起吴清朴来的那天小翠还来过,喊喊啾啾地道出一场是非。原是颜铭觉得小翠常来,保姆家的串门不妥,说过几次阿蝉,说过了也便作罢,没想一次回来,因她新配了钥匙,直接开了门进来,阿蝉和小翠精赤赤的身子睡在一张床上。她又恶心又气愤,把卧室门就反锁了,吓得阿蝉求饶半天,她把门打开,两人跪在地上给她认错,发誓再不敢了。可是,明着小翠不敢来了,等她去上班了,小翠还是偷偷来的。夜郎当下变脸,要打阿蝉,颜铭拦住,说阿蝉近来伺候祝老还勤快,要嚷开去,阿蝉肯定在这里待不住,祝老便没人照顾了,也让外人耻笑的。只劝夜郎有空去对面楼上找找小翠,吓唬着不让她再来就是了。夜郎觉得有道理,没再发作,但仍气得呼呼喘气,说:"这号事只听说外国有,阿蝉倒会的,真是丑人多作怪!"颜铭说:"你这话说得难听!这事与丑不丑没什么关系,丑又怎么啦?!我也想了,这都是因有了小翠才导致的。阿蝉从乡下来到城市原本寂寞,又伺候祝老,一天到晚地不能说个话,才闷得寻小翠来聊的,我遇过几次,阿蝉都是给小翠化妆来着,一边画,一边又呵斥又欣赏着好。那小翠年纪轻些,听说在乡下已有个男朋友,被人爱过的,怕是来了又常在阿蝉面前做小撒娇,阿蝉慢慢地学着男人样儿要保护她,一来二去地就……"夜郎说:"你只会把人往好处想!"颜铭说:"你才回来,不该把这恶心事说给你。——不说了,你瞧瞧我这裤子怎么样?"夜郎说:"刚才一进门我就看见了,真好,身材的优点全暴露出来了!"就剥了一颗荔枝塞在颜铭口里。颜铭说:"这条裤子特别合体,谁见了眼都亮的,那日吴清朴还问在哪儿买,要给邹云也买一条。"夜郎说:"邹云是个艳乍人,搭眼一看好漂亮的,细看倒不如了清朴的表姐。她个头矮的,能穿了这裤子吗?"让颜铭又站远站近让他看,说:"你说说,别人看了都说些什么?"颜铭说:"是不是男人都喜欢听别人说自己老婆的好话?——当然尽是漂亮话,今日在街上就有人尾随我了半条街,吓得我出了一身汗,亏得碰着我们队的一个搞灯光的师傅，才摆脱了。"夜郎说："世上瞎男人多，别心软上他们的当，他们说你漂亮，或者肯帮你点小么零碎，那都有企图哩。"颜铭说："瞧你那小心眼，又爱听别人说我漂亮，又怕别人企图我，那你怎不把我养起来？你要是个大款，我什么也不干了，专买好衣服给你穿了看！"噎得夜郎半天没话。颜铭说："生气啦？"夜郎说："我挣不来钱，可我见过暴发了的人，他们有了钱吃喝嫖赌抽，你得小心着这些人，知道不？"颜铭一指头点在夜郎额头上说："知——道——了！"

饭桌上，夜郎说："颜铭，今晚有空没？"颜铭以为夜郎要约她去保吉巷那边，脸红了一点，拿脚便踢夜郎。夜郎一时醒悟不了，颜铭就让阿蝉去看看祝一鹤是不是枕头枕高了，怎么有鼾声？阿蝉一走，颜铭说："什么话也在饭桌上说？"夜郎说："下午我去兴庆区政府，羿副区长我认识，让他去工商局说说情的。你买些烧纸在这里等我，咱晚上了到城墙上烧纸去！"颜铭说："烧纸？"知道刚才想到了别的一幕，就不敢看夜郎，别转了头望那边卧室，却瞧见阿蝉在卧室里极快地剥了一颗荔枝在嘴里。颜铭回过了头，说："烧纸？不逢年过节的烧什么纸？"夜郎说："鬼节嘛。"颜铭说："没到冬至，你过的什么鬼节？"夜郎说："你只知道冬至是鬼节，你是西京人，你不知道七月十七日是西京的小鬼节？"颜铭说："我父母死得早，我倒没有烧纸的习惯。怪不得昨日街上就有人卖烧纸，我还嘀咕，大热天的谁买你的纸呀？——可晚上我们要去鸿达纺织品公司去表演的呀！"阿蝉出来，悄悄问颜铭道："铭姐，那荔枝是树上结的还是地下长的？"颜铭不搭理，说："你下午了去买一刀纸来，晚上陪夜哥去烧烧。"阿蝉说："夜哥肯要我不？"夜郎说："你又不是艾滋病患者，我怎不要你？"颜铭说："你这……！"夜郎说："你买了纸，晚上六点钟我能过来就过来了，六点钟没来，你拿了纸直接在南门口门洞里等我。"

夜郎吃过饭就去了兴庆区，区政府羿副区长正在开会，夜郎托办公室的干事去会场叫了出来，羿区长一出门就瞧见了夜郎在走廊一头站着，迟疑了一下，却嘟囔着干事："是谁呀？正开着会的，是谁来找嘛！？"夜郎迎过去说："羿区长，是我。"羿区长"噢噢"两声，立即四面看了，急拉夜郎到自己的办公室,随手把门关了,说:"是夜郎?!好长时间没见了你!上个礼拜,西郊农场又邀去钓鱼,我还想起了你,你那次是一次钓了二十斤吧?"去年的夏天,羿就调动到兴庆区政府,农场的负责人开设了一个鱼池,专供市上的一些领导星期天去钓鱼,羿便来约祝一鹤秘书长,祝一鹤当然也把夜郎叫去了。那一次,夜郎与羿认识,羿殷勤地跑前跑后,在鱼池边给祝一鹤安座椅,撑阳伞,还跑着去买了冷饮。祝一鹤每钓上一尾,他就大呼小叫,夸奖说祝一鹤的技术好。其实那一次夜郎钓得最多,羿几乎坐不住,仅仅钓上来三条。祝一鹤中午在招待所休息的时候,羿和夜郎在那里下棋,他拍了腔子给夜郎说:"兄弟,以后祝秘书长有什么事用得着我,我包了!你有什么事也只管来找我!老哥官不大,可在基层,凡我管的地盘上还有办不成的事?就是在我不管的地方有什么,咱也有办法托了别人!说句实话,有什么事你去找书记、市长,他们也不一定能办得了,他们还得请我们来办嘛。就是送礼,书记市长也不见得有人去送,一是不敢去送,二是想送寻不到门。咱基层干部就不一样喽!"当时夜郎倒觉得此人还直率,也就说:"基层干部离百姓近,事情办好了,老百姓的口就是碑,办坏事,老百姓也是一眼眼看着的。"羿说:"可不是,现在风气不好,如果老百姓要造反,首先掉脑袋的也就是我们这些人了!解放初,枪毙最多的是什么人?不是国民党那些大官,也不是毛毛随从,是县长,七品官这一级离百姓近,民愤大嘛。旧戏上一写县官都是些白脸——为什么?——一是写戏的人只熟悉七品官,也只敢写到七品官,二是写了七品官,老百姓看了戏能共鸣嘛!——七品官,芝麻大个官!嘻嘻,咱革命了几十年,还是个副的,嘻!"夜郎还真服了他这一席话,说:"过几年副的就成正的了!"羿说:"谁给你正的?你问问祝秘书长,为啥姓羿的现在还是个副的?"说完就呵呵地笑。现在羿又提到钓鱼的事,夜郎想起了这一幕,不免心里酸酸的,说:"羿区长还记得这些?你去年夏天去钓鱼,今年夏天也去钓鱼,祝一鹤他就没这个福分了。"羿说:"早听说老祝是病了,我一直还说去看看的,就是走不开身;当个届区长,还是个副的,却一天到黑忙得尿都尿不净,裤裆都是湿的了!老祝也倒霉,政治生命就轻易让别人牺牲了!我现在算看透了,要在仕途上混,不跟人不得上去，跟了人危险性大，咱是与谁也不近不远，当然谁也不会重用了咱，谁也不会太陷害咱哩。"正说着，走廊里喊："羿区长！羿区长！"夜郎就起身要去开门，羿"嘘"了一声，不让夜郎动，自个儿把门开了个缝，探出脑袋，问："谁个？"立即又把门打开，笑着说："杨书记呀，我来了个客人，马上就来。"夜郎看见门外站着一个黑壮汉子，手上的烟吸到一指长了，从口袋又摸出一支接上，十个指头蛋却焦黄黄的。一口浓烟就喷过来，说："我以为你上厕所了，我也去了，隔着隔板说了几句话没回应。厕所里怎么又画了那么些乌七八糟的东西？"羿说："谁知道哪个又画上了，他娘的，去年我到哈尔滨，今春到广东，厕所里都是这些东西，总不会是一个人的作品吧？内容和形式竟一模一样！"黑壮汉子说："刚才叫你，门开得那么一点，我想是不是来了相好的了？原来也和我一样黑包公！他好像我在哪儿见过？"夜郎也正疑惑，羿说："你哪里见过他，他不是西京城的。"黑壮汉子"噢"了一声，说："那你就快点来，时间不早啦，还有三个问题没研究的。"羿说："乡里干部忙的是催粮催款、刮宫流产，咱整日忙收税，完不成任务，市上只怪罪咱，咱还能想出个啥办法？！你们先研究吧，研究成啥我也没意见——我马上就来的。"便把门重新关了，悄声说："是区委杨书记，年纪倒比我轻，是市委诸葛书记的秘书下来的。"夜郎想起就是原市长和诸葛书记闹的那一场矛盾才使祝一鹤从此完结了政治生命的，就苦笑了笑，说："好像我也见过他的……你怎么哄人家我不是西京城里的？"羿说："他是知道你名字却记不准你的人的，要是知道咱们还熟，他可能又要怀疑我也是原市长线上的。原市长在的时候咱没沾过他的光，他人走了，我却带了他的灾，要不怎么到现在了这'副'字像膏药一样还贴着揭不去呢。"夜郎听了，心里一阵阵发颤，眼前这个羿，是把他当作祸害而对待了，一时感到侮辱，脸色就难看起来。羿瞧夜郎生了气，赶忙说："你别介意，多一事不如少一事，我要真正贱看你，也不会让你来我办公室。你不在仕途上不知老哥的为难，祝一鹤的下场你不是不知道的！给我说，有啥事要我办的？"夜郎原要拂袖就走的，但念及吴清朴拜托的事，只好又坐下来，说："我有个朋友开办餐馆，你们工商局就是为难不给办营业证，来找你关照关照。"羿头歪起来，沉思了半会儿，说：

"话可以去说说，但也不一定说了能顶事……你的朋友人没来吗？"夜郎说："你领我去见工商局局长，或者你写个条我去找，事情有个眉目了，我让朋友来办手续。"羿说："是这样吧，你还是让你那朋友来，你在这不好。"夜郎说："那好吧。"站起来就走，走到门口了，说："祝你很快把副字去掉！"开门出去了。

夜郎噔噔地从楼梯往下走，楼梯上铺着红地毯，每一个转弯处都放着痰盂，墙上写了"吐痰入盂，注意卫生"。夜郎吐了一口。又吐了一口，全吐在地毯上，下到一层，竟抬了脚高高地往那白墙壁上蹬出一个鞋印。临出大门，大门口坐着收自行车牌子的老太太，刚才推了车子进来时领过牌子，现在出门要交牌子；夜郎推着车子就出，老太太喊："牌子，牌子！"夜郎吼道："我就是贼！"把硬铁皮牌子摔在院子里。

车子从区政府门口一直骑着往北，到了北城墙根了，夜郎才恨起自己是气糊涂了，骑到这儿来干什么？掉过车头又往宽哥家里去，发誓不找他羿区长，却非要把营业证办出来不可。半个小时后，夜郎气也消了许多，赶到宽哥家，宽嫂正在厨房里摊酿皮子，案板上放着一大盆面水糊糊，两个小锣般的铁皮平底盘，面水糊糊倒进一勺，摇匀了，轮流放进开水锅里去煮。天气很热，人胖汗多，额颅上擦着了面粉，面水糊糊也洒得案板上、锅台上、她的皮鞋面上斑斑点点。夜郎静了静气息，故作兴奋状，说："人有福了，跌一跤都能拾锭银子的，嫂子怎么知道我爱吃酿皮，人还没到就做上了？！"胖嫂见是夜郎，没好气地说："你闪远吧！"夜郎偏去抓了做好的一张，对空耀了，薄亮亮的透明，自个先切成条状，调了油盐酱醋辣子蒜蓉，端在一边吃起来。胖嫂说："真不要脸！"夜郎说："嫂子是大方人，今日怎么啦，总不是嫌我吃了？"胖嫂说："我问你，你宽哥不识了时务，你也是瓜啦傻啦？你明知我夫妻闹得乌眼鸡了似的，吃饭不上一个桌子，睡觉不枕一个枕头，你作为兄弟的，却要害得我们夫妻离婚不成？！"夜郎吓了一跳，酿皮也吃不进去了，问："这是怎么回事？"胖嫂说："你是不是让你宽哥管那农民受骗的事来？"夜郎说："有这回事，那农民太可怜的……"胖嫂说："你宽哥不可怜了？！他是个什么官呀长呀的，他竟去分局汇报，分局说好是要抓了那派出所姓黄的，可后来分局却不抓了，只把骗子扣起来，追回那批药材就完了。其实呀，完了也就完了，农民没有吃亏嘛，你宽哥却上劲了，说为什么不抓那姓黄的？知法还犯法？目下公安系统搞整顿哩，这样的事都不了了之，还整顿个什么？——问题就在公安系统搞整顿的，分局怕影响自己的工作和声誉，要捂住见不得人的事哩。而你宽哥却以为他是正确的，他是真理，真理就要战胜邪恶……你笑什么，这是他说的，他一说都要说书本上的话，或者像领导人的话——可他把自己是张三还是李四忘了！五十年代他会说个保家卫国，七十年代他会说社会主义好，到现在了，不再说世界上还有三分之二的人民没解放，可变得这样看不惯，那样看不惯！他要是个国家主席就好了，可以制定国策了，但他不是嘛，他能管了谁？他连他老婆我都管不住还想管谁？！"夜郎说："这一锣儿熟了，得换另一锣儿了。"胖嫂忙去开水锅里提锣盘儿，烫，手在冷水里蘸了一下，提出来，翻倒在案上一张酿皮子，说："我不知道熟了没熟用得你说？！我说到哪儿了？"夜郎说："他连你都管不住。"胖嫂说："胡扯淡！我说的是他仍较劲儿，又汇报到公安局里，局里领导发了火，责令分局去抓了那姓黄的！姓黄的是抓了，分局的领导就嫌他告状了，不满意了，明里话不说，暗里恨他，现在分局新住宅楼快竣工了，如果到时候想个点子，这房子就分不上我们了。夜郎，你记住，若分不到房，我是饶不了你宽哥的，要是闹得离了婚，这起根发苗的罪孽就是你弄成的！"夜郎说："猪屙的狗屙的都是我屙的……你把后果也想得太严重了，宽哥是老警察，又是先进，能不给分房子？"胖嫂说："太严重？如今就收拾起他了，局长家的儿媳把自行车停在局长家的楼下被贼偷了，局长发了火——也真是，这贼你谁的车子不能偷，偏偏要偷局长家的——局长整日抓社会治安，贼偷到他家了，难怪他不发火！局长住的那片楼区归你宽哥这个分局管的范围，局长给分局发火，分局就把追拿小偷的差事交给了你宽哥，他已经在那片楼区潜伏观察了三天两夜了，就要瞧他怎么个完成任务呀？！"夜郎不言传了，放下碗就要走。胖嫂说："你怎么不说了？你要走呀？你惹下娄子了，你就要走呀？"夜郎也不回头，出门到街上，街上已过了下班时间，路灯也开始亮起来。摆夜市的小贩三三两两从各自家里推出三轮车、架子车，上边放着烤羊肉串的炭槽、炖砂锅的炉子、搓麻食的案板，以及羊肉、鱼肉、粉条、青菜、啤酒和各种冷饮。卖冰棍的女孩子嗓音很好。夜郎不停地与他们相遇，车子停停骑骑，心想：今日倒了霉了，遇谁生谁的气，是鬼节不宜办事吗？还是先祖的鬼魂在催我快去烧纸？闷闷不乐地就往南门口门洞里去。

阿蝉抱了一沓烧纸，已经在那里等得不耐烦了，夜郎到的时候，她指着手表说："夜哥，都七点二十五分了，鬼都等不及了！"夜郎说："路上人多，我紧骑慢骑地差点让汽车轧死了。"阿蝉说："是吗？轧死了这纸就给你烧了。"夜郎笑了一下，说："真死了，你还会想着给我烧纸？"两人在南门口立了一会儿，城门里的小公园里依旧灯火辉煌，人群熙攘，那个长脖子算卦师还是那张破桌那副打扮。而人行道上已经有人在烧纸了，有一人一烧的，有两三人一起烧的，都是在地上画一个圆圈，烧起来火光鲜亮，照着烧纸人毫无表情的油汗脸。阿蝉才说了一句："夜哥，你去那算卦师那儿算过吗？"却听得公园那雪松后的一堆人中有了歌唱，接着是一哇声地起哄叫好。两人驻足听了，已唱到：

摆摆要参加红军，红军不要摆摆，因为摆摆的屁股翘，容易暴露目标。

阿蝉就咪咪笑，说："夜哥，摆摆是人名吗？"夜郎说："这怕是江西人唱的，江西人把跛子叫摆摆的。"就听着又唱下去了。

摆摆去找政委，政委也是个摆摆，摆摆同情了摆摆，摆摆就参加了红军。
摆摆去送情报，走到半山腰，因为摆摆屁股翘，就被鬼子发现了。
摆摆撅起屁股就跑，鬼子上来就是一刺刀，为了革命为了党，摆摆就光荣牺牲了。

歌声越唱越缓慢深沉，反复出现"摆摆"的字眼，阿蝉也笑个不止，一厌头看夜郎，夜郎却眼泪哗哗的，便不敢笑了，说："夜哥，你哭了？"夜郎说："我想起我爹了。"阿蝉说："你爹也是个摆摆？"夜郎说："我爹是个驼子。那唱歌的八成是江西人来西京出差,看见城里到处烧纸,想起他的老先人了……我爹没参加过革命,他只是个农民,我记事起他就是个驼子,腰弯得几乎是个直角,他上世好像欠了别人什么,一生都没直过腰……"说罢就随了那漫道往城墙上走。阿蝉说:"人家都在街道旁烧,咱要上城墙?"夜郎说:"人家都是老西京人,我在这里都站不住个脚儿,我爹还能来占一块地?"城墙上静寂无人,砖块铺就的墙顶如街,在朦朦胧胧的夜色里泛着青光。两人顺西走了数百米,来到的正好是那一次遭人打枪的地方。夜郎让阿蝉放下烧纸,自己却说:"阿蝉,你怕鬼不?"阿蝉说:"不怕。"夜郎说:"那我让你看看鬼。"阿蝉说:"你用气功吗?你能用气功打开我的'天眼'吗?"夜郎却从怀里掏出埙来,呜呜咽咽吹起来。他吹得十分忘情,今夜,气又特别悠长,几乎一下午鼓在肚里的气,这阵正好丝丝缕缕全呼出来派了用场。阿蝉从未听过埙音,也从来不知道夜郎也会懂得乐器,当夜郎掏出埙来,她还以为是什么泥块,但第一声呜然而起,发出了那么长那么沉那么古怪的音,浑身就颤了一下,越往下听,越感到夜黑,城墙上空旷阴森,不知了身在哪里,恍惚像是做梦,梦里又这般恐怖,又记起夜郎说过要让她看鬼的,又记不清夜郎是梦里说的还是不在梦里说的,看天上的黑云如鬼,看城楼的角檐如鬼,看夜郎也如鬼,不觉"啊"地长声锐叫,跌坐在了那里。夜郎收了声,问:"怎么啦?"阿蝉说:"夜哥,夜哥。"夜郎说:"你说话嘛。"阿蝉还是看了看夜郎,爬过来还摸了一下夜郎的脸,终于证明了一切在现实中,就说:"你把我吓死了。"夜郎发笑,笑的是今夜那个放枪人没有放枪,却使阿蝉失魂了,说:"你不是不怕鬼吗?鬼才要来的,这一停,看不见了。"阿蝉说:"你这吹的什么?"夜郎说:"埙。"阿蝉说:"埙这么怕人的!"夜郎说:"你听出什么来着?"阿蝉说:"我只觉得我糊涂了,我好像在一个山沟沟走,前不着村,后不着店,下着雨,路上泥又深,走一步听见身后还有谁也走一步……远远的崖畔上有灯,孤孤的一颗灯,狼也开始叫了……"夜郎说:"阿蝉还有音乐才能!将来了到我们戏班去学乐器去。"就蹲下来点火烧纸。

夜郎看过电影,电影上似乎放映过西方鬼节的情景,那是家家刻了南瓜,点了鬼灯,所有的人,男、女、老人和小孩,都从屋里走到街上,穿乱七八糟的怪衣，戴五色六彩的面具，装扮了各式各样的鬼。人突然在这一夜都成了鬼，鬼没有一个是美丽的，都面目可憎，狰狞暴戾。夜郎想，真有意思，中国的鬼节却不一样，鬼永远是鬼，人永远是人，人鬼不能混淆。人怕鬼，也厌弃鬼，虽然自己的亡去的爷娘老子都是鬼，惧怕和厌弃又无法摆脱他们而产生敬畏，说是一种孝道，实则是求得自己的心理平衡罢了。夜郎默默地烧着纸，蹲在一边的阿蝉在一眼一眼看着烧着纸的夜郎，心里仍充满了恐惧。这一个夜里，天奇怪的阴黑，没有月亮，有风，风不大，该是鬼行走的好时候；城市里没有坟墓，鬼不能如在乡下在自己的坟头接受活人的贡献，鬼是游荡的，如街上游荡的人。阿蝉不明白的是，这一夜要祭鬼，为什么却不让亲戚的鬼进家门，都要到楼与院前的十字路口，街道两边的人行道上烧纸呢？远远近近的巷道的烧纸火光中，人影在晃动着，都在地上画圆圈，这是为了防止混乱，还是画地为牢，这一片地就属于某一个鬼了？阿蝉能听到的，似乎是鬼在城墙下的街巷胡同、院外楼前热闹地跑，像体育馆里举办了摇滚音乐会，里边的演出已经开始了，外边的人在跑着喊，大步小步地不停，甚至能听到鬼们在得到了钱后嚯嚯而笑，或用指头蘸了唾沫，背过身急急地清点款数，硬的钱纸在窸窸窣窣地响。而城墙头上鬼少，又孤寂，悄悄地是已立在了那截女墙边，还是坐在了那摇动着一根枯茎的地砖块上？

　　那一刻里，火的亮光照在夜郎的脸上，他默默地祷告着自己的父亲，他希望在他念叨着父亲的名字时，父亲就会从千里之外的那个黄泥岗上的坟丘里赶来。风吹了一下，纸一直暗红，突然嘭的一声，像憋了一口气，纸堆腾起更大的明焰，如花怒放。夜郎的头发忽地多起来。他知道父亲是赶来了，不自觉地摸了一下头发，头发竟叭叭地有火星。这响声阿蝉也听到了，也看到了小小的灿烂的火星，她叫了"夜哥！"夜郎没敢回应，已明白自己的不孝——是不能用阳气吓骇亡父的，便将一直跪着的单腿变为双腿下跪。双腿下跪的时候，左膝盖正跪在了一块瓦砾上，垫得生疼，他没有移动，定睛了看纸变红变黑变白，然后袅袅起飞，有几片落在脸上，像烟盒的锡纸在墙上吸着，久久不坠。这一定是爹的舌头了，在吻自己。他拿过了阿蝉带来的小瓶白酒，说："爹，城是人家的城，儿子只能招你到城墙上来，钱你就收去花吧,酒还是我喝了!"噘起瓶子咕嘟嘟全灌了下去,突然泪水婆娑,想到了遥远的故乡、遥远的岁月。

——爹死的时候,他还小,他没有哭,头上的白巾,白巾沿上缀挂的一串棉球挡住了眼睛,他走在出殡队伍的前边,被教导着抱了纸灰盆,率领着哭天嚎地的众亲戚去村口。他的堂哥要他一定得哭,说不哭是招别人笑话的,亲儿子难道不哭自己的亲爹吗?!他也决心要哭,却随着响器一响,怎么也哭不出来,越是要哭越没有哭声和眼泪,直站在了十字路口,堂哥在后边拧了一下他,他还是哭不出来。端了纸灰盆要摔,堂哥又说:用力摔,摔得越碎对你爹越好,再不会为牵挂家里而灵魂不安。堂哥说罢了还捡了一块石头放在路上,他就将盆子朝石头上摔去,但目标不准,幸好盆子还是碎了。孝子不哭,着实让村人耻笑了多年,直到爹过三周年忌日,娘和他去上坟烧纸,从弯弯曲曲的田埂上往坡根走,荒丘上长了一蓬荆棘,荆棘没有开花,只有被雨水淋腐了的已贴在荆蓬上如一道道白印的幡纸,田野里的麦子已经起身,有兔子跳跃远去。他问娘:这地里怎么不长苞谷了?娘说:"种的麦子当然长麦子呗。"他说:"那么,是种什么长什么吗?"娘说:"乖。"他就说了:"爹埋在这里怎么不再长出个爹呢?"娘说:"爹永远是没有了。"他在这时是哭了,爹死过三年他才真正哭了。

现在的爹,随他来到城里,爹的鬼是游荡的鬼。夜郎在默念着爹的好处,觉得对不起爹,请爹原谅他,他还要留在城里!夜郎这时想起了中学课本上曾经学过的"精卫填海"的故事,但爹并不识字,不知道什么是精卫填海,他就叽叽咕咕给爹在那里念说起那个故事来了。

烧完了纸,两人往回走,阿蝉问:"夜哥,你刚才烧纸是在念说什么了?"夜郎说:"我给我爹说话哩。阿蝉,你学过'精卫填海'的课文吗?"阿蝉说:"学过。"阿蝉就背诵道:

发鸠之山,其上多柘木,有鸟焉,其状如乌,文首,白喙,赤足,名曰"精卫",其鸣自詨;是炎帝之少女,名曰女娃。女娃游于东海,溺而不返,故为精卫,常衔西山之木石,以堙于东海。

夜郎说:"你还行嘛,我就给我爹说精卫的故事哩。"阿蝉说:"给你爹说一个小鸟的事?精卫填海,那多徒劳无益的,给你爹就说这些?!"夜郎说:"你懂个啥!"不理了阿蝉。这时候一辆出租车嘎地就在前边停下,车里走下了一个浓妆艳抹的女人,朝他们锐叫了一下。阿蝉还以为这女人是认识夜郎的,回头看去,就在他们身后不远处,一个持着手机的男人在那里淫淫地笑,揽了那女人的腰往近旁的酒楼去了。从大街往西的窄巷里,两旁的槐树浓荫交错,路灯在浓荫里激射如云中的阳光,树后檐墙的黑暗处,有人在拥抱。远处的水管下水流哗哗,是倭腰的老妇人在洗衣服。一群赤着膀子趿着拖鞋的闲汉横着过来,叫嚷着你赢牌了就得请客,那东胜街夜市上令狐家的馄饨馅嫩,卖馄饨的小妞更嫩。

早五点,照例是小院子里的吵闹时分,先是楼下院门角的那家癞疮秃头,烧起了墙根下煮鸡的锅灶,火光明亮地照闪着每扇玻璃窗子。这是陕南山区的灶型,西京城里不可能再有第二,灶道长若三米,斜坡而上,依次安有三口大锅,一把火在下边的膛里烧起,三口锅同时受热,热烘烘的腥臭味就弥漫院子,烟也随着院墙往上爬,浓重的黑烟融入夜空。秃头老婆是白日在街上摆烧鸡摊的,秃子只管去收购鸡,收购了在院子里拔毛剖肚,天黑下来,穿一身捻绸裤儿,灰不灰白不白的,戴一个小小的草帽,挎着背盘去沿巷叫卖。昨天晚上,又收购了几大筐鸡在院墙根的,夜郎回来后听见小李在和秃头谈话:"又弄到死死鸡了?""话可不敢这么说的!""算我不会说话。杀鸡怎么鸡不叫唤——哑巴鸡?""用竹棍捅鸡耳朵,来不及叫就咽气了。""你脚底好着的?""好着的。——啊,你骂我?""我怎么骂了?""你要说是'头上生疮,脚底流脓'?!""这是你说的,怎么算我骂了?"这秃子住在院里,是全院的灾难,也是周围人家的灾难,居委会已经来干涉过几次了,但房东没意见,秃头的房租比所有客户高出一倍的。秃头只是悄无声息地烧自己的火,小李就起来了,他是一边把屋中的青菜往三轮车上装,一边开了水龙头,拿长长的皮管子往菜上浇,一边嘴里小声哼豫剧《周仁回府》。河南人是中国的吉卜赛,街面上那些摆摊耍猴的、练拳的、做硬气功的、卖老鼠药的，差不多都是同一口音。小李常在街上碰着同乡就领回来住宿，惹得房东也不高兴，无奈，他一张好嘴，无遮无拦，与那房东女人插诨打科，这女人倒不依了掌柜，且家中无事，夫妻见天搓牌，若三缺一，小李再忙，也会成全，是个随叫随到的人物。小李的豫剧一唱，房东的女人准时就醒了，已养成了习惯，起来要大解，穿一件宽大的睡衣，趿拉了拖鞋，披怀往厕所去，然后叫房东去送手纸。房东慢慢腾腾，嘟囔不已，拿了纸揉一团隔厕所门扔进去，小李就笑着说："做生意的辛苦，做房主儿的也辛苦，你要伺候老婆，每日把尿桶拿回房中，你只消跑一次差事就好了！"厕所里的女人听见，高声说："小李，快住了你的口嘴，我这是让他表现情意哩，别人想来给我擦尻子，我还不让哩！"小李说："这倒也是。——'若把嫂嫂献上去，周仁不是□□的！'——秃子，给我开开门！"蹬着车子出院去了。院子下边的一响动，楼上隔壁的五顺也就起身了，叮叮咣咣开炉子，提水壶。他是拾破烂的，却养得很高贵的习气，每日清晨要熬了茶喝。果然就来敲夜郎的门，端偌大的一个搪瓷缸，扑扑闪闪地把半缸茶倒给夜郎，询问今日做甚呀？

　　夜郎坐在那小椅上，瓷头闷脑，好像还没完全的醒。这差不多成了习惯，每日早晨一睁开眼，常要以那时的情绪来决定全天的，有时莫名其妙的情绪低沉，这一整天就干什么也提不起劲了。夜郎扭头看看窗外，天并不算好，他脑子里依然还萦绕着夜里的梦境，感到沉闷和惊奇。已经是许多的天日了，他隔三岔五地就做同样的梦，梦境都是他在一所房子里，房子的四堵墙壁很白，白得像是装了玻璃，也好像看上去什么也没有，可他就是不得出去，几次以为那是什么也没有，走过去，砰，脑袋就碰上了。后来那墙又平铺开来，他往出走，走出来了，脚下的墙却软如浮桥，一脚踩下去，再提起，墙又随脚而下随脚而起使他迈不开步。他只好又在房子里，大声呼喊人，房子外就站着了祝一鹤、颜铭，还有那个五顺、吴清朴和邹云、丁琳，但怎么也没有虞白。他想丁琳没好意思问明，丁琳似乎不愿意把话引申。谁也不得进去，他也不得出来。他听见五顺在说："把门打开，夜郎，钥匙呢？"他不敢说钥匙虞白拿着，因为他怕引起宽哥不高兴，也引起颜铭的怀疑，他没有言传。五顺还在说："钥匙呢？钥匙呢？"这样的梦境，出现一次是可以理解的，夜郎惊异的是竟有三至四次了,他想,平仄堡建好的时候,最高的第十二层里全部安装了意大利的玻璃的,他第一次上去观看,就发生过以为前边有个门要走过去,结果是玻璃反照了对面的门,使他砰地碰过一次。过去的记忆残留在大脑里,才发生自己在玻璃房子里的梦来,可是,虞白怎么不出现在梦里呢?根本连想也不曾想的五顺却在那里询问钥匙?!

迷迷怔怔着的夜郎坐着不动,五顺就让夜郎喝喝茶,清醒清醒。夜郎就说五顺,你还去收破烂吗,我跟你去。五顺就说,哈,你拾破烂?光你这张脸就不行!夜郎便问:"你说我这马面?"五顺说:"像个市井无赖。"夜郎在镜子里照了一下,自己也笑了。说他马面的只有虞白,说他像个打手却不止五顺一个人了。脸是黑,而且粗糙,眉长入鬓,乱发遮目,知道他的人说他是不修边幅,不知道的人就以为他是个浪子闲汉的——现在是好人怕坏人,坏人怕不要命的,这张脸几乎是他的通行证了。有一次,他路过北大街,两个人为撞了一下自行车而兴致蛮大地打架,许多人在围观着而不敢去劝架,他那时也站在一边看的,就听见旁边一个女人在对她的丈夫悄悄说:"咱快走开,你瞧瞧这个……"那丈夫扭头看他一眼,两人脖子硬硬地立即就走开了。那一回他受了极大侮辱,本欲要骂出一声,但随之又笑了:这也好,女人是为自己的一张脸来世的,可以走遍天下,中国以前的标准男人都是戏曲上的小生,都是贾宝玉式的温文尔雅,现在却一味喜欢粗野硬铮之徒,我的脸天生苍黑,形状三棱暴翘,出门在外倒用不着怕了他人了!夜郎现在听五顺说"光你这张脸就不行!",拿眼看了看五顺,想五顺的话或许是对的,可我能干些什么呢?戏班混个差儿,也不是长久之计,以后总得有个事去干呀,就说:"收破烂或许是收不来,别人要以为我是个打劫的强盗。封凉台呀粉刷房呀的木工油漆工一类咱又没手艺,可给某个老板当马崽,我还行的。"五顺说:"你得了得了,你能当马崽?你是当个科员就想颠覆科长,是个科长就想颠覆处长,是个处长就想颠覆厅长,即使当了林彪也要造毛泽东的反的!"两人就哈哈大笑。楼下的小吴也一晃一晃地上来了,一边走一边拿竹篾子掏耳朵,五顺就说:"又掏耳朵,没出息!"小吴说:"把他的,睡起来老是硬的。"夜郎说:"谁知道呢,柜子里边或许是空的哩!"小吴的房子是房东家的一个套间，一面大立柜挡住了套间门，这边住小吴，那边则住了一个女的。小吴笑着说："我是把立柜后边的一页板撬开了，可那边的柜门却锁了个死！"突然"嘘"了一声，眼乜着院下，院子里的那女的端了一个尿盆往厕所去，蓬着鬈发头，上身一件开口极大的汗衫，能看清那一对咕咕涌涌的奶。五顺说："这女的到底是干什么的？"小吴说："谁也不知道，反正来找的人不少。"五顺说："那个大盖帽再来没？"小吴说："前日中午还来过，来了三个人，一来就把门关了。"五顺说："房东怎么能让这种人住在这儿？"小吴说："房东原先嫌她家来人多，不三不四的，说给了派出所，可派出所把她叫去过一次，很快又回来了，以后那大盖帽的就常来，还带着人来的……是用嘴的，又快又不传染病……房东现在才不管了，有派出所的人常来，咱这院子里才安全哩！"不提派出所还罢了，一提到派出所，夜郎就立即想起了宽哥，他站起来，说："好了好了，以后少给我说这些！——我得去戏班。"

　　赶走了五顺和小吴，夜郎并没有去戏班，径直去了公安局局长居住的那片楼区，转了几个来回，碰不着宽哥，丧气得刚要再去宽哥家，楼区对面的一家杂货铺里却有人叫："夜郎！"夜郎一看，正是宽哥。宽哥没有穿警服，一身便装，额头上却贴着创可贴，一个眼睛也乌青了。夜郎便笑了，说："穿便服也就是了，还化妆成个受伤的？！"宽哥忙使眼色，拉夜郎出了杂货铺，一边盯着那楼区的路口，一边说："我真的受伤了。"这让夜郎倒吓了一跳，以为被什么罪犯报复了。宽哥才说昨日晚上下夜一点多了，他就藏在前边那个楼前的冬青树丛里，蚊子叮咬倒还能忍受，只是肚子发饿，便去夜市要买几个烧饼的，骑了车子往南走，那里的路灯全没亮，一下子就掉进一个下水道坑里去了。这下水道坑的铁盖被人偷去卖破烂了，坑两米多深，一掉下去人便跌昏了。不知过了多久醒来，他先摸摸下身，下身还好，又抬头往上看，看到发白的一个圆圈，知道眼睛还没灭了灯，又在全身摸，额上就黏糊糊有血，心也放下来，就坐在坑里吸了七根烟自己给自己压惊。后来爬出来，自行车还在旁边摔着。夜郎听他说了，揭了创可贴看看伤也不重，就说他那日在城墙头上遭人放枪，他也是先摸下身再看眼睛的，人怎么都先要顾这两样东西？就说："嫂子不知道吧？"宽哥说："我从坑里爬出来去医院买了创可贴，觉得没事，也便没回去。"夜郎说："这我可以给嫂子说故事了！——你掉下去以后，怎么也不出来，到了后半夜，正吸烟着，咚！又掉下来一个人，你说，嗨，哥儿们，真有缘分，一看却是个女的。两个人就在这下水坑里说了长长久久的话，……但宽哥是警察，宽哥是学过习的，宽哥没有爱情！"宽哥说："油腔滑调！正经事让人糟心着，你还有这份闲心说笑话！"夜郎说："小偷还没抓住？"宽哥说："或许昨夜他是出现过，可我却失职了。他娘的，什么时候不可以往坑里掉，偏偏昨天夜里！"夜郎说："算了，为一个自行车值得这样吗？西京城里出了那么多凶杀案还没破明，却把一个自行车看得这般重要？！"宽哥说："这是个影响公安局形象的大事！"夜郎说："大事？昨晚上如果坑要更深，把你摔死在里边，现在怕还没人发觉哩！"宽哥说："没死就得完成任务嘛。"夜郎见他严肃异常，就说："你告诉我，是什么牌的车子，什么型号和颜色？我帮你也找找去。"宽哥说："这还像个样。我也怀疑小偷是不会再来了，看样子并不是专要报复局长的，那小偷哪里知道他偷的是局长家的车子？偷过了也就不再来了。"把车子的型号颜色说了一遍，车子是新买的，还未轧钢印。

夜郎离开楼区，盲目地只往一条街走去，心里想：西京城里每日不知丢多少自行车，有谁管过，又追回多少？局长家丢了车子让宽哥到哪儿去寻偷车人？既然非找回不可，我不妨去弄一辆来帮他了结！于是找了一截小钢管揣在怀里，在巷里闲游，观察到处存放的自行车里有没有一个二六型的黑色"凤凰"车。此类型号的车子倒是发现了不少，偏偏都是轧过了钢印。夜郎就又钻了一个家属楼区，惊喜的就在一座楼的拐弯处，发现一辆崭新的未轧钢印的二六型黑"凤凰"，瞧瞧四下无人，拿钢管一头套住锁子头儿，那么一按，锁子就打开了，骑上去旋风般地去了。

一气骑到了城河沿上，夜郎才松了一口气，看看时间尚早，不能急于就交给宽哥，坐于路边一家卖浆水面鱼鱼的小摊上吃饭。夜郎毕竟第一回做这种事，心里依然咚咚跳动，而且不敢多看路上的行人。在小吃摊后的一堆土丘上，有三个孩子在那里玩耍，玩的是一颗自行车铃盖，卖浆水面鱼鱼的老太太唬道："崽子，哪儿来的铃盖？"孩子们正往铃盖里装了土，又尿上尿在里边搅和，说："捡的。"老太太说："捡的，在哪儿捡的，再捡一个我看看？这么小的就偷人了？！"吓得孩子们慌忙将铃盖一扬手，丢进城河里，一哄逃散了。夜郎脸先红了，将头别向城河，城河里水涸了许多，几乎成了臭水坑，阳光下，平静的稠黑水面上呈现了无数处黑白相间的纹团。心里乱糟糟的，骑了车子去找宽哥。

宽哥见夜郎竟能这么短的时间找回被丢的车子，虽然未抓住小偷，但已喜出望外。询问是怎么找到的？夜郎扯谎说他分析现在的偷自行车的人，十有八九是吸大烟土的混混儿，他们是偷了车子又到"鬼市"去卖的。"鬼市"在城东门外的巷里，原先是破烂旧货市场，后发展到了小偷们的销赃地。夜郎就有声有色地描绘了他在那里查看，果然见一年轻人推了这辆车子要以二百元卖给一个收废品的老头，他一瞧车子的模样，又见没轧钢印，就虎了眼追问车子的来历，年轻人心先虚了，丢下车子就跑，他把车子就骑回来了。宽哥说："你这脑瓜子还行，我倒没想到去'鬼市'！只在这儿守株待兔哩！"夜郎倒戗着宽哥说："小偷要有你这么笨，也去当警察了！"气得宽哥直翻眼白。夜郎说："你看看局长家丢的是不是这辆？"宽哥说："都是这型号，又是新的，咱俩去他家让认认。"夜郎说："我不去。"宽哥说："这是你的功劳你不去，我怎么贪功？！"夜郎还是不去，又叮咛不要说是他找回来的，自个儿就蹲在一幢楼前的院角等宽哥回来。宽哥去了，一等却等不来，他就蹴在那里热得一头一身的汗。这幢楼距院墙四米远近，住在一层的人家都修有鸡笼在院墙根下，夜郎蹴着看一个小笼里的一只老母鸡，身上的羽毛已剥落了一半，赤着瘦瘦的屁股，环境的狭小和热气的蒸灼，鸡已经是由焦躁不安变成无奈的平静了吗？它静静地站立在笼子里，一动不动，夜郎用嘴发出一个声来，它没理会，捡一粒小石子掷去，它仅挪了一下脚又恢复了原状，样子木讷而痴呆。夜郎就不愿再逗它了，一眼一眼还是看着，头上的汗珠便叭叭地掉在地上。宽哥返来了，嘴里叼着一棵香烟，兴高采烈的样子，说："你怎么还待在这里，没到那边树底下凉着？"夜郎说了一句："我看这鸡的。"却并未经意地还说了一句"把鸡都要热死了还能下蛋？"。宽哥看了一眼鸡，说："鸡就是下蛋的品种嘛，不下蛋它倒会憋死的。"夜郎说："车子是局长家的?"宽哥说:"果然是的。局长不在,他儿子说就是的,就留下车子了!夜郎,你出了大力,哥倒去白喝了一杯龙井,还有这棵烟,你尝尝,这是市面上多少钱也买不到的'熊猫'牌!"夜郎说:"你不用谢我,我还得找你办宗事哩!"两人出了楼区,去茶铺子要了一壶茶喝起来。

夜郎寄希望于宽哥去区工商局能马到成功,宽哥也拍了腔子说办个营业证有什么,何况他仍管着这一方地面,行业的不正之风再不好,也不至于不看僧面也不看了佛面!但是,宽哥第一次去找区工商局的局长,局长不在,办公室的小文书接待了他,并且让他留下条子。以后,又去了第二次、第三次,局长仍是不在,小文书接待得一次比一次热情。宽哥见小文书殷勤精干,很有好感,双方就天上地上地聊开来,小文书百般羡慕警察的工作,一味数说工商局的任务重,外边人都在讲工商局是肥得流油的部门,其实不然,也是好不到什么地方去。就说局长吧,儿子开办了一家玩具厂,厂房是有了,技术也没问题,乡下招来的民工才干了半个月,资金就发生了困难,贷款贷不出,来寻他爹,他爹有什么办法?他爹的头还大着哩,你瞧瞧——小文书拉开局长办公室的抽屉——这里压有上百张条子,都是有关上级领导、亲戚朋友的关系信,不是要调人进来,就是要申请营业证。办吧,不可能;不办吧,又要得罪人,真讨厌死了,外边人哪里知道这些苦楚?!你们警察却好,管这一地区,却从未提出过什么要求!宽哥听小文书这么说了,就不好意思张口说出自己来的目的,喝了几杯茶,返回来。把这一切原原本本告知给夜郎,夜郎没有说不是,倒后悔这事不该让宽哥去办理,那个局长一定是知道了他的意图,又不愿当面回绝,就托故不见,让小文书故意旁敲侧击了。宽哥还在说:"人家不办理营业证总有不办理的原因吧?"夜郎说:"原因是他儿子贷不了款!"宽哥说:"你怎么能这样联系?!"夜郎就说:"好了,好了,不说这些了。"两人坐着无聊,又玩起以掷纸片儿作曲的游戏来。

下午去戏班了一趟,得知城东区的玉雕公司的老板死了岳母,安仁街的一户包工头儿被人绑票才返回,两家都来请戏班去演出,人手一时拉不开,南丁山将戏班分为两摊,要让夜郎也去绑过票的那家。夜郎不愿去,认为那是同伙之间的矛盾所致,他欠了人家的钱不还,遭人绑票也是活该,咱去吹吹打打的影响不好;如果这样,以后若哪个罪犯被政府枪决了,搬尸在家里,请咱们去演出难道也去?南丁山说:"怎么不去?只要他付钱,咱管他是什么人?"夜郎就生了气,说自己胃病犯了,请了假。闷闷不乐地回来,不想在保吉巷口碰着了那个银行信贷科长李贵。李贵是坐了一辆车的,巷道窄,车不得进去,才从车里下来,说:"夜郎夜郎,去买油呀?"夜郎说:"买什么油?"李贵说:"不去买油,嘴噘得那么长要挂什么瓶子?"夜郎笑了一下,说:"你几时拨些款嘛,把咱这巷道扩修一次,这么窄的,车不能开到楼下。"李贵说:"这你就不知道了,车不得进巷,那些大小厂矿的人来了,文武大臣必须下马喽!"夜郎说:"你活出人了,见天都有厂长来朝见……"李贵说:"嘻!他厂长在厂里说一不二,到咱这里他却要乖着!什么厂长负责制,应该是信贷员领导下的厂长负责制哩!"夜郎心下突然想起:工商局局长儿子不是要贷款贷不成吗,求他去那里一趟,办营业证的事不就水到渠成?这么想着,脸上就生动起来,说:"你一天总是忙,这么晚了回来,又去哪儿了?"李贵说:"化肥厂把我接去吃饭了。兄弟,人都说吃请着好,可天天这样实在是负担啊!山珍海味的东西是好东西,可咱有多大肚子?"夜郎上来拍拍那副滚圆肚皮,说:"顶住我三个了!里边埋葬过几百条鱼了?"李贵笑道:"再要胖下去,这心脏就受不了了。祝老最近怎样?"夜郎说:"他三天两头地提说你哩!"李贵说:"我何不想着他?可哪里又走得开身?!听说他痴呆了——会说话了?"夜郎知道一时失口,说:"还是说不了,只是在纸上写。写了几次你的名字,我对他说了,李贵让我问候你多次了,祝老就笑,又写着字,要我去你家当面致谢哩!"李贵说:"夜郎你来嘛,咱俩楼连楼的,你没事就来嘛。"夜郎说:"我可没有好东西给你拿!"李贵说:"要你拿什么?你来了咱哥儿们好好喝一场,什么也不用拿,把嘴拿来就是,我那儿有的是茅台酒!"夜郎就说:"那我晚上就来啦,可别到时候不开门!"

晚上,夜郎果然去了,李贵拿了茅台来喝,可打开一瓶是假的,又打开一瓶还是假的,李贵脸上不得下去,撩了床单让夜郎去挑自己爱喝的酒。夜郎一看,床下严严实实立栽了一层名酒,就大呼小叫了一番,讨得李贵的喜欢，才取了一瓶五粮液来喝。酒过三巡，夜郎掏出一个条子来，弯弯扭扭一片字，是让李贵帮着办营业证的内容，夜郎就说这是祝一鹤拜托他的事：祝一鹤的亲戚要办个餐馆营业证，可工商局一直卡着，因为人家的儿子办工厂贷款贷不来。李贵趁着酒劲就骂工商局局长，说他儿子要贷多少钱？一百万五十万不可能，十万二十万算个啥？夜郎听了心下高兴，又怕酒桌上李贵说过就忘了，还要强调，李贵就说他哪里是醉话，他从来没醉过的，一边就问祝一鹤的亲戚姓甚名谁？夜郎说了吴清朴的名字，又说了平仄堡吧台服务员邹云是吴清朴的未婚妻。李贵说邹云是不是平仄堡最漂亮的那一个？是不是左颊上还有三颗浅白麻子？我没醉吧？夜郎说没醉，是海量，就又举了杯子敬酒。李贵喝过了，却骂起来，说："世上的好女人都让狗口了！"夜郎吓了一跳，不知道该怎么接话。他闻听着这李贵是离过婚的，但李贵找没找下新的，李贵没有说，夜郎也不便问，这个晚上也未见有什么女人出现的。李贵就歪了头，问道："兄弟，你还是打光棍的？"夜郎说："嗯。"李贵又问："有没有性伙伴？"夜郎也摇摇头。李贵就说了："没个媳妇也得有个性伙伴的哩，兄弟！女人是狗性的人，谁和她睡了就和谁亲！……咱不急的，世上总有好女人的，我倒不信我这般年纪比不过那半截子入土的老头！陆天膺除了画个虎还能干什么？他老头就是再服人参、枸杞子，甚至狗宝鹿鞭，他还能威风多久？！"夜郎先是不明白他话的意思，待说出个陆天膺来，忽地想起那一日在陆天膺家见过的年轻女人，心有所悟，知道这其中必有一段曲曲折折的传奇故事的，便要试探着问李贵，李贵却说："兄弟，你说说福贵是什么？福贵福贵是连在一起的，哪里会有福而不贵的道理？！古时候都有过拿钱捐官的，那官就不算官了？！……不说了，不说了，世上的好女人多得很哩！来，干了，干！"酒杯直戳过来和夜郎碰，自个儿喝干了把杯子口翻过来让夜郎瞧，夜郎只好又喝下一大杯。酒一直喝到下半夜，两个酒瓶子都空了，李贵说："再取一瓶，再取一瓶！"夜郎低头从床下取酒时，就趴在那里不动了，他听见李贵在说："你不行了？你还讲究在社会混哩，喝这么一点就熊下了？小李——李谷胜——！"他迷迷糊糊是听着了李贵在呐喊前边楼上的小李，多半是让小李来背他回去吧，后来什么都不知道了。

翌日,夜郎醒过来的时候,是躺在自己的床上的,小李正用拖把拖地,见他坐了起来,就嘟囔不迭着他昨日一夜所受的罪孽。夜郎只是嘿嘿地笑,骂了几声李贵,掏了钱让小李到街上买了甑糕去吃,自己则去找到工商局局长的儿,让其去找李贵贷款。李贵虽收了几条"红塔山"香烟,拿派作势了一番,但还是贷了款,当场提出办营业证的要求,那儿子满口答应,甚至发誓起咒,总算把一场事安妥下来,夜郎便觉得胸闷头晕,回来扳倒头又睡。

睡起来,才要去清风巷通知吴清朴,却有人在院门口打问夜郎是不是住在这里?早惹动得全院的人都出来看稀罕。五顺跑上来说:"夜郎,来了个花不棱登的要找你!"夜郎说:"这么多的事!我成国家总理,日理万机啦!"立在楼梯过道往下一看,见是丁琳,没有声张,先反身进来把衣服穿好,就提了床上的毛巾被来叠。丁琳就上来了,说:"夜郎你好大架子,满院人都出来迎我,你倒纹丝不动!"夜郎赶忙让坐了,又端了脸盆要去打水,五顺便夺了盆子去了楼下,他就笑着说:"我哪能想到是你,你瞧瞧,你来了人都殷勤了!"丁琳说:"我是'毛主席来到咱们农庄'嘛!你就住在这儿?"夜郎说:"贫民窟,不习惯吧?"丁琳说:"房子不错,只是院子里有股腥味。——你把扣子扣好。"夜郎低头看了,忙乱中衣服的扣子没有扣齐,脸就红了一半。说:"这院里男人多,你要不来,我们还都赤着膀子的。"丁琳说:"有女人才有文明,这么说,你是希望我常来啰?!近日忙什么呀?那日见面你答应了戏班演出要请我们票的,听说你们去了电机厂了,盼你送票的,盼得眼里出血了也没个影!不给我还罢了,吃了人家虞白的酒,也不给虞白一张票?"夜郎噎得没话可说,起身给一个茶缸倒水,嫌茶缸不干净,正好五顺端了清水来,又让五顺再去洗洗缸子。丁琳说:"我带有杯子的。"从手提包掏出一个空咖啡瓶子来。夜郎说:"到底是文明人!"把茶水沏了,让丁琳洗脸。丁琳洗了一下问有没有香皂,夜郎说:"我长这么大从没用过香皂的。——五顺,你给咱出去买块!"丁琳说:"别支使人了。"洗好了,笑着说:"我说你脸黑,原因是不用香皂去垢甲嘛!"夜郎说:"把这张脸皮剥了里边还是黑的!"丁琳就看着夜郎的脸,又笑,说道:"虞白眼就是毒,说你是马面真是马面！你不送票是不是嫌路远怕我们不去的？你知道不，虞白原先就是那个厂的。"这使夜郎有了惊讶，便说："她在那儿干过？那是个大厂呀，效益还可以，怎么就调离了？"丁琳说："她哪里是调离，她现在是吃了劳保。近日老毛病又犯了，你也不去看看。"夜郎说："什么老毛病，严重不？"丁琳说："神经衰弱，睡不着觉，人常说白日梦，她真的是白日也做梦的。"夜郎说："你们女人家梦多，女人梦，狗屁蹦——没意思的！"丁琳说："你说这话可伤人心啦！虞白连着给你做了几个梦，还梦见过她一次进了一间房子，房子里有一个大炕，炕沿上坐着你，炕里边背身睡着一个穿红衣的女人。夜郎，得说实话，你有没有一个穿红衣的女人，或许那是你老婆呢？"夜郎笑道："我老婆？瞧我这样子还能有个老婆？"一直站在门口的五顺说："夜郎，颜铭是有件红衣的。"夜郎瞪了五顺一眼，五顺没趣便下楼去了。丁琳看在眼里，说："颜铭？这名字蛮脆的！"夜郎说："他说的是我的一个干妹子，原在祝一鹤家当过保姆。"就端了洗脸水往楼下水池去倒。

走下来，院子里立了好几个人，听见五顺在说："……我是说了，说颜铭有件红衣的。"小李说："你这不是让夜哥难堪吗？"五顺说："我怕夜郎一见那女子心里长出草了，偏要这么说！"夜郎哗地泼了水，低声说："五顺，你小心我过后揍你！"五顺说："你敢揍我，我就告了颜铭！"拿手指戳自己的腮，羞夜郎。夜郎怕他再说出什么，忙上了楼。丁琳说："夜郎，好好坐下来说一会儿话——我有好事告诉你。"夜郎说："你能来就是好事，还有什么？"丁琳说："我要托你写一篇文章。你先不要推辞，我知道你写过材料！民俗博物馆你知道吧？这就好！其实很简单，写写民俗馆的建筑，费不了多少神的，目的也不外乎是想让你拿些稿费了好招待我们。你晓得不，这是虞白的主张。"夜郎说："你说是虞白的主张，我就不信了，那民俗馆虞白能不熟悉，偏偏让我去写，我连民俗馆去都没有去过。"丁琳说："我也知道虞白是什么意思，她恐怕让你去那里看了，馆又离她近得很，变个法儿邀请你的。"一对眼睛就看着夜郎。夜郎心下高兴，却把脸歪过一边，说："你又要作践我！其实我正要去她那儿的，你就来了。"丁琳说："你们早联系好了的，这贼狐子只会捉弄我！"夜郎忙说："哪里！清朴和邹云托我帮忙办营业证，通融好了，通知他们去办手续呀。"丁琳说："夜郎这么积极呀，清朴是虞白的表弟，你就替人家办事，我来上门求你写材料，你还吱吱咛咛的！"夜郎说："只要你不嫌我写得蹩脚，我哪里敢不遵命？！"丁琳说："说话算话，现在咱就过去。"

丁琳要夜郎换换衣服，夜郎没有什么烫好的衣服要换，丁琳倒责备了他：总得先脱了短裤换条长裤吧？总得穿袜子吧？不顾穿袜子也该把指甲剪一剪。夜郎红着脸，让丁琳先到门外，自个换了长裤，剪了指甲。

两人来到清风巷，并没有急着去民俗馆，敲了虞白的家门，虞白在，吴清朴、邹云都在，正玩扑克。丁琳第一句话就是："虞白，我把人给你领来啦！"虞白说："怎么是把人给我领来啦？你们两个是双双对对逛大街逛渴了来我这里喝茶的吧？"丁琳骂道："你这没良心的！"却到了厨房水管前洗脸，故意嚷道毛巾哩，虞白过去了，她说："我是旁敲侧击了，他是没结过婚的，只有一个相好的，那也是认的干妹子。你今日好好瞧瞧，别说人家袜子破了，指甲多长，我看人家指甲剪得干干净净的嘛！"虞白说："你这意思，好像要告诉我，你是媒人？"丁琳说："是想穿双媒鞋的。"虞白说："想死你去！"走出来，夜郎正给吴清朴和邹云讲去办营业证的事。邹云喜欢地说："白姐，证可以办啦！我说谁都比清朴强，你还不信！"夜郎说："我是烂套子塞了个墙窟窿，要不是认识信贷科长，我也是无脚蟹。"邹云说："你认识信贷科长，那给咱也贷些款嘛。"虞白说："别得寸进尺！"邹云就笑了，夜郎也笑起来，他只字未提自己和宽哥去见工商局和区长的碰壁经过，掉了话头，问吴清朴筹备餐馆的情况。吴清朴顿时认真，像向上级汇报工作一样，一宗一宗讲给夜郎听：请到了一名厨师，河北保定人，手艺好得了得，能做四十多种饺子，馅儿配料奇特，外形精巧美观。白姐也见了这厨师，也来家做了样品尝过了，建议打出个新名字叫宫廷饺子宴。中国的八大菜系，大多都是南方人创造的，西北以各类小吃出名，推出宫廷饺子宴，你说是什么菜系还不是，说是什么小吃也不是，可这正是介乎两者之间的席面，就类似河南一带的"水席"。夜郎听了，也是一番喜欢，连连称好。吴清朴更来了劲，拿出一沓纸来，上面密密麻麻记着各种设想，比如饭馆门面的装饰，两层楼的，下层三间和上层三间的布置，餐桌的形状和颜色，操作室的餐具配置，管理制度的制定，聘用服务员的标准及工资支付，一条一条说给夜郎听，征询夜郎的意见。这边谈得起劲，卧室里三个女人却挽缠成一团嘻嘻哈哈个不停，原是丁琳拿了三张彩照，说是一家杂志社要选一张做封面照的，自己拿不定主意，让虞白和邹云参谋着用哪一张着好？虞白取笑这不是来让挑选的，是丁琳故意要得意的，就追问丁琳和那杂志的美术编辑是什么关系，年轻女郎的照片不用偏用三十出头女人的照片。丁琳就说年轻女孩漂亮是漂亮，可一脸的没文化，这份杂志的档次高，特意要在封面上用成熟女性的照片。邹云先是羡慕不已，要丁琳推荐了她的照片去，听了丁琳说这话，脸面上不悦了，说有文化没文化脸上怎么看得出来？大前年她仍是有一幅彩照还用在挂历上的。虞白也说是的，又说出一段笑话，是那年秋天，她还在南郊机电厂的，一天厂外村子里死了人送葬，棺木拉在拖拉机上，拖拉机前的扶手上用芦苇扎了棚子，棚上糊着一个美人图像，她近去看了，却正是有邹云照片的那页！三个人都"嘎嘎"地笑，拿了照片要让男人们来挑选——女人是不能评价女人的，女人也不懂女人！却见夜郎在说："……我再没了别的能耐，若聘用服务员，或者是出苦力打杂的，我倒要推荐了给你；我住的那个大院里，有几个蛮适合的，试探人家肯来不？"虞白就说："好了好了，用人也不能用得太狠，一天到黑都说的餐馆，我耳朵都听出茧子了！"吴清朴就收了那沓纸，五人坐下来看了照片就喝起茶。

茶是陕南紫阳富硒茶，装在一个耀州烧的黑瓷罐里，虞白就收了桌上的一套青花细瓷杯，将五个麻色浅底粗碗拿出来，一一撮分了茶叶。吴清朴作践表姐过得仔细，龙井也舍不得，青花细瓷杯也舍不得，虞白就骂道："这个没良心的！你以为龙井和细瓷杯就好吗？紫阳富硒茶是本土茶，看着粗糙，却味重味长，又防癌祛邪。南方茶虽好，那却要南方的水冲沏才好，我蓄的雪水没了，能喝出什么味来？喝紫阳富硒茶就得配粗茶碗。"夜郎就笑道："这一套正配得我，清朴细皮嫩肉的，你就给他用细瓷杯！"丁琳说："给我也用细瓷杯，我喝龙井的。"虞白就说："好哞，才子配佳人，你们两个用细瓷。"就换了杯子,注了开水。第一遍冲起,将水泼了,第二遍再注水七成,清绿之色就透出来,清香满室了。虞白问夜郎味道如何,夜郎说"好"。虞白又问:"好在哪里?"夜郎咂咂舌头,端碗又猛喝了一口,茶碗里已是一半下肚,虞白笑道:"你这喝法是戏曲老艺人的喝法,不是品是饮。我见过一些老艺人的,都是一个大搪瓷缸子,里边茶渍一层,黑如铁锈,穿一双拖鞋,或者不是拖鞋也当拖鞋趿着,有凳子也不坐,裤管抹上来蹲在那里,一边抽黑卷烟。——你怕再有一年半载也是那架势了!"夜郎就笑道:"对着的,南丁山就是那样,我现在也是茶越浓越好,光你这茶碗我倒不习惯。"邹云说:"白姐这茶是今年清明前的茶,别人送来的。我总计算,她就是不让喝,今日倒舍得了,夜郎却不领情。"夜郎说:"情哪敢不领,只是粗人享不了细福的。"邹云说:"白姐,你倒不如拿了酒来给客人喝,夜郎鼻子红红的,怕是酒量不小,什么酒也该辨得出来!"虞白说:"我是'有茶清待客,无事乱翻书'的人,你要想喝别搭夜郎的名,何况夜郎今日给你办事,却让我出酒,我当然要舍不得了!"邹云说:"我欠夜郎的情我自有还的时候,可说是我想喝就冤枉了。说得好,有茶清待客,有酒了也怕是'我欲醉眠君且去'吧。"说得虞白倒脸红起来。丁琳笑道:"邹云这一句用得好,李白诗的下一句是什么来着?"邹云说:"我不知道,这一句我也不知道是李白的诗,听我们总经理说过这话。"丁琳又问吴清朴,吴清朴说:"要鉴定文物你问我。"丁琳偏不问虞白,虞白便说:"好笨!'明朝有意抱琴来'都不知?"丁琳说:"哟,我明白了,那次醉后第二天,你说过抱琴要去夜郎那儿,原来真的是这层意思呀!"虞白更是脸红如了火炭,扑过来拧丁琳的嘴。邹云和吴清朴莫名其妙,又瞧着夜郎尴尬,就说:"白姐什么都好,就是太毒,那琴我动也不能动的。既然说到琴,白姐你弹上一曲。"虞白说:"那你洗耳朵去!"邹云说:"你只会作践我是俗人,我再也不听你的琴了,你自己给自己快乐去!"虞白说:"弹琴哪是快乐的事?学琴三年,精神寂寞,精神寂寞的人才学琴的,你是热闹伙里的人,你要快活,多和夜郎要目连戏票去!目连戏是真物器上台,什么也都是写实动作,像过会一样,露天场上,红男绿女的多,你又能趁机露脸儿,显摆衣着,又卖各类小吃,能嗑瓜子!"说得邹云咯咛儿扭转了身子,慌得吴清朴就偷偷戳她的腰,她又转过了身子对丁琳说:"琳姐,这你要给我做主,她眼里总瞧着我不是呢,平仄堡里,大款也有,领导也有,洋人也一拨一拨的,谁不说邹云气质好,死皮赖脸的还要来合影,可到家里,她却看我是俗物了,只配看下里巴人的目连戏了!"丁琳笑道:"你这么说那目连戏,夜郎也不爱听了!清朴没爹没娘的,当表姐的就要充大,要当婆婆哩唔!她也是夜郎的戏班演了一次鬼戏没给她送票,说的是你,让听的是夜郎哩!"虞白就哧地笑了,说:"丁琳倒会说话,挑拨了这个,又离间那个!邹云和我怄气是家常便饭,狗皮袜子没了反正,怕你挑拨?夜郎送不送票我就那么在乎?他就是送来,我还是不去的,现在的戏,不论演人的演鬼的,能演出什么好东西来?不是没'戏',就是没'气',欣赏戏的兴奋点要在'戏''气'之间,你问问夜郎,他们的戏也最多有个目的性,唱念做打结合剧情达到个生理和心理的满足罢了,离开了剧场还能获得心灵上的什么陶冶?"邹云就拉了吴清朴站起来,说:"吓,说白姐脚小,白姐就扶了墙走,说起戏也是一套一套的,这么说我去看目连戏也是狗看了星星。清朴,我可是听不懂人家说话,我去街上找装饰工去,你是还在这里高雅呀,还是陪我去街上呀?"吴清朴说:"我得陪陪夜先生。"大家哄地又都笑起来。虞白说:"你去吧,夜先生过会儿和丁琳要去参观民俗馆的。你得罪了邹云,邹云可不就把我咬着吃了!"邹云抱了那黑狗忽地往虞白怀里一塞,人和狗就倒在沙发上,咯咯咯地笑着把吴清朴拉出门去了。

邹云和吴清朴一走,虞白一掠额前的头发,说:"夜郎,你说我说得对也不对?"夜郎说:"我对戏也不懂,戏班排目连剧,这倒是老剧目,南丁山和他师叔导演的,他们倒强调那旦角学汪派唱腔,汪派的录音我听了,那女主角还学得像,整个戏还真排得不错的。"虞白说:"汪派?就是秦腔老角汪虹美吧?如果学得一模一样那有什么意思,我是不推崇流派传人的,现在戏曲界是只强调谁是谁的传人,学得再像那也只是学别人,自己的特点哪儿去了?戏曲不景气,也就在缺乏创造,走投无路了,怕才有你们这个戏班出现吧。"夜郎说:"也就是混得有一碗饭吃。"丁琳说:"哎呀,你俩是来讨论戏曲的唔!邹云和清朴走了,看来我也得走!"虞白说:"你是嫌把你行当岔了还是嫌我逞了能？我只是和夜郎说几句白话，你就不高兴了？好了，好了，你和夜郎去民俗馆吧！"丁琳说："民俗馆要是我丁家的，我当然陪的。"虞白说："丁琳，你今日老装了我，你平日笨头笨脑的今日怎么这样灵醒?！"丁琳说："我在一本书上看过，说人有情人了，写文章就十分的灿烂，也有人说，爱上一个人了，倒紧张得笨口拙舌了！"虞白说："你先是见到夜郎时笨口拙舌的，这次又出言灿烂，谁知道你怎么啦？你要夜郎写文章，反倒要我陪，那你得领我的情了！"丁琳说："夜郎，她要把咱俩往一处拉，我不怕的，不知你怕不怕我丈夫来找你？"夜郎笑了说："我不怕。"虞白说："这就好，你们都不怕，我也豁出去了，就犯个拉皮条的错误啦！"便去卧室梳头换衣与夜郎去了。

民俗馆是清末民初的建筑，门楼系水磨青砖拼贴镶嵌而成，下以单坡板瓦顶的花岗石做了石库门框。夜郎首先看到砖额上"天锡纯嘏"四字，不知其意，虞白说取自古语"天锡公纯嘏"，意思就是天赐大福吧。门楼的上枋、中枋、下枋，均饰有砖雕，上有阳刻线条，阴刻平面，以及浮雕、圆雕、透雕着的灵芝、牡丹、石榴、佛手、菊花、祥云等。入得门楼回看，夜郎直叹为观止的是这一面单檐翼角、斗拱重印的清水砖雕。虞白不无得意，指点顶脊正中的那个豆青色古瓷方盆寓意了洪福齐天，上枋横幅圆雕的八仙喻寿，中枋横幅圆雕鹿十景以喻禄，下枋左侧肚兜圆雕尧舜传让而喻贤，右侧的文王访贤则喻德，再是垫拱板透雕的五个图案：正中的喜喻以双喜临门，两旁的如意及两端的绳袋喻以如意传代，门楼南侧砖雕锦鸡荷花喻以挥金护邻，北侧砖雕凤穿牡丹喻以富贵双全，两旁莲花垂挂上端雕和合二仙寓意瑞祥。门楼两边围墙高处辟有的四孔漏窗，分别了纤丝、瑞芝、藤景、祥云，寓意福寿绵长；围墙用板瓦筑的百花脊寓意花开四季、富贵长长，果子脊寓意百果结子、子孙多多。夜郎叫道："这多亏是你来，要不我怎能看出名堂！真是有钱的人家，一个门楼修成这样，不知当年耗了多少银子！"虞白说："我爹听奶奶说，花了多少银子她也不知道，这门楼光请匠人吃辣面吃了一担二斗。那时人修造认真，规定每一页砖都要细细打磨，一个工匠一天只准磨两页砖的，打地基时，今晚打个坑儿，灌上水，明早起来水不渗才算坑砸得合格，否则还得重来。先祖是指望这房子百年千年传给后代的，可哪里知道这房子如钱一样，没有钱不行，钱多了就成社会的。一个门楼挖空心思地要寓意这个寓意那个，表面上似乎很雅的，其实俗气不堪！"夜郎说："不管怎样，毕竟留下这个建筑，也留下当年西京本土的民风民俗的。我就有个感慨，如今就业难，看孩子对父母孝顺不孝顺，就看能不能考上大学；看一个历史上的人物功过，就看他死后还给人民造福不造福？秦始皇就是个好皇帝，现在一个秦兵马俑坑给中华民族争了多少的光，赚了多少旅游钱！人活在世上需要房子，就连人死了也需要房子，乡下的要做棺，要拱墓，城里的有骨灰盒，过去的地主富农买房买地，现在乡下一般的农民省吃俭用，也是第一个建设就是盖房，活着没有盖新房子，好像一个总统没有治理好国家一样，很丢人的。时下的西京城里房地产热，大款们也都广置房产。"虞白说："其实呀，人是从泥土里来的，最后又化为泥土，任何形式的房子生前死后，装什么呢？有一个字，人被四周围住了，你说是什么？"夜郎说："'囚'字。"虞白说："你真聪明，是个囚字，房子是囚的，人寻房子，自己把自己囚起来——这倒有点像投案自首。"夜郎笑道："你说的有意思，把它写出来倒是一篇好文章！"虞白说："丁琳向你要的不是这个，你还是好好记着这建筑的模样，写那民俗的事吧。"

两人踏过碎石铺成的庭院，往前楼大厅来。前楼是单檐二层硬山造，泥塑纹头脊，承重隔栏通体雕刻福禄寿三星和刘海戏金蟾图案。月梁两端雕凤凰，梁垫刻牡丹，包头梁的三个平面都是黄杨木，共饰《三国演义》故事四十八幅，人物都是上半身大于下半身，人大于马。大厅两侧墙壁贴砌磨细方砖，左右耳室门岩制作精细，横额砖刻居仁、由义。檐口六扇长窗的中夹堂板、裙板及十二扇半窗的裙板上，又是二十四孝图。檐前天井门扉的六块山水障板上，更有浮刻的山水画，合之好似山水屏风，拆开如同山水册页。檐后天井的门窗上，装有双龙抢珠铜质搭纽，北瓜形插销，下槛用海棠形销眼，而檐前天井的门窗上，则装仿古币铜质搭纽，双桃形插销，下槛用蝙蝠形销眼。夜郎一一看得仔细，待看出厅内梁柱上的四只木雕纱帽翼后，忽然醒悟，说："那顶脊上的聚宝盆是进门有宝，砖雕门楼内上枋的八仙是抬头有寿，厅内梁柱上的木雕帽翼是回头有官，门窗上的古币搭纽和门槛上的蝙蝠形销眼该是伸手有钱、脚踏有福了！"虞白拊掌叫道："说得对，说得对，民俗馆开办了这么多年，来参观的上千上万人，倒还没一个看出这层名堂的！"

民俗馆的服务员已迎出来，见是虞白，自然都熟悉，便要去沏茶，虞白问道："小魏，那个剪花婆婆还在不？"小魏说："还在的。大姐昨日捎来的两包奶粉，我交给她了，她只是感激，却舍不得吃，她说她剪完了'剪花娘子'，要给你剪一幅的。"虞白说："那使不得的，我送她奶粉可不是要换了她的画！"小魏说："那也是平等交易嘛。市上来过许多画家，还不是谁说个她剪得好，她就送人家一幅的。"虞白说："都是些骗子！"就对夜郎说："夜郎，这民俗馆里是死房死墙的，没多大意思，最值得看的，如果要写最值得写的，倒是剪花婆婆哩！"夜郎说："什么剪花婆婆？"虞白说："了不得的一个人物！我领你去见识见识。"领了夜郎就到厅后，沿木梯上了厅二楼上。楼上五个隔间，分别是几间办公室，靠西头一间原是会议室，门开着，桌椅板凳集中了半屋，一个老太太正侧了脸坐在里边，头一摇一摇地仰视着什么。虞白叫了一声："大娘！"老太太仄了头，木呆呆的，突然一脸生动了，说："女子，女子，快进来坐！你也瞧瞧，我把'剪花娘子'弄出来啦！"就扯了虞白近看远看，左看右看，如疯了一般。夜郎这才注意到一面墙上悬挂了两丈多高一幅剪纸画。画面上只是一个女人坐着，头戴凤冠，肩系霞帔，窄袄宽裤，尖手小脚，那衣裤鞋袜上缀满了奇奇怪怪的花朵，而围绕着女人的周围则是各种飞禽、走兽、爬虫，色彩大红与大绿，造型奇特而简练。虞白说："怎么样？"夜郎说："好。"虞白说："怎么个好？"夜郎说："我也说不清，只觉得看着舒服。"虞白说："这就叫气功了！"夜郎说："气功，这怎么是气功？"虞白说："什么事情你投入了，认真了，进入了境界，这就产生了气场；好的艺术品都可以称之为带有气功，你一接触到它，就会感到一种愉悦的。"夜郎还在疑惑不解，老太太听得高兴了，说："女子，那我这是艺术品啦？"虞白说："当然是啰，大娘，这件作品可不要轻易送人哩！"老太太说："这是给民俗馆剪的，馆长说了，这幅给五十元……"虞白说："才五十元？"老太太说："五十元还少呀？咱吃在这儿住在这儿，还落五十元不少哩！馆长说，馆里没钱，能不能再住下去，还说不定，让我回去剪下画了，以后民俗馆要全部收购的，女子，我念了佛了，谁作想剪纸还剪出钱了！"老太太说着就拿出一幅画要给虞白，虞白不要，老太太脸上不高兴，说："女子看不上？"虞白说："不是看不上，我不敢要的。"老太太哪里信这话，蔫头耷脑又坐到那里去了，嘴里唠唠絮絮"你看不上的，你看不上的"。虞白不好再说什么，画仍是没要，和夜郎就退下楼来。

服务员已沏了茶在厅里桌子上，两人一边吃茶，一边看那堂柜上摆设的夏樽、周鼎、玛瑙盘、琥珀盂、玉灯、珊瑚树、金枝玉叶。夜郎说："那老太太是哪儿来的，倒一手好剪纸？"虞白说："西府旬邑人，姓库，老太太一生过日子不是好妇家，却就爱剪纸，惹得村里鸡嫌狗不爱的。前几年县文化馆的人去下乡，偶然发现了她的一幅剪纸，惊讶得了得，买纸送去让她剪，她竟疯了一样，日夜剪了不停。那些作品到西京展过一次，几乎轰动了美术界。以后常有人去她那儿套购她的画，民俗馆知道了，就把老太太接了来剪纸的。你看看，那么大的一幅作品，要剪七八天的，却只给五十元，太不像话了！"夜郎说："乡下有些怪人哩……瞧她欣赏自己作品的那个得意劲，真有些神经兮兮。"虞白说："她也是太爱她的作品嘛，一般人以为她是个疯老太太，其实是她的思维与常人不一样罢了，你也瞧见了，她在人头上剪了个月亮吧，竟能剪成一环套一环的一串月亮，我还没见过哪个画家敢这样处理的！她的画在乡下常送人，谁有病，就剪一幅，一边剪还一边念口诀，一字不识的人却也出口成章像跳神一样，可那画挂在屋里就能治病的。"夜郎说："你这是说得过分了吧？"虞白说："你不懂。"就不言语了。不言语了，又觉得不妥，说："夜郎，你看看这厅上的对联，能补齐缺的字吗？"夜郎看去，左联为"知足不辱，知止不殆，□一步乐意无穷"，右联是"以让为得，以屈为伸，忍三分物情□顺"，因年事已久，残缺二字，不可得知。夜郎说："看那意思，上联缺的像是'退'字，下联可能是'乃'字，你说呢？"虞白说："是'自'字更好。这联语倒好，……整个民俗馆我只喜欢一些对联，尤其后边居室有一闲联，写的是'促拍敲棋，雅人所事；高梧修竹，静者之居'。"夜郎说："那副对联应该挂在你房子才是。"虞白定定地看着夜郎，说："是吗？"嘴角皱了一下，纹路极好看，是要笑又没有笑的那种，遂之消失，身子也懒起来，仰躺在高背椅上，说："夜郎，我是有些累了，你往后边看去。"夜郎说："我倒忘了你是病人。"自个往大厅左右书房去看。右边一间进深较浅，开间也狭窄，中间的步柱不落地，柱端雕有花篮，插牡丹、荷花、兰、菊。左边一间内设立柱，用银杏隔扇与飞罩划分内外，红木壁橱上刻有隶、篆、草、楷各式书法，除过一套红木家具外，墙上也有一联："焚香细读斜川集，候火烹煮顾渚茶。"穿过大厅，是夜郎未料到的竟是偌大一个庭院，足以容纳上千人的，院中蓄一水池，池上亭楼桥廊、山水花树一应俱全，且布局恰到好处。院东西各有厢房，西廊下有水，一头与水池相通，一头暗过花墙，廊房南端处有园门则封了。夜郎猜想：被封的那边便是虞白的小院吧，那这水就连着了假山下的水的。

过了庭院，后边便是更大的主楼，看二层前廊二十根檐柱一律雕成竹节形，柱顶又呈希腊科林新式，柱间有铸铁栏杆，上铸"延年益寿"篆字并嵌太极图，天井四周饰以葡萄、卷叶、绶带、花环、璎珞纹挂落。步上楼去，前中楼二层间有走马楼相连通，在前楼的后廊上可清楚看到中楼三楼窗檐下的八幅大型壁画。楼上有几处卧室，皆配古式红木沙发、铜质烟缸、西式座钟以及桌椅、榻、几及麻将、烟壶。另有几室展出着老西京的特产样品，各类小吃、手工艺品、陶瓷、玉器、缂丝、竹编。有喜堂的模型。有社火赛会的模型。这些夜郎一看就明白，用不着多留神，而惊讶的竟有一室展出了西京城昔日出演《目连戏》的盛况的模塑，傅萝卜奇丑无比，刘氏四娘妖艳绝伦，更壮观的是阴曹地府的鬼国、鬼都、鬼城、鬼街、鬼巷里的鬼君、鬼后、鬼官、鬼吏、师、将、民、卒，以及男鬼、女鬼、老鬼、小鬼……要么青面獠牙，要么披头散发，要么赤目突出三寸，要么长舌吐出半尺。墙上有一说明，上面写道：目连救母的故事在西京家喻户晓，妇孺皆知，它不仅故事情节生动感人，而且很多祭祀活动贯穿于表演之中，体现了浓厚的民风民俗和地方特色。戏中的灵官镇台、放猖捉寒、耿氏上吊、娶刘四娘、请巫禳解、地狱救母数场戏中的祭台清场、算替身、立郗氏幡、回车马、童子数花、祭叉等法事,那种半阴半阳、人鬼神交织糅杂的氛围使目连戏更充满了神秘色彩。在半个多世纪前,目连戏在西京专演的有宝和班、安庆班、康兴班,剧目扩编到四十八本之多。据西京记载:七月初,先数日市井买冥器……及印卖《尊胜目连经》,又以竹竿砍成三脚,上织灯窗之状,挂搭衣服冥钱在上焚之,构肆乐人,自过七夕,便搬《目连救母杂剧》,直至十五日,观者倍增。——夜郎低了头便在泥塑人鬼模型中寻自己扮演的打杂师,心想以后若再有人要泥塑现在的戏班,以他的形象来捏,那才真有了意思!又发现橱柜玻璃内还放有几卷目连戏本,有的仅有一半,有的仅存两页,而那两页上正刊印一出《扯谎过殿》,上有代理阎王聂正伦上台的七句半:

今日里遂心愿,我跛爷坐中间,代理阎王掌大权,过去当吏啃骨头,如今官高找大钱,适才我问一案,二鬼把财贪,两人各罚三吊五,拿与太太缝衣衫……

夜郎便想,戏班还没有排过这出戏,到处搜寻本子,怎么就不知道来这儿看看。一时心情激动,才要叫服务员开了橱柜披览剧本,却一眼在另一卷里看到了一行字,字里有"马面"二字。虞白说自己是马面,自己也以马自足,且看看这戏里的马面做什么。便看了,原是甘脱身吹牛撒谎,连哄带骗谋取了牛头的职位,这一段独白写道:

甘脱身:马面,你说你会搞啥子?
马面:我会打条编筐子。
聂正伦:判官,你又说你会搞啥子?
判官:我会到处扯把子。阎王,你又会做啥子?
聂正伦:问案我会装傻子。

夜郎恼丧了脸,骂道:"娘的!"脸拉得更长,从展室步行下来。
虞白还在大厅里喝茶等他,因为无聊,也是双臂趴在桌上,脖子上的挂链就露出来，正痴眼儿看吊搭在桌沿上的那枚钥匙，夜郎进来的时候也没理会。夜郎其实并没有看到她玩着钥匙，虞白趴坐在那里，背身实在像琴，心里便有了痒，一时把持不住，向她走去，站在身后了却怯下来，只用指头戳了一下她的脊骨，戳得有意也无意。虞白转过身来，忙收了钥匙，脸已经红了半边，却要说："怎么了，气色倒不好的？"夜郎第一回触着了她的身子，又平安无事，心里为自己的勇敢而幸福。听虞白说气色不好，想是刚才看目连戏本惹的懊丧还在脸上，就说了刚才的事。虞白已从窘里恢复，连说："是吗，是吗？"看着他笑。夜郎可以看着别人，看很长的时间，却经不得别人这样地看他。虞白看着他笑，眼拉得很长，光芒越发激射，他就发虚，似乎是一尊泥塑耐不住雨淋，一棵秧苗子受不得烈日曝晒，脑袋蔫下来，说："能在阴曹的肯定都丑怪——偏偏我长这个脸。"虞白说："这脸怎么啦？男人要那么好看干啥？"夜郎笑了一下，说："要好看也来不及了……原来西京城里早就演过目连戏的，南丁山到处搜寻资料，倒不知道来这儿看看。"虞白说："先前这里还有几把祭叉的，后来也不知弄到哪儿去了。你们戏班能拿出打叉的绝活吗？"夜郎说："还可以的……"话还未说完，虞白却起身匆匆往厅西北角的那间服务室里了。夜郎才在疑惑，一群人叽叽喳喳从门楼进到厅里来了，便有几个妇女斜眼瞧着他在说："这是戏班人，没错，是那个打杂师。""是吗？戏子都是俊哥靓姐的，他这么个长脸？！""长脸总比你个没脸的好！？'我晚上去歌舞厅陪陪舞就没脸呀？他们戏班说得那么好听，到咱厂还不是为了赚几个钱？听说这次给了他们一万五千元的！""那分摊下来又能有多少？剧团现在都发不了工资。难为他们来演了鬼戏！搞文化需要经济，但现在却反了，兴'文化搭台，经济唱戏'。""这也好嘛，这些戏子就可以当一回他们的表演艺术家了嘛！""别那么损人！他要听见了。""听见了咱去握握手呗！"果真就过来和夜郎搭讪，火辣辣的眼睛把夜郎从头看到脚，嘴上说了"我们认得你，烧成灰也认得你，我们都是追星族"，耳咬耳地又批点了他的头发没有焗油，衣服不是名牌。夜郎终于弄明白这是南郊机电公司的工人。与她们握了手，打哈哈，她们就到庭院里去大呼小叫了。虞白便从服务室出来，一边招呼着夜郎，一边就走出民俗馆，夜郎撵上来，说：“你猜我见到谁了？”虞白说："我看见了她们了，才躲了的。"夜郎说："听丁琳说你原是那个厂的，见了她们倒躲了？"虞白说："离开那厂我就不愿再回去，谁也不想见的。"夜郎说："那是个大厂，效益还挺好嘛。"虞白说："你去了一两天了解什么？那么一个大厂，正因为大，有自己的医院、影院、俱乐部、福利区，从托儿所一直到中专，四周又尽是农村，成了个独立王国。建厂几十年了，人员不动，子弟又都是顶班，结果夫妻同一车间的，父子一个部门的，裙带关系盘根错节，你要得罪一个人了，说不定就得罪了一大片，你想想这样的大企业能有活力？现在报纸上、书本上到处批判中国的封建村社文化，批来批去，可城市里却成了楼院文化、单位文化，那样的环境还培养什么工人阶级的先锋队，只产生小市民！"夜郎见她说得动了气，倒不好言语，说："我没在工厂待过。"虞白说："我给你说这些干什么？全参观完了吗？你说，参观完了，是立马回去给丁琳写文章呢还是回我那里去？还是到街上再去转转？"眼睛又盯住夜郎。夜郎说："你说。"虞白说："我要你请我吃饭，敢不？"夜郎说："行唔，你要吃什么？"虞白说："如果心疼钱，就不勉强了，可我给你要说的——赞美女人是一种高尚，请女人吃饭也是一种高尚！"

两人随巷往东走，虞白说："我要吃粤菜，吃大龙虾，吃片皮鸭，吃蟹黄包子！"夜郎说："吃啥都行，你点菜我掏钱！"到了大街上，行人都拿眼光瞧他们，夜郎就故意退后，拉开一段距离，虞白就停下来，等他走齐了，说："你个大男人倒没我走得快。"夜郎说："过来过去的人都在看你……你真美，在家的时候倒不觉得，一出门，人与人一比就出众了。"虞白说："是吗？"夜郎说："真的是，我刚才退到后边，就是看看你的美法，也不想让我这丑男人并排与你走了，影响你形象。"虞白说："那你怎没想到和我并排走了，你更衬托我美呢！"偏不让夜郎或前或后，自己又说："我美什么，我知道并不美，我只是气质好些罢了。"在大街上走，自行车只能推着，虞白就说她脚疼，两人就钻一条巷子，瞧瞧没有警车，夜郎骑车，虞白坐后。夜郎的感觉里，虞白在后坐着，就如被他背着，他的后脖根有了一丝热烘烘的呼出来的气息,酥酥地痒,他就兴奋异常,车子骑得飞快,且不停地瞄着路上的小石子或那些坑坑洼洼碾过去,虞白的胳膊自然弯过来抓着了他的前右衣襟,叮咛了慢些慢些,别把她颠得撂下去了。夜郎说:"技术好得很哩!"偏双手也撒了把,吓得虞白一阵小叫,夜郎才老实下来。车子一骑得慢下来,夜郎低头就看着虞白拉衣襟的手。手并不小,极其肥胖,奇怪的是指根粗而指尖细如刀削,且小拇指竟短于无名指一半。夜郎说:"虞白!"虞白说:"嗯。"夜郎说:"你这手真好。"虞白立即把手收了,说:"你别取笑我,我恨我这脚手了,这么瘦的人,脚手却肉乎乎的。"夜郎说:"胖是胖,指头却那么尖长的,这就好看了。"虞白把手又弯过去抓着衣襟,五指在动着。夜郎说:"小拇指头真好玩,那么一点!"手又要退回,但离开衣襟了又抓住,说:"我也不知道怎么回事,从来照相手都要放到身后的。"夜郎说:"我想到是鸡爪子了!鸡的一个脚趾就长在小腿上的。"虞白另一只手在夜郎的背上捶了一下,骂道:"你真坏!"夜郎越发得意了,说:"不是鸡,是凤——行吧?"虞白在后边说:"你们男人会说话。"夜郎突然有了冲动,脸先红了一下,脱口说:"我能摸一下吗?"虞白说:"不行!"夜郎一只手已经离了车把,又落回车把,多少有些难堪了,说:"那我就多看看。"虞白却把手完全地抽回去,再也不抓衣襟了。两人一时无话。巷道不平,出现了一截一截污水蚀陷的坑,车子左拐右拐,车轮还是碾进坑里,没有倒,却"咯噔"颠了一下,虞白的手又弯前来拉紧了衣襟,在说:"不让拉还要拉哩!"夜郎知道她在解嘲,为刚才的行为作台阶下,心里倒感谢了这凸凹不平的路石:却不知还再说些什么好。心里装了鬼,这么骑着,身子便不自在起来,先是觉得后座上的虞白一定在看着自己,有被人审查的尴尬。他的头发粗乱,后领或许有了污垢,她是不是在嘲笑和讨厌他呢?车子终于在一家粤菜馆门前停下来,虞白却指着斜对面的一个小吃摊说:"我要吃面皮!"夜郎说:"面皮有什么吃的?"虞白说:"你以为我真要吃粤菜吗?我是试你舍得不舍得的——我要吃面皮,只吃面皮!"夜郎似乎有些泄气,说:"吃个面皮,何必跑这么远的地方?"虞白说:"你后悔带我走了路?!"嫣然一笑,已去了小吃摊,将一张票子递上去,叫道:"来两碗!"

吃罢，两人都是红油嘴唇，虞白从小挎包里取了餐巾纸来各自擦了，夜郎说："我真丢人，倒让女的掏钱。"虞白说："我最看不起的就是男女吃饭，吃多吃少必须要让男的掏钱，说得也好听，是给男的一次爱的机会。"夜郎说："我没这个机会了。"虞白说："你不是又给了我机会？"说过了，又说："你笑什么，别把玩笑当真的！"夜郎不语，跨上车子狠劲地蹬，巷里人躲闪不及，有人骂街，虞白的脸面就过不去，说："夜郎二杆子！你疯了？"夜郎说："你见过鹿吗？"虞白说："没。"夜郎说："八月的鹿在山上跑起来就疯了似的。你知道它为什么？"虞白说："为什么？"夜郎说："八月份麝生成了，它为它的香而狂哩！"虞白说："瞧你老实，倒这么贫嘴！这是往哪儿去呀？"夜郎说："风往哪儿咱到哪儿，我驮你天上去！"车子到了东城墙根，折头随墙根的马道又向前，虞白脚一踩地，跳下来了。夜郎只好停了车，说："在这里也好，城河沿的树林子里，有许多消夏的园子，咱也去坐坐。"两人过了东门洞，绕到城河沿上，树林子里果然有数处小园子，园内的条椅皆隐于树丛或遮有大的阳伞，灯已经亮起来，一对一对男女进去了，买了座位就钻进阳伞和树丛去，送冷饮的只管送去冷饮，别的就不再有了眼睛和耳朵，坐在园中那一盏乍明还暗的灯下数点钞票了。夜郎和虞白进去，只有北边角落的一个帆布篷下才离开了顾客，夜郎即去交纳座位钱和买冷饮，虞白四下里看了动静，先进去坐了。篷子极小，面对着城河斜坡上的树林子，树密得黑影幽幽，看不见城河水却听见水里的青蛙唤，篷的左边和右边恰有两株小树遮掩，如丫鬟侍立，里边是一张两人坐的木椅。虞白才坐下，一只萤火虫就从密林子飞过来，灯不照它它自照，停在篷的柱上。虞白伸手去捉，却怎么也捉不住，模模糊糊看见柱上刻有联语，一边是"树林深处情意多"，一边是"帆布篷里幽梦长"，正想着我怎么到这里来了，就听得近旁有人在嘻嘻不已，扭头看去，透过树叶，不远处的一丛树中也坐了一男一女，女的正蹲在那里，头偎在男的腹下，呜喔有声。虞白先不知是在干什么，猛地醒悟，心慌气喘，恶心要吐。夜郎端了冷饮过来，说句"这地方我也是第一次来的"，虞白脸脖顿觉火烫，起身即往外走。夜郎连问"怎么啦？怎么啦？"，她不答话，走出园子已经到了马路上。夜郎只好拿了两瓶芒果汁追出来。虞白说：

"你就领我到这样的地方?！你常来这儿吗？你是不是常来这儿?！"夜郎问是什么地方，虞白说："都是些狗男狗女，下贱死了！"夜郎也不再问，只好说："是你要去的，怎么是我领了？你嫌那里肮脏了，咱到前边那个歌舞厅去，反正时间早的。"车子一个带一个又走，夜郎在前边哧地笑了。虞白说："你笑什么？"夜郎说："你怕是把我当坏人看了，哪就又敢去歌舞厅？"虞白在后边闷了一会儿，说："那里毕竟人多，你就是坏人，我也不怕你坏的！"

到了歌舞厅，买了票刚进去坐下，夜郎立即低了头，悄悄说："今日这是怎么啦？这里也待不成的。"虞白说："嗯？"夜郎说："前边那桌上坐的都是戏班的几个女演员，我得去打招呼，要不看见了咱们，不知该如何糟践我了！"虞白说："是我给你丢人啦？"别转了身子，生气了。夜郎说："那好吧，咱们跳——我又不是贼，怕谁的?！"虞白却说："你去吧，人心没二用的。过会儿来跳舞，我在这儿等着。"舞曲就响了，旋转灯光立时使厅里花花点点，恍惚迷离。夜郎走过去，那桌上一片惊叫，嘻嘻哈哈说着什么，几个手就把夜郎往座位上拉，夜郎不好意思往女人群里坐，扭过头朝虞白这边看了一下。一个女的在说："和谁来的？哪个漂亮妞儿？叫过来认识认识！"夜郎说："我是瞧见你们进来了，来寻你们的。"一个女的说："别耍花嘴！你真要这样说，我们就把你霸占了！"夜郎好像在推辞，那女的就叫道："不会？不会你来干什么？来来来！"夜郎就被拉进舞池。夜郎的舞姿实在不好，似乎只会往前往后，往左往右，机械地走。虞白抿嘴儿偷笑。一曲刚完，有女的就把一杯冷饮递给了夜郎，说："夜郎跳得不错嘛，如果赏脸，咱跳一场。"便又拉夜郎去了舞池。

一连三个曲子，夜郎都是陪戏班的演员在跳，虞白先在寻着夜郎的身影，后来就寻不着了，自己去买了一包瓜子，无聊地嗑起来。夜郎摆脱不了那些同行的纠缠，与每人都跳了一曲，心急得火烧火燎，又不好说明，只扭头看远处呆坐着的虞白。后来，那张桌前似乎不见了虞白，一回头却见她从自己身边走了过去，心想：她一定在暗示我了！这一曲跳完无论如何得去她那儿坐了。心下分神，脚步就乱了，几次踩了女伴的脚，女伴骂夜郎笨牛，偏要教他，还挽了许多的花子。夜郎也故意越发笨拙，只会慢四步，说毛主席就只踏慢四步,那女的说:"毛主席是天生帝仪,不怒自威,谁又怕了你的?——跟你跳真累!"好不容易一曲结束,那女的倒不高兴,埋怨夜郎和别人跳得还挺好的,怎么和她就不行,是她不漂亮吗?还是压根儿就瞧不起她?夜郎笑着直道歉,还特意买了一杯咖啡让她喝,然后推辞要去洗手间,幽灵般地就退到虞白的桌上来。

虞白却不在那里了。夜郎心里着急,表面上还作着平静,衔了一棵烟一边吸着一边往舞池里看,还是未见虞白与他人跳舞的身姿,就怀疑是换了座位。站起来绕舞厅转了一圈,还是没有,身上就一层汗,出来去洗手间解手,估计虞白在隔墙那边的厕所里,故意咳嗽了几声,不见反应,出来站在过道,一眼一眼斜视了从女洗手间出来的人。足足一刻钟,仍是没有虞白的踪影。夜郎有了不好的预感,又一次去舞厅转着看了一圈,忙去大门口问门卫,门卫说是有一个高个女人刚才独自走了的。夜郎撵出来,门外空空荡荡,自己的那辆旧自行车横倒在墙根。

虞白早早离开舞厅回到家里,几天里心情凄凉。她怨恨夜郎是和自己去的舞厅,却将自己冷落在一旁不理不睬;看夜郎的步姿虽是笨拙,但绝不是一次两次到过这种场所;自己毕竟是年纪大了,是没有了那些女孩子的青春和活泼,既然人家那么欢乐,何必自己也掺进去尴尬呢?一肚子的烦闷无人诉说,吴清朴和邹云虽也隔三岔五地来家,可只是喋喋不休地说他们餐馆的事,虞白也懒得过问,只对琴独坐,古琴是弹拨少,抚摩得多,每每弹过,屏息以听,似觉波涛苍茫,木叶萧寥,自己也被自己感动了,泪潸满面。便作想:我这成什么形状,总为细枝末节的小事流泪,现今的人了,又这般年纪,偏有林黛玉那些多愁善感,倒令人恶心!就出了门,在街上走,让热风吹着,出一身的汗,围着捏糖人儿的老头看热闹,然后去民俗馆瞧库老太太的剪纸。库老太太是个好说的人,一边剪纸,一边提说乡下的怪事:哪一年下冰雹,大者如拳,小的也是核桃般大,苞谷苗全砸趴在地上,王小在沟垴放牛,牛也被砸死了;哪一年发洪水,畜死了一半,人也死了一半,她和老伴是爬上了麦秸堆顶上的,眼看着水涌进她家门,门扇就倒了,水再一退,屋里的东西便随水而去,几乎没有响声,像水里有什么怪兽,轻轻地一呼又一吸,什么都没有了;哪一年,腊月二十八了,天上却打雷,要过年了打的什么雷?她是去后坡刘海家买了一个猪头的,才路过岸畔就见一个火球"呼"地砸下来,她就往石头窝里钻,火球就追着她砸,左一砸,右一砸,都砸在石头上,那个猪头就砸着了,烧焦得像一疙瘩炭,回了家老汉倒骂她把猪头没藏好……库老太太喜欢说这些异灾怪事,一边呵呵地笑着,一边要不时地插进有关老汉的事情,骂骂咧咧几句。虞白对库老太太说的事极感兴趣,并且在她的每一幅剪纸里都能发现她经历过奇异之事的感觉和印象,两个人就合了脾气。库老太太说她请客,还是辣子开水泡石子馍,一人一碗。虞白见她饮食差,以为没钱,倒掏了一百元给她,库老太太收了,解开扎裤管的带子,把钱塞进袜筒里。库老太太还是个小脚,夏天里依然穿袜子,扎裤管,袜子里鼓鼓囊囊竟塞了四五百元钱。虞白埋怨她有这么多钱却只吃开水泡馍,库老太太神神秘秘地说:"这你不要给任何人提说啊!我那死老汉送石子馍来了,也不要说的。钱攒下来,我要控制着给他化,他是一辈子嫌我不会过日子,一次给他了,过后就又嘟囔我,一次给他一点,他就不怪我剪纸了!再者,我吃这开水泡馍,馆里人也同情我,会让我在馆里多待呢。"虞白听了,又好气又好笑,好笑的是老太太到底是个农民,小心眼,爱占个小便宜,好气的却因贪小利把自己的作品那么贱地送人!就提出让她住到自己家去,吃的用的、剪纸的彩纸颜料,自己一尽儿全包了,却并不拿她的画。库老太太说:"那不行的,花馆里钱是国家的,花私人钱我昧良心哩!"不愿来家住,却感激虞白待她好,说虞白是多么漂亮,而她年轻时也漂亮,腰也像虞白这么细的,辫子便比虞白长,长到了屁股蛋上,给她骚情的人就多啰!说到这儿,库老太太嘿嘿嘿地笑,问虞白有没有个相好的?虞白摇头,库老太太却说:"我有的,是个货郎担儿……他现在该是老了吧,可一做梦,还是那个笑呵呵脸,丹士林褂子系条腰带,嘭嘭嘭,嘭嘭嘭,在我家门口摇小鼓儿!"虞白吃惊地看着眼前的库老太太,越发喜欢了这个小个子女人,倒不好意思看她的脸,却偏要问:"后来呢?"库老太太说:"那还不是吹了?村里人在毛柳坝上捉了我们,他就被打跑了……我这一辈子,来骚情的人多,真安心要娶的不多,只好嫁了来福。他来什么福,死犟活犟的,只是身体好,早晨拾粪起得早……"库老太太说到这儿便不说了,手里就开始剪纸,一边嘴里竟唠唠叨叨道:

奴命苦哎奴命儿苦哎,小奴家没有个好丈夫,别人家的丈夫担烟贩盐,做的那个买哎卖呀,咱的那个丈夫日夜不回家,搓得那个雀雀子牌呀。

一个曲子唠叨完,剪纸也好了,库老太太就把剪纸交给虞白,叮咛压在枕头下会对你好哩。虞白照此办了,也天天过去跟了库老太太学,心里的烦闷是少了,回想老太太的话,也觉得自己的命运或许与老太太差不多,是不宜做合格老婆的女人的。于是,对夜郎的怨恨又少了几分。但是,越是要提醒自己减少对夜郎的怨恨,越时时想到夜郎,盼望夜郎能来了说明那天的情况,而夜郎偏又没来。虞白甚至想到自己去找,苦于不知道夜郎的住址,更觉得难为情,就电话催了丁琳过来,硬不让丁琳回去,两人睡在床上说了一夜话。

又过了七天,虞白再去民俗馆,库老太太却拉了她的手就哭,吓得虞白一跳,问明了,库老太太说她和馆长吵了架,她要求一幅作品多付十元钱,馆长解释说我把你接来就是要保护你的作品的,钱虽少了,可国家收藏总比那些画贩子拿去要好,能把作品保存下来,以后馆里有钱了,自然会另外追补的。老太太却威胁了,说不答应她的要求她就走呀,馆长也是生了气,说要走就走吧的话,库老太太说:"他说出那样的话了,我还怎么在这儿待?女人都是要哄的,他要再说一句'以后多给你补些'的假话,我也就留下了,可他偏是不肯说!"虞白就不禁感叹了,女人怎么都有让人哄的这一说?心里一时酸楚,说:"那就住到我那儿去吧。"库老太太就住了过来。可是,等库老太太已经住过来了,馆长来找虞白,倒怨怪虞白怎么把库老太太叫走了?虞白说:"是你们不要人家了嘛。"馆长说:"什么时候我们不要了她?!她要走当然是她的自由,可也得给我们提前说说。"自此,虞白才知道库老太太骗了她。但库老太太既然已住了过来,也就不再说破,只暗笑老太太的小狡黠,越发觉得有趣可爱,待她更显了亲热。

库老太太的床铺支在客厅，终日就偎在床铺上剪纸，和黑狗丑丑闹着玩，丑丑的身上总系挂了红红绿绿的碎纸串儿，说丑丑眼睛亮，眼线生得好，模样像她小时候和初来西京城时，在春光酒楼上见过的阿楚。老太太说过便说过了，虞白却听者有意，她是以前听邻居的老头说过阿楚的，阿楚是当年的名妓，卖艺不卖身的，红透了西京城，后来被北京来的一个军阀看中，硬抢了去，可怜年方十七，还华而不实，就吞鸦片死了。虞白是没能见过阿楚的形容，抱了黑狗却想：古时候，有态的女人都是声名显赫的妓女，妓女在那时是以男人而着的附属物，但往往棋琴书画俱佳，却成了与男人平等的活得最自由的人。这黑狗像阿楚，莫非就是阿楚的托生？何况我怎么就起了名叫它丑丑，丑丑和楚楚是同一韵脚呢。于是，把丑丑改名了楚楚，和库老太太一起宠它。一老一少两个女人和一个曾是女人的狗在一起玩闹、剪纸，常常都不理会去做饭和打扫房间，邹云来过几次，怪起虞白怎么收留了一个乡下婆子，心里不悦。帮着做了饭来吃，老太太不习惯炒菜的油重，直嚷浪费，而吃饭的碗又嫌小，要端大碗，吃完了还习惯着舔碗，说他们那儿兴这个，过去千顷田万亩地的大财东家吃饭也舔碗的。邹云就看不惯，每每将她的碗单洗另放，觉得恶心。虞白暗地训过她几次，说老太太是个天才，但毕竟是乡下老太太，心眼小的，言语上脸面上稍有个变化，老太太就要犯了心思呢。邹云说："一个疯老婆子，你倒说成是天才！当客的哪里像她这样子，饭也不做，菜也不择，一天到黑只剪那些纸，那是闲得没事了剪剪玩的，她倒当正经事哩。她神经了，你也神经了，连狗也神神经经地不像个狗了！"

　　一日，丁琳来，满屋子一股檀香味，见虞白在窗前弹琴，库老太太一边看着虞白一边剪纸。地上铺开着一幅作品，是一个操琴的女子，女子已剪贴出，头部是侧面的，却出现两只眼睛，双手拨了弦，手指竟为二十个指头；琴无琴座，安放在一只卧伏的红狐背上。丁琳看了，一下子抱住也蹲坐在一边看着的楚楚，惊得说道："这简直是毕加索的作品嘛！"库老太太说："你说这鼻子太钩了吗？"就极快地用剪刀铰绿纸，铰成了，将原来的鼻子揭去，重贴新的，竟是一支未开绽的栀子花，花下弯曲的叶瓣正好做了两个鼻翼。丁琳大加赞叹："虞白，真是毕加索，毕加索！"库老太太说："什么鼻加锁，鼻子上加上锁不好看的。"丁琳和虞白哈哈大笑,前俯后仰的。库老太太说:"你们城里人笑话我了?"虞白说:"这是丁琳,我的好朋友,她是夸奖你哩。毕加索是个人名,外国的大画家,她说你比洋人的画还要好!"库老太太一高兴,反倒谦虚了,说:"我一个瞎老婆子比洋人好?不好,不好,我那死老汉没说过我一句好的话,别人家的媳妇自家的娃,他总瞧着我不入眼哩!你们还说我好,好了就给你丁同志剪一幅来!"丁琳说:"就叫我丁琳。——我可不敢白要你的,我要买的。"库老太太就看虞白,说:"这不行了,你是虞白的朋友,我怎能收你的钱?"当下剪完了虞白弹琴那一幅,问丁琳想要些什么内容的画?丁琳说:"你老儿随便。"库老太太说:"你额上发际有个三角,是美人坏子,我年轻时就有的,你瞧瞧。"她撩起自己的头发,额头上并没有那个三角发际。库老太太说:"女人活在世上也就是活男人哩,长得不好,晚上连蚊子都不来咬的。可你长得好了,狼也叼你,狗也吠你,什么样的男人都要来骚情,惹得是是非非,你的命也就不好了。你的下巴长得尖,钱倒攒不下哩!你想不想多要钱?"丁琳说:"我不嫌钱多。"老太太就抓过一张油光红纸,左一折,右一叠,咔哒咔哒剪起来,等剪出来了,是一张完整的圆形图案,图案正中是一个老太婆,一手指天,一手捂胸,胸上有一只彩鸡;说,指天是说古论今,捂鸡是心中守机。绕着老太婆的是山川,是古木,是五谷成熟,是五毒出动。虞白和丁琳迭声叫好,老太太不笑不理,耷眉搭眼,嘴里却在说:

撇个火,点个灯,婆婆给你说古经。羊肉膻,牛肉顽,猪肉好吃咱没钱。核桃空,枣儿虫,丢下柿子还没成。红萝卜,卖疯啦,今年生姜腔空啦。

丁琳说:"你说的什么?"库老太太说:"我说了什么?!"虞白说:"她常常这样,剪到兴处嘴里就念叨,她是一字不识的,顺嘴往出说,还都能押韵,过后问她,她倒记不得了。听民俗馆里人说,她在乡下剪纸还为人治过病,就是这样又说又剪的。她给我剪了那么多,出言倒只一次,初见你就给你这么办了!"丁琳说:"我有福嘛,大年初一,我到隔壁人家去,饺子里只包了一枚钱的,一家人谁也吃不到,偏我去了让我吃,我不吃,硬夹了一个要我尝,一尝就尝出个钱来!"虞白说:"就你有福!可你别得意,大娘给你剪纸指天捂胸画,是让你'守口如瓶,心系一处',你别三心二心五花八门的心,死猫烂狗的都吃!"丁琳叫道:"我又咋啦,我又咋啦?爱情难道只有一次吗?!"虞白说:"那些大款,整日陪人去饭店,一顿饭千儿八百;那些做大官的,整日开会坐主席台,你以为那就是福吗?那叫瞎福,算不得真正的福!"丁琳说:"什么算真正的福?"虞白说:"真正的福是清福,人常说,人生难得半日闲;心境闲静之人才能享受到清风呀明月呀的,清风明月这么的好,就是有些人享受不了,整日忙忙碌碌,身累心累,守倒守的是一个高工,高工却只迷他的研究,自个儿睡在高级席梦思床上想如何发篇稿件呀,想约一个什么人呀,夜夜无眠!"丁琳说:"好嘛,你挖苦哩!我没有清福,你有清福怎的也害神经衰弱,眼圈发黑?或许要说这是内分泌紊乱,不找个老公有不找老公的自在,可没问一问,为什么内分泌紊乱?身体不好着哪里还有浊福清福能享?再说大自然中除了清风明月还有人,人是天地之灵,连一个男人都没享受过,还谈得上什么清福?!"说得虞白脸上红一片白一片,发急了说道:"好呀丁琳,笑话我没个男人了!你瞧着我找一个男人给你看!"说罢倒羞于看丁琳和老太太,抱了楚楚到窗前,将楚楚放置在窗台上,操琴弹一曲姜白石的《玉梅令》:

疏疏雪片,散入溪南苑,春寒锁、旧家亭馆。有玉梅几树,背立怨东风,高花未吐,暗香已远。

丁琳见逗起了虞白心海波澜,也不惊动她,掏了一百元钱要给库老太太。老太太吓了一跳,不敢接收,悄声说:"我不能收的,住在她这儿白吃白睡,收了钱装自家腰包,她怎么看我?"丁琳把钱往她怀里塞,她不,走过去到厨房门口了,却给丁琳招手。丁琳过去,老太太说:"你真的要给我这么多钱?"丁琳说:"全是真心,你拿着了也买个零嘴吃。"老太太收了钱握在手心,一边扭头看着虞白的背影,一边弯下身去,把钱极快地塞进袜筒里,拍拍打打衣襟,似乎是拍打灰尘般走出来,立即又反身来对丁琳说:"我心里总慌慌的,我得出去转转的。"就放了声说,"你坐着喝茶呀,丁琳!我要去街上的茅房子了,这里的马桶我坐不惯,坐上去拉不出来的。"也不等丁琳回话,拉门就出去。

　　琴声突然一驻,虞白还是那么坐着,却说:"丁琳,你落下好人缘了!"丁琳说:"落谁的好了?"虞白说:"你要真对老太太好,就买些好吃好喝的来,你给了她钱,她只是攒着不花。"丁琳说:"你知道我给她钱了?"虞白说:"你们鬼鬼祟祟避我,可楚楚用爪子挠镜子,镜子就告诉了我。"丁琳这才发现那窗台上就有一面小镜子的,只好说:"我也应该付了她钱的,再说乡下老太太,就是爱惦记个钱,也好打发她个喜欢。"虞白说:"你既然也觉得老太太的画好,你们搞民俗文化活动,怎不写写她?"丁琳说:"我正要说这话,你就说了!——我已不止一次地测验了,不是我正想着你就说出来了就是我要说的正是你在想的!"虞白说:"都是英雄,所见略同嘛!"丁琳说:"可惜夜郎那个文章已写好了,要不让他一并儿写了,他的文笔……"虞白说:"不要提他!"丁琳就笑了说:"是你介绍了我认识的,却怪我提他?不提就不提!——你近日用的是什么粉?"虞白说:"我能用什么粉,哪有你送洋粉的人多!"丁琳说:"那肤色怎么白多了?"虞白说:"气白了。"丁琳就又笑嘻嘻地说:"唔,原来气还是这么好的化妆品!那么,我要送你一盒法国的化妆品,你是用不着了!"虞白拉过丁琳的红色真皮提兜,在里边果然寻出一盒化妆品来,打开了,闻了闻,又盖上了,叹了一口气说:"三十多岁的人了,我还抹这张脸干啥?女为悦己者容,谁还肯悦一个三十多岁的女人?女人真可怜,为了取悦男人把什么都往脸上抹了!"丁琳说:"也就是,一到街上满到处都是为女人服务的东西,商场好像就只是给女人开设的,似乎这个世界是母系社会了,其实这一切全是男人制造出来让女人打扮了供他们欣赏的,几时男人全死完了,咱也就都不化妆了!"虞白说:"男人都死了,你不是也没有个高工了吗?"丁琳说:"死了就死了呗!——偏偏男人都不去死,只要还有一个不死,咱还得在脸上抹。来,都抹!"把化妆盒打开,就给虞白打扮起来,虞白说自己来,两人各自在一张镜前化起妆，顿时容光焕发，相对笑个不止。虞白却拿了眉笔去给楚楚画一画的，楚楚竟顺从地仰了头，虞白就说："咱化妆也不是给他们男人化的，既然世界是男人的世界，咱更要活着为自己活，活得越要自主越是自由！"丁琳说："你知道男人心理。"虞白说："这怎么说？"丁琳说："男人朝三暮四，喜新厌旧，你越讨好他、依附他，他越厌烦你、疏远你，可你按你的主意活，常活常新，自己精神提起来了，他倒越发来亲近你。孔子说女子和小人难养，其实最难养的是男人，他永远追踪的是追不到手的女人，是最贱的动物。——我现在才知道你为啥对男人总有魅力的原因了！"虞白说："你是饱汉不知饿汉的饥，自己吃饱了男人倒来作践我，我要有魅力，倒不至于总是失恋。"就闷了半天不吭声了。

　　厨房里煤炉子上的水壶"嗞嗞"地响，一股白水雾从厨房门口飘出来。虞白说："水开了，你喝什么茶的？——楚楚，楚楚，把小凳子拿了你阿姨坐！"楚楚听话地跑着去了后院，却在假山之后翘腿撒了尿，叼着小木凳进来。丁琳说："我不喝茶，我要喝咖啡的。"虞白抿了嘴笑，说："前日邹云从平厌堡得了一个测验人性格命运的方法，其中就有一条问对茶和咖啡的态度，若回答喜欢茶，就是喜欢与丈夫的性爱，若回答喜欢咖啡，却是喜欢婚外的性爱。——这真是准的！"丁琳说："这准了什么？世上最喜欢喝茶的，也是最讲究喝茶的，是山中那些和尚，可和尚却是没有老婆的！"虞白也笑了，说："这说得好，这说得好，你这么一说，我也不再喝白开水了！"将一杯咖啡冲了端过来，漫不经心地说："哎，那个民俗馆的文章写得怎么样了？"丁琳定睛看着虞白，心里想：你终于按捺不住了吧？偏板了脸说："你不要提他，我就不提他。"虞白说："他是谁？"丁琳说："我也不知道，只是有一个人给我打了电话，给我解释来解释去，我说，我知道了，人是受冷落了！"虞白说："我受什么冷落了？他夜郎就是和我跳，我还不愿意上那个场子的！"丁琳说："这可是你说的夜郎！——夜郎说了，他没办法应付人家，后来四处寻你寻不到。你也真是，豌豆心，咕噜噜上来，咕噜噜下去，谁个能适应了你，是我我也受不得的！可夜郎还好，让我试探你还肯见他不见？——他是骨子里真自卑了！我就说了，你要见得正式邀请啊！"

虞白说："好呀，背了我你拉皮条！"丁琳说："狗咬吕洞宾了？好吧好吧，就算我是拉皮条，我给你拉客嘛！"羞得虞白眼都睁不开，才说了一句"人家都傍大款的，我这里看上他什么了嘛！"库老太太从街上回来，赶紧打岔，问中午做什么饭来吃。库老太太说"随便"，虞白就喊丁琳去厨房，说："顿顿做饭，就发熬煎做什么吃好，'随便'饭不好做哩！"趁机在丁琳屁股上拧了一把。

再是五日，夜郎果然寄了信来。信是明信片，上边只有一行字：十七日晚七点来南门城头上作乐。信是十五日发寄的，收到正是十七日上午。虞白一看完信，心里就紧张得怦怦直跳，先对了镜子端详了半日，用手去揉搓眼尾的皱纹，又皱了皱眉，看额头上皱纹的深浅，就思谋着要洗洗头了。在洗头的时候却又想：夜郎诚心要邀请，本该是登门来请，人却不来，是不好意思呢，还是怕来了我不给台阶下而尴尬？女人要脸面，男人倒也更要脸面！那么，写了信来，为什么不寄密封的信，可以说些抱歉之词和邀请的热情话的，单单寄了明信片？虞白就觉得夜郎这是在应酬她。如果纯粹是在应酬，她虞白这么大的人了，还会像小姑娘一样就风风火火地跑去应约吗？越想越觉得无聊，心就冷下来，洗了头，用毛巾裹了湿发歪到真皮沙发上灰灰地翻看一本闲书。

库老太太却激动异常，一会儿问还有油光红纸没，一会儿问有绿色皱纹纸吧，说她要剪画呀，刚才午休她是突然梦到一个场面的，她得赶快剪出来。虞白说了"纸都在卧室大瓷缸里"，就懒得再理会。库老太太并不看虞白的脸色，只是把各色纸全抱出来，盘脚坐地，一边摇头晃脑，一边咔嚓咔嚓剪，口里又念叨开来。虞白一个字也看不进眼里去，先是和楚楚眼对眼儿看了一会儿，都看出阴郁来了，就人与狗一起瞧着老太太剪好了，又用糨糊往一张硬纸上贴，说："你念了什么？怪好听的。"老太太说：

鸹鸹鸹，鸹树皮，根娃拉马梅香骑。根娃拿着花鞭子，打了梅香脚丫子。"嗯呀，嗯呀，我疼哩！""看把我梅香能成哩！"

虞白心里"咯噔"一下，立即听出根娃的根字和梅香的梅字和夜字白字同韵，问："什么根娃梅香的？"老太太说："我刚才梦里，就是在花园里见到一个女子骑着马，吆马的是个小伙子，他们互不叫名字，可我似乎知道他们一个叫根娃一个叫梅香的。"虞白丢了书本，也没趿拖鞋走过来看了，画面上是剪了两棵树，枝叶交错，但不是连理枝，是两树同枝，形成一个彩门状，满树上结的不是柿子、石榴，也落的不是鸟，是鱼，红色的鲤鱼。虞白就觉得新奇，再看树下的人儿，左边是一头黑马，马上坐了个白衣白面的女子，正回了头，一眼看马蹄边的一只脚，一眼看马后的一个穿黄衫男子。男子手里握着一条鞭子，鞭子却是一条蛇。虞白不知怎的，心里惶惶地发颤，问老太太怎么做这么个梦？老太太说："我也觉得怪怪的。——喜欢不？"虞白说："喜欢。"老太太说："喜欢了你就拿去。"虞白把画卷了，独自坐在卧室里看了半会儿，心想这或许是什么预兆，忽然就高兴起来，在卧室里开了吹风机吹起头发来。吹好了，又换了一身白裙子，回来说："大娘，我这一身好看不？"老太太眯了眼看了半会儿，说："男要俏一身皂，女要俏一身孝；你要出门了吗？"虞白说："你怎么知道我要出门？"老太太说："我觉得你要出门了。"虞白说："大娘成了神婆婆了！"就叮咛嘱咐老太太她真是要出去的，晚上才能回来，厨房的冰箱里有馒头的，有豆腐，有排骨，有鹌鹑蛋，有黄花、木耳、菠菜、蒜苗，砂锅在案下边放着，可以在炉子上炖烩菜。一切叮咛毕了，去卧室卷了那画在袋子里，出来抱了桌案上的古琴就出了门去。

虞白走到街上，搭上了一辆出租车，却好笑自己怎么就抱了古琴出来！这古琴从未借过人，自己也没有抱出过门。这么作想，脸先红了半边。司机问："往哪儿去？"一时竟慌乱，隔窗望望外边，太阳当空，天气尚好，说声"保吉巷"。车在路上走，虞白却又为难了：这么早抱了琴去夜郎住处，夜郎会不会在？即使在，该怎么解释来得这么早？那一日是耍了小脾气不辞而别，这一日却是等不得天黑主动登门，夜郎的眼里会是如何贱看了我？虞白急让司机掉转方向，直奔丁琳家来。

丁琳对虞白的突然到来，显得十分吃惊，因为虞白有半年时间没有来过了，有什么事都是用电话要她过去。虞白见了丁琳的房子装修得崭然一新，但书籍、报纸、杂志到处乱放,便批评了她的邋遢,说起夜郎邀请信的事:咱们一块去着好。丁琳却并没有收到邀请,多少动了气,说:"人家请你一人去的,我去了鸡嫌狗不爱的讨什么没趣?"虞白心下一阵喜一阵恼,喜的是夜郎毕竟只请了她一个人,足以说明夜郎对自己不是应付,恼的是自己一时竟没想到这一点而跑来要丁琳一块去露了马脚。但事情已经挑明,虞白硬了嘴说一定给丁琳发了信的,是不是邮递员出了问题?但拿出明信片,指着上边"作乐"二字,说:"'作乐'在这里应念作'yue(四声)色',就是让咱们去弹拉念唱,哪里会请我一个人去?!"

丁琳说:"'作乐'的'乐'字该读'le',就是寻欢作乐。"羞得虞白骂道:"你个流氓,原来看我和夜郎是狗男女了?!你今日去得去,不去也得去,要不还真以为我是夜郎的情人了!"丁琳说:"是情人又怕什么?他没妻你没夫,谁也不是第三者嘛。"虞白见她这么说,就脱了鞋坐到床上去,拿过床头一副跳棋说:"你不去,我也不去了。"要求下棋。

两人下了五局,局局都是丁琳赢了。虞白不服,到吃饭时候了,也不让丁琳出去买蒸饺,从冰箱里取了两张软饼夹了一颗咸鸭蛋一边吃一边还要下,问道:"几点了?"丁琳说:"五点半。你走好啊,落子就不能动的!"虞白说:"我哪回反悔了?"结果又走了一步失着。丁琳就开了窗子,歪了头往外看。虞白说:"你这不是欺负人吗?故意心不在焉。"丁琳说:"我看太阳落了没有?《西厢记》里莺莺不是恨过太阳吗?她是恨不得有个绳儿把太阳扯下山去的。"虞白哗啦把棋拨乱了,说:"我可没那份猴急!"丁琳说:"是我猴急了!"

六时十分,两人收拾了出门,七点准时来到南门口。虞白却迟迟不肯往城墙头上去,偏要坐进了那家茶铺里吃茶,吃茶拣的是铺门口的桌子,却背身朝里坐。丁琳说:"又拿大小姐架子,总要夜郎来接了你!可你背身坐了,夜郎哪里能认得?"虞白说:"认不得了才好,咱们就可以回去了。"

夜郎和汪宽果然在城墙头上等了许久不见人来,夜郎就先跑下城墙来接,忽见两人背了身正在茶铺里吃茶,悄悄过去站在两人背后中间,虞白坐右,丁琳坐左,用手伸过去拍了丁琳的左边肩,丁琳头扭向左边,瞧着没人,一回头夜郎站在右肩后,虞白已瞧见,哧哧地趴在桌上笑。丁琳说:"别拿我做幌子，有这亲热劲儿怎不给我发邀请信？！"倒噎得夜郎好没个意思，支吾道："你们是笼离不了襻，襻离不了笼，邀请一个还不是邀请两个？咱是穷人，能省一张邮票钱就要省一张邮票钱呀！"丁琳说："你不请我，我偏要来，虞白请我是保镖，我要负责她的安全，免得坏人一口把她吃了！"当下把琴让夜郎抱了，喜得夜郎横抱竖抱不成，生怕撞了什么。

　　三人嘻嘻哈哈步上城墙，宽哥坐在那里正用树棍儿从后衣领塞进去搔痒，见了虞白、丁琳，将树棍儿丢下城头，伸手握了相见。虞白说："夜郎说宽哥会乐器，我还怀疑，一瞧这手我是信了——宽哥能文能武！"宽哥说："我哪里算得上会，玩玩取乐罢了。夜郎，快让我瞧瞧这琴，是那把古琴吗？"夜郎说："是的。"把琴抱了过来。宽哥双手高高举了，身子却坐下来，盘了双腿，琴就横于腿上，操拨了几声，便又停了。夜郎说："弹得好好的，怎么就停了？"宽哥说："弹琴有散声、按声、泛声，我并没向名师学习，也不讲究谱法，手势更难娴熟，弹这两下，只是取个形式罢了。"夜郎说："琴有这般讲究，什么是散声、按声、泛声？"宽哥说："泛声应徽取音，不加按抑，法'天'之音，声音清朗。散声以律吕应于地，弦以律调次第，是法'地'之音，声间浑厚。按声抑扬于人，而人声清浊兼有，所以按声为人之音，声音既清朗又浑厚。"夜郎说："琴的讲究这么多！我知道的只有一个成语'黄钟大吕'是从琴上来的，怎么就叫了'黄钟大吕'？"宽哥说："我说不完全的，虞白你说给他。"虞白说："真不懂还是假不懂？"夜郎说："真的不懂。"虞白说："我也是一知半解……琴是五音十二律，应弦合调为黄钟、大吕等，黄钟和大吕是这样——"就在地上写出来：

黄钟	弦	一	二	三	四	五	六	七
	律	黄	太	姑	林	南	黄清	太清
	音	宫	商	角	徵	羽	少宫	少商
大吕	弦	一	二	三	四	五	六	七
	律	太	夹	仲	夷	无	大清	夹清
	音	宫	商	角	徵	羽	少宫	少商

夜郎看了，说："吓！这都是高雅人的乐器，我哪里看得懂，我只懂得1234567。"虞白说："这和现代的简谱不一样的。"夜郎说："那你给我死法儿教教，比如'阳关三叠'，第一下拨哪根弦，第二下拨哪根弦，学会了到人面前咱也是个弹琴的，臊臊那些只会泡卡拉OK厅的人唡！"宽哥就拨动了一曲"阳关三叠"，又一步一步分解着对他说了。夜郎即亲自去拨，拨得声不是声，音不是音。丁琳在旁看了一遍，也将步骤默记在心，遂也弹拨，未弹完自己先笑了说："糟蹋，糟蹋。"虞白说："真的是糟蹋，古人论琴，将琴称为禁，意思就是禁止于邪，以正人心，哪里是心中无德、腹中无墨之人弹的？"一句话说得丁琳和夜郎都不敢动起来。夜郎说："这琴只有宽哥敢弹了！"宽哥说："那为什么？"夜郎说："你是警察唡！"虞白和丁琳都笑起来，说："宽哥弹一曲。"宽哥说："大家集到一处了，乐是都要乐的，虞白你弹，我吹口琴和你。"丁琳说："我和夜郎当听众，没有听众，你再好的音乐也只是和刮风一样。"虞白就接过琴，轻轻在地上放了，却让夜郎去寻四页城墙大砖来。夜郎不知其意，跑很远的地方，抱了四页砖。虞白一边两页支了，将琴置上去，就从提包里取了一筒印度檀香，抽出三支，插入地砖缝里，点燃了，垂头静默许久，然后一扬头说："宽哥，弹'春江花月夜'吧。"宽哥点头，琴声就流动开来，果然声韵美妙。丁琳侧耳听了半会儿，只觉得脖子在长，耳朵在大，后来看天，明月当顶，和风习习，才一闷住，瞧着了城墙的那一截女墙处有了一点光亮，光亮忽明忽灭，倏忽就在了身下，发觉是一只萤火虫，也不忍心去捉；萤火虫就飞在了虞白的肩后长发上。丁琳只觉得虞白十分的美丽。夜郎先是见虞白焚香默坐，心里就暗暗赞叹她的清雅高贵，待琴声一起，身上便顿时起一股凉意，如水从脚心直往上漾，又轻又痒又极畅美，后来犹觉得这水从身上流出，流得四处皆是，自己又如泛舟于一平湖之中。一时陶醉，不知所以，竟从怀里掏出埙来，又拿了刚才同宽哥喝过的一个空酒瓶子，暗示丁琳敲动，自己的埙就应和而鸣。四人合奏，声韵高低缓急，粗细重弱，快乐是快乐了，却失了雅正，虞白手一捂琴，其声戛然而止了。夜郎一时还收不住，鸣儿又吹了一声口止，说："这多好的，怎么就停了？"虞白说："你们继续吧，琴是用不着了。"夜郎疑惑，问道：

"你不弹了,我们怎么继续?"虞白说:"弹琴要运动闲和,气度温润,才能探高山流水之音于曲中。我原本弹得不好,而大家又是要作乐,这琴声越发不和谐了。古人讲过的,'乐'用七音而二变,与宫徵联用,其声淫而悦耳,琴用五音变化极少,又少联用他词,音虽雅正,却难为人乐趣哩。"丁琳说:"你那神经质又来了!我们都是俗气,唯独你雅正了。"虞白说:"我不雅正,是琴雅正——我算什么?我爹在世的时候,无故都不敢琴瑟的。"宽哥说:"虞白的话是对的。我在音乐学院请教老师时,老师也是这般说的。"就蹲下来,抱了琴在怀,说:"说到你爹,我倒想起夜郎以前说过这琴上有字的。"细细看了,又一字一字念出,问这琴的详细来历。虞白说:"上边记载的历史我是不清楚的,这琴到我爹手里是我爹跟兴庆寺的一个和尚习琴,和尚圆寂前把琴送我爹的。瞧这琴的样子,年代是很古的了。"夜郎和丁琳也凑近去,琴漆光退尽,看上去俨然如乌玉,手按了又坚莹如水。琴上有断纹,纹呈牛毛状。宽哥用手去摸那纹,又看合缝处,又看琴材,说:"琴真是古琴,当然还不是上品,但有这牛毛纹就属中品了。这纹摸着没有痕迹,合缝没有间隙,断纹过肩,琴材又是纯用的桐木,桐的阳面为面,阴面为底,证明琴不是伪制的。看着这琴,我就想起再生人的那把琴了!那时我并不懂琴的,不知道琴有九德,但当时听了再生人的弹奏,却也听得出有金石之韵,清亮不沙哑,不发燥,无闲散音。音乐学院的教授听我说过再生人的琴,他也是感叹不已。这些年来,我在西京城里还未再见过类似那样的琴,只说西京不会有像样的琴,没想你家里竟有,真是奇迹,也是缘分。"虞白说:"宽哥到底懂得多!琴虽在我家,我只是偶然烦闷时弹弹,也弹不出什么名堂,只是要听那个雅音,起个修身养性的作用。宽哥若喜欢,可借了你一月两月。"宽哥说:"这我真要谢谢你,但我是不能带回去的,我那媳妇最烦的是我在家吹吹拉拉不干家务的,这琴放在家里,说不定她嫌碍手碍脚会损坏的。"丁琳说:"虞白既然有这份心,肯将自己最珍爱的东西借人,那就让夜郎抱回去,一是他也爱琴,二是宽哥与夜郎亲近,有空也就去他那儿弹弹。"夜郎说:"这盼不得!只是虞白不肯交与我。"虞白说:"你是粗粗糙糙的人,只怕你不会善待了它。我家那库老太太先头见过你一面,就说你心性浮躁,不会珍惜所得东西,特还给你剪了一幅画要治你的毛病哩。"说着从提包取了那画,自自然然交付了夜郎。众人看了,都说好,丁琳叫道:"夜郎是马面,画上还真有匹马。夜郎是什么命呀?得琴又得画的!"虞白暗里就拧了丁琳一下。夜郎说:"马是野马,你怎不见有鞭子调教哩?"宽哥说:"真应该人人都来调教你才是!"夜郎喜出望外,就来抱琴,虞白说:"不要横抱,免得碰上什么伤损,护轸焦尾直抱。要弹时先洗手焚香,手不洁最容易污损琴弦,大热天的中午最好不弹,别断了弦。"夜郎说:"断弦才好,有知音了唡。"虞白说:"凭你那水平,哪里会有知音?"夜郎呛了口,应答道:"那我就不弹了,放在家里只瞧着,当神敬着,也好修身养性吧。"虞白就拿眼窝了他一下,就又叮咛怎么挂琴,不要贴近墙,免得受潮,要挂在木板上,还要布囊盛着。又叮咛若琴弹奏不出声了,用布囊装了炒出的热沙覆盖琴上,沙冷了又换,使汗出透,当风处吹开。又叮咛琴最好放在床边什么地方,要近人气。两人喊喊啾啾说个没完,丁琳就说:"好了好了,你们只图说话,让我和宽哥就这么呆坐着。今夜月色这么好,来一趟就是送个琴的不成?现在都做个俗人,随便吹吹打打取个乐。"

　　夜郎说:"就是,我约你们来就说的要'作乐',咱都爱乐器之类的,咱也成立个小乐社,定期到这儿作乐怎么样?"虞白说:"这主意倒好,只怕宽哥不肯教我们。"宽哥说:"我哪里能教了人,咱这里玩一玩嘛。夜郎,你入了鬼戏班,又要组织乐社,那你就来一段埙吧。"夜郎说:"师傅在这儿,我怎能先吹?"宽哥说:"我早不吹那玩意儿了,那声音太幽怨,我倒不喜欢哩。"夜郎说:"说你是正人越发正了!吹那口琴我死也不学的,口琴只能吹节奏快的快乐调,我不喜欢或许是我没你那么多的快乐!"自个就吹起了埙。一时声如裂帛,一时又如鬼哭,如泣如诉。一曲吹罢,众人都无言语。宽哥说:"你这吹的是什么曲儿?"夜郎说:"我这是自己作的'风竹'。福荐公园有半亩竹,我常去那儿看,看得竹子多了,自己瞎谱了吹。"虞白说:"怕是常去那儿偷看谈恋爱的人吧?"四人都笑了,夜郎说:"现在的公园人多为患,人游园本该是为清静去的,可去了眼睛也没处看,到处是一对一对男女抱呀唧呀的,人家不难堪,咱倒难堪了,所以我要去总是刮风下雨天才去的。风雨中看竹子，才知道风是没形的，有竹子风才显了形状，所以这曲子叫'风竹'。"虞白说："你说是'风竹'，我倒觉得这曲子不错，能听出竹子在风雨中的潇洒、得意，也听得出竹子的尴尬和惊恐。"夜郎说："我就是这么想的，风雨一来，竹子总想适应于不适应的环境，但到底不适应，想在无为中有所作为，可努力到最后仍是无为。"丁琳说："这埧破了没有？"夜郎说："好好的呀！"丁琳说："有知音了这埧怎么个没破？"虞白偏说："丁琳，你总是有发表欲，你为何不配了词，将这首曲子拿去报纸上发了？说不准还能获个什么奖！"说完都笑。宽哥说："虞白，你不能碍着面子只说夜郎的好话，这曲子没个清正气，有什么好？年轻轻的意志消沉，你越这么吹越觉得活得没劲！大家是来乐的，你这一吹，气氛都冷下来，怪不得有人向你打枪，我听着身上也起鸡皮疙瘩！"丁琳就问打枪是怎么回事，夜郎说了过去的事，丁琳说："那子弹还算长眼，要不我和虞白今生也认不得一个夜郎的。"夜郎说："我那次要死了，我也会做个再生人来西京的。"虞白心里沉了沉，却说："以后可不敢做再生人了，你才拿了我的琴，你要做再生人是想也焚琴吗？"丁琳附了耳说："那再生人可要来开你家的门了！"虞白忙羞得埋了脸。夜郎说："你们说什么来着？"两人都不理他，只是咪咪笑。宽哥就吹起了口琴，一边吹一边身子退后去，脊背在墙垛上蹭着。夜郎知道他的牛皮癣又犯痒了，待一曲落下，说句"我解个手去"，朝远处黑影里去。宽哥也说"我也去"，跟了过来。一到已看不见了虞白和丁琳身影的地方，宽哥说："快给我挠挠。"夜郎说："我知道你犯痒了，故意引你过来的。"就让宽哥趴在跺口，剥了上衣，用树棍儿在背上刮。那边远处的白茫茫月色里，传来虞白和丁琳的唱声。夜郎悄声问："你觉得人家怎么样？"宽哥说："是正经人。"夜郎说："岂是正经人，你瞧人家的气质；西京城里少见吧？"宽哥说："你三脚野猫的，倒能结识人家也是造化。跟这样的人交往，我倒放心哩！"

　　两人走过来，虞白就不唱了，宽哥说："唱嘛，多中听的。"四个人就一起唱，唱着唱着，宽哥又来了兴头吹口琴，夜郎却坐在地上不动了。虞白说："你比宽哥小得多，倒没他活跃。"夜郎说："你瞧他这阵活跃，平日在街上倒严肃了,动不动就是个警察脸。"宽哥听了,扑哧一下,口琴吹走了气,说:"今日夜郎说你们要来,我说太好了,再忙也要见见,以前总说去看看的,就是忙得走不脱。本来我要把你们请到家去吃吃酒呀的,近日家里不方便,只好免了来这里。"夜郎说:"是嫂子又吵了?"宽哥说:"家丑不外扬,但大家都觉得还对劲,以后又都是朋友,也不瞒你们,老婆又和我吵架了。"夜郎说:"是不是房子的事?"宽哥说:"可不正是。房子原来是有把握的,现在却没分到。"夜郎就火了:"这明显的是在打击报复你了嘛,你没有去找领导?!"宽哥说:"甭说这些了。我再吹一段——"就又吹起来。虞白和丁琳不明底细,小声问夜郎是怎么回事,夜郎简略说了,虞白和丁琳就闷不作声,抬头看宽哥还在那里欢乐地吹口琴,要说什么,到底什么也没说出。这一切,宽哥是用眼瞧见了,吹完一段,笑了说:"都是小事,让夜郎一说七大八大的。哎,虞白,你那表弟办饭店的事我没有出上力,你给他解释解释……听夜郎说现在一切办好了,快开张了吗?"虞白说:"你不说我倒忘了,那次你跑了路,没功劳也有苦劳,我替清朴多谢你了!"夜郎说:"宽哥一生都是有苦劳没有功劳。"宽哥说:"开张时叫叫我呀!"虞白说:"哪能不让你去捧捧扬?!现在正整修门面,清朴高薪请了个厨师,要创个饺子宴出来,你以后有什么客人了,只管领去。"宽哥说:"我倒没什么客人,吃瞎吃好我还有个家,只是夜郎没家没口,把他喂饱就是了。"夜郎说:"这不用宽哥说话,他吴清朴不给我吃,我还要讨着吃的。夜郎现在是和尚化缘,谁给啥吃啥!"

说过一番话,四人又吹唱了多时,夜露就下来了。虞白怕古琴受潮,把琴抱在怀里,宽哥说:"时候不早了,该送二位回去了。"大家才收了场。自然是夜郎叫了出租车,先一块去送了虞白,后送了丁琳,下夜三点左右,才抱了琴回到保吉巷。

二十五日,北门里丁字路口,凌晨五点清洁工发现了一只大蜥蜴。大蜥蜴有柱子粗细,一抱多长,先是在马路边的水泥沿上一动不动,打扫卫生的是两个中年妇女,远处的街灯朦朦胧胧,行人又没有,持了大扫帚唰啦唰啦扫,还以为是那些盲流入夜里睡在马路边，就说："哎，哎，起床啦！"那人并不理会，便用扫帚去拍打，叫道："尘土迷了眼睛你别寻我的碴儿啊！"蜥蜴就动了，从一个女人的身边爬过了街面，钻到一家单位门前的小花园里去。这女人当下昏倒而死。蜥蜴后来被人围了花园捉住，当晚在电视上与市民见面。刘逸山说了这是天下将要大旱的征兆。很快，这种说法流布全城。对于大旱，城里人并不觉得可怕——吃的自来水，热了有空调，路面始终干净——只是大旱庄稼枯死，粮油必然涨价，菜蔬必然涨价，而粮油菜蔬的价已经涨得快要使人难以承受了。可怕的是这个城整体形状如船，城址在于古昔从秦岭上下来的一条河道上，这条河未走到海里就死了，大旱使这个城里的人有一种遗传性的恐惧，所以，人们都在关注着钟楼彩绘工程的进度；每日都有人来看那些浙江来的工匠做工，企盼着这象征船桅的钟楼很快地金碧辉煌。但不久，就又传来消息，是西京郊县的玉田，农民在河上发现了一个盆子般大、肉球状动物，这动物谁也没见过，谁也说不清是什么，头一晚上，电视上做了报道，生物研究所的人第二天就赶去考察，那肉球状的怪物却已被当地农民杀了，并且剁成碎末在锅里熬汤，一村人都来喝，说是灾象，吃喝了方能免灾消难。电视上又做了一回报道，指责了农民的愚昧和迷信，但玉田县里却迅速地有了明年是灾难年，人要死三分之二的谣传，到处都在出售以黄丝线编成的裤带作为禳治物。这黄裤带成了最珍贵的礼品，老太太给外孙送的，女婿给丈人送的，亲戚相赠，情人相赠；原本谁也不买的粗黄丝线、棉线、麻线，一下子成了抢手货。农村的老老少少腰里系了，县城的机关干部也是在皮带上再系一条黄带子。开始有人就在西京城南区出售，虞白原在的机电公司一天之内许多人都系上了，公司宣传部部长是在洗澡的时候，突然发现存衣室里挂了那么多黄裤带，引起警觉，汇报给了厂党委书记，党委书记就汇报了西京市委，市委也得知了玉田的情况，便组织了人力在市场上收缴出售的黄裤带，总算煞住了这股歪风邪气。不巧的是，西京城里却发生了一场罕见的火灾，闹得人心都惶惶起来，使得戏班又红火了多日。

火灾到底没有查清是泰安路那个剧场里的观众吸烟引起的，还是剧场后的木器加工厂的电闸出了毛病，反正火是在下半夜，很快烧着了剧场和木器加工厂。木器加工厂没有工人，只有值班的一个老头，老头赤身跑出来，被褥和衣服烧成了灰烬。剧场里久不演戏，一年前就改成了录像厅，夏日里是整夜放映，火起的时候人都从门里往外拥，门很小，又设了进场收票的栅栏，一齐拥挤人越发难以出来，有三男三女就烧死了。那一夜幸好无风，火势烧着了剧场，旁边的三个钢架木板顶的衣亭也燃着了。这是一条服装街，齐压压排列了个体服装商的衣亭，街上没有顾客，各家守亭的人都一片惊呼，帮着来灭火，后来就将睡觉的被子、褥子拿到公共厕所的粪池里蘸湿，搭盖了临火的亭子。臭气熏天，但火没有再蔓延。第二天清早，城市的街头上又是车水马龙的一派热闹，当人们看到市中心地带的一片焦土，惊骇不已。四处在议论这场火灾。有人在高兴这火烧得好，说剧场里整日演乌七八糟的片子，后半夜在那里与其说看录像，不如说是男女情人在那里幽会。因为偌大的剧场里全改造为两人一个高靠背沙发，灯光灰暗，谁知道那一夜都在干什么？据说每日早晨打扫卫生，总是要扫出许多卫生纸、卫生巾、避孕套之类的污秽东西。剧场成了藏污纳垢的地方，天也不容的。有人却说剧场里放映黄色录像，干下流事体，应该是不能起火的呀，男女那事属阴，阴为水，以前藏书楼上防火灾都要在楼的四角放春宫画或淫书的；火灾一定是服装街的哪家衣亭引起的。做服装的生意人从广州、深圳、上海进货，五十元的货卖一百元二百元的，日进斗金，富得要流油的，有了钱就生邪事，许多小贩都吸大烟的，是不是半夜里吸大烟烧着了衣服引起的，而剧场是老房子，反倒燃得比这边还厉害？各类说法纷纷扬扬，服装街的大小老板庆幸火未烧毁全街，但已经心惊肉跳，就各自掏高价请了——不叫买了——财神爷、菩萨的瓷像供在衣亭里，日夜高香不断。且联合了掏钱，要在街正中的空场子上演出鬼戏。原来的计划，整个服装街停业，腾出地方搭台演出五天，后因演鬼戏需要大场地，报经街道办事处，单是税务部门就不同意，如果停业移亭，即使演出五天，加上移亭、建亭各一天，一礼拜时间里要少收多少税金？南丁山的戏班就只好演两场花目连，即目连正剧外的折子戏《王婆骂鸡》《贼打鬼》《请巫禳灾》《灵界》《雷打十恶》。

  鬼戏一上演，夜郎就忙活了。先是服装街的老板选了代表来和戏班商谈演出的场地、时间和酬金，商谈好了请戏班全体人去怡祥饭庄吃饭，席间却碰着了宽哥。宽哥也是吃请者，原来发生火灾那一夜正好他巡逻，发现火灾就去抢救，在搭梯上到墙头的时候，一股烟火烧着了头发，半个脸也熏成乌黑。夜郎见宽哥没有大伤，就取笑他什么事都被他碰着，哪儿需要哪儿就有宽哥嘛！这次请客原是要吃五只鳖的，但只坐了四席，多余了一只鳖，夜郎就没有让厨房剖杀，私自拿了要带回去，就对宽哥说这儿离虞白家近，饭后去她那儿聊聊去。宽哥不去，嫌他成了乌面兽杨志。夜郎便一人去了，把鳖送给虞白让熬了汤喝。虞白当然高兴，但却说她要养鳖呀，就买了一个瓷盆儿盛了水放鳖进去，说鳖是灵物，且长寿，养养吉利，还说："你还可以常来看看，学习鳖的静寂，你就不那么浮躁了！"那日吴清朴和邹云也在，说夜郎来得正好，就交给了他一个帖子，约的是隔日要请客，因是饭店装修到了一半，事先得请了街道办事处、税务所、派出所、卫生局以及地方上的闲汉和街痞头儿，以保障日后开店顺利。夜郎当下应允了，可回到戏班，南丁山却分配了他几宗张罗演出的事，未能在那日请客时到场。心里过意不去，夜里回到保吉巷，问小李和五顺去不去饭店打工？小李和五顺早因平日贩菜和拾破烂太辛苦，又挣不下钱，还常常受街头泼皮欺负，听了去饭店打工，自然高兴，第二天便去找了吴清朴。

吴清朴见夜郎这般关心饭店，心里着实感激，又见小李、五顺老实本分，说话伶俐，当下就接收下，安排着跟老师傅学配馅。服装街的鬼戏演了两天，夜郎都是半夜两点才回到保吉巷，小李和五顺从饭店回来也不睡，和秃子、小吴打着麻将等他。夜郎自然问了饭店那边的事，小李说，店门面已经装饰好了，堂皇得很，一摆儿三家饺子店，邹家的两个哥哥都不如的；未开张先胜了一筹，邹老二心下发怵，已不想再卖饺子，改成包子店，店名也重新叫作"同福堂"，说是邹家先祖就开过同福堂包子店的，当年西太后来西京闻香止辇，在西京唯独的一次小吃就是吃了同福堂的包子。这广告已在西京晨报上打了一个版面，闹得风风火火的。邹云这边一看，二哥这么干，是要和她竞争的，就把店牌也换了，原用楷书写的"饺子宴楼"四字，现托人求到了市上领导的题字，但字写得不好，吴清朴不满意，只把那字装裱了挂在店厅墙上，自己在颜真卿字帖里集了字，匾额做得四尺高三丈五尺长，黑底黄字，威风得了得！目下店里还缺一批餐桌，厨房里的冰柜也没有买，厅里的分体空调也没有买，为钱的问题，吴清朴和邹云吵闹过几次。夜郎又问虞白去过店里没有？五顺说，好像去过一次，正是吴清朴和邹云吵闹，她没说几句就走了。夜郎听了，没有言语，低头沉闷了一会儿，说："人家老板的事，你们千万不要多嘴，只把自己分内的事干好就是。"小李说："这个当然，咱出力挣钱，管得上人家屎长毛短！"

没想第二天一早，夜郎骑了车子才要去戏班，保吉巷口外就遇着了邹云。邹云穿了件大红裙衣，越发衬得脸面红润，见面叫道："夜哥，我在这里等你一个时辰了，只知道你在保吉巷，却不知在保吉巷的哪楼哪院，刚才等得心焦，还暗暗打卦，说今日要等着你饭店就红火了，若寻不着你饭店就失塌了——果然就寻着了你！"夜郎说："什么事儿这么严重？！"邹云说："店还没有开，你知道花了多少？十五万都进去了！现在空调没有，冰柜没买，店一开张再要周转，没有几万元能行？我让清朴去找他的朋友集些款，他是死人，硬是不肯，我把他收藏的一个宋瓷瓶子要卖出去，已经和人家说好了价，来取货时，他不行了，说是他搞考古的，犯法的事万万干不得，轰着那人走了。"夜郎说："咱不要在这儿说话，来往的人男的也看女的也看，街对面路灯杆下那个，一眼一眼往这边看的！"邹云说："我这人一出门就显眼，对面那人从钟楼那儿就尾随了过来的，刚才还来搭讪，要认识我，说交个朋友，瞧那贼样子，腰里竟也有个传呼机，好像他也是个大款了哩！"说着还是和夜郎进了油茶店，一人买了一碗油茶两根麻花来吃。夜郎说："那你寻我有啥事？我可是穷得光腿打得炕沿响，帮不了你一个子儿的！"邹云说："你就是给我钱，我也不要的，我造孽呀？只是你腿长，社会上跑得多，你帮我寻个换外汇的主儿。"夜郎说："你有外汇？你怎么能有外汇？"邹云说："这你不管，我这里有一万美元、二千港币，国家牌价是美元一比八，港币一比一，但黑市价已到一比十和一比一点二五。"夜郎说："我给你私下打听打听，万一不行，也可托托南丁山。"邹云说："那你可得当个事呀，时间要越快越好！"两人吃完饭，邹云就去结账付钱，夜郎要掏，邹云说："这有几个钱嘛，推让着多难看！"夜郎也便作罢，让她掏了饭钱。

　　夜郎赶到戏班，南丁山已等他多时，告诉了服装街演出后，社会反响很大，只是嫌戏班行头不好。原来戏班的行头是南丁山从剧团买的处理货，许多服装头饰都是凑合着用的，去外地或私人邀请演出还可以，但在西京城里大型演出就不行了。南丁山的意思是这次挣了些钱，要和夜郎去戏装店定购一批货的。夜郎在路上就试探着问了南丁山有没有认识要换外汇的人，南丁山说现在炒外汇的人多，他认识的几个公司老板，人家都是去一些宾馆换的，别的人哪里有多余的钱换外币？又问夜郎怎么也炒起外汇了？夜郎说他给一个朋友打问的，没有具体道出原因，支吾搪塞过去。

　　一连三天，夜郎想去看看虞白，但换外汇的事没有着落，也没好意思去。第四日，南丁山从陕北买回一头羊宰了，给了他一只羊腿，拿着去给祝一鹤，颜铭也恰好在，颜铭说："你是稀客了！"夜郎才知道自己是很久没有来这里，也没有与颜铭联系了，心里有了惭愧，说他还以为颜铭是去了外地表演了呢，自己近来也忙，没能及时过来，今日弄到一只羊腿，还担心颜铭吃不上了。颜铭说："你现在红火，还能记得我？"走近来悄声说："我是吃不上羊肉落一身膻哩！"夜郎只是笑，故意说："阿蝉，你给咱剁馅包饺子吃，洗一枚分币包进去，看看谁能吃到！"阿蝉喜欢地拿了肉去厨房洗，颜铭也系了围裙要去洗莲菜，夜郎反身到了卧室，却说："颜铭，你来帮我钉钉扣子。"

　　颜铭拿了针线进来，发觉夜郎衣上的扣子好好的。夜郎说："不说钉扣子，你还不愿来和我说说话哩！"颜铭拿了针屁股在夜郎额上按了一下，说："要做饭了，我能不帮了阿蝉？这么长的日子不来，我以为你已经认不得这地方了！今日回来我还问阿蝉：夜哥来过没有？你要再不来，我就去保吉巷寻上门去！"夜郎说："你心里还有着我？"颜铭说："这是什么话？我这么长日子之所以没去找你，是我心里踏实着，你倒这么说，是你心里没了我了？瞧你现在多注意收拾，头发梳光了，胡子也刮得干干净净。"夜郎心里倒慌起来，不敢多看颜铭，对了镜子一边看一边摸了下巴，说："癞蛤蟆再收拾还是个癞蛤蟆！你却更美了，睫毛也长了，是用了睫毛油吗？"颜铭说："你也知道睫毛油？戏班里美妞儿多，哪一个告诉你了用睫毛油来？"夜郎说：

"戏班里那几个女的,哪里能和颜铭比!"颜铭说:"你说得这么好,怎么离得那么远!"夜郎挤了一下眼,过来拿手戳颜铭脸羞她,颜铭却将夜郎抱住。夜郎顺势亲了,忙闪开,用手擦自己嘴唇,怕沾了口红。颜铭说:"没口红的,我文了唇。"夜郎细细看了看嘴唇,果然是文了的。颜铭说:"文得好不?"夜郎说:"好像厚了许多。"颜铭说:"当然要厚了好,我原来又薄又白的,不抹嘴唇就好像不是了我似的。文嘴唇那三天,我真害怕你来了,嘴唇肿得像猪八戒,肿消下去了就盼你来,你却不来,刚才我心里就说,他要真爱我,看他注意到我的变化不?——你却没反应!"夜郎说:"我哪能不注意?只是没想到你为了美受那份罪!"颜铭就偎在了夜郎怀里,红了脸说:"我是不幸哩!"夜郎说:"又怎么啦?"颜铭说:"自……占有了你,就老守候你,我不会守候的却要守候,可守不住也候不来,几个晚上我差点儿去你那儿了。"夜郎说:"那怎么不来?"颜铭说:"我不敢的。"夜郎瞧她一脸娇憨,手就在身上乱动起来,祝一鹤就在隔壁房里大声地咳嗽,颜铭立即挣脱了过去了。

夜郎也跟着过来,颜铭一边寻药,一边告诉夜郎:前天她和阿蝉背了祝老去楼下了一趟,只说让他看看外边,没承想倒招了风,回来就咳嗽了。夜郎扶起祝一鹤喂了药,等安详下来又昏昏睡了,再暗示颜铭到卧室去,颜铭朝厨房努嘴,两人退回来坐在厅里说话。夜郎遂询问模特队的事,颜铭说了许多奇闻趣事,便从口袋拿出一沓钱来,说她现在能挣到模特队最高的工资了,让夜郎去买衣服。夜郎不收,让得紧了,倒生了气,说:"你这不是糟践我吗?"颜铭见他这般,也委屈了,怪夜郎不理解她,恼了去卧房抹眼泪,夜郎便又撵到卧房要那钱,颜铭却不给了。夜郎说:"不给钱了,我托你办件事也不肯办吗?"颜铭还噘着嘴,夜郎逗了两下没有逗出笑,就讪讪地到厨房帮阿蝉。颜铭却在喊:"你过来!过来——!"

阿蝉说:"你惹铭姐啦?"夜郎说:"人家是老虎屁股我敢摸的?"阿蝉说:"铭姐是老虎倒是老虎,却是纸老虎。"颜铭在这边听了,自己先哧地笑了,过来倚在厨房门口说:"我说我说话你总不听,你原来认为我是纸老虎哩!"阿蝉笑着说:"你不当纸老虎,难道还真要当个母老虎?!"颜铭说:"母老虎就是母老虎！"在阿蝉肥大的屁股上抓了一把，就夺了剁馅的刀自己剁起来，说："有啥要托付我的？"用叉子叉莲菜的夜郎没想到颜铭问自己，愣了一下，说："你们团那么挣钱的，老板换不换美元港币的？"颜铭说："我说不要钱了，原来换了美元港币，哪里还看得上我那几百人民币？"夜郎说："哪里是我的钱？一个熟人要换些急用。"颜铭说："这我问问老板。能换不能换，我怎么给你回话儿？"夜郎说："有情况了你到我那里来。"吃罢饭，夜郎要去戏班，颜铭也要去团里，两人就一块出门。夜郎要给颜铭拦一辆出租车的，颜铭却要夜郎带了她走，夜郎就骑了自行车，让颜铭从后边坐上，人已经坐上去了，夜郎还在说："上嘛！快上嘛！"颜铭说："早都坐上了！"夜郎说："就这么轻呀？一点感觉都没有！"颜铭说："人没社会地位，体重也没了。"夜郎说："人爱人了，再重也不觉得重了。"颜铭说："油了！"车从一个小巷里拐弯时，偏轻轻跳下来，夜郎并不发觉，还是弓着腰骑他的。颜铭捂了嘴蹴在路边笑，笑着笑着嘴噘起来，恨夜郎心里没有她，竟然连她跳下车来也没发觉。夜郎骑了一会儿，说："颜铭，我敢双手撒把哩！"见没反应，又说："你不信？"果然双手撒了把，车子险些撞在路边一棵树上，忙捏了闸，双脚也踩在了地上，回头来要给颜铭解释，颜铭却不在后座，吃了一惊，忙掉转车又往回走，巷口里颜铭在那里抹眼泪。

颜铭训道："你走嘛，回来干啥？"夜郎笑着说："我故意试着你追我不追，你竟不追！"颜铭说："得了吧，一个男人连老婆都能丢了，还算什么男人？赶明日你连你也丢了去！"颜铭再不坐夜郎的车子，搭了出租车往团里去。夜郎站在那里，又可笑又可羞，发了半天的呆。

晚上，五顺、小李吆喝着房东打麻将，秃子又支了大锅宰鸡煮鸡，硬拉着上了桌。打一会儿，秃子的婆娘就喊得胜得胜，得胜是秃子的大号，秃子就出去，原来是鸡头的毛不好褪，秃子就指点了怎样把鸡头在明火中烤，然后再回来码牌。又一会儿，婆娘又喊得胜，得胜，这火怎么灭了？秃子又出去检查了鼓风机的接线。秃子这么停停打打，但手气非常的好，连和了三庄，第四庄刚要出牌，婆娘又喊得胜，五顺就躁了，大声说："你是一辈子没见过个男人吗？就你有个男人吗？！"秃子说："好了，好了，我不出去了，反正我把鸡钱已挣了回来，不在乎那一锅鸡煮成糊糊汤哩！我知道我这会儿人缘不好了，是孤家寡人！"小李说："你别逞能，我的钱只让你暂时保管罢了。"秃子却说："实在对不起，又听牌了。"小李说："起得早不一定拾到粪！"打出一张牌来，秃子便说："和了！"气得小李脸上不是了颜色。房东说："狗日的口粗得很，打什么吃什么，我是饲养员了嘛！"五顺说："好了，今日这牌打不成了，秃子这两口故意这么着干扰咱们，趁机赢牌！秃子你去煮你的鸡去，喊夜郎来！"秃子巴不得溜场，就死狼声地喊夜郎。

　　夜郎正沏了茶喝着看琴，听见喊声下来，秃子说："夜郎你来，这个方位好哩，我把他们一绳都捆了！"夜郎替了位，房东的老婆也换了房东，四个人重新打牌，各就各位，声称谁赢了请客去夜市吃羊肉串。一连三圈，夜郎竟不杠不和，直骂秃子牵了牛，让他来拔桩哩！赢得最多的是房东老婆，这女人就话特别的多，每抓一张牌都大呼小叫，要亲上一口，说："夹张！"气得五顺说："你只会夹！来一个夹一个！我是来给你赞助来了？"小李嘟嘟囔囔个不停，警告自己要有平常心："不急，我不急，咱是平常心。"房东老婆说："你平常心哩，你平常的心就是狼心！"夜郎只是不言语，一口一口抽烟。房东就进来小声说："夜郎，实在不忍心让你下来，可门口有人找你，是个黑粗男人也就罢了，偏偏是个美人儿！"五顺说："谁个？"房东说："那个颜铭。"五顺说："熟人嘛，让她到这儿来。"房东就出去又回来，门口果然站着颜铭。五顺就说了："夜郎输牌是有原因的，我输的什么牌嘛！"房东就替了夜郎要继续来，五顺、小李全不同意，一哇声要房东老婆请客。女人说："请客就请客。"众人就往出去，夜郎不去，领了颜铭到楼上。

　　院子里一阵吵闹，好像是秃子也要去，被五顺骂了个狗血淋头，到后来就安静下来。夜郎笑着说："瞧这儿热闹吧？都是些光棍汉，晚上闲得没事的。——你怎么来了？是换外汇的事有着落了？"颜铭说："老板说有多少换多少，明天下午，你把钱带到祝老那儿，我领了他去。"夜郎关门，就揽了她在怀里。两人亲热了一番，夜郎惊异颜铭里里外外衣服都崭然一新，又抽起了烟，抽烟的动作很有风度，就笑着说："女人变化真大，等将来你越来越光彩了，我还混不出个名堂，那我就悄悄溜走了。"颜铭说："你敢?!是不是有了新的相好，开始给我打预防针了?"夜郎赶紧说："那我就是热萝卜粘在狗牙上，让你甩不掉喽!"把颜铭按在桌上，双手揉搓那散下来的卷发。灯光下，卷发泛黄，拥了一肩一胸，越发衬得那脖下的肉白得鲜嫩。夜郎说："头发又染了?"颜铭说："哪里染了，留长后越来越黄，真讨厌!前天我骑车子在前边，后面两个小伙在说：'外国妞，洋妞!'我回过头说：'谁是洋妞？'吓得那两个掉转车头就跑了。是不是我长得有些像外国人了？许多人都这样说，你觉得呢?"夜郎说："以前只是眼睛深、鼻子直、颧骨高，现在有了风度，就像是欧洲人的味了。——查没查你的祖上是不是汉人?"颜铭说："老家在山西晋北。"夜郎说："要么是匈奴人，要么是洋人来……"颜铭虎了眼说："来做什么？我揍死你!"却趴在夜郎胸前来咬，故意浑身在用劲，整个头部都在发颤，说道："我恨死你咬死你!夜郎，这是怎么回事嘛，我怎么这样爱你!"院门口就有了说话声，他们从夜市上回来了。夜郎忙推开颜铭，颜铭极快整好衣服。

　　有脚步声从楼梯上响起，五顺在门外一连咳嗽了三下，夜郎在屋里说："要进来就进来，小心把喉儿骨也咳了出来!"五顺就笑着推门进来，手里拿了一把羊肉串儿。颜铭说："到底是朋友，还给夜郎带来吃的。"五顺说："夜郎出了力气嘛，该补养补养身子。"颜铭脸色通红，夜郎上去搋了一拳，说："不说人话!我怎的不吃？这是我的钱买的，我吃我的哩!颜铭，你也吃几串。"颜铭说："我不吃。"夜郎说："吃!瞧你这样子，好像咱们真有了什么事。"五顺说："我可没说什么事呀!什么事?"颜铭越发不自在，说："你要这么说，我就走呀;要不是等着你们回来，我早就走了。"说着出门就走。五顺说："走不得的，还有一件事要告诉的。"就问，"你来的时候，有没有人给你做伴?"颜铭说："没有的，怎么啦？"五顺说："刚才去夜市，大门外蹴着一个人的，当时倒没在意，从夜市回来，那人竟还在那里蹴着，我们问找谁？他说这院里住没住个高个子的姑娘？我们问：你是谁？他说是朋友。我们不知道是不是你找的伴在那儿等你的。"颜铭说："是不是个子不高，留个小胡子?"五顺说："是的。"颜铭说："我来的时候，在西大街他就跟了我，说要和我交个朋友，我没有理，就发现他远远地还跟在后边。我只说我一进这院子他该知趣走了，没想他还在门外等我?！"夜郎说："流氓！我去看看！"颜铭和五顺一把没拉住，夜郎先下去了，在院子里大声叫喊："谁个流氓无赖，三更半夜地倒敢跟姑娘到这里来？秃子，秃子，把通条给我！"铁通条先在门上哐地磕了一下。院子里的人都跑出来，只见夜郎在门外骂道："你跑什么？有能耐的你蹴着不动嘛！你这一跑，我倒小看你龟儿子了！"五顺就笑着对颜铭说："颜铭，有夜哥在你就有安全感了！"小李说："那人要是不跑，夜哥你真的就要打折他腿呀？或许人家并不是什么坏人，只是痴心些罢了。夜哥你别恨人家，你应该感谢人家，更知道颜铭的价值了！"夜郎说："噢，我怎么忘了，咱小李就是一心爱看漂亮姑娘，保不定也尾随过什么人呢！"说了一阵笑话，颜铭告辞要去，夜郎这时倒不好意思去送了。众人说："要么就不走了，我们都不知道有这回事。"说得夜郎推了车子把颜铭送到祝老的楼下。

邹云换了外汇后，更是感激夜郎，过了几日，就约夜郎一定去平仄堡吃饭。夜郎推托不过，又约了宽哥，晚上六点钟两人赶到平仄堡，邹云已经在大厅门口候着了。一见宽哥，就说宽哥在城墙上那么作乐热闹，怎么就不肯叫了她去？宽哥应酬不了这事，就推卸责任给夜郎。邹云埋怨了夜郎只和虞白她们来往，是瞧不起她，倒做出万般的娇态来，显得很亲热，很随便了。邹云径直领二人到了餐厅，宾馆经理正收拾了大包小包的东西要出门的样子，一见面就说："原来我是要作陪的，可突然有个急事我得去市府里去的，今日邹云做东，改日了我来请客！"邹云说："经理的眼睛在额上长着，只瞅着市领导，哪里还看得上我的穷朋友？说得好好的你要在场，我请了我的朋友也巴结一下你，你倒不肯给我机会！"经理说："市府叫我去，我能不去？可我有安排，书记市长有的，老汪老夜也有！"倒给邹云耳语，邹云笑道："这好，这好——这样的经理怎么不多有几个?！"却又说："拿出来让他们看看嘛！"经理就把那些大小包打开。夜郎说："嘀，这么多驴鞭！"——看了，有七条，上边都系有纸片，写着□□□书记的、□□□市长的、□□□主任的……经理说:"这东西现在倒真珍贵的,别的餐馆卖的都是青海一带的小毛驴的,这是正经的西府大叫驴的货,只有咱们宾馆定向采购的,一年也只是给领导才一人一条的,我给你们也留了一条,已经让厨师好好做上了。——我这可以吧?"邹云说:"够交情!这一道菜那就记在你名下喽!"经理说:"当然算我请客!"笑笑嘻嘻地告别了出去。

席间,果然上了一道"金钱栗子煲",是驴鞭切成铜钱状的热菜,一道是"凉拌钱钱肉",味道极其鲜美。宽哥和夜郎因碍着邹云面不便多说什么,邹云却开通大方,不停地给二人碟里夹,自己一边吃还一边问这东西是不是说的那么劲大?夜郎就忍不住,低声对宽哥说了句什么,宽哥只拿眼睛瞪夜郎。这当儿,邹云腰上的传呼机就"嘀嘀"地响,她便说"我去打个电话",起身到大厅的电话间去。如此数次,饭也吃得断断续续,夜郎就和宽哥说起派出所的那个警察欺负乡下人的事,问房子解决了没有?当然没有解决。夜郎心情就沉重起来,觉得是自己给宽哥惹的麻烦!只是喝酒,菜也吃得很少。邹云打电话过来,见两人已放下筷子,又寒暄没有吃好,提议到二楼歌舞厅,要陪他们跳跳舞去。宽哥和夜郎都推辞着不会,邹云就说"不会也去看看嘛,今晚上还有模特队来表演的",硬拉了上去,三人就拣了一张桌子坐下,要了几杯柠檬茶来喝。

歌舞厅里场地很大,人也很多,邹云刚刚招呼他们喝过柠檬茶,就四处张望着与一些熟人点头致意,并不停地走过去和人握手、说话。宽哥说:"我可从来没到过这种场面,倒显得咱成土老帽了!"夜郎说:"管他哩,咱坐一会儿就走人。"便要宽哥把警服脱了。脱了警服,里边的衫子经旋转射灯一照,荧荧发光,而满舞场也只有他的衣服反射了这种荧光,愈使宽哥不自在起来。突然,舞厅里灯光辉煌,有人在台上宣布时装模特队表演开始,随即另一种情调的音乐声起,八个模特缓缓从屏风后步出,尽是些美艳女子。宽哥轻轻叫了一声:"颜铭!"夜郎定睛看时,第三名果然是颜铭。颜铭披了卷发,穿一袭极宽大米黄外衣,外衣里子大红,足蹬一双黑色高跟皮鞋,一路一字步走过来;身子一走一跃,长卷发就随之飘动,似乎是一切上足了发条,动作大方潇洒,走到前台,目光回扫,扭腰送臀,那外衣就脱下来,露出里边一身米黄西式衣裙,两条腿笔直如锥。夜郎还没有见过颜铭在台上的形象,一时又惊又奇,将她与同台的模特一一比较了,只觉得她的体形、五官、气质、风度,样样高出一筹。满场的掌声就鼓起来,有人在喊:"三号!三号!"宽哥说:"应该给颜铭挂红被面的!"夜郎说:"时装表演不像我们戏班,哪里兴挂红被面?!"一曲终了,一曲又起,颜铭第二次出场,是穿一件白色拖地长裙的,换了服装,没了刚才的潇洒,却又见出另一种高贵来,场子里又是一阵欢呼声。接连出场五次,次次服装不一,风度各异,宽哥越来越欣赏不了服装,认为那样的衣服生活中谁能去穿?便说:"你说这里服装好还是人好?他们那么叫喊着,十个有八个怕不是来看服装而是看人的吧?"夜郎说:"颜铭可是人和服装都好!"宽哥:"等表演完了,你去把她叫来。"夜郎已经不在座位上坐了,站着扬起脖子,一眼一眼往台上看。走过来的邹云说:"怎么样?叫你来你还不肯,这些姑娘漂亮吧?"夜郎说:"那个三号是我的一个朋友。"邹云叫道:"呀?夜郎,这可没看出,你土气人还能交上那么洋气的朋友?!"夜郎一脸得意,等表演结束了,却不敢去后面找颜铭,说:"我这么去,旁人会笑话吧?"宽哥说:"没出息!"夜郎才要走过去,主持人却在宣布:"现在,有一位尊贵的顾客愿出资两千元给三号颜小姐献上一个花篮!"便见两个女服务员笑吟吟将一只大花篮抬到场子中间,颜铭就在一片欢腾声中走出来,深深地鞠躬。她已新换了一身服装,上衣是紧身黑色长袖汗衫,下着软质喇叭形牛仔长裤,蹬一双白旅游鞋,身材修长,体形美好,连声说"谢谢"。主持人就说:"我们向颜小姐表示祝贺!现在,让我们认识认识愿出两千元花篮的尊贵的顾客宁洪祥先生!"话音未落,顾客席上站起一个黄胖子来。黄胖子一手还夹着香烟,一手拿着移动电话,给大家点头致意了,将香烟和移动电话交给了旁边一个人,款步走向场中,与颜铭握手,满场上又是一片欢呼声。黄胖子的腮帮很宽,从后身也能看得见,手扬着叫服务员:"给小姐来一杯人头马酒!"

夜郎站在那里,一时愣住,邹云说:"能出两千元买花篮,这在我们宾馆还是少见的。你这朋友了不得的,这么下去,钱来得像流水一样了。"夜郎问:"那胖子是干什么的,这般有钱?"邹云说:"开金矿的,吐口唾沫都漂油花的。你瞧见那手了没？三个金戒指，真正的纯金！可金子对他算什么，那戒指上讲究的是雕刻了一只金钱豹的，工艺的价值倒胜过戒指的金价！在我们宾馆包了一个月的房间了，——我熟的，要不要认识认识？"夜郎还没有说认识或不认识，邹云已经走过去了，在和矿主说话，笑得嘎嘎嘎的；颜铭却扭头看见了夜郎和宽哥，就跑过来说："你们怎么来了？刚才就在这儿吗？"宽哥说："颜铭，你是这个！"跷起了大拇指。颜铭倒羞怯了，说："多亏我不知道你们在这儿，要不这步子都不知道怎么迈了！"夜郎说："那个胖子你们认识？"颜铭说："也才认识；有钱人常在这场合捧场。没想今晚他倒肯捧我。"邹云就向这边招手，三个人走过去，一一介绍了，那胖子说："噢，是颜小姐的朋友，坐吧。"掏送了名片。夜郎有名片，宽哥没有，夜郎回送一张，宁洪祥对戏班产生了兴趣。邹云说："戏班好红火哩，我们平仄堡先前为狮子出过事，演过鬼戏后一切都安然了。前不久服装街失火的事你们怕都知道了，他们去演了两三天，听说现在生意十分的好，那里的一寸土都是百金哩！"宁洪祥说："真看不出夜先生这么年轻，还能演了鬼戏？"邹云说："夜郎是大能人，先前是祝一鹤看中的人，祝一鹤你知道吗？"宁洪祥说："原秘书长是不是？我认得的，我办公司的时候还去找过他——听说人病了？"夜郎说："现在病情稳住了。"宁洪祥说："那就好。我还要拜托你领我去见见他哩。常言说，交朋友看朋友的朋友，你能认识祝一鹤，又和在座的汪警察、颜小姐、邹小姐是哥儿姐儿的，就知道你不是一般人了！我也是个爱好朋友的人，你不拒绝咱们也做个朋友吧？"夜郎说："宁先生太客气了，如果愿意交我这个穷朋友，我当然高兴啦！"宁洪祥说："穷朋友？哈哈哈，我以前也是身无一文的穷光蛋嘛，现在是有些钱了，可钱是身外物，我看得淡！有什么困难，你给我说，上百上千万的拿不出，十万几十万的还是可以吧。"就提出是不是去下边餐厅吃点夜宵什么的？夜郎和宽哥忙说不用了。邹云也说："我招待他们才吃过饭的。"手机就响了，宁洪祥对着手机说话，似乎是在训斥对方，两千元怎么拿得出手？只要保证手术做得好，主刀的医生和麻醉师每人五千元的红包。就说："吃过饭了？邹小姐，那我就拜托你了，三天里你给我联系联系他们，看他们的空，我做东咱再聚一聚好不好?今晚我还得去医院,我堂弟在医院要动手术,我得先见见医生的。"当时起来告别,就匆匆走了。

夜郎和宽哥提出要送颜铭,颜铭说表演团还得集合,不必送了。夜郎和宽哥就出了平仄堡,宾馆门前的喷水池前立着一个女的,拿眼睛不停地瞟着他们,夜郎小声说:"那是个鸡!"宽哥说:"你怎么看得出?"夜郎说:"我能闻出气味的。——你还讲究是警察哩!"宽哥就向那女的走去,夜郎拉住了,说:"瞧你这一身衣服,早把人家吓跑了!你要不信,你就待在这儿,瞧我过去问问。"夜郎就走过去,果然就和那女的咕咕叽叽说着什么。宽哥却耐不住了,喊着:"夜郎!夜郎!"也走过去,那女的一猫腰从一片停着的汽车夹缝里逃跑了。夜郎说:"她开价一千元的,说她绝对卫生,还从口袋拿了一瓶'洁尔阴'让我看的。"宽哥说:"年轻轻的,真不要脸!"夜郎说:"我正问她哩,是西郊工厂的,说企业要倒闭了,发不出工资……也怪可怜的……"宽哥说:"什么怪可怜的?古人讲贫穷志不移的,一穷就去为娼?!怎么不把她抓住,倒让她跑了!"夜郎说:"你真是个当警察的!要抓谁呀?现在该抓的人多着哩!"宽哥说:"夜郎,我可告诉你,你别在外边拈花惹草的,瞧你那个熟练劲儿,我当警察的还看不出来,你倒一看一个准!"夜郎笑道:"这你放心,我就是有那么个心,也还没那个钱哩!"说到钱,两人就议论起那个宁洪祥,宽哥是极看不上眼的,说:"国家现在到处都缺钱,钱全让这些个人得去了。他再请你,你还来吗?"夜郎说:"这些人的话说过就完了,真的还会请咱去?不管怎样,咱与他这么一见面,他就不会纠缠颜铭了。"

然而夜郎没有想到的,第二天,邹云就从平仄堡打来电话,宁洪祥要请夜郎带他去拜见祝一鹤。夜郎倒感动他还肯去看望祝老,便赶到约定的地点,宁洪祥已经和他的马崽提了大包小包的礼品在候着。到了祝家,祝一鹤是记不起了宁洪祥,宁洪祥如何自我介绍,祝老只是笑容可掬,夜郎觉得很尴尬了,陪客在厅里坐下,说:"他病成这样,人也显得瞍了,宁先生不要生气。"宁洪祥却掉了两滴泪下来,说道:"我哪里生气?只是伤心,祝老当年多英武的人物,病却害成了这样!"当下拿出一万元来说让给祝一鹤买营养品,阿蝉"啊"了一声,被夜郎瞪了,退到厨房去,夜郎就把钱塞到宁洪祥的手提箱里,说祝老本身工资高,就是祝老的钱不够花,也有他和颜铭的,怎么能收这一万元?宁洪祥说:"我真没想到祝老会病成这般模样,说心里话,这笔小钱原是想让祝老转给市政协的。——你不会耻笑我吧?我不是政协委员,三年前我见祝老的时候,祝老曾提说要推荐我当政协委员的,但后来听说他日子也不好过,后来又听说他病了,也就没有来。这次来西京,路过市政协大院,我是瞧着政协那么大的单位,院门竟还是老式小门,就有了心思要资助资助的。现在祝老成了这样,这钱就让祝老花吧。"夜郎听了,越发对宁洪祥有了好感,但话里是有话的,便试探着说:"宁先生办实业倒关心政治,这样的人现在也不多哩……政协那边你还有没有可认识的人?"宁洪祥说:"我哪里能认识?现在国家财政紧张,各单位什么都有就是缺钱,我是想出些力却有力不知往哪儿使。祝老以前说推荐的话,是提到他一个同学在政协是个副主席的,可我没有见过。"夜郎说:"是那个司马靖副主席吧?"宁洪祥说:"你认识?"夜郎说:"以前祝老带我去过他那儿,祝老病后,他也偶尔过来看看。你要认识他,我可以领了你去,这钱就不必给祝老,资助一下市政协,也算办一件正经事。"宁洪祥说:"夜先生到底是经见大世面的人,比我久在山野之地的人强多了。可我不是政协委员,政协能收这笔钱吗?"夜郎说:"有人给钱他还不要吗?政协要名正言顺,可以吸收你当委员嘛!什么人都是委员,像你这样有贡献的人怎么不能当个委员?"就拿眼睛看宁洪祥,心里知道了他的全部动机了。宁洪祥说:"你说能行,我就有胆了!夜先生真是豪气朋友——你如果有空,能不能引见引见?"夜郎说:"行的。"宁洪祥先谢声不迭,然后一定要和夜郎去饭店吃饭。

到了一家生猛海鲜餐馆,夜郎担心戏班南丁山等他心急,要打个电话,宁洪祥就拿了手机给夜郎。打完电话,宁洪祥说:"你好像没有个传呼机?"夜郎不好意思笑道:"还没有,其实也用不着的,我又不做生意,也不炒股票。"宁洪祥说:"到底方便嘛,不做生意不炒股票还总得与情人相好的联系呀!"夜郎说:"我倒没那个福分!"宁洪祥却对马崽说:"你把你身上的传呼机摘下给夜先生,回去我再配你。夜先生,这机子旧是旧些,你先用着，费用是交过两年的，等过一段了我给你配个手机。这你一定要收下，再推辞就是瞧不起我这生意人了！"夜郎还要推辞，但已经闹得脸上都下不来，只好收了，那马崽也抄了台号和机号给夜郎，且帮了夜郎把机子别在裤带上。

吃罢饭，宁洪祥却还在问："政协能收这钱吗？"神色有些紧张，就又买了一瓶酒，并让餐馆杀了一条蛇取下苦胆掺在酒里，喝了，两人才去见司马靖副主席。但是，连夜郎也未曾料到，见到司马靖后，一万元收得十分干脆，并蛮有兴趣地询问起宁洪祥的情况。宁洪祥似乎早有准备，从手提包里拿了一沓材料就双手呈上。夜郎避嫌，先退出来在政协大门外的一家茶铺子里和马崽吃茶。等了半天，宁洪祥满面红光地出来，直喊着马崽去买几条香烟去，马崽就在商店里抱了五条"红塔山"，宁洪祥说："怎么没买个塑料袋儿提着？等会儿让夜先生带去抽。"头弯过来说："我该谢谢你哩，司马副主席当了我的面便给有关部门打了电话，让推荐增补我当委员的。"夜郎心下发笑，却说："其实呀，当个政协委员对谁也起不了什么作用的。"宁洪祥说："对别人没作用，对我们这些人意义就不一样了！"夜郎心想：现在真是有钱买得鬼推磨的，这宁洪祥也不知有多少钱的，既然能出钱买得个政协委员，何不让他资助资助戏班？于是就说："宁先生真是福贵之人，现在又将要是政协委员，这事如果要贺一贺，我们戏班可要去热闹呀！"宁洪祥说："我正要这么对你说的，戏班真能去我那儿演上五天，我姓宁的包你们吃的喝的和来回路费，再给戏班八万元吧。"夜郎心下高兴，却思谋道：他花钱这般手大，何不多宰他一刀？就说："八万元嘛——这要给班主好好说的。在本市里演一场也六七千元的，何况那只演折子戏，而去矿区那么远的，演五天五夜，怕班主嫌划不着的。"宁洪祥说："十万怎么样？我三个矿洞，日进万元的，就十万吧！"夜郎说："是这样，你在平仄堡等我的消息吧。"当下说定，两人分手，夜郎就赶回戏班来。

南丁山却又去纸扎店买了一些纸扎，认识了那家未婚女婿黄长礼——再生人的小儿子。黄长礼爱弄拳脚，在一家公司做保安员，有个哥哥又在一个派出所，南丁山有意要聘用，黄长礼也乐意，两厢说好了一块在戏班驻地吃酒。见夜郎回来，互相介绍了，夜郎就把黄长礼死眼儿瞧个不够，问起再生人的事。

黄长礼脸上青一块红一块的不好意思，只骂了几声再生人是骗子，南丁山就打圆场说："再生人的事我压根儿也是不信，人死灯灭，谁不是化了一把土的？"夜郎说："按你这么说，咱演鬼戏，目连的母亲最后变了狮子狗上世那都是哄人了？"南丁山说："戏就是戏嘛！人死了都能再生的话，那我问你，你知道不知道你生前是什么，死后又为何物？这话不说了，黄长礼如今成了咱戏班的人，他家的事再不要提说。即使那再生人的事是真的，黄长礼敢轰走了他，以后演鬼戏有黄长礼在，咱啥也不怕的了！"夜郎也不再多说，坐下吃了几杯酒，才把宁洪祥的事说给了南丁山，南丁山喜欢得手舞足蹈，却不免埋怨这么大的好事刚才一来怎不就说？！戏班成立以来，在城郊虽是演出几场，都因场地小或环境所限，仅演动了几出折子戏，排演的五本目连系列剧还未有实践的机会，如今有主儿能包吃包住另外还赚十万元，又可在外县产生影响，这实在是难得的良机！南丁山就叮嘱夜郎无论如何靠实宁洪祥，不敢夜长梦多，到嘴的肥肉又掉了去，要他连夜就去回话，并且有可能一定让宁洪祥写个合同。当夜，夜郎赶到平仄堡，宁洪祥正和邹云在房间吃酒说话，邹云穿了一件胸露很大的浅绿薄纱裙衣坐在沙发上，腰中间却盖着一件米黄色毛巾被，两条肥白的腿跷着搭在床沿上。夜郎吓了一跳，以为她没有穿裤子，是在他敲门进来的时候急拉了毛巾被盖在身上的，就觉得很不自然。他看了看邹云，邹云酒已上脸，艳如桃花，脖子上黄灿灿地系着一条项链，而桌子上则是一只空项链盒子，知道是宁洪祥才赠送了她。她笑着说："夜郎来了，你陪宁先生喝吧。"随手将那盒子拿了放到桌下去。夜郎一时嫌了邹云的轻薄，偏要出她的丑，坐下了，说："邹云，你给我到洗手间取块毛巾来。走得蛮热的，一头的汗！"邹云站起来。却原来她穿着短裙，毛巾被盖在腰里，才误解了以为没穿裤子。心下轻松，言语也温和了许多，连喝了几杯，才把南丁山同意去演出的话说给宁洪祥，就具体起草了个去的日期、人数、车辆、费用等诸多项的合约。

从平仄堡回来，夜郎已经有八成醉意，独坐在小木椅上怎么也不愿上床睡去，他想着他离了宁洪祥的房间，邹云还留在那里，现在仍在陪菜吃酒吗？在夜郎的接触中，邹云的话多，脸上表情生动，她不会是一个那样的人吧？可女人举止随便，容易使男人想入非非，何况宁洪祥是有钱的主儿，又是喝多了酒，宁洪祥会不会乘酒意对她不礼呢？——现在暴发的男子，看女人如是一页钱的来消费的。夜郎后悔当时没让邹云先走，也想现在出去给吴清朴打个电话，让吴清朴去平仄堡一趟。人已经站起来拉开门了，却哧地一笑，笑自己也太多管了闲事，自己连自己的事都理不清，用得上操心别人吗？再说，宁洪祥或许是正人君子，只是纯粹朋友的关系聊聊天罢了，贸然让吴清朴去，岂不人人难堪？于是又坐在那里，极力身心放松，不意间目光就落在那琴上。琴安放在这里很久了，自有琴后，夜郎每每从外归来，一进保吉巷口就觉得有琴在家等他。他不知道这是不是一种家的感觉？恍惚里，以琴代替了虞白，似乎躺在桌上的不是琴，是安卧入睡呼吸微微的一个人儿："虞白——"夜郎轻轻地唤着，走近去伸了手，将手抚在琴身。这一瞬里，夜郎的身上有了一股异样的东西在流动，从心脏一直到每一条血管，所有的枝梢末节，使他不能把持，坠入了另一个境界去。他迷迷糊糊起来，分不清是梦里还是实有的事，只觉得他是把一只手搭放在了她的肩上，意识到这样的动作很危险，但她没有说话，这让他静下心来，想长长久久地说出一大片话来，却看见了她的一双惊恐的眼，他极快地几乎是含混不清地问了一句什么，他也没听清自己在问着什么，话轻得如一缕骚动水面的风。夜郎就这么抚着琴站在那里，手抚摩到的是光洁滑腻的琴身和凉飕飕的五根弦索，手那么一动，叮里叮咚一串脆音，夜郎才怔住，惊醒自己站在这里已经很久，有上百年岁月之久——顿时羞怯上身，满脖子满脸都通红通红了。琴能语，这是夜郎自信不疑的，他是每日回来听这一串琴音而默默地诉说自己一天里的所见所闻，他甚至在梦里梦见过这琴自鸣的。听过了一串琴音，夜郎在灯下细细地端详，琴身乌黑贼亮，但在琴头发现了一绺暗红的颜色，急急往后看，在琴尾的下沿处也有着一处红的。夜郎守望了多回琴，全没有留心到这些红的，这是原灵木的颜色呢，还是在原灵木上涂了红漆再复涂了黑漆，而日久年长红色露了出来呢？可是，这露出的红怎么以前未发现，难道抱琴过来后发生了变化而露了出来？如果是在这房子里变化的，那么，为什么变化呀？！夜郎自然要想到以前独身孤处时夜夜盼着有狐精出现，莫非真的是狐幻变了形状来到他身边了？"噢，噢。"夜郎在叫道。这是条狐，红狐！它是知道的，它是兽，我是人，人兽是不能相见的，相见必是残杀，世间那么多狐皮的制品，该是枉杀了多少钟情的尤物。但它一定是为了见到我，多少年里苦苦修炼，终于成精，就寄身在这琴里来相会了！夜郎一时又陷入了非非之想中，由琴及人，回忆起自己与虞白的偶然交往，回忆起虞白那身架、眉眼、心性，便认为虞白是奇异之人，美丽和精明如狐……这狐是虞白呢，还是虞白为狐？反正琴是了红狐琴，琴全是虞白的精神所致了！

夜郎再一次抚摸了琴后就赶快上床，将灯拉灭，他要静静躺下入梦，相信梦里会演义出一出美艳的故事来的：他这么思念起了虞白，虞白是会有心灵感应的，如果心都有灵犀，他们就要在静静的夜里情感交流了。

夜郎这么躺下去，枕巾是揉作一团的，伸手去拉平，便触着什么绕着指头，用枕边的手电照了，是一根黄黄的长发。这是颜铭的头发，颜铭那一晚留在枕上的头发。夜郎冷丁停在那里，豁然清醒，他终于明白这么多天里自己总是心里烦躁，原来一方面十分地暗恋着虞白，一方面又摆脱不了颜铭的感情！他原先以为自己是幸福的，被两个漂亮的女人喜欢着，自己又喜欢着她们，但哪知却随之而来的是隐隐的痛苦，这痛苦并没有明显暴露，每日早上起来只觉得情绪闷闷的，却因是自己被两个女人的情感所纠缠和折磨了！

一个是自己仍爱着的颜铭，虽然自己与她有过性的关系，第一次的性爱给过他不小的刺伤，颜铭是那样解释了，他也似乎相信了她，而脑子深处总难摆脱那一层阴影。但是，但是，他夜郎又是同她有了再二再三的关系啊！虞白呢，夜郎并没有接触过她的身子，连一次手都没有握过，却平心而论，不可否认，虞白是比颜铭更有魅力于他夜郎的。夜郎想，是我没有接触过她而有这种感觉吗？他放下手电，黑暗里睁大了眼睛，开始一一对照了起来……要命的不是以长比长，以短比短，而人的论比却又都是我有的你没有，你有的我没有，长比短长而更长了，短比长不短也短。夜郎越是睡不着，楼下的鼾声就越响。这是秃子在打呼噜了，秃子的呼噜平日还可忍受，一旦太疲乏了，呼噜就震得整个楼都在响。隔壁的小李可能已被吵醒，有床的吱扭声、走路声、开启炉门声、添水声……夜郎想高声问问小李，取笑一番，话到口边却咽了。正是这小李的响动，使夜郎明白了自己是睡在一个大杂院的，西京城的一个最下层的地方，立即将刚才的冲动冷却下去了——自己是什么角色，倒要拣肥挑瘦呢？！自己对虞白一厢情愿，虞白是会与自己有同样的想法吗？她是一个大户出身的人，有才华又美丽，认识自己或许出于一种风度，或许是生活得无聊的一种解闷，或许仅仅是要做个一般的朋友罢了。似乎这也不对——夜郎再想，即使虞白对他是有了情感，将来肯嫁了他，他夜郎却怎样来安置她？跟他四处漂泊，到处受人白眼？生活习惯、性情爱好会合得来吗？而且她想象丰富，感情细腻，敏感多变，自己能配上她使她今后幸福美满吗？颜铭虽然现在红火，可毕竟那是吃青春饭，几年的光景，她就是将来有大的发展，而社会基层出来的人……可是，夜郎在心里总是不甘心：我夜郎是下层人，好女人就不该是我这样的人命中所有吗？

夜郎说到底，放不下的仍是虞白，但放不下了又会怎样呢？夜郎真正第一次怀疑起了自己的人品，却又断然否定了这是关于人品的事，头就疼起来，蒙了被子说："不想了？不想了！"可怎能不想，又坐起来，拉开灯，从衣袋里寻分币，在地上丢，默默地祈祷：一切都是可遇不可求的，看命里有谁来定吧，颜铭是字，虞白为面。闭了眼睛空中一扬，钱币落下来，看时钱币的字朝上。再丢一次，却是面为上。夜郎拿不定了主意，低声说："都不算的，这一次为准，就以这一次为准！"钱又一次高高丢起，落在地上，钱币哗哗哗地旋转，但要看时，旋转着的钱币越旋越快，竟旋转到了床下去，床下是一个脸盆，撞得丁当当一阵响。隔壁的小李就高声说："夜哥，夜哥，你也醒了吗？他娘的秃子在开火车哩！"夜郎坐在床沿上，歪了头下瞧钱币，看不着，叹了一口气，回应说："秃子我□你娘哟！"小李就说："睡不着了，我来和你下棋。"夜郎说："你来吧，来吧！"爬下床，一脚把脸盆踢到床后墙根去了。

戏班要去矿区演出，邹云却提出她也去的，吴清朴很是吃惊，说你一不是戏班人，二又是咱饭店即将开张，三再是正常在宾馆上班，要游玩也挑不到在这个时候。邹云的理由是矿主宁洪祥邀请的，宁矿主是个大款，人又慷慨，和这样的人搞好关系，说不定将来能争取给餐馆也投资一笔钱的。吴清朴当然反对邹云的说法，说这些大款钱是有了，常常是人品卑劣，他怎么不邀请了别人偏要请你？邹云倒生了气，说你是怀疑我与他不干不净吗？我这么大的人了，是十七十八的小姑娘？是没见过什么世面？他就是有心要占我便宜，我便那么容易让他得逞？人家邀请戏班几十人又不是带了我天涯海角去逛，你怕的什么？饭店差不多样样齐备，忙了这么多日子，也不许我出外放松放松?！吴清朴说不过她，只是不同意，还要告诉表姐虞白。邹云便哭了，道出另一层心病：平仄堡最近严查店职员工炒外汇的事，已经有人嘁嘁啾啾地议论她了，她得出去躲躲风头。吴清朴听了，紧张了半天，不再言语了。当邹云随着戏班去了矿区巴图镇，虞白才知道消息，责怪这么忙的她怎么就闲逛去了，吴清朴支支吾吾，也不敢把事实真相说出来。

巴图镇在城东二百里的秦岭深处，曾经流经西京城的那条河源头就在那里。这本是出了名的穷地方，自发现金矿后，国家的政策允许了集体和个人开采，数年间，生发暴富，小小的巴图镇户户农民成了百万富翁，各自都有采金公司，都是经理，招募了几十几百的雇工在山上安营扎寨，凿洞挖金，而为了矿点、地盘时常斗殴打架，人命案件便不停发生着。宁洪祥的堂弟就是在新近的殴斗中的致残者。围绕着采金，镇子流动人员成千上万，采矿的民工从四面八方一批批拥来，一批批散去，有的发了财，有的丧了命，发财的除了大兴土木建房修院外，就是吃喝嫖赌，各种商店、饭店、旅馆、娱乐厅使镇子扩大了四倍，地痞、恶霸、流氓、暗娟、吸毒者越来越多。戏班还未到，风声已传得铃响，在到处的墙头上、路灯杆上，甚至厕所里，都可以见到演出的告示。戏班到达后集体住在宁洪祥的家里，南丁山和夜郎他们猜想过宁洪祥是个挥金如土的大款，一到这里才知道宁家的财粗气壮远远超过了他们的想象。宁洪祥的家是一片十亩地的大院，前边的三层楼为公司办公处，楼后有厢房、花园、鱼池假山，后边是两幢小楼，全在楼前用汉白玉修筑着类如北京天安门前的金水桥模样。戏班住在西边的小楼上，特聘了三个厨师支锅为他们做饭。宁洪祥和康炳提前三天赶回镇上，已按要求搭设了戏台，待演员住下后，他又一一去房间问候，且送上烟茶糖果之类，接下来，便领南丁山、夜郎和邹云去参观他的公司，惊得邹云不迭声地叫好，宁洪祥就拍了她的肩膀，说整个演出期间的摄影任务就交给她了。

头一晚上，戏班的所有人都去装台，直忙到夜里三点。夜郎回来的时候，端了脸盆去院子里打水要洗脚，却见邹云从办公楼上下来。夜郎问："你还没有睡？住在哪儿？"邹云说："我在宁总的办公室套间里。"她得意地指着三楼亮着的一个房间，窗子上反映着一个头影。夜郎说："谁还在你哪儿？"邹云说："宁总明日开演前要讲话的，他拿不定主意穿什么衣服好。夜郎，你说说，是西服还是牛仔装？那些衣服我都帮他烫过了。"夜郎说："最好穿棉绸中式白褂白裤……"邹云说："你那是打扮地主老财呀，怎么和他的老婆一个水平？"说着歪过头来，"哎，你见过他那老婆了吗？"夜郎说："没见的。我还纳闷，他介绍了公司那么多人怎不让他老婆出来招呼咱们？"邹云说："中午来的时候，坐在大门口那个女人你看见了吗？咱们一到，她就先小跑回屋去了。那就是他老婆！他是七大八大的人物，怎么老婆那么丑？丑不忍睹！我倒想不通他竟没有换班？！"夜郎说："或许有这么个老婆，他在外面干瞎事儿稳妥哩！"邹云说："夜郎也是个瞎男人，亏你会这么想。"转身往楼旁的厕所去。

翌日午，演出开始。戏台搭在宁家门前的大场子里，正好是巴图镇的东头。早上八点，看热闹的人就在那里占座位，十点钟人已拥集了黑压压一片，而围绕着场子的四周，是各种小吃摊位，许多人在吃凉粉，先还是每个碗里套一层塑料纸，后来就来不及了，卖主一手收钱一手抓粉条，紧张得那颗大鼻子尖上挂上了一滴清涕也没空擦，欲掉未掉的。夜郎瞧着那凉粉是绿豆面做的，想给乐队人买些，又嫌不卫生，买了一大包油塔馅饼带上台去。太阳照到场中那棵弯脖子柳树上，乐队就开始吵台，这一吵，场子安静了许多，可一气儿吵了半个小时，叮叮咣咣，叮叮咣咣，人心倒吵得浮躁，满场子就更乱了。突然锣鼓停点，宁洪祥走向台中讲话。宁洪祥是穿了西服，戴了墨镜，还焗了头发，讲的无非是，国家改革开放以来，农村解放了生产力。农民是社会地位最低的阶层，在一般人的眼里，他们是落后的、愚昧的。其实，农民里真正藏龙卧虎，只要你能给他针眼大一个窟窿，他就能透出笸箩大一个风的。巴图镇原来是什么样子？打架在地上寻半块砖都寻不到，光□打得炕沿子响！现在呢？城里人能坐火车飞机，咱们也能坐火车飞机，坐火车还要坐软卧，我到西京去，就包买了一节车厢的软卧铺！城里人能吃鱿鱼海参，咱也能吃嘛，西京城的大饭店我可是全吃遍了！以前讲究万元户，万元户在巴图镇算什么？呸！宁洪祥说到这里，是举了个小拇指头的，还对小拇指头唾了一口。他说，十万元不算富，百万元还像个样，谁家没个楼房？没个汽车？看看家里摆设，市长也没住到那个份儿嘛！巴图镇世世代代没个秀才，现在人民当家做主嘛，巴图难道还没有出个领导干部吗？出个人大代表、政协委员吗？这时候，台下有人就喊：不是说你宁洪祥就要当政协委员了吗?！宁洪祥说：在没有接到委员证之前，这话我是不能说的。——总之，我们是富了！巴图镇的富户多，我宁洪祥嘛，只是其中一个。但我宁洪祥不是只要物质文明，还要精神文明，正是这样，我把西京城里的戏班给巴图镇请来了！这个戏班一直是不出城的，他们都身怀绝技，都是艺术家，都是平日和凡人不搭话的人，我把他们给请来了！台下一片掌声，噢儿噢儿有人起哄欢呼。站在幕侧的夜郎和邹云一直在听着宁洪祥讲话，宁洪祥刚一上台，夜郎就说："这身西服倒合体，像个当领导的，却要戴一副墨镜，不伦不类，像个黑社会。"邹云说："那不是我设计的，他说他就爱戴墨镜的。"夜郎说："你这秘书不尽职。"邹云说："谁是他的秘书了？"倒有些生气，离开幕侧，到台下去拍宁洪祥讲话的照片了。

　　邹云这日是穿了紧身牛仔裤的，将两个屁股蛋儿绷得滚滚圆圆，一会儿仰身一会儿俯身拍照个不停，已惹得周围的人目光都在她那里，邹云偏不在乎，一发儿得意，竟买了一个烤红薯就靠在柳树上吃起来。年轻的姑娘在人稠广众里吃红薯，这是极不雅的行为，但这是对一般姑娘而言，漂亮而身着异服的邹云当众吃红薯，却是一种潇洒；邹云知道这种道理，把两个有尖红指甲的手那么翘着，剥红薯皮儿，然后用牙咬了，吞进舌后去嚼动，以防口上的唇膏褪去。这时候，宁洪祥的讲话结束，锣鼓大作，演出就开幕了。邹云从来没有看过鬼戏，头道幕拉开，但见戏台东西两侧全部用黄布遮严，台顶用黑布幔住，每隔一米吊一朵白绸扎的团花，台口各吊一条宽约一尺长且贯通上下的白布,都贴了黄表纸的符,符语用朱砂画的,阳光下明灭灿烂。整个戏台布置得阴森恐怖,邹云先吓了一跳,才要拍摄一张戏台景物照,但见一队人走动矮步,打"粉火"跳云牌,堆起"天下太平"状,接着太白金星上场,台左侧文武场吹打乐器,右侧的一帮男女在帮唱"乾坤浩大社稷高,风云雷雨空中飘。鸿君一气传三教,昆仑顶上乐逍遥。祥云飘绕,见人间瑞气千条"。太白金星就上场,是一个干瘦老头,一窝银须,念道:"吾!太白金星是也!奉了玉帝敕旨巡察五大部州。观看西京地面,巴图镇上,可恨寒林这个野鬼的魂,隐入万民之中,恐他骚扰,待吾禀奉玉帝。云童,转到灵霄殿!"接着就圆场,云牌下,太白金星撞动玉点。内有声说:"何人击点?"太白金星说道:"太白金星。"内说:"有何本章?"太白金星说:"容奏?"就一片仙乐,奏章礼毕,内说:"了得!传孤御旨,令王善前往西京东土巴图镇上镇台,以压百邪!"邹云一抬头,瞧见夜郎也来到台下往上看,就"咔"地为他拍了一照。夜郎察觉,抿嘴笑了一下,邹云招手让过来,说:"戏里怎么也有西京、巴图镇呀?"夜郎说:"这是目连戏第一本《灵官镇台》,演鬼戏前都要以天神来镇的,因地因人因事,可随意改动。注意拍王善的变脸,这可是个绝活哩!"邹云往台上看去,那灵官王善已领了旨出场,粉火之中,现出是一个白面小生,猛一甩头,竟成了须生,再念道:"化身咒,咒化身,吾当再变恶煞神,执钢鞭,荡妖气,御风驾云巴图行。"变成一个红脸绿发的怪物。邹云连拍了三张,掌教师就上了台,打扫台前地,金炉焚宝香,坐下来念诗,念罢了,说道:"我乃目连戏掌教师也!巴图镇今日目连戏开台,为保四方清净平安,特请灵官镇台。打杂师,摆开香案。"打杂师就白衣黑裤平常打扮上台摆香案。掌教师又说:"满堂执事,主办人上台入座。"就见戏班所有化了妆的剧中人上台在香案左边木凳上坐了,宁洪祥的家人、公司头目在香案右边木凳上坐了,相互拱手问候,并向台下点头致意,台上台下一价儿掌声。忽然"咚"的一声,接着急而短的鼓点,便见一探马打扮的角儿从台下人群后一路小跑,人群自然分开一条道来。探马举了小旗,跪于台前高声叫道:"报!神驾已到巴图镇绿水寺歇马!"掌教师应:"再探!"又见二探马又飞奔来:"报!神驾已到镇西头歇马!"掌教师应:"再探!"

三探马又来："报！神驾已到镇西客栈前歇马！"掌教师应："排队迎接！"

邹云想也没有想到，掌教师话语刚停，鼓乐齐鸣，戏台前两根木柱上吊上了各三万头的爆竹点燃，又听得"咚咚"三声铳子炮响在身后，众人回过头来，便见场子后的宁家大门敞开，拥出一队人马，宝盖、长幡、彩旗、对马、抬夫、提炉、回避旗、开道锣、洒水盆，五光十色地穿过观众席，在台上绕了一圈，沿巴图镇街往西而去。而台子上，掌教师指挥了打杂师安桌摆椅，奉列神位。人群呼啦啦随着迎接队伍向镇西走去，邹云也顾不得夜郎，提了相机已跑到迎接队伍前。夜郎知道这种迎接需要一个多钟头的，原本神驾就在戏台左两千米远的地方迎接，宁洪祥却坚持到镇西头，横穿整个巴图镇，戏班知道他要显富游行，也是示威游行，也只好随了他，这阵自己就到台后吃茶去了。

果然一个半小时后，迎神队伍才返回，全镇的人几乎都撵了来瞧热闹。灵官王善已戴金冠佩金锁，黄金甲扣了绫罗，坐于轿上，左是金童，右是玉女，缓缓在场上绕了一回，然后步上台去。那掌教师率了众人敬香行拜，长揖长磕，然后端出一盆清水来，大拇指和无名指蘸了水向空中溅去奠天，向地上溅去奠地，口里衔了一把明晃晃尖刀，将黑灰长衫撩起前摆别在绛色宽布腰带上，抓起了早放于台上缚了双足的一只雄鸡，雄鸡翅膀张扬，挣扎得扑扑棱棱。掌教师就用嘴咬鸡冠，流下血来，以中指蘸了，在灵官额上一点，在自己额上一点，然后在台上的符纸上全点了。满场人都紧张起来，觉得害怕，恰巧一朵云飘在空中，天顿时阴了，没有风，却淅淅沥沥落下雨点子来。人们却并没有骚乱，一价儿安静着往台上看，掌教师就提了鸡头，一把一把地撕拔鸡脖子的毛，黄里间白的鸡毛从台口飘下来，突然"嘿"地一吼，鸡脖子在手中就扭断了，掌教师在瞬间将鸡头用刀插着一齐向台口的右木柱上甩去，刀扎了鸡头在木柱上，而没了头的鸡身子就"日"地抛在空中，落在人群中，被一群人抢着跑走了。掌教师似乎并不理会，只在台上朗朗念道："巴图镇目连戏开台，请大圣镇台，保佑矿业兴旺发达，财源茂盛！"举了一张卦图又念："荡秽开光华，顺卦请来临！"看了卦叫道："顺卦，请大圣开金口！"王善应道："大吉！"台上所有的角色齐声高喊："大吉——！"掌教师就与场上执事、宁洪祥一行人退下。王善便还高高坐于台上,悠悠作念:"吾!玉帝驾前左班首相,巡天都御史纠察善神,斗口星君王。——吾奉玉帝敕旨,巡察四大部州。观东方麒麟驮瑞,观南方火焰飘飘,观西方麻姑献寿,观北方海水来潮,吾站中央紫微高照。今有巴图镇众信弟子接吾金身到此镇台,以压百邪!待吾展开慧眼观!"一个亮相,叫道:"了得!观看寒林隐藏在千千万万人之中,骚扰四方百姓,金童玉女,传吾法旨,即令五猖,捉拿寒林!"

邹云看到这里,疑惑不解的是:寒林是什么恶贼?举目就在台下寻夜郎询问,却怎么也不见夜郎。再看台上,金童玉女已领了法旨下场,王善也做了一串身段下场,鼓乐之中有五人背身而出台,幕侧有吹风机吹来烟雾,浸了满台,再从台口往出溢流,势如瀑布,那四人还是背了身在云中翻各种筋斗,举了火把,从口里往外吹松香粉,松香见火起焰,有一口一个火球的,有一口数个火串的,竟也有一口吹出三十二个火圈来。吹火人转过身来,是五猖现形,反复"变脸"。场上乌烟瘴气,场下鸦雀无声,遂有一女孩吓得哭了起来。邹云也不敢多看,蹴下身假装系脚上一双白旅游鞋带,腮帮还哗哗地颤抖。她不知道了台上掌教师的又在让打杂师怎样设五猖台、焚香、行礼,只听得高叫"开猖捉鬼"!起身看时,台上五猖"亮相",个个提了雄鸡,扭断鸡头,从台上纵身跳下来。场下人群已乱,忽一片喊:"捉鬼!捉鬼!"如潮的人群拥得险些跌倒,忙跳上一个碌磅,见寒林是从观众席中间突然仓皇逃窜,五猖就在人群里追撵。邹云没想到捉寒林是这样的做法,也不知扮寒林的是何人,不戴帽,不避雨,立于碌磅上骨碌碌了一双眼要瞧个结局。蓦地,推倒数人,一个白衣白裤头扎白带之人直向碌磅而来,邹云看清了,那扮寒林的竟是夜郎!先吓了一跳,再是差点笑出来,叫道:"夜郎夜郎,你是寒林?!"寒林顾不得与她招呼,在一片捉鬼声中,绕过碌磅,就向场子后的宁家大门方向逃去。宁家大门口却站满了人,宁洪祥也站在那里笑得弯了腰,寒林就绕了宁洪祥转圈子,五猖也绕着转,低声说:"往台上跑,往台上跑!"寒林便又跑向台子,五猖竟捉了宁洪祥,故意喊道"错了错了",又跑向观众之中。

这时候，场上有人哄笑，南丁山过来扯了邹云，说："跟我到台上去！"邹云跟他去了，南丁山说："夜郎他们胡耍怪的。"邹云也笑了说："让五猖这么抓错人才有意思哩！"南丁山说："虽是演戏，这戏不是常戏，天地鬼神会附体的，怎么能随便抓错人？"台上没有抓到寒林，观众乱了一阵，稍稍安静下来，台上古装打扮的人物就出场了，演出的是旧时的地方势力，有管事，有众大爷，说的尽是帮会里的行话，什么哗哗子、飘飘子，到长街买些酒头子、姜片子、摆尾子，杀了几个长冠子。内容是讲寒林被五猖穷追不舍，路经这里，企图保护云云。邹云哪里听得懂这些黑话，看得懂这些旗帜装束？一时迷迷糊糊，只瞧着已在台上被待为上客的寒林夜郎发笑，"咔咔咔"拍了许多照片。后来，五猖发觉，从场下上到台上，将众大爷请寒林喝酒的青瓷酒碗当场摔破，赤脚从瓷片上踏过，与众大爷剑拔弩张地对峙。一方要捉，一方要保，有掌标子的就从中调和，邪不压正，寒林还是被五猖用铁链捆了，押下台退下。

台子上，王善出现了，掌标子上奏："拿下寒林！"王善道："装入吊笼，押上来！"邹云举了相机，偏要照一张夜郎被押上来的狼狈相，却见五猖抬了纸扎的吊笼，笼内锁了纸扎的寒林。有人用手捅她的后背，回头了，站着的却是笑嘻嘻的夜郎。邹云小声说："把你锁在吊笼里就好了。"夜郎说："偏不让你拍个真照片！"邹云翘了拇指，说："演得还好！"夜郎说："都没人演这角色，怕鬼魂附身真成了坏人，我就演了，只是瞎跑一气罢了。"邹云就从台侧的一张符上取那蘸着了的鸡血，鸡血没有干，上边还有一片鸡毛，就点在夜郎的额上，说："可不敢让鬼真附了你！"夜郎抿嘴点头，示意多谢，又努了嘴让看戏，台上王善还在说："胆大寒林，竟敢趁巴图镇搬目连之时骚扰四方，触及律条！五猖——！"五猖应道："在！"王善说："速将寒林押往花台示众！"五猖领了法旨，抬纸扎吊笼下场，掌教师早在台下候着，在纸扎的寒林面前画符、挽诀、喷咒水、贴禁符，然后将手中的符咒售给观众，同时台上的南丁山等也揭了台柱上、木板上的符，向观众出售。这样的符有了神气，五元一张，买了回去可以挂在屋里镇屋里邪怪，佩在身上能消灾祛祸。立时观众拥挤不堪，争购神符，而雨却住了，乌云散开，又是一派炎炎红日。

晚上戏班集中，总结《灵官镇台》的演出，南丁山分别给大家发了红包，又叫来宁洪祥，共同准备明日中午的演出。目连正戏的第二本和第三本里有待客的场面，按演出通例，《刘氏出嫁》的待客要吃素食席，而《刘氏四娘开五荤》的待客要吃荤食席，而这两场待客是象征性的只让重要人物当场真的吃席，还是让所有的观众都入席吃饭，这是要主办人拿主意的。宁洪祥说："来的都是客，全部入席！场子就这么大，人拥满也是百十来席，再多我也没地方了，乡下席也简单些，大不了就是三万元嘛！"主意已定，宁洪祥就连夜去着人请厨师，安排人手分头去镇上、县上乃至西京筹办食品，搜集餐具和桌椅板凳。南丁山留下了扮演刘氏的女演员和扮演媒婆的丑角，再一次强调明日的重头戏，比如媒婆在出嫁的路上怎么即兴发挥，刘氏在观众入席吃饭时又如何挨桌向来客敬烟敬酒。南丁山说："明日的戏是风俗戏，力求红火热闹，让人觉得真是在出嫁人不是在演戏，不能像今日出差错。"女演员说："今日演出好着的嘛，哪儿出了差错？"南丁山说："宁洪祥走了，我才敢说，夜郎今日绕了人家转几个圈子，让五猖抓错了宁洪祥，这对人家是不好的。亏得姓宁的不晓得这层意思，否则人家会变了脸的。夜郎，我问扮五猖的康炳了，他说是你们故意要出出宁的洋相的，有这回事？"夜郎说："有这回事，他姓宁的财大气也太粗，原本让他开场讲几句话的，他说个没完没了，我就不爱听的。"南丁山说："演目连戏一定要注意安全，不敢太随意。这事再不要说出去。"众人都点了头。南丁山又说："晚上邹云好像没有来？"夜郎说："她又不是戏班的人，来干啥？"南丁山说："她照了一上午相也够辛苦的，红包也该有她一份的。"夜郎说："宁洪祥不会亏了她的吧？"说过一阵话，再没别事，散了分头歇去。

翌日开演《刘氏出嫁》，台子前临时又搭起一个小台，称作阴台的，所有的观众都手执了黄表纸三角小旗，踩着曲牌，在阴台上行走——这是要先演戏给鬼看的。观众顺了秩序还未上台走完，一朵黑云就飘来驻在场子上空，眼瞧着叮叮当当下雨，等"打报场"一结束，到第二场"发轿"，天上豁然开朗，又是赤赫赫一盘太阳。夜郎说："真怪，昨日是这样，今日也是这样。"

南丁山说："我说演目连戏通神鬼，你还不信的。"夜郎心就怦怦跳，倒害怕了昨日的耍怪。演到傅崇给媒婆发赏，那媒婆乐得一颠一颠在台上做耍子，夜郎就小声问身边的邹云："我们昨日都有红包了，你得了没得？"邹云将手在脸前晃了一晃。夜郎说："没有？"邹云说："你往那墙上看。"墙上有一圈光环明晃晃的，夜郎看了太阳，又随光将眼目移动到邹云手上，发觉邹云举手是把手指上一颗戒指反射了光在墙上照，叫道："钻戒？"邹云说："他出手真是大方，送给我的，我都吓了一跳！这事你不要给别人说。"夜郎气骂了一阵，说："下一辈子我也要做个女人。"邹云笑道："就凭你这黑样儿，能嫁出去就念了佛了！"这当儿，台上家院在喊："发轿！"这边宁家大门被人推开铁门，豁啷啷作响，喜乐顿作，走出花轿一乘，礼盒四抬，彩旗八面，鼓乐一堂，迎亲客数人，吹吹打打穿过观众席往镇子南一片空场子上去，空场上已临时改装了那三间无人住的旧屋做了刘氏的娘家，刘氏新娘早在那里披红戴花地候着的。

迎亲的队伍一走，这边场子上就摆开桌椅板凳，安放坛酒、香烟、瓜子、糖果。早有小孩子在那里偷着往口袋里抓，宁家公司的几个马崽就如卫兵一样四周守看，并且打了一个孩子的耳光。孩子一哭，孩子的娘就和马崽吵，许多人又拥过来看热闹。夜郎忙让黄长礼去两边熄火，场子里才安静下来。不论了迎亲队去了刘氏娘家，怎样在那里又摆了桌子让迎亲人吃酒，又怎样设祖宗牌位行礼奠拜，刘氏又如何没完没了地唱哭娘歌、唱骂媒歌，众伴娘又如何唱坐堂歌、唱添箱歌，直捱过两个小时，花轿启动，媒婆手提了喇叭与追看花轿的观众逗趣取乐。单是迎亲队抬了轿走两步退一步到了戏台的场子，进行着古老的严格而烦琐的焚香、奠酒、抛豆、撒谷、扯灰、丢钱、跳火、踩毯、踢筛一系列规程，方由新娘的哥哥背了新娘到洞房，夜郎都觉得厌烦了。但观众却苍蝇一般挤着要看新娘，品头论足，一直待新郎新娘上了台上的洞房。一对新人又在台上拜天拜地夫妻交拜，爆竹响得天摇地动，强烈的火药味呛得许多人都咳嗽了，家院才喊："开——宴——喽——！"所有的人全都入席，一时人人口里叼烟，个个划拳对饮，四道干果、四道凉菜、四道热菜、四道汤羹，依次上齐，吃了个不亦乐乎。

吃饭人大乱，头一拨吃过了，后一拨又坐上席去，竟有十多个讨饭者囚首垢面也往桌上挤，宁洪祥立即让马崽撵了下去，专门用大粗碗一人一碗米饭，上面夹了菜让坐于场边的土台上去吃。这时就有人来对宁洪祥说："魏家的一帮人也来了，让入席不入席？他们狗日的抢咱的矿位，打咱的人，还真有脸来吃饭！"宁洪祥说："魏家的？他满肚子长了牙恨咱，他还得来嘛！来了就让吃，也可让全镇人看看到底谁是龙谁是虫嘛！"马崽说："我嘱咐厨房了，给他们那一桌特做一道菜，上面是针菇，下边是禾秸节儿——全当是喂牲口的！"南丁山赶忙说："这使不得，有理不打上门客，那样羞辱人家，一旦打闹起来，演出就麻烦了！"宁洪祥就阻止了马崽，让一视同仁吧。宁洪祥就瞧着乱哄哄的场子喜欢地说："热闹热闹，过去听说过设粥棚吃舍饭的，今日我是体会到了！"南丁山说："今日花销不少哩。"宁洪祥说："是不少，可你不知道我在饭场上走来走去的心情是多好的——巴图镇上谁能这样？"三个小时后，席面结束，一个马崽小跑过来说："宁总，清点了餐具，碗少了二百个，筷子几乎少了十把。"宁洪祥说："这才胡说，饭场上我看见不小心摔破的碟子碗大不了有十几个，怎么会少了二百个碗？再清点清点，明日还有一顿的，不要像今日没碗少筷！"马崽低头应诺而去，南丁山也觉得纳闷，来吃饭的莫非吃了饭还把碗也带了回去？

晚上戏班照例开会总结，邹云在门口悄悄给夜郎招手，夜郎出来，邹云说："你去陪宁总喝喝酒吧。"夜郎说："有你在，要我去干啥？"邹云说："他一肚子闷气，也好去劝劝。"夜郎说："他生闷气？生戏班的气吗？"邹云更压低了声音说："今日吃饭饭碗少了二百个，刚才有人去厕所，看见粪池子里飘有筷子，用了竹竿去拨，偶尔发觉池下有什么东西，拿了捞兜一捞，竟捞出一百五十六个碗来，又去宁家左邻右舍的厕所里捞了，又捞出三十个碗。这都是吃饭人在恨宁家，故意吃了饭把碗丢到粪池去的。你说这人心……白吃了人家的饭还要糟蹋人？！宁总听了，发了一顿火，拿了酒来和我喝，我倒害怕他喝闷酒喝醉了。"夜郎听了，一时觉得丢碗的人做得过分，却又想这一定是宁家平日人缘不好，今日又这么显福暴富，忌恨不过，就说："有这回事？可见人心并不是用钱能买通的，我去能劝说什么？"邹云说："他怎样待乡亲，乡亲怎么待他，这与咱无关，可宁总总是待咱们不薄的，去说几句宽心话你也不肯吗？"夜郎只好随她去了。一到办公楼的套间，果然见宁洪祥一脸铁青，夜郎装作什么事也不知道，只陪着吃酒，准备着一旦宁洪祥提起少碗这事他再劝说，没想宁洪祥只字未提，夜郎就陪吃完那瓶酒后回去睡觉。

《刘氏四娘开荤店》，顺顺当当演出了，第四天，也就是最后一场，因为《目连救母》里有刘氏在阴间被下油锅、上刀山、过血河，需要舞台灯光效果，白日露天场子是不能演的，只能安排在晚上，早晨里夜郎就和黄长礼去过风楼镇了。过风楼镇上原是也有一个小戏班的，年初班主暴病死了，戏班也作鸟兽散，班主的家人就想处理行头。昨天南丁山得知消息就交付夜郎去办，夜郎偏要黄长礼和他同行，一路上夜郎就又询问起再生人的事，黄长礼说："到了戏班，我才知道还真有个阴间，我倒后悔不该赶了我那爹，让他死了一次又死了一次！——听说你得了我爹那枚钥匙？"夜郎说："是有枚钥匙，可怎么能是你爹的呢？"黄长礼说："我不向你要的，只是问问罢了。你说，咱死了，也能做再生人吗？"夜郎说："再生人是转世又做了人的，这不容易的，大多只能做鬼。"黄长礼说："我不愿做鬼，鬼是没形，死鬼。"夜郎说："鬼也有活鬼嘛，咱演鬼戏，还不就是活鬼？！"夜郎就问那再生人的古琴，黄家以前是真有过琴吗？黄长礼说："我记不得以前的事，我娘说，真爹在世的时候是有过一把琴的，他拜过一个和尚做师傅，可'文革'中就不知琴失到了哪里？"夜郎不由得想起虞白的爹给虞白留下的那把古琴，觉得蹊跷，就不敢多问。赶到过风楼已是中午，原本要赶天黑运回，却是双方价格谈不拢，直挨到天黑成交，夜郎想自己夜里也无演出任务，也不急，雇了一辆拖拉机将行头拉回，已是半夜时分。一到巴图镇，镇上却乱哄哄一片，戏场子里已没了灯火，心想：今日演出这么早就结束了？却听得宁家大院里有哭叫声，许多人还站在大门口往里看，公司的马崴在粗声叫喊："都走开！走开！有什么看的？！"用力把人往开赶。就发生了口角，有人骂道："造了孽了，还凶什么？！"马崴说："就凶了，你想怎么样？要来给你爹吊孝吗？"人骂道："怎么没把你也死了？狗日的，你敢再骂？！"就听得宁洪祥在里边叫:"小陆,小陆,把门关了,关了!"两扇铁门就"咣"地关了。门口挤着的人便用脚踢门,用瓦片打门,叮叮咣咣如下冰雹,有人还在说:"多威风的人关什么门?到厕所铲些屎来,甩到这铁门上去,让这一个铁围城的恶鬼就永不出来!"果然就去了厕所,用铁铲铲了屎尿,叫着:"来了来了!"众人哈哈地笑。夜郎心下一阵紧张,知道一定是出了事故,第一个念头倒是打叉伤了人吗?见这班人闹得不像话,就走过去说:"什么事也不该这样糟践人吧?"黄长礼早红了眼,手提了半页砖,虎势势地要打人的样子。众人回头见是戏班的人,倒不敢言语了,突然一人就跑,众人遂也跑散。夜郎站在门外叫喊宁洪祥,又叫喊南丁山,半天里铁门打开,邹云一下子抱了夜郎呜呜呜地哭。

原来,夜里上演《目连救母》,已经到了最后一折"祖魔挂灯",目连为了救下其母,夜闯阴间铁围城,围城打开,众鬼外逃,狱官紧张,大叫夜叉:"夜叉听爷令,把众鬼与我叉回铁围城!"戏台的台板横梁突然"咔"一声折断,台面就陷下去。台面一陷,台上台下一片惊叫,戏已是演不成了,南丁山吓得面如土色,失了声地喊:"拉幕!拉幕!"亏得台面塌陷,台棚因山柱还好,依然安全,幕便拉合了。却听得人叫:"王银牛压在台下了!"王银牛是宁洪祥的马崽,几场戏他都在维持着秩序,这夜里喝茶过多,在场边呵斥了小商贩不要连声叫卖,就觉得尿憋,贪图便当,钻到台下小解,偏偏就压在下边。宁洪祥忙着人打了火把去横七竖八的台下木料里寻找王银牛,王银牛一条腿举在那里,身上压着一截横梁。抱了腿往出拉,拉不动,忙又返回家去找了铁撬去撬,人总算拽了出来,但"吭呐"一声,有股黑血从口鼻喷出,眼睛就闭上了。

夜郎听邹云说过,浑身没了一丝气力,问南丁山呢,邹云说:"和宁总都在办公楼上,王银牛的老婆哭闹着要男人,他们正解决后事的。"夜郎脑子里想着去办公楼的,身子却往院子后头走,邹云说:"你不要去看死人,死人龇牙咧嘴的害怕哩!"自个倒呃呃了几声,几乎要呕吐。夜郎折身又往办公楼上走去。

楼梯上南丁山和公司的两个人扶了一个瘦小的女人下来,南丁山见了夜郎,拉到一边说:"你回来啦?"夜郎说:"真没想到会出这事!"南丁山说:"这是撞着神鬼了,五三年在西京城里演目连戏的花本《贼打鬼》,演贼上吊的时候就真的吊死过。"夜郎说:"是咱没奠祀好鬼吗?还是我头天做错了?"南丁山说:"这话什么时候也不要说,好的是这回没伤着咱的人。王银牛一死,他老婆要的钱多,开口五万,现在说到三万,才勉强同意把人抬回去。王银牛还有个老妈,事情还复杂哩。……宁洪祥能让咱来演出,我刚才也才知道,他的采矿队上半年塌过井,损失了几万元,和别的采金公司为金洞的事斗过一回,现在还有三个断了腿的人躺在医院,只说演鬼戏能禳治,没想又在演戏中塌死了人。他也活该是正霉着气,咱多一事不如少一事,明日一早就收拾回城。"夜郎点了头,说:"演鬼戏都不保他也怕是他太富了吧?"南丁山说:"啥话都不要说了,你夜里少睡会儿,经管着去装戏箱。"夜郎就去了客楼上,组织人分头拆台,南丁山自去同公司人帮着把王银牛死尸用丈二白布裹了,运回镇子南五里的王家庄。

　　第二天露明南丁山返回宁家,戏班的人马已将戏箱和各自的行李搬上了卡车。最后一顿饭宁家是一人一碗白菜豆腐烩菜,半斤锅盔。夜郎在饭厅里没见邹云,托人去喊,宁洪祥说邹云一早去王家庄王银牛家办些事去了。夜郎着了急,怕赶不上走,宁洪祥说你们先走吧,她要留下来还要帮我的。便见康炳提了一个塑料袋儿说:"邹云走得急,给我交代了,要你把这个捎带回去。"夜郎打开袋儿,里边是一个麦饭石磁化保健口杯,还有一封叠成小鸟状的便条儿。展了便条看去,上面写道:"我在宁总这儿瞧见他用这个杯子喝水,说能开胃又能治便秘的,我就给你讨要过来了。没本事给你买一把金颗子回去,却专门要了个杯子,我对你怎么样?乖,你怎么报答我呀?"便条的下边还有一行字:"你要想我,我不在你身边,想得太厉害,你自己去满足吧,但坚决不允许接触别的人!"末了没有署名,是用嘴吻了一下,印出一个口红的圆圈。夜郎就笑了。康炳说:"我可没打开看的,写什么了好笑?"夜郎说:"她写错了一个字。"忙把便条儿又叠好成原样的小鸟状。

邹云没有回来，吴清朴给戏班来过三次电话问情况，夜郎因回来后去祝一鹤家，遇着颜铭感冒，又陪着去医院一趟，刚返回戏班，吴清朴已打发五顺来叫夜郎。夜郎直脚到了保安街饺子宴楼，两层楼阁装修得富丽堂皇，虞白、吴清朴、丁琳都在。虞白劈头就问邹云怎么没回来，家里忙得火烧了脚后跟，她倒逛清闲，屁眼大把心也遗了？！吴清朴面色憔悴，双眼红丝，说："我也没了主意。你说咋办？"虞白说："给你们挣钱问我咋办？你不知道饭店快要开张吗？你能放了她去，你一个大男人家还能没主意？"丁琳也说："清朴还没结婚先就怕老婆了！白姐也是逼清朴，邹云是董事长，清朴毕竟是雇用的经理嗬！"说得吴清朴脸色赤红，一拧脖子说："她回来也罢，不回来也罢，九月八号的日子是刘逸山老先生选定的，离了她看我开不了张？！"主意拿定，当下列了开张日邀请贵宾名单，无非还是派出所的张所长、王副所长，街道办事处的刘书记、牛主任、上官莹办公室主任，税务所的吉所长、廉税务员、米税务员，电管所的朱所长和电管员戚某、杨某，卫生局的朱局长，工商管理所的苟所长、赵副所长、黄副所长，银行的李科长，保安街东头的闲汉刘贵、王老三、阎义君、街西头的严宝宝兄弟四人。还有邹云工作单位的领导，吴清朴单位的领导和相好。这些都得吴清朴一一亲自去请。也安排了丁琳去请新闻界的朋友，如电视台的记者、摄像师，晚报经济部的记者，工商报的记者，消费者报的记者。丁琳就提议要请市上的领导，市上的五套班子能请来的尽量请，当然为一个小小饭店的开张，不可能邀请的都能来，但大红帖子一定要都送到，即使不能来，也让知道有这回事。那些退居二线的老领导，也不要放过，他们是饿死的骆驼比马还大，影响力仍存在，且赋闲在家，更容易请到的。但这些人由谁去请？夜郎说他可以请到东方副市长，请到人大常委会甄副主任、政协的司马副主席。丁琳就说："那好，你请的我就不请了。别的我托晚报的记者，能几个是几个。对了，我还可以托人再请一些文化名流，譬如红歌星龚维维、说相声的王得、画家李应道……哎，陆天膺是吴家世交，还有那个刘逸山，这得白姐去请喽！"虞白说："要叫我办饭店，我谁也不请。"丁琳说："你就办不了饭店！"吴清朴说："白姐不愿去，也就算了；陆天膺、刘逸山是高人，也不一定能请了来的。白姐你到时候负责接待。"虞白说:"让我去站门口笑脸相迎,端饭送水?"吴清朴说:"哪敢劳驾你!那日肯定乱糟糟的,聘的服务员都没经验,要有个丢三落四的,你得照看着。再说,你什么也不干,拿个凳子在那里坐了,我心里也就有了靠头似的。"虞白说:"我准备册页笔墨,让人拿来签名,有重要的人了,觉得对你有用了,能做棍子打人的,就题些辞挂在店里。——我是不来的。"吴清朴说:"你要不说,我倒差点忘了!夜郎,我给你钱,你多买些花篮、玻璃匾,随便写些祝贺的话,可以造造气氛。"虞白说:"清朴也会这样了?"一句话倒使吴清朴不好意思。夜郎给虞白使眼色,虞白笑了笑,脸别到一边。夜郎岔了话说:"哎,那只鳖还活着没?"虞白说:"还活着,只是瘦多了,从盖上看,骨条子都显出来了。我怕它活不长哩!"夜郎说:"你没有喂?"虞白说:"那喂什么?"夜郎说:"我想总得吃吧,放些肉末或者馍花。"虞白说:"鳖是仙相儿,怕不是吃这些吧?凤凰之所以高贵是凤凰只吃竹实和莲子,秃鹰吃腐尸才那么丑陋和暴戾的。"丁琳说:"你哪里见过凤凰吃竹实和莲子?夜郎这人该是吃生肉的人吧?可他却只吃素食;吃素食该长得漂亮吧?而夜郎的形状……"虞白说:"马就是草食动物嗨!"大家都笑。说过一阵闲活,吴清朴喊五顺他们端几笼饺子来吃,果然是水饺不同了平常的水饺,有的捏成船形,有的捏成菱角形,有的是元宝形的、三角形的、张口形的,馅也丰富,猪肉、海参、发菜、鸡翅、茴香、蘑菇、豆腐、鱼虾,一一品尝了,都称赞着好。

出了饭店,夜郎就骑了车子分头去找政协的司马副主席、人大的甄副主任和东方副市长。——尽是些副的,正的请不来,夜郎也不敢请。司马副主席却三日前率领一批委员去郊县视察水利建设了,只好把帖子放在办公室。甄副主任和东方副市长在开会,接待的是各自的秘书。东方副市长的秘书夜郎是认识的,当下很客气,虽同意负责让东方副市长参加,但还是让夜郎约时间再见一下面。而甄副主任的秘书则说某某歌舞厅也是此日开业,已经答应去人家那边了,还掏出记事本来让夜郎看。夜郎回来,就对吴清朴如实说了,吴清朴只好说能请到东方副市长就东方副市长吧,但一定得板上钉钉子,要扎实。夜郎说:"开业有没有给来宾的礼品?"吴清朴说:"哪能没礼品?

除了吃饭，每人一份这个。"拿过一个已装好的塑料袋儿，塑料袋上印着"保安街饺子宴楼"字样，里边有一个玻璃纸做的纸盒，装着一条意大利真丝头巾，一个黑平绒方盒，装着一块西铁城手表，一个小红绒小盒，装着一枚金戒指。夜郎说："都送一枚戒指的？"吴清朴说："有十五个戒指，给重要来宾。"夜郎说："天呀，不知开店能赚多少，这礼品就先花这么多！"吴清朴说："这没办法，各路神仙不敬，以后事就多了。这戒指还是人家宁洪祥资助的，你们去巴图镇，第三天夜里邹云托人捎回来的。"夜郎没有说话，心里却叫起来：邹云之所以不回来，原来拿了人家这么多东西！就不免也觉得大家对邹云不回来一哇声地埋怨有些不合适，吴清朴也在埋怨，吴清朴你埋怨的什么？！当下脸上不悦，丢开塑料袋儿，喊叫着服务员沏一壶清茶，先喝了一会儿，才说："现在看来，别的领导请不来，最大的官也只有东方副市长了，也给人家这么一份礼？东方副市长的秘书让我亲自再面谈，这话里怕是有话的。开业剪彩，总得有剪彩费的，与其到时候给，不如事先给他，也免得他到时候又不愿意来了。"吴清朴说："你说得有道理。不知剪彩费给多少？"夜郎说："行情我不清楚，以前听银行的李贵说过，有一个个体医药店开业，请省上一个领导剪彩，是付了一万元的红包的。"吴清朴叫道："一万？！"夜郎说："当然人家财大气粗。这是家治乙肝的大夫——现在是哪一种病治疗没有特效的，哪一种病的治疗中就出名医。——省上的领导剪了彩，就是做了一次活广告，开业后人都信这家医术高，药物真，因为省上领导不会给骗子去剪彩吧？"吴清朴说："咱要的也是这种效果，可一万元哪里拿得出？"夜郎说："五千怎么样？再少就拿不出手了！"吴清朴说："那就五千吧。你走后我突然记起还要请旅游局的头儿和导游，如果导游能把洋人领来，这生意就会好的。先给剪彩费五千，那就不请旅游局的头儿了，只叫导游。"吴清朴从抽屉取了五千元让夜郎清点，又说："不要点五千，点四千八，图个吉利数。"夜郎点出一沓，用红纸包了，说："你计算过了没有？请一般领导就有司机的，给领导不给司机礼品？不给怕不行吧？可以把司机的礼品再简单些。但请东方副市长，除了司机，还有秘书，秘书提出他事先给东方副市长说好时间让我去面谈，能避开人家吗？"吴清朴嘴噘起来，说："咱给秘书有礼品嘛。"夜郎说:"那当着秘书面我只把红包给副市长?"吴清朴说:"夜郎,我脑子都晕了,你说呢?"夜郎说:"钱当然是你掏的,但我心里哪里又不是黑血在翻?既然要做生意,世事就是这样,人家都这么干了,咱不这样,事情不成唡!要和领导牵上线,不巴结好秘书你我连领导的面儿都见不上的。给他个红包,也取个吉利数,一千八!你觉得不行,咱就往下减,给一千元。"吴清朴说:"那就给一千元吧。"又取了一千元,用红纸包了。

夜郎在夜里给秘书打了电话,约好时间两人同去了东方副市长的家。开门的是保姆,说市长身体不好,在卧室休息着,市长夫人则去看什么歌舞去了。夜郎和秘书在客厅坐了,夜郎悄声问:"东方副市长有病了?"秘书说:"老肝病,十年光景了,一直没有挖根儿。年初有个老中医说让吃胎盘,说对肝病有奇效的,已经吃了不少胎盘了,还真有效果,表面上看倒看不出像个病人。"夜郎听了默然无语。秘书又说:"市医院妇产科每每送来,回来清洗了,便用砂锅清炖,营养丰富,只是难吃。哎,祝老的病也可以让吃这胎盘嘛。"夜郎说:"我给他弄过几个胎盘,他都不吃的。"保姆沏上茶后,说炖的胎盘已好了,稍等候,就去叫市长。夜郎趁机先将一千元的红包塞给了秘书,邀请他开业日一定要去。秘书说:"咱是熟人了,我拿的什么钱?这不是让我难堪吗?"夜郎说:"要是我办的实业,我还要向你借钱的;这是我朋友的事,你要不收,我就不好交差了!"把红包塞到秘书的口袋里。秘书还要推辞,听得保姆在卧室里叫东方副市长,夜郎扯了一下秘书的胳膊,秘书就不再说什么,先走进卧室和东方副市长说话。就见副市长说:"你们来了直接就叫我嘛!"走来,披一件真丝咖啡色夹克。夜郎以前对副市长的印象是整个脸就是一个鼻子,但现在鼻子依旧肥大,头上谢顶,肚子突出,那裤子就把裤腰提得极上,几乎到了胸前。和夜郎握过手了,坐下来说:"原来你就是夜郎,咱们见过面的,一直名字和人对不上号。——去剪彩的事小吴给我说了,还须得我去吗?"夜郎握手的时候站了起来,现在还站着,说:"这你得一定去的!你……"东方副市长说:"坐下说,到我这儿随便。"夜郎坐在沙发沿上,倾了身,再说:"你要不去,这饭店就开不了业的,你虽然忙,但大家都盼望你去,一是我们的光荣,二是咱西京还没有开过这样的饭店,你一贯关心市上的工商建设,社会上说你的人越来越多了——你得去的。"东方副市长说:"工作做得不好,群众怎么说的?"夜郎说:"说你主管的城建、工商、文卫工作,是历年来发展最快的。说你平易近人,衣着朴素,自己身体不好又没黑没明地到处跑。"东方副市长呵呵大笑,说:"前边有书记和市长,当副市长就是跑跑腿儿,不跑怎么办?可咱们的群众多好,只要你给他们做一点事情,他们就会念叨你的好处的!每想到这里,我们还有什么不好好工作的理由呢?"秘书说:"东方市长病了十年,肝炎是富贵病,要休息好的,可他从来没有个囫囵休息日,晚上把中药熬好,白日走到哪里把药汤装在葡萄糖瓶子里。"夜郎说:"东方市长,我对你有意见哩!"东方副市长说:"噢?提呀!"夜郎说:"你太不注意身体了!你现在的身体已经不属于你的了,你怎能那样糟蹋呢?咱市上有个神医叫刘逸山的,什么奇病怪病他都能治的,是不是我几时让他来?"东方副市长说:"听说过这人,只是没见过;什么时候需要了我去找他好了。身体现在强多了,正服一种偏方的——小琴,煮好了吗?"厨房里应道:"好了,我见你们说话,没有端上来,你现在可以吃了吗?"东方副市长说:"你端来吧,我边吃边说着,不要又放凉了。"保姆就端了一个砂锅上来,放在木凳子上,东方副市长说:"药我就不让了!"砂锅很大,盖揭开,半锅白糊状的汤。夜郎首先闻到一种腥味,胃里就不安生起来,强忍了说:"这不切碎的?"东方副市长说:"不切的。"夜郎的胃泛得更厉害了,一股东西往喉咙里涌。他憋着劲,说句有些感冒,就去厕所呕了一口,重新坐到客厅,眼也不敢去看东方副市长的吃相,只歪了头和秘书欣赏厅墙上的国画。直到东方副市长吃完了一半儿胎盘,嘱咐保姆明日一早八点前再热一次,便用手帕擦了嘴,说:"开头吃就是难下咽,吃过一个,倒觉得香了。"秘书笑着说:"倒吃出瘾了?"东方副市长说:"还真好,先前胃口老不开,夜里总失眠,现在病状全没有了,你们瞧瞧我这鬓角,苍白颜色也黑了!"夜郎笑了笑,应着话说了几句,把请帖拿出来,请帖里夹了红包,偏在请帖边露出红包的一角,放在了桌子上,说:"这是请帖,你一定要去剪彩啊!"东方副市长说:"那好吧，到时候，小吴你提醒着我。办饭店就好好地办，饺子宴都是些什么品种？"说着要动手取请帖来看。夜郎立即意识到东方副市长是没有留意到请帖中的红包的，怕当场亮出都尴尬，秘书忙使眼色，站起来说："是这样吧，时候不早啦，我和夜郎就先走呀，你早早休息吧。"东方副市长便也站起来送客，还让保姆去把楼道的灯开开，自个儿去卧室寻老花镜要看报纸了。

夜郎和秘书在楼区大门口分了手，夜郎还要叮咛开业的日期，秘书说："不用说了，到时候人没拉到你寻我好了！我得问一下，还请了哪些领导？"夜郎说："恐怕市级领导只有东方副市长一个人吧。"秘书说："请了东方副市长，就不要再请别人啦，你记着啊！"

夜郎一等秘书走开，就去电话亭给饺子宴楼打电话，吴清朴接了，喜欢得直谢夜郎，并要夜郎去那里吃夜宵，夜郎没有去，却径直去了宽哥家。

吴清朴打电话要夜郎吃夜宵时，虞白也是在场的，等了半夜，夜郎没有来，虞白嘴上没话，心里空落落的，帮着库老太太把一幅剪纸画装在玻璃框里又挂在厅里，便觉得困得要命，遂同库老太太回家去睡觉。

进门的时候，却怎么也开不开自家的门锁，急得出了一头汗水。库老太太拿过钥匙再开，还是开不开。虞白气得就蹴在墙下，却觉得腿根部什么东西垫得生疼，在口袋掏着看了，自个就噗地笑了一声："钥匙错了！"门上的钥匙装在口袋里，开门的是她一路从脖子上卸下在手里玩的钥匙，竟迷糊得以为是门上的钥匙了。库老太太说："一把钥匙开一把锁的，你年轻轻的，倒这般糊涂！"虞白进门没有立即拉灯绳，直等脸上的烧退后，不想让库老太太看出什么。灯亮后，就坐到沙发上，倒反省自己的荒唐，轻声骂了："不来就不来，谁稀罕着来？"库老太太说："你给谁说话了？"虞白觉得自己今日怎么啦，尽失常，就赶紧说："大娘，你嗅着什么了吗？"库老太太说："嗅着什么？"虞白又皱皱鼻子，说："哪儿有腥味？你快看看，鳖盆盖得好吗？"库老太太踮了小脚去卧室，尖声叫道："鳖跑了，鳖又跑了！"鳖养在一个小瓷盆里，曾经从盆里跑出来过一次，她是在盆沿架了两个木棍，木棍上压了一块石头的。虞白过去，果然石头和木棍掉在地上，鳖是不见了。歪了头在桌下和床下查看,没有踪影,心想一定是钻到什么杂物的下边去了,但桌下和床下以及房子的任何角落都堆着东西,查起来也不容易,更害怕的是在翻动杂物的时候,它突然咬你一口怎么办?虞白又急了,说:"鳖咬住人是不松口的吗?"库老太太说:"天上打雷才松口哩!"虞白立即坐到床上去。库老太太笑着说:"你就在床上睡吧,我不怕的,鳖咬人只拣嫩的咬哩。"去把厅里的灯熄灭了,回自己的矮铺上去睡,一会就咝儿咝儿地打起了鼾声。

虞白紧闭了眼睛去睡。迷迷糊糊,似乎就觉得鳖爬上床来了,她用手去捉,竟捉住了鳖头。鳖的头平日看上去极小极短,伸出来却长若一柞,粗有一握。虞白死死地抓着鳖头,鳖头竟越来越大,明赳赳地睁着双眼,且坚硬无比,口里吐着白沫,后来就咬住了自己的肚皮。虞白手脚一阵乱打,忽地翻身坐起,窗外的月光明晃晃一片,厅里的摆钟"咔嚓咔嚓"均匀而有节奏地响。她才知道自己是做了一个噩梦。心想:哪里会有鳖在床上?床脚这么高的,鳖无论如何也爬不上来。这么一时乱糟糟的寻思,却听得哪儿有"沙嚓沙嚓"的碎音,以为是起风了,吹动小园中的几株瘦竹。那碎响竟又似乎就在屋里,沙嚓里还有了铜的韵。虞白"咯噔"地扯动了电灯绳,叫道:"楚楚!楚楚!"楚楚卧眠在厕所里的角落的,一时没有叫醒,虞白猛地就看见了在没有吊门帘的卧房门口,那只鳖正从客厅往里爬,短短的四足,骨质的尖爪,在水泥地板上划动,已停在那里了,乌黑的头长长伸着向她看。虞白"啊"的一声就又叫起来,只是不敢下床。狗子楚楚已经拱开厕所门跑出来,用前爪来抓鳖,鳖头就一缩一伸,楚楚也一进一退。虞白说:"楚楚,不要抓!"库老太太在矮床上就惊醒了,问:"怎么着,怎么着?"虞白让她不要动,快把屋里所有的灯都打亮。库老太太说:"我不动怎么去开灯?!"还是下床来把吊灯和台灯打开,发现了还沉静不动的鳖。忙去厨房拿了擀面杖,企图把鳖掀个过儿来,再用手卡了后爪根的坑儿抓起来,但擀面杖一戳没翻过身,鳖却"沙嚓沙嚓"掉头又往客厅爬去,那快捷的样子怎么也不像个鳖了,直爬到大沙发下面去。虞白终于下床,两人皆不敢俯下身去看沙发底下的动静。虞白说:"我只说它要死了,没了水这一夜就渴死了,没想它又回来了!"库老太太说:"鳖才渴不死的!千年的王八万年的龟。"把沙发抬开,鳖就又静静地伏在那里。库老太太从厨房取了簸箕，用擀面杖将鳖拨到簸箕里，再放到水盆里去。虞白就用一个盘子在盆上盖了，盖了又怕不透气，用硬纸叠了个垫儿支在一边盆沿，盘子上重新压上了石头。

忙活了几个时辰，两人便没了睡意。库老太太就嚷道着要剪一个神鳖，抱了彩纸坐在厅里剪起来。虞白说："你剪吧，我可一定得睡，明日下午两点饭店开业，一早还要过去张罗，若没精打采的，怎么见人？"抱了楚楚去厨房水池上洗了四蹄，要楚楚和她睡一个床上。楚楚乖巧，安安静静蜷着卧在那里，可爱得像个婴儿，虞白看它，它竟也看虞白。虞白说："睡！明日带你也去店里。"楚楚眼睛就闭上了。可一会儿又睁了眼看虞白。虞白伸手抚摸那头，竟拿了胸罩戴在它的眼上，如给牛戴了暗眼。她心里仍觉得蹊跷，在床上问："大娘，鳖真是神物吗？"库老太太说："当然是神物。我剪你个后花园里有鳖又有蜂——"却叽咕道：

八月里来八月中，走到花园看营生，花园有个空空山，空空山，山山空，空空山里有鳖蜂，蜂蜇鳖，鳖咬蜂，把我颡（头）闹哩虚腾腾。

虞白说："大娘，你念叨些啥呀？"库老太太说："我念叨啥了？我剪个鳖和蜂的。"虞白知道她一进入了她的剪画境界里就犯神经了，笑了一笑，却寻思：剪个鳖和蜂的；今日也怪了，梦里梦到鳖，醒来鳖就出现了，她却怎么想到蜂？就说："剪个蜂？咋就想到剪个蜂？"库老太太说："蜂腰细唡！"不再多说。虞白心里咯噔咯噔跳，不知怎么就把手握到自己腰上去。却问："大娘，你说说，为什么鳖要从盆子跑呢？"库老太太说："跑了不是又要回来吗？睡吧睡吧，你明日还要见人哩。"

虞白翻腾了一阵，直到窗户泛白的时候才迷糊入睡，一觉醒来却是半床阳光。库老太太已将剪好的画贴在了床头的墙上，左一看右一看地自我陶醉。虞白直道着好，却埋怨库老太太没有及早叫醒她。库老太太说："你说太阳有多高了？"虞白朝窗外看，一盘红日在民俗馆的山墙脊上边，院中有两只鸟，一只在空中飞，一只停在白皮松上。说："一竿子高。"库老太太说："我看着太阳才一臀高的,以为早哩!"乐得虞白说:"这话好,这好,应该说给夜郎,可以上戏词哩!"

虞白收拾打扮了赶到饺子宴楼,已是十一点二十分,丁琳在门口指着手表羞她,然后说:"画了眼影啦?"虞白说:"真讨厌,眼圈老是发青。"丁琳把楚楚抱起来,在额头上亲了一下,放开去楼上了,说:"夜里又干什么了?不去睡好?"虞白说:"干什么?想你来嗬!"丁琳说:"你不想人,人倒想你了;夜郎已经和宽哥来了,一来就问你。——快去吧,他们在上边吃茶哩!"虞白往楼上去,见一女服务员往楼上桌子摆点心糖果,也就端了一盘上来,果然瞧见夜郎和宽哥,几个人坐在里边桌上,夜郎的双腿间夹着楚楚,竟把自己的一副太阳镜挂在楚楚的眼上,就想起昨晚的事,倒怨恨楚楚骚,怎么就那么温顺?她偏不去招呼,也不叫狗,只低了头将盘子放到一桌,又把已摆好的又重新挪动摆好,却又要故意大了声叫道:"往这儿放呀,往这儿!"不出所料,夜郎就听见了,抬头见是虞白便叫了声:"虞白,你现在才来呀!"虞白笑吟吟边走边说:"噢,宽哥也来了!我一直在楼下忙活,还不知宽哥来得这么早?!"宽哥说:"来得早多吃一点呀!——夜郎看见狗,说你来了,我还不信的……"和虞白握了手。虞白说:"宽哥似乎是瘦了?!"宽哥说:"我不耐夏,这几日又闹胃病,哪像你反倒白胖了!"虞白说:"啥心不操的能不胖?怎么不把嫂子也领来?难得有这个机会都聚一场认识认识。"宽哥说:"她哪儿能来?她是窝里躁,不大出门的。"两人一来一往说话,夜郎就晾在了一边,几次要插个话的,虞白却始终不看他,也不给个机会.只有把楚楚的耳朵提起放下再提起。虞白说够了,将茶壶提了给各人倒茶,也给夜郎倒了茶,夜郎手一抖,茶水泼出来,虞白"啪啪"地直跺脚。夜郎说:"今日这身衣服把人镇了!"虞白说:"夜郎跟谁学的会奉承人了?可奉承却奉承不到点子上,你以为奉承领袖就是喊万岁,奉承女人就是说漂亮?今日这里的女的都穿的是名牌高档货,偏我穿了一身几年前的布衣布裙,说我漂亮是要嘲笑我吗?"夜郎说:"哪里是奉承?这蓝底小白花布裙配无领棉T恤衫,价钱是不值钱,可特别合体,大家都穿得硬格铮铮有折有棱,倒越发显得你随意和大方——说的不讲究,实际上大讲究!"

虞白心下欢悦，想夜郎眼毒倒能看穿她。脸上却并不表现出来，拿抹布去抹桌沿的茶痕，乜眼轻声说："我要你说我好呀？"夜郎笑了笑，扭头去劝宽哥用茶，心里在想：有她这话，心里就受活了，她是把我当自家人的，嘴上不让我说，说不定这身打扮偏是为我打扮来着。虞白已离开茶桌去收拾别的桌面上的碟盘，夜郎也就过去忙活，小声说话。虞白就说："你这几天跑得欢呀，昨日晚怎么不过来？你去吃茶吧，长嘴丁琳来啦！"夜郎只好过来又吃茶，就见丁琳走上来，大声说："虞白，你给我说，你在下边厅里怎么挂那幅画？"虞白说："你就是很显摆，今日人多眼杂的，穿个大红衣服花蝴蝶般地跑来跑去，又那么高声叫喊，还嫌人不注意到你吗？"丁琳说："咋啦？咋啦？看我又不顺眼了？"却还是走过来放低了声，说："饭店都挂醉八仙的画，你们挂'钟馗吃鬼'？旁人画的钟馗还有个人形，这画上竟只是一个恶煞的人头，一只手里握了个小鬼在吃——你的构思，库老太太剪的？"虞白说："我剪的。开饭店不是请客就是吃请，我是看不惯的，要请客就请钟馗，要吃请就吃小鬼——这有啥不好？"

丁琳说："你这么说我倒想起一件事，前日我去搭公共车，车上两个人说做生意的事，一个说现在什么生意都难做，要挣钱只有去开妓院了！一个说开妓院呀，那才挣不了钱的！一个说这是为啥？一个说开妓院总得请领导来吧，领导上去老不下来还挣谁的钱？！"两个人就哧哧笑。虞白说："你这流氓，怎不嫌脏了口？！"就嘀嘀咕咕说起昨日夜里鳖走失的事，丁琳说："我说个鳖的事考考你——两个鳖在河滩上造爱，造爱完了，公鳖就走了，母鳖却还躺在那里不动，你说这是为什么？"虞白抬脚就走，靠到了二楼前道的窗口上，丁琳追过来说："你以为我说流氓话吗？你心里流氓才以为我在说流氓话的，母鳖躺着不走，是没有谁给母鳖翻盖儿嘛！"虞白也真忍不住笑起来。两个漂亮的女人嘻嘻哈哈，戳戳打打，街面上的行人就抬头往上看，有一个痞子一边看还一边吱儿吱儿打口哨，两人才要闪开窗口，却见一人挑了担粪水走过门前吆喝"让开，让开"，并没有撞着那痞子，可身子一歪跌下去，两桶粪水正泼倒在饺子宴楼大门口，刺鼻的臭气就哄地扑上来。丁琳忙喊："夜郎，那人故意要丧咱的！"夜郎过来看了，顿时恼怒，转身就往楼下去，一阵"噔噔"的脚步声，吴清朴却推搡了夜郎又上得楼来，才知道那故意倒粪水的正是隔壁饭店的邹云的大哥。大家抚了抚心口，骂一番"小人"，才忍气吞了声，让小李和五顺用灰去撒了，打扫干净。

十二点内部人先草草吃些饭，以防客人来了，帮忙的人要饿肚子。每人一碗面条吃罢，门口就有噼噼啪啪的鞭炮声，有小工就小跑到楼上来说："来了！来了！"吴清朴问："哪拨的？"小工说："是工商局苟所长一帮人。"吴清朴说："快把桌上的饭碗收拾了，该到大门口去的都去！"先走了几步，又反身从桌上拿了香烟和火柴，急急下去。虞白说："工商局的倒这么积极，莫不是要来检查营业手续的吧？"接着楼下又是鞭炮响，听得吴清朴和夜郎在大声招呼："来啦？欢迎欢迎！阿梅，快把匾接了！敬烟敬烟！"就一片喧哗声，四五个大大咧咧的人走上楼来，高声说："不错嘛，邹家两个兄弟是狼是虎倒不如个妹子！现在是西风压倒东风，女人胜过男人嘛！"宽哥已站起来，认得是街上一些闲汉泼皮，说道："你们也来了？"那些人说："一街的邻居，没有我们哥儿们不热闹啊！警察兄还来得早，今日借花献佛，兄弟可要把你大哥招呼好啊！"宽哥让沏了茶给他们，他们接了说："吓，正经龙井茶吗？够意思！"虞白瞧着恶心，小声对丁琳说："清朴怎么请这些混混子，那以后就不停地要喂他们了！"丁琳说："正是怕他们捣乱才要请的，君子好待小人难惹哩！你过去，问候问候他们。"虞白说："我才怕脏口的。"就走下楼去。下楼正好要经过那闲汉的桌边，虞白目不斜视，听着在说——"我已经饱了！""还没吃的就饱了？""秀色可餐嘛！"虞白下了楼，见门口又来了几拨人，是派出所的、卫生局的、街道办事处的。有的来了提一串鞭炮，大门十米之外就燃着了，一边走来一边放，惹得街上的孩子跑前跑后地上捡未燃的遗炮。有的抱了一个玻璃匾，太阳在匾中跳跃，一片白光忽地射到街那边铺店里，忽地射到街这边门窗上。更多的双手空空，胳膊下夹一个黑皮包。吴清朴和夜郎老远就迎接了，握手呀，拱拳呀，甚至拍肩搭背地表示着热情。所有的来客都是要立在门前指点一下门面上的字牌和装饰的霓虹灯、彩旗、红绸横额，问谁题的店号，谁写的牌字，然后在一张桌前放着的签名册上签字，领取礼品袋，再然后到楼上或楼下的桌上去吃烟喝茶，互相介绍或自我介绍，交换名片。虞白就瞧见三个人在领礼品袋时低低地给发袋的阿梅说什么，阿梅很为难，跑过来对正拆一条整烟往烟盘里装的吴清朴悄声说："他们来了三个人要领四份礼品，说是一个副所长临时不得来的，让给提一份。"吴清朴说："哪里的？"阿梅说："储蓄所的。"吴清朴说："发吧。"阿梅走过去就多发了一份。那些人抬头看见虞白，就一直往这边看，虞白倒觉得不好意思了，忙低了头去里间的厕所。却听得一墙之隔的男厕所有人在说："让我瞧瞧，袋子里装些什么？"一个说："刚才你怎么不看，跑到厕所里看？"一个就说："啊，不错，我正没表的。"一个说："没见过啥！前几天宏仁福酒楼开业，没这么个袋，一人一个红包，一背身打开，却是六百六的。"一个便说："我哪像你，你们是什么部门呀？！"虞白没有解手，却猛地把水箱的水拉得哗哗哗地响。

　　虞白出来就坐到楼下的一个角落里，掏了指甲刀修理指甲，五顺就过来说："老板到处找你，你却在这儿！副市长来啦！"虞白说："是吗，我上个厕所他就来了！上边已经有人招呼了，我就不上去了。"五顺说："那些服务员都是青皮柿子没发开，拿不出手的。"虞白倒有些小生气，说："我是一道菜了？！"噎得五顺很窘。楼梯上的客人就踢踢腾腾走下来，吵嚷着要剪彩。便见吴清朴弯着腰陪了一个大胖子，后边呼呼啦啦一群人。人都在店门口站定了，吴清朴安排这个安排那个，宣布开业典礼开始，就一一宣读来宾名单，每读一个名字，下边就鼓掌。然后有两个女服务员拉着彩带，副市长就哈哈地笑着，走到那里取了剪刀剪彩。绸带粗，剪了好久剪不开，众人都紧张得张了口，刚待剪开，掌声即起。大门口两边的竹竿上盘绕了的鞭炮震天动地价响，每个人都把耳朵捂住了。直响过了十分钟，一切平息了，开始全体照相，摄影师指挥过来，又指挥过去，数次喊叫注意，数次注意了却不是忘了装胶卷就是灯光不闪，惹得都抱怨浪费感情了。照完全体相，都要和副市长照。吴清朴又拉着各个局长照，一扭头察看还有谁未照，就发现了虞白，硬拽过来就对副市长介绍。副市长握手的力量很大，时间也长，虞白就不好意思了，待一个什么所的所长弯腰上来要给副市长说话的当儿，赶紧逃上楼去了。楼梯口却已布置了一片小气球，一架摄像机早伺候在那里——

这是丁琳想出的花样，意在重要客人剪彩完毕后上来踩过气球，气球破裂啪啪响，象征"发发"之意。虞白忙踮脚绕过气球到楼前过道的窗下，下边的人就走上楼梯，黑狗楚楚却不知从哪儿钻出来，先一步出现在楼梯口。虞白忙叫："楚楚，楚楚，挨打呀?!"楚楚从气球上跑过去，气球没有踩响，却摄入了镜头。丁琳笑着说："楚楚爱抢镜头，上一世一定是个风骚女人！"

所有的人都入席了，什么人坐什么桌，桌上什么人是主席，一一都安排了。夜郎一时没了事，就也到过道窗下，敞了怀凉快。虞白说："诸神都归位啦？"夜郎说："安排座位够费神的。——你怎么一个人坐在这儿？"虞白说："这儿清静些。"夜郎说："我一瞧着你这样子，知道啥叫孤独了。"虞白说："我孤独什么？不是还有你在这儿吗？"夜郎说："我是逢场作戏惯了……"就龇牙咧嘴地在后脖子上抓着。虞白说："怎么啦？也害牛皮癣了？"夜郎说："脖后根长了个肉瘊子，越来越大，一热又发痒的。"虞白说："原来背了个猴（瘊）子，我说不安生的！你要肯取掉它，我倒有绝招的。"夜郎说："我割掉过一次，但又长上来了。"虞白拿眼睛就在屋顶上瞅，然后又趴在窗台往外看，就发现了窗外的台棱上有一个蜘蛛网，说声"你命还好"，弯出身去抽了一根蛛丝又抽了一根，连抽下三根合成一根了，让夜郎趴在窗台上，便用蛛丝去勒了脖根的肉瘊，说："三天里肉瘊就掉了，不流血，不疼，也不再长的。"丁琳就笑嘻嘻走过来说："哟，真个最安全的地方是最危险的地方，最危险的地方是最安全的地方！我说席面上不见了虞白也不见了夜郎，才在这儿热火了?!"两人赶紧分开，虞白说："我是给他治病的……你来看看。"丁琳说："清朴让你去的，副市长也问你的，你来应酬着给副市长敬杯酒吧。"虞白说："副市长那样子怪可怕的。他晚上没有睡好觉？"夜郎说："他就是那红眼睛。"虞白只好过去，果然东方副市长就要她坐在上席，上席已经坐满，说："加一把椅子吧，清朴是你表弟，做姐的应该坐上席！"秘书见状，自个儿便退出来，加入另一个桌子上去。席间，桌上的人都站起来给市长敬酒夹菜，虞白几次想，自己应该也夹菜了，但却不好意思，才鼓了勇气，旁边的人就隔了她把菜夹在市长的盘子里，虞白就只好身子往后缩——坐得极不自在。在一边桌上坐着的夜郎全看在眼里，害怕虞白耐不住又要离席，扭过头和她说话。虞白与夜郎说了，又和夜郎紧挨的宽哥说话，东方副市长也就扭了头来说："夜郎，蝗虫吃过了地界，怎么把我们桌上的人也拉过去了？"夜郎说："市长，我们这都熟的。"东方副市长说："说什么话？让我也乐乐。"和虞白都转过身来。夜郎便把宽哥介绍给了副市长，副市长则问："脸上怎么啦，在哪儿蹭了？"夜郎替说："两口打架，被抓破了的，只说很快就好了，没想指甲有毒的，破处又进了水，化了脓，就一时好不了了。"虞白见夜郎这么说，也揶揄宽哥："怕老婆呣。"宽哥不知怎么回答，红涨着脸说："这糟蹋我哩！虞白也糟蹋我？！"东方副市长笑着说："怕老婆好嘛，现在不怕老婆的家庭就没有个安定团结的。汪宽你一定还没资格进入怕老婆协会的，因为真正地怕老婆了，就不至于被老婆抓成这样！"夜郎说："市长到底是市长，一眼就看出来了！宽哥单位没分上房子，嫂子就成天和他过不去的。"副市长说："单位分房有单位的规定，你那嫂子也太过分了。"夜郎说："依我说，宽哥，单位不给你分房是应该的，谁叫你惹是生非？我是领导我也不给你分！"副市长问："怎么回事？"夜郎就将他怎样在钟楼碰见痛苦不堪的农民，怎样让宽哥领他们去派出所，又如何抓住罪犯，派出所又放了罪犯，宽哥又如何反映到局里，分局就不高兴了整他。一席话说得东方副市长想听也得听，不想听也得听，听完了，夹了一筷子菜嚼了一会儿，说："分局这次不是评了先进吗？"夜郎说："可不正是为这个先进才发生这事？！"副市长说："那罪犯呢？"夜郎说："罪犯现在是抓了，但派出所放人的那个警察却屁事也没有。"副市长说："这怎么行？知法犯法者没事？！德林，德林！"德林是副市长的秘书，正在另一桌上和人划拳，醉醺醺端了酒杯过来，以为副市长要让他代酒，说道："市长身体不好，不能喝的，我是酒罐子，和我来是了！"副市长说："今日不让你代酒。德林，让夜郎把事情给你说说，你给公安局打个电话，查一查事情到底怎么样？"夜郎赶紧提了酒瓶要给副市长敬酒，副市长不喝，却不让德林代，要虞白代。夜郎就拿过茶杯，咕咕嘟嘟倒了半杯，说："市长，为了表示我的诚意，我喝这么多！宽哥，咱们都敬市长一杯，这下你的房子该解决了！"副市长说："夜郎你这是逼宫嘛，我可没给你说房子的事，分房要看局里的具体情况。"夜郎说:"这我知道。"一仰脖先把酒喝了。德林说:"夜郎豪放,樊哙一样!"夜郎说:"我也敬你一杯!"和德林又喝了一大杯,就陪秘书到了一边去说话。虞白先代副市长喝过一杯,这会站起来要敬副市长的酒,副市长说:"咱喝酒,我象征点,你可喝好。——你瞧瞧市长有什么好,吃一顿饭都吃不安生嘛。"宽哥也站起来,拿酒瓶来给自己倒了三杯,再给副市长的杯里添满,激动得眼泪花花直转,说:"市长,我没有想到你会这么快就解决这件事,我汪宽会好好工作,不辜负你的关怀的。要得到领导的支持,就得拿出第一流的工作成绩赢得领导的支持。这杯酒我敬你,你随意,我喝三下。我也是有病的人,不敢多喝酒的,但我今日要喝!"先把三杯喝了,双手捧了一杯给副市长,副市长说:"这是我分内事嘛,用不着感激。现在社会风气不好,做了许多正常的分内事好像就不得了了,比如电视上常报道什么领导下乡了解情况呀,联系群众呀,这些是领导干部起码的工作作风嘛,可现在作为新闻来报道,这就不对了。当然,出现这种现象,也说明我们有些领导干部已经很少去群众中了解情况了。"宽哥见这么说,越发激动,便说起年初他去郊县一个大山沟调查一宗案子,和那里的群众聊起来,群众反映解放初县上领导是步行下乡的,因为步行,到村里总要数天歇脚的,即使不想办事也得办事。七十年代领导下乡是骑自行车,当天来了,当天不得回去,还得住一夜,可现在都是坐了小车去,吃顿饭就回去了。宽哥说:"社会越现代化,领导越难深入群众的。"东方副市长说:"这你就极端了,汪宽同志。关键是人,而不是车!牛主任,你说是不是?"同桌的街道办事处牛主任正在啃猪蹄,说:"没有好车不行的,就拿咱们现在破案来说,罪犯作了案坐高级车了,办案人员还骑个自行车,怎么去追?"东方副市长笑着说:"你又是这么个理?"虞白便说:"咱这不是吃席倒像在开工作会了!"副市长说:"喝酒喝酒。"宽哥又给自己倒了三杯,还要给副市长再敬一杯,自己又一次喝了,要虞白代副市长喝,虞白就喝得一时面如桃花。宽哥身子已摇晃起来,还要去抓酒瓶子,没有抓住,扶在桌上,大家就笑起来。虞白说:"他太激动了,喝多了!"副市长说:"真是好同志!"话未落,宽哥已溜下桌去,虞白忙唤小李,两人搀了宽哥去休息间,虞白就再也没回桌席上去。

开业了十天，饺子宴楼的生意还好。常来吃饭的有一个女子，吃了饭曾经索要过饺子名称单，说要帮助饭店宣传宣传的。吴清朴起初以为她是哪个报社的，问她认识不认识丁琳？这女子问丁琳是谁？吴清朴说丁琳和西京所有报社的记者也熟哩。这女子却说她不知道西京有什么报，口气很傲慢的，要求饭店能每日中午送一笼蒸饺到她的寓所去。只要付钱，饺子宴楼有这个业务，小李就每日去送蒸饺到一座小楼上去。回来却说那女子是红唇族。五顺说："什么红唇族，是金丝鸟。"吴清朴问："你们两个倒知道得多，什么是红唇族和金丝鸟？"五顺说："你连这些都不知道呀？红唇族是那些歌舞厅里做三陪的，金丝鸟却是被来西京做生意的香港款爷包养的。"吴清朴听了，心里突然间不舒服起来，想起了邹云。又过了数天，邹云还没有回来，吴清朴有些急，去平仄堡询问有没有邹云的消息。经理却说邹云七天前就托人捎了辞职的口信，宾馆已经与她没什么关系，只是她有三天的加班费还未领，有九元九角钱。吴清朴昏头沉脑地给虞白说，虞白刚刚收到邹云的信，信上说她已在宁洪祥的公司正式上班了，是办公室的秘书，信上还说，她怕吴清朴不同意，产生误会，特写信给表姐，让表姐把情况告诉清朴，这样，清朴办饭店，她挣外快，日后会攒一笔钱的，并且问道饭店开业了没有，生意是否红火？吴清朴气得嘴脸乌青，说："她还操心饭店？早知道她要这样，我也不停薪留职了！要挣钱靠咱的劳动去挣嘛，给一个暴发户的当什么秘书？白姐，你说这是不是傍大款？！"虞白也是窝了一肚子火，听了吴清朴的话，却说："话说得这么难听，你是成心不想娶她吗？一开始你就把她宠出了毛病，我说有你日后受的气，现在怎么着？当初去巴图你管不了，这阵已经做了秘书，又辞了工作，你就让她先干着吧。——她是太得意了，以为她想干啥就能干成，没吃过亏的，让她摔打去吧。"吴清朴勾了头，长吁短叹地说："你说她不会出别的事吧？"虞白说："她也不至于那么贱吧。"这话说过了半月，虞白听饭店的小李讲，他居住的院里的秃子说在火车站卖烧鸡，看见了邹云和一个高个男子在软卧包厢里，那列火车是开往成都的。虞白心细，并没问那高个男人的模样，只问邹云穿的什么，戴的什么？小李说，秃子说啦，邹云穿的是紧身牛仔裤，脚上的鞋是意大利的那一种，特高特大的后跟，上衣是白色的紧身汗衫，脖子上是金项链，胳膊上是金手链，手上几个钻石戒指哩。虞白心里说：完了。两个人搭车路过西京而不下来，要不是去成都旅游就是去办货收款，即使办货收款，千里之行，十天半月，一男一女就难说得清了。虞白叮咛小李此话不要再给人说，小李点头称是，甚至也告诫虞白同样不要对谁提起，他是第一回对她说了是非。虞白自此有了心思，多去了饭店照看，瞧着清朴没黑没明地忙，便为他操挂吃的穿的，无限可怜。谁知清朴也是知道了，小李把秃子的话同样说给了清朴，也告诫清朴不要对谁提起，他是唯独给清朴一人说的。吴清朴是两个晚上没有合一眼，躺在床上不敢作想。老实的人虽然嘴笨，内心却丰富，一想象起来眼前尽是乌七八糟的图像，叹自己为了邹云而下海挣钱，自己挣钱了，邹云却去傍更有钱的主儿，离自己更远，不觉腹内如焚，又气又恼。平日有了愁闷，去给虞白倾诉，如今这事却怕惹得表姐悲伤，数次强忍着也没把话说出来。要说的话不说出口，这话就在肚里发邪气，如火，如刀，如毒药水，吴清朴饮食不振，肚子发胀，日渐消瘦起来，也不大再去虞白家了。

一日，天气转凉，街上的人已穿什么的都有，虞白天黑时在衣柜里翻羊毛衫要穿，看见了吴清朴放在这里的一件牛仔马甲，就拿了去饭店。夜里饭店是不卖饺子的，为了多有收入，只在门口处由三个小工卖汤圆，虞白进去，一帮人都在楼上包饺子。饺子宴里新增了一道珍珠饺，是用鸡脯肉包指头蛋大的形状，在火锅里当场现煮现吃的。吴清朴见虞白来了，便把火锅点燃，煮了珍珠饺要她尝，自己仍是将一摞一摞的蒸笼端出来，把摆好饺子的蒸笼一摞一摞再端进去，累得满头的汗。虞白坐在灯影处看他，头发长乱，脸瘦得两个颧骨突出，禁不住两颗泪子就掉下来。火锅的底炉透刻着菊花样，火苗扑出来，艳艳的更是一朵偌大的菊花。她无心思坐着吃珍珠饺，拿盖子压灭了火，去门口喊了一个小工，让到夜市上买了一个狗肉砂锅给清朴端到办公室去。砂锅端来，清朴笑着说："自己开着店，却去端人家的饭！这个时候了，还吃的什么饭哟？"虞白说："卖啥的不吃啥，这砂锅营养好哩，马不吃夜草不肥，黑来不吃饭身体怎撑得住？——你忙什么？掌柜的当成伙计了！"吴清朴说："我忙着心里倒畅快哩。"虞白把马甲给吴清朴穿上,吴清朴还在说："大家都穿衫子,老板穿马甲。"虞白说："我还不穿了羊毛衫?二八月乱穿衣,你和别人比不得的。饥了冷了,邹云不在,自己要学会经管自己。"原本是不说邹云的,却顺嘴说出,便把脸别转到一边去,用勺子在砂锅里搅,一边吹热气一边尝了汤,说鲜。吴清朴见表姐说出邹云,努力笑了笑,说："邹云一回来,瞧见饭店这么红火,她不知该怎么惊讶哩!"虞白说："要惊讶的。"吴清朴说："天也冷了,她也不回来取取厚衣服的。"虞白说："她怕这几天会回来的。"吴清朴倒不吃了,问："姐,你说她这几天能回来?"虞白不禁上了气,说："她不回来,能死到什么地方去?"吴清朴却说了一句："四川比这儿热吧?"低头又去吃砂锅,一根粉条吸进口一半,一半却沾在上嘴唇上,连呛带烫,一颗眼泪"啪嗒"砸在砂锅沿上。虞白心疼了一下,说："清朴!"吴清朴说："嗯。"虞白就说："清朴你知道了?"吴清朴身子一晃,竟一头栽在虞白的怀里抽搐起来。虞白抱了那头,也泪水婆娑。两人哽咽了一会儿,虞白抬了头,替吴清朴把眼泪擦了,说："我只说你不知道,你原来也知道了,这么长的日子怎不说给我?清朴,事情已经这样了,咱憋出病来也是划不着的。或许,咱把邹云误解了,她心还在你这里,只是去挣些钱罢了。但是清朴,咱做事要长,想事要短,即使她变了心,可你知道世上能箍了盆子箍了桶的却是箍不了人的,这你得有个精神准备。毕竟这个饭店大家帮着办了起来,其中也有她一半的心血,碌碡拽到了半坡松手不得,只能办好,不能办砸。世上的事情大哩。世上的好姑娘也多哩,关键是你的身体和情绪。你瞧你这样子。头发这么长了,也不去理,自己开个饭店,倒饥一顿饱一顿?!"吴清朴说："我是诚心过过苦行僧日子,她邹云回来了看她心理平衡不?"虞白说："你好傻,这何苦呢?如果她能心理不平衡,她也不会跟姓宁的这么跑逛了。你糟蹋的只是你自己,你偏要吃好穿好心情好!"这当儿,小李在外边叫："老板,老板!"虞白低声说："小李这类人精干是精干,却是个长舌男,重要事不要太让他知道。把眼睛再擦擦,男人要像个男人,让他们看出破绽了,倒轻看了你。"自己把自己眼睛也揉了揉。吴清朴在办公室门口问小李："什么事?"小李说："是白姐来了吗？我有个帖子要交给她，她来了就少我明日跑路了。"吴清朴说："谁送的帖子？"小李说："受人托事小，误人之事为大，别的我不能告诉你。"说罢了，却附在吴清朴耳边要说什么。虞白就出来笑道："小李办事神神秘秘的！谁的帖子，夜郎的，夜郎又组织乐社活动呀！"吴清朴说："我听丁琳说了，你们是四人乐社，不肯要我去热闹吗？"虞白说："你又不懂音乐，唱歌也跑调，不会要你的。"吴清朴说："你们倒活得潇洒，像小年轻们一样！哎，白姐，能不能都到饭店里来活动？我包吃喝！"虞白说："瞧这是不是老板的口吻？我们是来给你唱堂会拉生意呀？！"吴清朴给小李扮着鬼脸说："咱现在成俗人了！"

第二天，虞白按约在下午四点赶到城墙上，夜郎却一个人仰天躺在那里看云，旁边铺着两张报纸，报纸上放着一个热水壶，四个杯子，一琴一埙。虞白走过去了，夜郎抬脚坐起，头剃得青光光的，一脸油汗地笑。多久以来，夜郎第一回这么死盯着她笑。好大的胆儿，看女人哪有这般贼的？虞白原本也是笑着的，见他放肆，偏不看他了，蹴下来噗噗地吹地砖上的土。却想：我怕他怎的，你是锥子，我麦芒对了你！扬了脸直盯了夜郎。夜郎眼珠瓷溜溜的，几乎要跳出来，她说："昨日又熬夜了？——把眼角屎擦擦。"夜郎露了短处，一下子没了轻狂劲，红了脸双手都去擦眼睛。虞白就势把琴抱在怀里，并不弹的，咻咻地笑。虞白一笑，夜郎便醒悟她作弄了他，说："你牙上怎么沾着韭菜叶子？"虞白说："羞死了，跟别人学没意思！"夜郎说："你就会戏弄我，有本事，宽哥来了你也这样！"虞白说："你也敢装大吗？"夜郎没有听懂，问："我装大？"虞白却再不理他，低头拨弄琴弦。夜郎就坐端了等着听，她又不拨了，把琴放在地上，一乜眼儿说："乐社活动，今日竟这么早的？"夜郎说："吹吹唱唱那还是天黑下来的事，约着你早来，我请吃茶的。"从一个小菜盒里撮了茶放在一个杯里。虞白说："什么好茶待人的？"拿了茶看。茶是紫阳的一级富硒毛尖。夜郎说："这是清明前三天的茶，是紫阳的一位朋友送给陆天膺，陆天膺的夫人又送给南丁山的。我喝过一杯，果然不错，不敢私吞了，拿来让你们尝的。"虞白说："是茶真的不错，还是因了陆家那年轻夫人送的原因才有了味？"夜郎说："我可不知道那小夫人的故事。你是知道的?"虞白说:"我只知道英雄难过美人关。"夜郎说:"过不了美人关的都是英雄了?——那我也是英雄!"虞白说:"你说什么?"却并不让夜郎回答,端了茶杯,定定地盯那纯正的绿,一层茸茸的白气就浮在杯口,抿一口,说声"好"。就扬了头看夜郎:"要是喝茶,请人去你家喝好了,偏来这地方,大天白日地招人现眼?"夜郎说:"一男一女坐在城墙头上,就是让满城人都看的!我是闲人,我怕了谁?只是怕你不敢来的。"虞白说:"夜郎贼胆儿大,我还怕啥的不敢来?又不是蝙蝠只能晚上露面!"夜郎说:"宽哥和丁琳都不来了,你敢和我在这儿喝一下午?"虞白说:"这阵把茶搬到钟楼上去,我也去的。"夜郎说:"好好,冬天咱俩去南方浪去,我到时来约你,你不能拉钩啊!"虞白说:"我怕的什么?只怕到时候你拉钩,说你的女朋友不同意啦!我不牵不挂别人,别人不牵不挂我,天涯海角哪儿都去的。"脸先自通红,却拿了眼睛看夜郎。夜郎听出她话中的话,一时不知怎么回话,哈哈地笑。虞白平静了脸说:"笑,你只拿笑搪塞我?"夜郎说:"人说寡妇门前是非多,其实鳏男门前是非也多,前日我同戏班一个女的去街上吃饭,路上遇见三个熟人,一见面就给我挤眼,悄悄问我:'不错嘛,掐了嫩芽芽了?!'"虞白说:"多难听,你们这些男人就这样说女人?"夜郎说:"我哪儿的?我说,去,那是一个熟人,小心人家扇你耳光!想,要是我真的和人家好,我又不是那些小痞子,拉拉扯扯溜大街呀?正是心里没鬼,我才领了她哪儿都敢去的。"虞白说:"心病才哪儿都敢去?"夜郎愣了一下,明白了,笑道:"心里倒真有那个……我是给宽哥和丁琳的帖子上都写着晚上七点的。"虞白倒一时羞了眉眼,低了头用手在地上抠,地砖缝长着绿绿的小草,草尖子就掐了下来。夜郎涨着脖子,说:"虞白,真的,我说的是真话,这话我早就想对你说,可我又怕你误解,给我难堪,把一场朋友的情分都丢了。不说我总憋得难受,几天不见到你就特想去见你,什么也慌得捉不住,去见了,回来能安然几天,过上几天就又不行了……你别笑我,我说的是真话。"虞白一直在笑着,一直在掐草尖,耳朵其实一字不漏地听着,却说:"我不管真话假话,你说要给我说话,是什么话?"夜郎说:"我都说了。"虞白说:"我以为你要说什么惊天动地的话，原来要说的就是这话？"夜郎说："我要对你说我爱你，爱你，你一定以为我是神经病。"虞白一下子嘴噘过来，噗地吹了一下，说："你以为你不是个神经病？！"夜郎倒冷静了，说："我要不说时，我真会是神经了哩。"虞白说："我说你神经了，已经神经了，夜郎怎么能爱了我？世上那么多嫩芽芽不去掐，要掐我呀？我怕老得掐不动了！"夜郎说："你算什么老了？"虞白说："三十多了还不老？"夜郎说："你说这话让我伤心，你这是拒绝我吗？谁都要老的，神仙都会老的。我一见到你，你的气质风度就震了我，这话我不敢对别人说，可我给我说过几次。如果两个条件放在这里，一是仅仅与你认识，一是和三个花里胡哨的女子发生关系——你原谅我说这种话——我要前者，不要后者！"虞白眼睛亮亮的，说："是吗？夜郎还有这境界？"夜郎说："真的。"虞白就说："那我谢谢你，亲自给你沏一杯茶吧！"就俯身撮茶叶到杯子，提壶倒水，递过来。夜郎接杯的时候也接住了一双手。虞白说："你要烫死我呀！"夜郎松手了，却极快地在那双手上吻了一下。虞白说："这动作做过多少次啦？"夜郎才要说话，便看见城墙漫道口上冒出一个人来，急忙说："丁琳来了！"

虞白回头看去，上来的却不是丁琳，而是一个胖滚滚的女人，浑身上下穿了宽宽大大的碎花布衣裤，头发绾着个髻儿，一绺却扑撒下来，几次往上别也没别住，锐声说："夜郎，夜郎，我在城墙下喊没听着吗？！"夜郎忽地站起身，说："你喊我了？一声也没听见的！你怎么到这儿来了，是找我吗？"女人说："不是找你又是找谁？我让你给我打电话怎么不打？"夜郎说："你什么时候让我打电话了？"女人说："我打电话拨给康炳的，要他转你……你是成心不给我打电话嘛！"夜郎说："康炳那东西又什么时候转告了我？先喝杯茶吧，我介绍一下，这是虞女士，虞白。"女人看了虞白一眼，虞白已经站起来，女人却看过一眼后头并不再转过来，视虞白为一块石头或一截木头，仍大声对夜郎说："你宽哥呢？"夜郎说："我不知道的。有什么事？"女人说："他昨天说过你给他个帖子，我还以为他到你那儿去了，我到他们单位，单位没人，到你那儿，也没人，你院的秃子说你可能在城墙上，你果然在这儿！这儿多好，又敞亮，又避人，眼又宽，你夜郎多美的！"夜郎赶紧又问:"怎么这般急着寻宽哥?"女人说:"要是往日,他就是走十年八年,一辈子也不回来,骨头朽在外边,我作来回想也不想!可今中午人家通知让搬房子的,有一家要住我们那老房子,这是狗撵兔的。我原以为不急的,那几件旧家具慢慢往过移,可人家不行了,家具都拉到门口了!这像什么话嘛,领导退休也得有个交接班的,他这么把家具放在门外,是李自成兵临城下要崇祯爷上吊哩嘛!可你宽哥倒好,兔儿蹬天,没踪没影!他要不是我的男人,我叫左邻右舍的人就都搬了,他偏是我的男人,我让外人来帮我成什么话?十九年了,夜郎,我和他就过的这种日子,若逢上任何一个女人,十个有十一个都和他离婚了!我也要离婚呀!当先进也不是这么个当法,多亏他还是个警察,要是一个官儿,恐怕我见一次还要买票哩!"夜郎立也不是,坐也不是,笑着说:"你不急嘛。"女人说:"我不急,我急啥的?寻了这一圈,城里大街小巷都是人,这人都是哪儿的,都干啥的,天一黑都到哪儿去了?各人都知道各人的家,没见过说谁寻不着自己的家了!——你宽哥就寻不着!他要不来这里就罢了,他要来了,你就告诉他,说他老婆在家里得了绞肠痧了,中了毒啦,挨了刀啦,瞧他还回来不?!"说罢就走。夜郎说:"喝口水再走唦。"女人头也不回地说:"我哪里有你悠哉,茶水拿到城墙上来喝了?!"虞白就说:"你去帮她搬家吧,我先走呀!"夜郎说:"我知道她气在哪里,你不要走,你一走,我就更说不清了!"便小跑去追女人,一直追到漫道下,女人却在那里一块石台上坐了等他。夜郎说:"你不急嘛,宽哥来了我和他一块去,有什么万贯家产搬不完?"女人说:"就那些家产,放一把火烧了我也不心疼,我害气你是个花花肠子,你有颜铭,你和那女子跑到这城墙头上干啥的?"夜郎说:"我就知道你为啥发那么大的火。人家是我们乐社的,是熟人,来教乐器的,你刚才理都不理人家,让我难堪哩!你知道不,还是人家在市长面前说话,才为你们要的房子的!"女人说:"是那个吴清朴的表姐?"夜郎说:"可不是的!"女人说:"那你给人家解释解释……你和颜铭迟迟没进展,我早就害了气哩,要是你和一个丑女子在那里我也会火的,一瞧见她长得那么好,不知怎么心里就蹿火!你去吧。"夜郎要送,还跟着她往城门口走,女人又骂道:"你送我我寻不着路吗?你别的没学到,学会你宽哥的瞎毛病了,把女人不当人了,让人家一个冷清清坐在那里!"

夜郎就又上得城墙头。虞白静静地坐那里,问:"那是谁?好凶的!"夜郎说:"那是宽嫂,火暴脾气,她以为咱俩怎么啦,是给我发火的,你别介意,解释了,她还说要我向你赔个情的。"虞白说:"她以为咱俩怎么啦?她和你熟,你这么大了,按常理她要见你和一个女子在一起一定会高兴的,要想法促成的,怎么发这么大火?夜郎,你是不是平日和女人在一起的事多了?"夜郎说:"你觉得我是大流氓啦?"

无端的一场干扰,两人的话题再没有继续,就从宽嫂说起,说到了宽哥,一壶水也喝完了。城门口茶铺里的小工上来换过一次壶,天也渐渐地黑下来,丁琳就提了一大包小食品先来,接着是宽哥。夜郎就说了宽嫂来找的话,三个人都说那就免了晚上的活动,都要去帮忙。宽哥很不好意思,最后只同意夜郎去,让虞白和丁琳在这儿玩,丁琳说:"异性相吸,阴阳互补,剩下我们两个在这里有什么乐趣?还不如到饺子宴楼上去吃他清朴一顿!"夜郎就和宽哥提了东西下来,挡了出租车要送她们先回饭店。四人站在城门里公园边,一时竟没有出租车来,丁琳说声:"哎哟,差点忘了!"从提包掏出一沓杂志,说:"这上边有咱夜郎的大作,快都看看!"夜郎先看了,果然写民俗馆的文章变成了铅字,但文中差不多每段都被删改了,似乎觉得不满意,又不便说出,虞白却嚷道:"丁琳倒不是让看夜郎的文章,她是要大家欣赏她的玉照嘛!"原来封面上正印着丁琳的头像。丁琳说:"就是又怎么样?我不让美编用我的照片,可人家偏是要用——怎么样?"虞白说:"好嘛,平面的比立体的好,脸上的三个白麻子不见了!"丁琳说:"你瞎吣!几时把你照片给我一张,也让你做做封面人物。"虞白说:"那我不小心成了名人怎么办?"丁琳气得不理了她,拿了杂志让宽哥夜郎评价,都说是好。夜郎轻轻地哼一首流行曲:"看你如看封面,哎哟,读你如读唐宋诗篇……"虞白一时无聊,拿眼看那边的算卦先生,就走过去要测个字的。这边的见虞白竟去测字,就都停止了说话,一眼一眼看着。过了一会儿,虞白过来,丁琳说:"瞧别人上了个封面,自己就觉得冷落了?测什么了?测得怎样?"

虞白一脸阴郁,说:"自我多情,我哪里就嫉妒了你?!——测了个'也'字,卦先生说:他中无人,池中无水,地中无土,奔驰没马。今日个不是好日子哩!"夜郎听了"奔驰没马",心里咯噔一下,眉眼低下来,上嘴唇包咬了下嘴唇。宽哥却说:"我也不知道你要测的什么?可这野摊上的术士话怎么信的?我去试试他,我没儿没女的,看他如何能测准?"几个人就都走过去。宽哥果然问子嗣,以"章"字问。卦先生垂头沉吟了片刻,突然扬了头说:"你肯不肯买了我的药?"宽哥说:"什么药?"卦先生说:"你这位警察同志似乎应生男的,但恐怕不会生育,因为章为童无根。我摆卦摊,却也卖各种药丸的,有一副丸药专治难上孕的病的。"大家倒一时面面相觑。宽哥笑道:"好了,给你五元钱吧。"拉了众人就走。这时拦挡了一辆出租车,丁琳已经坐上去了,喊虞白,虞白还在卦摊上说话,急急跑来,就把一大包东西塞给宽哥,钻进车里去。车开走了,宽哥看那东西,拆开来,竟是四包黑乎乎的药丸。

宽哥的新居是三室一厅,一切安顿停当,宽嫂在家做重庆火锅请客。请客半日忙的,颜铭早早过来帮着淘米洗菜,刷碗涮锅。宽哥的任务是请客人,依老婆开出的名单,首先专请东方副市长,副市长太忙不能来,秘书也就不能来,半天没有收获,最后还是托夜郎,夜郎马不停蹄地跑了几处,最后就到了虞白家。虞白很为难,说她从没在别人家吃过饭的,若是你夜郎请客,我还可以去图个热闹,而去宽哥那里就纯粹是做客,觉得身子大,不自在,何况满桌生人她就更害怕应酬了。夜郎明知道虞白不肯去的,来邀请也只是个借口,实际上是想多见一面的,反倒吃了两碗库老太太做的荞面圪坨羊腥汤。说了话,又吃了饭,要去饺子宴楼请吴清朴,在街上却见一个小贩挑了一担海里的玩意儿在卖,就凑过去要买些海螺海贝的,却发现其中有一枚十分漂亮的珊瑚,想:珊瑚是大海的产物,西京很难见到,且这般白洁,虞白一定是喜欢的,买了送她,一是赞誉她的高雅,二也可暗表我对她的纯正之恋。于是也不搞价,买了捧在手里反身又来敲虞白的家门。虞白见夜郎捧了一枚大的珊瑚来送她,自然十分高兴,双手接了,就拿一个瓷盘儿放着摆在窗台上,说:"夜郎有钱,倒肯买这玩意儿送人了!"夜郎说:"每次来我原本不敢空手的，想买些点心呀罐头的拿来，怕你当面扔出门去。夜郎也要学雅人嘛！这珊瑚多白净的，只有虞白配收留它，我也是投其所好，巴结你嗨！美不美？！"虞白说："美是美，可珊瑚是因为死亡了而美的，世上的狐狸人人都说美，但也是美了就有猎人的。你瞧那叶子——"窗子正开着，后院里的海棠树上叶稀了许多，一片叶子红得像喝醉了酒，在微风里不停地摇着，似乎如扇动的蝶翅，终于叶柄摇脱，左一下右一下斜滑着落下去，就软软地伏在地上了。夜郎原本轻狂狂的一颗心，经虞白这么一说，一时竟无措，不知该说些什么，脸上就尴尴尬尬下来。虞白却笑了，说："哪儿有我这种人不落情的？多谢你了，夜郎，鳖能到我这里来，珊瑚能到我这里来，这也是我的缘分，我会命一样地善待的。你还没见到清朴吧？"夜郎说："我走到半路，碰着珊瑚就返回来，还没去饺子宴楼哩。"虞白说："那我也不再留你。客没请到，宽哥那边不知怎么急的。"就送出来，一直送到楼区大门口，摇摇手，让夜郎去了。

　　果然不出虞白预料，汪家的客人除了几个熟人外，宽嫂还请了她们单位的几个领导，宽哥也请了派出所的人和分局的几个头儿——房子毕竟最后还是人家把钥匙交给他的。席间虽然都嘻嘻哈哈，心里却不知己，说了一些昨日晚电视上报道的新闻，话题很快便转到了黄颜色的内容。——若是没身份的男人聚在一搭，兴趣的就是说女人，似乎女人就是下酒菜，骂谁谁是死猫烂狗都吃的，怎么就不患上个艾滋病；笑某某有贼心没贼胆，有了贼胆了，却没了贼力气，让婊子如何羞辱了一番。而席上坐了七长八长的领导，当然也要说黄色的段子，但相互攻击的却是你出差回来了给老婆不买东西，偏偏给儿媳买了个发卡；他又是亲家母来了比儿子还要献殷勤……说一句就笑一声，不产生笑料的话也干干地笑。颜铭先是坐在席上，不听不行，听了也不行，就又到厨房去帮宽嫂，宽嫂还是不让她动手，颜铭说："他们尽是脏话，我哪里坐得住？"宽嫂说："男人嘛，还能说什么？！"颜铭说："咱们女人在一搭，倒没见说得这么脏口的。世上没了女人，这男人怕都得死，没了男人咱也活得旺旺的。"宽嫂说："你说这话外人会笑你的，世上的事就是男男女女的事，你没结过婚，结了婚你就知道男人烦是烦，没了男人却日子不整端了！"颜铭笑道："是吗？"宽嫂说："哎，你和夜郎到底咋回事嘛？这么长时间了，好像不冷不热的，多少男女我都见过了，谁个不是干柴见烈火，烧得昏天黑地的，你们还嫌不老，要等到七十八十吗？"颜铭就脸红了一片，说："我也是忙，他也是忙，十天半月难得碰上一回——谁知道他咋想的？"宽嫂说："他是不是花花了心，另有所爱了？"颜铭说："这我不敢说，我想他不至于是那种人吧？或许他觉得自己处境不好，要过些日子再说的吧？"宽嫂说："你都不弹嫌他，他还拿捏什么？男人家都是花肠子，你别光老老实实等他，他现在处境不好，绿头苍蝇一般地乱钻，碰上个坏女人勾他，是最容易安妥他躁烘烘的心的。你别以为馍馍不吃就在笼里放着，泥鳅抓到手里了也有溜脱的。"颜铭就不言传了。宽嫂说："我问问他！"就朝客厅喊："夜郎，夜郎！"夜郎提着酒壶进来说："是嫌我们喝酒忘了你吗，兄弟敬你一杯！"宽嫂说："颜铭，你瞧瞧，油腔滑舌得多了，人常说，学坊戏坊，瞎娃的地方，你再不抓紧改造，歪歪脚穿什么鞋都拐哩！"夜郎说："跟啥人学啥人，宽哥整日教训我，嫂子也要挽救失足青年呀？"宽嫂定平了脸，说："你别给我打哈哈，我是正经问你的——你和颜铭的事到底怎么样？颜铭哭哭啼啼给我诉冤枉的。"颜铭说："我哪里就哭哭啼啼了？"宽嫂说："你不要说话！我问你夜郎，你俩的事怎么样？"夜郎说："好着呐。"宽嫂说："好，男人家说话算话，我再问你：既然好着呐，这一个月里你请她吃了几次饭？买了什么衣服、项链、小零碎、一针一线？什么时候结婚？购买什么家具？房子怎么装饰？你是怎样安顿她的？"夜郎先是笑着，见宽嫂一句逼一句过来，也不敢了轻佻，待问到"你是怎样安顿她的？"，一句话也回答不上。颜铭说："嫂子，我是有胳膊有腿的，我需要谁安顿！现在也不是说这事的时候，他还提着酒壶，客人要喝酒的。"宽嫂说："我也不问你了，吃完饭，你把颜铭带到你那儿说去！"夜郎赶紧点头，从宽嫂撑在墙上的胳膊下钻过，到了客厅里去敬酒。

吃过火锅，夜郎果然要颜铭到保吉巷，颜铭晚上却与人约了去照相的，答应改日再去，夜郎就留下来和宽哥陪客人打麻将。

颜铭在时装团里和团长的表妹芸芸相好，芸芸是会计，个头不高，脸盘却生得俊俏，认识玄武路个体摄影部的朱斗，朱斗几次要芸芸去照相，芸芸一直没去，总想找一个伴儿一同去，就说给了颜铭。两人去了，朱斗的摄影部很小，但设备高档，技术也好，当下拿出许多漂亮姑娘的照片，指点说某某的挂历相是他拍摄的，某某的封面照是他拍摄的，尽是些知名的影星、歌星和选美小姐，然后就夸奖颜铭体形好、气质好，说得颜铭也害了羞。芸芸也不无醋意地直撇嘴："当然好啦，你以为你把西京城里的美女都拍摄完了？你给我们看这些照片干什么，脂粉那么重的，颜铭一来，'三宫六院无颜色'了！"朱斗说"也是，也是"，百般的殷勤，拿了全部拍摄服装让她们穿，声明能拍多少就拍多少，全部免费。颜铭见朱斗不迭声夸奖自己，嘴上虽在否认，心里毕竟爽意，又是第一回遇着专业摄影师，便对朱斗有了好感，当下和芸芸就化起妆来。摄影部有两个小化妆室，朱斗就让她们一人去一个室里，他就坐在颜铭这边的凳子上。颜铭对着大镜子，镜子里的朱斗就死眼儿盯她，目光异样，便有些不好意思，借故要芸芸的睫毛油，去了芸芸那边再没出来。化好了妆，朱斗拍了几张，又让换穿不同的服装再照。后来芸芸去更衣间，摄影室只剩下颜铭一人，他反复帮着说袖子没有扣好，腰带系得太紧，就走近去，用手提胸前的衣服，有意无意地撞着颜铭的乳部。颜铭一个哆嗦，浑身都发僵，忙说自己来，眼睛不敢看了朱斗。朱斗小声说："颜铭这么靓啊！"颜铭说："我靓什么，芸芸才真正靓的。"朱斗说："芸芸是美人，但属于中国传统型的美，街上到处都是，而你是西欧人的美法。——你是混血儿吗？"颜铭说："我哪儿是混血儿！"朱斗说："不是汉民族吧？"颜铭说："是汉族。"朱斗就说："这就怪了，西京城里我还是第一回见到你这个样儿的……"芸芸就从更衣室出来，一边走一边说："怎么回事嘛，腰老是负不起重量，真讨厌死了！"颜铭趁机揶揄道："自己腰细就说腰细吧，你不自夸别人也能看得出来的！"朱斗说："芸芸腰是细，如果再配上颜铭的两条长腿，就倾国倾城了！"芸芸说："你这是说我腿短吗？！你懂不懂相学？女人鹭鸶腿是贫贱命，古时候连嫁都嫁不出去！"朱斗说："芸芸要是生在唐朝，该选入宫了！"他们在说笑着，颜铭却心情黯淡下来，勉强又拍了一张，推说头晕再也不肯照了。颜铭不照了，朱斗也没了心绪给芸芸照，草草率率拍摄了几张收场。临走时,朱斗就留下两个人的传呼机号,说照片一等洗出来就通知来取。第二天,颜铭就接收到朱斗的传呼,颜铭问芸芸,芸芸却没有收到消息,颜铭就没有去取照片,回电话说是病了,改日来取。过了一天,芸芸才收到传呼,两人双双去取了照片。照片照得很好,颜铭就拿了来保吉巷给夜郎看。

  颜铭以前的照片,差不多都是夜郎或阿蝉用祝一鹤家的傻瓜相机拍的,还埋怨颜铭不上相;等看到专业摄影师的作品,夜郎也惊呼颜铭的照片比本人还漂亮,对着照片就是一吻。颜铭说:"活人立在跟前,你只爱那一张纸!"夜郎说:"把底片放大一张,我好挂在这房子里。你人是你的,照片却是我的,我天天能看见。"颜铭说:"哟,说得那么乖的,我成了你房子里的镜子?可看镜子看到的不是我了,而是你!"夜郎好像做贼被捉住了一样,一时心虚,脸也红了。颜铭说:"你对着我,让我瞧瞧说的真话还是假话!"夜郎直了面,颜铭在他眼里看见了一个小小的颜铭,说道:"我在你眼里就那么点儿位置呀?怪不得十天半月也不见你一面的。"夜郎说:"正因为穷忙见不上的才要挂照片,底版给我,我去放的。"颜铭说:"没底片。"便把照相的经过说了一遍,夜郎也肚里窝火,说:"防人之心不可无,要是那样,再别理他!"说话间,颜铭的传呼机就响起来。夜郎惊道:"你有传呼机了?"颜铭说:"团里给配的。宽哥请客那天我就戴上了,原本要告诉你的,却忘了。"就看看传呼机,说:"又是那个朱斗打的,这已经是第八回了。"夜郎说:"新传呼机还没给我留号码就留给他了?以后不要随便把住址和电话什么的留给生人,社会上有这样的闲痞呢,死缠硬黏,就没个清正日子。不要回他的传呼,记住了没?"颜铭说:"记住了。"表情和声调像小姑娘受了委屈了,在接受大人的教导。夜郎一把揽了她,说:"多会撒娇,二十四五的人了,还以为你小哩!"颜铭越发娇气,踢腾着脚说道:"就是小嘛,人家就是小嘛!"一只鞋就踢腾掉了。

  两人玩了一阵,窗上的光线暗了许多,院子里哐里哐当有响动,是秃子回来了,和房主在那里说脏话,夜郎就让颜铭重新梳好头,说去买些熟食来吃,拉闭了门下了楼。颜铭把被罩枕巾取下来,压在一个盆里用洗衣粉水浸泡了。

夜郎在巷口的店铺里买了几个烧饼、一包熟猪头肉、一包油茶面，心想颜铭不大吃猪肉，却喜欢吃用猪肠制作的梆梆肉，就去对面的梆梆肉店去买。不料这家店铺的梆梆肉刚刚卖完，得到另一条街上去买，却见虞白和丁琳一人手里拿了个烤红薯，一边吃着一边走过来。夜郎笑道："多文明的人红嘴白牙在街上吃红薯?！"丁琳说："西京这地方邪，说鳖就来蛇，正说你，你就在眼前了！文明人就不喝不吃啦？"虞白说："他懂得什么？要是个丑八怪在街上啃红薯是不雅，这么漂亮的女士敢当街吃红薯，就是时髦了呢！"丁琳说："对着哩！只有你敢日嚼他！"虞白捣了丁琳一拳，说："你不知好歹，我向着你哩，你倒揶揄我！你说我敢日嚼他就是敢日嚼他——夜郎，我要你把这半个红薯吃了！"夜郎说："吃就吃，你说让我去杀谁我就杀谁呀，还不敢吃？"丁琳说："吔，吔，吔，你们再要肉麻，我就避开呀！"夜郎笑着说："你们快先到我房子去吧，我去买些梆梆肉。哎，你们还爱吃什么，一人一包擀面皮怎么样？"丁琳问："房子里有没有人？"夜郎咯噔一下，才觉得她们和颜铭见面不好的，但不让她们去房里又说不过去，不如大大方方做了介绍，免得将来自己说不清，两头受气。就说："说对了，房子里倒真有人。不碍事的。"虞白说："什么人，该不会是金屋藏娇吧？"夜郎只是笑，骑上车子已经走了。

虞白和丁琳嘻嘻哈哈进了保吉巷七号院，秃子正把一只鸡头夹在翅下，用刀划脖子，血流一摊。见门口进来两个气度不凡的时兴女人，先自惭形秽，丢下鸡就走回自家屋里去。那流了血的鸡却没有死，在地上扑扑棱棱了一阵，摇摇晃晃竟又在院子里跑动，吓得虞白尖声惊叫。房主老婆在屋檐下喊："秃子，秃子，你这是洒鸡血逼小鬼吗？"秃子跑出来，一扫帚把鸡打倒，踩在了脚下，说："没事了，没事了。"虞白没怪秃子，倒对房主老婆反感，小声对丁琳说："不理那女人，她骂秃子，其实是暗里骂咱们的。"丁琳说："女人见不得女人，她嫉妒咱哩！"就偏偏问秃子："夜郎的房子在楼上几号？"房主老婆说："五号——寻夜郎的女的这么多啊！"虞白和丁琳不看她的脸，故意高昂了头，挺了奶子往楼上去。

颜铭在房里揉搓了一遍脏枕巾，听得楼下问夜郎，就先把门关拧开，虚掩了，急在镜里看了一下发型，坐在凳子上。虞白和丁琳推门进去，没思想准备的，坐在屋里的竟是一个年轻漂亮的女子，当下怔了一下。颜铭站起来说："找夜郎吗？请坐，夜郎出去了，过会儿就回来。"丁琳说："我们在巷口见过他了——你来得早哇？"颜铭说："也才来。"丁琳说："是戏班的？"颜铭说："不是，是老早的熟人。"颜铭让虞白和丁琳坐在了那两把短椅上，自己就坐在床沿上，一时双方都没了话。颜铭觉得不妥，又站起来要倒茶，但夜郎房里只有一个茶杯，拿了两个碗先用开水烫过，放茶冲了，端在桌上说："喝茶。"又回坐在床沿上了。虞白欠欠身说："谢谢。"丁琳回头道："你什么时候这么客气过？"虞白说："咱是客人嘛，见主人当然要致谢。"颜铭要说什么，口张了张，又合上了，顿时手脚没处放，就又蹴下身去搓揉脏被罩；一仄头，瞧见虞白在一眼一眼看她。她笑着说："夜郎这被罩都泡出黑水了！"虞白却没有接话，身子后仰，使矮椅一条腿着地，转过来又转过去，显得落落寡合，一副超然世外的模样。丁琳说："这夜郎怎么还不回来？"虞白哼哼地笑了一下，走过去用手弹弄古琴，弹了三下，给丁琳说："你瞧瞧，夜郎鼓琴也焚香呢，你闻闻那是什么香？"琴旁有个小小的铜铸的香炉，香炉四周散落着白的香灰截儿。丁琳从旁边的纸筒儿抽出一支香来闻，说："我也不知道是什么香，玫瑰味的。"虞白说："玫瑰味的？琴合适的是清馥韵雅，艳香之类不入琴供的！"丁琳说："商店里什么香都有，他倒偏买这类香？"虞白说："夜郎没看出还爱个艳的！"丁琳说："艳香不入琴供，可琴上用莹白螺蚼徽、玉轸也够艳了。"虞白说："用金徽、玉轸不是艳而是贵，玉轸有花则容易转动，还不易受污损，莹白螺蚼徽，在灯前月下取音能一目了然。"丁琳说："你来一首吧。"虞白说："我才不弹的。你知道吧？古人把弹不叫弹，叫鼓，鼓琴讲究对月、对花、对水、对竹、对知音，对月对花对水对竹对知音又有研究，你愿意不愿意听？"丁琳说："我洗耳恭听。"虞白说："古人讲洗耳就是听琴。"丁琳说："这我知道。"虞白说："对月鼓琴，要在二更人静时分，万籁无声时最佳。对花鼓琴，花宜于岩桂、玉兰、雪梅，香清色素为雅。对水要临轩窗，对竹要竹月坐席……"两个人一说一对，有逗有乐，全然不顾了颜铭在那里，似乎颜铭就是个洗衣服的保姆婆子，或者压根儿就不存在。颜铭言短，又不知琴事，一时插不上话，搓揉了一会儿，还不见夜郎回来就有些坐不住，站起来说："夜郎怎么还不回来？时间不早了，我得先走啦，你们坐吧，他回来了就说被罩我搓过了，再用水摆摆就行了。"丁琳说："急什么呀？不要我们来了你就走的？"虞白也说："你一走，夜郎回来向我们要人，我们倒不好交代哩！"颜铭笑着说："没事的，你们在吧。"挎了红皮包出门走了。

颜铭一走，丁琳就把门关了，嘎地笑了一下，说："你真坏！你把人家硬赶走了！"虞白说："这与我什么事？怎么是我赶走了她？"丁琳说："哄得了别人能哄得了我？你瞧你刚才多有学问，对个琴说古论今，一口雅语，不着了人间烟火；你要那么着，我也只能顺你。让人家姑娘坐冷板凳尴尬。"虞白说："这女的一定是夜郎的对象。"丁琳说："别瞎猜测！"虞白说："我有感觉，我相信我的感觉。男人说的再好，都是那驴的秉性。"丁琳说："驴的秉性？"虞白说："爱吃嫩草。"丁琳嘎嘎大笑。虞白平静着脸却问："你觉得她怎么样？"丁琳说："个头有些像你，长得也好，那刘海一溜一溜的，衣服也是平常衣服，一脸没文化。"虞白说："是吗？咱脸上刻了字了，不是俗人了？！"丁琳说："咱是大俗大雅嘛！"虞白咧咧嘴，喝了那碗茶，又拿水壶添了水，说："不说了，喝茶！夜郎那一级毛尖呢，咱给他喝光喝净！"

夜郎在另一条街上买了梆梆肉，又买了三包擀面皮子，却偏巧马路那面有人叫他，瞥见是康炳，本不想理，康炳却三躲两躲着车辆横穿过来，说："叫你你没听见？"夜郎说："需要熟人的时候，狗大的影子都没有，想泡个妞儿了，到处都有眼睛！"康炳说："把我们都累死了，你倒自在地泡妞儿？哪一个？让我瞧瞧。"夜郎说："那个！"一家屋檐下，坐着一个蓬头垢面的女疯子，一边在怀里扪虱子一边唱《夫妻双双把家还》。康炳嘿嘿笑。夜郎说："吃过饭没有？怎么在这儿？"康炳说："东仓巷有个姓李的，一年里家里死了三个人，请去唱唱鬼戏禳治的，你去不去？"夜郎说："既然我不在，我也不去了，今晚都谁去了？"康炳说："玫、秀秀、老骞、张老三、小吴、小陆。你知道不知道，阿根和士林炒班主鱿鱼了。"夜郎说："班主可以炒被招聘的人的鱿鱼，怎么还有下边人炒班主的？"康炳说："阿根和士林今早留给老南一封信就不辞而别了。从巴图镇回来,阿根和士林因工资太少和老南吵过几次,他们就都到宁洪祥的公司去了。据说在巴图时宁洪祥就有心挖他们去的,只是包藏得严,谁也没发觉。他们这一走,气得老南睡了一下午,寻你也寻不着,说以后要给大家买传呼机的。"夜郎听了,就想去看看南丁山,又觉得家里有客人,去不了,拉了康炳又详详细细问了许多事情,最后才叮咛康炳,见了南丁山不要说把事情告知了他,他明日一早便去见南丁山的。

送走了康炳,夜郎才急急往回走,一进门,虞白劈头就说:"你这不是糟践我们吗?让我们在家等着吃饭,你跑得却没踪没影!"夜郎笑道:"街上碰见戏班的人,说了些话,实在对不起。先吃擀面皮子吧——颜铭呢,上厕所去了?"虞白说:"颜铭是谁?"夜郎说:"你们没认识?"虞白说:"你那个小姑娘啊——她走了。"夜郎听说颜铭走了,心里倒犯嘀咕:一是颜铭是专来要和他说些事的,二是颜铭不等他回来先走了,一定是颜铭生了气。就说:"她走了?你们怎么让她走了?"丁琳说:"夜郎,咱把话说清,是她要走的,可不是我们撵了她。"虞白说:"既然屋里藏了娇,你为啥偏要叫我们上来?是成心要显示吗?是要笑我们老了?你带新女人到旧女人这里来,你就这样不顾及那个颜铭的感情吗?丁琳,咱给夜郎看了半天的门,他人回来了,人家还要去找那个颜铭,咱就该回家了吧。"说罢就要走。夜郎没想到虞白竟会这样,忙说:"这是什么话——说走就要走?多待一会儿嘛。"虞白说:"冲了你一场好事,实在对不起了。"夜郎说:"人家是时装表演团的,原在祝老家做保姆……你们这才怪,生的什么气嘛!"虞白说:"噢,模特呀,怪不得蛮靓嘛!"已经走到过道,夜郎追出来还要说:"真的要走啦?"虞白说:"是该走了。"丁琳却迟疑起来,说:"虞白……"虞白说:"夜郎是永远不满足身边的朋友,总是换的,人家恐怕认为是朋友就得赶走吧,咱还是要当他的朋友的,那咱还不走吗?"夜郎便生了气,说:"好吧好吧,要走就走吧。"看着她们噔噔噔地下了楼,从院门出去了。

三天里,夜郎没有给虞白打电话,也没有给丁琳打电话,他坚持认为是她们在发神经,不近情理,事情做得过火,偏要等着她们来回话。但是,虞白没有消息,丁琳也没有消息。等过三天,再等一天,再再等过一天——夜郎在和自己发咒誓——又等了最后的一天,夜郎的心凉了一层,扼腕长叹,禁不住在屋里泪潸满面。他硬缠着小吴、秃子和房主打麻将,甚至买了烧酒给他们喝。小吴过日子仔细,只拿了五十元的本儿,讲好赢了陪着打,输了便收场。上来三圈不和不杠就死也不肯再打。夜郎亲自登门,去请楼后的信贷员李贵,李贵却是要打十元的底数,将那么一包钱压在屁股下,一沓一沓往出抽。秃子见状,和房主儿使眼色,上手将李贵盯了个难吃难碰,这边又暗中铺排使巧,三圈过去,李贵竟输了数百。夜里四点,秃子说:"结束吧,明日还要去东郊收购鸡的。"李贵说:"你赢了钱要走,那不行的!"直打到天明。天明了,也不让走,不让走的是夜郎,黑着脸激李贵,训秃子,又让五顺来替秃子。五顺要去饭店,夜郎说不去饭店就不去饭店,吴清朴那边由他去说的,又直打到中午。既然已过中午,裤子湿了就立着尿,谁也不肯下场,让秃子拿几只熟鸡,又买了数瓶啤酒,连着打到第二天清晨。场子一散,夜郎瘫坐在那里,摸摸下巴,前天下午刮净的胡子,一天两夜竟长得扎手,手伸出来,瘦得却像鸡爪,而鼻子上生出个疔来,抠了一下,生疼生疼的,趴在床上就睡着了。

一觉醒来,鼻子疼得厉害,对镜照了,整个鼻子都成了红的,肿得又大又亮,也不再出门,闷在屋里自己生自己气。五顺耽误了一天时间,吴清朴发了脾气要辞掉他,五顺说了原因,吴清朴饶了,却不知夜郎这里怎么啦,打电话说给丁琳,丁琳火急火燎就到保吉巷来。

丁琳一见夜郎的模样,吓了一跳,才要数说鼻子上的疔怎么敢抠的,是不要命了吗?夜郎却板着脸,只冷冷地说:"你来了?是找我的吗?你怎么还能来找我?"丁琳说:"这就好了!我只说夜郎还在喝他的酒,唱他的戏,没想夜郎也是糟蹋自己的。"一句话把夜郎逼住,倒不明白她话的意思。丁琳说:"真的生气啦?"夜郎说:"夜郎再是个没相的人,夜郎总还是人吧?诚心诚意让你们在家等我,又买了这样买了那样,你们说走就走了?!我能让你们去屋里,我也是有心让你们和颜铭见见面的,你们肯定是不理人家,人家走了，而又给我说那么些热讽冷刺的话，也不管我受得了受不了。这就是知识女性的脾气？小姐脾气！"丁琳说："你说，只管往下说，把火泄一泄，鼻子上的疔就好了。我只说女人脆弱，男人比女人更脆弱嘛！"夜郎气咻咻地说："不说了！"窝在矮椅上抽起烟。丁琳说："夜郎，我问你，你得给我说实话，那个颜铭和你到底是什么关系？"夜郎说："是好过，宽哥两口一直在撮合这事，颜铭也有那个意思的。"丁琳说："虞白那贼狐子感觉就是好，她一见颜铭就认为你找了颜铭，所以她吃了醋了。你和虞白阴不阴阳不阳的，什么话她也避我，凭她这醋劲，我才看出她心里真是爱上你了，你知道不？"夜郎说："你把话捅开了，我给你说。自见了虞白，我真的喜欢她，我明明是清楚我对颜铭好过，宽哥他们仍在撮合这事，颜铭也在等我最后的话，可我不知怎么就喜欢了虞白。我矛盾过，痛苦过，指责过我是不是对不起颜铭，是个坏人？可是我控制不了去爱虞白，又没勇气去对颜铭说明。说卑鄙些，我有占有欲，我向往虞白的那种生活，我要追求，我又怕那样的生活不属于我，不肯丢弃颜铭……我无法理顺我的思维，我想顺自然发展，如果虞白也真的爱我，那我将来就和她结婚，但是……我心里又慌，我觉得我是不是高攀了她，她是真心爱我还是一时的精神寄托？我是这么想的，我又不愿面对现实，盼望这种状况能永远持久下去。但虞白呢，却是一颗豌豆心，一会儿就变了……丁琳，丁琳，我怎么对你说呢？我说不清楚……"丁琳说："夜郎，你不用多说了，我都明白了，你说的全是真话，真话假话我听得出来。你和虞白这事，开初我是开心逗乐子的，见你们阴一会儿阳一会儿的，倒还笑过你们活得太累，可现在我着实有些感动，甚至觉得我的潇洒其实并没有什么刻骨铭心的东西留下来。虞白是我的好朋友，我们在一起时间也长了，我是了解她的。她是个灵透了的人，内心丰富，感情又细腻，你没见她近来越来越瘦了吗？她条件似乎比你好，一般人以为她肯定要找一个家庭条件好的，文化高的，人长得帅的男人，可虞白偏不是这样的人，她爱你是真的，这我看得出来。但女人有女人的弱点，正是因为她爱上你，她又自尊惯了，总有不放心的地方，就自尊到了自卑的地步，老认为自己年纪大了，又不是艳乍之人，不能再有个什么伤害。所以，一见颜铭，人又年轻，又漂亮，她能不失态吗？她这失态也正好表明她在爱着你，这你就不能理解？"夜郎听了，不言语了，闷了半晌，说："她这小性子不是一次了，老是这样，倒叫人害怕呢。"丁琳说："我给你说的意思也在这里，她就是太敏感，善于想象，并不是个好的操家过日子的人，这你得拿主意。现在你面对虞白，还有那个颜铭，到底找谁，你要瞅准一个，否则当断不断，害人害己——感情这事折磨起人来是狼是老虎的。"夜郎说："丁琳，你说呢？"丁琳说："你要和虞白好，将来虞白会让你过另一种生活，这是肯定的，问题在于那种生活，你能不能适应和配合？"夜郎说："一个人要是爱一个人，那他就会爱这个人一切的。"丁琳说："那好，我把这话说给虞白去。"夜郎就心平气和下来，在脸盆里倒了热水，浸了毛巾，用热毛巾敷鼻子，问那日夜里回去，路上虞白是怎么说的，一一问过了，就要请丁琳去吃饭。下楼去了街上，竟大方地去了一家蝎子宴酒楼吃蝎子。丁琳早听说过蝎子宴，却从未吃过，见到端上来有油炸的干蝎和乱跑乱动的酒泡的醉蝎，吓得不敢吃，夜郎却称蝎子宴是英雄宴，将活蝎一只一只丢进口里嚼着让丁琳看。买单的时候，一掏口袋却缺一百元钱，丁琳就掏了，羞得夜郎说："是我来请你，倒让你请我了。麻将场上我输了五百哩。"丁琳说："牌场上失意，情场上要得意哩！你记着欠我一顿饭的！"

　　丁琳去见虞白，没想虞白却也是病了，眼圈乌黑，腮帮子也塌了许多，长长的沙发上，这头窝坐着虞白，那头窝坐着狗子楚楚，都不说话。沙发前生着一个煤炉，上边坐个砂锅，咕咕嘟嘟熬着药。丁琳吓了一跳，问怎么啦？虞白说病了，丁琳说："前日我走的时候还精精神神的，怎么就一下子成了这样？一个在那边病着，一个在这边病着，得病也像是商量了似的！"虞白说："谁个也病了？"丁琳说："夜郎呀。"虞白说："他得了什么病？他精神头儿多好还得病？"丁琳不接她的话，兀自抱了楚楚玩，楚楚的情绪却怎么也活跃不起来，气得丁琳骂道："你主人病了，你也装着要病，真是个走狗！"虞白郁郁地笑了一下，说："人为灵，狗为半灵，这世上哪个是靠得住的？只有我这楚楚待我真心。"丁琳说："我没病，我就是同你不一心了？你几时要死了，那我也死去！可夜郎倒是心有灵犀一病通，你却骂人家得的什么病？！"虞白说："他还真有病？"丁琳就把见到夜郎的情况以及和夜郎的对话说了一遍。虞白静静地听着，后来就去揭了砂锅上的纸，用筷子搅着搅着，眼里噙了泪水，却说："谁让你给他说这些！你这是成心丢我的脸，看我的笑话吗？"丁琳说："你别给我要心眼，事不说破，各自都受折磨，你又该骂我不关心你了！"虞白鼻子一皱，两颗三颗泪子就掉下来，说："你要真关心我，你就不该去多嘴多舌，他要是真有那心，就不会让颜铭到他那里去，去了也不会让咱们再到屋里去。他热火着颜铭，你又去说那么多，你是让他害了我也害人家颜铭吗？"丁琳说："你这是什么话？婚姻爱情是相让的事吗？夜郎已经爱了你，你却三心二意的，你这才是成心折磨人家的，哪个男的受得了你这种折磨？！"虞白抬起泪眼，看着丁琳，一把把她搂住，说了一句："你声小些，大娘在睡哩！"丁琳才发现库老太太在厅角的矮床上睡着，声低下来，说："难道你又没那份心思了？"虞白说："我是老了，再年轻十年，我不会让谁的，可我现在人老珠黄……男人的心思我知道。我让刘逸山也算过命了。"丁琳说："你去刘逸山那儿了？他怎么说的？"虞白说："刘先生一见我，就说你是来算婚姻的吧？——真是神人！我才要说让他算算和夜郎的事，他说，你不要说，我在手上写个字你瞧瞧，他就在手心写，竟写了个'夜'字！我当时吓昏了。他说，你们是有缘分，但这事我劝你最好不要那样做，他虽然也爱你，但他还会爱别人，他心气浮躁，无法安顿了自己，那爱能专一吗？就是你们硬要成，将来日子并不像你想的那么好。他还教了我一手'诸葛马前课'，让我有了事自己去测，我回来测了几次都不好。刚才去街上抓药，碰上第一辆车，以那车号来测，也是不好的。"丁琳说："怎么个测法？"虞白说："你报来个三位数儿——随口报。"丁琳说："369。"虞白一边扳动指头，从右手食指开始先数一，往上到食指尖，中指尖为三，再从中指尖为一，经无名指尖、无名指根、中指根、食指根……依次数到六，再到九，落在无名指尖了，说："这是'赤口'。赤口事不成，口舌有灾殃。你瞧瞧，还是不成的。"丁琳说："神秘文化这一套，不可不信，也不可全信，事还在人为的。"虞白说："他现在有两个女人，让他去拿主意吧，他要真心爱我，等过一段时间再说。"床上的库老太太说："你是要再看看,他也是要再看看。"惊得虞白和丁琳都眼睁得老大,说:"大娘你没睡着?"库老太太说:"我听着你们说话的。"虞白脸通红,说:"大娘要笑话我了。"库老太太翻身坐了,说:"那个夜郎来送鳖的时候我就知道你们恋爱了,可鳖原本是静物,却总是跑,我就疑惑了,那日他来我看了他,他是个马变的,你又在卧房里贴着万马奔腾的画,马不是安生的头口。"虞白说:"你是说心猿意马?"库老太太说:"我说不了你那话。你也是个狐子心,疑神疑鬼的,针尖对了麦芒了。"虞白说:"依你说,我和他也是不成的?"库老太太说:"我怎么知道?药溢了你也不管!"丁琳"哎哟"一声就去揭药锅上的纸,药汤已溢下来,煤炉上噗地腾了一团烟水雾气。库老太太下了床,却到后院里剪她的剪纸去了。

虞白一病,认识她的人都去探望,虞白说:生病也真好,几天里把几十年不见的朋友都见到了。库老太太就不断地往厨房的柜子放水果、糕点、奶粉、各种保健饮品。虞白并不吃这些,库老太太又吃不完,说:"天神,这么多好东西,我到街上摆摊子给咱卖了去!"虞白也说:"别人做生意下海赚钱,那咱生病下海了!"便扳指头计算谁都来过了,说一个人就给库老太太讲这人的一段故事,库老太太听着笑着却突然落下泪来。虞白问怎么啦,库老太太说:"都是一样的活人哩,我在家病了,狗大的人都不来看一看的,只有一次我那死老汉给我买过半斤红糖。"虞白听罢,哧地笑了,才要安慰老太太,心里却不知怎么也疼起来,想到亲戚熟人都来过了,不该来的也都来过,偏偏夜郎没来,话又说不出口,眼泪也掉下来。

又等了几日,夜郎仍未闪面,又下起了雨,闲着无事,虞白织起毛衣,却也是织了拆,拆了织。蹲在厕所里,从那一面小窗子去望天,心情又黯淡下来,发一阵长呆,坐在马桶上织一根线,怎么也织不尽,那尿也是尿不完,直到双腿困得疼痛了,才意识到那不是尿,是雨水在窗上咚咚地流,禁不住骂了夜郎,决意不去想他,叮咛库老太太把门也关了,谁来敲也不开的。可不去想,怎能不想,每有敲门声,先是虞白暗示老太太不要开,末了又让去开,开了不是夜郎,应酬了客人一走就在家又给老太太发烦。一日,吴清朴端来一砂锅鸡翅,又提了一条剖好的鱼、一包四川特制的酸菜,让做酸菜鱼吃,虞白就询问饭店生意,吴清朴说生意还好,连着接待过了几批来旅游的洋人。虞白说:"还行,挣起美元了!"吴清朴说:"那导游认识夜郎,夜郎推荐来的,我还寻思着给导游提成了也该给夜郎也提些成的。"虞白说:"你给他提成他倒不肯收的,他只要到饭店去,你好好招待他就是了。"吴清朴说:"我也对他说过,有什么朋友来,就领来我替你招呼了,可他见外,从未领过人来吃饭,好些日子连他影儿也不见了。"虞白说:"他要来了,你把这钥匙给他。"就从脖子上取了那枚钥匙。吴清朴说:"这钥匙他不是送你了吗?"虞白醒悟到钥匙的事吴清朴是知道的,一阵慌,忙改口道:"他捎过话来,说宽哥的一个外地朋友想看看这钥匙的,你交给他就是了。"

吴清朴把钥匙带回饭店,两日里仍未见到夜郎。邹家的老大和老二因当时分财产的事来店里寻事,吵闹这饭店原是邹云开的,而邹云不在,全成了外姓人,得让吴清朴退出一部分钱财的。吴清朴当然不肯,去找过刘逸山,刘逸山却和陆天膺去外地旅游未归,又托五顺去南门口卦摊上测字,写个"公"字,推断为:公乃一言成讼,且公字末笔为玄武之形,主小人刁唆,将见官司。吴清朴就惶惶起来,不敢多离开饭店,把钥匙交给了小李,让小李夜里回保吉巷了转给夜郎。

夜郎其实一直在等着丁琳来反馈消息,却等不来,戏班就发生了一桩重大的事情,再也无暇去顾及了。戏班组建以来,演出活动是没有断过,钱也赚了一些,但南丁山毕竟在管理上不善谋略,惹恼了一些人,自在巴图镇演出后,也是宁洪祥在挖墙脚,小陆和小吴就因红包的事与他怄气吵闹,不辞而别。小陆、小吴一走,人心开始涣散,南丁山要加紧演出多挣钱来维持戏班,就想出了一个名利双收的招儿来,即:扶贫义演。先是初夏,市图书馆将一批多余的书捐赠给西京北三县贫困区的学校,又以此倡议发动了几家出版社赠书。这宗事先后宣传了个把月,广播、电视、报纸上宫长兴出尽了风头。南丁山遇到困境,就有意要效仿,提出戏班义演的事,可心里总不踏实,夜郎就说:"他宫长兴能搞假的,买政治资本,咱为啥不挣钱?!"就同民俗馆和石牌巷的古锣鼓社联合了要扶贫义演,遂设立了办公室,以此号召捐款赠物。而戏班去几个郊县联系了，果然处处欢迎，包吃包住，夜郎便随戏班先去了东胜县。临出发前几个小时去保吉巷住处取换洗衣裳，正好遇见小李，小李就交给了那把钥匙，夜郎"呃"了一声，当下面如土布袋摔过一般。去东胜县演了三天，又转到黄义县，夜郎就病了，整日迷迷怔怔，约了三人去县城南关外河里钓鱼。河滩上芦苇成片，蝉鸣声声，远近没有人影，只在三五株柳树下的渡口横着一只小舟。四个人跳上舟安竿钓了一个时辰，太阳就晒得脖脸冒油，夜郎独自爬上岸，去一丛芦苇里撒尿。先还是要恶作剧，撒尿书写一行字的，突然一头栽下去。在舟上的三人听见响声，问怎么啦，连喊数声不见回应，过去看了，夜郎的屁股撅着，头却像犁铧一样往沙里戳。三人吓了一跳，忙过去拉起他，人已昏迷不醒，鼻里嘴里已经满是沙了，就叫道："这是中了迷糊鬼了！"忙用指甲去掐人中，折了桃木条在背上抽打。夜郎醒过来，面色灰白，大汗淋漓，第一句话却说道："我想吃肉！"三人又气又笑，说："人都快没救了，还只知道个吃？！"但还是将他背了，飞也似的到县城南关一家饭店，买了盘带把肘子让他吃。夜郎竟一口气吃了一半，也不用筷子，也不让旁人，嘴角两股油水往下流。饭店里饲养的那条狗一眼一眼看着那根骨头，他就是啃来啃去不肯丢。三人中有一个就是再生人的小儿子黄长礼，瞧着夜郎的吃相难看，便突然想到夜郎原先并不吃荤的，怎么现在这般吃肉？他是经过再生人的事的，心下疑惑，小声对另外两人说夜郎莫非是饕餮附体？说得那两人也害怕起来，当下夺了筷子。夜郎说不吃也就不吃了，却精疲力竭，连脑袋也懒得举起。回到戏班，黄长礼把经过告知南丁山，南丁山询问夜郎在河滩的事，夜郎竟不知道发生了什么事体。众人自不敢与夜郎相处，只有黄长礼来陪他。过了两天，南丁山瞧他这副模样，就让黄长礼送回西京，为了有个照应，直接将人交付给宽哥。

　　宽哥领着夜郎去了一次医院，医院诊断却是没有什么病的，但人依旧发痴。奇怪的是喜吃肉食，一旦谈论起社会上的事，便异常亢奋，言语过激，粗话满口。宽哥不明白他的心态已经平和了那么长时间，怎么又退回到以前的境地，免不了又指责他。夜郎以前但凡被指责，心服与不服，口上是不大争辩的，现在却宽哥说东，他说西，宽哥躁了，他比宽哥还要躁。宽哥就去找了颜铭来，暗中叮咛颜铭去时装团请了假，好好陪陪夜郎，说："他如果真有了什么病，那也就是偏执病，这只有你们女人慢慢来调整了。"颜铭说："宽哥这么说，女人是药方子了？"宽哥说："现在不兴了思想工作，我也不会做思想工作，但我知道，人病了要吃啥补啥，核桃仁补脑，猪肝补人肝，夜郎这病是心理上毛病，一个大男人，到结婚的年龄不结婚，阳得不到阴，就要犯问题了。——这你不必介意，我早就说你们该结婚了，你们谁也不听我的话，缺女人就得吃女人嘛！"颜铭脸唰地通红。宽哥说："我也不多说了，他人在我这儿到底效果不好，你接到祝老那儿去住，事情或许会好些——我意思你明白了吗？"颜铭点了头，眼却羞得不敢看宽哥。当天晚上就劝说夜郎搬住到了祝一鹤的家里。

夜郎并不想在祝一鹤家住，但住回保吉巷，一是怕见到五顺、小李，二是怕戏班在外县，自己没有事，独自在房里不知会难受成什么样儿。与虞白矛盾后，盼望着虞白会来说明情况的，而期望过高了，失望太大，连那枚钥匙也被退回来，回想她当初讨要钥匙时是多么迫切，如今竟让别人退回来，是虞白把他从心里要完完全全地抹去了：到这个时候，夜郎为自个儿的多情而羞耻得脸面发烫，明白了自己毕竟是一个无权无势无钱无职甚至也无才无貌的社会上浪荡的闲人，原本是不该对虞白有非分之想的。人到底是和物一样地要类分，自己是和颜铭属于一类的，虽然自己对颜铭三心二意过，颜铭还在爱他，在这个时候也并未嫌弃他，玉女就要住在天庭，土地爷就得待在地上，神该归其位的。夜郎就这样同意了在祝一鹤家住一段时间。

夜郎住在了祝一鹤家，颜铭又因为请了假，阿蝉就趁机提出她来城里这么久了，还没有去西京周围的名胜点看看的——想出外玩几天。阿蝉一走，颜铭是睡在卧室的，夜郎睡在客厅的沙发上。第一天夜里，颜铭是把卧室的门插了，却一夜没睡好，听见门响了几次，以为是夜郎来敲她的门，迷糊中坐起，没有了什么响动，就认作是夜郎去厕所了吧，倒笑自己的可耻。重新睡下，竟怎么也睡不着了，浑身火烧火燎的，觉得这儿痒那儿痒，却也不好意思开了门去客厅。赤了脚悄悄下来，轻轻抽开门插，想夜郎若是有那个胆儿，他要敢进来，她也就敢接待了他的。但夜郎没有进来。翌日她早起，夜郎睡在沙发上还未起，嘴角流着涎水。靠着厨房门看了他一会儿，却想：夜郎乃是贼胆儿大的人，怎么就会一夜老实？涎水流得那么多，看来睡得死沉，是压根儿就没有了那种冲动吗？怎么没有冲动，心里淡漠了我吗？好长时间里，夜郎是没来找我了，那一夜在保吉巷碰着的两个女子，会是夜郎的什么人呢？颜铭想得心乱起来，已经走到沙发旁了，要叫醒他来问问，可她没有，退到厨房里来择韭菜，哭不得笑不得，竟轻轻地唱起来。她唱的是一首古老的歌谣，歌谣名叫《叹四季》，但颜铭没有唱词，只哼曲儿：

[乐谱]

颜铭唱着，无比深情。夜郎就醒了，坐起在沙发上，问："颜铭颜铭，你唱得感人哩！"颜铭没有回答，只是唱她的，夜郎就又说："这是哪儿的歌谣？"颜铭在曲儿的间歇里说了句："我老家。"夜郎说："你老家？"颜铭再不作理，唱到最后，放缓了节奏，泪水就溢流在脸上，却没有再说什么，烧了热水去给祝一鹤穿衣洗脸了。

白天里，颜铭陪夜郎去逛街，夜郎明显地没有兴趣，每到一个商店门口，总是蹲在那里吸烟，让颜铭进去买了东西出来，跟着又走。颜铭就提出到一家剧院看歌舞，因为夜郎毕竟爱音乐，而在这里演出的都是新近爆红的歌星，可进去了，夜郎没有看到三分之一就要出来。颜铭不解地问："你不是喜欢音乐的吗？"夜郎说："我没有看到音乐，我只看到扭捏作态！社会都成什么样了,一个个油头粉面,甜兮兮地唱那些曲儿……尤其那个肥胖女人,穿一身缀满珍珠的旗袍,她以为展示了她的美丽和富有,其实只是浅浮和庸俗!"颜铭笑了一下,说:"吓,说这话哪里符合你的身份?!是不是和高雅的女人待在一起久了,自己也高雅了?"夜郎没有理会。两人出了剧院门下了台阶,夜郎突然"哼"一声,说:"你说什么?我和什么高雅女人待得久?"颜铭说:"那天夜里来找你的两个女人多高雅的……"不提则罢,提说了,夜郎的心揪了一下,想道:女人真是见不得女人!就准备着要对付颜铭的一套话了,说道:"什么高雅不高雅,是熟人嘛。"颜铭说:"我也没说是你什么人,熟人也好,比熟人更熟的人也好,人往高处走嘛,你不是也能说这一席雅话啦?!"夜郎一时不知说什么,见颜铭再不说了,自己也没了话。两人默默往西走,正路过一家公园。几十年前西京曾发生过一次战争,当敌军铁桶似的围困了西京城,一批英雄者为了保卫这座城牺牲过万,人们为了纪念他们,就在这里修建了陵园。因为陵园的松竹青翠,环境优美,几十年来日渐演变,竟变成了公园,假山、池塘、楼亭台阁代替了那一座一座坟墓,只保存了一座烈士纪念塔独独地竖在那里。夜郎每经过公园门口,总是要大骂一通。当颜铭提出进去玩玩时,夜郎一挥手就走开了,颜铭说:"公园不去,今日有时间,咱到南郊曲江池去,听说那里又开发了几个景点。"夜郎说:"罢了罢了,那是多好的地方,这几年又修些洋不洋古不古的房子和桥,盲目化装,肆意改造,面目全非了!"颜铭也生了气,说:"你这人才怪了,指责这样,指责那样,难怪宽哥说你偏执!在家闷得慌,出来哪儿都不去,你想到哪儿去?"夜郎一梗脖子说:"西藏!"颜铭说:"去布达拉宫朝拜呀?"夜郎说:"栖息灵魂。"颜铭气得没言传,蹲在马路边上喘息。一位姑娘就从对面一跳一跃走过来。姑娘穿着高档,收拾清雅,明眸皓齿,秀发长腿,颜铭不自觉地瞧着人家,一直目送了走出很远。夜郎见颜铭生了气,也觉得那个,辜负了一片好意,但夜郎不是违心就能认错的人,偏也这么僵着;瞧颜铭痴眼儿看那姑娘,也就"哼"地笑了。颜铭一回头,说:"你还笑?你笑啥的?"夜郎说:"在街上都是男人看女人哩,没想到还有女人看女人的!"颜铭说:"少见多怪。只要是美,男男女女都会欣赏的。"

夜郎便说："你是不是又想到服装街晓席那儿买衣服了？你去吧，我在前边那个医院门口等你。"颜铭问："你哪儿不舒服了？"夜郎说："好着的，你去吧，一个小时后你可要来的。"

颜铭也真就去了服装街，先在各个衣亭里看了一遍，并没有发现刚才那个姑娘穿着的上衣，便去了晓席的精品屋。一进去，正墙上正好挂有一件那样的上衣，她没有立即表示出惊喜，拿起柜台上放着的一串糖葫芦就吃起来说："怎么就知道我要来的，吃的也买好了！"晓席说："狗东西有口福，也不问问那是干什么的。"晓席是昨天或者前天做了隆鼻手术的，鼻子胖得圆溜溜的，就同时瞧见屋角那边还站着一个男子，男子说："吃吧吃吧，一会再给晓席买的。"颜铭才知道糖葫芦是这男子殷勤给晓席的，忙又咬了一口，交给晓席。晓席咯咯地笑。偏这时候，一个女人走过来，黑着脸训那男子："你没摊位吗？跑到这儿干啥了？一天几趟往这儿跑，这儿有啥勾魂的？！"那男的红着脸就走了，女的跟在后边还在骂："你说上个厕所，就上到这儿来啦？这里是公共茅坑？！"晓席低声骂了一句："母老虎！"颜铭见那女的走远了，问怎么回事？晓席说那男的是大厅里边摊位上的，这几日有事没事爱过来跟她拉话，她也是烦着哩，不想那母老虎还要吃醋。晓席说："我真是看不上眼的，要是我看上了眼，母老虎你哭都来不及的，还敢骂人！"颜铭就笑道："甭生气了，心里其实也得意吧？"晓席说："他死猫烂狗的我哪里放在眼里？"颜铭说："被人爱着也不是坏事嘛……几时做的鼻子？"晓席说："三天了，这次再做不好，我就准备去上海做呀——看着怎么样？"颜铭说："看上去是好。我也得去文眉哩，我这眉毛淡，到晚上一卸妆就显得贫气。"晓席说："是不是夜郎嫌弃了？做女人真可怜，为着人家男人好看，把肉皮罪受扎了，下辈子我是再也不当女人了！"颜铭说："我下一辈子偏还要当女人！"晓席一戳她的腰，说："你是美不够的！你要下辈子还是个女的，我就还要开服装店。"颜铭说："说得好嘛，那怎么不打六折七折卖给我？"晓席说："哪一件不是八折卖给你的？你要六折七折，你来拿针线把我的口缝上就是！你瞧瞧这批货怎样？让小张去广州帮着进的，进得太高档了些，谁来谁都爱，一问价却都走了。早上来了一个军人，领着一个女的，看上一件问价,我说一千元,那军人说:'甭开玩笑!'我就不理他了,我和他开什么玩笑?这批衣服只求卖给那些大款养着的妞儿……"颜铭说:"你恨不得西京城里都是些妓女!"晓席呵呵呵地笑。颜铭说:"我几时也去傍大款,有钱了就来买你的这批货。"晓席说:"好嗨,这话我告夜郎去!哎,颜铭,你和夜郎的事到底怎么样?迟迟不见结婚,是不是又有新欢啦?老实给我说!"颜铭说:"和夜郎好是好着的,但谁说得来结果呢?没个好衣服穿嘛,哪里还有自信心?你要把那件衣服卖我个进购价,我就领你个夜郎哥来,你敢不敢?"晓席说:"你总是来捏我的大头!你要穿着合适,你拿去吧。"颜铭果真就取了那件上衣穿了,真的得体了得,喜欢得在镜前照来照去,然后过来翻进货单,如数付了钱,说:"你别心疼,哪一次不是我穿了衣服在店里,别人看着都来买的,这也算是做了模特广告费的。"就把旧衣装在塑料袋里。晓席说:"我要再认识一个像你这样的朋友,我只得上吊死了!"颜铭嫣然一笑,从店里就出去了,惹得进店来的一群姑娘小伙回头看了许久。

颜铭从服装店出来,一看表,早已超过一个小时,急急赶到医院门口,瞧见夜郎蹲在对面马路边的一堵围墙根低头吸烟,悄声过去。夜郎在地上用石头砸死了许多细腰蚂蚁,就叫道:"你这么狠的,砸死它们干啥?"夜郎说:"我想起我爹啦!"颜铭莫名其妙。夜郎说:"刚才我去医院买感冒药,看见医院里有个花园,许多老人在散步,旁边一座楼门口停了许多车,我不知道医院里怎么会有这好的楼房和花园,进去问了,才知道那是高级干部病房。从一层的窗里看去,里边有电视室,有健身房,有康乐球室,还有一个舞厅,一些人在里边跳着舞……以前只知道有那些做领导的,单位一出现问题,或是级别、待遇上闹了别扭就去住院,可没想到他们在医院里是享这种清福的!同样的老人,我爹活着的时候,背驼得厉害,从我记事起他的腰就弯着,他受了一辈子苦,从未生过病,可他想也没想过别人住院享的福也比他多十几倍。他那驼背……我一提起他的驼背就想落泪,似乎是天生下来就是给人屈腰的,老子是这样,到了儿子,难道……"他几乎又要哽咽,颜铭说:"夜郎你要总是这么个心态,那怎么行?你真的是有了病了,祝老病后你说你情绪不好我还能理解,不是现在一切都好好的吗?怎么一下子又成了这样?！人和人比不得的，你以为医院里那些老人活得幸福？可让他们说起来，也是一肚子的牢骚。他们算什么官儿？比起省上的、中央的，人家都不活了?！你还讲究在戏班演目连剧的，阴间里还有阎王和小鬼的。你比起五顺、小李他们，他们还眼红你哩！"夜郎说："……你不了解我。"颜铭说："我不了解你？或许是我不了解你，可你就了解我了？我不了解你我也能了解我吧！不说了，回吧，回去我给你做红烧肉吃。"

这一夜里，阿蝉竟没有回来。夜郎倒操心起来，会不会出了什么事？颜铭说阿蝉鬼着哩，丢不了的，你知道她是和谁出去玩的？夜郎问还有谁？颜铭就说她发觉了，阿蝉是和那个小翠一块去的，她们两个有那个关系，平日里她在家里就看出来了，这一回肯定是去野了。夜郎觉得心里怪别扭，两个男人在一起的事他还可以想象到，也听说监狱里常有发生，但女人和女人会怎么样呢？夜郎去关窗子，窗外起了风，一张废纸鸟一般地飞过来，"哗"地拍在玻璃上，却贴住了，许久才脱下去。夜郎说："阿蝉嘴唇上茸茸的倒有胡须，也不说刮一刮。"颜铭说："哪里敢刮，越刮越多的。"就笑着在客厅的沙发上给夜郎铺被褥。

两人分别洗了手脸，颜铭照看着祝一鹤睡了，拉了灯，也让夜郎去睡，自己去厕所里倒水洗身子。夜郎一直在听着那哗啦哗啦的水声，后来又听见颜铭进了卧室，怎么也睡不着。但夜郎不敢起来，他知道这是在祝一鹤家里，上一回颜铭拒绝他，一提说祝一鹤三个字，他就什么激情也没有了的。厅里的摆钟不停地响。颜铭卧室的灯亮了很久很久，似乎在床上读什么书吧，有床垫咯吱声和纸声，后来灯就"噔"地灭了。灯灭的时候，夜像一床大被子，猛地连头带身地捂住了他，夜郎的心凉了许多，急迫得呼哧呼哧直喘气，心里说：睡吧睡吧，闭了眼睛去睡。不知睡了多久，却是睡不着，一睁眼，夜却并不怎么黑暗了，月光从窗子里照进来，能看清屋里的一切。就这么睁了眼睛看了一会儿，竭力伸长了身子要把一种急迫分散到四肢，但怎么也是不行，只有起来去厕所自我解决一下了。趿了鞋去厕所，正经过颜铭的卧室，轻轻地用一个指头推了一下门，门是关着的，他便去了厕所。从厕所出来再经过卧室时，门却半掩了。夜郎心里腾地上了火，想：刚才推门时门绝对是关了的,而现在却半掩,必是她听见我去厕所故意拉开门插的,就从门缝往里一看。半明半暗的卧室里,颜铭在床上仰躺了,两条橡似的腿直直地搁在那里,一件毛巾被只搭在腰部,上身白花花的。夜郎顿时英雄,觉得有硕大无比的翅膀从肋下呼呼生出,就往里走。床上的没有动静,一直走到床头,床上的人眼睛闭着,还是一动不动。这时的夜郎倒疑惑了,以为那门是一直没有关的,就害怕他去动她,她会突然惊叫而吵醒了祝一鹤,一时倒犹豫起来了。但颜铭却在说:"贼胆大,还不把门快关上!"夜郎一下子上去用嘴堵住那嘴了。

阿蝉第二天没有回来,第三天还是没有回来,夜郎和颜铭安然度过了两夜。第四天的中午,阿蝉从□□打来电话,说她在□□发高烧,病倒了,估计三天后方能返回。颜铭接的电话,并没有责怪她,倒劝她好好去医院看病,不要操心这边,等病好了再回来。可是,就在这天夜里,睡得迷迷糊糊的颜铭突然觉得夜郎起身下床去了。她以为夜郎是上厕所,半醒不醒的状态里还想了一下:去个厕所还穿衣服的怕感冒吗?但后来就睡着了。几乎是她已睡过了长长的一觉,夜郎才回来。她翻了个身,迷迷糊糊地说了一句:"你去屙井绳了?!"似乎夜郎并没说话,钻进被窝就睡着了。清晨起来,夜郎还在沉睡,忙把他推醒,以防祝一鹤听到什么动静。她悄声问:"你上火了吗?"夜郎说:"没有。"颜铭说:"我以为你上火干肠了,夜里上厕所那么久!"夜郎说:"我从不起夜的。"颜铭说:"不起夜?昨晚蹲厕所去闻香气了?"夜郎说:"我夜里去厕所?上厕所我能不知道?!"颜铭瞧着他一脸真诚,便疑心自己是夜里睡迷糊了,或者是做了什么梦。

又到了夜里,半夜时分夜郎又起来穿衣穿鞋就出去了,颜铭也醒了过来,心想:还说不起夜,看你回来怎么说!但听见夜郎并未去厕所,大门却在响动着。颜铭觉得奇怪,赶忙也穿了衣服来看,遂尾随了夜郎下楼,出楼区。夜里的街上静悄悄的,路灯半暗不明,夜郎摇摇晃晃在前边走,颜铭一直跟着要看个究竟,夜郎竟一直走到了竹笆街,站在了曾经是戚老太太住过的那间房门前。颜铭藏身在街对面的路灯杆后,瞧那门上贴了封条,又有粉笔写成的"此房出售"的字样。夜郎从脖子上取了钥匙,开始在门上的锁孔里捅——

怎么捅也捅不开——痴痴地待了一会儿，就又返身往回走，一直走回祝一鹤家来。颜铭就害怕了，不知这是为什么。等她返回来时，夜郎已经在床上沉沉地又睡着了。她忙把屋里的灯全部打亮，推醒夜郎，夜郎睡着了，浑身稀软，软得如泡开的土块，浓浓地散发着石灰味。她把他扶起来，看见了那后颈处的肉瘊没有了，问他出去干什么去了，夜郎只是说他没到哪儿去，他是在床上睡着呀！惊慌失措的颜铭心里觉得夜郎一定是有了什么害怕的病了，又不敢说破，只问："你这儿的肉瘊呢？"夜郎说："掉了。"猛地就全醒了，赶忙问："天明了吗？哎呀，还黑着嘛，这么早就起来？！"窝下去又睡。颜铭战兢兢地到厨房去，隔着玻璃，瞭看夜空中的星星，星星没一颗，操心天要下雨了。

白天里天果真淅淅沥沥有雨，雨不大，雨却是黄雨，电视上报道说是西部的黄尘弥漫，雨里才带有了黄泥。颜铭催督夜郎去医院看病，夜郎不去，催督了三次，夜郎甚至发了火，说："不去就是不去！——谁病了？"颜铭说："又不是我说你是病人，你没病，戏班怎么送你回来？"夜郎说："是我是病人，还是人都病了？！"颜铭没法，独自去一家医院询问医生。从雨地里走过，白衫子上落着黄雨点，像印着了重重叠叠的菊花瓣儿。医生说：是不是那人患有夜游症？颜铭想了想，可能就是。她以前听人说过有夜游症的人，可夜郎的夜游症这么可怕，竟能走那么远的路，开人家的门！她问医生夜游症怎么个治法，医生说医学界还没个什么好办法，有一个偏方——找一块水晶石，夜里放在病人的枕下——或者能有作用，不妨试试吧。

颜铭去时装团询问了所有的人，要借或买水晶石，但都没有。她再去服装街找晓席，晓席说见到隔壁一个服装店老板前几日拿过几块水晶石，叫嚷着要去打磨一副眼镜啊的，随即就去找那个老板。老板见到颜铭，笑成一团，说："这么美丽的姑娘我咋能要你的钱？我送你就是了！"颜铭好不高兴，千谢万谢的。老板说："水晶石放在家里，你明日能去我家取吗？"留了家的牌号。翌日下午，已经从外地返回来的阿蝉在家包花卷饼，要颜铭帮她，颜铭推说有重要事的，自个儿便去了老板家。老板见颜铭到来，显得十分的激动，又是沏茶，又是拿水果，又不住地赞扬颜铭的美丽。颜铭听得这样的好话也多了，又觉得老板长得白白净净，不像街上那班闲痞，就也应酬着说了许多话。老板去里间屋取了三块水晶石出来，让颜铭挑。一块非常大，晶莹透亮，一块是横七竖八地不规则的晶石块，一块最小，是平板状的，上边横出着三个水晶柱，如出土的小笋。颜铭拿了那最小的一块，说家里人失眠，有水晶石放在枕下可以治疗的，用不着最好的。老板就感慨颜铭的好，说他见过的女孩子多了；都是谋着要占些便宜的，他却是怪脾气，越是要占便宜的越什么也不给，越是不要的越愿意送，就又去里间取了一颗指头蛋大的石头，要送颜铭。颜铭看了，见是暗红的，拿起来耀了耀，里边泛着红的亮色，不明白是什么质地。老板说："这是红宝石，如果加工了，值钱就不是几百的数儿了。"颜铭说："就是戒指上嵌的石榴籽宝石吗？"老板说："就是，如果嵌戒指，起码可以嵌五副吧。"颜铭说："那我就不敢要了！"老板说："我这儿多哩，你去里间看看就知道。"颜铭进去，沿着三面墙是特别的架子，一层一层摆满了奇形怪状的石头，老板似乎很得意，一件一件指点了给颜铭看，这是什么化石，采自哪儿，那是什么石质，何年何月得到。颜铭不懂什么炭矸石、绿松石、鸡血石、田黄石，只觉得那些石头上的花纹古怪，就大呼小叫那一块石头像羊，这一块活脱脱是卧虎，那一块花纹太像狐了、凤了。颜铭见过许多有钱的老板，但从没有见过还有这种雅兴的老板，从里间出来，一时高兴，就把自己单位的电话、传呼机号写给了老板。老板也送上名片，欢迎她有空来玩。末了，又在名片上加上一个电话号码，说他因为生意常去外地，若手机电话拨不通，那他就暂不在西京，可以拨他叔叔的电话，他的任何去向他叔叔全知道的。又叮咛，给他叔叔拨电话不要拨到图书馆，直接往他家拨。说到图书馆，颜铭问了一句："你叔叔在图书馆？"老板说："是馆长。据说上边正在考察，要提拔他到文化局当局长的——你们时装团也属于他要管的吧？"颜铭有了心思，脸上笑着把话引开去。老板先是坐在对面沙发上，不时激动着站起来，后来就站在她身边，又坐在紧挨着的沙发上，问颜铭身上的衣服在哪儿买的，惊呼着上当了，哪里值那么多？他可以送她一件真正的意大利时装。颜铭看他脸色涨红，目光灼灼，尤其在问她身上衣服时，还伸手来抓了衣服摸了摸，就不好意思起来，瞧瞧窗外光线暗下来，便要告辞。老板却留她一块去饭馆吃饭。颜铭说:"得了你这些宝贝还能再吃饭?实在谢谢你了!"老板说:"那怎么个谢呢?"颜铭说:"我给你打电话,请你去吃饭吧。"伸了手来握。老板抓住她的手,却放在嘴上吻了一下。颜铭吓了一跳,脸都红了,老板就整个身子靠过来,酒醉了一般说:"我,我……让我吻吻,行吗?"颜铭立即后退,慌不迭地说:"这不行,这不行的……"手将门拉开了。老板呆住了,脸上霎时发黑,颜铭已走出了门,还跟了出来,说:"颜铭,你听我说……你不说声再见吗?"

老板的举动,颜铭并没有特别的反感,男人都有这么个毛病嘛,心里也不免还有那么一点得意。回到祝家,把一切并没有说给夜郎。这一个晚上,因为阿蝉在和她睡,夜郎的床依旧在客厅,她为夜郎铺床时将水晶石悄悄放在了枕下。但是,颜铭在半夜仍是听到了夜郎开大门的声音,一直有一个小时后才回来,知道了水晶石并没有起作用,就默默地在被窝里流泪。天明,夜郎收拾床铺,一掀枕头发觉了水晶石,喊叫颜铭这是哪儿来的?颜铭不忍心说他患有夜游症,只道枕下有水晶石可以治失眠的。夜郎悄声说:"你是不让我想你吗?放了水晶石我还是一个多小时想你睡不着哩!这石头哪儿弄来的?"颜铭就说是一个人送的,突然想起老板说图书馆长要提拔的事,说给夜郎。夜郎当下脸就变了,大喝馆长什么东西,竟然还要提拔?!颜铭见他发火,嫌他骂得声高,夜郎却更大了声咒骂,骂出一口粗话,气得早饭也没吃就出去了。

虞白在家等着夜郎,设计着他再来了,自己怎样地不去理睬,或者,劈面一句话将他噎住,这样的设计每天都有新的方案,但每天夜郎都没有等来。忽地想:总是认作夜郎会来的,怎不想到夜郎是不会来的呢?——一股凉意就上了身。决心定了,要读《金刚般若波罗蜜经》。这本经书购买得早,因为难读,迟迟不敢开卷,如今心烦意乱,硬着头皮去啃,说不定还能守挨着心性。于是窗帘拉开,拂去案尘,净手焚香,端坐了桌前翻开经卷,第一页的第一段,默声念道:

如是我闻。一时佛在舍卫国。祇树给孤独园。与大比丘众。千二百五十人俱。尔时世尊。食时。着衣持钵。入舍卫大城乞食。于其城中。次第乞已。还至本处。饭食讫。收衣钵。洗足已。敷座而坐。

虞白想，如果照念经的方法，要敲个木鱼，嘟嘟嘟嘟……一路念下去。为什么敲木鱼呢？恐怕和尚难于入静，口里念着佛经，脑子却不知游到哪里去，不停地敲着一个节奏才能静定吧。那么，敲什么不行，偏要敲木鱼？鱼是昼夜瞪着眼睛的，鱼睡觉就是停在那里不动了，休息一下就算睡觉了。敲木鱼，要的是和尚精进，修道要效法鱼的精神，昼夜努力不停。念完这一段，倒纳闷《金刚经》是最高深的一部佛经，怎么这般开头，只是从吃饭开始？以往的观念里，佛走起路来一定是离地三寸，脚踩莲花，腾空而去，这本经记载的佛却同我们一样，照样要吃饭，照样光着脚走路，所以回来还是一样要洗脚，还是要吃饭，就是那么平常！虞白遂醒悟了平常就是道，最平凡的时候是最高的，真正仙佛的境界，是在最平常的事物上。于是抱了书离开桌子，回坐到沙发上来读。沙发上却早坐了楚楚，两条后腿压在屁股下，两条前爪抬起来垂在胸前，眉眼下垂，似乎也坠入到什么境界里去了。虞白就说："瞧你这样子，也要学佛不成？"一掌拍它下地去了。楚楚无声地钻过后门竹帘去了后院，虞白思想又到了夜郎的身上，蓦地兜出个念头，就将脚上的一只红色软底的栽绒拖鞋丢过窗口，落到后院，嚷道："楚楚，楚楚，你把拖鞋叼回来！"心里默默祈祷，如果楚楚叼回来鞋将鞋面朝上，是能与夜郎交好的，底儿朝上，则是一场虚空。楚楚便把鞋叼进来，看时，底儿朝上，上嘴唇把下嘴唇咬住了，却想，刚才是没有祈祷完楚楚就叼鞋了，重来一次，又将鞋抛出窗去，叫狗再叼，楚楚叼回来是鞋面朝上。虞白暗暗高兴，毕竟是不踏实，如果命该如此，能叼回一次鞋面朝上，就还会叼回鞋面朝上的，便低声说道："前边两次都不算的，以这一次为准，就这一次！这一次是什么就是什么，绝不再抛了！"将鞋又抛出窗外，楚楚叼回来，鞋底儿朝上。虞白浑身都抖了起来，下了沙发，痴呆呆地站在镜子前，镜子里的人面色黑暗，一撮头发扑撒在左眼上。虞白想，原本要读《金刚经》来安妥灵魂的，我却来抛了鞋，着实是与佛越学越远。可又一想，平常就是佛，人道完成，也就是出世、圣人之道的完成，我这么多的事不去了结，也正是要完成人道嗬！就对了镜中的她，叹惜是老了、丑了。把头发拢后去，重新别好卡子，幽幽地自己对着那一个自己苦笑了一下，又苦笑了一下。

心彻底地是凉了，虞白这个中午没有吃饭，说是头晕，就上床去睡了。库老太太当然不知道虞白的心事，但究竟是怪异之人，从街上买菜回来，瞧她已睡了，猜出是又有了沉重的心事，也不去埋头剪纸，鬼魂一般地踮着小脚从这个房子出来，又悄没声地到那个房子，然后把所有的窗都关了，窗帘拉严，独自也一动不动盘脚搭手坐在厅地的中间。

虞白蒙了被子睡了一觉，这一觉感觉睡了百年千年，待醒过来，觉得浑身在痒，坐起来挽了衬衣衬裤，蓬头垢面地就往厕所去，又用"洁尔阴"药剂涂洗了下身，走出来，猛然看着库老太太枯木一般坐在厅地上，黑暗里两只眼瓷一样放光，吓了一跳，说："哎呀，你吓死我了！"库老太太说："吓死了还能说话？"虞白说："你在那儿做什么？真的吓死我了！"库老太太说："那好，吓死一个虞白还活着一个虞白。"虞白笑着往卧屋去，坐到床上了，却问道："你说什么？该死的就让死了？"库老太太"嗯"了一声再不答她。虞白想了想，说："就是，就是。"穿了衣服起来梳头，头梳得光光的，还抹了唇膏，描了眉毛，又翻箱倒柜取了一套新衣服穿了，走出来说："你瞧瞧，我这身衣服好看不？那身衣服穿久了，痒得不行了。你怎么把窗帘全拉严了？"库老太太站起来打开了窗帘，虞白把脏衣裤就丢在盆子里，库老太太已从厨房炉子上提了一壶热水去浇烫，说道："哪能不痒？有虱子嗬！"虞白说："有虱子？我有虱子？！在乡下生过虱子，十几年了我还没有见过的，我能有虱子？！"走近去，库老太太从水面上捡起一个烫泡死漂着的虱子。虱子很白，胖胖的。库老太太说："这么好的衣服上生虱子？我身上可多年不生虱子了，真的，这虱子不是我带来的。"虞白并不怀疑虱子是库老太太带来的，但自己竟生有虱子，她简直不敢相信，这虱子——中国的古老的虫子——怎么就生在自己身子上？！是西京城里还存在着这类虫子呢，还是自己的血和气味适宜于这类虫子的滋生？虞白恶心了自己，打开淋浴器从头到脚洗了一遍,并且要把那堆脏衣扔掉,库老太太不愿意,把泡衣服的盆子端到后院的树下去了。

两天里,虞白心里不干净,趁库老太太出去的当儿,就把盆子里的衣服扔到了垃圾桶,回来只是观察库老太太的那一堆剪纸。不知怎么,她决定跟库老太太学剪纸呀,每日或坐或卧地读几页《金刚经》,先是读不进去硬读,后来读进去了,又常常读得什么也没有了,连自己都没有了,赶忙打住,学起剪纸,剪得满地的鱼虫花鸟、山水人物。一个夜里,突发奇想地拿了一些废布来剪,就躲到卧屋去,越剪越有兴趣,然后用糨糊把剪出的布和图案往一块大布上贴,随心所欲地来剪来贴,竟然是布上层层加布,显出色彩复杂、质感极深厚的效果来。她就异常兴奋地开门出来让库老太太看,库老太太也是在厅里剪纸,当下看呆了,说:"虞白,你咋这能的?!"虞白说:"我这是学你老的,却怎么也学不会你叠一沓纸一剪子剪下去。"库老太太说:"你这是布堆起来的画嘛,你这鬼女子,你这要比我强呀!"虞白说:"大娘说哪里话,你是剪纸,我这就叫布堆画;布堆画还不是从剪纸脱胎出来的?你就是我的师傅哩!"库老太太转忧为喜,说:"你肯给我当徒弟?"虞白说:"这画只要外边认可,我当然是你老的徒弟。"库老太太说:"咱师徒二人以后就弄这项,剪法上的窍道可不敢往外透的,你瞧,这一刀就没剪好,花这么掏着剪才是。"两个人都激动不已,一直剪到天亮。天亮了,民俗馆山墙处透过来一片白光在窗玻璃上,两人坐在一堆纸剪的五毒、布剪的五毒旁边,差不多都累得没了站起来的力气,相对着,无声无语。后来就扭头看窗外,看着了那棵白皮松的顶端,星星都坠落了,一轮月还在,残缺不全——十五的月亮是圆满,才是十七日,月亮却残了,而且很快就要落下。一老一少的女人都怀了各自的心事,还是不说话,将扭举的脖子转过来。虞白说:"大娘,咱怎么都不说话呢?"库老太太说:"还说什么,这纸这布都说了。"虞白突然想到《金刚经》上的话:如语。随即摸了剪刀,嚓嚓嚓地剪出两字,说:"大娘,咱也是艺术家了,咱也得有个画斋名吧?"

跟库老太太学会了许多刀法,虞白就专门去买了一捆粗白棉布,回来以自己的爱好,染成各种颜色,又到布匹市场上收购乡下醋染的石染的条格的土布，布堆画越做越奇，色彩越来越艳。月里的二十三日，库老太太拿了一幅布堆画和一卷剪纸在街上兜售，一张剪纸五十元，卖了四张，布堆画卖了一百元，私自扣了二十元，回来给虞白交了八十元。虞白没想到老太太会拿了画去街上卖，心下有些不悦，但既然已出卖了，也没再多指责，只把钱给了老太太让做零花。老太太见虞白不高兴，心想自己那么高的价推销了布堆画，倒一肚子委屈，也不肯要那钱。师徒两个闹了一场小小的肚皮官司，吃饭时也少了往日那么多话。

吃罢饭，虞白读了一会儿《金刚经》，就午休了，不觉做了一梦，梦见自己突然穿上了一身男装，那帽子是那一种工厂里常见的劳动帽，帽檐挺长，她是把长长的头发盘起来，刘海也窝上去，显得脸盘也大了许多。脚上穿着一双高跟厚底的牛皮鞋，有点像电影里出现的美国兵的装束，但鞋带勒得没有那么密。腰里是系着一条真牛皮腰带的，宽宽的，没有挂短枪，也没有长剑，哐当哐当的是一把藏刀，刀有些弯，如牛的抵角，刀把上嵌着红的黄的玛瑙。刀使劲拔才能拔出来，有一道明显的血槽，她随便捅，捅倒了一头羊的。——她就是这身打扮，去远方流浪。她似乎一直在往西走，山高月小，水落石出……有了茫茫的草原，一望无尽的绿，在想：如果有一辆车，她是可以驾驶的，因为到处能开车，也不可能与别的车相撞，只是到了那天边和绿边，"咕咚"，车就掉下去了。但后来，不知怎么又是在荒原上，纵横着沟沟壑壑，月亮真是如刺儿一样停在沟垴，黄麦营的草丛里卧着崖鸡，一动不动的似土石疙瘩，有一只老狼在一棵树下号哭。狼的哭如妇人哭，险些迷惑了她，她故意说：狗！狗！狼就向她走来，蹒蹒跚跚，她立即惊叫：狼！狼——！一经识破，狼掉头而去了。这一切她都不怕，甚至还唱着，在一条很窄的路上走，路边就有了一些原木小客栈，所有的人都在看她，夸奖她是一个英俊的少年。在经过了一个大石磙碾盘，一头叫驴在尘土里翻身打滚，腾起的土雾里，她回头一瞥，瞧见了在一座木屋的半开半掩的门边，一个漂亮的女子正在看她，眼光里她看出了一种羡慕。她越发来了精神，故意昂了头往前走。一直走。一直走。可能是天要黑了，或许是两边的山太高挡住了太阳，她刚刚从一块石头上跳到另一块石头上，有一声喝："站住！"便从左右两边跳出两个大汉，明晃晃地举了刀。她意识里是这两个汉子一直藏在那一片茅草中的。她没有惊慌,不停地提醒自己不敢惊慌,故意并不立即将手按到腰里的刀把子上去。汉子问:"干什么的?"她说:"流浪。"说完了觉得不妥,不妥就不妥,说出口就不能改变。汉子明显地愣了,喝声也比先前软了许多:"流浪?到哪儿?"她说:"西藏。"她不知怎么开口就说出西藏?但她看见了两个汉子在交换眼神,然后一个已跳在她面前,说:"你知道不知道高大王的领地?"她说:"高大王是谁?"一个汉子笑了一下,似乎在嘲笑她的无知:"高大王你都不知,算什么流浪汉?大王的领地,鸟也飞不过去的,你是寻死来了?"这时候她倒有些害怕了,却一梗脖子说:"你们算什么东西!——大王呢?我要见他!"那汉子说:"大王是你能见到的?砍了你的头去见大王吧!"刀就举起来,白花花一道亮,在石头上闪着一串碎花,却听得山头上一个闷声:"谁个要见我?"她仰头看去,却是在前面的一个屋般大的黑石头上,坐着了一个人。这人并不像持刀者的凶恶,脸面光洁,没有胡须。一个汉子就抱了拳说:"大王,这是个流浪汉,他说要见你的!"过来推搡她,一丛荆棘绊了她的脚,身子一前跄,帽子掉下来,一头长发扑涌一下撒下来,她明明白白地看见山大王和那两个汉子都惊呆了,几乎同声叫道:"是个女的!"在这一瞬间里,她意识到了是自己的美丽惊呆了这些土匪——美丽在这个时候能战胜邪恶,她的自信心陡然而增,就站在那里,头颅高仰,让风吹动了长发,脸上平静如水,她觉得她那一阵美丽极了,也高贵极了,两个小匪的刀是哐啷啷掉在了石头上,溅着火星,又滚到草丛,如两柄月亮一样在草里闪耀。他们在说:"大王,她能做压寨夫人的!"大王就走下来,绕着她转,每一次转到她的面前,她的目光对着他,他就怯了,赶忙看到一边去。大王说:"简直是美神嘛,我怎么能配得上她做压寨夫人呢?姑娘,如果你愿意,咱能做个朋友吗?能到山上坐一坐吗?"大王是那样的谦恭,动作也文质彬彬起来,似乎还弯了腰,做了一个请她的手势,她拿做的架势一下子软下去,撒腿儿就逃,没想怎么也跑不动,回来看看,是她的衣服后襟挂在了一棵树桩上,而且也挂住了影子。影子怎么也挂住了?一纳闷,就醒过来了。

醒过来的虞白,睁眼发觉自己是睡在软和和的床铺上,做了一场梦的。

抹着脸上湿淋淋的一层汗，回想回想梦境，倒觉得有意思，独自在屋里笑了一声。这时候，库老太太在厅里说："你睡醒了吗？睡醒了快出来，有人等你多时了。"

虞白穿好衣服从卧屋出来，厅里沙发上果然坐着饺子宴酒楼的礼仪小姐小史。小史把自己的墨镜戴给楚楚玩，忙说："白姐，我是来叫你去饭店的，大娘说你正午休，让你多睡一会儿的。"虞白说："什么事，这时候清朴让你来叫我？"小史说："那个丁琳姐姐来酒楼了，她一定要让你也过去吃饭。"虞白说："她来就来了，又不是皇帝娘娘，倒要召见我去？饭我吃过了，大娘，你说去不去？"库老太太说："丁琳好久不见来了，能去就去吧，不吃饭也说说话儿，你要去了，把布堆画也让她瞧瞧。"虞白也便进卧屋去换衣服。

去了饺子宴酒楼，丁琳请了三位杭州来的朋友已经在那里吃凉菜喝桂花稠酒，虞白去了，互相做了介绍，吴清朴就招呼店员上饺子。杭州来的一个女的一直在看虞白，看得虞白也不好意思了，只把壶里的稠酒给客人添，言道多喝，这是当年杨玉环喝的酒，有美容作用呢。那女的就说："你一进来我就注意到了，男的看你，女的也看你，人见人爱的！"虞白说："老了老了，你瞧我这眼角纹。"两人说开来，消除了生疏感，说服装，说发型，说首饰，虞白应酬了一阵，就觉得无聊了，说："咱们真是女人，丁琳都在嘲笑咱们了，快吃些——你尝尝这个。"饺子是上了一笼又一笼的，每一笼都不同，吃过了一品香、海发、玲珑翠、四喜、鸡汁菱角、虾米雪莲、玉蝶、如意……五十四种，最后端上火锅煮珍珠饺。店员介绍说，相传八国联军攻打北京，慈禧太后西逃，在西京的一天夜里，提出要吃饺子，御厨便用鸡脯肉包成这珍珠饺，慈禧见饺子包得精巧，心绪大好，就吃了三个，这火锅珍珠饺从此便传了下来。店员介绍完，客人都一哇地叫好，说这故事优美，吃饱了也想再尝尝的，就问："慈禧心情好了，才吃三颗?！"丁琳说："这你问虞白。"虞白笑而不答。丁琳说："鬼知道慈禧吃没吃过饺子，这解说词是虞白的作品哩！"虞白说："你又怎么证明慈禧没有吃过这样的饺子？"大家都哈哈笑起来。虞白觉得丁琳噎她，在众人笑时就偏了头去听箫。酒楼新近请了两位乐师，一个是十八九的女子，穿一身旗袍在弹琵琶，一个是短衣打扮的男子吹箫。众人见虞白侧耳听乐,也都停着听了一会儿,丁琳有心要给虞白台阶下,故意翻她的背包,说:"这又是什么剪纸,让远路朋友开开眼界儿。"展开来,却是一幅彩布画。丁琳叫道:"你给客人讲讲,库老太太怎么做这剪纸画!"虞白说:"你好好看看,这是剪纸还是剪布?"丁琳笑道:"好,好,我不识画,你说吧。"虞白就介绍了这是她剪的布堆画,才学着做的,要大家提提意见。众人惊叹不已,那杭州女的就当下要虞白和她手拉了画让照相,并提出能不能多做一批这样的布堆画,她们公司要高价收藏呀!虞白刚要说什么,却突然附在丁琳耳边小声说:"他来了,我得避一避。"就闪进厨房那边去了。

丁琳还莫名其妙,就听得楼下一片吵嚷,是吴清朴与人寒暄,随即嘻嘻哈哈,楼梯口就冒出几个黑脑袋来。丁琳看时,来的正是夜郎和两个陌生人,心里就暗暗惊讶虞白的精灵,怎么夜郎才一进店就感觉到了?过来说:"恭喜恭喜,夜郎当了官了!"夜郎脸色涨红,说:"我怎么当了官了?"丁琳说:"那怎么老见不上你的面呀?"夜郎说:"这就叫贼喊捉贼!是你见不上我还是我见不上你?我在家里也寻思,什么地方得罪了人家呀,怎么像瘟神一样被人避着,难道友谊就像玻璃棒儿一样脆,说断就断了?!"丁琳说:"好了,不说了,咱们只图打嘴皮官司,冷落了你的朋友!我告诉你,乐社再活动,你必须一如既往地要通知我们的,我给你留个传呼机号吧——机子已经买了,还未办手续,过几天就能用的。"夜郎当下记了传呼机号,把两个陌生人介绍给了丁琳。丁琳说:"原来是图书馆的,夜郎的老同事呀!"一个就说:"你可不敢把传呼机号给夜郎的。"丁琳说:"这我不怕,夜郎看不上我当他的情人,我想当人家的传呼女郎还当不上的。"那人却说:"他不传呼你却小心他整你!"丁琳说:"这话我不懂。"夜郎就笑,一边喊吴清朴,说:"上三荤三素六盘菜,提一瓶好酒来,饺子各样来一笼,今日不要你免费也不要折价,我请客的!"一边低了头对丁琳说:"我今日用传呼机出了一回恶气哩!"吴清朴就招呼店员端上酒菜,笑着说:"今日口气这么大,莫非在哪儿发了财了?!"夜郎说:"你来也听听。"就眉飞色舞说道开来。原来夜郎得到颜铭说图书馆长要提拔为文化局局长的消息,肚里一股气就发胀，去图书馆寻找以前的两个朋友，获得了图书馆的集体传呼机号，就给每一个人打了传呼，内容一律是："馆长将要提升局长，今日在西京大酒店二楼设宴，请你去祝贺！"一个小时内，一百五十个馆员都收到了传呼通知，一时议论纷纷，馆长怎么要提升呀？要提升了让人去祝贺这不是硬逼人去贿赂吗？夜郎见阴谋得逞，便拉了两个朋友来酒楼吃饭。夜郎叙说一遍，吴清朴和杭州来的客人都一时无语，丁琳抓了糖果盘里的一颗奶糖吃了，糖胶在牙上，搅了搅舌头，说："夜郎，你墙高马大的人，我只说你是撂原子弹的，却使这小伎俩，倒有些缺德了！"夜郎正热着，怔了一下，说："对这号人还有什么道德可言？生杀升降的权力咱没有，只能这么出出气了！"丁琳说："我的传呼机号给你了，我可警告你，不许在我的传呼机上做什么坏事情！"夜郎说："你现在看我真成小人恶人了，我哪里敢对你使坏？以后我每日给你传呼机上留一首赞美诗呀！"丁琳说："社会上像你这样的人多哩，我在家里，常常收些莫名其妙的电话，最近一个时期，老是晚上有人打电话，接起来又没了音。"夜郎说："这我教你个办法，你整日不洗脸，不梳头，穿烂些，人太漂亮了就有人性骚扰的。"丁琳说："去去去！"夜郎正经说："你舍不得漂亮了我再给你教个法儿，有不明不白的电话打来，你不要生气，就扣电话耳机，也不要对骂，而心平气和地说：我给你念咒。就咕咕嘟嘟随便念些什么，对方不明你是真是假，也就不敢再来电话了！"在座的都说这是好办法，喜得丁琳说："夜郎到底有经验，黑道红道的事都知道！"夜郎说："我是小人坏人嘛！"丁琳说："说是小人真是小人，刚才说了你一句，你还记在心里啊？！你给我教了好法儿，我回报给你个东西！"夜郎刚问是什么，图书馆的两位客人一前一后身上的传呼机响了起来，掏出看了，上面分明打出字样："馆长设宴之事纯系造谣，请勿上当。宫长兴。"两人顿时脸色灰暗，夜郎也细细看了字样，说："把他的，刚才咱们疏忽了，搞集体传呼，也传到宫长兴的传呼机上了。这也好，咱们要的也不是让馆员们去西京大酒店，就是要糟蹋糟蹋他姓宫的，让他也知道你馆长群众基础差着哩，有人在反对你的！来来来，咱喝酒，让姓宫的这阵儿在家生气骂老婆打孩子去吧！"三个人端了酒杯喝了，夜郎还是笑了笑，已显出尴尬，就问丁琳："你回报我什么东西?"丁琳头伸过来悄声说:"虞白也来啦。"夜郎急问:"人呢?"丁琳拉夜郎往操作间来,操作间却没有虞白,厨师说她来待了一会儿就从后门出去了。

虞白没来见夜郎,是虞白认为夜郎并不是来看她的,而且在酒楼这样的场合相见,也不是说话的地方。她在操作间待了一会儿,听见夜郎在与丁琳说笑,估计丁琳肯定会告诉说她也在酒楼上,她就在操作间等着夜郎,也准备了见了面奚落他一顿的言语,但是,虞白在操作间待了十多分钟,夜郎并没有来找她,她就在心里说:这好,这好。从后门走回家去睡了。

此后的三天,虞白只是买布、染布、剪裁、堆贴,制作了一幅一幅布堆画,而且一边制作还一边放了录放机唱盘,唱的是姜白石的曲,自己还跟着唱:

……问后约、空指蔷薇,算如此溪山,甚时重至。水驿灯昏,又见在、曲屏近底。念唯有、夜来皓月,照伊自睡。

库老太太听不懂唱的什么,音调却是心慌,说:"你不要唱了好不好?你一唱我就犯胃疼,要吐酸水。"虞白住了声,笑着说:"是吗?"老太太说:"不怕天,不怕地,就怕妇道唱个曲。常言说,男愁哭,女愁唱,我在老家的时候走夜路,心里越是害怕,嘴里越要唱唱曲儿的。"一句话,虞白的眼泪骨碌碌滚下来,歪了头就去后院取小矮凳了。回来关了录放机,也不再唱,也不说话,闷了半日,才说:"大娘,下午了咱们出去看看家具去;天渐渐也要凉了。得给你买一张沙发软床哩。"库老太太说:"你还叫我在这儿过冬呀?"虞白说:"只要你不嫌弃,你在我这儿住一辈子吧。"库老太太就知道虞白心绪不好是什么原因了,便试试探探地说:"就是住一辈子,这折叠床也好嘛,那沙发床倒睡了腰疼;几时夜郎来了,让他帮着把家具挪挪地方,折叠床支到那边墙角就是了。"虞白说:"要他来干什么?挪家具咱俩能挪的!"口气粗粗的。

库老太太没有再言语,第二天虞白去街上买布料子,回来说困,抱了《金刚经》在床上读,后来就瞌睡了。库老太太开火烧滚水,将盛鳖的盆子端来,用一根筷子去逗鳖，鳖咬了筷子，脖子伸出四指余长，库老太太就提出来立即拿刀剁，鳖头掉在地上，没头的鳖则塞进锅里去煮了。

虞白睡下不久就开始了白日梦，梦见自己又是一身牛仔服，腰里别着一把小藏刀，去流浪了。她这次仍是要去西藏的，翻过了几座雪山，突然就见到了太阳。她意识里似乎已觉得自己是在做梦，梦书上讲，人是轻易梦不到太阳的，但她却梦见了太阳，梦见太阳又预示了什么呢？她还在暗暗地说：我这不是做梦吧？但愿不是梦的。就继续往西走，天就黑下来。天黑得特别的快，立即就是漆黑漆黑的了。她又发现了火，火像红绸子一般飘，而且离木柴很高，里边是白色，再是红，再是黄，外边是一圈蓝。走近去了，原来是一群乞丐绕着篝火在吵闹，他们都穿着皮大袄，是陕北牧羊人穿的那种光羊皮，羊毛不朝内，朝外，用草绳系着腰，露着脏兮兮的肚皮子。乞丐们就看见她了，其实他们都没有先扭头，皱皱鼻子说："来人了！"虞白想，我身上有气味吗？是他们闻到气味才发现我的吗？我之所以身上生过虱子，虱子也是闻到了这种气味吧！乞丐们惊疑的眼光在看她，她看见他们的手在怀里抓，一定是在抓虱子，她身上也就痒痒起来，但她镇静着自己，故意做出懒懒的样子，扑沓就坐在那灰土上，伸手在火堆边抓了一颗烤熟的土豆吃起来。乞丐们叫起来：是个乞丐，又多了一个乞丐！……似乎他们相处得很好，并没有发觉她是一个女的，就有人立在那里从裤裆里掏东西尿尿，她把脸扭过去不看。他们叫嚷你为什么不尿？说在火堆边尿尿不怕冻的，如果没有火，你一尿就冻成冰棍儿要把你撑在那里了。这时候她有些担心，害怕这一夜如果和他们住在一起，狼是不用怕的，怕的是他们要脱了衣服和她打对儿睡。她就在假装去找柴火的当儿，悄悄地溜掉了，她听见他们在许久不见了她而大声呐喊，不知道她的名字，喂喂地叫……她拼命地逃跑，终于看见了一个村庄。说是村庄，言过其实了，这仅仅是一个独户人家。她开始敲门——月下僧敲门——嘟嘟嘟地敲，开门来的是一个白胡子老头。她当然在说自己是路过的，要投宿，可以付出比住一般客店多一倍的钱的，那老头就说这房子就他一个老头子。她希望的就是只这一个老头子！他安排她住在厨房的茅草窝里，茅草窝很暖和。她弄不明白这茅草窝实在比家里的沙发床要软和和温暖！她很快就入梦了，但梦的是什么，她记不起来，后来就听见一片吵叫，有人在打门，有老头在苦苦哀求，更有人在吓唬，在抽打，门就"嘎喇喇"踢开了，一群人举着火把围着她站了一圈。这伙人竟然是那帮乞丐，他们用得意的眼光瞧她，嗤笑她，咒骂她，一把揪了她起来，同时有人从案板上抄起了一把菜刀向她脖子上砍来……

虞白在梦里大叫了一声，已从床上扑下来，鞋也没穿就跑出了卧屋，她是喊库老太太的，却正好看到库老太太刚刚剁下的鳖头。梦在瞬间被惊得没踪没影，虞白急问："你把鳖杀了？你怎么把鳖杀了？！"狗子楚楚也从后院白皮松下跑进来。库老太太用双腿夹住了狗头，说："这鳖该杀的。还留着这鳖干什么？"库老太太并没有犯了错误的惊慌，很坦然，甚至面带微笑，好像替虞白办了一宗好事。虞白一时怔住，便平静下来，心想老太太一定有什么感觉了，或是老太太知道她的心思了。而库老太太杀掉了夜郎送给她的鳖，这预兆着什么呢？倒使她多少有了几分悲痛又有几分解脱。库老太太擦了擦溅在手指上的鳖血，盖好了锅盖，还压了一块石头，说："你已经瘦得多了，女子！这鳖汤是大补，你该养养自己精神头儿呢！"虞白没有言语，走过来痴眼看着掉在地上的鳖头，用手抹了抹案板上的血水，就走过去打开窗子，没想刚一开窗就瞧见后院子的假山下卧着一只猫。这猫是民俗馆那边饲养的，它威逼了民俗馆的老鼠，也威逼了她家的老鼠，还常翻墙过来同楚楚戏耍。虞白就反身过来，说："这鳖头让猫吃了罢。"弯腰去捏，没想掉在了地上的鳖头竟没死，一张嘴就咬住了她的中指。虞白吓得一声厉叫，用另一只手去抠，越抠鳖头咬得越紧。库老太太忙说："我只说鳖头生性是见什么咬什么，没想剁掉了还能咬！这一咬天不打雷它是不松口的，你快把手指伸到热水里，看它松不松！"就舀了一勺滚水，虞白将指头连鳖头伸进去，老太太使劲敲打锅盖，鳖头的口松开了。虞白看那中指，深深地印着两排牙痕。

服装街的老板不停地给颜铭打电话，使得阿蝉也不耐烦了；阿蝉因小翠要回家去订婚，两人闹过一场，甚至动了手脚，撕烂了衣服也撕烂了脸，阿蝉的心情就极不好，一接电话又是干渣渣的一个男人声要找颜铭，就砰地把耳机按了。颜铭最后见到小翠,是小翠从城隍庙会上买了一枚桃核刻的小猴儿来送阿蝉的,阿蝉不在,撩起衣服让她瞧被阿蝉拧得青一块紫一块的臀。颜铭正色数落过阿蝉,阿蝉说她爱小翠,就像那个小老板也爱你颜铭。颜铭气得脸都白了,她警告了阿蝉不许将电话的事告诉祝一鹤,更不得告诉夜郎,还当着阿蝉的面把并不起作用的水晶石扔到垃圾箱去。时装团老板的情人是一个服装设计师,多年来,设计了新的时装就让时装团的模特试穿,参加过数次比赛,已经有了声名,就开办了一家全市最高档的服装精品屋。为了配合开业,时装团日夜排演着老板情人的系列作品,颜铭既要去排演又要回来照顾夜郎,忙得心力交瘁,而小老板偏要纠缠,颜铭就找到晓席告苦。晓席把此事告诉了同居的根成,根成还好,领了颜铭去寻着一个叫张炮的人,张炮又带了颜铭直接去小老板家。小老板不在,其爹战战兢兢,问:"你是谁?"张炮说:"我是谁?说出名字你就知道了,张炮,你告诉你儿子,识相些,他再纠缠我的女朋友,老子就卸下他一条腿来!"随手拿走了桌上的一条香烟。颜铭并不知道张炮是什么人,但此后那小老板再也没有打来电话。待到服装精品店开业的那天,展示表演中,颜铭穿着的是一件家织土布制作的服装,大俗大雅,极富特色,博得满堂喝彩,自个儿心里也十分得意。开业典礼完毕,正往家走,一条巷里却遇见了小老板,小老板挡住了她,说:"颜铭,你没良心,你哄了我!"颜铭说:"就是的。"小老板说:"鲜花插在牛粪上了!"颜铭扭头就走,小老板可怜兮兮地说:"颜铭,颜铭,你真是个狠心女人,你拿了我的水晶石,又浪费了我的感情,你就这样走了?"颜铭就站住,从怀里掏出五十元钱要付给他。小老板伸手来接钱的时候,却抱住了颜铭,而且立即将舌头塞进她的嘴里,颜铭手脚并用地挥打,就又逃回时装表演团,趴在水龙头那儿七遍八遍地漱洗着口舌。这时候,团里一个女孩就过来叫她,说:"颜铭,你又换班子了?"颜铭说:"你这是欠掌了嘴!真个是七十年代人见人问吃了没有,八十年代人见人问发财了没有,九十年代人见人问离婚了没有!"女孩说:"你和夜郎的事我当然知道,可已经是第三次了,一个留小胡子的男人声称是你的未婚夫来找你,现在又来了,在门口打问你哩!"颜铭说:"是哪个不要脸的?我瞧瞧,抓了他的人皮下来!"

方转过墙角,就瞧见张炮在大门口和人说话,当下变脸失色,闪到墙后,叫苦道:我这是怎么啦,总惹这些事,这个张炮可比不得那个小老板!立即往院子后楼上跑,让女孩去大门口哄说颜铭不在。

张炮疯了一般地寻找颜铭,常常在表演团表演时他就出现在台下,有一次就闯到后台,来和颜铭说话,颜铭因在后台便壮了胆斥责他,张炮愤怒起来就抽了她一个耳光,骂道:"你走着瞧吧,我要看上的人谁也别想再娶,除非你老死不嫁人!"颜铭到了这一步,只得把事情的经过说给夜郎。夜郎当下把一把菜刀揣在怀里,要去找张炮,颜铭一把抱住,流着泪说:"我不给你说是嫌你好冲动,我已经把事情没处理好,你难道再要惹出乱子吗?他张炮就是再大的街痞流氓,他总不敢把我杀了剐了,我要去表演,晚上你来接我就是了。"夜郎终没有去找,却以后出门腰里系一条铁链子腰带,又从宽哥那里哄说自己早出晚归不安全,借了一把防身的BS-2微型电警棒让颜铭装在背包里。

颜铭有了电警棒,自己给自己壮了胆,几次表演完也没让夜郎接她。一日中午,她去街上排队买羊排骨,又瞧见旁边有卖乌鸡的,一心想乌鸡汤是大补,便过去问价钱,不想鸡摊后的门面房里,正坐了喝茶的张炮,她忙不买了乌鸡,低了头藏在买排骨的人的背后,但张炮还是发觉了她。她只好跟他走到一座楼的侧边,张炮说:"颜铭,我真的爱你爱疯了,夜夜都叫着你手淫,若是要孩子,我也是糟蹋了几个了!"颜铭说:"流氓!"掉头就走。张炮一把扯过了她,吼道:"我没说完你就走?!"颜铭说:"你要怎么样,你个臭流氓!"张炮一脚便把颜铭踢倒在地上,倒在地上了,颜铭才记起背包里装有电警棒,但肋条疼得她爬不起来。周围的人立即围上来,叫喊为什么打人?张炮吼道:"谁也不要管,她是我老婆,我怎么教训她是我的事!"上去又揪了颜铭的头发。恰好阿蝉也出来买发卡,一下楼瞧见有人打颜铭,跑近来要帮忙,跑近了又不敢动手,返身飞也似的跑上楼喊夜郎。夜郎一时紧急,随手抄了一根拖把下来,和张炮就打在一起。夜郎力气大,又在火头上,一拖把打在张炮的肩上,张炮一个趔趄扑倒在地上,夜郎扑上去再打第二下,张炮爬起来就跑,众人一声喊地往前撵,那厮竟横穿了马路,抢先一步跃过一辆出租车，出租车"嘎喇"一声急刹车，骂道："寻死呀，寻死呀！"张炮翻过路中间的隔离栅栏，挡了另一辆出租车逃跑了。

夜郎反身回来看颜铭，颜铭靠了树坐着，泪水汪汪。扶着上了楼，解衣看时，左肋部一大片紫红，手已不敢去摸。夜郎担心肋骨断裂，陪颜铭去医院检查，整整忙活了两个小时，医生让颜铭在候诊椅上休息了，叫夜郎进去，说："还好，还好，那一脚是踢在肋子上的，如果再往下低一点，孩子就保不住了。"夜郎说："什么孩子？她是二十多岁的大人了。"医生说："你倒幽默！"夜郎才醒悟是怎么回事，再没敢多言，退出来搀了颜铭往回走，虽然竭力地要心平气和，仍控制不住，问道："你感觉怎么样？"颜铭说："好多了。"夜郎说："你瞒我什么了。"颜铭说："我怕你又往别处想，所以没及时告诉你，今日你也看见了，就是那个流氓样。"夜郎说："我不是说这个，还有哩。"颜铭说："还有什么？"夜郎心里悲哀起来，说："没有了也好。"路过一家饭店，就进去买了一包红糖。夜郎这时细细地打量着颜铭，颜铭的身体并没有什么异样的变化，腰肢依旧苗条，便怀疑起医生的诊断了。但他还是说："医生嘱咐了，明日让你去妇科检查的。"颜铭说："我也想去检查的。"夜郎说："也想去的？得了什么病了？"颜铭说："女人的事。"夜郎心里又沉起来。两人到家，颜铭和阿蝉做煎饼，夜郎吃了半碗就饱了。

第二天，颜铭去医院了，夜郎哪儿也没有去，就在家里等消息，心里乱得如麻。他想，如果再做妇科检查是真的怀孕，这孩子是谁的呢？他是和颜铭有那么三四次，可除了第一次，后边的都是排在体外的，那唯独的一次就那么准吗？既就是那一次就应了，颜铭怎么没有给他说过？……是谁呢，是时装表演团的某某？似乎不可能。是那个小老板还是张炮？

张炮敢在人多广众之前如此打她，口口声声颜铭是他的老婆，莫非是他？颜铭厌恶他，多半是颜铭并没有与他主动过什么，是那贼东西强暴过她吗？

直到中午，颜铭回来，一见夜郎的面就哭起来了，说："医生说我怀孕了，这是怎么回事呀？怎么我就怀孕了？！"夜郎说："是吗？——昨天医生就告诉我你是怀孕了。"颜铭说："那你怎么不说明？"夜郎说："我是要听你说哩。"颜铭说："可我丝毫没有感觉，几个月没有来月经，我还以为是患了什么病了……怎么我就怀孕了，这个时候怎么能怀孕呢？"夜郎说："是谁的孩子？"颜铭睁大了眼睛，说："这你问谁？我说不敢不敢，你说没事没事——这下丢人死了！"夜郎说："不管是谁的，你放心，我会照顾你的。"颜铭的眼泪唰地流下来了，说："不管是谁的？这就是你说的话吗？你说是谁的？除了你还能有谁？！"跑进卧室呜呜地哭起来。

夜郎见颜铭这么发脾气，倒觉得颜铭是恼羞成怒，因为心虚，才这般厉害，就也窝了火，要说出一堆挖心的话来戗她，又念及毕竟有孕，怕她受不了伤了身子，呼呼呼喘了几声，一甩手出门就走。走到楼下食品店，买了一大袋人参蜂王浆、桂圆精、奶粉、果珍之类又提上来，放在门口就走了。他去了戏班一趟，戏班还没有演出回来，与看门的老头搭讪了两句，也没甚心情，又极力想找人说话，赶脚去了宽哥家。宽哥没在，胖嫂子在一间房子里踏缝纫机，问了，脚也不停，拿嘴往对面的房间努。对面房间支着一张单人床，一张桌子，还是没人。过来再问胖嫂，胖嫂说："人不在呀？人不在就不在了。"夜郎说："到哪儿去了？"胖嫂说："这我问谁去？他的事你不要问我，我的事你不要问他——我们分居了。"夜郎这才注意到这间房子里也是一张单人床的，噗地就笑了，说："好！现在有大房间了，有条件分居了！冬天也快来啦，四只死死脚看谁给暖呀？"胖嫂说："夜郎，我总想不通，他这号人怎么还能评上先进？！常言说爱国家，那也就是爱国爱家嘛！咱的男人在外帮这个买煤呀，帮那个去医院呀，可给这个家买过一颗粮还是买过一根菜？挣的钱还比我少一元五角，这我甭说了，你挣了钱总得交我吧？今日碰上一个人需要钱你掏三十二十，明日来人哭个穷，你掏三十四十，招了多少骗子到门上来！上一礼拜日，一个人来找他，八竿子打不着，仅仅听人家说和他是同乡，要借钱，他就掏了五十，鬼知道过后还不还，肉包子打狗去了能回？这号事他不是只经过一次两次了！我说他，他倒和我犟，你知道他犟起来是个什么样？我烦得很哩，他能糟蹋钱，我也浪费呀，你当我不会豪华吗？星期一我就去买布给我做衣服呀，这个家咱就踢蹬着过！往世上看嘛，哪一个男人不是挖扒顾家？人家像人不像人的当个小官儿，家里什么不是人送吗？！你讲究是警察，自己没个架子，别人谁还把你放在眼里，送你东西？哼，猪没个身架子都不长哩！他就又犟了，大道理一套一套的，我把他的警察帽摘下来扔了，我是嫁了个丈夫还是请了个党委书记？我们就闹翻了，床也一分为二，各过各的。"夜郎一直笑着说："活个宽哥也不容易，书上说一个有成就的男人后边总是站着一个伟大的妻子的，你这不是成心给先进人物的脖子下支砖吗？"胖嫂说："夜郎你碎仔也教训我了?！"夜郎是小，在胖嫂面前老是长不大，当下还是涎着脸笑，却不得再说什么。胖嫂又骂了一通，见夜郎已不接话，气也慢慢消了，说："你有啥事？"夜郎要说自己的心事，想了想，话到嘴边却止住了，说："没事。"胖嫂说："没事了到厨房寻吃的去，冰箱里有酸奶，笼里有包子，豆沙馅的。"夜郎去吃了两个豆沙包，就告辞回来，但他没有回祝家，在保吉巷同秃子他们又玩了一下午麻将，直至天黑又天亮。

　　一个下午和晚上，夜郎不归，颜铭发愁了，她知道夜郎在怀疑了她的不贞，可孩子确确实实是夜郎的，她要等着夜郎来了，细细地说给他，夜郎却不回，看样子暂时不会再来了。颜铭一肚子的委屈没人诉说，只好来找宽嫂，连羞带气诉说一通，宽嫂才明白了夜郎来的意图。她又气又恨，先训斥没有结婚怎么就敢同床共枕？到底是夜郎主动了还是你颜铭主动？颜铭支支吾吾说不出口，宽嫂说："我知道了，都是不要脸的！"颜铭就呜呜地哭，宽嫂说："哭啥哩？图一时受活哩还想得到现在难过？哭得那么高声让外人知道了捂住嘴拿屁眼笑呀?！不哭啦！既然敢做了，就不要吃后悔药，几个月了？"颜铭说："医生说四个月了。"宽嫂惊道："都四个月了，你竟然不知道？没恶心呕吐过？肚子没胀过？没想吃酸吃甜？"颜铭说："没有嗨，谁知道我没踪没影地就怀了四个月，你瞧瞧腰！"撩起衣服，腹部仍是平平。宽嫂说："我没见过你这号女人，生老鼠还是生跳蚤呀！四个月了，你想想，是和夜郎在一搭的，你要说实话，还有没有人？"颜铭说："就是那第一回的，在租的房子里……我哪里是那号人，若是和别人，天打雷击我了！夜郎他就是不信，若是孩子能说话，他就会说出他是谁的孩子。这事我给谁也说不成，一肚子的委屈，我来给你说了，死了我也能死个清白！"宽嫂一下子虎了脸，手指了颜铭厉声说道："颜铭，我今日可把话给你说清，夜郎他不信，我是信的，他就是不信了你他也得信我的,你要胡思乱想做出别的事体来,我就半个眼儿看你,你就背个不洁的名声去见鬼吧!"颜铭还是哭着,说:"就是不死,我还怎么工作,怎么出门见人?嫂子,上一次他就是不信我,偏偏又有这一次,我在他心里成什么人……你说有什么药没?吃了把那冤孽打下来。"宽嫂说:"四个月了,我可不敢保险!头胎孩子你就打掉,以后再要孩子就难保住胎了。你让我想想,你个死女子,我怎么就逢上你这死女子!"

宽嫂毕竟是女人家,拿不出个好主意来,送走了颜铭,心慌手颤地一条线捏不到手里来。傍晚宽哥回来,锅里煮着馄饨,宽哥却从外边买了蒸馍,刀切开夹上辣子,拿进自己的卧屋去吃。宽嫂气得在那边屋里打猫:"吃,吃,从哪儿偷的腥吃,养了你不如养了狗,狗不舍穷家的,你走到哪儿吃到哪儿,你还回来干什么?!"宽哥也不理睬,在灯下记日记,记下了东羊巷一个姑娘骑车上班,突然有人将一团棉纱甩向车子,棉纱搅在了轴承上,姑娘下车取棉纱,车兜里的皮包被人就趁机抢跑了。记下了兴水巷又发现三人抽大烟的。记下了西二路中段三号院姓张家的孩子失踪,西二路已经失踪过三个孩子,据分析多半被人拐卖,同院居住的那个临时房客最有嫌疑,两天前也突然不知去向。记下了军属老王家的煤块快烧完了,煤块又涨价,是继续帮着买煤块还是买煤气,煤气要买平价,平价得办证。记下了□□举报某胡同菜场有卖注了水的鸡,这得去查查。把要记的都记下了,宽哥熄了灯睡觉。睡下不久,觉得有人进来,从那短而粗的呼吸里知道是谁——不言传,闭了眼睛装瞌睡。被子被揭开一角,一堆肉溜进来。他仍是不理,翻过身给个背,背是盔甲一般。老婆一把扳过来,说:"我叫你装睡!你是我的丈夫还是旁人世人,你不尽你的责任你给我睡?!"宽哥说:"干啥吗?干啥吗?"老婆忽地把被子全揭了,说:"干啥,你说干啥?你想得倒美!我告诉你,我不是来要你那二两肉的,要不是颜铭的事,我十年八辈子也不会理你!"宽哥支了脑袋,说:"颜铭,颜铭怎么啦?"老婆说:"一说年轻的,你脸上就活泛了,没瞌睡啦?"宽哥气得又转过身去睡了。老婆再次把他拉起来,将颜铭白日说的事体一五一十叙述了一遍,宽哥就在椅子上抓衣服,从衣袋里掏出一根烟点上吸。老婆说:"咦,你也学会吸烟了?好事学不来,吸烟倒会了！"夺过来自己吸。吸了两口，说："你怎么不说话了？你在外边嘴那么快的，主意那么多的，是梁山智多星，现在我讨你个主意却哑巴了？"宽哥说："我早就说了，大男大女的在一起没个好事，怎么着？果然就出事了吧？夜郎就是那号人……"老婆说："啥号人？"宽哥说："这和鸡狗一样，狗一吃一盆子的食不下蛋，鸡刨着吃哩，吃一半料一半石子，鸡却下蛋的，你不让它下蛋它倒憋得活不了。夜郎是下作人，颜铭怎么就也这样？"老婆说："啊，一有这事就怪女人啦?！"宽哥说："世上的事真是……该生的不生，不该生的却落籽就长苗……"老婆说："你这是说谁呢？是谁不能生？是地不行还是籽儿不行?！你拔出萝卜带出泥，你要嫌弃就写离婚书嗬，我又不是热油糕粘住你的牙了！"宽哥说："又来啦又来啦，你是来说事的还是来寻事的？给我挠挠——"自个儿手就在后心搔。老婆尖叫着别恶心人，下床去取了筷子过来，宽哥已趴在床沿上，一边刮着那银屑下来，一边论说着颜铭和夜郎的难题。

第二天，宽哥特意请了假，专门去夜郎的住处逼着夜郎回话：颜铭的孩子是你的，你是个男人，是孩子的父亲，就得有做男人的气派和做父亲的责任；没结婚有了孩子，做兄长的可以原谅你，苞谷有收了麦才种的苞谷，苞谷也有麦子没收就回茬地里种的；但是，有了孩子不承担责任，□娃不管娃，这就是流氓，是下三烂，是犯罪！性就是传种接代的，快乐也只是传种接代工作中的附加品，难道只要快乐而不顾后果吗？孩子是四个月了，打胎已有危险，那怎么办？让一个没结过婚的女人抱个孩子，颜铭还怎么生活和工作？现在最好的办法就是结婚！

宽哥的脸严肃着，一字一板地讲，他不允许夜郎一会儿去沏茶，一会儿又去拿瓜子，粗声粗气地要他静静坐在那里。他认定了一个理，就得按这个理往下走，容不得夜郎说明和反驳，似乎铁板已钉上钉了，颜铭的孩子就是他夜郎的，时间就是四个月前的那个星期五。而且说：这是绝对的，不得怀疑的，将来看吧，孩子的生产一定十分顺利，因为野合的孩子不会难产，孩子也一定聪明，长得身体好，像你夜郎的，谁当时欲望最高，热情最大，孩子就像谁，你夜郎绝对是这样！夜郎无法抵抗他，他执拗得像一根牛筋，以一个警察和恩兄的身份，要得到的就是两个字：结，不。

夜郎说："要是不结婚呢？"宽哥说："不结婚？我认不得你，你认不得我，你害了颜铭，你一辈子心不会安宁，你就是上天入地，你都是不可救药的流氓！"夜郎皮肉动了一下，似笑又非笑，说："是吗？要结婚呢？"宽哥说："这我和你嫂子已经商量过了，既然孩子已四个月了，就不必大张旗鼓地举行婚礼，那样了，结婚六个月就生娃娃，别人当面不说背后也戳脊背。再是你现在经济不行，颜铭也没那么多钱花在排场上，咱要的是过日子，过日子是实实在在的事。你们就住在一起，把结婚证压在桌子玻璃下，对外是早领了结婚证，已经结婚了，实际上你们两个去什么地方旅游一下。房子不能在保吉巷，那大杂院谁不知道你的根底？你们要愿意，我腾出一间房子，要不愿意，就住到祝老先生家，他反正是活着和死了一样，没儿没女，你们住过去权当是他的儿女，也好照料他，将来为他送终，我想，他要是能说话，有思维，他也会高兴的。衣服买上几套，花不了多少钱。被子、单子、枕头，我们包了，两床踏花被子可以了吧？单子我那儿有两条新的……好男不在家当，好女不在陪妆，凭你二人的能耐，好日子在后头的。日子由你们挑定，越快越好！"夜郎闷了半天，最后说："你让我再想想。"宽哥又生了气，说："前几个月就催督你们结婚，要是听了我的话，也不会出了今天的事，现在屎到屁股眼了，你还要想想，想什么呢？"夜郎蹭磨了半会儿，先涨红了脸，后来一梗脖子说："宽哥，这事我谁也没有说过，今日要给你说——不管你怎么看，我也只能给你说了。我只求你把这事不要给任何人说，连嫂子也不能说的，说出来我是无所谓，死猪不怕热水烫了，可就得又害了人家的。"宽哥疑惑起来，小眼睛眨了又眨，抹了眼屎说："你说。"夜郎说："自从认识了虞白，我心里是有些乱了，但你相信，我没有给虞白挑明，人家也没给我说明话，更是没有过什么事，这你要相信，宽哥！但我心确实乱了，我都奇怪我怎么会心就乱了……我常常感到不安，觉得这样对不住颜铭，可一见虞白我又由不得那个，当然，当然……"宽哥沉着头，从夜郎的烟盒里抽一支烟来点了吸，手颤抖着，却说："你说，你往下说。"夜郎不看了宽哥的脸，往下说："就是这事。"宽哥把烟吸完了，说："夜郎，这就对了，要不我怎么都纳闷：夜郎怎么会这样呢？你这一说我明白了。我再问你：你有那意思，虞白有没有意思？你们真的没有那种事？"夜郎说："没有，绝对没有！我有那个意思，虞白我觉得也有，怎么个有法，我给你又说不出个条条道道，反正是有的……可我们又闹翻了，好久谁没见谁了。"宽哥点点头，说："夜郎，你甭怪我说话难听，你将来真要娶虞白，你得回老家去把你家的门楼往高着修，看你祖坟里有没有那股脉气？！咱是什么人，咱心里有底，别吃了碗里看在锅里，甭说虞白和你闹翻了，不来往了，就是虞白死着心眼非你不嫁——这类事也不少哩——她那号人太聪明，女人聪明了心小，过日子累死你了！听我的，我是不指望你日子好过吗？我是要把你往崖里掀吗？酒是好东西，可患了肝病的人却就是喝不得！多少人我都挽救过来了，我对你是有信心的！"夜郎顶他不是，不顶也不是，咕哝了一句："我总是错的嘛！"就不吭气了。宽哥嘿嘿笑了笑，一拍手说："去给我到街上端一碗拉面去，我到底为了啥？说得口干舌燥的，肚子也饥了——汤放宽些，辣子要汪！"夜郎拿了小铝锅下了楼。

宽哥逼着夜郎同意了结婚，心里又害怕夜郎变卦，抽空就又去见虞白，别的什么话都没说，一切事情装得糊涂，只强调是在附近办了个事随便来坐坐的。虞白当然热情接待，问这问那，他便于无意之间，毫无痕迹地说出夜郎要结婚呀的话头。虞白少不得发了一阵呆，却立即表现得很高兴，询问是哪位姑娘，做什么工作，年龄多大，长相如何？宽哥就势把颜铭说成一朵花，虞白"噢噢"地应着，宽哥已经不说了，她还头一点一点地"噢""噢"地应着。狗子楚楚这个时候相当浮躁，从厅里跑到后园，从后园又跑进来，汪汪叫，虞白抬头看了一下宽哥，宽哥捏了盘子里的核桃酥在吃，才明白自己失态了，就不禁又问起婚期在什么时候，怎么个操办？宽哥说了大概情况，而且说以后咱们的乐社又会多一个人呢的话，虞白说真好，站起来把楚楚抱在怀里，那么呵呵地笑了，说："夜郎却不给我说，是怕我去吃喜糖哩。夜郎啬皮，虞白却是大方的！"楚楚并没放下，一只手去拿了一幅布堆画要宽哥转交过去恭贺。宽哥从虞白家出来，倒怨怪夜郎是多情了，人家虞白毫无什么异常表现嘛。

等宽哥宽嫂把两床被子抱了过来，又送来了两条单子、两个枕头、两个装满了白米的小瓷碗、一面菱花镜子和一只搪瓷便盆，阿蝉得到的消息是颜铭和夜郎算是结婚了。阿蝉第一个反应是惊喜，帮着宽嫂在卧室墙上用红绒线扎空心喜字，随后眉心却皱了起来。夜郎从此名正言顺住过来，多一张嘴吃饭，阿蝉是无所谓的，阿蝉计较的是以后卧室做了新房，她得去睡客厅，可恼的是家里会常来人，她不能约了同乡过来，也不得随便去同乡那里。于是就提了要求：小翠那边是独自睡一个房子的，她晚上可以睡过去。颜铭听了，为难了半天，怕闹出什么事来，背了身与夜郎商量，夜郎说："不是说她和小翠闹翻了吗？"颜铭说："小翠原先在乡下有个男朋友的，一直催着回去订婚，阿蝉知道了不许人家再好，打闹过了一场，又没事了，恐怕两个人谁也离不得谁了。"夜郎说："既然这样，她要过去住就让过去，咱又不是她的父母，管不了那许多。"阿蝉此后就晚出早归，情绪尚好，日子平和安然。阿蝉一走，家里没有个耳朵偷听，夜里的颜铭就放肆了姿势，沾着没沾着地叫。但在后半夜里，夜郎仍是夜游，鬼魂一般地去竹笆街七号开人家的门锁，当然还是开不开，低了头又往回走。颜铭把这些悄悄说给过宽哥的，宽哥说这是一种病，没什么大不了的，过一阵可能会好的，只是千万不要对夜郎说破，说破了会吓坏他，就是吓不坏，也会添了心事，生出别的病来。颜铭更是操心他这么去开人家的门锁，若被人发觉了，当作小偷来抓来打，如何是好？只好啥话也不敢说，夜夜跟他出来，远远随着保护。

夜郎做了新郎，除了吃喝穿戴有了照应外，已没了特别新奇的感觉，对于领不领结婚证，颜铭说过数次，却并不表示急切，推说选个好日子要出外旅游走时再办吧。这一日天气晴朗，夜郎陪伴了祝一鹤在家里洗澡，洗好了，把祝一鹤抱上床，替他扑痧按摩，窗外的阳光也洒照了半个房间，祝一鹤体白肉嫩，比妇人还要姣好，回想病前那个模样，病后竟是这样，真是一场奇迹。原本是不想把自己的事告知他的，一时高兴，就对他说了，祝一鹤却毫无反应，也没要笔纸来写出自己的态度，便知道老头已经完全没有了思维，心里一阵难过，就坐在那里发呆。才一闷时，太阳已收了一半，祝一鹤竟蜷在那里睡着了。夜郎也一时有些懒意，头一歪亦趴在床沿上打了盹。不知过了多久，忽听得那边卧室里颜铭在叫"夜郎，夜郎"！睁开眼来，似乎觉得刚才一打了盹就有了梦，梦里是他进了祝一鹤的卧室，发现床上睡着的不是祝一鹤，而是一只白胖的大蚕，口吐白丝，制作着一只将要成形的巨茧。急忙就往床上看，祝一鹤还是祝一鹤，睡着的脸面有无语而笑的神态，已经没有了胡须的嘴流着一汪涎水，他拿了毛巾去擦，涎水却黏黏的，拉出很长的一条来，就惊了一下：莫非也吐丝了?！那涎水条就断了，自己笑了自己：看见祝老身子白胖就做出蚕的梦，这想象力蛮不错嘛！走过这边卧室来问颜铭叫他干什么？颜铭却在埋头看书，笑嘻嘻的，说："你也看看。"夜郎接过书看了，原来是自己带过来的《目连救母戏全本》，颜铭看的正是第二本第五场"喜堂"，翻开的那一页上正写着：

［喜乐声中二傧相赞礼。］

二傧相：
（念）
东方一朵紫云开
西方一朵紫云来
两朵紫云放异彩
华堂引出新人来

男出华堂，女踩花毡。奏乐！
［"吹牌"中傅相、刘氏上，男站左，女站右。］

二傧相：
（念）
珠联合璧，举案齐眉
交拜天地，福寿昌齐

二傧相：拜天地！
（念）
一根红线撒江中
未钓鲤鱼先钓龙
有缘千里来相会
无缘对面不相通

二傧相：拜祖宗！
（念）
喜洋洋，笑洋洋
父母恩深不能忘
夫妻今日成婚配
新人转身拜高堂

二傧相：拜父母！
（念）
喜哈哈，笑哈哈
华堂高照龙凤蜡
今年今日偕连理
明年生个胖娃娃

二傧相：夫妻交拜！
（念）
男习经文道翰墨
女习针线性贤德
一对鸳鸯比翼鸟
夫妻双双拜百客

二傧相：拜来宾！

化缘和尚：
（台下大喊一声）
阿弥陀佛！
（手捧一根带叶子的大萝卜快步上台）
今乃傅员外贵子大喜之日，贫僧敬献仙根萝卜一根，为你砍除三灾八难，以示庆贺，请拿刀来。

［家院递刀］

化缘和尚：
（拿刀在手，边砍萝卜边念）
姻亲有前缘（砍萝卜一刀）
千里一线牵（又砍萝卜一刀）
娶妻今夜晚生
子在明年（再砍萝卜一刀）

［化缘和尚示三刀八块、块块相连的萝卜，送到刘氏面前］

傅相：多谢大师吉言，倘若来年有子，更名傅萝卜，以酬大师良愿。
化缘和尚：阿弥陀佛！
傅相：请大师进素席！

二傧相：
（念）
门前广场设喜宴
诸亲百客请用餐

家院：开宴！

夜郎合了剧本，说："你是不是看了人家结婚热闹排场，要羞耻我的？"颜铭说："一人一命，我倒不眼红了别人，可这天地要拜，祖宗父母要拜，咱夫妻倒没交拜过！"夜郎把头往下一磕，正碰在颜铭的额上，笑了说："这不就拜了？过会儿我去刘先生那儿讨个好日子，咱出外了，选个山头，买上酒肉，你说拜谁就拜谁，咋拜就咋拜！"又笑了一下，"不拜还不是有了娃娃了吗？"颜铭说："我还给你要说的，戏本上写了化缘和尚三刀八块地切萝卜能免灾，傅员外的孩子能叫傅萝卜，咱的孩子也就叫萝卜。"夜郎说："由你吧，萝卜也行，白菜也行。"说出了白菜，却想到了虞白，就闷住不语了。颜铭说："怎么不说了？"夜郎说："快做饭吧，吃罢饭我要去刘先生那儿。"颜铭去了厨房，却说："那咱几时去领结婚证呀？"夜郎已坐到桌前又翻看《目连救母戏全本》了。

　　饭是米饭，三菜一汤，才要吃的，宽哥却来了。宽哥硬不吃，说他事先没有打招呼，四个人的饭五个人怎么够吃，他早上上班时带了干粮的，就从提包里掏出两个饼子来，到厨房剥了两根葱。夜郎说："你就这么克苦自己？"宽哥说："这好着呀！"夜郎夺了饼子，把一碗饭塞给他，颜铭就先拿了饼子咬了一口，说："没有好的给你吃，一碗甜饭就把我们吃穷了？还应该给你大鱼大肉吃一场的，你是媒人嗨！"宽哥说："好，吃就吃！要说媒人，其实是祝一鹤先生，你们老早就是他的金童玉女嘛！"吃罢饭，宽哥把夜郎叫到卧室里，从背包取了布堆画，说了他见虞白的事，笑呵呵道："这下你放心了吧！几时你和颜铭出去呀？走前给我个口信，你嫂子叮咛我说，出门前一定让到我家去，她要给你们包一顿饺子吃，饺子是囫囵的，吃了出门整整端端，又无牵无挂。"说完就出来向颜铭告辞，去上班走了。

　　夜郎把那布堆画展开，画面上是一间房子的里边结构，有四面的墙，有天花板也有地面，房子里却没有人，是无数的鞋印在那里排列组合，似乎又像是在走一个什么迷宫，经过了四壁和天花板。每一个鞋印又都有眼睛，滑稽地在望着什么，夜郎看着笑着，却突然有了一种恐怖感，觉得这鞋印就走出了画布，而整个卧室里到处也都是鞋印在走了。他赶忙把布堆画收起来，就放在抽屉里,心想虞白怎么送了这画给他?而宽哥去见了虞白又是怎么说的?虞白现在情况又会是怎样?心里一时不畅快起来。连着吸了几支烟,出门要走,颜铭说:"到刘先生那儿不带些礼吗?"夜郎说:"不带。"就下了楼。闷着头穿过两条街,再过一条巷就到刘逸山家了,却不知怎么路过一家酒楼门前,顺脚就趑进去了。要了一瓶扎啤,立在桌前喝了,本该要走的,却又再要了一瓶,还来了一碟五香花生米,坐下来独酌独饮了。喝到一半,似乎听得旁边有人叽叽咕咕说什么,又好像觉得有人从酒楼外边将一张脸贴在玻璃窗上,脸贴得像一块柿饼,里边的人有向柿饼脸招手的,但夜郎并不理会,琢磨着去了刘逸山家了,还去不去虞白处?手蘸了酒就在桌上画一个人脸,再画上一对眼睛,看着那眼睛在凝视了自己,又擦了那眼睛去,就举筷去夹花生米。筷子已经伸到碟里了,碟子却被人用指头钩到桌子边去,抬头看时,面前站着一个人。这人一脸的横肉,笑而不语,两眼盯着他,却轻轻吐了一口痰到碟里。夜郎立即意识到来者不善,酒醉全醒,便身子往桌沿上一靠,将系在腰带上的那条链条锁的扣儿碰开,同时身子坐直了,说:"吐得好!"那人说:"是吗?"又吐了一口。夜郎微笑道:"好像在哪儿见过?"那人说:"好记性!"夜郎就证实面前的是那个流氓张炯了!把吐脏了的菜碟端过来看了看,忽地一颤手,菜碟向张炯飞去,汤汤水水扣在脸上。旁边桌上扑过来三个小赖子,立即从怀里掏出砍刀,夜郎跳将出一步,离开了桌子,右手中已提着了那链条锁,噼里啪啦地打起来。酒楼里一时大乱,顾客纷纷逃走,走到大门口了,却又站了要看热闹。没人出言呵斥,更没有人来上前劝架。夜郎并无武术,只是凭了义愤和蛮力,那一条链条锁或者像皮鞭一般地使,或者就转圈轮扫,也不知打着了哪个,自己也挨了什么打。桌子凳子咔里咔嚓地响,碟子碗盘掷过来又扔过去,"乒乓""哗啦",是写着生猛海鲜的门窗玻璃碎了。矮矬的老板油焗的头发完全纷乱,随着斗殴人的进退而进而退,护了桌子又护吧台,后来立在放着彩电和音响的那根柱子前,唯恐战火烧过去。偏偏张炯就过去以柱子为掩体,绕着柱子和夜郎兜圈,夜郎左兜了几圈,忽地刹脚向右,老板却撞着了,拉了那一条艳红的领带往后一甩,老板禁不住身子,前冲到吧台上,撞倒了台面上一排高脚酒杯。他爬起来，骂道："打吧，打吧，今日不把这酒楼砸了都是姑姑的养的！"把勒得脸紫红的领带扯了扯，跑下楼去喊警察了。夜郎一链条抽在张炮的背上，背上的衣服破了，张炮哎哟一声从桌下往过钻，桌角就把破了的衣服挂开一半，露出后肩上文着的一只蝴蝶，蝴蝶下一道伤，伤口出着血，十分的艳红，往下流着，缓慢如蚯蚓蠕动。夜郎受到了刺激，感到十分的振奋，再扬起了链条去抽，但用力过猛，链条"咊"地打过去，一头却缠在了桌子腿上。拉了一下，没有拉开，再去拉，头上就落下一个酒瓶，忙一偏，酒瓶砸在右肩上，而同时瞥见有什么东西再向头顶飞来，跑不及，双手就去护头。这时候却听一声呼啸，张炮已飞快地从楼梯上跑下去，那三个撒脚也跑。夜郎已顾不得去捡那链条，爬起来去撵，跑在最后的那个蹬翻了一张桌子，正好卡在楼梯口，他跃过了桌子，下得楼来，四个人早冲在了街上，敏捷地闪躲着车辆，而老板和一位警察正堵在门口，警察举着警棒向他一戳，夜郎"咚"地就栽倒在地上，口鼻里涌出血了。

　　清醒过来，夜郎是在派出所的长条子木椅上的，矮矬的老板给警察递过烟了，一边计算着酒楼损失的桌椅板凳、碟盘碗盏的件数，一边用脚踢着夜郎骂流氓。夜郎叫道："谁是流氓？！你眼睛长到裤裆里了吗？是他们打我，还是我啐事？我是自卫，自卫反击！"警察说："你醒了？"夜郎说："醒了。"警察说："醒了好——咚！"照面一拳头，骂道："大天白日的斗殴打架，能把你说到好人地方去？！"鼻血再一次流出来。夜郎用手去抹，抹了个大红花脸。警察又骂道："你把脸抹得那么红，还想赖我打了你吗？狗东西，你这样的人我见得多了，你给我往院子的水龙头上洗去！"夜郎睁着血糊糊的眼看着警察，警察一脸的青春痘，嘴唇极厚，有两撇小胡子；他呼哧呼哧出着气，还是站起来往院子的水龙头走去，走到门口，他站住了，遂"扑沓"一声跌坐在了地上。警察说："怎么啦，还欠揍吗？"夜郎举了左手，说："没了。"举着的左手是四个指头，没了一根无名指，但没有血，指根齐棱棱一个骨肉茬。警察和老板都呆住了，警察问："疼不疼？"夜郎说："不疼。"警察再问："几时砍断的？"夜郎再说："不知道。"警察又问："那半截呢？"夜郎又说："在酒楼吧。"脑袋就沉起来，觉得支持不住，昏在地上了。

老板也慌起来，拖了夜郎往长条椅上躺，掐夜郎的人中，掐开了眼，又用手擦夜郎脸上的血，然后把血手在夜郎头发上蹭蹭。警察就又来问夜郎什么单位的，什么名字，家庭地址，电话号码。夜郎听得见警察的话，却没力气来说。警察在他衣服口袋掏东西，掏出个小电话号码本，指点着问了夜郎，就对老板说："你去拨这个号码吧，让家里人来送他去医院。凭这号本事还来打架？脑袋掉了还不知怎么掉的？！"拨通的电话正好是祝一鹤家，颜铭接了，当下脸色灰白，披了外套边往楼下跑边系扣子，已经走到街上了，才记起身上分文未带的，想返回去取，又怕耽误时间。赶到派出所，夜郎还是坐在那木条长椅上的，警察已经笔录了审问。颜铭大概问了情况，又往酒楼上去寻找砍断的那截指头，酒楼已经停业，一片狼藉，终于在桌子下发现了那截指头，忙用手帕包了，返回派出所，再雇了车去医院。医院里能断指接植的，但医生看了那手帕里的指头，指头却发了黑，就责怪为什么不立即到医院来？夜郎说："我在派出所，我不得去找嘛。"警察说："你是什么英雄了？！"夜郎气得不再说话，拿了那截指头看了看，"日"地从窗口扔了出去。

包扎了伤口，又打了破伤风针，夜郎依旧被带回了派出所。夜郎问为什么还要扣留他？警察说："你以为事情就完了？就依你说的，是张炮衅事，一面之词谁信的？你有本事把张炮抓来，事情落实了放你回去！"夜郎说："怪谁不怪谁，老板在场他能做证的。"老板却说："我只要赔偿我的损失。"颜铭听说是和张炮殴打的，心里越发不安，对警察说："同志，夜郎是好人，好青年，他伤成这样了怎么还不放人？"警察问："你是他什么人？"颜铭说："我是他老婆。"警察说："你咋有这么好个流氓老公？！"夜郎一时性起，吼道："颜铭，你不要给他们说啦，我是流氓，我就是流氓，我是流氓我还怕什么，我就在这里好了！"警察说："好嘛，好嘛！"掏了手铐"咔嚓"把夜郎双手铐在了屋门口的立柱上，赶着颜铭和那个老板出门，说马上他就要下班呀，有问题明日再做处理。

颜铭在大门外的槐树下呜呜地哭了一场，忽然就想到了宽哥，急去电话亭给宽哥拨电话，又没钱，说好话向别人讨要了几角，电话拨了，宽嫂在而宽哥上班还没回来。搭了出租车就去宽哥家等，又得让宽嫂掏了出租车钱，一等等到晚上八点人还未回，颜铭又操心了夜郎没吃饭的，从笼里抓了几个包子说她要去派出所看看。宽嫂骂了颜铭遇事慌慌张张，但还是留了言在门上，也和颜铭一块往派出所赶去。刚到巷口，宽哥骑了自行车过来，宽嫂一见就骂："你死到哪儿去了？六点下班，现在几点啦？"宽哥说："东京路菜市场一个女孩被抢了包，头上又挨了一砖，昏倒在地，围了那么多人就是没个管的，我送她到医院去，再过半个小时她连命都没有啦！"宽嫂说："你救别人哩，谁救咱的人？你还讲究是警察，大水冲了龙王庙，夜郎现在就在派出所里生死不明的！"宽哥登时脸色大变，问怎么啦？颜铭粗粗说了一遍，宽哥却蹴在那里不言语了，从口袋摸了烟吸。宽嫂一把把烟夺了，说："火烧眉毛了，你还有心思吸烟？"宽哥说："我担心就担心他惹乱子，果然绳从细处断，怕啥啥就有鬼！怨人家警察什么？我要是遇着，我也要先把人扣起来的！社会风气不好，就是他们这么斗殴打架！少了个指头？命没搭进去就烧高香啦！没个指头也好让他得个乖！——要结婚的人了，说得好好的去办结婚证呀，选旅游的日子呀，为啥却去喝什么酒？为啥就与人家打架？"颜铭说："这都怪我，是我给他惹的祸根。"就又呜呜地哭。宽嫂骂道："我们等你，是要听你训话吗？现在人在派出所里被铐着，一口水没喝，一粒米没吃，又受着伤，还不知这一夜是死是活。我可告诉你，我不管你怎么说，今晚上，我要夜郎回来，夜郎要是不回来，你就不要回来，永远不要回来，我就是当寡妇也不落个警察老婆的名招人耻笑！"说罢，拉了颜铭的手就往里走。宽哥看着她们走了几十米远了，就喊颜铭，颜铭过来，他说："夜郎的事我能不管？总得有个管法呀！依你嫂子的话，我去派出所要人，我不是个领导，就算是个公安局局长，也是不敢徇私枉法！让我去走后门，不论三七二十一让放了夜郎，人家派出所能不能同意，就是同意着，我便好脸面去啦？这类事的法规我知道，人是能放回来，可罚款是少不了，多不罚也得少罚，酒楼总不能白白遭损失，当众斗殴，扰乱社会治安，过去了就过去了？现在最关键的是抓到那个张炮，抓了他才能澄清事实真相，你知道张炮家住在哪里？"颜铭说："我知道。"宽哥说："那你跟我走。"又走过去对宽嫂说："你别给我黑脸，好像你关心夜郎，我是旁人外人？你有本事你怎不去把夜郎领回来?!我告诉你,你回去拿上千把元,立马先到派出所去,我和颜铭去找个人。"宽嫂说:"我不凶你凶谁去呀?不凶你你还不肯想个办法哩!你身上还有多少钱?"宽哥说:"每月大头都给你了,我哪儿有钱?"宽嫂窝了一个白眼,从自己口袋掏了二十元,说:"你瞎狗不知人好,我是怕你没了钱一会儿吃不上饭!拿上,先去一人吃一碗羊肉泡馍,颜铭还没吃哩!"

  颜铭不好意思,但又不知说什么,宽哥却把二十元一把拿了,说:"不拿白不拿的,得她的钱也不是容易的事哩!"两个人去了张炮家,张炮正在家看电视,一见来了警察便怯了,让座,递烟,沏茶。宽哥不坐不吸不喝,黑着脸只问打架的事。张炮脱了衣服让看背上的伤,宽哥提了警棍,说:"我一看见文刺的蝴蝶就知道你该跟我走一趟了。"张炮说:"这与蝴蝶什么事?文身是一种艺术呀!"宽哥一撩衣襟,露出裤带上的一副铐镣,说:"用不着使用这玩意儿吧?"

  带着张炮到了派出所,派出所办公室灯黑着,偌大一个院子里,只是那排平房顶头的窗口亮着灯。颜铭先自起了哭声:"夜郎是铐在办公室的,那里没了灯,会不会被抓到牢里去了?"宽哥阻止了,兀自去敲那亮灯的房子,值班的已不是那个满脸青春痘的警察,宽哥就进了屋子,在里边喊喊啾啾地说话。颜铭战战兢兢立在院子里,只一眼一眼看着坐在台阶上的张炮,生怕他突然起身从大门口逃走。张炮似乎没有逃的意思,恐怕也明白逃不掉,抬了头拿凶狠狠的眼光看颜铭。颜铭觉得那双眼睛像狗眼,黑暗里发着绿光,就使劲敲窗子,宽哥就出来了,叫张炮进去,张炮还吸着烟,宽哥一把将烟就打掉了。过了一会儿,四个人一块去办公室,推门一拉电灯开关绳儿,颜铭第一眼看到的竟是夜郎仍铐在柱子上,满头满身都是水淋淋的。颜铭先叫了:"这怎么啦,满是水?"夜郎说:"他拿洗脚水浇的。"警察说:"你要喊叫嘛,你不喊叫我给你浇了?!"过去把铐子开了,还让夜郎把吐在柱下的痰用脚蹭了,就勾着手招张炮,张炮走过去,"哗"地就把他按在柱子上铐了双手。四个人重新到了那间小房子,宽哥就开始训斥夜郎,一定还让夜郎向警察承认错误,警察似乎并不稀罕这些,拿着笔在桌面上敲,说道:

"该罚五百元的,减免些,三百吧,钱呢?"宽哥说:"钱马上就送来。颜铭,你去看看你嫂子来了没有?"颜铭走出来,才到门口,便见宽嫂满头大汗地跑了来,却提着一个旧篮子,里边放着一些土豆,颜铭说:"你捎带着买菜了?"宽嫂说:"哪里是买了菜?!"瞧瞧四下没人,从篮子底下掏出一个饭盒,饭盒里放着一千元。颜铭也不禁笑了:"你这么小心的?"宽嫂说:"我还没有带过这么多钱在身上出门的,刚才在公共车上,有个男子不停地挤我,我真吓得出了一身汗,怀疑那是个小偷——夜郎呢?夜郎出来了吗?"

事过两天,戏班从外县归来,南丁山到处找夜郎,找不着,在时装表演团见到颜铭,颜铭拿了一包水果糖招待他。南丁山不吃,颜铭说:"喜糖你也不吃吗?"南丁山并不惊奇,说:"结婚啦?几时结的?"颜铭说:"前天。"南丁山倒有些埋怨地说:"好急的,等不得我们回来。改日我要去贺贺的!"颜铭回来,就把这话给夜郎说了,夜郎沉吟了半天,说:"我成了这个模样,你还真的要和我结婚?"颜铭说:"瞧你那傻劲,你受伤还不是为了我,我哪里就又嫌弃你没个指头?原先安排出去旅游的,看来是去不了了,我就说前日是喜日子。"夜郎说:"你倒会选日子。"脸上显着奇怪的笑,又说:"该我的怎么都会来的,不该我的怎么也不是我的。"当天下午两人就去领了结婚证,悄无声地在门上贴了个红喜字,结婚证压在桌子的玻璃板下。天未黑严,南丁山和戏班的康炳他们提早来了,一串鞭炮在楼下响得天摇地动,上得楼来,抱的是玻璃字匾、榆林毛毯、高脚酒具、茶盘茶碗、矿泉壶、电饭锅、热水煲、一截白丝绸、一袋花生和核桃枣儿,还有给夜郎的一顶麻呢小礼帽,颜铭的一双细高跟皮鞋。夜郎说:"怎么不把商店也背了来?!"赶快拉客进屋。指派阿蝉飞也似的去街上买些熟食,启了一瓶酒就来喝。南丁山当然责怪夜郎不提前告诉他们,猴急了,戏班不回来就突击办事,是不是有了什么情况?叫了颜铭过来,当面走过来再走过去。颜铭心虚,扭捏着不来,说:"哪有你这样当领导的审查部下,买骡子马吗?——有什么问题?"南丁山说:"嗯,还遵守纪律。那我就知道了,夜郎在乡下害病原来是假的。"颜铭说:"这你又错了,病是真的,回来才慢慢好了。"

南丁山说:"夜郎害的是爱情病,回来吃女人就好了!"众人笑了一会儿,夜郎说:"真怪的,我在乡下怎么就得了那种病,现在那病是没了,可夜里还是盗汗,衬衣都是湿透的,你瞧,是不是瘦多了?"康炳说:"当然瘦了,将来怕还要成药渣子哩!"颜铭在厨房里洗苹果,脸已通红,削了苹果过来先给康炳,说:"把你嘴占住就没臭话了!"阿蝉把熟食买回来,三下五除二地摆上桌,是一盘五香凤爪、一盘酱猪脚、一盘腊羊肉、一盘海菜、一盘盐煮杏仁、一盘凉兔肉、一盘撕开的烧鸡。入席吃喝,举杯相碰,夜郎象征性地用舌头舔了一下,南丁山说不行,夜郎就推托自己有伤不敢喝的。南丁山说:"那夜里干事了没?干事都不怕的还怕喝酒?受的什么伤?"颜铭说:"我们出外旅游,他把指头伤了,真的不敢喝。我代他喝这一杯吧。"碰过杯。夜郎大杯小盅地只让客人痛饮,颜铭也陪着喝了一圈,再到厨房里去经管阿蝉炒热菜时,夜郎借故也去了,悄声说:"你怎么敢那么喝的,你要生个痴傻儿吗?"颜铭说:"我杯子里是白开水的。"夜郎便放心出来再劝酒,不一会儿,所有人都脸色红起来,尤其康炳,红得像涂了油彩,说:"再要演出,就不要给我上妆,班主给我买三两白酒就是了。"南丁山说:"你酒还少喝啦?"康炳就嘿嘿地笑,不好意思。夜郎问怎么回事?康炳便说前十天演《贼打鬼》,他扮的是那个赤发鬼,出场前偷偷地喝了酒,等到台上演鬼上吊,绳子系在脖子上吊往半空,原本我要双手去拉绳子的,但醉得迷迷糊糊,差点真的上吊死了。夜郎笑着说:"人死了托变鬼的,鬼不会死,鬼死了托变什么?"南丁山说:"鬼吓不死,死了又托变人嘛。我看你夜郎就是鬼变的——瞎人都是鬼变的,你,康炳,我,还有咱们文化局的领导。"夜郎说:"哎,说到这,我要给你们告诉一宗事哩,知道不知道?你们走后,吵吵嚷嚷着要提拔宫长兴到文化局当局长呀。嘻,他能当局长,我也就能当个市长的了!可人家不知走的什么门子,偏偏就要提拔!"便把在传呼机上捣乱的事说了一遍,得意得手舞足蹈。南丁山却说:"原来传呼机上的事是你干的?"夜郎说:"怎么样,漂亮吧?"南丁山说:"你这才是火上加油!你只图结婚哩,颠鸾倒凤地受活哩,啥事倒都不知道,宫长兴已经是副局长了!又专门分管的是群众文化工作。"夜郎急了,说:"这不可能,传呼机的事在图书馆反应大得很,大家好不痛快;群众基础这么差的人怎么这般快就当上了?"南丁山说:"我是回来听说的,正是传呼机的事,连上边领导都知道了,说是现在风气不好,只要说要提拔谁,谁的告状信就多起来,要听下边的反映,但一定要分析情况,要保护干部,传呼机的事纯粹是一种陷害人的做法,所以原来还准备再考察考察的,后来就立马下文,任命了宫长兴。我们一回来,当然少不了去局里汇报,人家还算支持戏班的扶贫演出,但有了新规定,上缴的管理费高出了一倍。"夜郎说:"凭什么让缴那么多管理费?"南丁山说:"他说局里困难,几个正式戏曲团连工资都发不下来了。"夜郎说:"他们发不下来与咱屁事!现在什么都按市场经济管理,就是戏曲团国家还要养着!说起来没有不认为那些团太多了,是累赘,可哪个领导都不愿承担在他手里砍掉几个团的责任,一个团养活那么多人,在城里演没人看,到乡里去又不愿放下所谓艺术家的架子,那就只有饿着去吧。这宫长兴一上台就出馊主意,给咱们不贴一个子儿,倒收那么多钱,还不知以后怎样刻措着咱哩?"南丁山说:"人真是没长前后眼,为了祝老咱恶了宫长兴,只说桶往井里掉,没想如今井要掉到桶里去了。"夜郎说:"走到这一步,也只能恶他,传呼机的事没能弄倒他,我偏不信再弄不下他来的!你和信访局的人熟不熟?"南丁山说:"那局长认识是认识,还是当年通过祝老介绍的,有什么事?"夜郎想了想,却说:"还是先不给你说,我是个臭狗屎,能不牵连你就不牵连你。"颜铭插了话说:"南哥,夜郎性子烈,你得给他拴条缰绳,他干的那些事,都是些小人之术。"夜郎说:"明火执仗地我能弄了谁去?我本来就是小人嘛,不搞些阴谋又能怎么样?"南丁山就笑了笑,说:"现在像夜郎这样的人也是少了,都不声不吭的,坏人越发当道了。"从怀里掏出一大沓钱来,数了数,交给夜郎,讲明是下乡的补贴。夜郎说:"钱还是要的!"捏了一角,在桌沿上摔得哗哗地响,然后,扔给颜铭,说:"怎么样,钱比你来得容易吧?往后你得把老公看重些呢!"颜铭却冷着脸,转身往厨房去。厨房里烟雾腾腾,阿蝉正在煎鱼,案板上、窗台上汤汤水水到处淋着。颜铭用抹布抹了,阿蝉悄声说:"哪来那么多钱的?"颜铭没搭理,推了窗子放烟,一股二胡声就咿咿呀呀钻进来,对面楼上的凉台上,那个干瘪的老头又在拉胡琴了,便把窗子又关上。客厅里南丁山和夜郎还在谈话,夜郎说:"怎么能有这么多的?"南丁山说:"这次收入不错,有福同享,有难同当嘛。"夜郎又问:"不是扶贫义演吗?"南丁山说:"实话也就对你说了,原本咱是将收入扣过花销外赠给贫困区的,可去的最后那一县,县上的人都敢把国家救灾款挪用贪污,咱还老老实实干啥?那些京城里的歌星、影星报纸上不停地报道义演,而其实大部分的钱还不是装了自己腰包?你现在病好了,婚也结了,如果颜铭肯放你,再过半个月,咱们还要到北边几个县去义演,打这样的旗号演出方便,收入又高,过几年咱也给大家买些居住楼,咱为啥就不能富起来?!"阿蝉说:"班主这样的人都搞小人之术了,夜哥那点动作算什么事?"颜铭说:"鬼戏班嘛,都是鬼嘛!"客厅里,南丁山又问结婚那日谁操办的,请了多少客,是在饺子宴楼上请的吗?夜郎说:"客是不请一个的,要请客的话我哪里就不等了你们回来?!"南丁山说:"是宽哥操办的了?"夜郎说:"就是。"南丁山就呵呵地笑:"我估摸是他,果然是他,别人也不会给你出这馊主意,要是我,总得红红火火热闹一场不可!"夜郎说:"像我这号人,闹腾那么大的算个什么?"南丁山说:"正因为活得不顺气,才要闹腾的,宽哥那呆板人,多亏是个小警察,他要是个市长,这西京城怕人逃走得只有一半了!前日我们一下火车,在南大街就碰上他,瞧他那个脸,青得像秋后的茄子!"颜铭听到这里,便把厨房门开了一半,就听得夜郎在问:"宽哥怎么啦,病啦?"南丁山说:"南三环一辆招手停中巴车上被人抢了,强盗下了车,司机把中巴开到派出所门口来报案,正好遇着宽哥,宽哥让乘客申报各人被抢的钱数,乘客就一一申报数目字。没想这些人还未散,那罪犯就被抓住了,搜出的钱比申报的数目大出七百元,宽哥就让乘客重新清点各自的钱包,列出被抢的准确数字,更没有想到的这回申报的数目竟比罪犯所抢的数目大出了一千五百元。宽哥当场就火了,骂这些乘客是狗熊,被抢的时候没一个敢出来斗争,怕连累自己,多抢了也说少抢,一旦罪犯抓住,却都想趁势发财!现在的人就是这样嘛,你生什么气?!要是我,抓住了罪犯就是立了功,还发放被抢的钱干啥?留给派出所自己花了算了!可他却较真儿,硬要乘客老老实实又写清单,一边把钱退还人家一边训这个斥那个。你气了白气，气得有肝炎了，你自个儿到医院吃药去！"颜铭把厨房门就关了。煎好的鱼阿蝉要端出去，她偏让先放在案上。南丁山在客厅叫颜铭去陪喝，叫了三声颜铭没过去。夜郎说："怕是正煎鱼哩！"走进厨房让颜铭过去再敬一杯酒的，颜铭说："你们是怎样地活鬼闹世事我倒不管，可你们嘲笑宽哥我不爱听的。"夜郎说："你没见他是喝多了吗？"颜铭就给阿蝉叽叽咕咕了几句，自个儿先出去又给南丁山和康炳他们敬了酒，阿蝉才将已放凉了的鱼端出来。

　　吃罢饭，夜郎随南丁山他们就出去了，直到天黑严才回来，却提了大包小包的东西，还有两床榆林纯羊毛毯、一床踏花被、一纸箱奶粉，拿进来往客厅的屏风后一堆，就去祝一鹤房间了。颜铭看了看那些东西，觉得蹊跷，跟进祝一鹤卧室来，夜郎正趴在床沿上和祝一鹤说话，不管说什么，祝一鹤的脸似笑非笑着，口里流着涎水。颜铭说："谁叫你去买那些东西了，这一月花销大，阿蝉的保姆费还没给哩，阿蝉已给我说了三回，说小翠的保姆费已提高了三十元，她话虽没明说，那意思我知道，也是要提高工资的。"夜郎说："那不是买的。"颜铭说："不是买的，谁个送的？"夜郎说："这你不用管。"颜铭说："谁送的这么多……"夜郎说："我交给你钱，瞧你那个鄙夷样儿，好像我是偷了抢了来的，你不爱钱的，还管这东西多的少的？！"就趴到桌前写起什么。颜铭笑道："说你是小人之术还不高兴，怎么着，就用小伎俩报复起我了！——哎哟，我老公真是能行的主儿，今日在家坐着，得了那么多钱又得这么重的礼，我咋是这么有福的娘子嘛！"夜郎也噗地笑了，说："这还像个老婆！"就让颜铭找一张祝一鹤的名片。颜铭也不问要祝老的名片干啥呀，自去了祝一鹤的卧室翻寻了半天，寻着一沓落满了灰尘的名片，拍打着给了夜郎，夜郎瞧瞧上边仍印有秘书长的头衔，诡秘地笑笑就出门走了。

　　夜郎去了市信访局路局长家。因为以前见过几面，又提了烟酒，还拿了祝一鹤收藏的一幅陆天膺的《虎啸图》。路局长很热情，当场把《虎啸图》悬挂了厅里欣赏了一会儿，侧过头来问夜郎有什么事？夜郎说："我没事的，来看看局长。局长你胖了哩！"局长说："是吗？出门在外，有人说是胖了，有人说是瘦了,我也弄不清我是胖了瘦了。你肯定有事的,没事的人很少到我这里来,记得那年中秋节,祝一鹤到我这儿来了,他说今晚上人都去领导家殷勤了,我来找你,咱俩下一盘棋怎样?我那时拱了拱手,开玩笑说你我同僚是一个脾气,咱就不称什么长不长了,我叫你一声祝大人吧,他也抱拳说路大人,两个人清清净净下了一盘棋。我交了这么多朋友,祝一鹤算是一个真朋友!"夜郎说:"我今日就是代祝老来的。他走不动了,言语又短,却常常念叨你,托我过来看看你的,你瞧,他还让我带一张名片。"局长说:"他倒心细,怕我不相信你?他还让你来看我,我倒惭愧了,他病了这么久,我还未去看望他哩。这烟酒要是你拿的,我还不肯收,是祝一鹤的我倒要收了。"就拆了那条烟,取一包自己吸一支,给夜郎一支。问道:"祝老病情如何?"夜郎说:"没恶化也没好转,人有些痴呆。"局长说:"这就好,这就好。人生难得糊涂,我想痴呆还痴呆不来哩。正经好部门咱干不成了,到信访局这闲差单位,一天到晚竟也忙得昏头涨脑的,上访的信件见天那么一摞,不上交吧,有人做的事实在看不过眼,上交吧,势必得罪人,现在谁又得罪得起?!"夜郎说:"信访就是信任,民情就是民心,信访局说是没权,其实权大得很的。"局长说:"这倒也是,上边了解下边实情,信访局是一个大渠道的,现在各部局领导,还没一个人不被人反映的,情况极其复杂哩!"夜郎就说:"有没有反映文化局领导的?"局长说:"怎么没有?!大前天还收到三封反映宫副局长的信哩。"夜郎说:"是不是?有些话我本不想说的,你提到宫副局长,我在下边可也是听到了许多不满的话,昨日文化局几个干部去看望祝老,给祝老也诉说宫副局长的不是,祝老气得指头在桌子上嘣嘣地敲。"局长说:"祝老也生气了?生什么气的,谁往上提拔都有内幕的,自己已经不在位了,气也是白气。"夜郎说:"话是这么说,可这些人的问题不让上边知道,会破坏党和政府的形象的。据我所知,可能还会有人写信反映情况呀。"局长说:"有什么都可以写嘛,写上来我给往上送嘛。"夜郎说:"怪不得祝老与你友谊真……也不是我当面给你说好听的,现在的领导干部真正为人民服务的能有几个了,难得你还这样!"局长说:"别人咱不好说,我只是于心无愧罢了;在什么位置上总得尽些什么职吧,我想也不想再升个一级半级了,但求下场不要和祝老一样就烧了高香。"

说到这儿,有人敲门,保姆把门开了,进来了局长的大儿子,还厮跟了一位,竟是银行的李贵,见了夜郎,"啊"的一声,握住了手。李贵说:"你来得早?"夜郎说:"来看望看望局长的。你近来好?"李贵说:"老样吧。"局长就问:"情况怎么样?"李贵看看夜郎,却支吾不语。局长说:"不妨的,都是自己人。"夜郎便知趣,问厕所在哪儿。局长指指大门侧左边的小门,夜郎进去了,听得李贵在说:"西靖巷有几间门面,价很便宜,但地方太背,现在倒有一家,原是开了饭店的,不想干了,价却开得高,我和晓光去看了,当然咱有治他的招儿,他有些松口,看样子问题不大的,但这需街道办事处开绿灯。"局长问:"那是属于哪个区的?"是晓光在说了:"北城区的。"局长说:"我约北城区长明日中午来,有人告他的事了,我让他先看看举报信再说……我可告诉你们,年轻人有三分能耐去扑腾七分的事,这我都支持的,却得把握个原则:可以坑蒙拐骗但不能偷,可以吃喝嫖赌但不能抽。"晓光说:"是这样的,那饭店为啥倒闭?就是家里有几个抽鸦片的。"夜郎拉了水箱绳放了水,出来故意去厨房水池上洗手,过来说:"局长,厨房门口的这盆橡皮树长得真好,你施的是城墙根老土,还是马蹄掌?"局长说:"是豆饼。"李贵还在和晓光说话,转过头问:"夜郎恐怕也知道那家的。"夜郎听出他们是在筹办什么公司要做生意的,偏装出一派糊涂,说:"哪家?"李贵说:"邹家的老大。"夜郎脑子"嗡"了一下,说:"你问邹家老大呀?这我认识,但不熟的,有什么事吗?"晓光说:"你知道那家生意怎样?"夜郎说:"听说是兄妹三个相互竞争,闹得乌眼鸡一般。老三那儿与老大老二不多掺和,街痞流氓骚扰得少,老大老二却是滋事不断,传说是他们各有一帮黑道上的人互相整的,而老二会做广告,宣传搞得好,老大就不如老二的了。"李贵说:"老大家有没有抽鸦片的?"夜郎说:"这倒没听说过。"李贵说:"这你知其一就不知其二了……夜郎,刚才我们说的话你听到了?"夜郎说:"说什么?"晓光说:"咱是光明正大做生意呀,有啥见不得人的,只是一切还都在筹划中,馍不蒸熟怕气不圆的。"夜郎笑道:"做生意好嘛!那有什么保密的,即使秘密,我嘴那么长的?这又是谁对谁,你们发财了,

我也能沾个光哩唒！"夜郎说罢，也明白自己不能久待，知道了不该知道的事，就告辞出来。`

屋外已经起风，淅淅沥沥有了雨点，天显然是冷了——秋后的雨落一场冷一截，明日早晨起来得加外套了。夜郎站在了十字路口，一时拿不准该往哪儿去，想去戏班见南丁山，连夜把那一场举报宫长兴的信再补充补充，商量着怎么去交给信访局，又想赶快得回去，颜铭还在家里等着。但走了几步，却决定顺路去饺子宴酒楼看看吴清朴，邹家老大发生了倒闭关店的事，不知道吴清朴晓得不？赶到饺子宴酒楼，人已经淋得落汤鸡似的。吴清朴赶忙让脱了衣服，将自己的西服给他穿上，说："天上飞个鸟儿都留影的，这么大的事能保住密？前日我去白姐家，她让我给你带一副对联，说你办喜事肯定会邀我去的，或许就在我这儿待客，可我左等右等没见你来，也没个口信。昨日在街上碰着宽嫂，我问你是几时办事呀，她说你已经办过了。夜郎，这你就不对了嘛，这么大的事竟不给说一声，兄弟我没得罪你么，这么见外的?！"夜郎说："我年纪这么大了，已不是小年轻，悄悄一办就算了，谁也没叫的，一颗水果糖也没买的！"吴清朴说："新嫂子是哪一位？我这么问过白姐，白姐说，什么新嫂子，年纪比你小得多！我就说了，人家再小，嫁了夜郎就是嫂子嘛！"夜郎干笑了一笑，说："虞白刻薄……对联呢？"清朴去办公室的抽屉里取了两条红纸，展开了，上边竟是：

平平仄仄平平仄
仄仄平平仄仄平

吴清朴说："她这人怪，对联也做得与人不一样。我也解不开是什么意思？但这字还写得好，她还能写了毛笔字！"夜郎没有言语，十四个字的对联如一组鼓点在心里敲，又像是目连戏里唰唰地打来十四把叉，低头把对联收好，叠小，装在怀里，慌乱里只问饺子宴酒楼的生意如何？邹云的两个哥哥来过没有？人家的生意又如何？吴清朴说："邹云的两个嫂子已打闹过几次了，前日二嫂来诉苦，鼻涕一把泪一把的，脖子上被抓得一道一道的伤，我也不敢问……不管怎样,我毕竟是外姓,人家再有矛盾,闹得天漏地陷的,对外却是一心,尤其见不得我这边有动静。你生意做不好了,他们嘲笑你;你生意红火了,又嫉恨你。常常捉摸不透人家,有时在门口碰上了,好热情的,问这问那,有时见了,人家却脸一扬就过去了。我也知道,我这边生意还好,多亏是靠了你们都在帮扶我,宽哥有事没事来,他那一身衣服,给我镇住了闲人二混儿,那老大老二也不敢待我太过不去的。我也希望有个安宁,给邹云去信,一次一次都叮咛她多给两个哥哥去信问候,有便宜点的金银首饰也给两个嫂子买些,人嘛,能过去的就都让过去,钱有个什么多少?!"夜郎就问:"邹云还不准备回来?"吴清朴说:"我想她会很快就回来的吧。"笑了笑,又说:"她在外边也好。你知道她那脾气,随心所欲,嘴上又没遮拦。我现在一切都摆得顺顺当当的了,她要回来,平仄堡那边丢了工作,只能在酒楼上,不知要恶多少人,反倒添乱哩。"夜郎说:"这倒也是。"窗帘被风吹着像帆一样鼓,雨点子打在半开的窗玻璃上,叮里啷当地响。夜郎起身去关窗扇,窗台上一本影册被撞跌了,稀里哗啦掉出一堆照片,全都是邹云的。把家里的照片全都带到酒楼的办公室来,夜郎就明白吴清朴的心思,一边捡着,一边说:"邹云照什么样儿都好看的。"吴清朴说:"是吗?"脸却红了,忙过来捡,说:"夜里没事,把影册带来整理的。"夜郎便说:"你们年纪也不小了,也该计划着结婚了。"吴清朴说:"这我也想了,到年底吧,年底不行就放在明年春上。挣些钱了,邹云待在家里有吃的花的,我还想干我的老行当呀,今日下午考古队的几个老同事来这里,说了许多那边的情况,说得我心怪发痒的。你见不见?他们还都在楼上客房里歇着……"夜郎说:"时间不早啦,我就不见了。我要给你说,这边事再忙,一定要抽空去你白姐那儿,也代我问候问候她。再是,你虽然是未过门的女婿,毕竟邹云的哥哥也是你的哥哥,应去看看人家,有什么难处,能帮的就帮,如果一家过得不好,那也是邹家所有人的负担嘛。"吴清朴说:"这个我知道。——突然说这话,莫非那两家有了什么不好的事了?"夜郎说:"我也说不准的。有什么需要我办的你给我打电话,我现在住在祝老家里。"当下留了电话号码就走了。

夜里十二点，夜郎回到家里，颜铭还在家里等着未睡，她买了一包毛线给夜郎织毛衣，心里操挂着外边的人，针脚一会儿多了，一会儿又少了，拆了织，织了拆，自己也烦起自己来。夜郎用钥匙开门，一肚子诉说要说出来，一见夜郎冷得瑟瑟抖抖，倒忙着就去厨房烧姜汤，却说夜郎穿谁的西服，穿了西服好看，几时也买一件的。夜郎顿时感到有家的温暖，喝了姜汤，打了两个喷嚏，一时精神亢奋，洗漱过了，就揽了颜铭上床睡觉。颜铭怕影响到腹中的孩子，又不愿伤了丈夫的激情，坐在那里玩了一阵，夜郎才把邹家老大的事说给颜铭听。

一连十天，西京城里阴雨不绝，一日夜里似乎没有听到屋檐水的滴答，天亮醒来，库老太太已经在菩萨像前燃上了藏香，虞白在床上问："今日要放晴了吧？"库老太太说："又有雨了，还扫着风，你加件马甲吧。"虞白登时情绪不好起来，撩了窗帘一角往外看，果然后院里一片的水潭，麻花花一片，雨脚又都斜着，那簇竹子枝叶翻飞，满地都是软沓沓的古槐的碎叶。虞白骂了一句，想墙外街两旁的古槐能吹落到院里来，这一定刮的东风，东风在刮，雨还是不能一日两日就住的。就在毛衣上套了一件马甲，鼓鼓臃臃地下了床出来，不去梳头也不洗脸，坐在沙发上发呆。库老太太踮着小脚收拾这样收拾那样，嘟囔着夏天不下雨，入秋了雨水却没死没活地下，才这个时节就这般冷，到冬天了不知怎么过，石头都要冻烂哩。嘟囔毕了，却又说：冬不冷，夏不热，五谷都不结的。虞白就哧地笑了一下，这笑声是嘲笑她老太太，也是自嘲，说道："也好，也好，天不晴了咱好剪画。"胡乱去洗了脸，就抱了一堆彩布在那里剪起来。她剪的是一堵墙，墙的下半部是黄布，墙的上半部是绿布，墙前有一簇竹子，竹叶全是一个一个的"个"字。竹下坐了个女子，头梳得光光的，一身素白。剪好了，也用糨糊贴在一面黑布上，便去厕所小解。厕所的地板上有个泥脚印，五指分开，清清楚楚，是自己昨日从外边回来，踩着双脚泥水，在那里洗脚前踩留在地上的，却猛然觉得那脚印像一个女人的半边脸。灵机动了，就往外跑，把贴好的那个女子揭下来，赤了脚合着在布上踩，以脚印就剪出一个留有刘海的女子头像来。她很得意自己的这般创造，心想，这女子该是她哩，以人脚组成的头部似乎显得脸长，于是就想到那个夜郎：赤脚这么走着，往哪儿走？别走上荆棘丛，三十多岁的女人不敢动的,动了!不成,就如秋后的风,风过天就一天冷了一天,是冬天了。这么想着,再看那一个一个"个"字的竹叶,有些凄凉。不觉闷了一会儿,却总觉得怪委屈,生出些许怨恨,动手又贴了那竹叶,让竹子没叶,只在每一竿竹的顶尖剪个三角,类如一竿一竿的箭头。虞白就在肚里酝酿词儿,竟是如此顺溜,一口气剪出四句词儿来:好绿墙上苔,佳人竹下影;有竹风显形,无日天混沌。又看了看,似嫌出现两个"竹"字,一时又作想不出更好的,跑过来看库老太太的。库老太太已剪好也贴在大纸上,画面的中间是一个大红圆块和一个大白圆块,圆块和圆块平面交叉了一角。虞白看出那是太阳和月亮,老太太要说的恐怕就是白天和黑夜的交错,要表现这阴不阴阳不阳的灰蒙蒙的天气吗?绕着太阳和月亮,画面上部是一群鸟,往下飞着都成了鸟头鱼身,再下就是鱼,又往上是鱼头鸟身,到上部完全又成鸟。虞白说:"哟,你这鱼鸟互变的!"库老太太说:"我在想了,鸟在天上飞,鱼在水里游,其实是一样的,一个划水一个划空气嘛。"虞白叫了好:"妙!妙!"却惭愧自己不如老太太。受了启发重新过来再剪,剪出了画面的上部是一个螺旋状的大纹,纹下有几只鸟,表示了纹是天上的云,画面的下部是一个螺旋状的大纹,纹下有几条鱼,表示了纹是地上的水。天有了,地有了,天地的会合靠了这云这水,古人讲云雨,莫非有云有雨就是天地在交合感应吗?虞白却一时不知道这画面的中间该剪出个什么来好了。

踌躇着,歪了头往远处看,厨房的门洞开,一直看到厨房的窗口。一扇窗子关着,一扇只亮着窗纱,大楼的那边看见了整个楼区的存车棚,一个女人推着自行车,皱巴巴的雨披的一角顶在头上,往后拖得老长,里边咕咕涌涌像装了颗滚动的西瓜,到了车棚门上,雨披卸下来,后座上趴着的是一个小儿。又一个缩着头急急地往过跑,经过车子时,半个身子已经出了窗格,却伸回来一只手拧那小儿的脸,小儿哇地哭了,听得"不识耍,不识耍"!自行车就推动了,哭着的孩子没有了画面,只有哭声。窗台上那盆虞美人却开花了,小小的一朵,是很红,悄悄地开着。

虞白轻轻地说了一声:"虞美人开花了!"花的旁边却出现了一张脸。虞白初以为又是去车棚的人,那脸却生动起来,弯弯地挤眼,分明也是从外边看到屋里的她。虞白坐着没动,等来人推门进来,丁琳穿着一双米黄色高筒雨鞋、一件米黄色风衣,头发越发剪得短如男人,将双脚"哼哼哼"地在门口跺。虞白说:"这是谁?"丁琳说:"看上这风衣了?!"虞白说:"我认不得你是谁。"丁琳说:"认不得就认不得——不是我长久没来,你又不装电话,我让清朴转话请你给我打个传呼,你又不打,自己架子大嘛,倒还怪别人不来!"虞白说:"今日是在附近办什么事吗?"丁琳说:"大娘你说说,哪有这么刻薄的人?多亏我是粗枝大叶的人,是谁能受得了?"虞白说:"我是活独人哩,鸡狗都不上门了唔。"丁琳说:"今日专门到你这儿来的,又怕你在饺子宴酒楼上,水嚓嚓地去了饺子宴酒楼,清朴却在办公室里哭得鼻流涎水的。我问他到你这儿来过没,他说没的,我就让他一块来,他到邮局拍电报去了,一会儿就来呀。"库老太太说:"他哭什么?邹老大不争气,吃喝嫖赌丧了江山,他哭着有什么用?"丁琳说:"那边的事你们也知道?"虞白说:"没开饭店前,他是没吃饭记不得到我这里来,挣起钱了,没什么烦心的事他是不来的。前日来让我去劝说邹老大,我去劝说啥呀?他把饭店卖了还赌债呀,烟债呀,我能不叫人家卖?又已经卖出去了,就是他要反悔,买方还能同意?!邹家这兄妹几个,都是太精太能,你看那邹老大能挣钱也能花钱,改革开放了最适应的是他这号人,可往往事情干得差不多了,就要出乱子……说到底还是素质太差,人没个品儿!"丁琳说:"倒还不是这等事!是邹云的事,邹云来了信,信上提出要退婚的,说念及相好过一段,饺子宴酒楼就全给了清朴,她只收回她投资的那笔现款。你说,邹云这是怎么啦?他们好着时热火朝天的连我都看着生嫉恨,说不行就不行了,这爱情就是玻璃脆儿?"虞白说:"你还以为是金刚钻了?!"丁琳吃惊地看着虞白,虞白也就看着她,丁琳说:"你说这咋办的,清朴哭得呜儿呜儿的……"虞白说:"他哭啥哩?这世上的错误都是自己制造出来的,给谁哭?邹云一去巴图镇,我就预感她不会回来了,清朴还向着她说话哩。一个太实诚,一个太精明,原本不是配对的缘分,早分手了早好,弄到结婚生子再分手才遭罪哩!"丁琳说:"咱是岸边的人,清朴却在水里,他总不信邹云是坏了心的,他去给邹云发电报,让她回来好好谈谈,或许邹云是一念之差,外边看得多了,少不得三心二意,劝说劝说又回心转意了。他们两个相好了那么久,年龄也不小了,这一分手,清朴即使再有钱,找个合意的也不是说找就立马找得着,咱做姐姐的这会儿不撮合也和旁人世人一样看笑话吗?"虞白说:"我不管!"丁琳和库老太太一时怔住,不知所措。虞白并不看她们,阴着脸去开了录放机,然后就回坐下来,眼光不愿碰着近处的人与物,便穿过厨房门洞,又看见了窗台上的虞美人花。录放机上流泻出来的又是姜白石的词曲:

绿丝低拂鸳鸯浦,想桃叶、当时唤渡。又将愁眼与春风,待去,倚兰桡、更少驻。金陵路,莺吟燕舞。算潮水、知人最苦。满汀芳草不成归,日暮。更移舟、向甚处?

乐音浸漫,从发梢到脚跟都是凉的,眼眶里是盛了泪,谁也不敢说的,谁也不敢看的,说了看了就滚下珠来。虞白并没有起身去关录放机,却拉下了身后那个电盘上的总闸,没有了姜白石,也没有了灯光,屋子里陡然灰暗起来。虞白说:"我去找刘逸山!"丁琳和库老太太没有反应,虞白又说了一句:"我去找刘逸山!丁琳,你不愿陪我去吗?"

两个人默不作声地去了刘逸山家,雨脚喊喊嘈嘈地跳舞,头上顶着伞,鞋和裤脚都湿了。陆天膺正在刘家画虎,丹青手是刚刚喝罢了酒,酒碗还没有撤去,满脸的红和汗;一张八仙漆木桌上铺了大的宣纸,刘逸山立在桌侧,手里端着宜兴茶壶抿着,一个小伙立在桌对面,陆天膺一手扶了桌,一手提着淋淋欲滴的墨笔,腰弓着,头几乎埋在桌子底下去,就那么静着、静着,突然唰的一声,提着的墨笔在纸上一甩,往下一挥,笔就在纸上飞走,口里急叫:"快!快!快!"那小伙就双手往前拉纸。丁琳是第一回见陆天膺,也是第一回见陆天膺画虎,当时被气势震住,一迭声叫好!刘逸山取了盖碗茶盏,沏了三碗端过来,瞧着丁琳的憨样,笑着说:"这是老疯子,你越叫好他越来劲!"一只小猴子就跃到了陆天膺的左肩上。丁琳吓了一跳,挥手去撵,猴子却跳到了桌面,竟拾了墨锭在砚台里磨动了,一边磨还一边给她扮鬼脸儿。虞白说:"丁琳,丁琳,这是墨猴哩!你什么也不要动,好好看画就是。"丁琳羞涩了一回,果然只看不说不动了。刘逸山便问虞白又有了什么事?是不是他以前的话投准了,那个姓夜的男人和你不合缘法?虞白脸色一下子赤红,忙看丁琳,又使眼色给刘逸山。丁琳听着,偏不反应,只瞧着那虎的尾巴生出如棍。刘逸山就和虞白到屏风后的房间去说话。丁琳仍做不理会,见陆天腭画完了虎,坐下了又喝酒,就掏了名片递上,说陆老大名如雷贯耳,今日有幸是亲眼见了,她这辈子太是幸福,竟能与大画家同住一个城里!陆天腭喜欢人奉承,又见漂亮的女孩在奉承,一头鹤发,脸上便显出童颜,说:"那我给你也画只虎吧!"丁琳喜出望外,却说:"那我不敢的,画虎太费劲了,您画个小玩意儿吧。"陆天腭说:"那好的,画虎不成反类犬,画一个小狗给你。"就画起来。丁琳说:"陆老,你这画是不是带功作画?看了你的画能治病的?"陆天腭说:"没那么玄乎。现在流行气功,把气功说得无所不能,其实我认为人人都有功的,你只要投入到一个境界去你就产生了功。比如我作画,歌唱家唱歌,棋手对弈,越是发挥得淋漓尽致,看着听着的人身心都有益。常言说,人逢知己千杯少,话不投机半句多,不投机就是没对应,没对应也便没了气场。咱们现在就有了气场,——瞧这小狗,脑袋多出效果,很久未画出这般效果了!"丁琳说:"那我以后常来,我的冠心病怕也慢慢会好的,陆老你不嫌弃吧?"陆天腭说:"欢迎欢迎哩!"小狗就画好了,挂在墙上,陆天腭端了酒杯看了半会儿,满意地笑着,就取下画来在上边题款落印,那小伙早已拿笔去水池里涮了。这当儿虞白和刘逸山出来,虞白叫道:"陆老,我见过你几次了,你还没给我画的,丁琳初来乍到你就画上了!"陆天腭说:"笔都涮了,下次吧。"虞白瘪瘪嘴,说:"陆老爱给漂亮女孩画,下次我得美容去呀!"陆天腭就呵呵笑起来。丁琳说:"谁漂亮?我有你漂亮?越是漂亮,陆老才不画的,给丑女孩画了不落闲话的。"刘逸山说:"都漂亮,都漂亮!"大家又笑了一回。虞白说:"丁琳,陆老的画现在值几千元哩,你现在发财了!"丁琳说:"我才不卖的,裱了挂在屋里,专气那些得不上画的人呀!"五人坐下来喝了茶,丁琳就伸了手到刘逸山面前,说:"刘老你给我看看。"刘逸山说:"现在一说算卦,都以为是看手相的,那算法是多了,我倒偏不懂了手相。"虞白说:"好人不求卦,你汪洋阔步的算什么卦?"丁琳说:"你别搅和。刘老你观观面相,我和虞白谁个有福?"刘逸山说:"当然你有福,虞白骨气消缩,精神寂寞。"丁琳说:"那我为啥总得听她的?"虞白说:"刘老你是不知,丁琳是个官迷哩,她要问的她几时能有个一官半职了,也好指派我!"丁琳说:"我才不谋官的,我也知道谋不上,刘老你瞧,我额上这儿一个疤的,小的时候就破了相。"刘逸山笑着说:"你也懂面相嘛,还让我说什么?有疤碍不了事的,天有缺之象,地有陷之形,日月……"话未说完,门口有汽车声,便见有人进来和陆天膺说话,陆天膺似乎神情不悦,那人还在说:"主任的夫人已经在家等候,你爱吃两掺面,主任的妹妹特意去乡下弄了些绿豆面的。"陆天膺说:"你给他打招呼了,怎么事先不给我打招呼?我是随叫随到的?"那人几乎在求了:"这……你老还是去一趟吧。"陆天膺说:"不去!"倒坐回这边,气得呼儿呼儿地喘。刘逸山起来打圆场,和颜悦色说天气不好,陆天膺不去就算了,那人却是不走。虞白估摸是什么领导要陆天膺去作画的,见双方僵着,也不可能再说什么,就和丁琳使了眼色,起来告辞了。

  回家的路上,丁琳说:"刘先生给你算了什么?瞧你刚才的逞能劲,像变了个人似的!"虞白说:"说你脚小,你就扶了墙走。是我逞能还是你轻狂?!我让刘先生把清朴和邹云的事预测了一下,刘先生说,事情是有些不好,现在关键要让邹云回来。他教我一个法子,是把邹云穿过的鞋不要洗,里边写上她的名姓和生辰年月,再装上一个秤锤包好,五天里她就要回来的。如果五天里仍不回来,就要人去找她,找她的人若顺顺当当出门,这婚事就能成的。"丁琳说:"这就好,清朴去拍电报,邹云不能不心动的,再用这法儿,真说不定是山重水复疑无路,柳暗花明又一村了。"虞白说:"但愿如此。"丁琳说:"你不是说不管了吗?"虞白说:"我能不管?我心能掏出来,你就会看见全都急成豆腐渣了!——咱是不是进去转一转?"丁琳抬头看了,原来已到了莲湖公园的门口。丁琳说:"只要你心情好了,你说到哪儿就到哪儿。怪不得陆老给我画了个狗,我这是走狗的命嘛!"

  这是一家极小的公园,公园里只有各类假山和一个小湖,湖里长满莲荷。因为说说笑笑从刘家出来,一时倒没注意到天雨早已住了,直到进了公园,虞白瞧见湖面上平平静静一片,却依在一棵树下了,说:"雨曾经热烈过,现在寂然了。"丁琳说:"好不容易高兴了,伤的什么感!"拉了虞白在假山丛里转悠了。到处都是湿淋淋的,地上又满是嫩绿绿的草,从九曲石桥上往湖心岛上,两人就坐在那亭子里。湖面周围的垂柳,枝叶下垂,距离远了看去如女背立,湖面上的莲荷已经没有花了,叶子也半黄半绿,破烂如冰雹下的伞,只有那静浮着的浮萍和水葫芦绿得深深浅浅。虞白似乎又兴奋了,说她真想跳到那浮萍上伸个懒腰,美美地睡一觉,后来又说想喝酒,又想作布堆画。丁琳说:"神经质!你真可以做艺术家的。"虞白说:"我才不当艺术家,现在的艺术家我见过些,艺术没创造出个什么,人却艺术化了,张口闭口就是艺术,好像活着就是艺术,忘了他还是人。人是分为诗人和非诗人的,但不管是诗人还是非诗人,我要做我的人和过我的生活哩!"丁琳说:"哟哟,你还要实在的人和生活?我也真盼你能这样!现在心绪好了吧?那我给你说,我这么久没来,不是我不想来,是我不敢来,我真怕来了对你没话说。你知道夜郎的事吗?"虞白说:"我知道你会说到他的,就一直等着。你说吧,他怎么啦?"丁琳说:"你当然知道的,我见过你送他的对联了……夜郎他瞒着我,你也不给我吭一声。"虞白说:"哦,你是说夜郎结婚的事吗?"丁琳说:"你很冷静?"虞白说:"朋友结婚是大好事嘛,他能结婚,他一定感到对方合适,能有幸福,咱做朋友的不但应当冷静,还应为他高兴的。"丁琳说:"啊……虞白,这我很放心了。这么说起来,夜郎真不够了意思,他竟不给咱个口信!那日我去找他,在门口见了你送的对联,才知道他结婚了,他只是问你,问你的情况。"虞白说:"他这会儿还能有空问我?上次我说肯定是那个小姑娘了,你还不相信,怎么着,三十多岁的女人没人时还轻狂的,一见到小姑娘,咱就知道是该安分了。"丁琳说:"上次我倒没大注意那女的,这次去才看清,穿的也不好,上衣是件混纺毛衣,鞋也不是真皮的,那头发也没吹,曲里拐弯的不顺通。"虞白说:"听说她是个模特?"丁琳说:"在蓝梦时装表演团。原先西京城只有一个时装表演团,那还正正经经,现在十几家,哪里是表演时装,露得越多越好,只图挣钱的,去看时装表演的又有几个看了时装?全看了人哩。夜郎怎么就偏偏看中了她?!"

虞白脸又阴下来，双眼盯着绿得发锈的湖面，喃喃地说："怎么不起风哩！"丁琳说："起风又让下雨呀？！"虞白说："不起风水不流动，水里的鱼没氧，要死的。"话未落，嗖的一声，果然扫过一股风，接着湖边的柳枝就摇起来，浮萍看着未动，愣一愣神，一片绿却已离开亭前有一米了。丁琳说："他夜郎会后悔的，绝对会后悔。男人是不是都爱小的、漂亮的？我去见他，他手上缠着纱带，说是一个指头没有了，保姆悄悄说是为了那颜铭和人打架了。刚刚结婚就少了指头，以后还不知要出什么事？！"风把浮萍吹远了，满湖里荷叶翻白，发着嘶啦啦的碎响。虞白说："咱回吧。"说完就走。

回到家里，库老太太说清朴来过，坐了一会便走了。丁琳说："他真猴急了！"虞白就让丁琳回去时一定顺路到饺子宴酒楼一趟，告诉刘逸山的预测，并寻一个秤锤拿过来。丁琳又说了许多开心的话，还和楚楚玩了一阵，直到虞白气色稍好了些方走。丁琳一走，虞白却觉得孤单，没个说话的地方，也没心思去作画，一会儿在书架上抽一本书看，看半页又放进去，再翻别的书，末了看着书架上自己写的那对联"有茶清待客，无事乱翻书"，自己笑起自己来。后来坐下来记日记，原本要记记莲湖的景色的，却写成一首诗：

秋蝉声声软，绿荷片片残。人近中年里，无红惹蝶恋。静坐湖岸上，默数青蛙唤。忽觉身上冷，返屋添衣衫。

写完，就嘿嘿地笑，走到大院车棚那儿的电话室里，直拨通了祝一鹤家的电话，大声地说："我要夜郎，我要夜郎！"夜郎这一日正好在家。上午，他和南丁山、康炳、文秀、江珂将修改了数遍的检举宫长兴的材料交送了信访局长，五个人十分兴奋，买了三斤熟狗肉来家吃酒，又议起再次去北边数县扶贫义演的事，电话铃就响了。颜铭去接的电话，里边叫嚷着要夜郎。颜铭一手捂了耳机听筒，说："夜郎，要你哩！"夜郎说："正忙着的，就说不在！"康炳说："是男的还是女的？"颜铭说："是个女的，声脆脆的。"南丁山说："差点把好事误了！"康炳说："什么误了，是事情瞎了，犯到颜铭手里了！"大家一片哄笑。夜郎就接了电话，听出是虞白。夜郎说："啊，是你呀，你还好吗？"虞白说："不好，没你好！给你祝贺了！蜜月度得怎么样？做了新郎感觉如何？"夜郎心里疼了一下，没有作声。虞白问："怎么不出声了？是不是不敢打电话了？旁边有个人管事吗？"夜郎说："你说吧。"虞白说："刚才接电话的是不是新娘子呀？是那个姑娘吗？"夜郎说："她也不小了哩。"虞白说："是吗？也近三十了吗？听说你现在精神好得很，穿的西服，扎的领带，还戴了戒指，傍晚了还去一块散步的？夜郎真潇洒！你现在搬住到祝老家了，把我那琴还放在保吉巷的破房子吗？一定是在地上放的，雨下了这么长时间，琴怕也要坏了，你能不能让五顺把琴给我带过来？"夜郎说："琴我早就带到这边来了，每天没事也弹弹的，那琴夜里还自鸣的。"虞白说："是吗？金空则鸣嘛，可你不要忘了水空则流，火空则发，土空则崩！你们盘龙卧风的，让琴给你们奏乐呀？你记着，让五顺给我带过来。"夜郎说："我偏不，我要再借用些日子，你若硬要，我要你来取的。"虞白说："我才不去的。"夜郎说："……事情你该明白……难道不肯见我了吗？友谊就没有了吗？咱们乐社就要散了吗？"虞白说："你还有兴趣办乐社呀？"夜郎说："办的，当然办的。"电话里半天没了声。夜郎说："喂，喂。"虞白突然在问："我给你打电话觉得很烦吧？是不是家里有人？"夜郎说："是来了几个朋友，正说个重要事的。"虞白说："我不管的，我偏要多说，让他们都走，走不了就冷坐在那里，我不管你烦不烦，我就要多说的！听说你把我送的对联贴上了？"夜郎说："拿回来当天就贴了，都说字写得好。"虞白说："你觉得怎么样，嗯？"夜郎说："你取笑我……本来……我怎么说呢？我倒看作是我一生的遭遇……你几时来吧，我详细给你说。"虞白说："来干什么？我恨死了你，你是坏人，世上最坏的人！"里边突然又是笑声。夜郎不知道该怎么说了。虞白却又在电话里叫："夜郎，夜郎！"夜郎说："你说话。"虞白说："你就是这种口气呀？"夜郎说："我是说你说，我听着。"虞白说："你知道我在哪儿给你打电话？"夜郎说："在电话亭？"虞白说："是我家里，来了一个朋友，是个大款，用人家的手机。"夜郎说："你交上有钱的朋友啦？"虞白说："交的都是有钱有福的嘛，夜郎没钱夜郎却有艳嘛！"电话"咔"地一下，没了声。

南丁山说："呀呀,我还没见过打这么长的电话!把我们晾在这里还罢了,颜铭却要吃醋了!"颜铭说:"我才不吃醋的,女孩子爱夜郎,夜郎却是我的老公,那就更显得我比她们强嘛!"起身去了卧室。夜郎就笑笑地坐下来,大家又商议起去义演的事,最后决定去演十天,夜郎也得去的,明日一早先把再次义演的报告呈交给文化局。然后说起西门口新开设了一家剧装店,要去购几套蟒袍的,夜郎就推辞他不去了,送下楼来就折回去。楼梯口的垃圾箱后却闪出一个人来,谄谄地对着他笑。人是刮刀脸,梆子头,却有一双极浓的扫帚眉,夜郎意识到此人是找他的,正踌躇着,那人说:"夜先生,你好?"夜郎也热情起来,说:"啊,你好!"那人说:"你怕把我忘了哩!"夜郎确实记不起是谁,却说:"咋能忘了……吃烟吧。"那人更是死牛筋,说:"肯定忘了!你说说,我是谁?"夜郎当下僵住,脸也红起来。那人说:"我真悲哀,你果然记不起我了!我是发祥,邹发祥!"夜郎说:"邹二哥嘛,烧成灰我也认得出的!走,到家里喝杯茶吧。"邹老二说:"我今日是来踏路的,只说打听到你的住址了再来的,没想却碰上了,我空手怎去家里?我说两句话了,改日拿水礼来,我不要喝茶要喝酒哩!"就拉了夜郎到楼侧一处蹴下来。夜郎拗不得,又知这是难缠的恶人,心想邹家兄妹一向不和,他平日里帮着邹云、清朴,老二能来找他,多半该是要寻清朴的什么麻烦的,就先下手为强,说:"二哥生意还好吧?邹云不在,清朴又没经验,全仗二哥大哥帮贴了他,我们这一群清朴的朋友都感激不尽的。往后,还要靠二哥你,勤勤过去指导哩!"邹老二说:"我这心有一半都在为清朴操着的,他还真行,创了个饺子宴,生意倒比我和大哥做得好!我也筹划着要开个小吃宴呀,人家南方有粤菜,四川有川菜,山东有鲁菜。咱这么大个西北倒没个菜系,若集中些小吃却有特点,比如油塔、面皮子、泡儿油糕、柿子饼、涎水面、饸饹面、辣子疙瘩、粉蒸肉……一样上一道,蛮够丰盛的。"夜郎说:"人说二哥是空空额,果真这点子好!"邹老二说:"你也说好,我就干呀,一言为定,你得帮哥哥哩!"夜郎说:"这不用说的,我夜郎没官没钱,却是闲人,还识得些狐群狗党,有些事正经八百干不成还得这些人哩!"邹老二说:"正为这个,我来要拜托夜郎你的。你知道不知道老大把店卖了?"夜郎说:

"前两天我好像在哪儿听说过这话。怎么回事嘛,你们邹家开三爿饮食店,声名在西京城里才摇响,怎的他就不干了?!"邹老二说:"我那哥能提起?他心不正嘛,先头是邹云一走,清朴在那边干得红火,他就害了气,联我要去收回清朴的那一股钱的,都是亲兄亲妹的,一个奶头吊下来的同胞,咋能那样缺德?我不去的。当然他也没弄成,却从此恶了我,两家店是紧邻的门面,我那嫂嫂三天两头来寻事,妯娌们不知黑脸红脸了几次!这我都忍了。但他这回把店一卖,就成心把我给坑了!"夜郎说:"听街上人说,老大是抽了烟,又爱赌个钱,真的染了那毛病,那谁也救不了他了。"邹老二说:"你不是外人,说了你甭笑话,老大爱抽口烟,引逗得我那侄儿也看了样。他不但是抽,还搞卖的,跟甘肃过来的烟贩子挂了钩,甘肃的那个人在东门外开了个干果铺,动不动就在电视上做广告,那广告每次一做,便是烟到了,贩烟的就去那里批发。这不是犯法吗?这样下去还了得?我去告诉了派出所,派出所人去他那儿查了几次,但没搜出个东西。——我这是给他敲个警钟,老大不领情,却恶了我。他卖店一方面是欠的烟款赌债过多,另一方面派出所搜过几次,名声倒了,也办不成了。"夜郎听了,心里倒飕飕发凉,说:"噢,原来是这样。"邹老二说:"卖你就卖吧,你不办了,倒对我生意好哩,可你不能害我呀!原来买这门面房时,后院里是一个厕所,就在他的地盘上,可现在他卖了门面,后院也卖了,买主办了公司,竟不让我们用厕所!人有吃喝就得屙尿,我店里十多口人往巷口公厕去怎么能成?这不是也害我干不成吗?夜郎你是能认识银行那个李贵的?"夜郎说:"能认识。是不是李贵他们买的店?"邹老二说:"你什么都知道!老大把后院一卖,按理说厕所是公用的,可李贵他们不让用,那心思很明白,就是也要买我这地皮的,而且人家势大,鼓动得税务局三天两头来查我偷税漏税了没有,硬逼着我卖地皮唡!你与李贵熟,我来搬你,你让他心不要太大,你干你的,我干我的,相安为是,就是想要这地皮,你也让我再干几年,手里有些钱了好另寻个地方唡。厕所嘛,我月月给他交些钱总可以了吧?"夜郎低了头想,李贵是曾经帮过清朴的,现在又和信访局长的儿子做事,就是得罪李贵也得罪不起信访局长呀,而且自己也正要借着信访局长的手掀翻宫长兴的!就说:"二哥,李贵他们实在太过分了，可这事我不行。我夜郎是能办的事才敢应承，应承了的就要办成；应人事小，误人事大，我不敢应承这事的。"邹老二说："夜郎你不肯帮我，这我就没门了！"夜郎说："我和李贵仅仅是一面之交，我说话是不顶用的。"邹老二说："是不行？"夜郎说："不行。"邹老二就垂了头，却咬牙切齿说道："老大害了我了，老大害了我了！"夜郎站起来，说："二哥，还是到家去坐会儿，我陪你喝几盅！"邹老二说："不去啦，既然事情不行，我就回去啦。"夜郎也不硬留，送他拐过楼角，握握手，让他走了。

夜郎回到屋里，屋里的酒桌并没有收拾，颜铭却铁青着脸在椅上呆坐。夜郎说："怎么还没收拾？"颜铭没理，反身到卧室。夜郎觉得奇怪，跟进去，颜铭却半仰着在床上点着烟吸。夜郎笑道："你也吸烟？"颜铭说："学哩！"夜郎说："烟可不是美容品，把脸要吸黑了。"颜铭说："吸黑了世上仍有白脸脸的。"夜郎说："咦，和阿蝉致气啦？"颜铭说："夜郎，我可给你说，以前不管你有什么事，那时咱没领结婚证，现在你要伤害我，我可是受不了了！"夜郎说："什么事这么严重？我送了客人原本立马就回来的，谁知却遇着邹老二，浆浆水水说了许多事，耽搁了一会儿时间你就成这样子了？"颜铭说："你只要有事，就是忙你的一年两年我不管的，我只问你，那电话是谁打的，你明明在说家里有人有事，她还是在和你说话，她怎么就有这么大的势？你有什么短处在她手里捏着？没有什么关系她敢这样待你，你又肯这样的听话？"夜郎怔了一下，笑了。颜铭说："你笑什么，没话说了用笑掩饰？我再老实，可我也是有血有性的，不至于就这样欺负吧？！"夜郎说："那是虞白打的电话，虞白你知道吧？就是吴清朴的表姐……吴清朴就是邹云的男朋友，这下清楚了吧？"颜铭说："我当然清楚，就是那一回我在你房子里，来的那两个女子吧。她们见了我那副傲慢的劲儿，好像她们与你是真熟，翻这样看那样，根本不把我放在眼里，当时我心里就犯疑惑，知道你们关系不一般。你们是不是过去有过什么，你对她许过什么话，现在咱们结婚了，她是气不顺还是暗里还和你来往？"夜郎说："什么事也没有的。"颜铭说："你看着我。"夜郎直了眼睛看颜铭。颜铭说："真的没事？"夜郎说："真的没事。"就把同虞白的交往原原本本地说了一遍。颜铭说：

"噢，你和我都有了那段事情，你还爱过人家，这还不是事了？"但夜郎说："我能这么说给你，我心里就没个鬼的。正因为咱们有了那一段事情，我心里不畅快，遇见虞白，她确实是好人，但我们相处了又都觉得做朋友是好朋友，要成那事却不行的。说真的，我也生过她气，我是经过一番比较后和你结婚的……和她在一起只觉得累的。"颜铭说："我瓜嘛，好哄嘛。"说完了，扑哧笑了一下。夜郎说："笑了笑了，没事了。"颜铭说："你能把啥话都说出来，我就信着你。虞白在电话里说那样的话，她是在你和我不成的时候，犹豫这样，拿做那样，一旦得知我和你结婚了，她就又心里不畅，若是现在你和我又不行了，再去和她，说不定她又是豌豆心儿拿不了主意呢！我是没本事的人，要跟你就跟铁了心，你也别把到手的东西不当一回事。既然结婚了，我也不论你以前，只注重你以后，你不要毁了我！"夜郎说："这我知道，青菜配豆腐，我只有寻你，你只有寻我。可话说回来，虞白确实是好人，她比我好，我倒盼望你不要吃醋，她要来了，你该以礼相待的。"颜铭说："我再没文化，我也懂得这个理！"就走过来让夜郎抱了，说："你说我爱你不？"夜郎说："爱的。"颜铭就在他脸上亲吻，喃喃地说："你是我的，噢，你只是我的。"夜郎便抱了她往床上去，在身上胡摸乱揣，解扣撕带的。颜铭说："门，门没关！"翻起身来，一指头戳在夜郎脸上，说："你是个惹不起！你不要命啦？也不要孩子命啦？"过去把门开了，去客厅收拾残汤剩菜。夜郎没有动，兀自地仰头看天花板，天花板是五合板装修的，上面钻有整齐的小圆孔，他数了一遍，又数了一遍，一遍和一遍数目不同。

戏班去了城北三个县扶贫义演，第四天的晚上，演的是"夜魔挂灯"的一场。说的是目连戏的主角萝卜见佛赐宝后，急急奔到铁围城，打破了铁门，众鬼在神灯照耀下纷纷逃走，萝卜之母即刘氏也在饿鬼中慌不择路，那狱官见此状，惊慌失措，连呼何因？便有一老鬼卒，似乎是什么小小头目之类，面黑如铁，眼小似豆，踉踉跄跄上来，先跌了一跤，跪在了台子左边禀告——

鬼卒：老爷！不好了！

(唱)

不知何来一怪僧

口儿念着弥陀经

手里擎了佛前灯

被他照破铁围城

狱中之鬼皆逃遁

此事将来怎施行

狱官：
(唱)
看来收鬼最要紧

事后再来查原因

叫夜叉！

[夜叉率众上]

狱官
(唱)
夜叉听命令：把众鬼与我叉回铁围城！

[夜叉率众按名姓叉那纷纷外逃之鬼]
[刘氏奔跑，夜叉追]

刘氏
(唱)
阿鼻地狱苦受尽

神灯照射见光明

偏是夜叉紧紧跟

夜叉：（内喊）哪里走！

［跟上穷追不舍］

刘氏
（唱）
前堵后截不放行

［刘氏奋力前逃，夜叉举叉后跟。萝卜寻母上，金毛狮子狗迎着刘氏奔来］

刘氏
（唱）
惊惧铁叉寒光冷
此心一念求转轮

［夜叉向刘氏发叉，她惊惶避躲入金毛狮子狗躯体内；萝卜接着夜叉投出的铁叉］
［狱官、鬼卒上］

夜叉：你是何人，竟如此大胆妄为？

萝卜：
（念）
西方大目犍连僧
为救我母刘四真

狱官：原来圣僧到此，可惜你母已经转轮。

萝卜：投向何处？

狱官：[用手一指]那便是她！

萝卜：金毛狮子狗？我娘在地狱受尽千般磨难，我佛都以慈悲为本，谅解于她，难道你们就不能把她转化为人？

狱官：禅师，这只有待他日慢慢超度脱化了！

萝卜：我受苦的娘哇！

[扑向金毛狮子狗痛哭]

夜郎站在戏台幕侧处正监台，一女演员还未卸了青面獠牙的鬼妆，走近说："班主叫你哩！"夜郎在后台的一间屋里，南丁山正扭曲着脸向一个人发脾气："为什么不让演了？这活动是报请了市文化局的，错在哪里？"那人说："南先生你不要给我发火，这是市文化局发的电报，又不是我们县为难你们。"南丁山摊了摊手，未说出话来，给夜郎说："这位是县文化局的同志。"两人握了手，夜郎一边问"什么事"，一边拿了电报看。电报是市文化局发的，意思要鬼戏班立即停演，尽快返回西京城。夜郎就问："几时收的电报？"那人说："一收到我就拿来了。"夜郎说："文化局出尔反尔，他说不演就不演了？戏班的损失谁担承？就是别的县不再去演了，在这里只剩下两场，总得有始有终啊！"那人说："实不相瞒，市文化局发来两份电报，这一封是让转给你们的，另一封给我们，说戏班执意继续上演，就要求县文化局禁演的。"南丁山闷了半会儿，说："好吧，明日一早我们就回！难道文化局是潘仁美，要演风月亭不可？！"

翌日，戏班拆台装箱，人马返城，南丁山、夜郎即去了文化局，接待他们的却是演出处，说宫副局长责令他们来查处戏班的，理由是戏班以扶贫义演之名,将收入的十分之二只做了捐资,十分之一上缴管理费,十分之七装入私囊,并要求戏班把会计账目拿来,再要南丁山详细写一个义演的全部经过材料。两人听了,嘴头上还十分强硬,口口声声这是污蔑,要亲自见宫副局长面谈。但演出处的人说宫副局长不在,一出文化局大门,南丁山的脸面就煞白了,说:"局里怎么知道这内幕?上次回来,没什么动静,这次外出,申请书又批得挺顺利的,怎么才四天他们就知道这么多?"夜郎说:"会不会是戏班里有了内奸?"南丁山说:"这不可能,每个人都得了红包,是自己和自己过不去吗?是不是哪个县的文化局协作人员告的密?可咱都是给他们回扣的呀?!"夜郎说:"知人知面难知心,咱现在受宫长兴直接管,是不是告他的事泄了?若没泄,现在哪一类义演不是这样,他也睁一眼闭一眼就过去了,文化局还落个政治上的好名声;若是泄了,那他听了谁一句半句谗言就要整咱们了。"南丁山点着头说:"夜郎,咱会不会栽在他手里?"夜郎说:"晚上你我去找找信访局长摸摸情况再说。他宫长兴就是成心要整治咱,咱有信访局长,一物降一物,还不知到底是咱要栽还是他要栽!"

  晚上,南丁山和夜郎正详细地列了应付回答的几个问题,才要起身去信访局长家,民俗博物馆长却急急火火赶来,把南丁山叫出去了。夜郎觉得蹊跷,也有些生气,嫌馆长眼里瞧不起他。正取了酒喝,偏巧颜铭也来了。夜郎说:"今日这是怎么啦?一个接一个的都来了?!"颜铭说:"听说你们中午回来,饭做了那么多,左等右等却没人影,我就放心不下了。别人提心吊胆的,你倒悠闲得在这儿喝酒!"夜郎说:"心才烦哩!"南丁山就进来,向颜铭打个招呼,就说:"事情更糟了!"夜郎问:"馆长鬼鬼祟祟的又说什么了?"南丁山说:"你拿回去的毛毯、踏花被用了没有?"颜铭说:"还没用的,怎么啦?"夜郎说:"颜铭你甭多嘴,我们说戏班的事哩。"颜铭说:"你们忙,我是不是出去一会儿?"南丁山说:"颜铭,这事也不避你;你就坐下吧,只要你不怨恨我们就是,有什么事情了,我南丁山顶着,与夜郎没关系的。"颜铭听南丁山这么说,知道出了什么事,也不言传,心揪成了一疙瘩。南丁山就对夜郎说:"那些东西没用的好……文化局已经派人去民俗馆查了,馆长是个怕事的人,把分的东西全都往回收,是他们那儿漏的风……"

夜郎也就抱了头，闷了半会儿。两人就叽叽咕咕商议起来，最后还是拿定主意去找信访局长，让信访局长出面向宫长兴施加压力，至于拿回去的东西，明日一早先送回民俗馆，一口咬定咱是没有拿的。两人越说越神神秘秘，颜铭并不知底细，听着听着，听出些门道，就说出她所知道的一宗事来，当下让南丁山和夜郎从头顶到脚底全凉了。

原来，时装表演团里，有一个长得小巧玲珑的出纳，人称袖珍美人的，与人谈了恋爱，团里人都知道每天下班有个骑摩托的男人来接她，却并不知道那男人是谁。前日，她突然离开表演团，说是有了正式工作，而且是文化局演出处的。全团就议论起来，模特们无不热羡，团长就告诉大家，人和人是比不得的，看别人吃肉，自己就不要流口水，人家的男朋友的爹是信访局长嘛！并说了内情：那男的想让女朋友去文化局工作，曾托人说了数次，未能成功，不想信访局长收到了反映宫长兴问题的信件，信访局长就给宫长兴打了电话，让宫去他那儿一趟。宫长兴去了，信访局长吓唬说群众有了检举信，是八条问题，一条一条都列出来，宫长兴浑身就软了，信访局长便说你宫长兴才提拔上来，下边怎么就这么多意见，材料呈送上去怎么了得？正是因为都是熟人，偷偷先犯着纪律让你看看这材料，你要觉得这些问题都是事实，那我们就呈送上去；不是事实，是一些人要陷害诽谤你，信访局当然要保护坚持改革的领导干部了，这材料到这儿就为止了。这话当然是说给宫长兴听的，宫长兴也当然说这些材料全是诽谤之辞，现在是上边不提拔谁谁就是好人，一提拔谁谁就成了臭狗屎。信访局长就笑着说：好啦，这事天知地知你知我知就对了。宫长兴千谢万谢告辞回去，第二天信访局长的儿子就去找了宫长兴，又说起未婚妻的工作之事，事情自然而然地便解决了。

南丁山和夜郎骂了一通信访局长，骂过了便垂头丧气，长吁短叹，南丁山就软下来要坦白，先写一份检讨，又要把分给戏班成员的钱和物再收回来上缴。夜郎却不，说让他再想想办法，便打发颜铭回去，他要和南丁山睡在戏班，得专心处理这麻烦事了。颜铭一走，即给宽哥打电话，问宽哥认识不认识文化局别的头儿？但宽嫂回电话，宽哥已去了巴图镇，去干什么，几时回来，人家没说，从来做事都不给她说的。事到如此，两个相对看着，突然都笑了一下，南丁山说："兄弟，甭管了，明日砍头今日还是要吃的，我请客，南门外环城中路上新开设一家蒙古饭店，卖烤羊腿、酥油茶，还有驴鞭、牛鞭、狗鞭三宝汤的。"夜郎说："吃个饭用不着跑那么远，我给清朴打个电话，让小工提几笼蒸饺来。"遂电话打过去，半小时后，果然一男一女小工提了三笼蒸饺、一保温饭罐的八宝稀粥，两人分着吃起来。送饭的一男一女第一次到戏班来，看见了房子里各种剧装和乐器，十分稀罕。南丁山见那女的眉清目秀，心里爱惜，说："好玩吧？好玩了也穿着玩玩。"就过去把一副胡须戴给那男的，从衣架上取了凤冠让女的戴了，又取了裙衣、霞帔让她穿了，女的连热带羞，脸色白里透红，俨若施了粉妆。女的也是个好轻狂的，学着抛了几下水袖，抛得不开，却霍霍有风，后来还做了个兰花指来，坐到那古筝前竟拨了一曲《康定情歌》。喜得南丁山一颗饺子在嘴里，还未嚼烂咽下，口齿不清地说："好的，好的，叫什么名字？"女的说："艳艳。"南丁山又问："艳艳十几岁啦？"艳艳说："十七岁零三个月，我生日小。"南丁山说："有扮相，人又伶俐，如果愿意到戏班来我可以要你的！"艳艳说："我愿意的，真能到戏班，那我就辞那边的工啊！"夜郎见南丁山感情用事，就说："艳艳，你别听他的笑话，戏班要招聘也是明年招聘，你要爱唱戏，有空练练身段和嗓子，到时候来应聘，现在还是好好在酒楼工作，别一头抹脱了一头又翘了担儿！"南丁山笑笑说："夜郎说的也是，但古筝弹得不错，该奖励哩！"夹了一颗饺子让艳艳吃，艳艳竟也身子从古筝上弯过来，张嘴把饺子吃了。夜郎在桌下用脚踩南丁山的脚，南丁山还要再喂一颗的，夹起来，就送到自己口里，说："世上的事分分合合，得得失失，都是有缘分的，艳艳有演戏的素质却在酒楼上做工，这也是命运所定。我小的时候，一个道师看我的相，说我银盘大脸，浓眉阔嘴，是能当官的，官还不小，不是五品就是三品。长大了没有当成官，却演了戏，都演的是官！……"夜郎说："这话你不知说过多少遍了！当不了官就认个没有官命罢了，还掩饰着让艳艳他们笑话了！"艳艳说："我不笑话，你们在南郊机电公司演出时，我还没到酒楼的，去看过南先生演的甘脱身的——那演得真好！"南丁山说："我演的不是甘脱身，是代理阎王聂正伦。甘脱身在阴间的铁围城里做鬼，目连打破铁围城,甘脱身趁机溜脱,吹牛撒谎说他的外公是玉皇,外婆是王母娘娘,真武祖师是舅父,何仙姑是舅母娘,我吓得战战兢兢,手足无措,尊其为上司的。"艳艳说:"我记起来了,是代理阎王的——你能唱一段吗?"南丁山说:"唱哪一段?这代理阎王上场是念引子的——"就长声念道:

休说官吏有区别,
七十二者皆一脉,
千里为官只为财,
哪管杀人遍地血。

念完,张口要唱,眼睛却红红的,喉咙发哽,说他去擤擤鼻涕——去了屋左边的洗手间去。夜郎忙给艳艳和男小工使眼色,让他们赶快回酒楼去。艳艳还要说把笼拿上,夜郎说不必了,过后我送过去,推着让他们走了。南丁山擤完鼻涕回到屋里,问:"人呢?"夜郎说人家忙人忙事的,你啰啰唆唆没个完,就都走了。南丁山很有些遗憾,说:"夜郎,我是不是说得多了?"夜郎说:"今日没喝酒,倒像是醉了。你给他们说那些干什么?我看你是累了。"南丁山说:"是累了,是累了。"两人又吃,直到笼干罐净,草草洗了手脸,就搭铺睡觉。南丁山说:"兄弟,啥事都不要想了,明日的事明日再说,咱睡,睡着了全当是死去了!"

但是,夜郎很快就入睡了,睡不着的却是南丁山。他先是听着屋外不断地有响声,是车驶过去鸣着喇叭,是邻近哪一家打麻将,牌洗得哗啦哗啦响,是有人从窗外走过,女的,铁钉的高跟踏着水泥路面……他翻了个身,面朝这边睡一会儿,又翻了个身面朝那边睡一会儿,就闻着臭气,骂夜郎脚洗过了还这么熏人!后来就把枕头抱过来和夜郎睡在一头。这么折腾了半夜,才要迷迷糊糊睡着,似乎感觉夜郎又起身去厕所了,但没有听到厕所的马桶水响,他睁了眼才要问"你也睡不着吗?",好像夜郎在开屋门。一时清醒,觉得奇怪,起身看时,便见夜郎开了门竟一直往前走。南丁山不知道他这是要去干什么,也就跟了,一直穿街过巷,到了竹笆街,夜郎又在贴了售房字样白纸的门上掏钥匙开锁,开不开,又不言不语地返回去。等到南丁山再回来,夜郎却已在被窝里呲儿呲儿发了轻轻的鼾声。

南丁山就拉着了灯,叫夜郎,叫了数声,夜郎醒来,说:"天亮啦?"南丁山说:"你装什么洋相?半夜四点半。"夜郎说:"才四点半你起来干啥?你不睡我还要睡的。"南丁山说:"是我害得你睡不成,还是你害得我睡不成?!"夜郎说:"你……"就又起了鼾声。南丁山蓦然醒悟,过来一把拉起夜郎,说:"夜郎,夜郎,你有夜游症?!"夜郎清醒了,说:"我有夜游症?胡说!"南丁山就把刚才的一幕原原本本说了一遍,夜郎倒害怕起来,说:"我去开戚老太太家门?我怎么会去开戚老太太家门?我是那再生人啦?!"就从脖子上取下系着的钥匙,疑惑不已地看着。南丁山说:"真是怪事!这一定是这钥匙有什么异处。你不敢再系这钥匙了,脖子上什么戴不了,偏戴这玩意儿,你在乡下得那怪病,恐怕也是这钥匙作祟哩!"就把钥匙收了,装在自己口袋里。夜郎却不,说这钥匙不是他的,他就是不系,也要还给人家的——从南丁山口袋里又掏了回来。

吴清朴拍过了电报,又用刘逸山的办法,将邹云的鞋里装上秤锤,邹云仍是人不归,信不来。吴清朴到虞白和丁琳处哭诉过几次委屈,两人除了劝说也无能为力,寻夜郎,夜郎又去义演了,便约了宽哥商议,宽哥自告奋勇,要去寻邹云。为了不惹人显眼,宽哥换了一身便服,当天搭车去了巴图镇。在镇东七里铺的弯道处,有人穿了孝服跪在路边焚冥钱,路面上还用石头围了一个圈儿,似乎还看得见圈儿里有发干的血迹,便知道前几天这里出过车祸了。车上的人都伸了头往出看,口里呸呸地吐唾沫。宽哥瞧着那穿孝服的人又焚纸又奠酒,眼里便有些潮了,却并未吐唾沫,旁边人还说:"你不吐的?鬼怕唾沫的,莫让横死鬼寻了替身去!"宽哥哼了一下,心里说:它要不嫌牛皮癣痒,它来寻我来?!

到了镇上,打问着去了宁洪祥的公司,大门口里却有一个老头和一个穿西服的小伙吵闹,似乎已经争执了许久。老头说:"我要见他的,他为啥不肯见?他心虚嘛!我可是唯一的证人,我正蹲在石堰后屙屎哩,小车就像喝醉了酒一样从拐弯处开过来,我瞧着是女的开的,那人往左一跑,又往右跑,车子也是往右一下又往左去,咚地就撞上了,车轮是从那人的腿上碾过去的,车就在前边停了。我只说车上的人要下来救人的,可那车却又发动了,而且还往后倒,端端往那人身上倒去,那人也是急了,拖着断腿往路边爬,一边爬一边还喊:'别再碾我,别再碾我!'但车还是倒后去,就把那人轧死了。我看见倒车的是宁洪祥,我眼睛没瞎,就是他宁洪祥!"小伙说:"你再胡说,我告了你去!"老头说:"告了好嘛,公堂上对质,看判了谁的刑去?!"宽哥听着是是非非之事,立即意识到自己此时是不宜前去的,忙掩身在旁边一个厕所墙后。听得老头又在说:"私了不成,那咱就公了嘛!那女的那阵尖声叫,不让倒车,我听着宁洪祥说:你甭管,要轧就轧死着好,他不受罪了,咱也安生。轧个残废,你一辈子得养了他,那是花钱的无底洞,轧死了,出万把元的命钱,什么事也没有了——你当这话我没听见?我听得清清楚楚的!"小伙说:"鬼信着你!你既然看着听着,现场处理事故时你咋不说?"老头说:"我不说就留着现在说嘛,我也是能人,我难道不知道我该怎样发财呀?!"小伙说:"老无赖!滚!"老头说:"我就不滚,宁洪祥不给我钱,我就到处说呀!"小伙说:"我告诉你,事故早处理了,人也埋了,你胡说八道顶了屁用?"将老头推开去,老头又扑过来,打不离的狗一般,老头后来就抱住了门框不丢手,一只鞋被小伙拽脱了,"日"地撂到丈外远的场地去。宽哥听出个八成轮廓,心里也怦怦直跳,作想路上见到的那个现场莫非就是宁洪祥出的车祸吗?才要走近去说话,门里又出来一个人,一颗贼光贼光的大头,便又躲到墙后,听着说:"老头,你是疯了,要讹钱也不该胡说,这可是人命关天的事!"老头说:"天上油盆大的太阳照着,我说谎?"那人说:"已经给你说了,宁总不在,他回来了你寻他好了。"老头说:"他有钱他能去坐了牢?你别诓我!"那人说:"宁总当然不会坐牢!死者横穿马路出了车祸,赔了一万两千元,已经够他的了!说不定他是拿老命给儿子换钱的。"老头说:"话说到这个份儿上,那我就天天来,我不走的,我也死在这里挣笔钱的!"那人就召了小伙在一边,叽叽咕咕了一会儿,过去说:"老头,这样吧,你说怎么办?"老头说:"灭口有两条,一是把我弄死了,二是掏这个数。"乍了五个指头。那人说:"五百?"老头说:"再加个零!"那人说:"付了钱你还要胡说咋办?"老头说:"我是地上爬的!让我人经三代都是哑巴,行了吧?!"那人拿眼瞪着老头,呼呼出气,从口袋掏出一沓钱来,数过了,数出是三千二百元,抽回二百,说:"算你发财,拿走吧,拿走吧。我可警告你,你要再敢说一个字儿,啥下场你会明白的!"老头说:"我是猪狗啦,拿碌碡打月亮,不知轻重呀?!"忽地夺了那人手里的二百元,撒脚跑了。那两人骂了数声,砰地把门关了。宽哥知道此时还不宜过去,在场边转了一会儿,才去敲门,开门的还是那个小伙,就问起宁洪祥。小伙倒盘问了他多时,才说宁洪祥领人在山上矿洞,不在家的。宽哥忙问邹云,小伙却说邹云病了,指点了让到镇上门牌101号去找。

　　宽哥心就急起来,不知邹云害的什么病。在镇上寻到101门号,窄窄的一个门洞进去,里边却是一幢小楼,进去又问了人,上到二层中间房里,果然邹云在里边,脸子寡白白的,一见宽哥,顺门出来就走。宽哥还以为她是出去喊人提了茶水来的,或是去拿什么东西,在屋里坐了一会儿,却再不见邹云的影,就出来到隔壁的房子也看了,也到楼下看了,邹云都不在。最后上楼梯到楼顶,平台上,邹云靠在栏杆上发呆,身边卧着一只怪模怪样的短腿长毛狗。宽哥说:"邹云,你记不得我吗?我是汪宽。"邹云说:"宽哥,你是到巴图镇有公务?"宽哥说:"我是特意来找你的——清朴让我来的。"邹云说:"清朴让你来的?我已经给他去了信,又拍了电报,他还叫你来?宽哥,那我认不得你了,原谅我不能接待你。"宽哥说:"邹云,我远远赶来,你不问吃不问喝,拧身就躲开了,你怎么冷落我我不在乎的,可你得回去呀!你和清朴闹什么意见,你回去好好谈谈嘛,一封电报过去,说退婚就退婚了,清朴受得了吗?他现在的样子,谁见了谁都可怜……"邹云说:"所以我不能回去。"宽哥说:"这到底是怎么回事吗?听你白姐说:你和清朴原本好好的,已经在筹划着结婚了,事情咋就弄成这样?"邹云就呜呜地哭。宽哥说:"你这一哭,我也看出你和清朴的感情并没断的。既然没断,你回去,宽哥给你做主,这破镜就又重圆了!多匹配的一对,谁不说好的,当然年轻人谁没个脾气,一个哭的就得搭一个笑的嘛!"邹云是不哭了,头还趴在栏杆上不抬。宽哥又说:"邹云,你怎么不说话?你恁犟的!你认识夜郎吧?他牛筋一样的人,他也听我的,你难道耳朵里装不进我一句话?我劝你回去,并不是说你不爱清朴了非叫你和清朴结婚,不是的,你宽哥是警察不是家庭老太太,思想还不至于那么封建保守,我只是觉得你处理问题太草率。你老待在巴图镇干什么?给宁矿主当秘书?当秘书也不是不对,你回去和清朴把事情处理好了再来不是双方都安心吗?还是你看不上清朴了,要嫁给矿主?你要嫁谁,我无法限制你,可如果你为的是金矿主有钱,是为钱而要嫁他,邹云,这你就错了!人活在世上没钱是不行,可光有钱就幸福了吗?我接触过多少傍大款的——这话或许你不爱听——有几个是好下场的?!若是旁人,我只有一份挽救的社会责任,但你是熟人,我和虞白、清朴又都是朋友,对你我不仅有社会责任,还有一份感情责任!你还年轻,以后的路还长,我不能看着你犯错误!邹云,你说话呀,你要是我的亲妹妹,我早就火了,或者拳头都上去了,可我不打你、不骂你,你总该回答我的呀!"邹云始终不言语,趴在那里一动不动,后来,就转身往楼梯口走去。宽哥从没受到过这种待遇,气得嘴脸乌青,还是强忍了,说:"邹云,牛头用武火煮不烂,咱就用文火慢慢煮;我这次来了,我就要把你叫回去,我是请了假的,三天四天可以在巴图镇上住着等你。"邹云的脚步声一直响到楼下去,宽哥连吸了三支烟,灰沓沓也下来,往镇上寻旅馆吃喝歇息。

下午,宽哥又来小楼上找邹云,邹云房间的门关着,死活敲不开。宽哥无法,去宁洪祥的公司了解情况,邹云的事,问谁谁也不说话。公司楼后的水池边,有一个丑陋的女人坐着,黑黄胖肿,一件大红的衣服紧绷绷地裹在身上,脚上一双白色高跟鞋,肥肥的肉埋没了鞋沿。宽哥过去,女人很热情,问起公司的经营,以为宽哥是来私收金子的贩子,就指着嘴里的两颗牙说:"你瞧瞧这是什么成色?别人的金牙只是包个皮儿,我这可是纯货的!"宽哥笑道:"是金口!早听说你们巴图镇上,在地上捡东西,不小心就捡出个金豆豆来的。"女人说:"叫苞谷稞!我们都叫那金豆豆是苞谷稞,我家掌柜的打麻将,一输一把苞谷稞的。你是哪里人?是收货的就等着掌柜的吧,他明日不回来后日回来。"宽哥说:"我是来找邹云的,邹云在这儿干得还好吗?"女人当下变了脸:"你是她什么人?是她娘家的哥吗?吆——吆吆——!"她一声尖叫,后边小楼里便冲出一只狼狗,呼啸着向宽哥冲来,宽哥忙向大门口跑,跑到门外了,拾了一块石头站住,那女人一跨腿将狗夹住,骂道:"你告诉你那卖□的妹子,她有本事占那街上的楼,却休想得到这里的一根稻草!我还是守家的老婆,她再能行,她还是个小的!"宽哥冷丁又受了一场辱,已下不了台,心里明白了邹云在这里的所作所为,却走也不是,不走也不是,狗还是汪汪地咬。大门口有人就把他拉开了,悄声地说:"你也不看看阵势,都闹成什么样了,你还在她面前说邹云?!"宽哥把手中的石头扔了,一时觉得丢人,蹲在墙角吸了一支烟,待旁边的闲人都走散了,浑身散了架似的回到旅社。

旅社服务员却将一瓶酒一条烟,还有一袋水果,交给他,说有人送来的,并叮咛饭钱店钱让他不要付,最后有人统一结算的。宽哥知道这是邹云来关照了,却并不领情,返身又到小楼找邹云。邹云在的,听他说了刚才的事,咬牙切齿说道:"这丑婆娘越是这样,我越要跟她较个劲的。她有毬能耐,自己吸引不住自己的男人发什么凶?!"宽哥说:"邹云,事情你不说我也明白个八九,惹出这么大的难堪,在这里还有什么意思?听我的话,回吧!"邹云眼睛又红了,扑嗒扑嗒掉眼泪,说:"宽哥,你回去,我是不能回去了。我实话全说了吧,我和宁洪祥早都同居了,这小楼就是他给我买的,我也给他怀了娃娃,你瞧我病恹恹的,就是刮了宫,又受了一场惊吓,心身还没恢复过来……宁洪祥答应了我和那丑女人离婚呀,离了婚我们就结婚啦。我本不想让你知道这些,可你硬要叫我回去,我只好全说给你,你怎么看我都行,怎么骂我也行……宁洪祥是能干的人,又有钱,又风趣,他也爱我,他会给我幸福的!"宽哥虽然想到了她与宁洪祥有不明不白的关系,但邹云能亲口说出,他浑身都颤抖了,发急道:"邹云你真糊涂!现在闹成这样就是幸福?!"邹云说:"好事多磨嘛。"宽哥仰天长叹,说:"邹云,这么说我是白来啦?你宽哥在西京城是挽救了多少失足青年,到你这儿就失败啦?!"邹云说:"宽哥,你的好意我领了,但我不是失足青年,我这是追求我的幸福,是我用青春赌我的明天……我给你说这些干啥?说这些你不会理解……我也知道我这样做有些自私，要伤害到清朴，可我没更好的办法。我是爱过清朴的，离开清朴我心里也难受过。我现在虽然和宁洪祥在一起，他百依百顺地待我好，我心里时不时还是想着清朴，我从没梦过和宁洪祥，一做梦就是和清朴那些事，也正是这常常走神，我逞能学开汽车，才出了事故。"宽哥叫道："那轧死人的事果然是你和宁洪祥了？！"邹云惊了一下，说："车祸的事你也知道了？"宽哥说："轧死了人的事知道，怎么轧死人的也知道！"邹云浑身哆嗦起来，双手捂住了脸，慌不迭地说："宽哥，你不要说，你不要再说……"就蹲在了地上，还是不敢看宽哥的脸。慢慢平静下来了，说："你让我回去，可我怎么能回去？一步踏出去了，前边是崖是涧我只有往前走啊，宽哥！回去了，清朴心里有了阴影，他是知识分子，什么事都认得真，心又细，这日子能过好吗？就是他能忍我容我，我又怎么对宁洪祥说？他即使再坏，他对我没坏过，我又给人家说了结婚的话，我这不是又要害了他？……我怎不知道清朴会伤心？我想过了，我会补偿他的。我给他的电报上说得明白，酒楼全交给他，我只要我投资的那笔现款，现在我决意什么都不要了，就全给他。"宽哥哼了一声，说："邹云，钱能补偿感情吗？真可怜！"邹云说："你是说清朴吗？他会找一个更好的女子的。"宽哥说："我是说你！"宽哥跺跺脚，离开了小楼回到旅社，结账收拾行李，便去车站买票要回西京城了。

候车室里的人乱糟糟的，宽哥窝在墙根，脑子里一片空白，心里却有一肚子闷气，又无人诉说，只是轻轻地哼。他哼的是一支很悲伤的曲，他无意识地就在地上画出简谱，突然有人一抱后腰叫道："汪警察，你在这儿执行任务吗？"宽哥看时，却是邹云的大哥。宽哥说："我在这儿候车去城里的，你坐车才来吗？"邹老大说："我看你穿着便衣，还以为你执行任务哩！有你在这儿就好了，汪警察，你和邹云、清朴都是朋友，有事还要求你的。"宽哥以为邹老大也是为邹云的事来的，就说："你说邹云的事吗？"邹老大说："是邹云把我那儿子带到这里玩了几次，就认识了镇上姓张的一家的女儿，两人恋爱上了。孩子的事做大人的总得支持吧？可我家老二心却瞎了，尽坏这门亲事！咱那儿子排排场场的人才，喜欢的人多，跟几个朋友学了点瞎毛病，偶尔吸几口大烟的，没瘾，真的没有瘾，领了女朋友，姑娘觉得好玩，也偶尔吸几口，我知道了，正强令他们戒哩，已经戒得差不多了，可老二对我有仇，偏在儿女身上报复，竟跑到我那亲家母处胡说八道，亲家母妇道人家，知道什么？又是个狠毒婆子——女人狠起来比男人凶残呢！她竟然出大钱买烟让我儿子吸，把烟瘾一天天往大里惹！昨儿夜里，我儿子的一个朋友跑来说，那母老虎使的是恶计，她知道我儿子带坏了她女儿，故意自己拿钱害我儿子，让他毒瘾更大了，戒不了了，再要退这门亲事的。你瞧瞧这恶婆子坏不坏！我赶紧就跑来了，要把我那傻儿子领回去。汪警察，你说天下怎么有这样毒的女人？！你在这儿就好，你没有带那一身警服吗？你穿上警服和我一块去她家，警告警告那婆子，怎么样？吃的喝的还有补助我全管了。"宽哥听了，恼得说："你们邹家的事我懒得管了！"站起身就去检票口，头也不回地进去了。

　　从巴图镇到西京的汽车走两个多小时，宽哥一上车就闭了眼睛一言不发。前排座位的两个妇女，一直在尖声锐语地排说她们的孩子，满车的人都侧目而视，司机也不停地打哈欠，喊道："不要叽吱呜哇得那么高，烦死人啦！"旁边人就说："你们说低些吧，司机好像昨晚打麻将没睡好。"妇女声低了，喊喊咻咻地，不一会儿声又高了。司机骂了："就你两个会生孩子吗？！吵吵嘈嘈地还让我开车不？"妇女终于住了口，车上别的人也不敢多说。车到了车站，其中一个妇女到司机那儿买票，司机收了钱不扯票，妇女硬要票，一个小伙就上了车，坐在了妇女空出来的位子上。旁边的一个妇女说："这儿有人啦！"车猛一开动，小伙说："人呢？"那要票的妇女却走不过来，车开动的一颠，跌在过道里，好不容易爬起来，过来说："哪有不扯票的？他就是不扯！"这个说："人家要贪污钱的。咱是农民，也没人给报销，要不要票无所谓。"那个说："那钱他就私吞了？这一天几趟要白赚百十元吧？哎，这是我的座位！"小伙冷冷地说："你的座位？你先人留的？"妇女说："我掏了钱呀！"小伙说："你掏了钱我也是掏了钱！"妇女说："总有个先来后到。"小伙说："我就坐了你把我咋？！"那个说："绒绒，甭说了，咱俩坐一个座位。"两个妇女挤在一处，挤不下，说："小伙子你往出挪一挪，太挤了。"小伙说："炕上不挤，你来坐车干啥？"蛮横无理，出言不逊,车上的人都看着,却都不言传。宽哥一直闭眼养神,睁了眼说:"哎,你这小伙怎么这样说话?后边有空座位你怎么硬要坐人家座位?"小伙回头骂道:"我躁着哩,甭理我!"宽哥一肚子火正没处泄,霍地站出来,说:"我就要理理!你给我往后边坐去!"小伙也站起来,忽地从怀里掏出一把小刀,说:"老子就不去!你是欠见血吗?"举了刀就斜刺过来。宽哥身子一避,一把抓住了那手腕,刀子"哐"地掉下过道。车上人见刀子掉下,脸上都换过了颜色,七嘴八舌地说:"抓得好,这小流氓说不定过会儿要抢钱了!"就有人过去捡了刀子扔到车窗外去了。小伙的胳膊被扭到了背上,疼得连声喊,宽哥一松手叫道:"乖乖坐到后边去!"小伙老老实实坐到了后边。

宽哥坐下来,他有些得意,脖子一梗一梗地挺得很高,甚至有了感激这个小流氓的意思了。十几年来,他习惯了社会对一个警察的尊敬和顺从,习惯了他做人的自信和威势,但是,邹云却使他失败了,丢尽了脸面,现在,小流氓的服服帖帖,让他多少恢复了些刚愎自用!他坐下来了,感觉全车的旅客都在看他,都在心里说这辆车上有这样一个人,一路上就有安全了。前排的两个妇女已经拧过身来,笑着向他致意,甚至还拿出了一包核桃酥让他吃。宽哥说:"我不吃零嘴。"妇女说:"一点心意嘛,你不吃,带回去给你家孩子吃吧!孩子几岁了?一定是男孩的,爱学武,手腕子有力……"妇女啰啰唆唆地说,宽哥应酬了几句,便侧了头看起窗外。

车在通过一个弯道,旅客随车的摇晃忽地倾斜过来,忽地又倾斜过去,后一排的一个老头就晕了,"哇"地喷出污秽,恰好喷在了宽哥的肩上。老头立即用手去抹,连声道歉。宽哥皱了眉头,也无可奈何,掏出手帕擦起来。这时候,有人在路上挡车,车停下来了,坐在后排的小伙也要下车,已经下去了,却又极快地跳上来,谁也没有留意,他手里却提着在车下捡到的半块砖,在宽哥的头上砸了一下,拨开上来的人就冲下车门,车门也恰好关上,忽地开动了。宽哥并没有喊,手捂着头,血从手指中流出来。车上的旅客完全证实了小流氓已经在车下的路上,车上再没有同伙,就叫道:"打人啦!打人啦!"宽哥血淋淋地走到车头,要求司机停车,他要去抓住小流氓,司机头也不回地说:"你敢抓,我不敢停的,这一路流氓多了,我常走这一路,你得让我安生！"宽哥气得又回坐到座位上，血仍流得不止，司机能做到的只是加速开车，后排的老头就又吐起来，吐在了过道上，许多人开始在骂。车进了城，两个妇女叫道："司机同志，车往医院开，直接往医院开！"差不多有七个八个旅客却反对了，说车是大家的车，都是忙人，怎么能到医院去？该在哪儿停就在哪儿停。司机也就顺着原定路线行驶，宽哥只好让车停了，他先下车，拦挡了出租车独自去了医院。

夜郎得到消息，赶到医院探望宽哥，看见床头堆放了几包水果，墙上挂了一幅布堆画，就问道："虞白来过了？"宽哥说："虞白现在搞布堆画了——人聪明，会推磨子也就会了推碾子！这画好吧？"画面上密密麻麻贴着壁虎、蜈蚣、蝎子、簸箕虫、蛇等各类爬物，中间却是一只挺足昂首的雄鸡，鸡是银白色的，羽毛一片一片整齐有序。夜郎说："这好嘛，说宽哥是只鸡，鸡能吃五毒哩！"宽哥笑着说："我看这鸡身上的羽毛倒像我生的牛皮癣。这伤倒不要紧了，烦我的是牛皮癣，痒得心慌意乱的。"说着手就在衣服里抓。铿里铿啷价响。夜郎就把门窗关了，让宽哥趴在床上。用半截筷子刮屑片。宽哥就又笑了说："你瞧像不像她画的鸡毛？她在作践我哩。"夜郎说："你这得的是啥病哟，穿了盔甲一样；宽哥前世怕是个将军！"宽哥说："我也担心将来浑身一层硬壳，人就整个僵住了！亏清朴有心，到西京饭庄买了蝎子让我吃，说吃蝎子败毒的。"夜郎刮遍了全身，洗手去揭开了桌上的一个饭盒，里边果真有半盒油炸蝎子，当下用手捏了一只丢在口里嚼起来。宽哥说："你行，还敢吃！"夜郎说："这有啥不敢的？"宽哥说："你要敢，把那另一盒的都吃了！"夜郎揭开另一个饭盒，里边是一摊酒，酒里浸泡了一窝活蝎子，还张牙舞爪地生动。宽哥说："这是醉蝎子，我不敢吃的，试了几次没敢动。"夜郎用筷子夹了一只，也丢在嘴里嚼起来，宽哥赶忙说："要先咬尾巴尖的！蜇着舌头没有？"夜郎嚼着，嚼成一团渣，用舌尖顶在嘴边，摇着头。宽哥说："嚼烂了就咽下去。清朴说活蝎子嚼着是两张皮，没味的，却很败毒的——你简直是恶人嘛，活蝎子也敢吃？！"夜郎咽了蝎渣，说怕啥的，上次咱见副市长吃胎盘肉，要是我有病，能吃活人，我也就敢吃活人哩！

宽哥还咧着嘴，吸冷气，说："清朴把这蝎子带来，虞白瞧也不敢瞧的，她要见你这个样，也不知该怎么看你哩！"夜郎说："在她眼里我早是坏人了……"却不愿再说下去，问清朴现在的情况。宽哥告诉说人已瘦得失了形，看着都让人心酸；即使邹云对他如此不忠不贞，他还是忘不了她。宽哥说过了，又劝夜郎多去，关心清朴，让颜铭也留个意，有合适的姑娘，得赶快给清朴物色一个——只有新的人物出现才能逼退邹云给他留下的阴影。两人正说着，丁琳带着一束鲜花来了，夜郎取笑道："丁琳学洋玩意儿送花的，费那笔钱不如给买一瓶罐头实惠！"丁琳说："夜郎什么都实惠了，娶了个年轻的媳妇，又穿这一双皮鞋！"夜郎穿的是一双人造革平底单鞋，脏了用水布擦擦就成。"真会过日子，省鞋油了！"夜郎知道她在挖苦他，也不脸红，说："我看这就好的！"丁琳说："结婚了，男人的衣裳就是老婆的脸面哩，这小媳妇就不管了？！"夜郎说："女为悦己者容，丁琳在家邋里邋遢的，出了门收拾得花枝招展，是给谁看呀？"丁琳说："哟哟，才一说你那小媳妇，就护短了！怎么着，让你看的，专来勾引你呀！"夜郎说："我不敢高攀的，丁琳真有外心，清朴现在空着，去勾引他一勾一个准！"都笑了笑。宽哥说："丁琳，你来得正好，我和夜郎还说到给清朴物色个对象的事，你交际广，有没有中意的？"丁琳说："我来就对你说这事的，我是刚才去了婚姻介绍所给清朴登记了，清朴的条件好，应征的会不少，说不定其中也有图着他的钱来的，咱就要先过过关，我留了我一个地址，又怕我整天跑动，还留了你家一个地址。"宽哥说："女同志到底心细。"夜郎说："女人不会看女人的，你和宽嫂物色的不一定有我们男人物色的放心。"丁琳说："让你物色我倒不放心哩！"逗得三人又笑。

夜郎说："好，这事不说了。丁琳，你以前说过你们单位劳司开了个歌舞厅，现在还营业不？人熟不熟？"丁琳说："想去跳舞呀？"夜郎说："如果人熟，我们要实施一个行动哩！"丁琳说："熟是熟得很，可我告诉你，你是才结了婚的人，结婚就安安分分和人家颜铭过，如果还有个什么情人要去跳舞呀，包单间唱卡拉OK呀，那可没门！"夜郎说："你现在戴了有色眼镜。"宽哥说："她怎么对你是戴了有色眼镜？"夜郎避而不答，说："都不是外人，说给你们了只求守个秘密就是。"于是将文化局宫长兴收缴戏班的演出款，并通报了全市文化系统，要求戏班整顿的事说了一遍，又说了他和南丁山如何咽不下这口气，准备寻个歌舞厅，邀宫长兴去娱乐，再用一些妓女去拉宫长兴下水，然后突然袭击，当场现丑，让他姓宫的副局长当不成。夜郎说得有些激动，把每一个步骤都考虑得很周全，似乎是宫长兴已经被他们抓住了。宽哥的脸就黑下来，说："你们戏班是不是私分了义演的钱？"夜郎说："分的也没有多少。"宽哥说："要收拾别人，自己屁股下就得没屎，你们假义演之名，去给自己挣钱，还不说罚款通报，就是逮了去坐牢也该！义演就是义演，社会上对你们是个尊重，实际上搞这一手，人们怎么看你们？咱讲究一天不满这个，咒骂那个，咱也是一路子货，乌鸦和猪都是一个黑的，你还有脸面说得那么激动？！"当下把夜郎、丁琳愣住。夜郎尴尬地说："丁琳你瞧瞧，宽哥又认真起来了。"宽哥说："夜郎，我可给你说，我和你相处这么久了，能处这么久，我也一心盼你做个正经人哩。南丁山是能干，但也一身的闲汉气，你要学他的好处，不敢让他的闲汉气引逗了你的闲汉气，日鬼舞棒槌起来，你就别怨我睁眼不认你这兄弟了！"夜郎说："我哪里就敢？只是现在都成了什么风气了，当官的以权谋私，各行业的又以行业方便营利，有几个像你这号人？你正义，正义着却被人打了，挨了打一车的人怎不帮你？那司机如果还行，他停了车你也不至于让流氓跑了，车能直接开往医院，也不至于流那么多血吧！"宽哥说："正是这样，我才给你说，贪官并不怕的，铁打的营盘流水的兵，他作恶多了，总有被罢免或调走的，可有了污吏，咱这国家就完了！什么是污吏，就是各行各业的工作人员也都胡来嘛。"夜郎说："我想当个小吏还不要哩，我现在是在戏班，是个体的。"宽哥说："你一个戏班都以义演的名义去挣私钱，要都这样还有什么让人相信的？还有什么好风气？"夜郎说："都成这样了，你干净哪儿还有你？！"宽哥说："我夺了流氓的刀子，车上人还不都振作了？！你没有在现场，你不知道大家的眼光，那眼光我永远也忘不了的！他流氓打了我，我就怕了他了？"夜郎说："你不怕的，你是党员么，有人说过党员是特殊材料制成的嘛!"宽哥生了气,说:"油嘴滑舌!"丁琳就给夜郎使眼色,说:"跟啥人学啥人,南丁山是丑角演员,你也嘴里没个正经词!"夜郎就说:"好了!听宽哥的,饶那宫长兴一次。只是南丁山气不出,让他憋出个病,去住一回医院罢了。"

三人都不提说了歌舞厅的事,只说了一会儿别的闲话,但怎么也说不到热火处,丁琳就没话找话,问宽哥最近有没有什么歌子谱出来?宽哥哼一遍他在巴图镇哼的曲调,哼了一半,说不好,就又玩起以纸片儿作谱的游戏,写出来是一首极难听的曲子。丁琳直撇嘴,宽哥也羞耻了,叮咛丁琳不要把这游戏告知外人,倒说出个想法来:清朴心情不好,南丁山也不好,什么时候乐社热闹一下。夜郎和丁琳就说要得。

乐社的活动没有再到城墙上去,天气冷了,城墙上的风太大,垛口里只有寒鸦在暮色里聚集,哇哇数声,拉下白花花的稀粪来。吴清朴接到邀请后,一定要安排在饺子宴酒楼上,半下午就关门停业,专等着朋友了。南丁山去得是最早的,穿着那种电影导演才穿的满腿是口袋的软布牛仔裤,上衣却是城里养鸟儿的老头爱穿的老式对襟蓝布褂,不洋不土,头发极长,却也极稀,尖鼻细脖的像一只好斗的公鸡。清朴在门口接了,叫"南先生",伸了手去握,南丁山双手一拱,胸前抱了拳说:"称大人——吴大人好!"吴清朴正笑着,颜铭骑车而至,说:"南哥,瞧你这样子,讲究的是什么打扮呀?"南丁山说:"丑角。哥哥本来就是演丑角的,现在真正是丑角了!"三人先上了楼坐下喝茶,宽哥就来了,带的一把二胡、一支箫、一个口琴。他头上的绷带已经拆了,伤口才愈合,还怕冻着,头顶上就剃去了一块头发,贴上了棉纱。南丁山赶忙去问候伤情,反复说明着他要去看望的,却琐事缠得实在走不脱身,就扳着指头说:"要生气,领一班戏,确实是这样,几十号人要吃的要喝的,还有生病住院的,你瞧瞧,康炳他岳母脑出血,治疗一半没钱了要停药,向我要工资,我得先给他借呀;小王家没钱买过冬的煤,闹着要发补助呀;紫娟又要离班,乐器店来催债,房东已经和我吵了几次,说再不交房钱他就锁门呀!过去的班主不知是怎么当的,我现在是日理万机啦!"

宽哥说："你就是国家总理，我不管的，我只问你：歌舞厅的行动实施了没有？"南丁山说："宽哥的话都不听，我是朽木不可雕啦？！"宽哥说："这就好！你记住，君子爱财，取之有道。"南丁山说："对着哩，钱有什么多少？天空那么大的，鸟就是再飞，落下来只歇着一枝树股股！我也常常拿了人民币作想，如果人民币能记录的话，每一张人民币都有无数个人的故事，都是一部长篇小说。"

两个人亲亲热热说着，夜郎和丁琳就上来了。丁琳给夜郎打了电话，让在家等她，夜郎便把那架古琴也抱着。丁琳一上来，先问"虞白来了没有"？吴清朴说："昨日晚上我去她那里说好了的，她还问今日谁都来的，我说了新吸收了我、南先生和颜铭嫂，她说她一定去的，恐怕快到了。"丁琳说："瞧清朴嘴多乖，一口一个颜铭嫂，颜铭比你还小得多！"南丁山说："狗儿站在粪堆上了就显高嘛！"夜郎笑道："我成粪堆啦？"

话未了，楼梯口有人说："可不是粪堆，一朵鲜花插在粪堆上了！"众人看时，正是虞白。她烫了头发，随意地披在肩上，却穿着一件似灰似蓝似红的薄呢大衣，大衣是香蕉领，直着下来，腰里系着一条宽带，人显得很精神。丁琳首先跑过去拉了她，说道："天还不咋冻的倒穿上大衣了！"虞白说："我哪有你年轻，要风度不要温度！"丁琳说："我年轻？你二月生我八月生，卖什么老？我也穿了厚毛衣哩。要说俏，颜铭俏的，虞白，这就是颜铭！"虞白故意把眼直盯了颜铭，伸了手来握，喜欢地说："名字知道，人也见过，做了新娘，越发地年轻漂亮了！夜郎，你过来过来，我说是鲜花插在牛粪堆上了，你不高兴，你过来立在一起比试比试！"夜郎正窘着，熬煎虞白和颜铭相见要有别扭，瞧她这么说，就嘿嘿地笑，人不过去，却从怀里掏了照相机"咔嚓"为她们照了一下。虞白说："你这不是作践我吗？你给我和颜铭妹妹合影，她衬得我越发丑了，我衬得她越发美了！"南丁山说："你倒叫颜铭妹妹？"虞白说："我这般老的，叫她嫂子，颜铭也不肯哩，是不是？"搂了颜铭，把颜铭头上的一绺乱发还理了理。颜铭说："车走车路，马走马路，我要叫你白姐。白姐哪里就老了，光你这气质，我八辈子都赶不及的！"虞白也更喜欢，握了颜铭的手，问这问那，亲热得了得。丁琳之所以首先和虞白说话，担心的也是虞白来了不自然，要了小脾气，使颜铭难堪，也扫大家兴，没想虞白却和颜铭一下子那么亲近，自己也暗暗吃惊，悄悄对夜郎说："虞白可以吧？她今日心平气静。"夜郎没有言语，心里却隐隐有一些疼。

　　吴清朴让大家到酒楼上来，一是这里暖和安静，二是借机让大家吃喝，当下见人已齐，就呼唤着上酒端菜，呼呼啦啦，四素四荤八个冷盘，水陆杂陈六个热菜，白酒啤酒稠酒饮料一应上齐。夜郎和丁琳坐在一起，虞白早拉了颜铭坐在她下手，吴清朴就斟了酒，让宽哥说话。宽哥说："原本是来玩的，来了却吃喝，吃喝就吃喝吧，看来乐社要吸收些有钱的主儿！——都端了酒，谢谢清朴，也各自谢了，喝吧！"众人笑着，说："喝吧，不喝白不喝！"一齐饮了。清朴又站起来轮流斟第二杯，一齐端了再喝，颜铭就把杏仁露打开在玻璃杯里倒满，递给宽哥，说："宽哥，你伤还未好利，你喝饮料吧。"宽哥说："不碍事的，今日大家高兴，又没公务，多喝些。"吴清朴说："多喝些，都在一个城里，哥儿姐儿的，平日却难得见面，我总想把大家聚一聚，可不是你有事就是他有事，老是凑不齐。多喝多喝，我敬过三杯后，咱就自斟自饮，喝得痛快了，一会儿吹的唱的才放得开。"南丁山说："真没看出，清朴文质彬彬的像个学者，很能做生意，做得这么红火！"吴清朴说："我是学考古专业的，哪会做生意，资产是人家的，办起来又靠他们帮我，比不得你拉出个戏班来成气候！"南丁山说："你甭提戏班，正害头疼哩。这么大的酒楼，谁投资的？看来我们戏班也得寻个投资人才行。"夜郎在桌下踢南丁山的腿，南丁山低头看了一下，收了自己的脚，却并不理会，说："这酒楼资产不少哩！"夜郎就说："喝酒喝酒，你酒量大，怎么也学丁琳的样儿，抿那么一点？是点眼药水吗？"南丁山就笑着要和丁琳碰杯，丁琳说："夜郎知道我不能喝，却出我洋相，让我醉了瞧热闹呀！"扭捏不喝。夜郎说："你们三个女性就你能喝点，南兄已经端起杯了，你不陪吗？"丁琳和南丁山碰了杯，还是只抿了一下。虞白见南丁山又喝下一大杯，鼻尖红起来，就笑，大家都不明白笑着什么，她也觉得那个了，说："你们戏班的生意还不好吗？！夜郎到你手下才干了多久，就有钱有脸儿的把颜铭也勾到手了！"众人都笑了，颜铭一脸羞红。南丁山说："那是夜郎的本事！说实话，现在你要个体干什么事，就得把政治上的一套用到经济上来，戏班红火也是得了政治的利，戏班受挫也是吃了政治的苦，那宫长兴不是个东西！"夜郎也急了，说："虞白、清朴你们怕不知道，宫长兴这次把我们整惨了！"举了酒杯再说："南兄，咱碰一杯，为了戏班再翻上来碰一杯，看他宫长兴的兔子尾巴能有多长！"颜铭就使眼色，说："用得着吗？喊那么高的声！"夜郎说："我不怕的，当着他的面我也是骂的，他宫长兴，哼！"偏站起来喝了酒，伸了小拇指，呸呸唾了两口。虞白说："二杆劲又来啦。"宽哥说："你坐下坐下，三杯酒就把持不住了！"南丁山说："宽哥，你以为我们再翻不上来了？能翻上来的，只要戏班不取消——他也没法取消——我就不信戏班生存得长还是他宫长兴在位上待得长？！你信不？"宽哥说："我信的。"虞白说："戏班有你和夜郎在，会有好戏看的。"南丁山说："你的意思是——？"虞白说："牛头马面嘛！"众人先愣了一下，立即看夜郎和南丁山，夜郎面长，南丁山头大，额角又高，就哗地爆了大笑。南丁山说："说我牛头，我也真是有牛劲的，他谁要强按牛头喝水，我偏不喝的！"丁琳说："不喝水了喝酒，再喝两杯了，清朴上饺子！"吴清朴说："让大家喝美唔。"丁琳说："男人们喝酒话多，一杯酒半天喝不到肚里，等喝美了都醉倒在那里，乐社成酒社了！"南丁山说："对对，清朴你上饺子，吃了我还要听丁琳唱哩。——听夜郎说流行歌曲你一套一套都会哩！"丁琳说："听夜郎糟蹋我，虞白是弹一手好琴的！"虞白说："我要弹，南先生不要在场。"众人又大笑。南丁山问："这笑啥的？"催督吴清朴上饺子，猛地醒悟过来，笑着指虞白说："对牛弹琴？！好，好，你这虞白，怪不得夜郎整日在我耳边提说你——"虞白说："夜郎说我坏话了？！"夜郎忙看颜铭，颜铭装着没看见，低头问丁琳的耳环多少钱买的。夜郎再看虞白，虞白也正看他，目光碰了一下，虞白遂去端杯抿酒，慌忙忙却端了菜碟来喝。南丁山说："夜郎说你精灵，我很不信的，女人嘛，都有四两猪脑子；而果真是狐子变的！哎，咱俩碰一杯，你怎么喝醋汤了？"虞白脸红了，就势说："真是，狐子也有四两猪脑子！"逗得南丁山噗地一下，酒喷出来，星星点点溅到了颜铭的脸上。

饺子端上来，一笼八个。一人吃一个，剩下一个，宽哥夹给颜铭。颜铭说她吃不了的,夹给了夜郎。夜郎再夹给虞白,虞白说:"人家颜铭要苗条,你让我成八斗瓮呀!"颜铭笑了笑,脸上不自然。再上一笼来,剩下的一个宽哥就不夹了,夜郎也不夹,虞白便说:"看来还得我吃!"夹过去吃了。连上了八笼,虞白多吃了八个,一仰身说:"再上金饺子银饺子,我也不吃了!"颜铭却给虞白碟子里夹了一个说:"白姐,这是黑米鸡脯馅哩!"虞白说:"谢谢,我吃到喉咙眼儿了,夜郎,你把颜铭这个吃了吧!"又夹给了夜郎,还说:"你给我夹了一个,我还你一个,咱俩谁也不欠谁的了。"夜郎脸上笑着,又瞥了颜铭一眼,颜铭捂了一下嘴,似乎要吐痰,起身往洗手间去。夜郎遂也说:"怎么没餐纸了?我去取去!"离开桌子到服务台取纸,一闪身也去洗手间,颜铭已在水池边洗手,夜郎说:"你怎么啦,是不是不高兴我了?大家在一处,随便些热闹呣。"颜铭说:"这我知道。我只觉得恶心,泛酸水。"夜郎说:"我看你捂了嘴……来时不是好好的吗?"颜铭说:"是不是有反应了?不知要生个什么龙凤的,却到这个时候了才泛酸水。"夜郎说:"难受得厉害吗?如果太厉害了,你去后边房间休息休息。"颜铭说:"不打紧的,我才不让人看出来。你快去吧,免得他们又笑话你。"夜郎就出来,重新坐下,把餐纸一一散了,虞白却说:"这纸是从洗手间拿的吧?"夜郎说:"哪里!"虞白就说:"还行!"众人都不知其意。南丁山就离了席,说:"你们吃着,我给大家唱一段。"张口就唱——

身陷洪波,再历艰辛过血河。

两岸雾障愁云锁,腥风四起鬼唱歌。

河里溺婴眼前过,失语哑子苦难说。

见妇人开肠把肚破,一老者眼被挖半死不活。

凄惨人见凄惨心更难过,流泪眼眼观零涕泪双落。

吓,见前面涌浪翻波,点点绿光闪灼灼。是铜蛇!

来势迅猛如穿梭!铁犬儿张牙咆哮,甚凶恶。

我还须善藏身把它避躲……

唱的是《目连·血河》，还未完，宽哥说道："不好不好，大家热闹哩，唱你们那鬼戏不好！"南丁山收了声，说："不唱鬼戏我倒没啥唱了，夜郎你来吹你的埙吧。"夜郎说："埙吹起来比鬼戏还疼人的，宽哥让热闹，咱来热闹的，虞白你弹琴吧。"虞白说："我的琴被冷落多久了，我是该弹弹的。"就来抱琴，乜视夜郎。夜郎一时不知说什么好。恰巧颜铭过来，虞白便往那长椅前走，还在说："那我亲自弹呀！"颜铭歪了头对夜郎小声说："她真鬼，暗地刺你跟我去洗手间的……"夜郎嘿嘿地笑。颜铭说："别人倒没注意你，她却只是留神你！"夜郎说："快坐好，别又让她瞧见作践的。"正襟危坐了，虞白放下琴，却令人将早放在楼下的一个袋子拿来，取出一个赭色原石刻就的香炉，一撮香，恭恭敬敬地点上，一时二楼厅中一股香气弥漫开来。南丁山拍手叫道："虞白抚琴还是老架势，高贵人对高贵琴了。这是什么香？"虞白说："前三日我和库大娘去清月寺送画，求得那里的供佛香。清月寺的香是按二十四节气配的，香不但高妙，而且焚烧后再不断灭。"就盘腿坐了，将琴横于膝上，哐啷啷拨动开来。丁琳低声对南丁山感慨道："她那琴声一响，我心就唰地有一股冷气从头顶上出去了。我记起一句诗的：'数声古琴是非外，一个闲人天地间。'也真是这种味。"南丁山说："她现在从事什么工作？"丁琳说："病休在家里。"南丁山说："她是个艺术家哩！"那琴声就急促地响起来，谁也不再说话，都屏了声息来听。音韵清正，婉转可人，但不识是什么曲调，宽哥便说："她又弹姜白石的词曲了，这虞白这么喜欢姜白石？"那琴越弹越凄切起来，虞白已完全进入了境界，竟随着音调唱起来：

好花不与殢香人，浪粼粼。
又恐春风归去绿成荫，玉钿何处寻？
木兰双桨梦中云，水横陈。
漫向孤山山下觅盈盈，翠禽啼一春。

唱罢了一回，又弹起复唱，丁琳知道这是《鬲溪梅令》，也近去坐了合着唱，越唱越入情，吴清朴却在椅子上哽咽了。众人都不知如何是好。虞白突然双手按在琴上，琴声戛然而止，吴清朴一时悲不能禁，又哽咽了一下，捂着嘴起身走到楼角处。大家都不再说话，气氛顿然冷凉。虞白苦笑了一下，说："我不该弹这个曲子的，宽哥你来吧。"宽哥说："叫清朴来。清朴！清朴——"吴清朴从楼角过来，已揩了眼泪，手里提了一壶热水，说："一边唱着，一边喝茶吧。"宽哥说："清朴，咱俩合奏一个《百鸟朝凤》。"吴清朴说："我什么乐器都不会的。"宽哥说："你打节奏，就用筷子敲盘子，行吧？"吴清朴说："那得换个简易的曲子，《百鸟朝凤》我还不会的。"宽哥说："行。"把拿起的笛子放下，取了二胡拉，竟拉起了《我是一个兵》，吴清朴就敲盘子，竟配合得还好，众人一齐鼓掌。接下来，宽哥又拉了《西边的太阳落山了》《红梅赞》，夜郎也禁不住手痒，操了那口琴吹起来。夜郎吹的时候，眼睛就闭上了，越发显得脸长。虞白对丁琳不知说了什么，两人嘻嘻哈哈笑成一团。颜铭就叫道："夜郎，你把眼睛睁开嘛，你又迷糊要瞌睡吗？"南丁山就过来对颜铭说："你说瞌睡，我倒想起一件事了，回来就忙得提了裤子寻不着腰，一直要问夜郎的病的，他在乡下犯病时，常半夜失眠，白日却老迷糊，现在怎么样？"颜铭说："失眠倒不怎么厉害了，却患了另一种病的，那几日晚上在你那儿睡，你没发觉吗？"南丁山说："你是说夜游症？"颜铭说："他这病怪哩，每天半夜都去竹笆街开人家的门锁。给他说吧，怕他后怕，越发添别的病来；不说吧，三更半夜要是遇着外人，还当他是小偷的。"南丁山说："我也跟随了几次，不知是什么毛病，只拿自己的钥匙开人家的锁。"颜铭说："那钥匙是再生人拿过的钥匙，我疑心钥匙上有怪处，可钥匙系在脖子上，他取都不取的。"南丁山说："过会儿我再要了钥匙，看还犯不犯病的？"这时候，宽哥和夜郎的合奏结束，大家叫好。南丁山说："夜郎，来一曲笛子。"夜郎说："你不知道我少了个指头吗？笛眼儿捂不全了！"宽哥就说："像你这螃蟹横行的人，爪爪子都剁了才安生！"虞白说："哪使得的，颜铭要哭了！"颜铭说："我不心疼。"虞白说："那搂不住人了嘛！"众人又笑。夜郎就得意了，解起外套，说他可以用口琴再吹一曲的。脱了外套，脖子上的钥匙就露出来，南丁山上去取了钥匙系儿，说："慢着慢着，一个大男人倒戴这么个玩意儿，让我瞧瞧。"拿过了，又说："铜是好铜，送给我是了。"夜郎却一把夺过去说："这是虞白的，我得物归原主！"宽哥就疑惑了，说："这是再生人的那钥匙吧？是我给你的，怎么成了虞白的？"夜郎脸红了一下，却大声说："虞白爱收藏的，我借人家古琴时，作为条件换的，后来我又舍不得，借了回来玩玩，说好得还人家的。虞白你说话呀！"虞白吃了一惊，见众人都看她，一时不知所措。夜郎就盯了她，又问一句："你还要不要，不要，我就给南兄呀！"虞白说："该我的我怎么不要？！"夜郎就笑了，把钥匙交给她，自个儿忙掩饰着吹口琴。口琴吹得好，大家都跟着唱起来。

这么一直玩到夜深，在一旁伺候着的几个服务员已经困了，张口皱鼻子。宽哥提议：时间不早了，明日都要上班，咱们集体来个节目结束。大家说好，但选什么歌曲却意见不统一，争来争去，大家都熟悉《阳关三叠》，于是宽哥拉二胡，虞白操琴，南丁山和丁琳男女二重唱，还是吴清朴敲盘子，颜铭拍桌面做鼓。夜郎说："宽哥，我还得吹埙呀，埙孔儿少。"演唱起来，乌合之众，纷杂之音，演唱毕，大家笑一回，说："散伙，散伙！"各自寻自己的行李。吴清朴却说："咱多玩一会儿嘛，急什么？往天亮着玩唡！"夜郎说："算啦，下次还在你这儿，只要你舍得出酒菜！"吴清朴却突然掉下泪来，说："再一次乐社活动怕就没有我了！"宽哥说："今天到的都算是乐社人，你有相好的还可以加入。下一次我把你胖嫂子也叫来，让她也来尝尝你的饺子宴！"吴清朴说："我是不想开酒楼了。"宽哥说："说笑话！为什么不开了？生意正红火着为啥不开？听哥哥的话，一定把酒楼开下去，开好！有什么难处，只管说话，每个人都会帮你的。"众人呼呼啦啦下楼，吴清朴在门口相送。

夜郎留在最后，装琴时，虞白说："这琴你不需要了，我得抱回去了。"夜郎说："你不愿它放在我那儿吗？——虞白，你今晚能来我真高兴，我担心你还不肯见我哩！"虞白说："你运气真好！"夜郎说："嗯？"虞白说："遇上我了嘛！"夜郎倒疑惑了，说："嗯？！"虞白也说："嗯？！"夜郎说："你总不说正常话——"虞白说："你以为你就正常吗？"夜郎笑笑，自己也笑得莫名其妙了，说："你真的不愿意再借我琴了？"虞白说："我愿意，琴不愿意了。"夜郎低头沉吟了，看着虞白把琴抱在了怀里。楼下南丁山在喊："夜郎！夜郎人呢？颜铭，是各人走各人的，还是咱合搭一个出租车？"虞白说："下边喊哩，快下楼吧。"却轻轻说："谢谢你！"夜郎抬起头来，问："谢我？"虞白说："谢你送了我钥匙。"楼下的丁琳又在锐声喊虞白了。

自从饺子宴酒楼回来后，颜铭反应一日比一日地厉害，恶心，呕吐，身子也急剧发生变化。上台做时装表演是不可能了，又不愿让表演团的人知道，夜郎就去请了假，谎说要到上海治病的。颜铭奇怪自己怎么和别人就不一样，偷偷去医院做过B超，但孩子在宫中是蜷着又背着身的，分不清是男是女，医生倒批评她不该再有房事，孩子生下来一定是浑身很脏，头发也要稀少，羞得颜铭回来只怨怪夜郎。

戏班经过整顿，而演出证还迟迟不发，几个人已经离去，南丁山托丁琳找了一些记者，记者们又寻找了有关领导，戏班总算保留了下来，南丁山却病下了。南丁山是太累的缘故，歇了三天，赶紧就联系几个大国营企业单位去演出，已不敢抬高价钱，只急着要挖现成。出发的那日，天阴沉沉地要下雨，还扫着风，戏班的人都不穿大衣，一律西装领带，头上焗了油，吹打着乐器从街上招摇而过，一是示威，一是自己给自己冲喜。夜郎要照顾颜铭去不了，留下来协助新请的一位老先生编新的鬼戏，白日跑民俗馆查资料，访问一些老角，或在家陪陪颜铭，夜里便去帮老先生圆故事，凑情节，誊抄，复印，夜静才回去。那日颜铭在酒楼上眼见得夜郎将钥匙给了虞白，心里多少有些醋意，却事情也是蹊跷，夜郎几个晚上睡眠安静，未有走动，就宽了心，倒担心虞白得了钥匙会不会发生怪异，想去提醒，但最后也没去。

事情就这么苍茫而来，无序而去，颜铭身子笨得已不能出门见人。阿蝉的情绪不好，因为那个小同乡终于回去结婚了，她也哀叹活着没意思，终日吊个脸，发脾气，要求给她加些工资的。颜铭考虑自己快要坐月子了，阿蝉得照料祝老先生和她，就没有给夜郎说，偷偷多给了钱付她。太阳暖和的时候，两人烧了热水给祝一鹤擦澡，取笑着祝老浑身白软如棉，手与脚没了皱纹,每个指头胖胖的,指根还有着小肉窝儿,甚至睡在那里,蜷着,将手指还塞在口里吮。阿蝉说:"你瞧瞧,人活到这么个岁数了,倒像个孩子。"颜铭也说:"人恐怕活得最好的是婴儿状态,无虑无忧的。"她们怎样地说,祝一鹤没反应,脸上慈祥着,非笑似笑。阿蝉也放肆起来,没有羞耻,擦洗祝老的下半身,说了一句什么话,说得颜铭又臊又笑,从房子跑了出来坐到客厅。阿蝉忙毕了过来还说:"他真的倒像个女人……我伺候得他嫩了,我倒老了!"在镜子前照自己的脸,丧气地用手拔嘴唇上的毛。阿蝉的嘴唇上开始有了一层茸茸的胡须,动不动就到镜子前去照的。颜铭说:"不敢拔的,越拔越多的。"阿蝉说:"抹粉也抹不住,明日我去理个男人头去。"颜铭说:"有胡须是内分泌不好,慢慢也会消失的。"阿蝉说:"要长胡须就把什么都长嘛,我当个真正的男人也好,那就出去闯荡呀,何苦伺候人的!"颜铭瞧她埋怨又来了,没有接她的话茬儿,坐在那里织起毛衣。

夜里,颜铭说了阿蝉的脾气越来越不好,是不是在外边有合适的人了给她也物色一个,女的到了年纪,没个男人心里空落落的。夜郎说饺子宴酒楼的小青倒般配,只是阿蝉和小同乡那个样儿,怕是爱女的恶心男的哩。颜铭说,她就是有那个毛病,社会上即使能容了她,岂不也一辈子都毁了?明日把小青叫来见见面,事情或许还能成的。翌日,颜铭还催督着夜郎去给小青打电话,门敲响着,丁琳却来了。丁琳沉沉地说:"你们知道不?吴清朴走啦!"

夜郎和颜铭当下愣得透不过气来。

丁琳说,婚姻介绍所介绍过来了几个姑娘,她看了一下,觉得其中的一个蛮不错的,领了先到虞白那儿,让清朴过去见见面,虞白却害了病,诉道清朴留给她一封信,头一日已经离开饺子宴酒楼回考古队去了。她问饺子宴酒楼那么一大摊子,撂下都不要啦?虞白说邹家兄弟俩把酒楼拿过去了。邹老大的店倒卖之后,那信访局长的儿子一直在谋算老二家的地方,老二抗不过他们,被欺负得只好便宜卖给人家,兄弟两个仇很大,但知道邹云与清朴退婚,却又合起来要饺子宴酒楼,说是他们邹家的,清朴被闹得不过,再加上自个儿也无心思开店,就一个萝卜三头切,自己拿了一份钱款回考古队去了。

丁琳哽哽咽咽流了泪,接着说:"这邹家都是些狼嘛,清朴就这样让他们毁了！"夜郎说："清朴也是个孱头，这些事为什么不给咱们说？那邹家兄弟惹不起硬的欺负软的，清朴后边不是有咱哩吗？就是正道上扳不过他，咱黑道上也有人的，他自己先这么一走，算是什么事嘛！不说是人走财散，空空一场，清朴往后这精气神儿怎么提起来，如何过呀？！"颜铭说："清朴不知道你脾气，能给你说？红道上没什么能耐，黑道上去打砸一顿，还不知要闹出什么人命来哩！"夜郎说："我就是死了，也不做窝囊鬼！"颜铭说："得了得了，你好强咋还是这个样子？"夜郎被呛住，气得眼白一翻一翻的。丁琳说："事情已经到这一步，说什么都没用了。话说回来，走了也有走了的好处，清朴的兴趣原也不在开饭店上，他重新回去考古，将来或许能干出个气候的。只是我操心虞白气病了。"夜郎说："虞白病得怎么样啦？"丁琳说："她心情一直不好，稍稍有些精神了，却遇到这事……人还是不能才分高，才分高了天也嫉妒，让你多事多灾的。"颜铭说："那日看起还精神的。"丁琳说："别瞧她人面前什么都大大咧咧，其实也脆弱。女人嘛，能刚强到哪里去？她有颜铭这份福分，你才看她光彩哩！"颜铭说："我有什么福？倒不如白姐十分之一。"夜郎说："颜铭，我今日还得去老先生那儿处理些事，你是不是带些东西先去看看她？事情处理完了我就来。"颜铭说："我该去的，只是这样子……"丁琳说："我才要问的，你是怀孕了吗？才几天就变成了这样？"颜铭说："难看得走不到人前去了！"丁琳说："这有啥难看的，脸面如盆子大的！"拿眼睛直盯颜铭的肚子。颜铭不好意思，就坐在沙发上，拿过毛衣在怀里问丁琳领口怎么收针。

　　夜郎上午忙活复印，吃过午饭就骑了车子往虞白家来。民俗馆里不知举办什么活动，门前拥了许多人，两边巷道上也买卖着西京城里的传统小吃，如五香豆腐干、洋芋糍粑饼、泡儿油糕、咸鸭蛋、蓼花麻糖。紧时着，锣鼓家伙咚咚嚓嚓响，从大门里走出一队头扎白毛巾、腰系着筒子鼓的年轻人，在场子里演动一种舞蹈。夜郎一看那阵势，知道是陕北安塞的腰鼓舞。督制平仄堡门口的石狮时，夜郎去过陕北的安塞，在黄土高原的尘土地上，看过当地农民跳过这种舞，那是黄尘滚滚，鼓声震耳，人如疯狂般的野性美，现在，城里人也学着样儿，也在跳腰鼓舞作为旅游点上的一种招揽，夜郎就想起那些野生的猛兽从山林走向公园的情景。它们还叫什么野兽呢？在公园里有吃有喝成为兽中特殊的一类，活着的作用只是供小孩子懂得一点动物知识。夜郎看了一眼那些白脸长身的年轻男人，踢腿弯腰，每做一个动作还给旁边的什么人挤一个飞眼，十分好笑，周围的人却也不住地叫喊："好！好！"他就在人窝里瞅了瞅，防备虞白和颜铭也来看热闹。瞅着没有，过去买了六个塔儿饼用纸包了，却发现狗子楚楚在摊位旁啃一根骨头。夜郎叫道："楚楚，楚楚！"楚楚撒腿就跑，夜郎还以为虞白她们在馆内，楚楚跑一截却停下来往后看，待他过去了，抬脚儿往前跑，一直带他到了家里。

　　虞白和颜铭已经待过了一个上午，颜铭仰着身子靠在沙发背上，虞白却盘脚搭手坐在那里，前面是一个炉子，炉子上架着砂锅熬中药。夜郎进去的时候，见她们很平静，低低地叙说什么，并没有难堪和尴尬，犹如亲的姊妹。夜郎紧张的心放松，嘿嘿地只是笑。颜铭说："白姐你瞧，傻不傻的？进门不说话只会笑！"虞白说："提什么好吃的？是给病人还是给颜铭的？"夜郎说："是油塔儿。我还担心你病倒在床上，瞧你这样儿就高兴了！"虞白说："是颜铭来了我才起来的。你讲究和我认识的时间长，倒不如颜铭关心我。"夜郎还是笑着，打开纸包，让她吃油塔儿，虞白就取了碟子，砸了蒜泥，用筷子夹了油塔儿一抖一抖，抖成了一窝细麻似的，蘸了蒜泥，给库老太太吃了两个，颜铭吃了一个，再让夜郎吃，夜郎不吃。虞白说："拿来就是我的，我招待你——也不吃吗？"夜郎吃了一个，动手去搅汤药。虞白说："用一根筷子，两根就是吃饭，把药要当饭吃了！"自己去搅，再将一张纸盖在上边，又把身子端坐好了。夜郎说："瞧你这得病倒雅致的。"虞白说："病着好呢，一是得了病如读一本哲学书，能悟出好多事体，二是一得病，几天里把十几年不见的朋友都见了。这不，不得病，颜铭不来，你夜郎也不来的嘛。"夜郎笑道："这么说，得病是人生的财富了？——那我也去生病呀！"颜铭就看虞白，说："你现在相信我说的是真情吧？他一点也不知道的。"夜郎问："你们说什么了，神神秘秘的？"虞白说："也不必再瞒你，我和颜铭正说你的病的，你就来了！"夜郎说："我有什么病？在乡下那病早好了，还有什么病？有病我还不知道？"虞白说："你夜里做不做梦？"夜郎说:"是人怎不做梦?梦醒来却全忘了。怎么啦?"虞白说:"你知道你夜里干的事吗?"夜郎说:"……颜铭给你说什么了?我早就……"夜郎以为颜铭说了夫妻的事,自己先脸红了,颜铭也知道他误以为了什么,说了句:"夜郎你……"脸色炭烧,起身去和库老太太拉家常。虞白笑了,说:"好不要脸哟!"便收了笑,说:"你夜里常去开戚老太太家的门知道不?你害的是梦游症。"夜郎说:"是不是?"脸色一下子苍白下来,却说:"颜铭,这是真的?我去开戚老太太的家门了?!"颜铭说:"我怕说破吓住你,你果然后怕了,白姐,白姐!"虞白说:"这有啥怕的?是病就治病嘛。"夜郎说:"这不可能,不可能,一定是颜铭在做梦,梦见我是这样的吧?"夜郎这么一说,颜铭也迷糊起来,还真以为是自己在做梦,一时不敢肯定了。夜郎就说:"一定是她做了梦,分不来是真是假的了。我就是夜游,能跑那么远的路自己还不醒来吗?"越发不信。虞白说:"没有了更好。咱下午吃火锅吧,你出去给咱买些菜,颜铭第一次到我这里,中午随便吃了顿便饭,我总得招待招待呀!"掏钱给夜郎。夜郎说:"我来请客,权当你去我们那儿了。"出门就走了。颜铭过来说:"我想了想,他夜游是真的。"虞白说:"他不承认就权当是假的吧,这么当面说破了,或许会好的。"颜铭说:"白姐,我真担心他的,你给我这么说说,心也宽展了,我以后要常到你这里来呀!"虞白就搂了颜铭,爱惜地说:"这夜郎哪儿来的这个福,真是造化,也应了'男不坏,女不爱'的话了!"自己眼里却潮潮的。颜铭在虞白的怀里,觉得什么东西垫了头额,抬头看了,是那枚钥匙系在脖上,想说出这钥匙的怪异处,不知怎么却终没有说出来。

夜里,夜郎在床上对颜铭说:"你今日怎么给虞白说我夜游了?怪吓人的,我那么恶心地三更半夜去开人家的门,我真的是再生人啦?!"颜铭说:"或许那是我做梦里的事,白姐问你的情况我才说的。"夜郎说:"你现在了解她了吧?那其实是一个很好的人哩,我进去见你两个亲亲热热的样儿,我好高兴,真盼望你们做长长久久的朋友。"颜铭说:"我和谁都合得来,只要你属于我就是。"夜郎说:"哎哟,我这么丑的,还有这魅力!你放心吧，你夜里猫儿似的睡在身边，听着哑儿哑儿的呼吸声，我就知道我该对你负责了。"正说着，夜郎便有些难以把持，要轻举妄动，颜铭说："你是个惹不起！——不敢的，你要不行，自己解决去。"夜郎去了厕所，回来躺下，却说："咱在这里热乎，虞白一个人，倒怪可怜的。"颜铭说："你想她啦？"夜郎说："别说二话，睡吧。"把灯拉灭了。颜铭紧紧偎在他怀里，喃喃地说："这是我的，你不能给别人呀……"就睡着了。颜铭这一夜心极踏实，也是白日走了许多路累了，一觉就睡到天大亮，天亮醒来却觉得浑身发痒，一揭被子，竟发现被子上爬着一只虱，吓得叫了一声。两人把虱捉下来捏死，面面相觑，却觉得奇怪：从来没在这里发现过虱子，这虱子是哪儿来的呢？颜铭说："昨日去白姐家带过来的？"夜郎说："才是笑话，就是咱生虱子，虞白也不可能生的！"颜铭起来就把被子拆洗了。

　　虽然发现了虱子，颜铭的情绪也还特别的好，如此三日，拖着很笨的身子帮阿蝉做这样做那样。阿蝉依然对她的胡子烦恼，理了一个短发型，又买了一身男式服装，穿着要颜铭评价。颜铭说："像个帅哥儿！"阿蝉说："晚上咱俩去舞场，看我也挂一个妞儿来。"颜铭说："我才不去的。让夜郎说我这个模样了还疯！"阿蝉说："光让他疯？昨儿夜里那么晚回来，干啥去了？"颜铭说："他哪儿也没去的，我俩出去买了一件衣服，回来你已经睡了，其实才九点半。"阿蝉说："你也包庇他，半夜了他开门进来吵醒了我，我一看表已下半夜四点了。你有身子，可别闲下他在外边吃野食。"颜铭吃了一惊，笑着说："他还有那个胆儿呀？！"心里却忐忑不安的。这一夜就没有睡稳，到了后半夜，果然发觉夜郎又起来穿衣，开了门往出走。颜铭暗暗叫苦：他的病又犯了！起来尾随他下楼，过街。夜郎像个木偶似的，不言语，无表情，幽幽地往前走。昏暗的路灯下，颜铭挺着肚子跟在后边，远不得近不得，一会儿看他步履沉重像一个老头，过马路边的石阶时几乎磕绊了一下要摔倒，那样子简直是一旦摔下去，稀里哗啦关关节节就都会散了架子，一会儿却身轻如飘，犹如一个剪纸。颜铭害怕起来，想大声地叫喊，又怕惊了他，也怕惊了自己。这么尾随了一段，却发觉夜郎并不是去竹笆街，而是还一直往北走，又向西拐，最后走到的竟是虞白居住的楼群。颜铭心里紧起来，莫非他是和虞白有幽会吗？等夜郎走进了那并没有大门的楼区内，她藏在车棚的阴暗处，夜郎就已站在了虞白家的厨房窗下，月光半明半暗地照着，他在那里站了许久，用手在掐窗台上那盆虞美人花瓣，后来就又木木地转身往回走。等颜铭返回来的时候，夜郎已睡在床上，呼呼地发着鼾声。

颜铭第二天就去了虞白家，把一切告诉了虞白，虞白骇了一跳，去看厨房窗台上的虞美人花，花真的被人掐去了三四个瓣儿。她站在那里发了半天的呆，过来就不让颜铭走，要她夜里就睡在这里，要亲眼看一看夜游的夜郎。下午，虞白给阿蝉去了电话，告诉了颜铭在她这儿住的话，到了夜里，三个人都没有睡，下半夜拉了灯就听着动静。果然四点左右，看见了夜郎鬼魂一般地出现在厨房窗口外，在那儿呆立，掐了一个花瓣就无声无息又走了。夜郎一走，颜铭就哭起来。虞白说："他真的害了病了！……怎么就到我这儿来？"颜铭说："他有钥匙的时候是去竹笆街的，没钥匙了，却到你这里……"虞白说："他把钥匙给我了，莫非怪处都在钥匙上？"就从脖子上取下钥匙，似乎钥匙上真有了鬼魂，三个女人都惊慌失措起来。库老太太说："我再看看，我再看看。"把钥匙又拿了看，说："再生人的钥匙你们稀罕地戴来戴去，不招鬼才怪的！"问虞白和颜铭身上来没来红，若有红，用那纸包了钥匙压在墙角会避邪的，在乡下有了怪异的事都这么办的，鬼魂是怕红的。但是，虞白和颜铭都没有。

一直坐到天亮，虞白便领了颜铭去刘逸山家讨符去。刘逸山家的院门紧关着，敲了半日才开了，却走出三个人来，见是虞白和颜铭，其中一个就又拉刘逸山到一边耳语，刘逸山说："这当然，当然。"那三人就走了。刘逸山又关了院门，对虞白说："不知道是你，让你在外边久等了。"虞白说："那是些什么人？鬼鬼祟祟的。"刘逸山笑着说："他们以为保密，其实早上外边就有人传开了。进来说吧。"入了内庭。虞白问："什么新闻？"刘逸山说："刚才那一个说话的是市府的一个秘书。"虞白说："怪道哩，我说面熟的，是不是那个东方副市长的秘书？"刘逸山说："你认识东方副市长？"虞白说："清朴的饭店开张时他们来剪彩过。东方副市长一直有病，莫非也来求到你了？"刘逸山说："你也知道他有了病？看来已经不是什么能保密的事！外面都传说那副市长犯了事了，被抓起来了，是犯了经济问题。"虞白和颜铭叫了一下。刘逸山说："他害了肝病，不知谁的主意让他吃胎盘肉，他在位上，总有一帮抬轿的人苍蝇一般地围着他嗡嗡，身体是吃得好了起来，可贪污受贿的事，也盖不住了……听说数目吓人……那副市长原本也是精明能干的人物，只是耳根软，那些抬轿的人，没出事前都去巴结他，出了事，追究责任，一个比一个溜得快，倒来求我要符保自己了。咳，世上真是什么人都有，可偏偏这一两年城里尽出这号怪事，前三日东门口那家姓鲁的，家里发现了一只老鼠，竟是碗口粗细，让我去看宅子，那是座新宅子，宅子的屋梁上揳着一个木橛的，这是木工盖房时使的拐——这我倒能治的，可一个堂堂的副市长竟出这事，恐怕是这个城钟楼上有了问题。"虞白说："我今天来也是为了避灾，讨几张符的。"刘逸山说："现在要符的人多，我刘逸山禳治个小灾小异可以，若是钟楼上有人做了手脚，关乎这么大个西京城的事，我就无可奈何了！什么事？"虞白看看颜铭，颜铭说："是家人不安。"刘逸山说："现在家人不安的多。前一段，民俗馆长来测卦，就说害了心慌意乱的病，要了几张符去了；昨日图书馆一个科长来了，也说是家人不安，连测了几个字都不好，又替人测字，还是不好，唉声叹气地去了。你今日又是家人不安！"刘逸山异样地笑了笑，返身去后室将几张符拿出交给了虞白，说了一句："其实用不着的。"

虞白和颜铭拿符回来，颜铭突然说："白姐，你不觉得刘先生怪怪的吗？他既然给咱们符，又说'其实用不着的'，是他嫌咱们没说实话吗？"虞白说："或许他什么都知道了吧。"一张包裹了那枚钥匙，压在了后院假山下的石头底下，叮嘱颜铭贴一张在厨房的窗棂上，自个儿立在假山下怔了半天，看见水池子里落下一片树叶，树叶未动，池水也安然不动，绿得发了锈。剩下的一张，颜铭带回自家去，悄悄压在了夜郎的枕头下。

夜郎竟再没有夜晚出游的事了。

颜铭心里禁不住地高兴，又不好对夜郎说明。一日起床，夜郎出去忙活了，阿蝉也去买菜未归，侧了身子在床上看一本电影画报。她听人说过，怀孕的时候多看看美人照，将来孩子就长得漂亮。阿蝉就提着一条鱼回来，说楼前的丁字路旁有一个女的，是打工的，怪可怜！说着就滴滴答答掉眼泪。颜铭倒有些生气，说："打工的可怜了什么？你是打工的，我何尝不也是打工的！"阿蝉擦了眼泪，说："我倒不是惺惺惜惺惺，对你们有了什么意见。那女的年纪轻轻的，却抱了一个婴儿，说是到北京去打工的，在北京生的孩子，母子俩要返回陕南的，却没有了钱，求爷爷告奶奶地在那里讨要。"颜铭说："你说诳话，她去打工，却怎的抱了小孩？莫非是在乡下逃计划生育，以打工的名义到城里生产了再要回去的？"阿蝉说："来城里逃计划生育的我见得多了，那都是稍有些年纪，生过一胎两胎的人，这女人年轻轻的，要生就是头胎，用得着跑出去生？"颜铭说："这倒也是。莫非又是一个做了什么小老板的暗妾的又被人家遗弃了？"阿蝉说："怀里的孩子瘦得猫儿似的，只是头大，又是扁的。有人问孩子怎么是这个样儿，那女的说生孩子时难产。难产很像真的，或许是她和谁野合了，生下的孩子。"颜铭说："你说得好难听！"也没了心情看画报，身子在被子里往下一溜，面朝墙睡了。

　　过了许久，阿蝉却在推她，叫："铭姐，铭姐，你是不理我了吗？"颜铭说："我怎是不理你？！"阿蝉说："你不理我，也不肯理客了吗？"就听着有人说："怄气了？要怄气也不拣个时候，成心要生个丑崽的？！"颜铭转过身来，床边站着的却是宽哥和宽嫂。宽嫂墨绿色毛衣上套了一件格子布马甲，手里提着黑米、一只乌鸡；宽哥则笑嘻嘻的。颜铭就翻下床来，笑了说："哪里是怄气了？我只觉得困，倒一下，阿蝉就犯心思了。"阿蝉说："我是保姆，烂心子人，什么事爱往身上揽。"颜铭说："你是保姆，我连个保姆都不是的。"宽嫂说："能进一个门，都是前世修的缘分，都是姊妹，分什么保姆不保姆的。"阿蝉就在厨房里沏茶，叫嚷着没开水了，又拨开炉门烧水。宽嫂就问起颜铭的身子，看了看，用手再揣揣，连声说："笨了。"颜铭却问道："嫂子，我这骨盆小，会不会难产的？"宽嫂说："再小的骨盆，到时候就发开了，没事不要胡思乱想！"颜铭又说："我年纪有些大，防止难产，到时候我做剖腹产的。"宽嫂说："万不得已不要剖腹产，人来到世上要走人路的，剖腹产的孩子不是匪气就是刁钻。年纪有多大？他不出来拽都拽得出来！"颜铭说："阿蝉刚才说，楼下有一个女的，年纪倒比我轻得多，都是难产的。"宽嫂说："她尽胡说——阿蝉，阿蝉！"阿蝉进来。宽嫂说："颜铭有身子，不要说些不顺耳的话，是谁个难产了？"阿蝉说："楼下真有个讨饭的女的难产过，年纪小小的，怕是野合的私生子。"宽嫂说："你记着，天下没有野合的孩子是难产的！"就脸上不悦，又不能说阿蝉，对宽哥说："你还站在这儿干啥？说女人的事，也需要个警察吗？"宽哥就退出来，却叫了阿蝉问楼下那女人是不是要饭的，年纪那么轻的要什么饭？阿蝉便又说了一遍，宽哥说："我下去看看。"就出门下楼去了。

阿蝉烧开了水，也沏了茶，宽哥却不见回来。颜铭拉了宽嫂的手问这么忙的还来看她什么，又不是坐上床了。宽嫂说买了乌鸡已几天了，总说来看的，却是抽不开身，鸡再放着，一身肉也快延干了，正好宽哥今日也要来问个事的，才一同来了。颜铭说宽哥问什么事？宽嫂说昨日邹云从巴图镇打了个电话，让他去向刘逸山测个字的。颜铭就说："邹云来电话了？怎的不给虞白电话，虞白与刘先生熟呢。"宽嫂说："你宽哥也恼得不想理她，可想想，她和清朴的事一完，哪里还有脸面去求虞白？一定是什么紧要的事，万不得已了才求上他的。你宽哥又不认识刘先生，就来说给夜郎，让夜郎或虞白去找刘先生的——应人事小，误人事大，他是个认真的，就来了。"颜铭问："要测个什么字的？"宽嫂说："一个'滑'字。"颜铭说："这么个怪字！"

说着，宽哥就回来了，一脸苦愁，说："可怜。"宽嫂说："我就见不得唉声叹气，没事唉声叹气就是贱命，不穷都穷了！"宽哥说他去丁字路口见着那女人了，果然可怜，去北京打工，钱没挣多少，还被贼偷了，母子俩不得回老家，他一去，那女人就给他磕头，让他帮些路费钱。宽嫂说："你就给了？"宽哥说："我身上哪有钱？有多有少你都掏去了，我就给车站开了个证明条，证明她从北京打工回来被贼偷了，让车站照顾她，坐个免费车回老家去。"宽嫂说："把你说得牛皮的，你是什么省长市长？你的证明谁认？"宽哥说："我是警察，我落着我的名字、单位，车站就会认的，怎么着？"宽嫂就笑道："哟，真没看出，我嫁的还是个能行的男人哩！那好嘛，你是雷锋，我们倒盼不得你永远是雷锋——你去杀了那乌鸡吧。"把宽哥推到厨房里去。

夜郎回来，听宽哥说了那个"滑"字，下午便去虞白家。库老太太不在，虞白才熬了药，把炉子提到后院，抬头就看见墙外不停地有落叶飘过来，心里就想：有一片叶子落到窗台来就好了！这么企盼着，却没有一片能落在窗台，就听得屋里夜郎在叫她。走进来，夜郎还在喘气，鼻翼一闪一闪地，说："今日我不敢多待的！"虞白倒有些生气了，说："我几时把你扣了人质了？"夜郎一下子噎住，忙笑着说："不是那意思，戏班后晌要回来，来电话说买了许多东西，要我去车站接的。"虞白也缓下劲了，偏还冷冷地说："都忙，你忙你的鬼戏，我忙着生病。哼哼，你要不这样说，我或许放你走了，你这样说了，我偏不放你。——你坐过来！"夜郎从对面椅子上坐到沙发上，不知怎么就说了一句："大娘不在？"虞白说："你害怕了？"夜郎说："我怕啥的？"虞白就说："那我给你个怕怕看！"便忽地抓住了夜郎的手。夜郎确实是震动了一下，两人都没有说话，那震动传递到了另一双手上，两双手在那里握着，抠着，或轻或重，或缓或急——手是能说话的，越说越急促，遂就一起抖起来。不知过了多少时间，感觉里是百年之久，两个人变成了一个人，这个人有四条腿四只手，像一只螃蟹从沙里被突然地丢出在沙滩上，横着竖着地挣扎翻腾，空空的房间里，只有喘息声，后来有脚撞倒了刚刚整好的药罐，罐子碎了，药汤浇在地上，烫着了一直坐在旁边盯着看的楚楚的前爪，汪的一声，起身跑去了卧屋。夜郎在说："药罐碎了。"虞白在说："楚楚看见了。"夜郎爬起来去收拾药罐，但他没能起来，虞白紧紧地缠裹了他，头在他的肩上说："有一个故事，你听不？"夜郎说："听！"虞白说："两个和尚出外，在一条河边遇见了一个女人，水很大，女人过不了，大和尚就抱了女人过河。过了河把女人放下，两个和尚就又继续走路。小和尚说：咱出家人不近女色的，你怎么能抱了她过河？大和尚说：我早放下了，你还放不下。夜郎，咱俩的事你是忘了，我却是那个放不下的小和尚。"夜郎听了，浑身酥酥地颤，把虞白的脸端过来，说："我哪里就放下了？你已经把我害了，这后半生我怕永远会想着你，没个好日子了！"就跪在了沙发上，双眼盯着虞白，自己的眼里却流下泪来。虞白努力地抬着脖子，嘴唇颤着，错开了部位，像待哺的一只鸟。夜郎即送上去，一阵喃喃低语，他的手开始蛇一般地在那里乱钻,摸到了肥的地方,也摸到了瘦的地方,一根一根数那肋骨,当碰到胸部的时候,她挣扎着,要竭力翻起来,但是不能,却侧了身,用手紧紧地也在那里拥着,说:"蔫了,都蔫了。"这一刹那间,夜郎知道她仍在悲哀自己是老了,她不愿意平面地让他摸到失去光彩的东西,她的侧睡为的是让能有丰满的表现。但夜郎没有言语,掀起她衣服时候,虞白却突然坐起来用手死死地按住,说:"够了,夜郎,这已经够了,咱们再往下去,过后只能更是痛苦,过去咱们没有这样,现在你有颜铭了,你更不能啦!"就把衣服穿好,自己又坐到了夜郎坐过的椅子上,说:"我老了,我是不如颜铭了,我认识你的时候,我心里说过,不管我们结局如何,我一定要和你抱一次的,你就是和别人结婚,我也一定要约你出来,我当一回坏女人的。"夜郎还跪在沙发上,默默地看着虞白,眼里噙着泪水。虞白说:"别这样,你别这样,你瞧,咱俩的裤管上都蘸着药汤了!"夜郎站起来,一边揩着裤管上的药汤的痕迹,一边说:"这是一场什么结局呀,这是一场什么结局嘛?!"虞白笑道:"原来你也是个不怕的。"夜郎说:"我啥也不怕,你如果说咱们现在去私奔,我马上会跟了你走的!"虞白说:"你这胡说,这么说我又真害了你!我今天这样,我并不是要害你,是为了你也为了我,或许咱们就是这些缘分吧,我在你……"她原本要说夜郎夜游到她这儿来的事,但又不说了,改口道:"我买了一个戒指送给你的,值钱倒不值钱,我却什么也不给你,就给你这戒指,从此要戒了你,也戒了我。"就去抽屉取了一个匣子,从匣里拿出一个景泰蓝的戒指,套在了夜郎的中指上。夜郎说:"戒指都是定情物,无始无终的一个圆满。"虞白说:"我只取字意。你是忙人,你现在该走了吧?"夜郎说:"我是有事着的,差点倒忘了。邹云给宽哥来了电话,说她最近有个麻烦事,让测个字看结果。宽哥不认识刘逸山,又让我来托付你。"虞白说:"她邹云还有麻烦事?字是什么字?"夜郎说:"一个'滑'字。"虞白听了,低着的头突然扬起,问道:"出什么人命了?"夜郎说:"怎么是人命事?邹云并没说什么的。"虞白说:"字中有骨,见了骨不是伤就是亡,又是与水有关,而且,你来问这字,咱又是才发生了那事,这在测字中叫外应,必是邹云那边出了事故,可能直接与她的感情有关。我看过几本测字的书,这是个简单的字,用不着去问刘先生。不管她做了什么对不起清朴的事,毕竟也是熟人一场,你得回个电话,问问到底是怎么啦?"夜郎说:"这个当然。有了情况,我会来告诉你的。"夜郎才要走,库老太太回来了,一见破碎的药罐,却说:"这下好了,虞白病要好了呢。"虞白说:"是吗?这么说,夜郎一来这药罐就碎了,夜郎该是治我病的药引子了!"库老太太就拿了那水盆中的珊瑚,只是看着,说:"夜郎你常来嘛,你常来着好。"夜郎说:"常来常来的,本来就常来的嘛。"小声却对虞白说:"再常来我成药渣子了!"虞白笑而不答。

  夜郎从虞白家出来,看看时间,急急火火去了车站。南丁山贪着乡下菜价便宜,每人竟给买了一麻袋洋芋。夜郎帮着把行李、道具、洋芋运回来,便到戏班办公室里给巴图镇的邹云挂通电话,邹云听说了测字的结果,哇的一声就在那边哭了。夜郎忙问到底出了什么事,邹云才哽哽咽咽地说,是宁洪祥失踪了:前不久和一家公司争夺矿洞,械斗了一次,对方是彻底输了,而且所有人马都离开了巴图镇。这边的生意极红火,几乎是日进万元,可宁洪祥却七天里没了踪影,不知为生意出外了还是发生了意外不测。夜郎听她哭得伤心,要安慰又没词,就说测字毕竟是测字,不见得就那么准,组织些人四处寻找,或许是一场虚惊,如有了结果就来个电话,这边的朋友还都操挂着。邹云在那边说:"还操挂我?"喃喃不绝,哽咽了一通才放下话筒。夜郎打完电话,痴呆呆地在那里坐了半天,饰刘四娘的演员喊他出去吃馄饨,喊了数声喊不应,噘了嘴和别人出去了。夜郎掏了一支烟叼在嘴上,寻不着火柴,好不容易寻着火柴,却又寻不着了烟,心想真是闹鬼了,刚才把烟叼在嘴上的,怎么就不见了?等扔了火柴,双手来搓脸,耳朵上却掉下一支烟来,原来寻火柴时把烟又架在耳后了。自己又生自己气,就给宽哥拨电话,要把邹云的事告诉他,但宽嫂回话说,天擦黑局里来人把宽哥叫走了,等回来了让他来找夜郎。夜郎就在办公室等到夜里十一点,宽哥没有来。回到家问颜铭,颜铭也说没见宽哥来的。

  第二天,宽哥仍是没来。夜郎不免有些生气,无奈戏班回来,南丁山需要拉他一块去文化局汇报工作,不想见宫长兴,但身在屋檐下还得低了头,便提了些烟酒去见他。烟酒是康炳去街上买的，一瓶五粮液老窖，两瓶雀巢咖啡，三条红塔山香烟。南丁山认为烟太多了，当下拆了一条让大家吸，可一吸却发现是假的，问康炳在哪儿买的，康炳说在假烟市场上买的，现在南八路专门有个假烟市场，明明白白说是假的，价钱少了一半，专为送礼人提供的。南丁山就火了，说给宫长兴送礼，并不是一棒子买卖，以后不停地要与其打交道，送上假烟去得罪他，还不如不送哩。让康炳重去购买，夜郎说不用的，他去换换，就让康炳脱了身上的夹克给他穿了，将两条假烟塞在里边骑车就出去了。走到一个小烟摊上，人并不下车子，一脚蹬在地上，叫嚷来两条红塔山，卖烟人递给了两条，他塞在了夹克怀里，就在裤子口袋里掏钱，钱给了人家，却说："这么贵的？会不会是假烟？"卖烟人说："我常年在这儿摆摊，要是假的，你来把摊子砸了！"夜郎说："好！真货就好！但我只给你一百元一条，上星期二在丰户路我买的就是一百元一条的，哪里有一百二十元一条的？"卖烟人说："笑话！一百元一条，你有多少我要多少！"夜郎说："就是一百元，你还不信？"卖烟人说："你不买了拉倒，菠菜都一元五一斤了，哪有一百元一条红塔山的，小伙子，把烟退给我，你看哪儿便宜你去买吧！"夜郎说："退给你就退给你，不在你这儿买我还不吸烟了？！"把钱收回来，从夹克里掏出两条烟扔给了卖烟人，骑车子一溜烟回来了。回来排说了一遍，康炳还是弄不明白，夜郎说："真笨，两条假烟塞在怀里左边，两条真烟塞在右边，我退的时候就从左边取了假烟退他，他哪儿就注意了！"康炳说："好呀夜郎，能行是能行，我可害怕你了！"夜郎说："你以为我是好人呀？！"笑了一回，就去了文化局。

宫长兴的情绪明显不高，更奇怪的是，原来一头黑油油的头发几乎全白了，没说上几句，便打发他们去演出科汇报。到了演出科，夜郎特意留神办公室有没有个信访局长的儿媳妇，果然见窗前桌边坐着一个漂亮女子，个头小小的，正在用蔻丹染指甲，两只手血滴滴的，就心里犯恶心，说突然头痛，让南丁山和康炳汇报，自个儿出来到街口在路栏杆下的台阶上坐了。不想就遇见了先前在图书馆相好的那位同事，自行车后带着个长眼阔嘴女子过来。夜郎喊了一声，那人"哎哟"一声就停下来，让女子原地撑了车子，自个儿跑过来说:"我换了班子啦,你瞧怎么样?"夜郎说:"好嘛,嘴要再小点就更好了!"那人说:"这你就土包子了,现在兴大嘴,嘴大了性感,你没见她笑起来嘴大,不笑了却小的?能大能小就是好女人哩!你在这儿干啥?"夜郎说:"窝囊得很,向宫长兴汇报工作嘛!"那人说:"他妈的,上次咱用传呼机整人家,没整下来反倒上去了,火大了泼不得水,水就成油了!"夜郎说:"当官怕也不是好当的,他才当了几天,今日我瞧他头发都白了。"那人说:"头发白了?会不会是搞基建的事牵扯出他了?"夜郎说:"什么基建的事?"那人说:"这你不知道?他还在馆里的时候,兴建图书大厦,基建处长连贪污和吃回扣发了许多黑财,前一度清查出来了。大家都怀疑宫长兴也吃了黑食,他不吃黑食那处长不敢那么胆大妄为的,可去调查宫长兴,宫长兴一口咬死,他分文没得,而那处长也守口如瓶。现在馆里议论纷纷,说宫长兴不知给处长许了什么愿了,断然否认宫长兴拿了钱,大家虽是怀疑,但没个证据你又能把他怎样?"夜郎说:"光他突然头发白了就是证据,心里不吃紧,他白的什么头发?"那人说:"你要是上级领导就好了,可惜你不是。"夜郎笑了一下,捅他一拳头。那人说:"现在成什么世道了,修一座楼就私吞几十万,人心都瞎了!"夜郎说:"是都瞎了,多贤惠的一个老婆,说不要就不要了!"那人说:"说低点,别让她听见。"但那女的还是听见了,在说:"阿琏,你再不走我要走啦?我脚都站困了!"那人就说:"我得走啦,几时到家来喝几盅,你这新嫂子是上海人,烧一手好鱼哩!"走过去了,又反身过来,说:"上海人到底不一样的,你一定来家看看的!"两人骑一辆车子走了,夜郎气得骂:"上海怎么啦,西京人的尿还不是流到吴淞口去的?!"

南丁山在身后说:"你骂谁的?说人家上海人不豪气,骂上海就豪气啦?"夜郎回过头来,见南丁山和康炳气色蛮好的,就问汇报得怎么样?南丁山说:"咱再没把柄让抓住,他白头翁还能说什么?"夜郎说:"我刚才碰着个人,才知道宫长兴为啥白头了!"南丁山说:"为啥?"夜郎把听到的情况说了一遍,南丁山直摆手,说:"贼没赃,硬如钢,宫长兴不会为那事白头的!"就把在演出科得到的消息说了,原来,市政府正在筹备一个经贸洽谈会,邀请了国内外上百家企业参加,便动员了全市力量要把这次活动办得热闹而富有成效,文化局负责的就是文艺宣传工作。因洽谈主会场设在香池公园对面的天泽宾馆,文化局采纳了有关人士的建议,要在公园里举办一次什么大地艺术,以几万把红伞装饰在湖的四周及所有公园的建筑物上,取"走红"之意。这项工作由宫长兴具体领导,费了大量的人力财力,忙活了半月,总算装饰完毕,宫长兴便给市领导送简报,作汇报,吹嘘得天花乱坠,又在市报、电视台上接二连三地报道。就在洽谈会召开的前三天,宫长兴为了能多增加收入,指示预先开放一天,惹得游园的人蜂拥而至。没想成千上万的人进去,看见了到处摆着的红伞又惊又喜,就有人拿了伞照相,治安人员前去制止,双方争吵,以至发生殴打,游人与治安人员形成对抗,一时秩序大乱,几万把伞被人哄抢和踏踩,三个小时内公园里狼藉不堪,红伞被抢去十分之七,所剩无一完整,整个公园到处是被撕破的红布和折断的伞骨。事件发生,市上领导大为光火,宫长兴自知责任重大,一夜之间头发就全白了。夜郎听了,拊掌大叫,嚷着要去买酒,说:"世风日下,人心不古,这咱不去管他,宫长兴只想着邀功,这下他头发不白让鬼白去?!"南丁山说:"要喝,也不要在这里喝,你去买一瓶染发油去,就以咱的名义送给他宫长兴,或许他还以为有人安慰他的。"夜郎真的去买了染发油,托大门口收发室转交给宫长兴。

　　三人一回到戏班办公室,也不要菜,开瓶喝酒,南丁山要打电话叫宽哥也来喝,夜郎把电话按住,说:"他肯定不在家,我让他来找我,几天不见面的,说不定这几日几夜都在公园里,他是个认死理的人,来了见咱们喝酒,又该骂咱个狗血喷头了!"三人越喝越开心,想象着宫长兴是怎么一副可怜样儿去向市领导检讨的,市领导又是如何恼火着训斥,夜郎就叫道:"上次咱想借歌舞厅弄他没弄成,这次他要瞌睡,咱何不送他枕头?"南丁山问:"送什么枕头?"夜郎说:"电视台不是开设有点歌台吗?每晚上什么人只要交钱都可以给亲朋好友点一首歌曲的,上边正烦着他宫长兴,咱化个名偏专给他点歌,连点三天,上边还以为他为推卸责任故意让熟人点的,岂不对他影响更坏?"南丁山说:"你演鬼戏不行,做人鬼还真有两下子。这个钱我来掏了。"乘着酒劲,当下写了一个单儿,取了钱,连夜让戏班一年轻人去了电视台。

第二天晚上，电视上果然出现□□街□□号□□□为朋友宫长兴点出的歌曲《小草》，其中的歌词是："……从不寂寞，从不烦恼，你看我的伙伴遍及天涯海角……"第三天晚上，戏班数人在一家生意不好的公司演出鬼戏，演到九点三十五分，夜郎便让主人打开电视，正是点歌台栏目开始，又出现□□单位□□等三人为老同学宫长兴点出的歌曲《好人一生平安》。第四天晚上，夜郎早早坐在电视机前要看电视，点歌台的栏目里却没有了为宫长兴所点的歌，而是三个儿子为其父寿辰点的歌。夜郎打电话给南丁山，问是不是交了三支歌的钱？南丁山说钱绝对是三支歌的钱，恐怕上边已经发觉了，责令电视台不准给宫长兴点歌了？！两人就约好，是不是这回事，明日星期天，咱去见见宽哥就知道了，而且说："我把虞白、丁琳都叫上，就去他那儿举办乐社活动！"

翌日夜郎拖了颜铭乘出租车去虞白家叫了虞白，又去丁琳家接了丁琳，往宽哥家来。宽哥家的门半开半闭，屋里狼藉一片，宽哥一身便服却坐在桌边喝酒哩。夜郎一见，就乐了，说："宽哥独个喝起酒了，瞧，汾酒！事情你全知道了？！"宽哥说："什么事我知道？喝几口松松筋骨，这几天太累了。"夜郎说："是要累了，这几日都在香池公园？"宽哥说："你说公园的事呀，真不像话，太丢西京人的脸面了！这精神文明喊了多少年了，竟然就会出现这等事！住在这个城里，我都觉得没脸面了！"夜郎就给南丁山挤眼，说："宽哥到底觉悟高！"宽哥说："那天你们也去了？"南丁山说："我们哪儿有这闲空？就是去了，也会和那些害群之马作斗争的！"宽哥说："那就好，我还担心夜郎哩。"夜郎说："你怎么就不想到我的好处来？我就是什么时候为救他人牺牲了，你也不会追认我为烈士！香池公园事件不好是不好，可你想没想责任在哪里？总指挥是他宫长兴，瞧他事先宣传得多凶火，他是想投机，一下子就要走红的。"宽哥说："丧气的是竟然还有人给宫长兴点歌，在这个时候点的什么歌？是为他表功哩还是要叫屈哩？！电视台办成什么样儿了，只图挣钱，什么人都去点歌。什么影响嗎！"宽哥生气起来，夜郎、南丁山一时接不住话茬儿，动手拿了酒瓶各人先喝了一口，颜铭就过来打圆场,说:"嫂子呢?"宽哥说:"不管她!"颜铭说:"你不管她,她不管你才怪的,她不在家,瞧你把房子搞成什么样儿了!"就把地上的衣服、鞋子,还有一个枕头捡起来,几个人就围着桌子坐了。夜郎还在问:"上边是不是追究了宫长兴,为什么要给他点歌的事?"宽哥说:"这我不知道。"夜郎说:"这又不是什么机密给我们保守?你是警察,又一直在公园处理那事,你能不知道?"宽哥说:"我不是警察了。"神色沮丧起来,却问虞白:"清朴他们考古队是在西府那儿?"虞白说:"原先说是在子午岭考察秦直大道的,现在我倒说不清。他一走再没个音讯……宽哥怎么问起他?"宽哥说:"我要回西边老家一趟了,原本要去见见你们的,没想你们都来了。来了好。颜铭,你嫂子回来了,你告诉她,我去散心了。"说着就眼睛红红的,吸吸鼻子,去厕所里大声擤鼻涕。

大家都莫名其妙,但已经知道了气氛不对,待宽哥重新过来坐在桌边,颜铭说:"你和嫂子吵架了?"宽哥看看众人,叹了一口气,说:"都是熟人,也都了解我家的事,人呀,不逢个好老婆就没个安生的日子过!"颜铭就说:"又怎么了嘛,你不会忍一忍吗?她脾气是不好,什么事都让过她了,偏偏这一次不让?!你这么一走,她回来不又要伤心吗?"虞白说:"谁家夫妻不吵架?我昨日吃饭,牙倒把舌头也咬了。今日来,趁机都乐一乐。"宽哥却一下子流下泪来。虞白说:"哟,我还没见过宽哥流泪哩!笑啦笑啦,一笑什么事都没有啦!"宽哥真的咻地笑了一下,说:"这一次不比往常,我犯错误啦,我真的犯错误啦,你嫂子闹着也好,她也是有头有脸的人,回了娘家,就是这一次她要离婚,我也说不上人家什么,我是得出去散散心,这对我也好哩。"众人瞧他这般说,忙问出了什么事,宽哥终于说了,顿时把大家震住,脸上都不是颜色。

夜郎在那个晚上给宽哥打电话的时候,宽哥是被公安局派人叫了去的,去了立即被审查,他才知道清早里给那个带小孩的女人开的证明犯了大错,那女人是个人贩子,在北京一户人家当保姆,趁主人上班了将孩子抱走了的。那户主人对她的情况不摸底,单知道她是陕西人,一方面翻印了她的照片,着人四处寻找,一方面让孩子的母亲搭飞机来到西京,联系公安部门,要求在各个车站把关检查。所以，当女人带着孩子到了东门长途汽车站，已经坐到车上了，车站派出所的人来检查，发现那女人似乎像照片上的人贩子，问她时，她掏出了宽哥写的证明。已经放她要过去了，怕也是天不容她，偏巧孩子的母亲也到了这个车站，就发现了她。女人被带到派出所，派出所又将此事呈报公安局，公安局恼火的是宽哥竟为女贩子开了证明，叫去审查。当然查来审去，宽哥不是同伙，也未从中获利，完全是为了学习雷锋，但他还是犯错误了，犯的是很大的错误，联系他以往的错误，已不适宜于再做人民警察，除名于警察队伍，具体再做什么工作，等过一段时间另行分配。宽哥一去三天两夜，穿着便服回来，宽嫂就和他吵闹，骂他窝囊，没出息，是二百五，扛竹竿横着进城。宽哥当然不爱听，一接上火，宽嫂就在家里摔东西，要离婚，一气之下到东关娘家去了。

宽哥说完，大家都没言语，脸上灰得没了颜色，宽哥却笑了，说："我现在已想通了，你们却是这个样子，这不是更让我难过吗？犯错误了，咱就认真总结教训，怎么能不处理呢？试想想，要是别人这样，我也是不会饶的！哪儿跌倒哪儿爬起，我之所以难受，就是不让我干警察了，不给我个改过立功的机会。我相信组织上会安排一个合适我干的事情的，所以我说回老家去走走，多年都忙得回不去了，如果清朴在子午岭一带，说不定我能见到他的，我倒也操心他哩……"他说着，大家还是缓不过神来，没有人说话。宽哥又说："都带了乐器，不要为这事影响大家，大家玩吧，夜郎你带个头。"夜郎说："南兄你唱一个吧。"南丁山说："我唱的都是鬼戏，宽哥不爱听的。"夜郎说："鬼戏无妨，像宽哥都遭这样的事，还不是鬼作了祟，唱吧，唱吧。"南丁山就嗨地吊了一下嗓子，唱道：

刘青提事不堪提，提着令人怒气起，她的罪过，南山竹罄书难记，东海波墨恶尚遗。

颜铭说："不好不好，你怎么唱这词儿？！"南丁山说："这虽是目连戏里的词，你听后边嘛——那刘氏有了恶后，去下地狱游一番，逝去了一些时光,十王见到目连,言说本欲赐其超生,奈她尸首焚化,魂魄消磨,必假血类,方可回生,母已到此,变犬去也。这刘氏青提只因固有的尸首坏变,借助了血肉之躯的犬再经众佛弟子的超度成人,在那'盂兰盆'会中,众佛门弟子是这样超度而唱的。"便又唱道:

虚见今朝法筵,人喜神欢。
乾旋坤转,愿阿母,早脱离三灾八难。
花散处人人笑喧。花散处天天胎鉴。
花散处地狱门开。花散处天堂路见。
花散处装点出锦绣乾坤。
花散处引动蕊宫仙眷。

唱毕,颜铭说:"这个好!"虞白说:"好什么呀,你这声声超度,是要把一只犬超度成人的,你怎不唱那刘青提被金甲神剥去犬皮,又受玉帝赐封'劝善夫人'而成仙眷呢?"南丁山说:"咦!你对目连戏还这么熟的?"虞白说:"没吃过猪肉也还见过猪走路的。"众人就笑。丁琳却不见了宽哥,正要问宽哥呢,宽哥却在厕所里喊夜郎。夜郎听了,皱皱眉头,便拿了一根木筷子又去了厕所,大家都不知何故,过会儿夜郎先出来,南丁山说:"搞什么鬼,同性恋啦?"夜郎做个停止的手势,说声:"虞白,你弹个曲子吧。"却低头给颜铭说:"宽哥那病越发重了,一身皮就像是盔甲,敲着都响哩。"

宽哥回到了子午镇,子午镇是关中西北角的大镇,汪家却在镇东的一个塬上,居住地窑。汪家父辈一生的辉煌是在地上挖下了一个四四方方的大坑,沿着坑的四边凿有六孔大小不一的窑洞,在他们还未去世的时候就为两个儿子分了家产,哥东弟西,东边的三孔窑是宽哥的,虽然宽哥那时已在城里工作。父母过世后,十几年里宽哥的窑归于宽哥,却三年五年回去一次,平时弟弟家就占用着。宽哥一身便服、一个提包从地窑的门洞里进去了,弟媳妇以及三个侄子正在天井的场子里晒打豆子,喜欢地迎接了他,赶忙起火做饭,熬茶取烟。老家用铁皮罐儿熬成的能吊线的茶汁,宽哥已不能适应,喝上两口头就晕，胃里犯恶心，但用水烟袋吸桐木匣子里的烟末儿，却一连吸得使一根纸媒也燃尽了。弟媳妇埋怨着三年不回来了，回来了嫂子怎么不厮跟？就腾空东边第一个窑，把装在里边的粮囤、农具、席卷儿一股脑搬到天井处，扫炕铺席，摆了小炕桌在炕角。宽哥感到了多少年里从未有过的亲切，他喜欢柴火烧锅时冒出来弥漫了满窑的烟味，喜欢四面天井上散发的潮潮的土腥味，喜欢腥油炝出的酱水酸味，喜欢那狗咬鸡叫。当一只叫花媳妇的七星瓢虫飞在他衣襟上时，他甚至希望见到窑地上出现臭虫和蝎子——这一切的一切西京城里都没有！在夜里，宽哥睡在土窑的土炕上，使劲地伸展着手脚、脖子和腰，张嘴出气，发着长长的哈欠声，似乎这哈欠声来自关关节节，带出了所有的疲乏酸困。对面窑里的小侄儿在尿桶里咚咚咚地撒尿，自己就想起了小时候在这里发生过的一切。他睡着了，梦醒来却迷惑，伸手去拉电灯开关绳，没有抓到，瞬间里清醒了自己错以为还睡在城里，便一时感觉到西京离他是那么遥远，那么不真实了！他点了煤油灯坐起来，环顾着一切，依稀还看得清墙壁上还是小时用炭写成的一道算术题，算术题并没有答案。他叹息了一下，想到自己是老了，离开这里已十多年，这窑属于他也并不真正地属于他。一时又陷于茫然，竟糊涂了自己到底是西京的人呢还是子午镇地窑里的人，还是自己是个什么？

　　在老家住过了七天，宽哥却渐渐地明白自己已不再适合于这里，家里的气氛似乎也发生了变化，弟弟和侄儿虽然一有空就和他说这说那，而弟媳脸上的笑容却不是那么软和。她开始打鸡、骂狗，吃饭的时候，由米面说到天气，由天气说到年馑，那突出的露着沾有苞谷糁的黄牙的嘴撮一个橛儿，哭穷着家里的油盐，孩子的学费，和未能买来的化肥、地膜。宽哥隐隐地体会了话中之话，但他的提包里只装有自己的换洗衣服，初到时掏给了弟弟二百元后，口袋里已涩于再能掏出多少。终于在一个晚上半夜醒来，听见对面窑里的弟弟和弟媳在低声地吵架，他虽未能听个全部，但毕竟听出是因了自己的原因。宽哥决定他得离开这里了！翌日清早，弟弟拉车去五里外的沟里拉饮用水，弟媳也提了尿桶到麦田泼生尿，孩子们还睡着，每人被窝里抓了一把柿皮在吃，他就提着那个提包走了。他去了后沟的一个坡根，在那里跪下来磕头，坡根一层层上去是无数的坟丘,这里睡着的都是他的祖先,他告别他们,发誓他从这里走出了,就要在遥远的西京城里做一番事业,他说:"爹,娘,你儿没有出息,你儿不应该犯错误,你儿不应该这样地回到这里来!"然后从地上捏起一粒黄土,在嘴里嚼着,默默地走掉了。

宽哥走到了镇上,又迟疑起来:这么快地回到西京,他去干什么呢?他是十多年忙忙碌碌习惯了的人,待在家里他会急疯了的,那肥胖的老婆从娘家回去住了还是没有回去?回去了接待他的是怎样的嘴脸和言语呢?他就在镇上打问附近有没有个考古队,有人告诉,当然有考古队,考古队已经在这里一年多了,他们考证出了从子午镇一直通往北边沙漠地带的一条秦代的官道,队部就设在清华宫里。宽哥喜出望外,因为清华宫他是知道的,就在镇北十里路的一个村子,那是历代皇帝的避暑行宫。宽哥步行到那里,已是中午,清华宫依然旧时模样,宫前的石虎石狮还在卧着,苔斑如钱。那一排一排的石人,虽无头,却还在站着。旁边的场子里栽着一个篮球板,四周却开了一片园子,种了白菜,茄子已经摘掉了,稀稀落落的叶子,枯黄的赭色秆儿。考古队部就在这里,但清朴却随队去了秦直道,他已不是了队长,原本秦直道的考古工作也告结束,一部分人前日已回来,清朴得知就在子午岭左侧的山里有一个寺院,寺院已废多年,听说那里发现了晋画像砖,又领人去那里察看了。队部的同志得知宽哥是清朴的朋友,又打西京城来,要他住下来:说不定明日或后日清朴就回来了。但宽哥却来了兴趣,也要去看看那个寺院,队部就差一个小年轻领他当日下午走五十里山路来见清朴了。

一路上山高林深,宽哥背了几瓶白酒,太阳落山的时候到了山顶寺院。清朴依旧是那么单单薄薄,只是头发长乱,半个下巴都是胡子,他蹲在一个崖根下正在拓崖字,另外七个队员在不远的一个土堆上用望远镜看着什么,一个个衣衫不整,蓬头垢面。两人相见,喜欢得抱在一起,眼睛都红了。坐在那里说了一阵话,头上的蚊子就打锣似的响,宽哥不停地用草把子去扑打,清朴说:"这地方就是蚊子多,你要解手,可一定要点一堆烟火,要不就会被叮得像害了疮的!"宽哥说:"那我倒不怕,它要能叮动牛皮癣才算能叮哩!"清朴笑了笑,就问他的病情,问虞白,问夜郎,最后问到邹云,说道:

"她还没有回来吗?也没个电话?"宽哥想说邹云来过电话,话到口边却咽了,摇了摇头。清朴就沉吟了,喃喃地说:"她真不该跟宁洪祥的,宽哥,你说是不?她要嫁谁都可以,怎么就跟宁洪祥不三不四的?宁是暴发户,这种人有了钱就会挥霍……"宽哥见他仍牵挂邹云,就说:"人各有志,事情过去了就让过去……你还没有找个实在过日子的人吗?"清朴只苦笑了笑。这当儿,那土堆上的人就一片叫嚷,而且你争我抢那望远镜,朝这边喊:"清朴,你快来,你快来!"清朴走过去,那些人将望远镜给了他,清朴看了看,只是笑着指点队友,就返了过来。宽哥说:"什么事,这么兴奋的,远处有什么野物?"清朴说:"那边山头上有个女的。"宽哥搭眼看去,灰蒙蒙的山头上似乎有一小点红,看不清人的。清朴说:"那是个穿红衣服的女子。这些人在山里跑了一两个月没见过女人了,馋得见了母猪就当了貂蝉哩!"扯嗓门喊道:"别丢人现眼了,让我宽哥看见,咱这像什么考古队员?!"那伙人就嘻嘻哈哈地过来,一边走一边尿着,说:"这有啥的?再钻一个月的山,我看咱真成野兽了,野兽也有个发情期哩!"就有人说:"你别那么摇着尿,蚊子把它叮烂了,明日回去瞧你成半夜跪搓衣板!"打打闹闹了一番,天就黑下来,大家回到寺里来。寺果然废得只剩下一个大殿,殿顶也坍了一角,但门顶上的砖雕却完整无缺,人一进去,野鸽子就扑扑棱棱往出飞,一层白屎便落下来,清朴正仰了头指点那木梁写着的"明万历年十二月十二日再造"的字样,一粒鸽粪正好掉在他的口里,呸呸地吐了几口。

在殿里生了火,扫出一块干净地方铺一张帆布篷,乱七八糟放着了几条被子,大家坐上去吃饼干和罐头。有了宽哥带来的酒,瓶子轮流着往口里灌,清朴笑着对宽哥说:"像土匪吧,实在是土匪!"可就是这些土匪一样的人,整半夜给宽哥讲着秦直道的故事,又从殿角抱一堆砖来,说这些砖就是在寺前那个坑里发现的,这些砖上都有文字和图案。宽哥看不懂,他们就说是晋画像砖,至今国内发现的都是汉画像砖,而汉画像砖皆是阴刻的图案和文字,晋砖上却是浮雕!又拿出拓成的一沓拓片,讲述这拓片上记载的西晋时的古寺,曾经在兵荒马乱中毁过三次,现在看到的是明代重建的殿。说得高兴了,就又叫道:"宽哥,更有个稀罕哩,寺前的银杏树下,你注意那个土崖了吗?

崖里有一个土瓮，瓮里……"清朴忙说："这先不要说的，你要吓着宽哥的。"宽哥说："你清朴不怕，我怕甚的？"清朴说："就不先说的，明日一早让你看个惊喜！"宽哥到底猜不透有什么稀罕，那伙人就要他碰杯，喝了一杯复一杯的，五瓶酒差不多就喝干了。三个已经倒在那里呼呼入睡，一个却醉了并不沉睡，话越说越多，说他是兄弟三个，老大在县上做了局长，盖了一院子小楼，出门是小轿车，论起来是个科长，可威风得了得！说他的小弟弟是个农民，以前还靠他接济的，现在当了乡镇建筑队包工头，嗯，家里什么没有呀？结婚的时候，新房里的电视上、冰箱上、洗衣机上，都用一百元贴满了，闹新房的孩子可以去揭，谁揭了是谁的。地板上铺的什么？是用五分钱的硬币齐刷刷铺了一层，进去，银光灿灿的，人家叫银屋藏娇。可咱呢，咱讲究是大学毕业，是研究员哩，今日发掘这个价值连城，明日考证了那个国之瑰宝，咱却是个穷光蛋嘛！清朴说："你去干个体户嘛，你以为个体户就好当吗？要不你不干了，凭你那本事当个盗墓贼，偷贩文物，就发得虚腾腾的了！"那人说："就是，就是。"却呜呜地哭起来。他一哭，清朴不言语了，宽哥也不言语了，那人就又去摸酒瓶，宽哥不让他再喝，清朴说："让他喝，再喝些他就醉得没劲哭，让好好睡一夜，明日他的任务还要往山下背这些画像砖的。"果然那人又喝干了剩下的酒，倒在那里睡着了。清朴把一条毯子给他盖好，又往火堆上添了树枝，笑着说："你没瞌睡吧？咱们烤着说吧。"一直说到天亮。

天亮起来，那些人脸不洗牙不刷各自就忙开了，似乎昨晚上任何事也没发生。清朴领了宽哥往银杏树下的土崖去，宽哥看到的竟是土瓮里坐着一个干缩的光头和尚，清朴说："向导说他小时候就知道这和尚在土瓮里，'文革'期间，寺里的小和尚跑了，有信徒曾背了这不腐的和尚供奉在家里，'文革'后又背回寺里，已经有百年时间了，这尸体没腐烂的。"宽哥说："前年西京城里展出过木乃伊，可那是西部大沙漠的干尸，这里风风雨雨，林深潮湿，怎么还有不腐的？莫非真有人常说的金刚不坏之身吗？"清朴说："都这么说的，说是这和尚的功德好，修行到家的缘故，我们拍了照片，回去要请这方面的专家来看的。还有一件事呢，你看不看？就在寺后那个石林子顶上。"

宽哥说："看的，那石林子能爬上去吗？"清朴说："我昨日中午爬上去看了，听向导说。'文革'后，这里有一个游医，自视德性高，也想学这和尚，就做了个木箱，着人吊上石林顶，自己坐进去，让人用长钉钉了盖。不想三个月不到，木箱就腐烂了，那游医成了一堆白骨。"宽哥说："什么人都想成仙哩？！"笑了一通，就要爬上去看个究竟，清朴却没有陪他，自个便拿了相机去拍摄殿的建筑了。

宽哥攀援上了石林顶，果然上边分裂了一个木箱，木板手一捏就碎了，长长的铁钉已锈得快要断了，一堆骨头白惨惨地在那里。宽哥用脚踢了踢那头骨，牙还在的，有一枚门牙似乎补过金牙，金皮已没了，有一个铁环已锈成一点暗红。宽哥笑了几声，才要再爬下来，却听见寺那边几个声在喊："不敢跑，不敢乱打！"举头看时，清朴从寺后檐下兔子一般地往前跑，他的身后有一道黄颜色的旋风紧追不舍。几个人差不多都在喊了："趴下，快趴下！"

清朴在草窝里滚了几滚，趴下不动了，身上的一团黄风停留了一阵，渐渐又收烟似的到了房檐。宽哥立即明白这是清朴撞着了葫芦豹蜂了，山里的葫芦豹蜂能蜇死牛的，你越乱打它越叮你，清朴不懂这些，那么乱跑乱打一气，一定被蜇得不轻。宽哥叫唤着就爬下石林，跑近去，大家已经把清朴抬回殿里，清朴头上脸上已经肿起来，人有些昏迷不醒了。有人便大声擤鼻涕往清朴脸上抹，鼻涕能治蜂蜇的，有人又尿，用尿往清朴头上涂，宽哥说："一般蜇了这还顶用，这是葫芦豹蜂蜇的，怕不顶用。有药吗？有药吗？"但他们只备有蛇药，没有防蜂的药，清朴的脸眼看着越肿越大，皮肉已经黄亮得透明，眼睛几乎成一条线了。宽哥说："快往山下送，快送医院！"有人就背了清朴往山下跑，后边又紧跟了三个，剩下的人气红了眼，去捡了一堆干柴火点燃去烧马蜂。宽哥放心不下，跑过去，那三人已烧开了，紧挨殿后檐的一棵松树上盆大一个土球，上面密密麻麻爬满了二指长的细腰黄蜂，火忽地燎上去，噼里啪啦掉下来没了翅膀的黄肉疙瘩，在地上蠕动，一边用脚踩一边日娘捣老子地骂。宽哥喊了声"小心烧了房子"，心里又担心清朴，就又拔脚去撵背清朴的人，急得在毛毛道上跌了几跤。

赶到了子午镇医院，清朴已失了形状，几处肿得皮肉开裂，流淌黄水，医生说他们无力抢救，用救护车急赶往地区医院，车还未到，人已经没了气息。

清朴一死，宽哥留下来帮考古队料理后事。给虞白拍了电报，虞白和库老太太连夜赶去地区医院。清朴的父母早已下世，又是独根孤苗，绳从细处断了，唯一能拿事的也只有虞白，考古队就和虞白商量：清朴是好同志，为考古工作做出了重要的贡献，虽然留职停薪下过海，取消了考古队长的职务，但他又返回来，且以身殉职，还是要以考古队长的级别来安葬，开隆重的追悼会，报道他的事迹。虞白哭了一场，却一概谢绝了，只要求能在地区火化，买一个较好的骨灰盒盛殓骨殖，让她带回去就是了。火化的那日，宽哥要打电话通知西京城里的夜郎、丁琳他们，虞白说，人已经死了，告别不告别已无意义，何况清朴离开西京时也是谁也没打招呼地走了的，就让他悄无声息地走了好。再说，人活着的时候是一个形象，现在人死了，面目模糊，让朋友们见了心里更是难受，就不让任何朋友来了。她亲自去街上购置了三身新衣，回来哭着说："人活得这么脆弱，小小的蜂都能把他蜇死！可怜他跟着我，我连给他娶个媳妇都没能娶成，他就死了。"泪流满面。库老太太连夜为他剪了一幅画：眼大大的，一个如花似玉的美人儿，盘脚坐地，双手合于腿前捧着莲花。宽哥看了，吃了一惊，图上的女人竟酷似邹云，就悄声问虞白："大娘是见过邹云的？"虞白说："大娘到我那里时，邹云已经去巴图镇了。"宽哥说："这倒奇了，她剪得几分像邹云哩——是不是也该给邹云通知一下？不管怎样，他们总相好一场的，她不至于不来吧？"虞白说："算了吧。"和老太太一道为清朴擦洗身子，换上新衣，梳头化妆，覆盖了剪纸，让尸炉工运去火化了。

骨灰烧出来后，竟出了一宗怪事，骨灰里竟有了一枚特大的金戒指！虞白认得，这戒指是邹云当初给清朴买的，自两人事情分裂后，清朴就没见戴过。虞白还以为清朴是将戒指退寄给邹云了，没想他还保存着。但是，焚尸前是虞白和库老太太一块擦洗的身子和换衣，并没有见到清朴的手上戴有戒指，那这戒指是从哪儿来的呢？虞白抱着骨灰盒"哇"地哭了一声，人就昏倒了。

慌得宽哥又喊又叫，库老太太却让把虞白放平，掐了人中，又掐中指，在涌泉百会穴上用嘴哈热气，虞白苏醒过来，便在宾馆里守了她三天三夜不敢离开。眼看着虞白这般模样，库老太太提出都去她老家住一段时间，那里贫困是贫困，却山清水秀，空气也好。宽哥就送了一老一少去车站，他自己没有去，独自回了西京。

虞白在库老太太的老家直住过了一月零二十天，为清朴过了"五七"。按当地的风俗，在外亡故的人尸体不能入家门，何况清朴又不是库老太太的亲属，骨灰盒就存放在村后的一个寺庙里。每到七天，去奠祀一番，余下的时间就陪了老太太在家剪纸铰布，琴也不得拨，经也念不成，卧在打谷场上的柴火堆里看天上的云，日子平平静静地过去。只是夜里，门外落着雪，和老太太煨在炕洞门口的火塘边，一边烧着洋芋，喝着红薯稠酒的时候，一边说些西京城里的往事，掉下一颗两颗的泪子来，那雪就拥了门槛，塘里的火气哈得流进一汪水。

这个冬天，库老太太的家乡下大雪，西京城里的雪下得更大。往年的雪落下来就消，到处是水嚓嚓的肮脏，今年的雪却落得驻得，人踏车碾，隔夜冻成硬层，几乎与街面两边的水泥台儿齐平。城里每天有人在街巷滑倒，一个滑倒，撞得一倒一溜，所有医院里都住了骨折的、脑震荡的伤员。市政府三令五申各单位各扫门前雪，铲子、铁镐、钢钎，能用的工具都用上了，旧冰还未清除，新雪就又冻住——后来就传出风声，说天是生病了，天患的是牛皮癣病，要没完没了地蜕着雪的皮屑，得系一条黄的腰带可以免灾消难的。一时间，城里的黄毛线、黄丝线、黄布销售一空，都做了腰带系上，亲朋好友走动也是以黄腰带相赠礼品。竟然在一次产品新闻发布会上，主办人给与会者发了产品介绍单后还发了皮箱、毛毯和一条黄真丝腰带。这事宣传部得知后，决定要大张旗鼓地反迷信，打击谣言惑众者，公安局就拘捕了一批人，其中便有刘逸山。

公开审理刘逸山时，宽哥是去了，他参加了一会儿就走了。他并不相信系黄腰带的话，虽然已不是了警察，但凡见街上有人出售黄腰带就去阻止，甚至也扭送了两个拒不收摊的小贩到派出所。但是，宽哥的牛皮癣一日重似了一日，他的内裤全做成灯笼裤管，白日下边扎得紧紧的，每到夜晚就抖出一堆白屑。从子午岭回来后，组织上已经决定让他到公安局劳动服务公司去工作，公司开有酒楼一座、木器加工厂一家，还有一个汽车配件经销部。宽哥当然不能当经理，他又有病，不宜于在酒楼上班，就在汽车配件经销部做推销员。入冬之后，他穿着臃臃肿肿的衣服，清早出门，天黑而归，辛辛苦苦跑动，却因不能胡说冒撂，不能同意回扣，不能满足少卖多开发票，不能请客送礼，不会陪人去打麻将，所有的推销员唯有他完不成任务。完不成任务，奖金是没有的，基本工资还要扣。宽嫂是从娘家回来了，为此又三天两头吵架，后来就住回娘家谁劝也不回来。宽哥苦恼的时候，倒提了酒来找夜郎喝。

在大雪下过的第五天里，夜郎的孩子降生了。按时间，分娩期并未到，阿蝉去街上买菜了，一等不回，二等不回，颜铭操心不下，拿了一截麻绳下楼去看，让阿蝉用麻绳系在鞋底防滑。但阿蝉却站在马路口的路灯杆下正与一个同样提了一捆白菜的姑娘说话，眉里眼里生动着，还拉着人家的手，用自己的脸去偎人家的脸。颜铭心里就生气，她知道阿蝉的毛病，又是瞄上谁家的小保姆套近乎哩。颜铭毕竟没过去惊动，直待阿蝉和那姑娘互留了电话、住址，分了手过来，她才说了一句："什么人嘛，你随便要约她到家来？！"阿蝉不悦意，说："是个贼，要来偷你的东西的！"竟不理颜铭，小跑着往楼上去。颜铭挨了呛，又见她小跑，心里发恨却还担心阿蝉滑倒，没想自己刚要叫喊阿蝉，话未出口，却哧溜一下，仰八叉跌倒在地上。旁边人要扶她起来，只觉得一阵肚子疼，吸溜了几口凉气，也不怎么疼了，趔趔趄趄才回去。回去后就觉得不舒服，坐也不是，站也不是，肚子又疼起来，心里说："总不会惊动了胎儿吧？"脱了裤子看青了一块的腿，却发现下边破了羊水。阿蝉也吓坏了，忙给夜郎打电话，夜郎回来急送医院，当日雪夜，白光莹莹，孩子就生了下来。

孩子是个女孩，虽不足月，医生说看着还健壮。夜郎见母女平安，自然高兴，去医院送过了鸡汤后，第一个报喜的就是宽哥。宽哥高兴得拿了酒干杯祝贺，问："顺利吧？"夜郎说："顺利。我问颜铭，她说就像拉大便一样！"宽哥说："瞧她那身架，我还真担心到时候要剖腹产的，没想这么便当！五天后出院，到那日你来叫我，咱一块去接她和孩子，孩子一定像她妈妈一样漂亮哩！"喝了酒，夜郎往回走，脑袋晕乎乎的，作想宽哥的话，也觉得奇怪，颜铭怎么就生产得这般顺利？！到家又熬了江米粥，盛在饭罐去送医院，再经过产房，楼过道里站着蹲着一堆男人都面色紧张地守候在那里，隔着产房的门，里边传出痛苦的叫喊声，一个男子终于受不了了，敲打着产房门。有医生就出来训道："干什么？干什么？"那男子说："她在喊我的，让我进去，我握着她的手她就会好些。"医生说："妇产科里又不是你老婆一个，站远些吧！"那男子说："她那喊叫声我受不了，大夫，求你了！"医生说："谁生头胎不艰难，生娃不疼做什么疼？！"门重新关住了。夜郎怔了一下：生头胎都艰难，颜铭却是那么顺当？

　　第五天，接颜铭出院了，夜郎从医生手里接过了孩子，急切切地揭了被角来看，夜郎看见的却是一个丑陋不堪的婴儿！头发几乎没有，满身满脸的松皮皱着，单眼皮，塌鼻梁，一个眼角下坠，下嘴唇还是个豁豁，手腿的骨关节倒长长的。夜郎从来没见过这么丑陋的婴儿，一下子愣住，脱口说："这是十七号床位产妇的孩子吗？"医生说："当然是的。"夜郎还在说："是不是搞错了？"医生就生气了，说："你这是什么话？我们妇产科几十年还没发生过搞错婴儿的事故，也从没见过孩子的父母这么说话的！"夜郎赶忙赔情道歉，走开了，还听见身后的医生在长长地发着狠声。颜铭在床上看到了孩子，第一眼也是愣了一下，接着一搂在怀就低头流了一股眼泪。宽哥在旁，说了："是个兔唇，这可以修补……这小家伙肉乎乎可爱！"颜铭就笑了，说："宽哥，孩子的名字就托付你了，你得起个好名字哩！"三人收拾了带来的行李往出走，夜郎先小跑去街上叫出租车了。

　　这天夜里，阿蝉炖好了猪蹄肉汤，夜郎端着给颜铭喝了一碗。喝第二碗时，颜铭让夜郎也喝喝，夜郎不喝，坐在一旁吸烟。颜铭说："孩子呛的。"夜郎灭了烟火，呆坐了。颜铭说："夜郎，你不高兴？"夜郎说："高兴着哩。"又趴近床看了看孩子，说："颜铭，孩子怎么是个兔唇呢？"颜铭说："我也没想到会这样，难道又是个苦命人……这不要紧，是能修补的。现在到处有美容院，手术后不会有痕迹的。"夜郎说："要美容就得全部美容。"颜铭说："你说孩子丑了？"夜郎说："你这么漂亮，我也看得过去吧，孩子怎么这个模样？一个女孩子，即使没本事，长得好也一辈子会享福的。"颜铭说："你是嫌孩子丑嘛！别人说她丑还能说过去，你做父亲的倒也嫌孩子丑了？你们男人家怎么都是这德性？！"夜郎没有再言语，默默去打水洗脸、洗脚，就上床睡下。

　　夜郎清楚做父亲的应该喜欢自己的孩子，而且是第一个孩子，但夜郎每每抱了孩子，却怎么也喜欢不起来。他极力做到的是一个丈夫的责任，父亲的责任，一日五餐为颜铭端吃端喝，七次八次地给孩子换尿布，洗屎垫，但到夜里，他的夜游症就又犯了，总是鬼魂一样地出去，一两个小时后又幽灵似的回来。颜铭发觉了，又不能跟着出去，在家恐惧不安，终于忍不住，在一次夜游回来，她在他的头上拍了一下，将他拍醒，问到哪儿去了？夜郎清醒过来，瞧着钟表的时针指在下夜四点，而自己穿得整整齐齐，双脚又沾着泥雪，知道自己是真的夜游了，但全然记不得去了什么地方，后怕得脸色也煞白了。再到夜里，他就让颜铭用带子拴了他的手，免得再去夜游。不能去夜游了他却害头痛，迷迷糊糊里连续做梦，甚至是今日做的梦和昨日前日的梦一样，都是自己的鞋丢了。整个白天里，又萎靡不振，只有去找宽哥，宽哥也来找他，两个人就来来往往喝酒。

　　一日，宽哥不但未推销出产品，且让一帮小老板戏弄嘲笑了一回，心里不畅，邀夜郎去喝酒。喝到七成，宽哥说："夜郎，你又犯夜游病了？听颜铭说以前犯病去虞白家，这次还去那里了吗？"夜郎说："我哪里知道？你想想，我去那儿干啥？虞白又不在家。"说完了又问："虞白还没有消息吗？她走了不短日子了。"宽哥说："没有。昨日丁琳还来打问消息。"夜郎就把脑袋沉下来。宽哥说："夜郎，我要问你，你是不是和颜铭闹别扭了？上次我见颜铭，她生了孩子似乎变得软软弱弱，又爱抹个眼泪水儿，眼肿得烂桃一般。"夜郎说："她给你说了什么？怎么说？"宽哥说："我问她，她只是不说，问得紧了，说你犯病了。我看倒不仅仅为犯病的事。颜铭在月子里，你和她致什么气？寻着让孩子没奶吃吗？"夜郎说："宽哥，说到孩子，我真想不通，人常说别人的老婆自家的孩子，可我的孩子就生个那样？"宽哥说："什么样儿？你不照照镜子看自己是什么样儿！婴儿在月子里有什么好看的？那脸上的皱纹……等出了满月你再瞧嫩胖劲儿吧。"夜郎说："我倒不是嫌那皱纹……你说说，孩子都是父母的影子吧，我长得不好，可孩子要是长成我这马面也就好了，偏偏那副模样，没有一处是像我的。"宽哥说："或许她把你和颜铭的缺点都综合了——现在看不来，出了月就有个大概了。"夜郎说："我倒怀疑这孩子不是我的呢。"宽哥睁大了眼睛，同时吃惊地站了起来，说："你说什么，夜郎？你再说一遍！你咋会这样怀疑？你平日不信这个，疑心那个，现在怀疑起你的孩子了？怀疑起你自己了？你瞧瞧坐在你面前的是不是你的宽哥？！"夜郎自知失言，说："我信谁呢，现在啥事能让我信？谁都认为宫长兴当不了局长吧，但他就当了；邹云和清朴有爱情吧，说吹就吹了！小小的蜂竟把清朴蜇死，你又是这么就混到个劳司去……不说了，喝酒喝酒，这酒是真的还是假的，我这会儿舌头也尝不来了，喝醉了倒是真的。喝吧，喝！"自己先端了一杯倒在嘴里，又倒了一杯。第三杯再举起来，宽哥来夺，酒还未夺过来，夜郎溜到桌子底下，软作了一摊泥。

挨过了孩子的满月，孩子脸上的松皮饱满起来，但形状并未有丝毫改变，似乎一只眼角更斜，鼻子塌得差不多和面颊齐平了。夜郎的情绪越发地坏，颜铭的眉头当然不展，一个月子，人又发了胖，总担心小腹要凸起来，让阿蝉去买了紧腰短裤来穿，又反复让夜郎瞧她是不是胖了？夜郎说："说不像我也罢了，连你也不像！世事这么不公平，别的咱占不住，连个漂亮女儿老天都不赐给咱们？！"颜铭说："你一天不说孩子丑就没话说了，你嫌丑你来把她捏死嘛！我不会生，你怨怪我，怎么就不想想自己的种子瞎吗好吗！"夜郎说："好种子种在薄土上也长不出好苗哩！"两人斗一回嘴，一夜无话。半夜里，夜郎就做了一个梦，梦醒来似乎记不完整，但肯定的是梦很长，好像又是寻不着鞋了，怎么找还是找不着，他就赤了脚从一个什么地方往家里走。感觉里，他是出了相当长时间的门了，走着走着好像还有父亲，父亲的腰依旧弯着，但还精神，他们终于寻到了家门。一进门，家里的中堂厅里坐着母亲和颜铭，两人都在各自摇着纺车，一盏灯在柜盖上光亮如豆。父子俩的突然归来，一高一低的身影就投映在墙壁上，婆媳的纺车都停住了，张着惊喜的嘴，但却没有叫出来——那神气是谁也不好意思，各自都红了脸，又更快地摇着纺车。他和父亲就坐到里屋的桌子上喝酒，同样在等待着娘和颜铭能很快收拾了纺车去铺被，但纺车还在摇着，线穗如肿了似的往大里长。他就怨恨颜铭了，走过去将颜铭的纺车用脚踩了。父亲在里屋也喊："给我把你娘的纺车也踩了！"这么一说，颜铭和娘却都笑了，骂了一句什么，各自到卧屋去。他说："你不急吗？"颜铭说："娘在哩。"他就压倒了她，但是无论怎样都不能成功，两人急得满头大汗，听见了另一个厢房里的响动，颜铭在哭了，说："我是处女！我是处女——"能记得的就是这些，但这绝不是梦的全部，往后只觉得是鞋丢了，怎么丢的，寻着了没有，夜郎是一丁点也回忆不起来。黑暗里他睁大了眼睛，心想，怎么会有这样的梦呢？爹娘早已经死了，颜铭连他们的照片都没有见过，且颜铭是城里人，哪里又会纺车？梦荒诞不经，暗示了什么？启示了什么？就猛地拉开灯绳去看桌上的钟表，时针指在下半夜的五点。又想：人常说后半夜的梦是反着的，我和颜铭怎么也行不成房，她在说"我是处女"，莫非颜铭……

颜铭在电灯拉亮的时候醒过来，迷迷糊糊嘟囔道："夜郎，夜郎，你醒醒！"夜郎说："我醒着哩。"颜铭睁大了眼，笑道："我还以为你又去夜游了！几点了？天还早着就起来了！"夜郎说："颜铭，我要问你一件事的：这孩子是我的吗？"颜铭又蜷作一团睡去，说了一句："狗的。"夜郎说："狗的？颜铭，你给我说实话，她到底是谁的孩子？"颜铭怔了一下，突然坐起来，说："你说什么？你不睡觉，原来整夜里又怀疑这孩子了？——你说这孩子是谁的？！"夜郎威严地说："你瞧着我的眼睛！"颜铭就盯着夜郎。夜郎说："我的孩子不会这么丑的！我们结婚的时候你就怀孕了，我们第一次做爱时你没有出红的，头胎的孩子你竟然生产得那么顺利，颜铭，你不能哄我，不能哄我！"颜铭一下子脸色发黑，浑身也抖起来，说："你就是这样一直在怀疑着我？过去的事情已经向你解释了十遍，你怎么一有事就又带出来，那我这辈子都说不清了吗？！"就哭起来。夜郎说："你哭什么？你心不虚哭什么？你有理由你说嘛。"颜铭说："我要知道你是这样的人，我天天记日记！我没理由，我的理由就是我对得起你，我婚前没有和任何人好过，婚后也未找过任何人！"夜郎说："你是说我和虞白吗？我不是那样的人，虞白更不是那样的人。"颜铭说："那我就是流氓，是破鞋，是骗子！"孩子惊动了，哇哇地哭闹，颜铭一搂了孩子更大声地哭起来。睡在客厅的阿蝉已穿了衣服，敲打卧室门，夜郎去把门开了，坐到了客厅沙发上一根接一根地抽烟。

一张纸已经捅开来，夜郎和颜铭就有了隔阂，颜铭愈是反感夜郎对她的怀疑，夜郎愈是怀疑加深，又扯进个虞白，说不清，道不白，吵闹起来，又都想噎住对方，拣了重话说，矛盾就更是严重。差不多的一个星期里，阿蝉成了风箱里的老鼠，两头受气，顿顿将饭做好，叫这个吃，这个不吃，端给那个，那个不理，她说："你不吃，也得给孩子吃，不吃饭哪里有奶？"颜铭说："没奶了她死去，她那个丑样儿一出世就遭人恨，长大了不知更受什么罪！"颜铭是说给夜郎听的，阿蝉肚子饥，盛了饭自己吃，嘴唇咂得吧吧响，却想起自己的处境，说："人丑了将来当保姆嘛。"眼泪掉下来，放下饭碗，号儿号儿地哭。夜郎气得又说不成，一怒之下又回到保吉巷原先的房间去住了。

夜郎一走，两天未见回来，颜铭就去寻宽哥说原委，宽哥说："这是怎么回事嘛，你嫂子她和我分居了，夜郎也学样儿？家窝这事难说清，原本我也没个自信去劝说别人，可夜郎我得去管管的！他得了病，你们总说是夜游症，现在看来他得的是疑心病，谁都不相信了，自己连自己都怀疑了！"宽哥真的往保吉巷去了三次，每一次谈半天，每一次都不欢而散。夜郎就不愿意再住在保吉巷，托五顺在附近重寻房子。五顺又操起贩菜的旧业，寻了几处，不是条件太差，便是房价太高，烦得天天喝酒。喝酒又不能邀了宽哥，竟在一夜提了酒去和图书馆的那两个老相识喝，便得知图书馆管基建的人已被逮捕了，但大家都怀疑宫长兴从中也得了好处，宫长兴却安然无恙，继续做他的副局长。而且，宫长兴还在图书馆的时候，下边挂靠了许多经营部门，差不多又都是所谓的与香港合资，现一一查了，这些合资单位全是假的，还是西京城里的人，因与港人有点亲戚关系，就以代理人身份来办些小企业，而企业全无实质性生产，仅仅从中将免税的车辆进行倒贩。这些挂靠的单位当然是宫长兴批准的，宫长兴从中又得过多少好处呢？两个老相识越说越激动，将写好的足足有一指厚的检举材料交给夜郎，希望他能转给信访局。夜郎不提信访局还罢，提起信访局一肚子黑血在翻腾，但又想：先前的事情就不说了，信访局长的儿媳妇已经安排了工作，他老家伙还会继续包庇了宫长兴？！就接了检举材料。

　　没想那一夜三人都喝多了，第二天沉睡到下午，夜郎摇摇晃晃回来，才走到保吉巷口，偏巧碰着了李贵。李贵大声地招呼他，亲热得像多年未见的知己，硬拉了他去家吃饭。夜郎说："才要大便就有了厕所了。"李贵没听明白，说："还没请你吃哩，就大便呀！"夜郎只好往旁边的公厕去，说："把肚子腾空了，能多吃你嘛！"到了李家，饭菜简单，是那种扯面，夜郎直吃了两大碗，李贵却仅吃了半碗，只是喝酒，问夜郎还在戏班没有？夜郎说："不演鬼还能干啥？"李贵说："瞧你这饭量就知道你是鬼托生的！俗话说，早晨能吃的人是神变的，中午能吃的人是人变的，晚上能吃的人是鬼变的。我先前晚上能吃的，现在胃坏了，吃多了克化不过，可酒不喝又不行嘛。"笑了笑，又说："还在戏班就好，我得请你们给我们广仁贸易公司演一场戏了。"夜郎说："什么广仁不广仁的，是买邹家兄弟的那个店吧？邹家前世一定是欠了你们的。"李贵说："得邹家的利，也吃邹家的亏，要不公司生意红红火火也用不着唱鬼戏了！"夜郎说："这是怎么回事？"李贵说："邹云的事你真不知道还是装不知道？"夜郎说："她回来了？！"李贵说："从巴图镇回来了，明明知道她是操皮肉生意的，可晓光偏让她勾了魂……"夜郎说："晓光是谁？"李贵说："他是公司的董事长，信访局长的儿子呀。"夜郎说："邹云和他相好了？"李贵说："晓光在宾馆里给她包了房间养着的。一对一倒还说得过去，可邹云竟还叫一个鸡婆，三个人在一张床上，事情就败了，一辆警车装着走了。"夜郎惊得目瞪口呆，说："这不可能，邹云是嫁了宁洪祥的，那开金矿的比不得你们公司有钱？！"李贵笑着说："这你真是不知道她的事了，姓宁的早死了！他在矿区是一霸，常和别人争矿点，一帮打手带着器械，抬上棺材去打架，也是积恶太多，数月前骑摩托去巴图镇东边的柳林镇，被人事先在路上拉了铁丝故意要害他，摩托速度快，人身子还在车上前冲了几百米，头却骨碌碌留在路边。结果，害他的人还不解恨，将头颅砌在了一条石堰里，身子丢在污水管道里，等发现的时候，身子在管道里的闸门处泡得白花花的骨头出来。姓宁的一死，生前的那些狐朋狗友，借了人家钱的不吱声，却有十多个主儿说姓宁的生前借了他们的钱，一夜里把家里值钱的东西都拿去抵债了。公司里的那些人更是乌眼鸡，贪污的贪污，毁账的毁账，卷着财款也鸟兽散了，只苦得邹云被那原老婆赶出了巴图镇。邹云也是水性杨花的人，好日子过惯了，哪里受得清苦？就破罐子碎摔做了鸡。那一夜警车抓了他们三人，原本要罚钱可以放人的，晓光罚五千，邹云罚一万，晓光当然交了款第三日放了，邹云谁给她出这份钱？她的两个哥哥看也不去看她一眼，她就被关到城南劳教所去了。"夜郎听了，想起以前邹云测"滑"字的事，知道李贵说的可能是真，唏嘘了半晌，口里说："真想不到……谁能想到她会是这样！"心里却不禁坚信了自己对颜铭的怀疑：人披有一张人皮，知了面哪里能知心；世上最不了解的是夫妻，一方有了什么隐私，谁都瞒不过，却就能瞒过对方的。而今里，这还有什么是真的，除了娘是真的什么都靠不住了！就说道："不说这些事了！你们公司要演鬼戏，几时演的？这回演戏可以不收你们分文报酬的。"李贵说："夜郎这么义气？"夜郎说："我倒没这义气，这得有条件的，你把这份材料让晓光交给他爹，尽快地编发了，送阅给市上领导。"把材料给了李贵，李贵说："这算什么事？！"夜郎说："有结果了，你们说什么时候演就什么时候演，要是无声无息，对不起了，出十万八万也不去演的。"

过了"七七"，因为大雪封山，又滞留了一个月，虞白才和库老太太抱着吴清朴的骨灰盒回到西京。丁琳接到虞白的电话，就通知了宽哥、夜郎、南丁山一块去车站接。数月前，去的是活生生的吴清朴，如今回来的却是虞白背在背上的一个蓝花包袱包着的骨灰盒，四个人都流了眼泪。虞白说："这就不必了！你们能来接他，清朴若地下有灵，他已经深谢不已，再要伤心落泪，他就不安了。"丁琳说："白姐，听宽哥说骨灰里烧出枚戒指，这是真的？"虞白说："戒指倒是他以前常戴的那枚，我奇怪的也是他后来是藏在哪儿？要么去了考古队后把身子的什么地方剖开，埋了戒指又缝上，或者是蜂蜇后背他下山，他知道是不行了，怕将来别人拿走戒指，就偷偷塞在口里。"说着就要打开骨灰盒让大家看。宽哥说："骨灰盒不能打开的吧？"虞白说："不给外人打开，还能不对你们？"开了盒子，果然一堆骨灰里有一枚黄灿灿的大戒指。夜郎只说了一句："他死也没忘了邹云……"宽哥就拉他的衣襟，不愿说出邹云来，偏巧这时候从车站月台的那边悠悠地旋过来一股风，倏忽到了眼前，竟把骨灰一尽儿吸收而去，又歪歪扭扭地旋着柱儿往月台另一头卷去。大家都呆了，直看着那旋风下了月台，在轨道上哗哗啦啦吹动着一团废纸、树叶，消失了，才愣过神来，脸色都吓得没了血气。虞白双腿一软，跪在地上就哭："清朴，清朴，你是回来了要把骨灰撒在城里吗？！"大家都跪下来，一齐说："清朴，清朴！"就全哭了。

  回到家里，楚楚蹲坐在门口，楚楚是托付了民俗馆的人喂养着的，但楚楚每天每晚吃过食了就蹲坐在门口守望的，这阵见虞白回来，只是呜呜叫，如哭一般，流着泪水。大家看着都感动，让虞白和库老太太歇着，动手收拾起房子。丁琳忙了一阵，在后园里和虞白叽叽咕咕地说话，虞白顿时变脸失色地喊夜郎，夜郎出去，站在那白皮松下，虞白问："你离婚啦？"夜郎说："丁琳嘴怪长的。"说完了，那么笑了一下。虞白说："你还笑哩，你咋恁能行哟，要结婚忽地结婚，要离婚忽地又离婚了？几时离的？"夜郎说："前日去写了协议书，明日让去领正式证的。"虞白说："你快给我收拾了吧，明日谁也不能去领，你把颜铭带到我这里来，有什么事大不了的闹到这一步？既有今日何必当初？你领她来，来了到乐社再玩一玩，就算给你们重归于好乐一乐。"夜郎说："你不知道这其中原因。……我不能连我的老婆都在欺骗我……全世界都可以算计我，但我不能让老婆也算计我！"虞白说："这我不管，我只要你领了她来！"

  南丁山在厨房里擦洗锅盆碗盏上的灰尘，给宽哥说起广仁贸易公司请演戏而没有去演的事，因为检举宫长兴的事泥牛入海，没个消息。宽哥才说了一句"你别听夜郎的……"就听得后园里传来吵声，跑出来，知道了是关于颜铭的事，恼得宽哥咬牙切齿地瞪夜郎，一拉南丁山胳膊说："咱站在这里干啥？夜郎哪里还听咱的？咱说话是放了屁嘛！"转回到屋里去，坐在沙发上抹眼泪。

　　收拾好了屋子，丁琳提议大家都走，要让虞白好好歇歇。宽哥叫了南丁山和丁琳就先走了，唯独不理夜郎。虞白说："你瞧瞧，你现在活成独人了！明日不把颜铭高高兴兴地领来，你以后也别上我这里来！你走吧——"夜郎却说："你把琴再借给我，我夜里静静心。"虞白闷了一会儿，说："你拿走吧。"夜郎抱了琴，踽踽出门。虞白"砰"地关了门，却又跑到厨房窗口去看他。夜郎一肩高一肩低地走过楼区院子，走过存车棚，后来在大院门口停了停，背影晃过了墙头。

　　夜郎一夜守琴未睡，第二天双眼红肿去了街道办事处，但颜铭并没有如期而至，办事员把夜郎叫进办公室，告诉说颜铭昨日已来过一趟，她不愿今日在这里再见到夜郎。夜郎急问："她没有拿证吗？"办事员说："已经拿走了。你签了字也可以领了。"夜郎在一张表上签了字，一份按有钢印的离婚证书就叠起来装进了口袋。办事员却说："你们走到这一步，我十分遗憾，但你坚持说她不贞，孩子不是你的，要离婚，按婚姻法你的理由是合理的，离婚也是合法的。但昨日我和颜铭谈了话，我们做了记录，你愿不愿看看？"就把一沓谈话记录推到夜郎面前。夜郎觉得奇怪，拿眼看去，上面是有问有答——

　　问：你同意离婚吗？如果不同意，我们可以再做调解。
　　答：他那脾性我知道，我越是不同意他就更坚决，既然到了这一步，就
　　　　是再和好，他死也不会相信我的话的。
　　问：我们可以为你保密，你能否告诉我们，这孩子到底是谁的？
　　答：夜郎的。
　　问：你这样说夜郎是不信的，我们也难以相信，孩子确实是一点也不像
　　　　你丈夫。
　　答：孩子不像父亲，却像母亲，这也是常有的事吧？
　　问：那更不像。你这么漂亮，孩子那么丑，如果孩子有你十分之一的形象，
　　　　我们也能相信你的话。
　　答：孩子确实像我。……你们能为我绝对保密吗？

问：请相信我们。

答：我相信你们，但可以说我更是为了我的人格和尊严，我才这样说给你们的：孩子的形象和我小时候几乎同一个模子里倒出的。我是整过容的。

（颜铭掩面大哭。）

问：不要哭。这话真让我吃惊，整过容的怎么一点也看不出来？你丈夫知道吗？

答：他不知道。这个世界上只有我知道，我的整容师知道。我不是西京城人，也不是什么县城的人，我的家在陕南的□县□村。我原名叫刘惠惠，生下来和这孩子一样奇丑，长大了谁也不喜欢，没有小孩同我玩，上学同学们不愿和我坐同桌，老师上课也从不提问我。别的女同学身边总有男生围绕，我没有。在家我的父亲也见不得我。我吃尽了人丑的苦愁，我做什么事都比别人多付出十分的辛苦，得到的却是比别人少十分的回报。我发誓要改变我，这个世界上人活的是一张脸，尤其是女人。既然女人除了脸面一无所有，我就要把我的脸变得漂亮而去享受幸福。当我得知大城市里有整容的事后，我偷偷拿了家里的存款悄然离家出去，我跑了许多大城市，也见了许多世面，最后得知上海整容好，就去那儿寻到最好的整容师整了容。整过容后我在镜子里认不出了我，我又有好身材，就改了名字，来到西京。我重新起名叫颜铭，我要忘记我的原名原姓，要忘记我的丑恶的过去。我当过保姆，贩过衣服，在宾馆当过服务员，后来到时装表演团。我的命运从此改变了，我走到哪儿都有男人围了转，都献殷勤，一出台就有掌声，有鲜花。我为我的容貌和身材得意，但我更害怕这个只认脸的男人社会，我完全可以去傍大款，但我没有，我才决定要嫁给夜郎。可哪里能料到我的女儿竟又全是我的遗传，夜郎就怀疑孩子不是他的。

问：噢，原来这样。这些你完全可以对你丈夫说明的。

答：我不能。我能有今日的光彩全是我由丑变美，这秘密我说破了我会做梦一般又回到过去；即使夜郎我也不能说。他毕竟是男人，他会觉得原来我的美是假的，他会以什么样的心情对待我呢？

问：你难道为了这秘密而宁愿承担作风不好的名誉吗？

答：时代不一样了，同志，这个时代兴的是人的一张脸，而作风不好的观念改了，笑贫不笑娼的。我说破了真相，我会全完了，不说破，夜郎不要了我，我更看透了现在的社会和人，我以后就去傍大款呀，我相信有那些有了大钱而追求美貌的男人的……

　　夜郎看到这里，浑身剧烈地颤抖着，呼吸急促，鼻涕和眼泪都涌了下来，说："这是真的吗？她是这样说的吗？"办事员说："我为什么要哄你？"夜郎站起来，说："这记录能交给我吗？"办事员说："这不行。"夜郎坐下去，又要站起来，竟没有了丝毫气力，脑袋重重地磕在桌沿上。

　　就在当天下午，夜郎搭上了去□县的火车，下了火车又乘坐汽车，一路打问着到了□□村。他询问着一个叫刘惠惠姑娘的家在哪里，村人说："刘惠惠呀，不是已死了好多年了吗？"夜郎问怎么死了？村人说，听说是去亲戚家害了病死了。夜郎就拿出自己孩子的一张照片，问像不像刘惠惠小时模样？村人说这就是刘惠惠嘛，你有她的照片？你是她家什么亲戚？那丑女的爹就是村口那家杀猪的，你要我去喊他吗？夜郎没有让人去喊屠夫，也没去屠夫家，掉头就去车站要返回。第三天一到西京，径直奔到祝一鹤家，颜铭却不在了。阿蝉说："她走了，她抱着孩子走了，可能去北京，也可能去上海。"夜郎大声吼道："不可能，不可能，绝不可能！"疯了一般冲进卧室，卧室里的柜门打开着，没有了颜铭的一件衣服、一双鞋袜，那些化妆品也一样都没有了。他终于扑沓地坐在了地上，喃喃地说："她真的走了，她去北京了，她去上海了，她重新去寻她的舞台了……"眼痴起来，盯着门外。门外的另一幢楼，一个凉台上的铁丝上挂晾着五颜六色的婴儿尿布。夜郎突然叫道："那孩子呢？孩子呢？阿蝉，孩子呢？"阿蝉说："她是抱了孩子走的，她走时一边拧着孩子，一边又搂了孩子哭，她说她要给丑女美容的，要挣很多的钱给丑女美容的，她就抱着孩子走了。"夜郎说："孩子那么小的，能做什么美容？做什么美容嘛！孩子有什么错嘛？丑有什么罪嘛？！阿蝉，你在骗我，她不会带了孩子的，带了孩子怎么出去闯荡？你们一定是把孩子寄养在哪里了，你告诉我，孩子寄养在哪里？阿蝉，阿蝉，我求求你了！"他使劲地抓着阿蝉，摇晃着，迫视着，但他看见阿蝉的目光是那么陌生，那么冷漠，只是在说："我也疑心她会寄养孩子的，可寄养在哪儿，我不知道。"夜郎"哇"的一声，竟抱了阿蝉号啕大哭，鼻涕眼泪流了阿蝉一脖子。

那一刻里，祝一鹤突然翻身，从床上重重地跌下来，被子掀到了一边。他赤身裸体地在地上挣扎，皮肉却是亮的，几乎能看见里边的五脏六腑，而且口里有一条涎水扯成的丝，从床头挂到地上。阿蝉说了一声："蚕！"夜郎泪眼看去，也怔了一下，看祝一鹤胖胖嫩嫩，如婴一般。

宽哥终于辞退了劳动服务公司推销员的工作，要去看病，因为牛皮癣已经使一双手如在泥巴里伸过了，泥巴又晾干，结着一片一片的痂，而掌纹却裂得极深，纵纵横横地含了血。先前最担心的是癣上了头，现在满脖子都是，头上也有了，后脖子的头发里搅着麦麸似的屑。他去买菜，卖主讨厌他翻来倒去地挑拣，他去饭堂吃饭，别的桌子人都坐满，唯独他单人独桌，洗澡堂就更不允许他进去了。偶尔的一天，他在城河沿上走，听见有"甲虫、甲虫"的说话声，回过头去，两个孩子在树根下捏着一只虫子在鼻前闻，一个说气味儿是腥的，一个说不是腥，是草味儿。宽哥听了，第一回联系到自己：我也有个硬壳了，我也像个甲虫了吗？手里当时正拿着一根拐杖——是为隔壁的马老太太买的——握了拐杖往前一个马步，做一个刺杀状，瘦高高的身子，样子有点像小说里的堂吉诃德。但做过了刺杀状，心里毕竟伤感：我真要成了甲虫了吗？他才下定了决心要治治病了。

西京城里没有治牛皮癣的名医，他得到河南的驻马店去，据说那里有个医生，用炒热的盐巴埋住全身一天一夜，再在自制的药水瓮里浸泡一天，然后服九九八十一天的汤药，病是可以根治的。他给单位请了长假，单位允许了，却讲明去治病期间没有固定的奖金，没有补助，基本工资也只能领百分之七十。他去了岳丈家和老婆告别，胖老婆把一笔存款给了他。去驻马店他不坐车，要沿着黄河徒步而行。他已经给丁琳说过了，要丁琳在报纸上为他宣传，他要以一个病人徒步走黄河的行动引起社会募捐，而将钱在各地为雷锋修庙——关公有关公庙，孔子有孔子庙，雷锋为什么不可以有庙？世风日下，人心不古，雷锋精神靠报纸上那么每年提一次，真不如在民间有庙来敬奉着能深入人心！胖老婆哼了一声，没有再说知疼知热的话，推他出去，重重地把门关了。宽哥骂了一声"有二两猪脑子"，就一定要与夜郎见见面的，但是怎么也找不着夜郎。他去祝一鹤家，阿蝉说夜郎早不住这里了；去保吉巷，已经重操旧业的五顺、小李，也说好久不见夜郎回来住了。宽哥去戏班里找南丁山，戏班还在那排演厅里排演鬼戏，锣鼓打得叮叮咣咣，粗声细声都咿咿呀呀唱，甚至还请了一些皮影艺人、木偶艺人、魔术艺人，也在那里演动。南丁山情绪十分的高涨，一定要让他看看排演，说民俗馆要举办大型活动，邀请了戏班去演出，他们特意在目连戏中要花插皮影、木偶和魔术，准备大演一场，一是大展一次戏班的实力，二也是为上次和民俗馆合作义演时的倒霉冲冲喜。宽哥说："鬼戏班也要安顿鬼的?!"南丁山说："这个当然，你已经是雷锋了，还不张扬着要修雷锋庙?"宽哥说："你看过报纸了?"南丁山说："今早报纸送来就看到了。丁琳的那个文章写得真好，宽哥这样的人是该宣传的！可是，宽哥，你那个募捐能募捐下吗？病得这么重的，恐怕徒步走黄河，走不到驻马店人就走不动了，蹬腿儿死了。"宽哥说："死了也好，这可以更激励世人，恐怕募捐比我活着还要多的。走不到目的地死了你以为是惋惜吗？那才是悲壮！你讲究在西京城里生活了几十年，你知道不知道西京城的历史？西京城址就是建在秦岭上流下来的一条河上的，这河只是后来干涸了……兄弟，你记着哥哥一句话：不是所有的河流都能交汇到海里，不是所有的许诺都能得到印证，还有……"南丁山笑道："还有：作为每一个人的选择，就是认真做事，积极做人，存一股清正之气在人间。是吗?"宽哥说："你怎么知道这些?"南丁山说："报上写着的嘛！你该把这些话记得滚瓜烂熟嘛！"宽哥不好意思地笑了笑，说："夜郎呢？我到处寻不着他，我要走了，总得见见他吧！"南丁山说："夜郎真不知道你要走的，他还要找你的，要给你说一件大事的，可现在到底在哪儿，我也说不清，戏班让他拒门谢客写一个鬼戏的，不知躲到哪儿去写了。"

宽哥说："说诓话,夜郎能写戏?"南丁山说："这可是真的,是他要求去写的,他词儿可能写得不好,但他能编情节的。"宽哥就说南丁山瞒他,一定是夜郎叮咛了偏不让他见的,南丁山就发咒,说他夜郎谁都可以不见,难道不见宽哥?戏可能也编好了,就在这一天半天里夜郎要回戏班排演,人一回来,立即让给宽哥挂电话的。宽哥只好回家守了电话,守过了两天,仍是没有夜郎的消息。

夜郎的确是在编一个小小的鬼戏,他是在完成了一宗大事后,萌发了写戏的念头的。颜铭走后,他万般地羞愧,白天里喝得醉醉醺醺的,夜里就在城中游逛。他已经没有了夜游症,是整夜整夜地游逛,抬脚在街两旁的广告牌上踹泥脚印,将十字路口的行车隔离墩挪个方位,扬头把痰吐在路灯杆上,甚至趁无人又以尿题字在街面上,百无聊赖着把身子搞得精疲力竭了,才回去死猪一般地睡去。但是,图书馆的那两个老相识又来找他,说递上去的检举材料什么作用也不起,如放了一个屁,臭也不臭。三个人就预谋了一宗恶作剧,于是,由夜郎出面,找着了再生人的小儿子黄长礼,黄长礼认识西京城里的名偷米猫子的,给米猫子如此这般地说了一番,米猫子便偷了宫长兴的家,盗去了大量的现款和存折。宫长兴报了案,公安局进行侦破,没想米猫子没有抓到,而米猫子却将全部偷来的现款和存折一一列出清单,在一个晚上用提包装了塞进纪检委大门里。数天里,西京城里到处在传说这件事,并且说宫长兴报案是丢了三万元,而小偷退回纪检委的却是偷了宫长兴五万现款,二十万存折。夜郎将这事守口如瓶,却提了两瓶酒给南丁山,就要求他去编个戏呀,随后就去平仄堡包了一间房,一边写他的戏,一边观察社会上的动静,看纪检委如何处理这宗事,而宫长兴又如何说得清他的这批钱款的来源?!

宽哥等不及夜郎的电话,疑心虞白是不是知道他的去向?但宽哥原不肯去见虞白了,因为病情严重,虞白又是心细人,见了自己头上手上的癣会影响了她的心理,可为了能找到夜郎,宽哥仍是戴了一顶帆布帽去了。虞白说她也是到处找不着夜郎,自她回城后,民俗馆已招聘了她和库老太太去那里做画师,也知道民俗馆修整彩绘了数月,重新开馆,要举行大活动,已谈妥了请鬼戏班来演五天鬼戏的,到时候夜郎还能不露面吗?宽哥只好推迟了出行的日期。

到了阴历的十一月初七,西京城里却又下起了一场大雪,撕棉扯絮了一天一夜,一切都覆盖成银白。民俗馆的民俗博展活动如期在初九拉开序幕,里外墙楼门窗被粉刷得焕然一新,又增设了许多展室,十四面彩旗就插在门楼西边的墙头,巨幅横额一道一道挂在民俗馆的那条街巷上空,而八个大气球凌空升起,垂着长长的标语。舞台是设在主楼后的大庭院里,开幕的头天晚上,就叮叮咣咣地演动鬼戏了。

丁琳早早就来到虞白家,她们猜想夜郎久不露面或是在写戏排戏,可今晚演出在民俗馆,与虞白一墙之隔,他说什么也会来送戏票的吧,就是不送戏票,也得来看一看的。但是,两人在家直等到天黑,夜郎没有来,民俗馆的大院里已经紧锣密鼓地吵台了,又咿咿呀呀有声在唱了,夜郎仍没有来。丁琳说:"他不来了?"虞白说:"不来了。"说过这话,两人几乎同时想到了一个可怕的念头:夜郎是不是不在了西京?!就急急火火地从家里出来,直奔了民俗馆。

这一个夜里,雪是住了,整个民俗馆都为玉琢了一般,里里外外的彩灯照着,又晶莹剔透得好看。戏台下黑压压地站满了人,每一层楼的栏杆上也趴满了,演的是目连折子戏,每一折戏与一折戏之间,就是皮影和木偶,或者耍各种魔术,能刀锯活人,能把一把白纸变成了人民币,或者在一个小匣子里不停地抓出水果糖来撒向观众,观众就乱起来。虞白和丁琳在台下看了一会儿,没有见到夜郎,台下没有,台上的戏里也没有。两人就挤出来往台后去,才站在前楼西南拐角,丁琳一撞虞白的胳膊,悄声说:"那不是?!"虞白仄头一看,夜郎脸画得十分难看,束着头,还穿着平常衣服正从楼后的厕所里出来,她"啊"了一声,瞧见夜郎扭过头来了,自己却仰了头往天上看,一双脚在雪上踩着,听嚓嚓声,看着天上并没有月亮,但天还是白的。她听见夜郎小声叫了一句"虞白"!她还在看天,天上是一个空白。夜郎又叫了一句"虞白"!她低下了脸,才做出刚刚发现的样子,说:"哟,这不是夜郎吗?"夜郎走近了,竟拉住了虞白的手,丁琳赶紧往戏台上看,就听得夜郎说:"我知道你会来找我的!"虞白说:"我贱嘛!"夜郎似乎嘿嘿地笑了一下,笑得很低,说:"我错了!"两人就无语,接着是夜郎在说:"可我一直在等着你……你知道我的情况了吗?我要等着你……"虞白却在说:"我错了,你还等什么?你等着我更是错中错了。"丁琳忙回过头来,说:"虞白,你……"戏台的后边有人叫:"夜郎,班主叫你哩!"夜郎"嗯"了一下,对丁琳说:"见着宽哥了吗?见着了你们都等着,戏完了咱们说话!"就猫身往后台跑去,听见了跑上后台梯板上使劲跺了一下脚上的泥雪。丁琳对虞白说:"好不容易碰上他,又是捣嘴,你们两个只会个捣嘴!"虞白说:"你听见他说的话吗?我是错了,错了我爱过他,可他说要等我,他等我就更是错上加错了嘛!"

两人在原地待了一会儿,都没了话,虞白说:"你还看吗?"丁琳说:"看不看无所谓,可夜郎让咱等他的。"虞白说:"那我领你到二楼会议室喝杯茶去,戏完了再下来吧。"两人就上到二楼,丁琳却要到一个展室去看看,那个展室展出的就是虞白和库老太太的剪纸画和布堆画,其中一幅,虞白说她要送给夜郎的,这是一幅《坐佛图》,画面上是一棵枯树,枯树下坐着一个宽衣宽袖之人。旁边密密麻麻写了字,丁琳凑近读了,写的是:

有人生了烦恼,去远方求佛,走呀走呀的,已经水尽粮绝将要死了,还寻不到佛。烦恼越发浓重,又浮躁起来,就坐在一棵枯树下开始骂佛。这一骂,他成了佛。

三百年后,即冬季的一个白夜,□□徒步过一个山脚,看见了这棵树,枯身有洞,秃枝坚硬,树下有一块黑石,苔斑如钱。□□很累,卧于石上歇息,顿觉心旷神怡。从此秘而不宣,时常来卧。

再后,□□坐于椅,坐于墩,坐于厕,坐于锥,皆能身静思安。

丁琳说:"这倒写得好,枯木做菩提,随地可坐佛了!只是这□□是指谁?"虞白说:"原是写了我的名,后来成心要送夜郎,就又空下了。"丁琳便把布堆画取下来叠了装在怀里,说戏完了她送给夜郎。两人出了展室,才要到办公室，办公室却走出了南丁山。丁琳说："戏演得叮叮咣咣的，做班主的倒来办公室清闲喝茶了?!"南丁山却一脸死灰，连连摆手，回头看看办公室的门，急拉了二人下楼，一直到了厕所那边。丁琳说："什么事，说话拣这么个好地方!"南丁山说："不好了，出事了!你们瞧见我是从办公室出来的吧？办公室坐着公安局的人，他们是来找夜郎的!"虞白"啊"了一声，南丁山忙捂了她的嘴，悄声说："都说夜郎咋咋呼呼，这事他却做得一声不吭，也难得是他不想牵连着我。……你们是都听说小偷偷了宫长兴的家了吗？是都听说宫长兴报案了三万而小偷实际偷了二十五万的话吗？那就是咱夜郎他们干的。上边现在是正清查宫长兴的经济来源的，可对于这样的小偷岂能放过？已侦破出是一个叫米猫子的人偷的。这米猫子手艺是高，却胆儿不大，公安局抓住后审问谁是幕后人？因为一般小偷偷了东西不会再送回去的，而米猫子偷了那么多巨款竟又全部退了纪检委，必定有什么原因。严刑拷问了米猫子三天，他吐了实，供出是夜郎和图书馆的两个人干的。图书馆的那两个已找去了，晚上来找夜郎。我说今晚演戏，夜郎还有角色，现在找他，演出就会炸场，等夜郎演完再说吧。你们刚才见到夜郎了吗？真是还见着了他。宽哥也不知来了没有？他是几天里一直要见夜郎的，只怕他今天难以见了。"说着，自己的眼泪先流下来。虞白说："那我们就去戏台下寻宽哥，见着了让他去后台见夜郎一面。"南丁山说："这使不得的，公安局的人叮咛我，不得走漏丝毫风声，如果夜郎逃跑了，就拿我问罪的，宽哥要去后台，万一说失了口就麻烦了。这样，如果宽哥没来，明日你们去告知他夜郎的事，夜郎原本见了宽哥还要说一件大事的，让宽哥过后来找我吧。"丁琳说："宽哥可能这一两天就要走了，夜郎要给他说什么事？"南丁山说："夜郎也知道宽哥要走了，他要劝宽哥不要走，快去治了病，说他和一家企业主商谈了一个工程，就是和动物园合伙改造动物园，把动物全部放出铁笼，让它们在公园里自由活动，而把参观的人装进铁笼，用车开着进去，这样变换了思维，叫着什么空间物理。宽哥可以帮助筹建，到时候了他还可以当动物园的警察的。"虞白说："亏得夜郎能这么想!宽哥即使今晚见不上了夜郎，我明日去找他来见你，你知道那企业主的名姓吗？"南丁山说："知道。"

赶急就走了，走了又走过来，叮咛道："千万要守秘密呀，夜郎是咱的兄弟，可国有国法，咱不敢枉了法！"虞白和丁琳点着头，眼泪唰唰唰地流下来。

戏台下，虞白和丁琳并没有碰着宽哥。但是，宽哥是真真正正地来了。宽哥没有好意思去台上寻夜郎，在台下转了一圈，却被一个人拉住，热情得又是递烟，又给点火。宽哥疑惑地说："我不认识你呀！"那人说："你不认识我，我却认识你的，我叫尤启事，先前在饺子宴楼上见过你的。"宽哥不愿再提起饺子宴楼，说："有什么事吗？"那人说："我在□□街开了个古董店，新近弄到几把旧琴，但我怕上了当，需懂得的人帮我看看。去饺子宴楼找吴经理，饺子宴楼却不办了，寻不着吴经理，却没想到在这儿碰着你。"宽哥说："好了，好了，我们谁也不懂的。"那人受了冷落，瓷在那里，还在说："我会付鉴定费的……"宽哥掉头往人窝里去，却想，自己要出远门了，何不让虞白去看看是什么旧琴？就又过来，说："你真有旧琴？"那人说："我哪敢诓你？"宽哥说："那我介绍个人，你去找她。"就写了虞白的住家楼号和门牌号。那人又递给了宽哥一支烟，点头哈腰地去了。宽哥挤进人群中去，戏就开始了。他虽然在台下没有看见夜郎，却终于在戏台上最后一个折子戏里看见了夜郎。夜郎这一晚扮演的不是云童，也不是打杂师，而是一个鸟鬼，鸟鬼有着鸟的尾巴和羽毛，头却是鬼头，披头散发，脸上涂着红与黑的颜料。宽哥先是并未看清鸟鬼就是夜郎，但鸟鬼的脸挺长，样子滑稽，不觉哧地笑了一下。那鸟鬼在台上跳来跳去，似乎是目连在寻找其母的路上，走到茫茫的大海边，遇着了这鸟鬼的，鸟鬼却是叫精卫，不停地衔木填在海里。那海是后幕上有海浪的布景，精卫抱着长长的一截枯木又一次走到台中。

目连：

（念）

万事有不平，

尔何空自苦？

长得一寸身，

衔木到终古？

精卫：

（唱）

我愿平东海，

身沉心不改。

大海无平期，

我心无绝时。

目连：精卫，我问你，你吃的鱼哪里来的？

精卫：（把枯木抛往海里）大海里来的。

目连：你喝的水哪里来的？

精卫：大海里来的。

目连：（怒目）那么，没有了大海，你能活命吗？你这可恶的恩将仇报者，快停止你的蠢笨吧！

精卫：（怔了怔，掉下两滴饱含委屈的眼泪）如果它不溺死我的女儿身，我是以人的形象享受人的欢悦与烦恼，可它却把我变成现在这个样子，非人非鸟！

目连：真是一个奇怪的异种！

精卫说完，就从戏台一侧取过了一架古琴来，它拨动着的是鸟的声音，象征着是它傲然决然地在鸣叫着，在愤怒之中正飞往发鸠之山。而后幕的布景就在变幻，是海浪中的山石，是一只鸟在浪中飞渡。音乐也同时轰响，效果是排浪冲天，惊涛裂岸，卷起千堆雪。那古琴的声音沉而重，最后似乎只听见了一种节奏。宽哥惊异的是那形象多像自己看到的再生人自焚的情景，区别在于一个是坐在火里，一个是站于海里，而节奏也正是再生人弹的节奏：

平平仄仄平平仄

仄仄平平仄仄平

宽哥像被猛击了一下,身子向前倒去,一个趔趄站住时,听着了低低的哽咽。回过头来,发现了就在他身后的不远处,正站着虞白和丁琳。虞白这晚上穿着一身黑衣服,在白夜里越发凝重,泪流了满面,随着肩臂的抽搐,那脖子前系着的长长的项链,一晃一晃闪着亮光,项链上吊着的是那枚钥匙——再生人的钥匙。

1994 年 11 月 14 日中午草稿落笔

1995 年 2 月 15 日晚上第二稿落笔

1995 年 3 月 16 日第三稿落笔

后　记

　　当小说成为一门学科，许多人在孜孜研究了，又有成千上万的人要写小说而被教导着，小说便越来越失去了本真，如一杯茶放在了桌上，再也不能说喝着的是长江了。过去的万事万物涌现在人类的面前，贤哲们是创造了成语，一句万紫千红被解释为春天的景色，但如果我们从来没有经历过春天，万紫千红只会给我们一张脏兮兮画布的感觉。世界变得小起来的时候，一千个人的眼里却出奇的是一千个世界，就不再需要成语。小说是什么？小说是一种说话，说一段故事，我们做过的许许多多的努力——世上已经有那么多的作家和作品，怎样从他们身边走过，依然再走——其实都是在企图着新的说法。在相当长的时间里，从开始作为一个作家，要留言的时候，我们似乎已经习惯了一种说法，即，或是茶社的鼓书人，甚至于街头卖膏药人，哗众取宠，插科打诨，渲染气氛，制造悬念，善于煽情。或是坐在台上的作政治报告的领导人，慢慢地抿茶，变换眼镜，拿腔捏调，做大的手势，慷慨陈词。这样的说话，不管正经还是不正经，说话人总是在人群前或台子上，说者和听者皆知道自己的位置。当现代洋人的说法进入中国后，说话有了一次革命。洋人的用意十分的好，就是打破那种隔着的说法，企图让说者和听者交谈讨论。但是，当我们接过了这种说法，差不多又变了味，如干部去下乡调查，即使脸上有着可亲的笑容，也说着油盐柴米，乡下人却明白这一切只是为了调查而这样的，遂对调查人的作伪而生厌烦。真和尚和要做真和尚是两回事。现在要命的是有些小说太像小说，有些要不是小说的小说，又正好暴露了还在做小说，小说真是到了实在为难的境界，干脆什么都不是了，在一个夜里，对着家人或亲朋好友提说一段往事吧。给家人和亲朋好友说话，不需要任何技巧了，平平常常只是真。而在这平平常常只是真的说话的晚上，我们可以说得很久，开始的时候或许在说米面，天亮之前说话该结束了，或许已说到了二爷的那个毡帽。过后想一想，怎么从米面就说到了二爷的毡帽？这其中是怎样过渡和转换的？一切都是自自然然过来的呀！禅是不能说出的，说出的都已不是了禅。小说让人看出在做，做的就是技巧的，这便坏了。说平平常常的生活事，是不需要技巧，生活本身就是故事，故事里有它本身的技巧。所以，有人越是要想打破小说的写法，越是在形式上想花样，适得其反，越更是写得像小说了。因此，小说的成功并不决定于题材，也不是得力于所谓的结构。读者不喜欢了章回体或评书型的小说原因在此；而那些企图要视角转移呀，隔离呀，甚至直接将自己参入行文等等的作法，之所以并未获得预期效果，原因也在此。

　　《白夜》的说话，就是在基于这种说话的基础上来说的。它可能是一个口舌很笨的人的说话，但它是从台子上或人圈中间的位置下来，蹲着，真诚而平常的说话，它靠的不是诱导和卖弄，结结巴巴的话里，说的是大家都明白的话，某些地方只说一句二句，听者就领会了。比如我说："穿鞋吧。"你就把鞋穿了，再用不着我来说人和动物的区别在于穿鞋，鞋的发明人是谁，什么是鞋底，什么是鞋帮，怎么个法儿去穿。这样的说话，我是从另外一部长篇小说开始的，写完《白夜》，我觉得这说法并不别扭，它表面上看起来并不乍艳，骨子里却不是旧，平平常常正是我的初衷。那部长篇小说完成以后，曾引起纷纷扬扬的对号入座，给了我相当沉重的压力，我却也想，这好嘛，这至少证明了我的一种追求的初步达到：毕竟读者读这部小说使他们觉得他们不是在读小说，而是在知道了曾经发生过的一段故事。它消解了小说的篱笆。当然，小说仍是小说，它是虚构的艺术，但明明知道是小说却不是了小说，如面对着镜子梳头、刮脸或挤脸上的疖子时，镜子的意义已经没有，面对的只是自己或自己脸上的疖子。

　　现在，我该说明一些与《白夜》有关的事了。

　　一、在《白夜》里，穿插了许多目连戏的内容，不管我穿插目连戏的意旨如何，而目连戏对于许多读者可能是陌生的。目连救母是一个很古老的民间故事，将目连救母的故事搬上戏剧舞台，可以追溯到北宋时汴京的杂剧。在近千年的中国文明史上，目连戏以其独特的表现形式，即阴间阳间不分，历史现实不分，演员观众不分，场内场外不分，成为人民群众节日庆典、祭神求雨、驱魔消灾、婚丧嫁娶的一种独具特色的文化现象。它是中国戏剧的活的化石。一九九三年秋天，我来到四川，在绵阳参加中国四川目连戏国际学术研讨会，观看了五台目连鬼戏。我太喜欢目连戏的内容和演出形式，当时竭力搜集有关目连戏的资料。在《白夜》中所写到的部分剧情文字，便是从那次会议上获得的《川剧目连戏绵阳资料集》中，由杨中泉、唐永啸、米泽秀等先生执笔整理的四本目连戏中摘录的。同时，也参照了杜建华女士所著的《巴蜀目连戏剧文化概论》一书中所提供的剧目剧情。在此，向他们致谢。在一九九四年的夏天，我出游到了苏州东山，有幸参观了金家雕花大楼，翻阅了这里的简介材料。《白夜》中所描写的关于民俗馆的建筑的文字，便是引用了这简介材料的部分内容，但我实在不知道这些简介材料为谁整理，在此不能提名道姓，仅作说明并致谢意。一九九三年的十月，突然收到了嘉峪关市一个署名为张三发的来信，他在信中给我倾诉他的苦闷和无奈，同时，信的最后附有一页他所编写的《精卫填海》的寓言，让我更进一步懂得他的心绪。这篇寓言我觉得改写得不错。当然，我们谁也没有见过谁，《白夜》写成后，我将他改写的《精卫填海》的寓言引用在了结尾，我要向这位朋友道谢了。

二、构思《白夜》的时候，我是逃在了四川绵阳的一座山上，那是绵阳师专的所在地，山中有校，校里藏山，风景极其幽静。我常常坐于湖边的一块石头上发呆，致使腿上胳膊上被一种叫小咬的蚊子叮得一片一片疙瘩。涌动一部朦胧中的作品，伴随的是巨大的欢乐和痛苦。我明显地消瘦下来，从未失眠过的却从此半夜要醒来一次。但是，在长长的六七个月里，《白夜》的设计，却先后推翻了三次，甚至一次已经动笔写下了三万余字，又彻底否定了。直到一九九四年，住过了半年多的医院，我要写的人事差不多已经全浮在眼前，我决意正式动笔。此时有朋友劝我再到乡下去，说在乡下写作，心里清静。我不去的，我说，大隐于市，我就要在闹市里写《白夜》呀！写作是我的生存方式，写作是最好的防寒和消暑，只要我面对了稿纸，我就会平静如水，安详若佛。而且，西安城里已经有一所可以供我借居的房子了，这是我的母校借我的，他们愿意收留我，我挂了个兼职教授的名儿就心安理得地住了下来。这所房子的所在，正为唐时"太平坊"里"实际寺"的旧址。"实际寺"是当年鉴真和尚受具足戒处，它太适宜于供我养气和写作。从这所房子的北窗望去，古长安城的城墙西南角就横在那里，城墙高耸，且垛口整齐排列，虽然常常产生错觉，以为是待在监狱之内，但一旦看出了那墙垛正好是一个凹字一个凹字一直连过去，心情便振奋不已。房子里过日子的家具是没有的，但有读者赠送我的一支一人多高的巨型毛笔、一把配有银鞘的龙泉宝剑和一架数百年的古琴，这足以使我富有了！每日焚香敬了这三件宝贝，浇淋了粗瓷黑罐里的朋友送来的鲜花，就静心地去写《白夜》。每次动笔，我都要在桌子的玻璃板写上五个字：请给我力量！我喜欢那个动画片中的英雄希瑞，每次默喊着这五个字，如咒语一般，果然奇效倍生。日子就这么一天天过去，病依然在纠缠，官司在接二连三地出现，全书终于让我写完了。不论《白夜》写成是个什么模样，我多么感谢在一九九三、一九九四年间为我治病的医生、护士，感谢去医院和家里给我送饭、送菜、料理日常生活的朋友和读者，感谢始终在鼓励我的人。生活着是美丽的，写作着是欢乐的，人世间有清正之气，就有大美存焉。

　　书写成后，我并没有立即拿去出版，我习惯让我在西安的一些评论家、作家先读读。我反复说明这样做并不企望他们说什么好话，叮咛他们万万不要对外声张，我只乞求他们以平常心来读这部作品，提出宝贵的意见，因为我要再修改一次。他们的意见提得真好——我幸运我有这样一批同道的朋友，我的许多作品的修改全得益于他们——我认真地进行了第三次修改。一九九五年的三月底，我在一间小小的私人复印室里工作到了夜里四点，第三天就背着沉重的皮箱北上。我来到了京城。京城是大地方，那里有一大批我仰观的人，但我第一个要见的就是我的一个真挚的朋友。我信赖她的见解和对作品的总体把握，我希望她解读我的这本书。我的愿望达到了！她连夜就读稿，几个晚上都熬到三点，一读完就来找我，我们谈了一个下午。这一个下午充满着激情和智慧。我设想，这应该是一幅庄严的油画，将珍存于我的历史档案里。

　　写到这里，我不能不说明我的内疚。《白夜》在写到一半的时候，许多一直关心我的出版家就来电来函甚至人到西安约稿，因为多年的交情，我不敢慢怠这些尊敬的师长和朋友。直到稿子写完，我还不知该交到哪个出版社，但稿子毕竟只能在一家出版社出版，这使我不得不逃避许多朋友，我在此拱手致歉，也以此发奋，勤于写作，在日后的时候回报他们了。愿我们的友谊长驻。

1995年4月21日